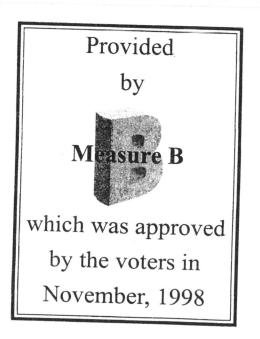

Provided

by

Measure B

which was approved

by the voters in

November, 1998

El año de la muerte de
Ricardo Reis

José Saramago

El año de la muerte de
Ricardo Reis

Traducción del portugués por
BASILIO LOSADA

ALFAGUARA

Título original: O ANO DA MORTE DE RICARDO REIS
EL AÑO DE LA MUERTE DE RICARDO REIS
D.R. © José Saramago, 1984

ALFAGUARA^{M.R.}

De esta edición:
D.R. © 1997, Aguilar, Altea, Taurus, Alfaguara, S.A. de C.V.
Av. Universidad 767, Col. del Valle
México, 03100, D.F. Teléfono 688 8966
www.alfaguara.com

- Distribuidora y Editora Aguilar, Altea, Taurus, Alfaguara, S.A.
  Calle 80 Núm. 10-23, Santafé de Bogotá, Colombia.
- Santillana S.A.
  Torrelaguna 60-28043. Madrid.
- Santillana S.A., Av. San Felipe 731. Lima.
- Editorial Santillana S. A.
  Av. Rómulo Gallegos, Edif. Zulia 1er. piso
  Boleita Nte. Caracas 1071. Venezuela.
- Editorial Santillana Inc.
  P.O. Box 5462 Hato Rey, Puerto Rico, 00919.
- Santillana Publishing Company Inc.
  2043 N. W. 87 th Avenue Miami, Fl., 33172 USA.
- Ediciones Santillana S.A. (ROU)
  Javier de Viana 2350, Montevideo 11200, Uruguay.
- Aguilar, Altea, Taurus, Alfaguara, S.A.
  Beazley 3860, 1437. Buenos Aires.
- Aguilar Chilena de Ediciones Ltda.
  Pedro de Valdivia 942. Santiago.
- Santillana de Costa Rica, S.A.
  Apdo. Postal 878-1150, San José 1671-2050 Costa Rica.

Primera edición en Alfaguara: agosto de 1997
Cuarta reimpresión: diciembre de 1999

ISBN: 968-19-0390-0

Diseño: Proyecto de Enric Satué
D.R. © Cubierta diseño: Pablo Rulfo y Teresa Ojeda

Impreso en México

Sabio es el que se contenta
con el espectáculo del mundo.

RICARDO REIS

Escoger modos de no actuar
fue siempre la atención
y el escrúpulo de mi vida.

BERNARDO SOARES

Si me dijeran que es absurdo hablar
así de quien nunca existió,
respondería que tampoco tengo pruebas
de que Lisboa haya existido alguna vez,
o lo que yo escribo, o cualquier cosa,
sea la que fuere.

FERNANDO PESSOA

Aquí acaba el mar y empieza la tierra. Llueve sobre la ciudad pálida, las aguas del río corren turbias de barro, están inundadas las arboledas de la orilla. Un barco oscuro asciende entre el flujo soturno, es el Highland Brigade que va a atracar en el muelle de Alcántara. El vapor es inglés, de la Mala Real, lo emplean para cruzar el Atlántico, entre Londres y Buenos Aires, como una lanzadera por los caminos del mar, de aquí para allá, haciendo escala siempre en los mismos puertos, La Plata, Montevideo, Santos, Río de Janeiro, Pernambuco, Las Palmas, por este orden o el inverso, y, si no naufraga en el viaje, tocará aún en Vigo y en Boulogne-sur-Mer, y al fin entrará Támesis arriba, como entra ahora por el Tajo, cuál de los ríos el mayor, cuál la aldea. No es grande el navío, desplaza catorce mil toneladas, pero aguanta bien el mar, como probó en esta misma travesía, en la que, pese al constante mal tiempo, sólo se marearon los aprendices de viajero transoceánico, o aquellos que, más veteranos, padecen de incurable fragilidad de estómago, y, por ser tan regalado y confortable en su arreglo interior, le ha sido dado, cariñosamente, como al Highland Monarch, su hermano gemelo, el íntimo apelativo de vapor de familia. Ambos están provistos de espaciosas toldillas para el sport y los baños de sol, se puede jugar, por ejemplo, al cricket, que, siendo juego campestre, se puede practicar también sobre las olas del mar, demostrándose así que nada es imposible para el imperio británico, si ésa es la voluntad de quien allí manda.

En días de amena meteorología, el Highland Brigade
es parvulario y paraíso de ancianos, pero no hoy, que
está lloviendo, y ya no vamos a tener otra tarde en él.
Tras los cristales empañados de sal, los chiquillos
observan la ciudad cenicienta, urbe rasa sobre colinas,
como si sólo estuviera construida de casas de una plan-
ta, quizá, allá, un cimborrio alto, un entablamento más
esforzado, una silueta que parece ruina de castillo, salvo si todo es ilusión, quimera, espejismo creado por la
movediza cortina de las aguas que descienden del cielo
cerrado. Los niños extranjeros, a quienes más amplia-
mente dotó la naturaleza de la virtud de la curiosidad,
quieren saber el nombre del lugar, y los padres se lo
dicen, o declinan en las amas, las nurses, las bonnes,
las frauleins, o un marinero que acudía a la maniobra,
Lisboa, Lisbon, Lisboone, Lissabon, cuatro diferentes
maneras de enunciar, dejando aparte las intermedias
e imprecisas, quedaron así los chiquillos sabiendo lo
que antes ignoraban, y eso fue lo que ya sabían, nada,
sólo un nombre, aproximadamente pronunciado, para
mayor confusión de las juveniles inteligencias, con
acento propio de argentinos, si de ellos se trataba, o
de uruguayos, brasileños y españoles, que, escribiendo, desde luego, Lisboa, en castellano o en el portugués de cada cual, dicen cada uno otra cosa, fuera del
alcance del oído común y de las imitaciones de la
escritura. Cuando mañana, de amanecida, el Highland
Brigade salga a la barra, que haya al menos un poco
de sol y de cielo descubierto, para que la parda neblina de este tiempo astroso no oscurezca por completo,
aún a vista de tierra, la memoria ya desvanecida de
los viajeros que por primera vez pasaron por aquí,
esos niños que repiten Lisboa, por su propia cuenta
transformando el nombre en otro nombre, aquellos
adultos que fruncen el entrecejo y se horrorizan ante
la general humedad que atraviesa las maderas y los
hierros, como si el Highland Brigade acabara de surgir chorreando del fondo del mar, navío dos veces
fantasma. Por gusto y por voluntad nadie se quedaría
en este puerto.

Serán pocos los que bajen. Atracó el barco, ya fijaron la escalera al portalón, empiezan a mostrarse abajo, sin prisa, maleteros y descargadores, salen de sotechados y garitas los carabineros de servicio, asoman los aduaneros. Ha ido escampando, pero apenas nada. Se juntan los viajeros en lo alto de la escalera, como si dudaran de que haya sido autorizado el desembarco, si habrá cuarentena, o temieran los peldaños resbaladizos, pero es la ciudad silenciosa lo que los asusta, quizá ha muerto la gente que en ella había y la lluvia cae sólo para diluir en barro lo que aún quedaba en pie. A lo largo de los muelles, otros barcos atracados lucen mortecinos tras los tragaluces empañados, los aguilones son ramas desgajadas de árboles negros, los guindastes están inmóviles. Es domingo. Más allá de los barracones del muelle empieza la ciudad sombría, recogida en frontispicios y paredes, por ahora defendida aún de la lluvia, acaso moviendo una cortina triste y bordada, mirando hacia fuera con ojos vagos, oyendo el borboteo del agua de los tejados, canalón abajo, hasta el basalto de las calzadas, la caliza nítida de las aceras, los albañales pletóricos, algunas tapas levantadas, si hubo inundación.

Bajan los primeros pasajeros. Encogidos de hombros bajo la lluvia monótona, llevan bolsas y maletas, y muestran el aire perdido de quien vivió el viaje como un sueño de imágenes fluidas, entre mar y cielo, el metrónomo de proa subiendo y bajando, el balanceo de la ola, el horizonte hipnótico. Alguien lleva en brazos un chiquillo, que, por el silencio, debe de ser portugués, no se le ocurrió preguntar dónde está, o le avisaron antes, cuando, para que se durmiera rápido en el camarote sofocante, le prometieron una ciudad bonita y un vivir feliz, otro cuento de hadas, pues para éstos no fue precisamente venturosa la emigración. Y una mujer de cierta edad, que intenta abrir un paraguas, deja caer la caja de hojalata verde en forma de baúl que llevaba bajo el brazo, y el cofrecillo se deshace contra las piedras del muelle, suelta la tapa, desprendido el fondo, nada contenía de valor, sólo recuerdos, unos trapos de colores, unas cartas, retratos que volaron, unas cuentas que eran de vidrio y se rompieron, ovillos blancos ahora maculados, uno de ellos desapareció entre el muelle y el costado del barco, es una pasajera de tercera clase.

Conforme van poniendo pie en tierra, corren a abrigarse, los extranjeros murmuran contra el temporal, como si fuéramos nosotros los culpables del mal tiempo, parecen haber olvidado que en sus francias e inglaterras suele ser mucho peor, en fin, a éstos todo les sirve con tal de desdeñar a los países pobres, hasta la lluvia natural, mayores razones tendríamos nosotros para quejarnos y aquí estamos callados, maldito invierno éste, lo que va río abajo de tierra fértil arrastrada, con la falta que nos hace, siendo tan pequeña la nación. Ya empezó la descarga de equipajes, bajo las capas relucientes los marineros parecen fetiches con capuz, y abajo, los maleteros portugueses se mueven más ligeros, es la gorrita de visera, la chaqueta corta, impermeable, azamarrada, pero tan indiferentes al remojón que asombran al universo, tal vez este desdén ante la comodidad mueva a compasión las bolsas de los viajeros, portamonedas que dicen ahora, y la compasión se convierta en propina, pueblo atrasado, de mano tendida, cada uno vende lo que le sobra, resignación, humildad, paciencia, y que sigamos encontrando quien haga comercio en el mundo con tales mercancías. Los viajeros pasan la aduana, pocos como se calculaba, pero va a llevarles tiempo salir de ella, por ser tantos los papeles que hay que llenar y tan escrupulosa la caligrafía de los aduaneros de guardia, es posible que los más rápidos descansen los domingos. Oscurece y sólo son las cuatro, con un poco más de sombra se haría la noche, pero aquí dentro es como si siempre lo fuese, encendidas durante todo el día las menguadas bombillas, algunas ya fundidas, aquélla lleva una semana así y aún no la han cambiado. Las ventanas, sucias, dejan traslucir una claridad acuática. El aire cargado hiede a ropa mojada, a equipajes ácidos, a la arpillera de los fardos y la melancolía se extiende, hace enmudecer a los viajeros, no hay ninguna sombra de alegría en este regreso. La aduana es una antecámara, un limbo de paso, qué será allá fuera.

Un hombre canoso, seco de carnes, firma los últimos papeles, recibe las copias, se puede ir ya, salir, continuar la vida en tierra firme. Lo acompaña un maletero cuyo aspecto físico no será explicado en pormenor o tendríamos que continuar infinitamente el examen, para que no se instalara la confusión en la cabeza de quien tuviera que distinguir uno del otro, si preciso fuese, porque de éste tendríamos que decir que es seco de carnes, canoso, de piel morena, de cara afeitada, como ya de aquél se dijo, pero tan diferentes, pasajero uno, maletero otro. Carga éste la maleta grande en una carretilla metálica, las otras dos, pequeñas en comparación, se las colgó del cuello con una correa que le pasa por la nuca, como un yugo o el collar de una orden. Fuera, bajo la protección del amplio tejaroz, posa la carga en el suelo y va a buscar un taxi, no suele ser preciso, habitualmente los hay por allí a la llegada de los barcos. El viajero mira las nubes bajas, luego los charcos en el suelo irregular, las aguas de la dársena, sucias de aceite, mondas de fruta, detritus varios, y es entonces cuando repara en unos barcos de guerra, discretos, no contaba con que los hubiera aquí, pues el lugar propio de esos navegantes es alta mar, o, no siendo tiempo de guerra o de ejercicios de ella, en el estuario, amplio de sobra para proporcionar fondeadero a todas las escuadras del mundo, como antiguamente se decía y tal vez se repita aún hoy, sin cuidarse de ver qué escuadras son. Otros pasajeros salían de la aduana, escoltados por sus porteadores, y entonces surgió el taxi salpicando agua con las ruedas. Bracearon alborozados los pretendientes, pero el maletero saltó al estribo, hizo un gesto amplio, Es para ese señor, mostrándose así como incluso un humilde fámulo del puerto lisboeta, cuando la lluvia y las circunstancias colaboran, puede tener en sus manos la felicidad y en un momento darla o retirarla, como Dios con la vida, según se cree. Mientras el conductor bajaba el portaequipajes fijado en la trasera del automóvil, el viajero preguntó, notándosele por primera vez un leve acento brasileño, Por qué están en la dársena esos barcos, y el maletero respondió, jadeando, pues ayudaba al conductor a izar la maleta grande, pesada, Ah, es la dársena de la marina, fue por el mal tiempo, los mandaron para aquí anteayer, si no, eran capaces de garrar y encallar en Algés. Llegaban otros taxis, se retrasaron, o quizá el barco atracara antes de lo previsto, ahora se notaba en la plaza una algarabía de feria, la satisfacción de la necesidad se había hecho trivial. Cuánto le debo, preguntó el viajero. Por encima de la tarifa, lo que quiera dar, respondió el maletero, pero no dijo cuál era la tarifa ni el precio real del servicio, se fiaba de la fortuna que protege a los audaces, aunque los audaces sean maleteros, Sólo llevo dinero inglés, Ah, eso es igual, y en la mano derecha tendida vio poner diez chelines, moneda que brillaba más que el sol, al fin el astro rey logró vencer las nubes que pesaban sobre Lisboa. Dadas las grandes cargas y las profundas conmociones, la primera condición para una larga y próspera vida de maletero es tener el corazón robusto, de bronce, si no fuera así, redondo habría caído el dueño de éste, fulminado. Quiere corresponder a la excesiva generosidad, al menos no quedar deudor de palabras, por eso aporta informaciones no pedidas, las une a las manifestaciones de gratitud que no le escuchan, Son contratorpederos, señor, nuestros, portugueses, es el Tajo, el Dão, el Lima, el Vouga, el Tâmega, el Dão es aquel que está más cerca. Son iguales, hasta podrían cambiar los nombres, todos iguales, gemelos, pintados de gris-muerte, inundados de lluvia, sin sombra viva en los combeses, las banderas mojadas como trapos, dispensando y sin querer faltar, pero en fin, sacamos en claro que el Dão es éste, quizá volvamos a tener noticia de él.

El maletero alza la gorra y da las gracias, el taxi arranca, el conductor quiere que le digan Para dónde, y esta pregunta, tan sencilla, tan natural, tan adecuada al lugar y circunstancia, coge desprevenido al viajero, como si haber comprado el pasaje en Río de Janeiro hubiera sido y pudiera seguir siendo respuesta para todas las preguntas, incluso aquéllas pasadas, que en su tiempo no encontraron más que el silencio, ahora, apenas ha desembarcado, y ve que no, tal vez porque le han hecho una de las dos preguntas fatales, Para dónde, la otra, la peor, sería, Para qué. El conductor miró por el retrovisor, creyó que el pasajero no había oído, y abría ya la boca para repetir Para dónde, pero llegó primero la respuesta, aún irresoluta, suspensiva, A un hotel, Cuál, No sé, y en cuanto dijo No sé, supo el viajero lo que quería, con tan firme convicción como si se hubiera pasado el viaje ponderando la elección, Uno que esté junto al río, por aquí abajo, Junto al río sólo el Bragança, al empezar la Rua do Alecrim, no sé si lo conoce, Del hotel no me acuerdo, pero de la calle sí, sé dónde está, viví en Lisboa, soy portugués, Ah, es portugués, por el acento pensé que era brasileño, Tanto se nota, Bueno, algo sí, Llevo dieciséis años sin venir a Portugal, Dieciséis son muchos años, va a encontrar grandes cambios aquí, y con estas palabras se calló bruscamente el taxista.

Al viajero, los cambios no le parecían tantos. La avenida por donde iban coincidía en general con su recuerdo de ella, sólo los árboles eran más altos, pero no se asombra, han tenido dieciséis años para crecer, e incluso así, en el opaco recuerdo, guardaba frondas verdes y, ahora, la desnudez invernal de las ramas menguaba la dimensión de las hileras, una cosa iba por la otra. Había escampado, caían sólo gotas dispersas, pero en el espacio no se abría ni una hendidura azul, las nubes no se soltaban unas de otras, forman un extensísimo y único techo plomizo. Ha llovido mucho, preguntó el pasajero, Es un diluvio, llevamos ya dos meses con el cielo deshaciéndose en agua, respondió el conductor, y desconectó el limpiaparabrisas. Pasaban pocos automóviles, muy raros tranvías, algún peatón que cerraba desconfiado el paraguas, a lo largo de las aceras grandes charcos formados por el atasco de las cloacas, puerta con puerta algunas tabernas abiertas, lóbregas, las luces viscosas cercadas de sombra, la imagen taciturna de un vaso sucio de vino sobre un mostrador de cinc. Estas fachadas son la muralla que oculta la ciudad, y el taxi sigue a lo largo de ellas, sin prisa, como si anduviera buscando una brecha, un postigo, una puerta de la traición, la entrada al laberinto. Pasa lentamente el tren de Cascais, frenando perezoso, venía aún con velocidad suficiente para rebasar al taxi, pero se queda atrás, entra en la estación cuando el automóvil ya está dando la vuelta a la plaza, y el conductor advierte, El hotel es ése, a la entrada de la calle. Paró ante un café, añadió, Lo mejor será que vea primero si hay habitación, no puedo pararme justo en la puerta por los tranvías. El pasajero salió, miró fugazmente hacia el café, Royal de nombre, ejemplo comercial de añoranzas monárquicas en tiempo de república, o reminescencia del último reinado, aquí disfrazado de inglés o francés, curioso caso éste, se lee y no sabe uno cómo decir la palabra, si royal o ruaiale, tuvo tiempo de debatir la cuestión porque ya no llovía y la calle es en cuesta, después se imaginó volviendo del hotel, con habitación, o aún sin ella, y del taxi ni sombra, desaparecido con el equipaje, las ropas, los objetos usuales, sus papeles, y se preguntó a sí mismo cómo iba a vivir si lo privaran de éstos y de todos sus restantes bienes. Ya iba venciendo los peldaños exteriores del hotel cuando comprendió, por estos pensamientos, que estaba muy cansado, era lo que sentía, una fatiga enorme, un sueño del alma, un desespero, si sabemos con bastante suficiencia lo que eso es para pronunciar la palabra y entenderla.

La puerta del hotel, al empujarla, hace resonar un timbre eléctrico, en tiempos debió de haber una campanilla, dirlin, dirlin, pero hay que contar siempre con el progreso y sus mejoras. Había un tramo empinado de escalera, y sobre el arranque del pasamanos, abajo, una figura de hierro fundido levantando en el brazo derecho un globo de cristal que representaba, la figura, un paje en traje de corte, si la expresión gana algo con la repetición y no es pleonástica, pues nadie recuerda haber visto paje que no lleve traje de corte, para eso son pajes, más claro sería decir Un paje vestido de paje, por la hechura de la ropa, modelo italiano, renacimiento. El viajero trepó por los últimos peldaños, parecía increíble tener que subir tanto para llegar a un primer piso, es la ascensión al Everest, proeza aún sueño y utopía de montañeros, por suerte apareció en lo alto un hombre de bigotes con una palabra de aliento, ánimo, no la dijo, pero así puede traducirse su manera de mirar y el inclinarse desde el alto barandal indagando qué buenos vientos y malos tiempos trajeron a este cliente, Buenas tardes, señor, Buenas tardes, no llega el aliento para más, el hombre de los bigotes sonríe comprensivo, Una habitación, y la sonrisa es ahora de quien pide disculpa, no hay habitaciones en este piso, aquí es la recepción, el comedor, la sala de estar, allá dentro cocina y repostero, las habitaciones están arriba, vamos a tener que subir al segundo, ésta no sirve porque es pequeña y oscura, ésta tampoco porque la ventana da hacia atrás, éstas están ocupadas, Lo que quisiera es una habitación desde donde se viera el río, Ah, muy bien, entonces le va a gustar la doscientos uno, quedó libre esta mañana, se la voy a enseñar. La puerta quedaba al final del pasillo, tenía una chapita esmaltada, números negros sobre fondo blanco, si no fuese ésta una recatada habitación de hotel, sin lujos, si fuese el doscientos dos el número de la puerta, el huésped podría llamarse Jacinto[1] y ser dueño de una quinta en Tormes, no ocurrirían estos episodios en la Rua do Alecrim, sino en los Campos Elíseos, a la derecha subiendo, como el Hotel Bragança, sólo en eso se parecen. Al viajero le gustó la habitación, o las habitaciones, para ser más

---

[1] Personaje y situaciones de *A cidade e as serras,* de Eça de Queirós. (N. del t.)

exactos, porque eran dos, unidas por un amplio vano en arco, allí el dormitorio, alcoba se llamaría en otros tiempos, a este lado, la sala de estar, en total casi un piso, con sus muebles oscuros de caoba pulida, cortinas en las ventanas, la luz velada. El viajero oyó el rechinar áspero de un tranvía calle arriba, tenía razón el taxista. Entonces le pareció que había pasado mucho tiempo desde que dejó el taxi, si es que estaba aún allí, e interiormente sonrió ante su miedo a ser robado, Le gusta la habitación, preguntó el gerente con voz y autoridad de quien lo es, pero reverencioso, como corresponde al negocio de aposentador, Me gusta, me quedo, Y, por cuántos días, No lo sé aún, depende de algunos asuntos que tengo que resolver, del tiempo que se retrase todo. Es el diálogo corriente, conversación siempre igual en casos semejantes, pero en este de ahora hay un punto de falsedad, pues el viajero no tiene nada que tratar en Lisboa, ningún asunto que tal nombre merezca, dijo una mentira, él, que un día afirmó detestar la inexactitud.

Bajaron al primero, y el gerente llamó a un empleado, mozo de recados y maletero, para que fuese a buscar el equipaje de este señor, El taxi está esperando ante el café, y el viajero bajó con él, para pagar la carrera, aún se usa hoy este lenguaje de cochero de punto, y comprobar que nada le faltaba, desconfianza torpe, juicio inmerecido, que el taxista es persona honrada y sólo quiere que le paguen lo que marca el contador más la propina de costumbre. No va a tener la suerte del maletero, no habrá otro reparto de pepitas de oro, porque, entretanto, ha cambiado el viajero en recepción parte de su dinero inglés, no es que la generosidad nos canse, pero no todos los días son domingo, y la ostentación es un insulto a los pobres. La maleta pesa mucho más que mi dinero, y cuando llega al descansillo, el gerente, que allí estaba esperando y vigilando el transporte, hizo un movimiento de ayuda, la mano por debajo, gesto simbólico, como poner la primera piedra, que la carga venía subiendo toda a cuestas del mozo, mozo de profesión, que no de edad, que ésta ya carga, cargando él la maleta y pensando de ella aquellas primeras palabras, de un lado y otro amparado por los prescindibles auxilios, el segundo lo presta el huésped, compadecido del esfuerzo. Ya van camino del segundo piso, Es la doscientos uno, Pimenta, esta vez de la misma especie, Pimenta tiene suerte, no ha de ir a los pisos altos, y mientras sube volvió el viajero a entrar en recepción, un poco sofocado por el esfuerzo, toma la pluma y escribe en el libro de entradas, sobre sí mismo, lo que es necesario para que se sepa quién dice ser, en la cuadrícula del rayado y pautado de la página, nombre Ricardo Reis, edad cuarenta y ocho, natural de Porto, estado civil soltero, profesión médico, última residencia Río de Janeiro, Brasil, de donde procede, viajó en el Highland Brigade, parece el principio de una confesión, de una autobiografía íntima, todo lo oculto está en esta línea manuscrita, ahora el problema es sólo descubrir el resto, apenas. Y el gerente, que había estado atento, torcido el cuello, para seguir el encadenamiento de las letras y descifrarlas, el sentido, piensa que ha quedado sabiendo esto y aquello, y dice, Doctor, no llega a ser reverencia, es una marca, el reconocimiento de un derecho, de un mérito, de una cualidad, lo que requiere una inmediata retribución, incluso oral, Mi nombre es Salvador, soy el responsable del hotel, el gerente, si el señor precisa cualquier cosa, no tiene más que decirlo, A qué hora se sirve la cena, La cena es a las ocho, doctor, espero que nuestra cocina le satisfaga, tenemos también platos franceses. El doctor Ricardo Reis admitió con un movimiento de cabeza su propia esperanza, cogió la gabardina y el sombrero, que había dejado en una silla, y se retiró.

El mozo estaba a la espera, dentro del cuarto, con la puerta abierta. Ricardo Reis lo vio desde la entrada del pasillo, sabía que, al llegar allí, el hombre avanzaría la mano, servicial pero también imperativa, en proporción al peso de la carga, y mientras iba andando reparó, no se había dado cuenta antes, en que sólo había puertas a un lado, el otro era la pared que formaba la caja de la escalera, pensaba en esto como si se tratase de una importante cuestión que no debería olvidar, realmente estaba muy cansado. El hombre recibió la propina, la sintió, más que mirarla, es lo que hace la costumbre, y quedó satisfecho, tanto es así que dijo, Señor doctor, muchas gracias, no podemos explicar cómo se había enterado, él que no vio el libro-registro, el caso es que las clases subalternas no son en nada inferiores en lo que a agudeza y perspicacia se refiere, a quienes hicieron estudios y se llaman cultos. A Pimenta sólo le dolía el ala de un omóplato por mal asentamiento en ella de uno de los refuerzos de la maleta, no parece hombre con mucha experiencia en carga.

Ricardo Reis se sienta en una silla, pasa los ojos alrededor, aquí es donde va a vivir no sabe cuántos días, tal vez acabe alquilando casa e instalando un consultorio, tal vez vuelva a Brasil, por ahora bastará el hotel, lugar neutro, sin compromiso, de tránsito y vida en suspenso. Más allá de los visillos, las ventanas habían cobrado una luminosidad repentina, son los faroles de la calle. Tan tarde es ya. Se acabó el día, lo que de él queda está lejos, en el mar, y va huyendo, hace aún muy pocas horas navegaba Ricardo Reis por aquellas aguas, ahora el horizonte está donde su brazo alcanza, paredes, muebles que reflejan la luz como un espejo negro, y en vez del latido profundo de las máquinas de vapor, oye el susurro, el murmullo de la ciudad, seiscientas mil personas suspirando, gritando lejos, ahora unos pasos cautelosos en el corredor, una voz de mujer que dice, Ya voy, debe de ser la criada, estas palabras, esta voz. Abrió una ventana, miró hacia fuera. Ya no llovía. El aire fresco, húmedo de viento que pasó sobre el río, entra en el cuarto, enmienda su atmósfera cerrada, como de ropa por lavar en un cajón olvidado, un hotel no es una casa, conviene recordarlo de nuevo, le van quedando olores de éste y de aquélla un sudor insomne, una noche de amor, un abrigo mojado, el polvo de los zapatos cepillados en la hora de la marcha, y luego vienen las camareras a hacer las camas de limpio, a barrer, queda también su propio halo de mujeres, nada de esto se puede evitar, son las señales de nuestra humanidad.

Dejó la ventana abierta, abrió la otra, y, en mangas de camisa, refrescado y con súbito vigor, empezó a abrir las maletas, lo ordenó todo en menos de media hora, pasó su contenido a los muebles, a los cajones de la cómoda, los zapatos en el cajón de los zapatos, los trajes en las perchas del armario, el maletín negro de médico en un fondo oscuro del armario, y los libros en un estante, los pocos que ha traído consigo, algún latinajo clásico que no leía regularmente, unos manoscados poetas ingleses, tres o cuatro autores brasileños, de portugueses no llegaba a la decena, y en medio de ellos encuentra ahora uno que pertenecía a la biblioteca del Highland Brigade, se olvidó de devolverlo antes de desembarcar. A estas horas, si el bibliotecario irlandés se ha dado cuenta de la falta, grandes y gravosas acusaciones recaerán sobre la lusitana patria, tierra de esclavos y ladrones, como dijo Byron y dirá O'Brien, estas mínimas causas, locales, suelen originar grandes y mundiales efectos, pero yo soy inocente, lo juro, fue un olvido sólo, y nada más. Puso el libro en la mesilla de noche para acabar de leerlo cualquier día, cuando le apetezca, su título es The god of the labyrinth, su autor Herbert Quain, irlandés también, por no singular coincidencia, pero el nombre, ése sí, es singularísimo, pues sin máximo error de pronunciación podría leerse, Quién, fíjense, Quain, Quién, escritor que sólo no es desconocido porque alguien lo encontró en el Highland Brigade, ahora, si allá estaba este único ejemplar, ni eso, razón mayor para preguntarnos, Quién. El tedio del viaje y la sugestión del título lo habían atraído, un laberinto con un dios, qué dios sería, qué laberinto era que dios laberíntico, y al fin resultaría una simple novela policiaca, una vulgar historia de asesinato e investigación, el criminal, la víctima, a no ser que, al contrario, preexista la víctima al criminal, y, finalmente, el detective, los tres cómplices de la muerte, en verdad os diré que el lector de novelas policiacas es el único y real superviviente de la historia que esté leyendo, si no es que como superviviente único y real lee todo lector cualquier historia.

Y hay papeles por guardar, estas hojas escritas con poemas, fechada la más vieja el doce de junio de mil novecientos catorce, ahí andaba ya la guerra, la Grande, como después la llamaron mientras preparaban otra mayor, Maestro, son plácidas todas las horas que perdemos, si en el perderlas, como en una jarra, ponemos flores, y luego concluía, De la vida iremos tranquilos, no teniendo ni el remordimiento de haber vivido. No es así, seguidos, como están escritos, cada línea lleva su verso obediente, pero así, seguidos, ellos y nosotros, sin más pausa que la de la respiración y el canto, los estamos leyendo, y la hoja más reciente lleva fecha del trece de noviembre de mil novecientos treinta y cinco, ha pasado mes y medio tras haberla escrito, aún hoja reciente, y dice, Viven en nosotros innúmeros, si pienso o siento, ignoro quién es el que piensa o siente, soy sólo el lugar donde se piensa y siente, y, no acabando aquí, es como si acabase, dado que, más allá del pensar y sentir, no hay nada. Si sólo soy esto, piensa Ricardo Reis después de leer, quién estará pensando ahora lo que yo pienso, o pienso que estoy pensando en el lugar en que soy de pensar, quién estará sintiendo lo que siento, o siento que estoy sintiendo en el lugar en que siento, quién se sirve de mí para pensar y sentir, y, de tantos innumerables que en mí viven, yo soy cuál, quién, Quain, qué pensamientos y sensaciones serán los que no comparto por pertenecerme a mí sólo, quién soy yo que los otros no sean, o hayan sido o sean alguna vez. Reunió los papeles, veinte años día tras día, hoja tras hoja, los guardó en un cajón del pequeño escritorio, cerró las ventanas y puso a correr el agua caliente para lavarse. Pasaba un poco de las siete.

Puntual, cuando aún resonaba la última campanada de las ocho en el reloj de caja alta que adornaba el descansillo de recepción, Ricardo Reis bajó al comedor. El gerente Salvador sonrió, alzando el bigote sobre los dientes poco limpios, y corrió a abrirle la puerta doble de paneles de cristal, monogramados con una H y una B entrelazadas con curvas y contracurvas, apéndices y prolongaciones vegetales, con reminiscencias de acantos, palmas, follajes enrollados, dignificando así las artes aplicadas al trivial oficio hotelero. El maître le salió al camino, no había otros huéspedes en la sala, sólo dos camareros acabando de poner las mesas, se oían rumores de copas tras otra puerta monogramada, por allí entrarían pronto las soperas, los platos cubiertos, las fuentes. El mobiliario es lo que suele ser, quien ha visto uno de estos comedores, los vio todos, a no ser que se trate de un hotel de lujo, y no es éste el caso, unas luces débiles en el techo y en las paredes, unos percheros, manteles en las mesas, blanquísimos, es el orgullo de la gerencia, curados con lejía en la lavandería, si no en la lavandería de Caneças, que no usa más que jabón y sol, con tanta lluvia, desde hace tantos días, ha de tener trabajo atrasado. Se sentó Ricardo Reis, el maître le dice lo que hay para comer, sopa, pescado, carne, salvo si el señor doctor está a régimen, es decir, otra carne, otro pescado, otra sopa, yo le aconsejaría, para empezar a habituarse a esta nueva alimentación, recién llegado del trópico después de una ausencia de dieciséis años, hasta esto saben ya en el comedor y en la cocina. La puerta que da a recepción fue entretanto empujada, entró un matrimonio con dos hijos, niño y niña, color de cera ellos, sanguíneos los padres, pero todos legítimos por las apariencias, el jefe de familia al frente, guía de la tribu, la madre guardando a los chiquillos, que van en medio. Después apareció un hombre gordo, pesado, con una cadena de oro atravesándole el estómago, de bolsillo a bolsillo del chaleco, y luego otro hombre, flaquísimo, de corbata negra y luto en la manga, nadie más entró durante este cuarto de hora, se oyen los

cubiertos rozando los platos, el padre de los chiquillos, imperioso, golpea el vaso con el cuchillo llamando al camarero, el hombre flaco, ofendido en su luto
y educación, lo mira severamente, el gordo mastica,
plácido. Ricardo Reis contempla la sopera de caldo de
gallina, acabó por preferir la dieta, obedeció la sugerencia, indiferente, no porque le encontrara ventaja
especial. Un repiquetear en los cristales le advierte
que vuelve a llover. Estas ventanas no dan a la Rua do
Alecrim, qué calle será, no la recuerda, si es que alguna vez lo supo, pero el camarero que viene a cambiarle el plato se lo explica, Ésta es la Rua Nova do
Carvalho, señor doctor, y preguntó, Qué, le gustó el
caldo, por la pronunciación se ve que el camarero es
gallego, Me gustó, por la pronunciación se había notado ya que el huésped vivió en Brasil, buena propina
se llevó Pimenta.

La puerta se abrió otra vez, ahora entró un hombre de mediana edad, alto, circunspecto, de rostro largo y picudo, y una muchacha de unos veinte años, si
los tiene, flaca, aunque más exacto sería decir delgada, se dirigen hacia la mesa frontera a la de Ricardo
Reis, de súbito le resultó evidente que la mesa estaba
a su espera, como un objeto espera la mano que frecuentemente lo busca y sirve, serán huéspedes habituales, tal vez los dueños del hotel, es interesante
comprobar cómo olvidamos que los hoteles tienen
dueño, séanlo éstos o no, atravesaron la sala con paso
tranquilo como si estuvieran en su propia casa, son
cosas que se notan cuando se mira con atención. La
muchacha queda de perfil, el hombre está de espaldas, hablan en voz baja, pero el tono de ella subió
cuando dijo, No, padre, me encuentro bien, son, pues,
padre e hija, conjunción poco habitual en hoteles, en
estos tiempos. El camarero se acercó a servirles, sobrio pero familiar de modos, después se apartó, ahora
la sala está silenciosa, ni los chiquillos alzan la voz,
caso extraño, Ricardo Reis no recuerda haberles oído
hablar, o son mudos o tienen los labios pegados, presos por grapas invisibles, idea absurda, pues están co-

miendo. La joven delgada acabó la sopa, deja la cuchara, su mano derecha acaricia, como si fuera un animalito doméstico, a la mano izquierda que descansa en el regazo. Entonces Ricardo Reis, sorprendido por su propio descubrimiento, repara en que desde el principio aquella mano estuvo inmóvil, recuerda que sólo la derecha desdobló la servilleta, y ahora coge la izquierda y la posa sobre la mesa, con mucho cuidado, cristal fragilísimo, y allí la deja estar, junto al plato, asistiendo a la comida, con los largos dedos extendidos, pálidos, ausentes. Ricardo Reis siente un estremecimiento, es él quien lo siente, nadie lo está sintiendo por él, por fuera y por dentro de la piel se estremece, y mira fascinado la mano paralizada y ciega que no sabe a dónde ir si no la llevan, aquí a tomar el sol, aquí a oír la conversación, aquí para que te vea ese señor doctor que vino de Brasil, manecita dos veces izquierda, por estar de ese lado y por ser manca, inhábil, inerte, mano muerta mano muerta que no llamarás en aquella puerta. Ricardo Reis observa que los platos de la chica vienen ya preparados de la cocina, limpio de espinas el pescado, cortada la carne, pelada y abierta la fruta, está claro que padre e hija son huéspedes conocidos, habituales de la casa, tal vez vivan en el hotel. Llegó el fin de la comida y aún se demora un momento, dando tiempo, qué tiempo y para qué, al fin se levantó, aparta la silla, y el ruido, acaso excesivo, hizo que la muchacha volviera el rostro, de frente tiene más de los viente años que antes aparentaba, pero luego el perfil la devuelve a la adolescencia, el cuello alto y frágil, el mentón fino, toda la línea inestable del cuerpo, insegura, inacabada. Ricardo Reis sale del comedor, se acerca a la puerta de los monogramas, allí tiene que cambiar un saludo con el hombre gordo, que también salía, Usted primero, De ningún modo, no faltaba más, al fin pasa el gordo, Gracias, muchas gracias, notable manera ésta de decir, no faltaba más, si tomáramos todas las palabras al pie de la letra tendría que pasar primero Ricardo Reis, porque es innumerables yoes, según su propia manera de entenderse.

El gerente Salvador tiende ya la llave de la doscientos uno, hace un ademán solícito de entrega, pero luego retrae sutilmente el gesto, tal vez el cliente quiera salir al descubrimiento de la Lisboa nocturna y sus placeres secretos, después de tantos años en Brasil y tantos días de travesía oceánica, aunque la noche invernal haga más apetitoso el sosiego de la sala de estar, aquí al lado, con sus profundos y altos sillones de cuero, la araña central, preciosa con sus pinjantes, el gran espejo en el que cabe toda la sala, que en él se duplica, en otra dimensión que no es el simple reflejo de las comunes y sabidas dimensiones que con él se confrontan, anchura, longitud, altura, porque no están allí una por una, identificables, pero sí fundidas en una dimensión única, como fantasma inaprensible de un plano simultáneamente remoto y próximo, si en tal explicación no hay una contradicción que la conciencia sólo por pereza desdeña, aquí se está contemplando Ricardo Reis, en el fondo del espejo, uno de los innumerables que es, pero todos fatigados, Voy arriba, estoy cansado del viaje, fueron dos semanas de mal tiempo, si hubiera por ahí unos diarios de hoy, para ponerme al día con la patria mientras me voy quedando dormido, Aquí los tiene, señor doctor, y en este momento aparecieron la muchacha de la mano paralizada y su padre, pasaron a la sala de estar, él delante, ella detrás a un paso de distancia, la llave ya estaba en manos de Ricardo Reis, y los periódicos de color ceniza, ajados, una racha de viento hizo golpear la puerta que da a la calle, allá en el fondo de la escalera, el timbre zumbó, no es nadie, sólo el temporal que se recrudece, de esta noche no vendrá nada más que se aproveche, lluvia, vendaval en tierra y en el mar, soledad.

El sofá de la habitación es confortable, los muelles, de tantos cuerpos como se sentaron en ellos, se humanizaron, hacen un hueco suave, y la luz de la lámpara sobre el escritorio ilumina el periódico desde un buen ángulo, esto no parece un hotel, es como estar en casa, en el seno de la familia, del hogar que no tengo, quién sabe si lo tendré algún día, éstas son las noticias de mi tierra natal, y dicen, El jefe de Estado inaugura la exposición de homenaje a Mousinho de Albuquerque en la Agencia General de Colonias, no se pueden dispensar las imperiales conmemoraciones ni olvidar las figuras imperiales, Hay grandes recelos en Golegâ, no recuerdo dónde queda, Ah, sí, en Ribatejo, si las crecidas destruyen el dique de los Veinte, curioso nombre, de qué le vendrá, veremos repetida la catástrofe de mil ochocientos noventa y cinco, noventa y cinco, tenía yo ocho años, es lógico que no me acuerde, La mujer más alta del mundo se llama Elsa Droyon y mide dos metros cincuenta de altura, a ésta no la cubre la crecida, y la chica, cómo se llamará, aquella mano paralítica, blanda, debió de ser de enfermedad, o un accidente, Quinto concurso de belleza infantil, media página de retratos de chiquillos, desnudos del todo, al aire los pliequecitos de las carnes, alimentados con harina lacto-búlgara, algunos de estos bebés se convertirán en criminales, golfos y prostitutas por haber sido expuestos así, en su tierna edad, a las groseras miradas del vulgo que no respeta inocencias, Prosiguen las operaciones en Etiopía, y de Brasil qué noticias tenemos, sin novedad, todo acabado, Avance general de las tropas italianas, no hay fuerza humana capaz de detener al soldado italiano en su heroico avance, qué haría, qué hará contra él la espingarda abisinia, la pobre lanza, el mísero alfanje, El abogado de la famosa atleta anunció que su cliente se sometió a una importante operación para cambiar de sexo, dentro de pocos días será un hombre auténtico, como de nacimiento, pues que no se olviden de cambiarle también el nombre, qué nombre, Bocage ante el Tribunal del Santo Oficio, cuadro del pintor Fernando Santos, bellas artes que por aquí se hacen, En el Coliseu está la Última Maravilla con la trepidante y escultural Vanise Meireles, estrella brasileña, tiene gracia, en Brasil nunca oí hablar de ella, será culpa mía, aquí a tres escudos la general, butaca a partir de cinco, en dos sesiones, matinée los domingos, En el

Politeama ponen Las Cruzadas, asombrosa película histórica, En Port-Said desembarcaron numerosos contingentes ingleses, cada época tiene sus cruzadas, éstas son las de hoy, y dice que seguirán hacia la frontera de la Libia italiana, Lista de portugueses fallecidos en Brasil en la primera quincena de diciembre, por el nombre no conozco a nadie, no tengo que ponerme triste, no necesito ponerme luto, pero realmente mueren muchos portugueses allá, Comidas de beneficencia a los pobres aquí, a lo largo del país, cena especial en los asilos, qué bien tratan en Portugal a los macrobios, qué bien tratada la infancia desvalida, florecillas de las calles, y esta noticia, El alcalde de Porto telegrafió al ministro del Interior, en sesión de hoy, el Ayuntamiento que presido, valorando debidamente el decreto de auxilio a los pobres en invierno, decide felicitar a Su Excelencia por una iniciativa de tan singular belleza, y otras, Pilones, llenos de heces de ganado, brotes Viruela en Lebução y Fatela, hay gripe en Portalegre y tifus en Valbom, murió de viruela una muchacha de dieciséis años, florecilla campestre, lirio temprano cortado cruelmente por la muerte, Tengo una perra fox, no pura, que tuvo ya dos camadas y las dos veces fue sorprendida intentando comerse las crías, no escapó ninguna, dígame, señor redactor, lo que debo hacer, El canibalismo de las perras, querido lector y consultante, se debe en general a una alimentación deficiente durante la gestación, con insuficiencia de carne, se les debe dar comida en abundancia, con carne como base, pero que no falte la leche, el pan y las legumbres, en fin, una alimentación completa, si incluso así no pierde la manía, es que no tiene cura, mátela o no permita que sea cubierta, que aguante el celo, o mande esterilizarla. Ahora, imaginemos que las mujeres defectuosamente alimentadas durante su gravidez, que es lo más común, sin carne, sin leche, sólo con pan y coles, se pusieran también a devorar a los hijos, pero, visto que tal cosa no ocurre, según se puede comprobar, resulta fácil distinguir las personas de los animales, este comentario no es un añadido del redactor, ni de Ricardo Reis, que está pensando en otra cosa, en qué nombre adecuado se le podría poner a esta perra, no le llamaría Diana o Recordada, y qué tendrá que ver el nombre con un crimen o con los motivos del crimen, si el nefando animal va a morir de un bollo envenenado o de un disparo de escopeta por mano de su dueño, Ricardo Reis se obstina en seguir pensando, y halla al fin un apelativo adecuado, uno que viene de Ugolino della Gherardesca, canibalísimo conde macho que se comió a sus hijos y a los nietos, y de ello habla, con la debida garantía, la Historia de Güelfos y Gibelinos, capítulo respectivo, y también la Divina Comedia, canto trigésimo tercero del Infierno, se llamará, pues, Ugolina, la madre que devora a sus propios hijos, tan desnaturalizada que no se le mueven las entrañas a la piedad cuando con sus mismas mandíbulas desgarra la blanda y tierna piel de los indefensos cachorros, los destroza, haciendo estallar sus huesos tiernos, y los pobres cachorrillos, gimiendo, mueren sin ver quién los devora, la madre que los parió, Ugolina no me mates que soy tu hijo.

La hoja que trae tales horrores cae sobre las rodillas de Ricardo Reis, adormecido. Una racha súbita estremece los cristales, cae el agua como un diluvio. Por las calles desiertas de Lisboa anda la perra Ugolina babeando sangre, gruñendo ante las puertas, aullando en plazas y jardines, mordiendo furiosa su propio vientre donde ya está gestándose la próxima camada.

Después de una noche de arrebatada invernía, de temporal desencadenado, palabras estas que ya nacieron emparejadas, las primeras no tanto, y unas y otras tan pertinentes a la circunstancia que ahorra el esfuerzo de pensar en nuevas creaciones, bien podría haber despuntado la mañana resplandeciente de sol, con mucho azul en el cielo y jovial revuelo de palomas. Pero no les dio por ahí a los meteoros, las gaviotas siguen sobrevolando la ciudad, el río no es de fiar, las palomas ni se atreven. Llueve, soportablemente para quien salió a la calle con paraguas y gabardina, y el viento, en comparación con los excesos de la madrugada, es una caricia en el rostro. Ricardo Reis salió temprano del hotel, fue al Banco Comercial a cambiar algo de su dinero inglés por los escudos de la patria, le dieron por cada libra ciento diez mil reales, qué pena que no fueran libras oro, que se las pagarían casi el doble, aún así no tiene grandes motivos de queja y sale del banco con cinco mil escudos en el bolsillo, lo que es una fortuna en Portugal. De la Rua do Comerço, donde está, hasta el Terreiro do Paço, hay pocos metros, apetecería escribir Es un paso, si no fuera la ambigüedad de la homofonía, pero Ricardo Reis no se aventurará a atravesar la plaza, se queda mirando de lejos, bajo el cobijo de las arcadas, al río pardo y encrespado, la marea está alta, cuando las olas se alzan parece que van a inundar la plaza, sumergirla, pero es una ilusión óptica, se deshacen contra el muro, su fuerza se quebranta en los escalones inclinados del muelle.

Recuerda que allí se sentó en otros tiempos, tan distantes que llega a dudar si los vivió él mismo, O alguien por mí, tal vez con igual rostro y nombre, pero otro. Nota frío en los pies, húmedos, nota también que una sombra de infelicidad pasa sobre su cuerpo, no sobre el alma, repito, no sobre el alma, esta impresión es exterior, sería capaz de tocarla con las manos si no estuvieran ambas agarrando el mango del paraguas, innecesariamente abierto. Así se abstrae un hombre del mundo, así se ofrece a la risa de quien pasa y dice, Señor, que aquí abajo no llueve, pero la risa es franca, sin maldad, y Ricardo Reis sonríe por haberse distraído, sin saber por qué murmura los dos versos de João de Deus, célebres entre la infancia de las escuelas, Bajo aquella arcada se pasaba bien la noche.

Vino por estar cerca y para comprobar, de paso, si el antiguo recuerdo de la plaza, nítido como un grabado a buril, o reconstruido por la imaginación para así parecerlo hoy, tenía correspondencia próxima con la realidad material de un cuadrilátero rodeado de edificios por tres lados, con una estatua ecuestre y real en medio, el arco del triunfo, que desde donde está no llega a ver, y al fin todo es difuso, brumosa la arquitectura, apagadas las líneas, será por el tiempo que hace, será por el tiempo que es, será por sus ojos ya gastados, sólo los ojos del recuerdo pueden ser agudos como los del gavilán. Van a dar las once, hay mucho movimiento bajo las arcadas, pero decir movimiento no quiere decir rapidez, esta dignidad tiene poca prisa, los hombres, todos con sombrero blando, los paraguas goteando, rarísimas las mujeres, y van entrando en las oficinas, es la hora en que empiezan a trabajar los funcionarios públicos. Se aleja Ricardo Reis en dirección a la Rua do Crucifixo, aguanta la insistencia de un vendedor ambulante que quiere colocarle un décimo para el próximo sorteo, Es el mil trescientos cuarenta y nueve, mañana sale, no fue éste el número premiado ni saldrá mañana, pero así suena el canto del augur, profeta con matrícula en la gorra. Compre, señor, mire que si no compra se arrepentirá, mire que es una corazonada, y hay una fatal amenaza en la imposición. Entra en la Rua Garrett, sube al Chiado, hay cuatro mozos de cuerda recostados en el plinto de la estatua, no les importa la lluvia, es la isla de los gallegos, y luego deja de llover, llovía, ya no llueve, hay una claridad blanca detrás de la estatua de Camões, un nimbo, y vea lo que son las palabras, ésta tanto quiere decir lluvia, como nube, como círculo luminoso, y no siendo el vate Dios o santo, y habiendo parado de llover, fueron sólo las nubes, las que se afinaron al pasar, no imaginemos milagros como los de Ourique o Fátima, ni siquiera ese tan simple de que el cielo se muestre azul.

Ricardo Reis va a los periódicos, ayer anotó las direcciones, antes de acostarse, en fin, no se ha dicho que durmió mal, extrañó la cama o extrañó la tierra, cuando se espera el sueño en el silencio de una habitación aún ajena, oyendo llover en la calle, cobran las cosas su verdadera dimensión, son todas grandes, graves, pesadas, engañadora es, sí, la luz del día hace de la vida una sombra recortada, sólo la noche es lúcida, pero el sueño la vence, tal vez para nuestro sosiego y descanso, paz al alma de los vivos. Va Ricardo Reis a los periódicos, va adonde siempre tendrá que ir quien de las cosas del mundo pasado quiera saber, aquí en el Barrio Alto por donde el mundo pasó, aquí donde dejó rastro de su pie, huellas, ramas partidas, hojas pisadas, letras, noticias, es lo que del mundo queda, el otro resto es la parte de invención necesaria para que de dicho mundo pueda también quedar un rostro, una mirada, una sonrisa, una agonía, Causó dolorosa impresión en los círculos intelectuales la muerte inesperada de Fernando Pessoa, el poeta de Orfeu, espíritu admirable que cultivaba no sólo la poesía en moldes originales, sino también la crítica inteligente, murió anteayer en silencio, como siempre vivió, pero, como las letras en Portugal no alimentan a nadie, Fernando Pessoa tuvo que buscar empleo en una oficina comercial, y, unas líneas más allá, Junto a su tumba dejaron los amigos flores de añoranza. No dice más este periódico, otro dice lo mismo de distinta manera, Fernando Pessoa, el poeta extraordinario de Mensagem, poema de exaltación nacionalista, uno de los más bellos que se hayan escrito jamás, fue enterrado ayer, le sorprendió la muerte en un lecho cristiano del Hospital de San Luis, el sábado por la noche, en la poesía no era sólo él, Fernando Pessoa, era también Álvaro de Campos, y Alberto Caeiro, y Ricardo Reis, vaya, saltó ya el error, la falta de atención, el escribir de oídas, porque nosotros sabemos que Ricardo Reis es este hombre que está leyendo el periódico con sus propios ojos abiertos y vivos, médico, de cuarenta y ocho años de edad, uno más que la edad de Fernando Pessoa cuando se cerraron sus ojos, ésos sí, muertos, no deberían ser necesarias otras pruebas o certificados de que no se trata de la misma persona, y si aún queda alguna duda, que vaya quien dude al Hotel Bragança y hable con Salvador, que es el gerente, que pregunte si no se aloja allí un señor llamado Ricardo Reis, médico, llegado de Brasil, y él dirá que sí, El señor doctor no vino a comer, pero dijo que cenará aquí, si quiere dejar algún recado, yo personalmente me encargaré de dárselo, quién se atreverá ahora a dudar de la palabra de un gerente de hotel, excelente fisonomista y definidor de identidades. Pero, para que no nos quedemos sólo con la palabra de alguien a quien conocemos tan poco, aquí está este otro periódico que colocó la noticia en la página adecuada, la necrológica, e identifica por extenso al fallecido, Tuvo lugar ayer el funeral por el doctor Fernando Antonio Nogueira Pessoa, soltero, de cuarenta y siete años de edad, cuarenta y siete, fíjense bien, natural de Lisboa, graduado en Letras por la Universidad de Inglaterra, escritor y poeta muy conocido en los medios literarios, sobre el ataúd fueron colocados ramos de flores naturales, peor para ellas, pobrecillas, más rápido se marchitarán. Mientras espera el tranvía que lo ha de llevar a Prazeres, el doctor Ricardo Reis lee la oración fúnebre pronunciada al pie de la tumba, la lee cerca del lugar donde fue ahorcado, nosotros lo sabemos, va para doscientos veintitrés años, reinaba entonces

Don João V, que no cupo en Mensagem, fue ahorcado, íbamos diciendo, un genovés, buhonero, que por causa de una pieza de droguete mató a uno de nuestros portugueses de una puñalada en la garganta, y luego hizo lo mismo con el ama del muerto, que muerta quedó allí del golpe, y a un criado le dio dos puñaladas no fatales, y a otro lo agarró como a un conejo y le vació un ojo, y si más no hizo fue porque al fin lo prendieron y aquí se cumplió la sentencia por ser cerca de la casa del muerto, con gran concurrencia, no se puede comparar con esta mañana de mil novecientos treinta y cinco, mes de diciembre, día treinta, con el cielo cargado, que sólo anda por la calle quien no puede evitarlo, aunque no llueva en este preciso instante en que Ricardo Reis, recostado en un farol en lo alto de la Calçada do Combro, lee la oración fúnebre, no del genovés, que no la tuvo, a no ser que como tal le sirvieran los denuestos del populacho, sino de Fernando Pessoa, poeta, inocente de muertes criminales, Dos palabras sobre su tránsito mortal, para él bastan dos palabras, o ninguna, quizá sería preferible el silencio, el silencio que ya lo envuelve a él y nos envuelve a nosotros, un silencio de las dimensiones de su espíritu, con él está bien lo que está cerca de Dios, pero tampoco debían, tampoco podían, los que fueron sus pares en el convivio de la Belleza, verlo descender a tierra, o mejor, ascender a las líneas definitivas de la Eternidad, sin manifestar la protesta tranquila, pero humana, el dolor que nos causa su partida, no podían sus compañeros de Orfeu, más que compañeros hermanos, que comulgan con el mismo ideal de Belleza, no podían, repito, dejarlo aquí, en la tierra extrema, sin haber al menos deshojado sobre su muerte gentil el lirio blanco de su silencio y de su dolor, lloramos al hombre que la muerte nos lleva, y con él la pérdida del prodigio de su convivencia y la gracia de su presencia humana, sólo al hombre, es duro decirlo, pues a su espíritu y a su poder creador, a ésos les dio el destino una extraña hermosura inmortal, lo que queda es el genio de Fernando Pessoa. Vaya, vaya, por

suerte aún se encuentran excepciones en las regulari-
dades de la vida, desde el Hamlet que andábamos
diciendo, El resto es silencio, en definitiva, del resto
es el genio quien se encarga, éste o cualquier otro.

El tranvía llegó y partió ya, Ricardo Reis va sentado en él, solo en el banco, pagó su billete de setenta
y cinco centavos, con el tiempo aprenderá a decir uno
de siete y medio, y vuelve a leer la funérea despedida,
no puede convencerse de que sea Fernando Pessoa el
destinatario de ella, en verdad muerto, si consideramos
la unanimidad de las noticias, sino a causa de las
anfibologías gramaticales y léxicas que él abominaría,
tan mal lo conocían para así hablarle o hablar de él, se
aprovecharon de su muerte, estaba atado de pies y
manos, pensemos en lo del lirio blanco y deshojado,
como muchacha muerta de fiebre tifoidea, en aquel
adjetivo, gentil, Dios mío, qué recuerdo tan ramplón,
con perdón de lo vulgar de la palabra, cuando tenía allí
mismo el orador la muerte sustantiva que debiera dispensar todo lo demás, en especial el resto, todo tan
poco, y como gentil significa noble, caballero, gracioso, elegante, agradable, cortés, eso es lo que dice el
diccionario, entonces la muerte podría ser calificada de
noble, caballeresca o graciosa, o elegante, o agradable o
cortés, cuál de éstas habrá sido la suya, si es que en el
lecho cristiano del Hospital de San Luis le fue permitido
elegir, quieran los dioses que haya sido agradable, pues
con una muerte que lo fuese sólo la vida se perdería.

Cuando Ricardo Reis llegó al cementerio, estaba sonando la campanilla del portalón, se difundía
por los aires un sonido de bronce agrietado, como de
quinta rústica, en la modorra de la siesta. En la lejanía,
una carreta arrastrada a brazos balanceaba luctuosas
cenefas, un grupo de gente oscura seguía al carro
mortuorio, bultos cubiertos con chales negros y trajes
masculinos de casamiento, algunos lívidos crisante-
mos en los brazos, otros ramos de ellos adornando
los repechos superiores del féretro, ni las flores tienen un mismo destino. Se sumió la carreta en las profundidades, y Ricardo Reis fue a la administración, al

registro de difuntos, a preguntar dónde estaba sepul-
tado Fernando Antonio Nogueira Pessoa, fallecido el
treinta del mes pasado, enterrado el día dos del corriente, albergado en este cementerio hasta el fin de
los tiempos, cuando Dios ordene que los poetas des-
pierten de su muerte provisional. El funcionario comprende que está ante persona ilustrada y de distinción,
y explica solícito, da la calle, el número, que esto es
como una ciudad, señor mío, y como se confunde en
las indicaciones, sale a este lado del mostrador, viene afuera, e indica, ya definitivo, Siga por la alameda,
sin desviarse nunca, vuelva hacia la derecha, luego
siempre adelante, pero, cuidado, porque queda del
lado derecho, a unos dos tercios de la longitud de la
calle, la tumba es pequeña, es fácil no reparar en
ella. Ricardo Reis agradeció las explicaciones, tomó
los vientos que venían de la plaza sobre la mar y el
río, no oyó que fueran gemebundos, como sería lógico en un cementerio, sólo aire ceniciento, húmedos
los mármoles y las piedras calcáreas, por la reciente
lluvia, y más verdinegros los cipreses, va bajando por
la alameda como le indicaron, en busca de la cuatro
mil trescientas setenta y una, la lotería que no saldrá
mañana, que ya salió, y que no saldrá jamás, le tocó el
destino, no la suerte. La calle baja suavemente, como
un paseo, al menos los últimos pasos no fueron fatigo-
sos, la última caminata, el final del acompañamiento,
que a Fernando Pessoa nadie volverá a acompañarlo,
si es que en vida lo hicieron realmente aquellos que
de muerto lo siguieron. Ésta es la curva donde hay
que doblar. Nos preguntamos qué hemos venido a
hacer aquí, qué lágrima guardábamos para verter aquí,
y por qué, si no las lloramos en su tiempo propio,
quizá por haber sido entonces menor el dolor que la
sorpresa, sólo después vino el dolor, sordo, como si
todo el cuerpo fuese un único músculo pateado por
dentro, sin mancha negra que mostrase el lugar del
luto. A un lado y otro las tumbas tienen las puertas
cerradas, cubiertas las vidrieras por cortinillas de en-
caje, blanco lienzo de Bretaña, como de sábanas, finí-

simas flores bordadas entre dos llantos, o tejidas en pesado croché por agujas como espadas desnudas, o richeliana, o ajur, maneras de hablar afrancesadas, pronunciadas sabe Dios cómo, igual que los chiquillos del Highland Brigade que ahora estarán lejos, navegando hacia el norte, por mares donde la sal de las lágrimas lusíadas es sólo de pescadores, entre las olas que los matan, o de gente suya, gritando en la playa, los hilos los hizo la compañía coats and clark, marca áncora, para no salirnos de la historia trágico-marítima. Ricardo Reis anduvo ya la mitad del camino, va mirando a la derecha, eterna añoranza, piadoso recuerdo, aquí yace, a la memoria de, iguales serían las del lado izquierdo si para él mirásemos, ángeles de alas derribadas, lacrimosas figuras, entrelazados dedos, pliegues compuestos, paños ordenados, columnas partidas, quizá las hagan ya así los canteros, o las entregarán enteras para que las rompan luego los parientes del difunto en señal de pesar, como quien, solemnemente, a la muerte del jefe, los escudos parte, y calaveras al pie de las cruces, la evidencia de la muerte es el velo con que la muerte se disfraza. Pasó Ricardo Reis ante la tumba que buscaba, ninguna voz lo llamó, pst, es aquí, y hay aún quien se empeña en afirmar que los muertos hablan, ay de ellos si no tuvieran una matrícula, un nombre en la piedra, un número como las puertas de los vivos, sólo para que sepamos encontrarlos valió la pena que nos enseñaran a leer, imagínese un analfabeto de los muchos que tenemos, sería preciso traerlo, decirle con nuestra voz, Es aquí, quizá nos mirara desconfiado, a ver si me están engañando, si por error nuestro, o por malicia, va a rezar a Montesco siendo Capuleto, o a Mendes siendo Gonçalves.

Son títulos de propiedad y ocupación, tumba de Doña Dionisia de Seabra Pessoa, inscritos en el frontispicio, bajo los aleros de esta garita donde el centinela, romántica sugestión, está durmiendo, abajo, a la altura del gozne inferior de la puerta, otro nombre, Fernando Pessoa, con fechas de nacimiento y muerte, y una urna dorada diciendo Estoy aquí, y en voz alta Ricardo Reis repite, sin saber que oyó, Está aquí, y entonces vuelve a empezar a llover. Vino de tan lejos, de Río de Janeiro, navegó noches y días sobre las olas del mar, tan próximo y distante le parece hoy el viaje, qué va a hacer ahora, solo en esta calle, entre habitaciones funerales, con el paraguas abierto, a la hora de comer, a lo lejos se oye un sonido quebrado de campana, esperaba sentir, cuando aquí llegara, cuando tocase estos hierros, una profunda conmoción en el alma, una dilaceración, un terremoto interior, como grandes ciudades cayendo silenciosamente porque allí no estamos, pórticos y torres blancas derrumbándose, y al fin, sólo, y levemente, un ardor en los ojos que se va tan rápido como vino, ni tiempo dio para pensar en él y conmoverse por pensar. Nada tiene ya que hacer en este lugar, lo que hizo tampoco es nada, dentro de la tumba está una vieja chiflada a quien no se puede dejar suelta, y está también, por ella guardado, el cuerpo descompuesto de un hacedor de versos que dejó su parte de locura en el mundo, ésa es la gran diferencia que hay entre poetas y locos, el destino de la locura que se apoderó de ellos. Sintió miedo al pensar en la abuela Dionisia, allá dentro, en el afligido nieto Fernando, ella con ojos desorbitados vigilando, él desviando los suyos, en busca de una rendija, de un soplo de viento, de una mínima luz, y el malestar se transformó en náusea como si lo arrebatara y sofocara una gran ola marina, a él, que en catorce días de viaje no había llegado a marearse. Entonces pensó, Será porque tengo el estómago vacío, y eso sería, pues no había probado bocado en toda la mañana. Cayó un chaparrón fuerte, y oportuno, ahora Ricardo Reis tendrá ya una razón para responder si le preguntan, No, no me entretuve allá, llovía mucho. Mientras sigue calle arriba, lentamente, siente que se van disipando sus náuseas, que sólo le queda un vago dolor de cabeza, tal vez un vacío en la cabeza, como una carencia, un pedazo de cerebro menos, la parte que me correspondió. A la puerta de la administración del cementerio estaba su informante, y quedaba claro, por el brillo de sus labios que acababa de almorzar, dónde, aquí mismo, una servilleta extendida sobre la mesa-escritorio, la comida que había traído de casa, aún tibia, por venir envuelta en periódicos, acaso recalentada en un hornillo de gas, allá en el fondo del archivo, interrumpiendo tres veces la masticación para registrar entradas, seguro que me he entretenido ahí más de lo que creía, Qué, encontró la tumba que buscaba, Sí, la encontré, respondió Ricardo Reis, y ya en la puerta repitió, La encontré, allí estaba.

Inició un movimiento hacia la parada de taxis, tenía hambre y prisa a ver si encontraba aún a esta hora un restaurante o casa de comidas donde almorzar, Lléveme al Rossio, por favor. El conductor masticaba metódicamente un palillo, lo pasaba de un extremo de la boca al otro con la lengua, las manos ocupadas en conducir, y de vez en cuando aspiraba ruidosamente la saliva entre los dientes, con un sonido intermitente, redoblado como el canto de un pájaro, son los gorjeos de la digestión, pensó Ricardo Reis, y sonrió. En el mismo instante se le llenaron los ojos de lágrimas, extraño suceso el de que aquella causa produjera estos efectos, o habrá sido por el entierro del chiquillo, pobre ángel, que pasó en su ataúd blanco, un Fernando que no vivió lo bastante para ser poeta, un Ricardo que no será médico, ni poeta será, o quizá la razón de estas lágrimas sea otra, sólo porque llegó la hora de llorar. Son complicadas las cosas de la fisiología, dejémoslas para quien las conozca, mucho más aún si es preciso recorrer las veredas del sentimiento que existen dentro de los sacos lacrimales, averiguar, por ejemplo, qué diferencias químicas habrá entre una lágrima de tristeza y una lágrima de alegría, seguro que aquélla es más salada, por eso nos arden los ojos tanto. Ante él, el conductor apretaba el mondadientes entre los caninos del lado derecho, jugaba con él sólo en sentido vertical, en silencio, respetando así la tristeza del pasajero, les pasa a muchos cuando vuelven del cementerio. El taxi bajó por la Calçada da

Estrela, dobló por Cortes hacia el río, y luego, por camino ya conocido, ganó la Baixa, subió por Rua Augusta y, entrando en el Rossio, dijo Ricardo Reis, recordando de súbito, Pare en Irmãos Unidos, así se llamaba el restaurante, ahí mismo, poniéndose un poco a la derecha, este portal, el otro, detrás, por la Rua dos Correeiros, aquí se restauran estómagos, y es un buen sitio, con tradición, precisamente estamos en el lugar que fue Hospital de Todos los Santos, cuánto tiempo ya, hasta parece que estamos contando la historia de otro país, bastó que se metiera un terremoto por medio, y ahí está el resultado, quién nos vio y quién nos ve, si es mejor o peor, eso depende de estar vivo y tener viva la esperanza.

Ricardo Reis comió sin consideración al régimen, ayer fue una debilidad suya, un hombre, cuando desembarca del mar océano, es como un chiquillo, unas veces busca un hombro de mujer donde apoyar la cabeza, otras se hace servir en la taberna unos vasos de vino hasta encontrar la felicidad, si es que allí la habían puesto antes, otras es como si no tuviera voluntad propia, cualquier camarero gallego le dice lo que tiene que comer, un caldito de gallina, eso es lo mejor para el estómago del señor. Aquí nadie quiso saber si desembarcó ayer, si las comidas tropicales le habían estropeado la digestión, qué plato especial sería capaz de curar la añoranza de la patria, si de añoranzas sufría, y si no las sufría, por qué volvió. Desde la mesa donde está, por los espacios entre las cortinas, ve pasar fuera los tranvías, los oye rechinar en las curvas, el tintineo de campanillas sonando líquidamente en la atmósfera penetrada por la lluvia, como las campanas de una catedral sumergida o las cuerdas de un clavicordio resonando infinitamente en las paredes de un pozo. Los camareros esperan con paciencia a que este último cliente acabe de comer, entró tarde, pidió por favor que le sirvieran, y gracias a esa prueba de consideración hacia quien trabaja lo aceptaron cuando ya en la cocina andaban ordenando las sartenes. Ahora sale, saludó cortésmente y, dando las gracias,

salió por la puerta de la Rua dos Correeiros, la que da
a la gran babilonia de hierro y cristal que es la Praça
da Figueira, aún agitada, pero nada que se pueda comparar con las horas de la mañana, ruidosas de gritos y
pregones hasta el paroxismo. Se respira una atmósfera compuesta de mil olores intensos, a col aplastada y
mustia, a excrementos de conejo, a plumas de gallina
escaldadas, a sangre, a piel desollada. Andan baldeando
los tenderetes, las callejuelas interiores, con cubos y
mangueras y ásperas escobas de brezo, se oye de vez
en cuando un arrastrar metálico, luego un estruendo,
fue una puerta ondulada al cerrarse. Ricardo Reis da
vuelta a la plaza por el sur, entró por la Rua dos
Douradores, casi no llovía ya, por eso puede cerrar el
paraguas, mirar hacia arriba y ver los altos frontispicios de color ceniciento o pardo, las filas de ventanas
a la misma altura, las de parapeto, las de saliente, con
las monótonas canterías prolongándose calle adelante hasta confundirse en delgadas franjas verticales,
cada vez más estrechas, pero no tanto como para
esconderse en un punto de fuga, porque allá en el
fondo, aparentemente cortando el camino, se levanta
una casa de la Rua da Conceição, igual de color, de
ventanas y rejas, hecha según el mismo plan, o con
diferencias mínimas, todas resudando sombra y humedad, liberando por los zaguanes el hedor de desagües destrozados, con dispersas vaharadas de gas,
cómo no van a tener las caras pálidas los dependientes que asoman a las puertas de las tiendas con sus
batas o guardapolvos de dril ceniciento, el lápiz, cabalgando la oreja, el aire enfadado por ser hoy lunes
y porque el domingo no valió la pena. La calle está
pavimentada de adoquines irregulares, es un basalto
casi negro donde dan saltos las llantas metálicas de
los carros y donde, en tiempo seco, no en éste, sacan
chispas las herraduras de las mulas cuando el arrastre
de la carga rebasa sus fuerzas. Hoy no hay esfuerzos de
ésos, sólo el de dos hombres que descargan sacos
de habichuelas que, por el bulto, no pesan menos de
sesenta kilos, o serán litros quizá, como se debe decir

cuando se trata de estas y otras legumbres, y entonces los kilos serían menos de los calculados, porque, tratándose de habichuelas, producto que por su íntima naturaleza es más ligero, cada litro viene a equivaler a setecientos cincuenta gramos, por término medio, ojalá hayan atendido los medidores a estas consideraciones de peso y masa cuando llenaron los sacos.

Y Ricardo Reis va encaminando sus pasos hacia el hotel. Ahora mismo recuerda la habitación donde durmió su primera noche de hijo pródigo, bajo un techo paterno, lo recordó como si fuera su propia casa, pero no la de Río de Janeiro, no ninguna de las otras que habitó, en Porto, donde sabemos que nació, o aquí en esta ciudad de Lisboa, donde vivía antes de embarcarse para el exilio brasileño, ninguna de ésas, y pese a todo habían sido casas verdaderas, extraña señal esa de estar un hombre recordando un cuarto de hotel como si fuera su casa, y sentir esa inquietud, ese desasosiego, llevo tanto tiempo fuera, desde por la mañana temprano, voy para allá, voy para allá. Dominó la tentación de llamar un taxi, dejó pasar un tranvía que lo dejaría casi en la puerta, consiguió al fin reprimir aquella ansiedad absurda, obligarse a ser sólo una persona cualquiera que vuelve a casa, aunque sea un hotel, sin prisas y también sin inútiles demoras, aunque no tenga a nadie a su espera. Luego, por la noche, verá probablemente a la muchacha de la mano paralizada, en el comedor, es una posibilidad, como también lo son el hombre gordo, el flaco de luto, los chiquillos pálidos y sus pletóricos progenitores, quién sabe si otros huéspedes, gentes misteriosas que llegaron de lo desconocido y de la bruma, y pensando en ellos sintió un calorcillo en el corazón, un íntimo consuelo, amaos los unos a los otros, así se dijo un día, y ya era tiempo de empezar. El viento soplaba con fuerza, encañado, en la Rua do Arsenal, pero no llovía, sólo caían sobre las aceras unos goterones de los aleros. Quizá mejore el tiempo a partir de hoy, esta invernía no puede durar siempre, hace dos meses que anda el cielo deshaciéndose en agua, fue lo que dijo ayer el taxista, y lo dijo con el aire de quien ya no cree en días mejores.

Zumbó levemente el timbre de la puerta, y era como si le estuvieran dando la bienvenida el paje italiano, el empinado tramo de escaleras, Pimenta, allá arriba, al acecho, esperando ahora, deferente y minucioso, un poco doblado el espinazo, o será consecuencia de las cargas, Buenas tardes, señor doctor, asomó también al descansillo el gerente Salvador, diciendo lo mismo pero con dicción más cuidada, y a ambos respondió Ricardo Reis, no había allí gerente, mozo y doctor, sino sólo tres personas que se sonríen unas a otras, contentas por haberse vuelto a encontrar después de tanto tiempo, desde esta mañana, imagínese, y qué añoranza, Dios mío. Cuando Ricardo Reis entró en el cuarto y vio todo perfectamente ordenado, tensa la colcha de la cama, brillante el lavabo, sin una sombra el espejo, salvo la lepra de vejez, suspiró satisfecho. Se descalzó, se cambió de ropa, se puso unas zapatillas ligeras, entreabrió una de las ventanas, gestos de quien vuelve a casa y se encuentra satisfecho en ella, después se sentó en la butaca, a descansar. Fue como si hubiera caído en sí, es decir, dentro de sí, en una caída rápida y violenta, Y ahora, preguntó, Y ahora, Ricardo, o quienquiera que seas, dirían los otros. Bruscamente se dio cuenta de que la verdadera finalidad de su viaje era este preciso instante que estaba viviendo, que el tiempo transcurrido desde que había puesto el pie en el muelle de Alcántara, lo había gastado, por así decir, en maniobras de atraque y fondeo, en sondar la marea, lanzar los cabos, que eso fue la busca de hotel, la lectura de los primeros periódicos, y luego la de los otros, la ida al cementerio, la comida en la Baixa, la bajada por la Rua dos Douradores, y aquella repentina nostalgia del cuarto del hotel, el impulso de afecto indiscriminado, general y universal, los saludos de Salvador y de Pimenta, la colcha impecable, y, en fin, la ventana abierta de par en par, la empujó el viento y así está, ondean como alas los visillos, y ahora. Vuelve a caer la lluvia, suena sobre

los tejados como un rumor de arena cernida, adorme-
cedor, hipnótico, quizá en su gran diluvio Dios mise-
ricordioso adormecía así a los hombres para que les
fuera la muerte dulce, el agua entrando suavemente
por las narices y por la boca, inundando sin ahogos
los pulmones, arroyuelos que van llenando los alvéolos,
uno tras otro, todo el hueco del cuerpo, cuarenta días
y cuarenta noches de sueño y lluvia, los cuerpos descendiendo hasta el fondo, lentamente, llenos de agua,
al fin más pesados que ella, así fue como ocurrió todo,
también Ofelia se deja ir en la corriente, cantando,
pero Ofelia tendrá que morir antes de que acabe el
cuarto acto de la tragedia, cada uno tiene su manera
personal de dormir y morirse, o al menos eso me
parece, pero el diluvio continúa. Llueve sobre nosotros el tiempo, el tiempo nos ahoga. En el suelo encerado se juntaron arrastrándose las gotas que entraban
por la ventana abierta y las que salpicaban el alféizar,
hay huéspedes descuidados para quienes el trabajo
humilde es despreciable, creen tal vez que las abejas,
aparte de fabricar cera, van a extenderla sobre las tablas y luego sacar brillo, pero éste no es trabajo de
insectos, si no existieran las criadas, obreras también
ellas, estos suelos resplandecientes pronto estarían
mortecinos, pegajosos, no tardaría en aparecer el gerente armado de represión y castigo, porque, siendo
gerente, ésta es su labor, y en este hotel fuimos colocados para honrar y glorificar a su amo y señor, o a
quien es su delegado, Salvador, como sabemos que
se llama y ya dio muestras de serlo. Ricardo Reis corrió a cerrar la ventana, con los papeles empapó el
agua del suelo y la exprimió, o la mayor parte, y al no
tener recursos para enmendar por completo el pequeño desastre, tocó la campanilla. Era la primera vez,
pensó, como quien se pide disculpas a sí mismo.

Oyó pasos en el corredor, sonaron discretamente unos nudillos en la puerta, entre, palabra que
fue ruego, no orden, y cuando la camarera abrió, casi
sin mirarla, dijo La ventana estaba abierta, no vi que
la lluvia entraba, está el suelo mojado, y se calló re-

pentinamente al darse cuenta de que le estaba saliendo una tirada de octosílabos a él Ricardo Reis, autor
de odas sáficas o alcaicas, ahora se nos convierte en
poeta popular, por poco no remata una cuarteta, rom-
piéndole así el pie, por necesidad de la métrica, a la
gramática, Le agradecería limpiara, pero lo entendió
sin más poesía la camarera, que salió y volvió con la
bayeta y el balde y, de rodillas, serpenteando el cuerpo con el movimiento de los brazos, restituyó en lo
posible la sequedad que a las maderas enceradas conviene, mañana pondrá un poco de cera, Quiere algo
más, doctor, No, gracias, y ambos se miraron de frente, la lluvia golpeaba fortísima en los cristales, se aceleró el ritmo, ahora sonaba como un redoble de tambor,
los dormidos se despertaban sobresaltados, Cómo se
llama, y ella respondió Lidia, señor doctor, y añadió,
Para servirle, señor doctor, podría haberlo dicho de
otra manera y más alto, por ejemplo, Aquí estoy, au-
torizada para esto por recomendación del gerente, Mira
Lidia, a ver si atiendes al huésped de la doscientos
uno, al doctor Reis, y ella lo estaba ya atendiendo,
pero él no respondió, sólo pareció repetir el nombre,
Lidia, en un susurro, quién sabe si para no olvidarlo
cuando precisara llamarla de nuevo, hay gente así,
que repite las palabras que oye, las personas, realmente, son papagayos unas de otras, no hay otro sistema de aprendizaje, acaso esta reflexión le vino sin
proponérsela, porque no la hizo Lidia, que es el otro
interlocutor, dejémosla salir entonces, si ya tiene nombre, y que se lleve el balde y la bayeta, veamos cómo
quedó Ricardo Reis sonriendo irónicamente, que es
una disposición de labios que no engaña, que cuando
quien inventó la ironía inventó la ironía, tuvo también
que inventar la sonrisa que manifestara su intención,
logro mucho más difícil, Lidia, dice, y sonríe. Sonriendo va al cajón a buscar sus poemas, sus odas sáficas,
lee algunos versos al azar, pasando las hojas, Y así,
Lidia, junto al hogar, como estando, Tal sea, Lidia, el
cuadro, No deseemos, Lidia, en esta hora, Cuando, Lidia, llegue nuestro otoño, Ven a sentarte conmigo,

Lidia, a la orilla del río, Lidia, la vida más vil antes que la muerte, ya no queda vestigio de ironía en la sonrisa si el nombre de sonrisa lo justifican aún dos labios abiertos sobre los dientes, cuando por dentro de la piel se alteró el juego de los músculos, rictus ahora o doloroso visaje se diría en estilo plúmbeo. Tampoco esto va a durar. Como la imagen de sí mismo reflejada en un trémulo espejo de agua, el rostro de Ricardo Reis, suspenso sobre la página, recompone las líneas conocidas, dentro de poco podrá reconocerse, Soy yo, sin ninguna ironía, sin disgusto alguno, alegre por no sentir siquiera alegría, menos ser lo que es y estar donde está, así hace quien no más desea o sabe que más no puede tener, por eso sólo quiere lo que ya era suyo, todo en definitiva. La penumbra del cuarto se ha ido espesando, alguna nube negra estará atravesando el cielo un oscurísimo nimbo como serían los convocados para el diluvio, los muebles caen en súbito sueño. Ricardo Reis hace un ademán, tantea el aire ceniciento, después, distinguiendo apenas las palabras que va trazando en el papel, escribe, A los dioses pido sólo que me concedan el no pedirles nada, y habiendo escrito esto ya no supo qué más decir, a veces es así, creemos en la importancia de lo que dijimos o escribimos hasta cierto punto, sólo porque no fue posible acallar los sonidos o apagar los rasgos, pero nos entra por el cuerpo la tentación de la mudez, la fascinación de la inmovilidad, estar como están los dioses, callados y quietos, sólo asistiendo. Va a sentarse en el sofá, se recuesta, cierra los ojos, nota que podría dormir, no quiere otra cosa, y ya adormecidamente se levanta, abre el armario, retira una manta y se tapa con ella, ahora sí, duerme, sueña que está en una mañana de sol y va paseando por la Rua do Ouvidor, en Río de Janeiro, ligero de ropa por ser mucho el calor, empieza a oír disparos lejanos, explosiones de bombas, pero no se despierta, no es la primera vez que sueña este sueño, ni siquiera oye que alguien llama a la puerta y que una voz, de mujer persuasiva, pregunta, Ha llamado usted, señor.

Diremos que si Ricardo Reis se quedó tan profundamente dormido es porque apenas lo había hecho por la noche, diremos que son falacias de mentirosa profundidad espiritual aquellas permutables fascinaciones y tentaciones de inmovilidad y mudez consecuente, diremos que esto no es una historia de dioses y que familiarmente podríamos haberle dicho a Ricardo Reis, antes de que se quedara dormido como vulgar humano, Tu mal es el sueño. Pero hay una hoja de papel sobre la mesa, y en ella ha sido escrito A los dioses pido sólo que me concedan el no pedirles nada, existe, pues, este papel, las palabras existen dos veces, cada una por sí misma y habiéndose encontrado en este orden pueden ser leídas y tienen un sentido, es igual, para el caso, que haya o no haya dioses, que se haya dormido o no quien las escribió, quizá las cosas no son tan sencillas como en principio estábamos inclinados a mostrar. Cuando Ricardo Reis despierta, hay noche en su cuarto. El último rayo de luz que llega de fuera se rompe en los cristales empañados, en el tamiz de los visillos, una de las ventanas tiene la cortina corrida, y por eso se cerró la oscuridad. El hotel está en silencio absoluto, es el palacio de la Bella Durmiente, en el que ya la Bella se ha retirado o nunca estuvo, y todos durmiendo, Salvador, Pimenta, los camareros gallegos, el maître, los huéspedes, el paje renacentista, parado el reloj del descansillo, de repente suena lejano el timbre de la entrada, debe de ser el príncipe que viene a besar a la Bella, llega tarde, pobrecillo, tan alegre que venía y tan triste que me voy, la señora vizcondesa me lo había prometido, pero prometió en falso. Es un cuento infantil, que aflora de la memoria subterránea, se mueven unos niños de niebla en el fondo de un jardín invernal, y cantan con sus voces agudas pero tristes, avanzan y retroceden con pasos solemnes, ensayando así la pavana para los infantes difuntos que no tardarán en ser cuando crezcan. Ricardo Reis aparta la manta, se enfada consigo mismo por haberse quedado dormido sin desnudarse, no es hábito suyo el con-

descender con tales negligencias, siempre siguió sus
reglas de comportamiento, su disciplina, ni el trópico
de Capricornio, tan emoliente, logró embotar, en dieciséis años, el filo riguroso de sus modales y de sus odas,
hasta el punto de que podríamos afirmar que siempre
procura estar como si siempre lo estuvieran observando los dioses. Se levanta de la butaca, va a encender
la luz y, como si fuera de mañana y despertara de un
sueño nocturno, se mira en el espejo, se palpa la cara,
tal vez debiera afeitarse para la cena, al menos sí se
cambiará de ropa, no va a presentarse así en el comedor, desaliñado, con las ropas arrugadas. Es excesivo
su escrúpulo, parece que no ha observado aún cómo
visten los vulgares habitantes de la ciudad, chaquetas
como sacos, pantalones con rodilleras que abultan como
papadas, corbatas de nudo permanente que se calzan
y descalzan por la cabeza, camisas mal cortadas, arrugas, pliegues, son los efectos de la edad. Y los zapatos los hacen largos de trompa para que fácilmente
pueda ejercitarse el juego de los dedos, aunque el
resultado final de esta providencia acabe por anular
la intención, porque ésta debe de ser la ciudad del
mundo donde con mayor abundancia florecen callos
y durezas, juanetes y ojos de gallo, sin hablar de los
uñeros, enigma pedicular complejo que requeriría una
investigación particular y que queda aquí, expuesto a
la pública curiosidad. Decide que no va a afeitarse,
pero se pone una camisa limpia, elige una corbata
de acuerdo con el color del traje, ante el espejo se
alisa el pelo apurando la raya. Se decide a bajar,
aunque la hora de la cena está aún lejos. Pero antes
de salir relee lo escrito, sin tocar el papel, diríamos
que impaciente, como si estuviera enterándose de
un recado dejado por alguien por quien no sintiera demasiado afecto o que lo irritara más de lo que es
normal y disculpable. Este Ricardo Reis no es el poeta, sólo un huésped de hotel que, al salir del cuarto,
encuentra una hoja de papel con verso y medio escritos, quién me habrá dejado esto aquí, desde luego la
criada no fue, no fue Lidia, ésta o la otra, qué pesa-

dez, ahora que está empezado voy a tener que terminarlo, qué fatalidad, Es que la gente nunca se da cuenta de que quien acaba una cosa nunca es aquel que la empezó aunque ambos tengan nombre igual, que es sólo eso lo que se mantiene constante, nada más.

El gerente Salvador estaba en su puesto, erguido, enarbolando perenne su sonrisa, Ricardo Reis le saludó, siguió adelante. Salvador fue tras él, quiso saber si el señor doctor quería tomar algo antes de la cena, un aperitivo, No, gracias, nunca este hábito dominó a Ricardo Reis, aunque quizá con el tiempo ceda a él, primero el gusto, luego la necesidad, no ahora. Salvador se quedó un minuto entre puerta y puerta, por ver si el huésped cambiaba de opinión o expresaba otro deseo, pero Ricardo Reis ya había abierto un periódico, había pasado todo aquel día ignorante de lo que ocurría en el mundo, no es que por inclinación fuera lector asiduo, al contrario, le fatigaban las páginas grandes y el derroche de prosa, pero aquí, y no teniendo más que hacer, y para escapar de la solicitud de Salvador, el periódico, por el hecho de hablar del mundo general, le serviría de barrera contra ese otro mundo próximo y asediante, podían las noticias de aquél ser leídas como remotos e inconsecuentes mensajes, en cuya eficacia no hay muchos motivos para creer porque ni siquiera tenemos la certeza de que lleguen a su destino, Dimisión del gobierno español, aprobada la disolución de las Cortes, una, El Negus, en un telegrama a la Sociedad de Naciones, dice que los italianos emplean gases asfixiantes, otra, son así los periódicos, sólo saben hablar de lo que aconteció, casi siempre cuando ya es demasiado tarde para enmendar errores, peligros y faltas, buen periódico sería aquel que en el día uno de enero de mil novecientos catorce hubiera anunciado que estallaría la guerra el veinticuatro de julio, dispondríamos entonces de casi siete meses para conjurar la amenaza, quién sabe si no podríamos llegar a tiempo, y mejor sería aún que apareciera publicada la lista de los que iban a morir, millones de hombres y mujeres leyendo en el diario de la mañana, con el café con leche, la noticia de su propia muerte, un destino marcado y por cumplir, día, hora y lugar, el nombre entero, qué harían cuando supieran que los iban a matar, qué haría Fernando Pessoa si pudiera leer, dos meses antes, El autor de Mensagem morirá el día treinta de noviembre próximo, de cólico hepático, quizá fuera al médico y dejara de beber, tal vez dejara de lado lo de la consulta y empezara a beber el doble, para poder morir antes. Ricardo Reis baja el periódico, se mira en el espejo, superficie dos veces engañadora porque reproduce un espacio profundo y lo niega mostrándolo como una mera proyección, donde verdaderamente nada acontece, sólo el fantasma exterior y mudo de las personas y las cosas, árbol que hacia el lago se inclina, rostro que en él se busca, sin que las imágenes de árbol y rostro lo perturben, lo alteren, le toquen siquiera. El espejo, éste y todos, porque siempre devuelve una apariencia, está protegido contra el hombre, ante él no somos más que estar o haber estado, como alguien que antes de partir para la guerra de mil novecientos catorce se admiró en el uniforme que vestía más que de verse a sí mismo, sin saber que en este espejo no volverá a mirarse, también esto es vanidad, lo que no tiene duración. Así es el espejo, soporta, pero, si puede, rechaza. Ricardo Reis desvió los ojos, cambia de lugar, va, rechazador él, o rechazado, a volverle la espalda. Quizá rechazador porque el espejo lo es también.

Dio las ocho el reloj del descansillo, y apenas se había acabado el último eco, resonó débilmente el gong invisible, sólo desde aquí cerca puede oírse, seguro que los huéspedes de los pisos altos ni se enteran, pero hay que contar con el peso de la tradición, no va a ser sólo fingir trenzados de mimbre en botellas cuando ya no se usa el mimbre. Ricardo Reis dobla el periódico, sube al cuarto a lavarse las manos, a enmendar su aspecto, vuelve luego, se sienta a la mesa donde por primera vez comió, y espera. Quien lo viese, quien siguiese sus pasos, así tan dispuesto, creería

que hay allí mucho apetito o que era mucha la prisa, que
habría comido tarde y mal o que tiene una entrada
para el teatro. Ahora bien, nosotros sabemos que al-
morzó tarde, de haber comido poco no le oímos quejarse, y que no va al teatro, ni al cine irá, y con un
tiempo así, tendente a empeorar, sólo a un loco o a
un excéntrico se le ocurriría ir a dar una vuelta por las
calles de la ciudad. Ricardo Reis es sólo un composi-
tor de odas, no un excéntrico, y menos aún un loco,
y menos aún de esta aldea, Qué prisa será, pues, esta
que me ha dado, si sólo ahora empieza a llegar la
gente al comedor, el flaco aquel de luto, el gordo
pacífico y de buena digestión, o esos a quienes no vi
anoche, faltan los chiquillos mudos y sus padres, estarían de paso, a partir de mañana no vendré a sentarme antes de las ocho y media, llegaré muy a punto,
aquí estoy yo, ridículo, hecho un provinciano llegado
a la capital y que por primera vez se aloja en un hotel.
Tomó su sopa lentamente, removiendo mucho con la
cuchara, luego, dispersó el pescado en el plato y
comiscó un poquito, la verdad es que no tenía hambre, y cuando el camarero estaba sirviéndole el segundo plato vio entrar a tres hombres a quienes el
maître condujo hasta la mesa donde, el día anterior,
habían cenado la muchacha de la mano paralizada y
su padre, Luego no están aquí, se han ido, pensó, O
cenarán fuera, sólo entonces admitió lo que ya sabía
pero había fingido no saber, que había estado registrando las entradas de los huéspedes, como quien no
quiere la cosa, disimulando consigo mismo, es decir
que había bajado temprano para ver a la muchacha,
Por qué, y hasta esta pregunta era fingimiento, en
primer lugar, porque ciertas preguntas se hacen sólo
para hacer más explícita la ausencia de respuesta, en
segundo lugar porque es simultáneamente verdadera
y falsa esa otra respuesta posible y oblicua de que hay
motivo bastante de interés, sin más profundas o late-
rales razones, en una muchacha que tiene la mano
izquierda paralizada y la acaricia como si fuera un
animalito de compañía, aunque no le sirva para nada,

o quizá por eso mismo. Abrevió la cena, pidió que le sirvieran el café, Y un coñac, en la sala de estar, una manera de matar el tiempo mientras no pudiese, ahora sí, conscientemente decidido, preguntar al gerente Salvador quién era aquella gente, padre e hija, Sabe que me parece haberlos visto en algún sitio, quizá en Río de Janeiro, en Portugal no, claro está, porque entonces la joven sería una chiquilla de pocos años, teje y enreda Ricardo Reis esta malla de aproximaciones, tanta investigación para resultado tan escaso. Mientras Salvador atiende a otros huéspedes, uno que se va mañana temprano y quiere la cuenta, otro que se queja de no poder dormir con el traqueteo de una persiana cuando da el viento, a todos atiende Salvador con sus modales delicados, el diente sucio, el bigote fofo. El hombre magro y enlutado entró en la sala de estar para consultar un periódico, y no tardó en salir, el gordo apareció en la puerta, mordiendo un palillo, vaciló ante la mirada fría de Ricardo Reis y se retiró, con los hombros hundidos, porque le había faltado valor para entrar, hay renuncias así, momentos de extrema debilidad moral que un hombre no podría explicar, sobre todo a sí mismo.

Media hora después ya el afable Salvador puede informar, No, debe de haberlos confundido con otras personas, que yo sepa nunca han estado en Brasil, vienen aquí desde hace tres años, hemos hablado, claro, era natural que me hubieran hablado de un viaje así, Entonces será una confusión mía, pero dice usted que vienen desde hace tres años, Sí, son de Coimbra, viven allí, el padre es notario, se llama Sampaio, Y ella, Ella tiene un nombre raro, se llama Marcenda, fíjese, pero son de muy buena familia, la madre murió ya, Qué le pasa en la mano, Creo que tiene todo el brazo paralizado, por eso vienen todos los meses y pasan tres días aquí, en el hotel, para que la vea el médico, Ah, tres días, todos los meses, Sí, todos los meses tres días, el doctor Sampaio avisa antes para que le tenga libres dos habitaciones, siempre las mismas, Y no ha habido mejora en estos años, Si quiere que le diga la verdad, señor doctor, me parece que no, Qué pena, una chica tan joven, Es verdad, quizá usted, doctor, pudiera mirarla la próxima vez, si es que está aquí aún, Posiblemente esté, sí, pero estos casos no son de mi especialidad, yo soy internista, luego me interesé por la medicina tropical, nada útil en un caso como éste, Paciencia, es bien verdad que el dinero no da la felicidad, el padre, tan rico, y la hija así, no hay quien la vea reír, Ha dicho que se llama Marcenda, Sí, señor, Marcenda, Extraño nombre, no lo había oído nunca, Ni yo, Hasta mañana, Salvador, Hasta mañana, doctor.

Al entrar en el cuarto, Ricardo Reis ve la cama abierta, colcha y sábana apartadas y dobladas en un ángulo nítido, pero discretamente, sin ese impudor descarado de la ropa lanzada hacia atrás, aquí hay sólo una sugestión, si quiere acostarse, éste es el lugar adecuado. No será tan pronto. Primero leerá el verso y medio que dejó escrito en el papel, lo mirará severamente, buscará la puerta que esta llave, si llave es, pueda abrir, imaginará que la encontró y que va a dar con muchas otras puertas tras ella, cerradas todas y sin llave, en fin, tanto insistió que encontró alguna cosa, o por cansancio, suyo o de alguien, quién, le fue súbitamente abandonada, y así concluyó el poema, No quieto ni inquieto mi ser calmo quiero erguir alto sobre el lugar donde los hombres tienen placer o dolores, el resto que en medio quedó obedecía a la misma conformidad, casi podría prescindirse, La felicidad es un yugo y ser feliz oprime porque es un estado cierto. Después se fue a acostar y se quedó dormido de inmediato.

Ricardo Reis le había dicho al gerente, Diga que me suban el desayuno a la habitación, a las nueve y media, no es que pensara dormir hasta tan tarde, era para no tener que saltar de la cama somnoliento, intentando meter los brazos en las mangas del batín, tanteando las zapatillas, con la impresión pánica de no ser capaz de moverse con la rapidez que merecía la paciencia de quien allá fuera sostuviera en los brazos la gran bandeja con el café con leche, las tostadas, el azucarero, tal vez una compota de cereza o de naranja, o un trozo de membrillo oscuro granuloso, o bizcocho, o brioches de corteza fina, o cocadas, u hojaldrados, esas suntuosas prodigalidades de hotel, si el Bragança las ofrece, vamos a ver, que éste es el primer desayuno de Ricardo Reis desde que llegó. En punto, le aseguró Salvador, y no lo aseguró en vano, pues puntualmente está Lidia llamando a la puerta, dirá el buen observador que eso es imposible para quien tiene ambos brazos ocupados, muy mal estaríamos de siervos si no los eligiéramos entre los que tienen tres brazos o más, es el caso de esta vuestra servidora, que sin dejar caer una gota de leche consigue llamar suavemente con los nudillos en la puerta, mientras la mano de esos dedos continúa sujetando la bandeja, hay que verlo para creerlo, y oírla, El desayuno del señor doctor, le enseñaron a decirlo así y, aunque mujer nacida del pueblo, es tan inteligente que hasta hoy no lo ha olvidado. Si esta Lidia no fuese camarera, y competente, podría ser, y a la

vista está, excelente funámbula, malabarista o presti-
digitadora, genio adecuado para la profesión lo tiene,
lo que es incongruente, siendo criada, es que se llame
Lidia, y no María. Está ya compuesto Ricardo Reis de
vestuario y modos, afeitado, ceñido el batín, incluso
abrió media ventana para airear el cuarto, aborrece
los olores nocturnos, las expansiones del cuerpo a las
que ni siquiera los poetas escapan. Entró al fin la camarera, Buenos días, señor doctor, y posó la bandeja,
con oferta menos pródiga de lo que había imaginado,
pero incluso así merece el Bragança mención honorí-
fica, no es extraño que tenga huéspedes tan constantes, algunos no quieren otro hotel cuando vienen a
Lisboa. Ricardo Reis responde al saludo, ahora dice,
No, gracias, no quiero nada, es la respuesta a la pregunta que una buena camarera hará siempre, Desea
algo más, y, si le dicen que no, debe retirarse discretamente, a ser posible sin volver la espalda, hacerlo
sería faltar al respeto a quien nos paga y hace vivir,
pero Lidia, instruida para duplicar las atenciones, dice,
No sé si el señor doctor se ha dado cuenta de que está
inundado el muelle de Sodré, los hombres son así,
tienen un diluvio a la puerta y ni se enteran, había
dormido toda la noche de un tirón, despertó y oyó
caer la lluvia, fue como quien sólo sueña que está
lloviendo y en el mismo sueño duda de lo que sueña,
cuando lo cierto es que llovió tanto que el muelle de
Sodré está inundado, llega el agua por la rodilla a quien
por necesidad lo atraviesa de un lado a otro, descalzo
y remangado hasta las ingles, llevando a cuestas en el
vado a una mujer de edad, mucho más liviana que
el saco de judías entre el carro y el almacén. Aquí en el
fondo de la Rua do Alecrim abre la vieja el bolso y saca
la moneda con que paga a San Cristóbal, el cual, para
que no estemos siempre escribiendo quién, volvió a
meterse en el agua pues al otro lado hay ya quien le
hace señales urgentes. Éste no es un anciano, edad y
buena pierna tendría para atravesar por sus propios
medios si quisiera, pero yendo tan puesto, de traje
nuevo, no quiere mancharse los fondillos de barro,

que más parece esto barro que agua, y no repara en lo ridículo que va, a borriquillo, con las ropas remangadas, las canillas asomándole por las perneras, las ligas verdes sobre los largos calzoncillos blancos, no falta quien se ría del espectáculo, hasta en el Hotel Bragança, en el segundo piso, un huésped de mediana edad sonríe, y tras él, si los ojos no engañan, hay una mujer que ríe también, mujer sin duda, pero no siempre los ojos ven lo que debieran, pues ésta parece una camarera y cuesta creer que lo sea, o están subvertiéndose peligrosamente las relaciones y posiciones sociales, caso muy de temer, aunque hay ocasiones, y si es verdad que la ocasión, repetimos, hace al ladrón, también puede hacer la revolución, como esta de haberse atrevido Lidia a asomarse a la ventana tras Ricardo Reis y reír con él igualitariamente ante el espectáculo que a ambos divertía. Son momentos fugaces de la edad de oro, que nacen súbitos, que mueren pronto, por eso la felicidad cansa en seguida. Se fue ésta ya, Ricardo Reis cerró la ventana, Lidia, sólo camarera, retrocedió hacia la puerta, todo se hace ahora con cierta prisa porque las tostadas se están enfriando y pierden la gracia, La llamaré luego para que se lleve la bandeja, dice Ricardo Reis, y eso ocurrirá al cabo de media hora, Lidia entra discretamente y se retira sin ruido, más aliviada de carga, mientras Ricardo Reis se finge distraído, en el cuarto, hojeando, sin leer, The god of the labyrinth, obra ya citada.

Hoy es el último día del año. En todo el mundo que por este calendario se gobierna anda la gente entretenida debatiendo consigo las buenas acciones que intentan practicar en el año que entra, jurando que van a ser rectas, justas y ecuánimes, que de su enmendada boca no volverá a salir una palabra mala, una mentira, una insidia, aunque las mereciera el enemigo, claro es que estamos hablando de personas vulgares, las otras, las de excepción, las que se sitúan fuera de lo común, se ajustan a sus propias razones para ser y hacer lo contrario siempre que les apetezca o aproveche, ésas son las que no se dejan engañar, llegan a reírse de nosotros y de las buenas intenciones que mostramos, pero, en fin, vamos aprendiendo con la experiencia, y mediado enero ya habremos olvidado la mitad de lo que habíamos prometido, y, habiendo olvidado tanto, no hay realmente motivo para cumplir el resto, es como un castillo de naipes, si le faltan las obras superiores, mejor que caiga todo y se confundan las cartas. Por eso es dudoso que Cristo se haya despedido de la vida con las palabras de la escritura, las de Mateo y Marcos, Dios mío, Dios mío, por qué me has abandonado, o las de Lucas, Padre, en tus manos entrego mi espíritu, o las de Juan, Todo se ha cumplido, lo que Cristo dijo fue, palabra de honor, cualquier persona del pueblo sabe que es verdad, Adiós mundo, que vas cada vez peor. Pero los dioses de Ricardo Reis son otros, silenciosas entidades que nos miran indiferentes, para quienes el bien o el mal no son sino palabras, porque ellos no las dicen nunca, cómo iban a decirlas si no saben siquiera distinguir entre el bien y el mal, yendo como nosotros vamos en el río de las cosas, sólo distintos de ellos porque les llamamos dioses y a veces creemos en ellos. Esta lección nos fue dada para que no nos fatigáramos jurando nuevas y mejores intenciones para el año que viene, por ellas no nos juzgarán los dioses, por las obras tampoco, sólo jueces humanos se atreven a juzgar, los dioses nunca, porque se supone que lo saben todo, a no ser que ese todo sea falso, que precisamente la verdad última de los dioses sea que no saben nada, a no ser que su ocupación única sea olvidar en cada momento lo que en cada momento les van enseñando los actos de los hombres, tanto los buenos como los malos, iguales en definitiva para los dioses, porque inútiles son para ellos. No digamos Mañana haré, porque lo más seguro es que mañana estemos cansados, digamos más bien Pasado mañana, porque siempre tendremos un día de intervalo para cambiar de opinión y de proyecto pero aún más prudente sería decir, Un día decidiré cuándo será el día de decir pasado mañana, y tal vez ni siquiera sea preciso, si la muerte definidora viene antes a liberarnos del compromiso, que eso, sí, es la peor cosa del mundo, el compromiso, libertad que nos negamos a nosotros mismos:

Dejó de llover, se aclaró el cielo, puede Ricardo Reis, sin riesgo de mojadura incómoda, dar un paseo antes de comer. Hacia abajo no va, porque las aguas crecidas no se han retirado aún completamente del Muelle de Sodré, las piedras están cubiertas de lodo fétido, lo que la corriente del río levantó de cieno viscoso y profundo, si el tiempo sigue así vendrán los barrenderos con las mangueras, el agua ensució y el agua lavará, bendita sea el agua. Sube Ricardo Reis por la Rua do Alecrim y, apenas salido del hotel, tuvo que detenerse ante un vestigio de otras eras, un capitel corintio, un ara votiva, un cipo funerario, qué idea, esas cosas, si aún las hay en Lisboa, las oculta la tierra movida por desmontes o causas naturales, aquí es sólo una piedra rectangular, embutida y clavada en un murete que da hacia la Rua Nova do Carvalho, diciendo en letra de adorno Clínica de Enfermedades de los Ojos y Quirúrgicas, y más sobriamente, Fundada por A. Mascaró en 1870, las piedras tienen una vida larga, no hemos asistido a su nacimiento y no asistiremos a su muerte, tantos años han pasado sobre ésta, tantos han de pasar, murió el tal Mascaró y se deshizo su clínica, quizá por algún lado vivan aún descendientes del Fundador, ocupados en otros oficios, quién sabe si ya olvidados, o ignorantes de que en este lugar público se muestra su piedra de armas, si no fueran las familias lo que son, fútiles, inconstantes, ésta vendría aquí a recordar al antepasado curador de ojos y otras cirugías, es bien verdad que no basta grabar el nombre en una piedra, la piedra queda, sí señores, se salvó, pero el nombre, si no se va a leer todos los días, se borra, se olvida, no está aquí. Piensa en estas contradicciones mientras va subiendo por la Rua do Alecrim, por los raíles de los tranvías corren aún regueruelos de agua, el mundo no consigue estarse quieto, es el viento que sopla, son las nubes que vuelan, de la lluvia ya no hace falta hablar, tanta ha caído. Ricardo Reis se detiene ante la estatua de Eça de Queirós, o Queiroz, por cabal respeto a la ortografía que el dueño del nombre usó, ay qué distintas pueden ser las maneras de escribir, y el nombre es lo de menos, lo sorprendente es que hablen éstos una misma lengua y ser, el uno Reis, el otro, Eça, probablemente es la lengua la que va escogiendo los escritores que precisa, se sirve de ellos para que expresen una pequeña parte de lo que es, cuando la lengua lo haya dicho todo, y callado, a ver cómo vamos a vivir. Ya empiezan a surgir las primeras dificultades, o quizá no sean aún dificultades sino más bien distintos y cuestionadores estratos del sentido, camadas, capas, sedimentos removidos, nuevas cristalizaciones, por ejemplo, Sobre la desnudez de la verdad el manto diáfano de la fantasía, parece clara la sentencia, clara, cerrada y conclusa, un niño sería capaz de entenderla y repetirla en un examen sin error, pero ese mismo niño entendería y repetiría con igual convicción un nuevo dicho, Sobre la desnudez de la fantasía el manto diáfano de la verdad, y este dicho, sí da mucho más que pensar, y deleitosamente imaginar, sólida y desnuda la fantasía, diáfana apenas la verdad, si las sentencias vueltas del revés pasaran a ser leyes, qué mundo haríamos con ellas, el milagro es que los hombres no se vuelvan locos cada vez que abren la boca para hablar. Es instructivo el paseo, hace un momento contemplábamos a Eça y ahora vemos a Camões, no se les ocurrió ponerle a éste versos en el pedestal, y si pusieran uno cuál iba a ser, Aquí, con grave dolor, con triste acento, lo mejor es dejar al pobre amargado, subir lo que nos falta de calle, de la Misericordia que antes fue del Mundo, desgraciadamente no se puede tener todo al mismo tiempo, o mundo o misericordia. Ahora estamos ante la vieja Plaza de San Roque y la iglesia del mismo santo, aquel a quien se acercó un perro para lamerle las llagas de la peste, bubónica sería, animal que no parece pertenecer a la especie de la perra Ugolina que sólo sabe dilacerar y

devorar, dentro de esta famosa iglesia está la capilla
de San Juan Bautista, la que fue encargada a Italia por
el señor Don Juan V, tan famoso monarca, rey cantero
y arquitecto por excelencia, véase el convento de Mafra y
otrosí el acueducto de Aguas Livres, cuya verdadera
historia aún está por contar. He aquí también, en la
diagonal de dos kioscos de tabaco, lotería y aguar-
dientes, la marmórea memoria mandada implantar
por la colonia italiana con ocasión del himeneo del
rey Don Luis, traductor de Shakespeare, y Doña María
Pía de Saboya, hija de Verdi, es decir de Vittorio
Emmanuele re d'Italia, monumento único en toda la
ciudad de Lisboa, que más parece amenazadora palmatoria o niña-de-cinco-ojos,[1] por lo menos es lo que
hace recordar a las niñas de los hospicios, con dos
ojos asustados, o sin la luz de ellos, pero informadas
por las compañeras videntes, que de vez en cuando por
aquí pasan, uniformadas y en formación, aireando la
canción del dormitorio colectivo, aún con las manos
desolladas del último castigo. Este barrio es castizo,
alto[2] de nombre y situación, bajo de costumbres, al-
ternan los ramos de laurel en las puertas de las tabernas con busconas en los portales, aunque por ser hora
matinal y estar lavadas las calles por las grandes lluvias de estos días se reconozca en la atmósfera una
especie de lozanía inocente, un soplo virginal, quién
iba a pensarlo en un lugar de tanta perdición, lo dicen, con su propio canto, los canarios de los miradores o a la entrada de las tabernas, piando como locos,
hay que aprovechar el buen tiempo, sobre todo cuando parece que va a durar poco, si empieza de nuevo
a llover se acaba la canción, erizadas las plumas, y un
avecilla más sensible mete la cabeza bajo el ala y finge dormir, salió la mujer para meterla adentro, ahora
sólo se oye la lluvia, andan también por ahí tocando

---

[1] Menina-de-cinco-olhos, palmatoria. (N. del t.)
[2] Bairro Alto, barrio alto, dominando la Baixa, o ciudad baja, centro
comercial de Lisboa. (N. del t.)

una guitarra, no sabe dónde Ricardo Reis, que se abrigó en este portal, al principio de la Travessa da Agua da Flor. Suele decirse del sol que dura poco cuando las nubes que lo han dejado pasar lo ocultan luego, habrá que decir también que fue de poca duración este aguacero, cayó fuerte, pero pasó, gotean los aleros y los miradores, chorrean las ropas tendidas, fue tan súbito el golpe de agua que ni dio tiempo a precaverse a las mujeres, gritando como suelen, Está llovieeeeeendooooo, avisándose así unas a otras, como los soldados en las garitas, avanzada la noche, Centinela aleeeertaaaaa, Alerta está, Consigna, sólo dio tiempo para recoger el canario, y menos mal que pudo resguardar el tierno cuerpecillo, tan calentito, mira cómo le late el corazón, jesús, qué fuerza, qué rapidez, no, es así siempre, el corazón que vive poco late deprisa, de algún modo se han de compensar las cosas. Ricardo Reis atraviesa el jardín, va a mirar la ciudad, el castillo con sus murallas derrumbadas, el caserío desplomándose por las cuestas. El sol blanquecino golpea en las tejas mojadas, cae sobre la ciudad un silencio, todos los sonidos sofocados, en sordina, parece Lisboa hecha de algodón, ahora empapado. Abajo, en una plataforma, hay unos bustos de varones patrios, unos bojes, cabezas romanas que parecen fuera de lugar tan lejos de los cielos lacios, es como si pusieran a Zé Povinho[3] de Apolo de Belvedere. Todo el mirador es un belvedere mientras contemplamos a Apolo, luego se une una voz a la guitarra y empiezan a cantar un fado. Parece que ha escampado definitivamente.

Cuando una idea tira de otra decimos que hay asociación de ideas, y no falta incluso quien opine que todo el proceso mental humano deriva de esa

---

[3] Zé Ponvinho (José Pueblo) es una figura del ceramista y dibujante Rafael Bordalo Pinheiro (1846-1905), popularizada como imagen del portugués rural. Aparece generalmente haciendo un corte de mangas. (N. del t.)

estimulación sucesiva, muchas veces inconsciente, otras no tanto, otras compulsiva, otras obrando en fingimiento de que lo es para ser adjunción distinta, inversa a veces, en fin, que hay muchas relaciones, pero ligadas entre sí por la especie que juntas constituyen, y siendo parte de lo que latamente se denominará comercio e industria de los pensamientos, por eso el hombre, aparte de lo que en otros aspectos sea, haya sido o pueda ser, es espacio industrial y comercial, productor primero, detallista después, consumidor al fin, y también, barajado y reordenado este orden, de ideas hablo que no de otra cosa, entonces podríamos llamarlo con propiedad ideas asociadas, con o sin compañía, o en comandita, acaso sociedad cooperativa, nunca de responsabilidad limitada, jamás anónima, porque, nombre, todos tenemos. Que haya una relación comprensible entre esta teoría económica y el paseo que Ricardo Reis está dando, ya sabemos que es instructivo, es algo que no tardará en comprobarse, cuando él llegue al portalón del que fue convento de San Pedro de Alcántara, hoy hospicio de chiquillas pedagógicamente abofeteadas o enderezadas a palmetazos, y dé con los ojos en el panel de azulejos de la entrada, donde se representa a San Francisco de Asís, il poverello, pobre diablo, en traducción libre, extático y arrodillado, recibiendo los estigmas, que, en la figuración simbólica del pintor, le llegan a través de cinco cuerdas de sangre que descienden de lo alto, del Cristo Crucificado que flota en el aire como una estrella o cometa lanzada por uno de esos chiquillos de las afueras, donde el espacio es libre y aún no se ha perdido el recuerdo de los tiempos en que los hombres volaban. Con los pies y las manos sangrando, con su costado abierto, sostiene San Francisco de Asís a Jesús de la Cruz para que no desaparezca en las irrespirables alturas, allá donde el padre está llamando al hijo, Ven, ven, se acabó el tiempo de ser hombre, por eso podemos ver al santo santamente crispado por el esfuerzo que está haciendo, y continúa, mientras murmura, creyendo algunos que es oración,

No te dejo ir, no te dejo ir, por esos casos aconteci-
dos, pero sólo ahora revelados, se reconocerá la urgencia de romper o acabar con la vieja teología y hacer
una teología nueva que sea lo contrario de la otra, ya
ve adónde nos han llevado las asociaciones de ideas,
hace aún poco, porque había cabezas romanas en el
mirador, siendo de belvedere, recordó Ricardo Reis el
tema de Zé Povinho y ahora, en la puerta del antiguo
convento de Lisboa, no en Wittemberg, encuentra las
evidencias de cómo y de por qué llama el pueblo al
corte de mangas armas de San Francisco, porque es
el gesto que el santo hace desesperado para que Dios
no se lleve su estrella. No faltarán escépticos conser-
vadores que duden de la interpretación propuesta, y
nada tiene de asombroso, porque, en definitiva, es
eso lo que siempre ocurre con las ideas nuevas naci-
das en asociación.

Ricardo Reis rebusca en la memoria fragmentos de poemas que llevan veinte años hechos, cómo
pasa el tiempo, Dios triste, preciso quizá porque nadie
había como tú, Ni más ni menos eres, sino otro dios,
No a ti, Cristo, odio o menosprecio, Pero cuídate de
intentar usurpar lo que a los otros es debido, Nosotros
hombres nos hagamos unidos por los dioses, son éstas
las palabras que va murmurando mientras sigue por la
Rua de Don Pedro V, como si identificara fósiles o restos de antiguas civilizaciones, y hay un momento en
que duda si tendrán más sentido las odas completas
de donde los sacó que este unir trozos sueltos aún
coherentes pero ya corroídos por la ausencia de lo
que había antes o viene después, y contradictoriamen-
te afirmando, en su propia mutilación, otro sentido
cerrado, definitivo, como el que parecen tener los
epígrafes puestos en la entrada de los libros. A sí mismo se pregunta si será posible definir una unidad que
abarque, como un corchete o una llave gráfica, lo que es
opuesto y diverso, sobre todo aquel santo que salió
sano hacia el monte y de él vuelve manando sangre
por cinco fuentes suyas, ojalá haya conseguido, al
acabar el día, enrollar las cuerdas y volver a casa, fa-

tigado como quien mucho ha trabajado, llevando bajo el brazo la cometa que estuvo a punto de perder, dormirá con ella en la cabecera de la cama, hoy ha ganado, quién sabe si mañana perderá. Procurar cubrir con una unidad estas variedades es tal vez absurdo, tan absurdo como intentar vaciar el mar en un cubo, no por ser obra imposible, si hay tiempo y las fuerzas no fallan, sino porque antes sería necesario encontrar en la tierra otra gran hondonada para el mar, y eso sabemos que no la hay, siendo tanto el mar y la tierra tan poca.

A Ricardo Reis lo distrajo también de la pregunta que a sí mismo se había hecho al llegar a la Plaza de Río de Janeiro, que fue del Príncipe Real y que quizá vuelva a serlo algún día, quien viva lo verá. Si hiciera calor le apetecería la sombra de aquellos árboles, los arces, los olmos, el cedro sombrilla, que parece una bebida enlatada, no es que este poeta y médico sea tan versado en botánicas, pero alguien tiene que suplir las ignorancias y los fallos de memoria de un hombre habituado durante dieciséis años a otras y más barrocas floras, tropicales. Pero el tiempo no está para ocios estivales, para complacencias de balneario y playa, la temperatura andará por los diez grados, y los bancos del jardín están mojados. Ricardo Reis se ciñe la gabardina al cuerpo, friolero, atraviesa de aquí para allá, regresa por otras alamedas, ahora va a bajar por la Rua do Século, no sabe qué le habrá decidido a hacerlo siendo tan yermo y melancólico el lugar, algunos antiguos palacios, casas bajas, estrechas, de gente del pueblo, al menos los nobles de otros tiempos no parecían muy melindrosos, aceptaban vivir pared por medio con el vulgo, ay de nosotros, visto el camino que las cosas llevan, vamos a ver aún barrios exclusivos, sólo residencias para la burguesía de finanza y fábrica, que entonces habrá engullido ya a lo que queda de aristocracia, con garaje propio, jardín amplio, perros que ladren amenazadores al paseante, que hasta en los perros se ha de notar la diferencia, en tiempos pasados tanto mordían a unos como a otros.

Va Ricardo Reis calle abajo, sin ninguna prisa, haciendo del paraguas bastón, con la puntera va golpeando en las losas de la acera, en conjunción con el pie del mismo lado, es un son preciso, muy nítido y claro, sin eco, pero en cierto modo líquido, sino es absurda la palabra, decimos que es líquido, o así lo parece, el choque del hierro y la piedra, con esos pensamientos pueriles se distrae, cuando de repente repara, él, en sus propios pasos, como si desde que salió del hotel no hubiera encontrado alma viviente, y eso mismo juraría, en conciencia, si le hicieran jurar, que no vio a nadie hasta llegar aquí, cómo es posible, señor mío, una ciudad como ésta, que no es precisamente de las más pequeñas, dónde se habrá metido la gente. Sabe, porque se lo dice el sentido común, solo depositario del saber que el mismo sentido común dice ser indiscutible, que eso no es verdad, personas no le han faltado en el camino, y ahora en esta calle, siendo tan sosegada, sin comercio, con raros talleres, hay grupos que pasan, todos calle abajo, gente pobre, algunos parecen incluso mendigos, familias enteras, con los viejos detrás arrastrando la pierna, el corazón también a rastras, los chiquillos movidos a empujones por las madres, que son las que gritan, Más deprisa, si no se acaba. Lo que se acabó fue el sosiego, la calle no parece ya la misma, los hombres, ésos, fingen, simulan la gravedad que a todo jefe de familia conviene, van con su paso como quien lleva otra meta o no quiere reconocer la que lleva, y juntos desaparecen, unos tras otros, en el recodo inmediato de la calle, donde hay un palacio con palmeras en el patio, parece la Arabia Feliz, esos trazados medievales no han perdido su encanto, ocultan sorpresas, no son como las modernas arterias urbanas, trazadas en línea recta, con todo a la vista, si la vista es fácil de contentar. Ante Ricardo Reis aparece una multitud negra que llena la calle en toda su amplitud, va de aquí para allá, paciente y agitada al mismo tiempo, sobre las cabezas pasan reflujos, variaciones, es como el juego de las olas en la playa o el viento en las mieses. Ricardo

Reis se aproxima, pide permiso para pasar, quien está ante él hace un movimiento de rechazo, se va a volver y decir por ejemplo, Si tienes prisa, haber venido más temprano, pero topa con un señor bien vestido, sin boina y ni aun gorra de visera, de gabardina clara, camisa blanca y corbata, y eso basta para que le dé paso de inmediato, y no se contenta con eso, sino que da una palmada en la espalda del de delante, Deja pasar a este señor, y el otro hace lo mismo, por eso vemos el sombrero ceniciento de Ricardo Reis avanzar tan fácilmente entre la mole humana, es como el cisne de Lohengrin en aguas súbitamente amansadas del mar Negro, pero esta travesía lleva su tiempo porque la gente es mucha, sin contar con que, a medida que se va acercando al centro de la multitud, cuesta más abrirse camino, y no por súbita mala voluntad, sino porque la apretura apenas les permite moverse, Qué será, se pregunta Ricardo Reis, pero no se atreve a hacer la pregunta en voz alta, cree que donde tanta gente se reunió por una razón de todos conocida, no es lícito, o quizá sea impropio, o poco delicado, manifestar ignorancia, podían ofenderse, nunca se sabe cómo va a reaccionar la sensibilidad de los otros, cómo vamos a tener la certeza si nuestra propia sensibilidad se comporta de manera tantas veces imprevisible para nosotros, que creíamos conocerla. Ricardo Reis llega al medio de la calle, está frente a la entrada del gran edificio del diario O Século, el de mayor difusión, la multitud se dilata, más holgada aquí, por la plaza que con él limita, se respira mejor, sólo ahora Ricardo Reis se da cuenta de que estaba reteniendo la respiración para no sentir el mal olor, aún hay quien dice que los negros hieden, el olor del negro es un olor de animal salvaje, no este olor de cebolla, ajo y sudor recocido, de ropas mudadas raramente, de cuerpos sin baño o sólo el día de ir al médico, cualquier pituitaria medianamente delicada se habría ofendido con la prueba de esta travesía. A la entrada hay dos policías, aquí cerca otros dos, disciplinando el acceso, a uno de ellos se acerca Ricardo Reis para preguntar, Por qué este

montón de gente, señor guardia, y el agente de la
autoridad responde con deferencia, se ve inmediatamente que el que interroga está aquí por casualidad,
Es el donativo de O Século a los pobres, Pero hay una
multitud, Se calcula en más de dos mil el número de
beneficiarios, Todo gente pobre, Sí señor, todo gente
pobre, de las chozas, de las barracas. Tantos, y no
todos están aquí, Claro, pero así, todos juntos, impre-
siona, A mí no, ya estoy acostumbrado, Y qué reciben, A cada pobre le tocan diez escudos, Diez escudos,
Sí, diez escudos, y los chiquillos se llevan regalos,
juguetes, libros de lectura, Para que se instruyan, Sí
señor, para que se instruyan, Diez escudos no dan
para mucho, Siempre es mejor que nada, Sí, eso es
verdad, Hay quien está el año entero a la espera del
donativo, de éste o de otros, no falta quien anda de
uno a otro, a la carrera, lo peor es cuando lo dan en
sitios donde no son conocidos, en otros barrios, otras
parroquias, otros centros de beneficencia, los pobres
de allá ni los dejan acercarse, cada pobre es fiscal de
otro pobre, Caso triste, Triste será, pero hacen bien,
para que aprendan a no ser aprovechados, Bueno,
muchas gracias, señor agente, A sus órdenes, señor,
pase por aquí, y, diciendo esto, el guardia avanzó tres
pasos con los brazos abiertos, como quien ahuyenta
gallinas, Vamos, quietos, a ver si tengo que empezar
a porrazos, con estas persuasivas palabras la multitud
se acomodó, las mujeres murmurando, como es costumbre suya, los hombres haciendo como que no
habían oído, los chiquillos pensando en el juguete, será
un coche, será un ciclista, será un muñeco de celuloide, por éstos darían la camisa y el libro de lectura.
Ricardo Reis subió la cuesta de la Calçada dos Caeta-
nos, desde allí podía apreciar la reunión casi a vuelo
de pájaro, si el pájaro volara bajo, más de mil, el policía había calculado bien, tierra riquísima en pobres,
Dios quiera que no se extinga nunca la caridad para
que no se acabe la pobreza, esta gente de chal y pana,
de calzones remendados, de camisas de algodón con
fondillos de otro paño, de alpargatas, tantos descal-

zos, y, siendo los colores tan diversos, todos juntos forman una masa parda, negra, de lodo maloliente, como el limo del Muelle de Sodré. Allí están, y estarán, a la espera de que les llegue su vez, horas y horas de pie, algunos desde la madrugada, las madres sosteniendo en brazos a los pequeños, dando de mamar a los más chicos, los padres hablando unos con otros de cosas de hombres, los viejos callados y sombríos, inseguros sobre sus piernas, babeantes, los días de donativo son los únicos en que no se les desea la muerte, que sería un perjuicio. Y hay fiebres allí, toses, unas botellitas de aguardiente que ayudan a pasar el tiempo y desentumecen el cuerpo. Si vuelve la lluvia, la agarran toda, de aquí nadie se mueve.

Ricardo Reis atravesó el Barrio Alto y, bajando por la Rua do Norte, llegó a la de Camões, era como si estuviera en un laberinto que lo llevara siempre al mismo lugar, al monumento, a este bronce con pinta de hidalgo y espadachín, especie de D'Artagnan premiado con una corona de laurel por haber sustraído, en el último momento, los diamantes de la reina de las maquinaciones del cardenal, a quien, por otra parte, cambiando tiempos y políticas, acabará sirviendo, pero este de aquí, que por estar muerto no puede volver a alistarse, sería bueno que supiese que se sirven de él a la vez o en confusión, los príncipes, cardenales incluidos y que les aproveche la conveniencia. Es hora de comer, el tiempo ha ido pasando en estas caminatas y descubrimientos, parece como si este hombre no tuviera otra cosa que hacer, duerme, come, pasea, escribe unos versos, con gran esfuerzo, penando sobre pie y medida, nada que se pueda comparar al continuo duelo del mosquetero D'Artagnan, sólo Os Lusíadas suponen más de ocho mil versos, y no obstante, éste es también poeta, aunque no se envanezca del título, como se puede comprobar en el registro del hotel, pero llegará un día en que no pensarán en él como médico, ni en Álvaro como ingeniero naval, ni en Fernando como corresponsal en lenguas extranjeras, el oficio nos da el pan, cierto es, pero no vendrá de ahí la fama, y sí de haber escrito Nel mezzo del camin di nostra vita, o Menina e moça me levaram da casa de meus pais, o, En un lugar de La Mancha, de cuyo nombre no quiero acordarme, para no caer una vez más en la tentación de repetir, aunque venga la cosa muy a propósito, As armas e os barões assinalados, y perdonen la insistencia, Arma virumque cano. El hombre ha de esforzarse siempre por merecer ese nombre de hombre, pero es menos señor de su destino y persona de lo que cree, el tiempo, no el suyo, lo hará crecer o apagarse, por otros merecimientos algunas veces, o por merecimientos diversamente juzgados, qué serás quando fores de noite e ao fim da estrada.

Era casi de noche cuando la Rua do Século quedó limpia de pobres. Entretanto, Ricardo Reis había comido, entró en dos librerías, dudó a la puerta del Tívoli entre ir a ver la película Gusto a todas las mujeres, con Jean Kiepura, pero no fue, quedará la cosa para otra ocasión, luego regresó al hotel, en taxi, porque ya le dolían las piernas de tanto andar. Cuando empezó a llover buscó refugio en un café, leyó los periódicos de la tarde, aceptó los servicios del limpiabotas, aparente desperdicio de betún con estas calles bruscamente inundadas por los chaparrones, pero el limpia le dijo que siempre es mejor prevenir que curar, los zapatos impermeabilizados aguantan mucho mejor la lluvia, doctor, y tendría razón el técnico, cuando Ricardo Reis se descalzó en su cuarto, tenía los pies secos y calientes, eso es lo que se precisa para conservar una buena salud, pies calientes, cabeza fresca, aunque la Facultad no reconozca estos saberes empíricos, nada se pierde observando el precepto. El hotel está tranquilo, silencioso, no suena una puerta, no se oye una voz, ha enmudecido el abejorro, el gerente Salvador no atiende en la recepción, caso fuera de lo común, y Pimenta, que fue a buscar la llave, se mueve con la ligereza, la inmaterialidad de un elfo, cierto es que desde la mañana no ha tenido que cargar maletas, circunstancia sobremanera coadyuvante. Cuando Ricardo Reis bajó a cenar, cerca ya de las nueve, conforme a sí mismo se había prometido, encontró el comedor desierto, los camareros charlando en un rincón, al fin apareció Salvador, se empezaron a mover un poco los servidores, que es lo que se debe hacer siempre que aparece un superior jerárquico, basta, por ejemplo, descansar el cuerpo sobre la pierna derecha si antes reposaba sobre la izquierda, muchas veces no es preciso más, ni siquiera esto, y Se puede cenar ya, preguntó vacilante el huésped, Claro que sí, para eso estaban, y también Salvador para decir que no se sorprendiera el señor doctor, que en estos días de cambio de año había en general pocos clientes, y los que había, cenaban fuera, es el réveillon, el rebelión fue la palabra, antes daba el hotel aquí una fiesta, pero los propietarios pensaron que eran muchos los gastos, que la fiesta desorganizaba el servicio, un montón de trabajo, sin hablar de los desastres causados por la alegría de los clientes, ya se sabe cómo van las cosas en un día así, copa va, copa viene, dan las tantas, y uno no se entiende, y luego el barullo, la agitación, las quejas de los que no estaban para fiestas, que siempre los hay, En fin, acabamos con el rebelión, pero lo siento, confiesa, porque era una noche bonita, le daba al hotel una reputación fina y moderna, ahora, ya ve, este desierto, Es igual, así se irá más temprano a la cama, le consuela Ricardo Reis, y Salvador responde que no, que siempre oye las campanadas de medianoche en casa, es una tradición familiar, comen doce uvas pasas, una a cada campanada, había oído decir que eso daba suerte para el año siguiente, en el extranjero se hace mucho, Son países ricos, Y a usted, encuentra que le da realmente suerte, No sé, no puedo comparar, qué sé yo, quizá si no las comiera me iría peor el año, por cosas así quien no tiene Dios busca dioses, y quien abandonó a los dioses, un Dios inventa, un día nos libraremos de éste y de aquéllos, Lo dudo, aparte de que alguien dijo, antes o después, pero no aquí, que no se toman tales libertades con los huéspedes.

Ricardo Reis cenó acolitado por un solo camarero, y con el maître decorativamente colocado al fondo, Salvador se metió en la recepción matando el tiempo hasta su rebelión particular, de Pimenta, nadie sabía por dónde andaba, y las camareras de los pisos, o habían subido a las buhardillas, si las hay, o a los sótanos, que es lo más seguro, a beber, llegada la hora, licorcillos domésticos y embriagadores con pastas secas, o quizá se habían ido a sus casas, dejando allí sólo un retén, como en los hospitales, la cocina es ya una ciudadela evacuada, todo esto no son más que suposiciones, claro, un huésped, por lo general, no se interesa por saber cómo funciona el hotel por dentro, lo que quiere es que le tengan el cuarto arreglado y la comida a sus horas, paga y debe ser servido. No esperaba Ricardo Reis que a la hora del postre le pusieran en la mesa una bandeja con un roscón de reyes, atenciones como ésta son las que hacen de cada cliente un amigo, aunque en el trozo que tomó salió la sorpresa, pero no fue a propósito, el camarero sonrió familiarmente y dijo, El día de Reyes paga usted, De acuerdo, Ramón, ése era su nombre, será el día de Reis,[4] pero Ramón no entendió el chiste. No son todavía las diez, el tiempo pasa lento, el año viejo aguanta. Ricardo Reis miró la mesa donde había visto, dos días antes, al doctor Sampaio y a su hija Marcenda, sintió que lo envolvía una nube cenicienta, si estuvieran allí podrían hablar, únicos huéspedes en esta noche de fin y de comienzo, nada más propio. Volvió a su memoria el gesto pungente de la muchacha agarrándose la mano inerte y colocándola sobre la mesa, era su manita amada, la otra, ágil, saludable, auxiliaba a la hermana, pero tenía su vida, independiente, no siempre podía ayudar, por ejemplo, ésta era la que estrechaba la mano de las personas en caso de presentación formal, Marcenda Sampaio, Ricardo Reis, la mano del médico rozaría la de la muchacha de Coimbra, derecha contra derecha, la izquierda de él, si quisiera,

---

[4] Juego de palabras entre Reis, reyes, y el apellido del heterónimo de Pessoa. (N. del t.)

podría acercarse, participar en el encuentro, pero la de ella, caída a lo largo del cuerpo, sería como si no estuviese. Ricardo Reis notó que se le humedecían los ojos, aún hay quien dice que los médicos, por estar habituados a ver enfermedades y desgracias tienen empedernidos los corazones, pues vean a éste, que desmiente la aserción, tal vez por ser poeta, aunque de especie escéptica como se ha visto. Se distrae Ricardo Reis con estas meditaciones, y quizá con otras más difíciles de desentrañar para quien, como nosotros, está del lado de fuera, y Ramón que tanto sabe de unas como de otras, pregunta, Desea algo más, doctor, manera de hablar delicada, pero que quiere decir exactamente lo contrario de lo que se oyó, insinuar la negativa, sin embargo, somos tan buenos entendedores que media palabra nos ha bastado a todos, la prueba es que Ricardo Reis se levanta, da las buenas noches a Ramón, le desea un feliz año nuevo, y al pasar por recepción le repite a Salvador, lentamente, el saludo y el voto, el sentimiento es igual, más explícita su manifestación, porque, al fin y al cabo, es el gerente. Ricardo Reis sube despacio la escalera, cansado, parece el personaje de aquellos chistes de revista o de los dibujos alusivos de la época, el año viejo cargado de canas y de arrugas, ya con la ampolleta vacía, hundiéndose en las tinieblas profundas del tiempo pasado, mientras el año nuevo se aproxima en un rayo de luz, gordezuelo como los niños de la harina lacto-búlgara, y diciendo, con tonada infantil, como si nos invitara a la danza de las horas, Soy el año mil novecientos treinta y seis, vengan a ser felices conmigo. Entra en el cuarto y se sienta, tiene la cama abierta, agua renovada en la botella para sequedades nocturnas, las zapatillas sobre la alfombra, alguien vela por mí, ángel bueno, gracias. Por la calle pasa un barullo de latas, ya han dado las once, y es entonces cuando Ricardo Reis se levanta bruscamente, casi violento, Qué estoy haciendo aquí yo, todo el mundo celebrando y divirtiéndose, en sus casas, en las calles, en bailes, en los teatros y en los cines, en los casinos, en los cabarés, al menos

voy hasta Rossio a ver el reloj de la estación central, el
ojo del tiempo, el cíclope que no tira rocas sino minutos y segundos, tan ásperos y pesados como los pedruscos, y yo tengo que ir aguantando, como aguantamos
todos, hasta que el último y todos juntos me revienten
con las tablas del barco, pero así no, mirando al reloj,
aquí, aquí sentado, inclinado sobre mí mismo, aquí
sentado, y, habiendo acabado el soliloquio se puso la
gabardina, se caló el sombrero, agarró el paraguas,
enérgico, un hombre se convierte en otro cuando toma
una decisión. Salvador ya no estaba, habría vuelto a
casa, fue Pimenta quien preguntó, Va a salir, doctor,
Voy a dar una vuelta, y empezó a bajar la escalera,
Pimenta lo siguió hasta el descansillo, Cuando llegue,
doctor, toque dos timbrazos, uno corto y otro largo, así
sabré quién es, Se quedará despierto, Pasadas las doce
me acuesto, pero por mí no se preocupe, puede venir a
la hora que quiera, Feliz año nuevo, Pimenta, Un año
nuevo muy próspero, doctor, frases tarjeta de navidad,
no hablaron más, pero cuando Ricardo Reis llegó al fondo de la escalera recordó que en esos días es costumbre
dar un aguinaldo al personal subalterno, cuentan ya con
eso, De todas formas, hace sólo tres días que estoy aquí,
el paje italiano tiene la lámpara apagada, duerme.

La calzada estaba mojada y resbaladiza, los ca-
rriles brillaban por la Rua do Alecrim arriba, derechos,
quién sabe qué estrella o cometa sostendrán en aquel
punto donde en la escuela dicen que se unen las paralelas, en el infinito, muy grande ha de ser el infinito
para que tantas cosas, todas, y de todos los tamaños,
quepan allá, las líneas rectas paralelas, y las simples, y
también las curvas y las líneas cruzadas, los tranvías
que por estos raíles suben, y los pasajeros que van en
ellos, la luz de los ojos de todos el eco de las palabras,
el roce inaudible de los pensamientos, este silbido
dirigido a una ventana, Qué, bajas o no, Aún es temprano, dice una voz allá arriba, qué importa si fue de
hombre o de mujer, es igual, volveremos a encontrarla en el infinito. Ricardo Reis bajó por el Chiado y la
Rua do Carmo, con él bajaba mucha gente, grupos,

familias, aunque generalmente fueran hombres solitarios a los que nadie espera en casa o que prefieren
el aire libre para asistir al cambio de año, quizá sobre
las cabezas, de ellos y nuestras, pase un rayo de luz,
una frontera, entonces diríamos que tiempo y espacio
son la misma cosa, y había también mujeres que por
un momento interrumpían su mísera cacería, hacen
un intervalo en su vida, quieren estar presentes para
ver si hay proclamación de vida nueva, saber qué parte
de ella les corresponde, si es realmente nueva, si es la
misma. Por la parte del Teatro Nacional, el Rossio está
lleno. Cayó un aguacero corto, se abrieron paraguas,
caparazones brillantes de insectos, o como si la multitud fuera un ejército avanzando bajo la protección
de escudos colocados sobre las cabezas, al asalto de
una fortaleza indiferente. Ricardo Reis entró en la
aglomeración, con menos gente de lo que de lejos
parecía, se abrió camino, mientras tanto había escampado, se cerraron los paraguas como una bandada de
aves posadas que sacudieran las alas antes del reposo
nocturno. Toda la gente está enfilando la nariz al aire,
con los ojos clavados en la esfera amarilla del reloj.
De la Rua Primeiro de Dezembro avanza un grupo de
muchachos golpeando tapaderas, tachim, tachim, y
otros sueltan pitidos estridentes. Dan la vuelta a la
plaza frontera a la estación, se meten bajo la arcada
del teatro, siempre dándole a la zambomba y alboro-
tando con las latas, y a este barullo se une el de las
carracas que resuenan en toda la plaza, ra-ra-ra, faltan
cuatro minutos para la media noche, ay la volubilidad
de los hombres, tan cuidadosos del poco tiempo que
tienen para vivir, siempre quejándose de que la vida
es corta, que deja sólo en la memoria un blanco son
de espuma, e impacientes aquí porque pasen los minutos, tan grande es el poder de la esperanza. Ya hay
quien grita de puro nerviosismo, y el alboroto aumen-
ta cuando desde la banda del río empieza a oírse la
voz profunda de los barcos anclados, los dinosaurios
mugiendo con aquel bramido prehistórico que hace
vibrar el estómago, sirenas que sueltan gritos lacerantes

como animales degollados, y las bocinas de los automóviles que atruenan enloquecidas, y las campanillas de los tranvías tintineando cuanto pueden, poco, y al fin la aguja de los minutos cubre la aguja de las horas, es medianoche, la alegría de una liberación, por un instante breve el tiempo dejó libres a los hombres, sueltos, sólo asiste, irónico, benévolo, ahí están, se abrazan unos a otros, conocidos y desconocidos, se besan hombres y mujeres al azar, ésos son los mejores, los besos sin futuro. El barullo de las sirenas llena ahora todo el espacio, se agitan las palomas en el frontón del teatro, algunas vuelan aturdidas, pero ha pasado sólo un minuto y el ruido decrece, algunos últimos arranques, los barcos en el río es como si anduvieran en medio del nublado, en alta mar, y, hablando de esto, allí está Don Sebastián en su nicho del frontón, muchachito enmascarado para un carnaval futuro, si lo pusieron aquí y no en otro sitio, tendremos que reexaminar la importancia y los caminos del sebastianismo, con niebla o sin ella, es patente que el Deseado vendrá en tren, sujeto a retrasos. Aún hay grupos en Rossio, pero la animación se va apagando. La gente ha dejado libres las aceras, saben lo que va a ocurrir, desde los pisos empiezan a tirar basura a la calle, es la costumbre, pero aquí ni se nota porque en estas casas ya vive poca gente, casi son sólo oficinas y consultorios. Por la Rua do Ouro abajo el suelo está alfombrado de residuos, y aún siguen tirando por las ventanas trapos cajas vacías, chatarra, envoltorios y espinas liadas en periódicos y se esparcen por las calzadas, un potecillo lleno de cenizas ardientes estalló disparando chispas alrededor, y la gente que pasa, procurando ahora la protección de los balcones, pegados a las fachadas de las casas, gritan a los de arriba, pero no son protestas, es una costumbre, que cada cual se proteja como pueda, que es noche de fiesta, de alegría fue. Se tira lo que es inútil, objetos que ya no sirven y que no vale la pena vender, guardados para esta ocasión, conjuros para que la abundancia venga con el año nuevo, por lo menos dejarán sitio para lo que de bueno haya de venir, que no quedemos olvidados. Desde lo alto de una casa alguien grita, Ahí va, tuvo cuidado y atención y por los aires cae un paquete grande, traza un arco, casi da contra los cables de los tranvías, qué imprudencia, podría haber ocurrido un accidente, y se despedazó violentamente contra las piedras, era un maniquí de esos de tres pies, que lo mismo sirven para una chaqueta de hombre que para un vestido de mujer, con tal de que sean corpulentos, se le había roto el forro negro, estaba la madera carcomida, quedó despanzurrado por el choque y apenas recuerda un cuerpo, le falta la cabeza, no tiene piernas, un chiquillo que pasaba lo empujó con el pie hacia el bordillo mañana vendrán los carros de la basura y se lo llevarán todo, hojas y mondas, andrajos, cazos que ningún lañador arreglará, un asador sin fondo, una moldura partida, flores de trapo tiradas, dentro de poco empezarán los mendigos a rebuscar en estos desechos, algo aprovecharán, lo que para unos ha dejado de ser útil es un tesoro para otros.

Ricardo Reis vuelve al hotel. No faltan en la ciudad lugares donde la fiesta continúa, con luces, vino espumoso o verdadero champán, y animación delirante, como no se olvidan de decir los periódicos, mujeres fáciles y otras no tanto, directas y demostrativas unas, otras que son fieles aún a ciertos ritos de aproximación, pero este hombre no es un osado experimentador de aventuras, las conoce de oídas, y si alguna vez se atrevió fue cosa de un instante, entrar y salir. Un grupo que pasa cantando le grita Buenas fiestas, viejo, y él responde con un gesto, la mano en el aire, para qué hablar, ya van allá lejos, son más jóvenes que yo. Pisa la basura de las calles, aparta los cajones tumbados, bajo los pies crujen los cristales rotos, sólo faltó que hubieran tirado también a los viejos por las ventanas como hicieron con el maniquí, al fin y al cabo no es tan grande la diferencia, a partir de cierta edad ni la cabeza nos gobierna ni las piernas saben a dónde han de llevarnos, al fin somos como los chiquillos, inermes, pero la madre ha muerto, no podemos volver a ella, al principio, a aquella nada que hubo antes del principio, la nada existe realmente, es lo que hubo antes, no es después de muertos cuando entramos en la nada, de la nada, sí, procedemos, empezamos por el no-ser, y muertos, cuando lo estemos, seremos algo disperso, sin conciencia, pero existiendo. Todos tuvimos padre y madre, pero somos hijos del azar y de la necesidad, sea lo que fuere lo que esta frase signifique, la pensó Ricardo Reis, que la explique él.

Pimenta aún no se había acostado, eran sólo las doce y media. Bajó a abrir, se mostró sorprendido, Ha vuelto muy temprano, se divirtió poco, Estaba cansado, tengo sueño, Esto del año viejo ya no es lo que era, No, bonito es en Brasil, iban diciendo esas frases diplomáticas mientras subían las escaleras, Ricardo Reis se despidió en el descansillo, Hasta mañana, y atacó el segundo tramo, Pimenta respondió Buenas noches, y empezó a apagar las luces del piso, dejando sólo las de vela; luego iría a los otros pisos a reducir la iluminación antes de acostarse, seguro que dormiría descansado la noche entera, no eran horas de llegar huéspedes nuevos. Oía los pasos de Ricardo Reis en el corredor, en un sosiego tan completo se percibe el menor ruido, no hay luz en ningún cuarto, o duermen o están desocupados, en el fondo brilla levemente la chapita del número doscientos uno, y entonces Ricardo Reis repara de que por debajo de su puerta asoma un rayo de luz, habrá olvidado la luz encendida, son cosas que pasan a cualquiera, metió la llave en la cerradura, abrió, sentado en el sofá estaba un hombre, lo reconoció inmediatamente pese a llevar tantos años sin verlo, y no le pareció irregular encontrar allí a su espera, a Fernando Pessoa, dijo Hola, aunque dudó de que le respondiera, no siempre el absurdo respeta a la lógica, pero el caso es que respondió, dijo Hola y le tendió la mano, después se abrazaron, Qué, cómo va eso, uno de ellos pregunta, o los dos, no tiene importancia, es igual considerando la insignificancia de la frase. Ricardo Reis se quitó la gabardina, posó el sombrero, dejó cuidadosamente el paraguas en el lavabo, aunque goteara, allí estaba el suelo impermeable, incluso así se aseguró primero, palpó la seda húmeda, ya no gotea, durante todo el camino de regreso no había llovido. Acercó una silla y se sentó ante el visitante, se dio cuenta de que Fernando Pessoa estaba allí a cuerpo, que es la manera de decir que no llevaba ni abrigo ni gabardina ni ninguna otra protección contra el mal tiempo, ni siquiera sombrero, sólo el traje negro, chaqueta pantalones y chaleco, camisa blanca, negra también la corbata, y los zapatos, y los calcetines, como si estuviera de luto o fuera de oficio enterrador. Se miran ambos con simpatía, se ve que están contentos por haberse reencontrado después de larga ausencia, y es Fernando Pessoa quien habla primero, Sé que me fue usted a visitar, yo no estaba pero me lo dijeron cuando llegué, y Ricardo Reis respondió, Creí que estaría allí, no se me ocurrió pensar que pudiera salir, Por ahora aún salgo, me quedan unos ocho meses de poder andar por ahí a mi aire, explicó Fernando Pessoa, Por qué ocho meses, preguntó Ricardo Reis, y Fernando Pessoa aclaró su información, Realmente, tanto en general como por término medio, son nueve meses, los mismos que pasamos en la barriga de nuestras madres, creo que es por una cuestión de equilibrio, antes de nacer aún no nos pueden ver, pero todos los días piensan en nosotros, después de morirnos ya no nos pueden ver y cada día que pasa nos van olvidando un poco más salvo casos excepcionales, nueve meses bastan para el olvido total, pero, dígame ahora, qué es lo que le trajo a Portugal. Ricardo Reis sacó la cartera del bolsillo interior de la chaqueta, extrajo un papel doblado, hizo como que se lo entregaba a Fernando Pessoa, pero éste lo rechazó con un gesto diciendo, Ya no sé leer, léalo usted, y Ricardo Reis leyó, Muerto Fernando Pessoa Stop Salgo para Glasgow Stop Álvaro de Campos, cuando recibí este telegrama decidí regresar, me pareció como un deber, Es muy interesante el tono de la comunicación, es Álvaro de Campos sin duda, en tan pocas palabras se le nota una especie de satisfacción maligna, casi diría una sonrisa, en el fondo, Álvaro es así, Hubo además otra razón para este regreso, y ésta más egoísta, el hecho es que en noviembre estalló en Brasil una revolución, muchas muertes, mucha gente en la cárcel, temí que la situación empeorara, estaba indeciso, voy, no voy, pero luego llegó el telegrama y acabó de decidirme, Usted, Reis, tiene por destino el andar siempre huyendo de alguna revolución, en mil novecientos diecinueve se fue a Brasil por fallarle una, ahora huye de Brasil por otra que, probablemente, habrá fracasado también, En rigor, no huí de Brasil, y tal vez estuviera aún allí si usted no hubiera muerto, Recuerdo que en los últimos días leí alguna noticia sobre esa revolución, fue cosa de bolcheviques, creo, Sí, fue cosa de bolcheviques, unos sargentos, unos soldados, pero los que no murieron fueron detenidos, en dos o tres días se acabó todo, Fue grande el susto, Sí, Aquí, en Portugal hubo también revoluciones, Me llegaron noticias, Sigue usted siendo monárquico, Soy, Sin rey, Se puede ser monárquico y no querer un rey, Es ése su caso, Lo es, Excelente contradicción, No es peor que otras en que he vivido, Querer por el deseo lo que no se puede querer por la voluntad, Precisamente, Aún recuerdo cómo es usted Es natural.

Fernando Pessoa se levantó del sofá, paseó un poco por la salita, en el dormitorio se detuvo ante el espejo, después volvió, Es una impresión extraña esta de mirarme y no verme en el espejo, No se ve, No, no me veo, sé que estoy mirándome, pero no me veo, No obstante, tiene sombra, Es lo único que tengo. Volvió a sentarse, cruzó las piernas, Y ahora, se va a quedar para siempre en Portugal o vuelve a casa, No lo sé aún, sólo traje lo indispensable, es posible que me decida a quedarme y abra un consultorio, a ver si me hago una clientela, también puede ocurrir que vuelva a Río, no sé, por lo pronto estoy aquí, y, en definitiva, creo que vine por su muerte, es como si, muerto usted, sólo yo pudiera llenar el espacio que ocupaba, Ningún vivo puede sustituir a un muerto, Ninguno de nosotros está verdaderamente vivo ni verdaderamente muerto, Bien dicho, con eso podría hacer usted una de esas odas. Sonrieron ambos. Ricardo Reis preguntó, Dígame, cómo supo que yo estaba alojado en este hotel, Cuando uno está muerto lo sabe todo, es una de nuestras ventajas, respondió Fernando Pessoa, Y entrar, cómo pudo entrar en mi cuarto, Como entraría cualquier otra persona, No vino por los aires, no atravesó las paredes, Qué idea tan absurda, querido amigo, eso sólo ocurre en los libros de fantasmas, los muertos se sirven de los caminos de los vivos, además no hay otros, vine por ahí fuera, desde Prazeres, como cualquier mortal subí la escalera, abrí la puerta, me senté en este sofá, a esperar, Y nadie reparó en la entrada de un desconocido porque usted aquí es un desconocido, Ésa es otra ventaja de estar muerto, nadie nos ve cuando no queremos que nos vean, Pero yo lo estoy viendo, Porque yo quiero que me vea, y, en definitiva, bien pensado, quién es usted, la pregunta era obviamente retórica, no esperaba respuesta, y Ricardo Reis, que no la dio, tampoco la oyó. Hubo un silencio arrastrado, espeso, sonó como en otro mundo el reloj del descansillo, las dos. Fernando Pessoa se levantó, Bueno, me voy, Ya, No crea que tengo un horario marcado, soy libre, es verdad que mi abuela está allí, pero ha dejado de fastidiarme, Quédese un poco más, Se me hace tarde, y usted tiene que descansar, Cuándo va a volver por aquí, Quiere que vuelva, Me gustaría mucho, podríamos charlar, recobrar nuestra amistad, no olvide que, al cabo de dieciséis años, soy nuevo en mi país, Pero sólo vamos a poder estar juntos ocho meses, después se acabó, no tendré más tiempo, Vistos desde el primer día, ocho meses son una vida, Apareceré por aquí en cuanto pueda, No quiere que quedemos en un día, hora, lugar, Cualquier cosa, menos eso, Entonces hasta pronto, Fernando, ha sido un placer verle, Y también para mí verle a usted, Ricardo, No sé si puedo desearle un feliz año nuevo, Deséelo, deséelo, no me hará ningún mal, todo son palabras, como muy bien sabe, Feliz año nuevo, Fernando, Feliz año nuevo, Ricardo.

Fernando Pessoa abrió la puerta de la habitación, salió al pasillo. No se oyeron sus pasos. Dos minutos después, el tiempo de bajar las escaleras, la puerta de abajo se abrió, el timbre zumbó rápidamente. Ricardo Reis se asomó a la ventana. Por la Rua do Alecrim se alejaba Fernando Pessoa. Brillaban los raíles, paralelos aún.

Se dice, lo dicen los periódicos, unos por propia convicción, sin órdenes ni aviso, otros porque alguien guía su mano, si no fue suficiente sugerir e insinuar, escriben los periódicos en estilo de tetralogía, que, tras el hundimiento de los grandes Estados, el nuestro, el portugués, afirmará su extraordinaria fuerza y la inteligencia de los hombres que lo dirigen. Caerán, pues, y la palabra hundimiento mostrará cómo y con qué apocalíptico estruendo, esas hoy presuntuosas naciones que eructan poder, grande es el engaño en que viven, pues no tardará en llegar el día, fasto en los anales de esta patria, en el que los hombres de Estado de más allá de las fronteras vengan a estas lusas tierras a pedir opinión, ayuda, ilustración, mano caritativa, aceite para la lamparilla, aquí, a los fortísimos hombres portugueses que a portugueses gobiernan, cuáles son ellos, a partir del próximo gabinete que anda preparándose ya por los despachos, a la cabeza, sobre todos Oliveira Salazar, presidente del Consejo y ministro de Finanzas, luego, a respetuosa distancia y por el orden de los retratos que publicarán los mismos periódicos, el Monteiro de Asuntos Exteriores, el Pereira de Comercio, el Machado de Colonias, el Abranches de Obras Públicas, el Bettencourt de Marina, el Pacheco de Educación, el Rodrígues de Justicia, el Sousa de Guerra, pero Passos, el Sousa de Interior, pero Paes, todo escrito por extenso para que con más facilidad puedan los peticionarios encontrar el rumbo cierto, y falta por mencionar aún al Duque de Agricultura, sin cuya opinión no podría fructificar en Europa y en el mundo un grano de trigo y también, como sobras, el Entre Paréntesis Lumbrales de Finanzas, aparte de uno de Corporaciones Andrade, porque este Estado nuestro es nuevo y corporativo desde la cuna, y por eso basta un subsecretario. Dicen también los periódicos, los de aquí, que una gran parte del país ha recogido los más abundantes frutos de una administración y orden público modélicos, y si tal declaración fuere tomada como vituperio, visto que se trata de elogio en propia boca, léase ese periódico de Ginebra, Suiza, que discurre largamente, y en francés para mayor autoridad, sobre el dictador de Portugal, ya mencionado, llamándonos afortunadísimos por tener en el poder a un sabio. Tiene toda la razón el autor del artículo, a quien de corazón agradecemos, pero considere, por favor, que no es Pacheco menos sabio si mañana dice, como dirá, que se debe dar a la instrucción primaria lo que se le debe, y nada más, sin pruritos de sabiduría excesiva, la cual, por aparecer antes de tiempo, de nada sirve, y también que mucho peor que las tinieblas del analfabetismo en un corazón puro, es la instrucción materialista y pagana que asfixia las mejores intenciones, visto lo cual, insiste Pacheco y concluye, Salazar es el mayor educador de nuestro siglo, y no es atrevimiento y temeridad afirmarlo ya, pese a que del siglo sólo va vencido un tercio.

No se crea que estas noticias aparecieron así reunidas en la misma página de un periódico, caso en el que la mirada, vinculándolas entre sí, les daría el sentido mutuamente complementario y consecuente que parecen tener. Son sucesos e informaciones de dos o tres semanas, yuxtapuestas aquí como fichas de dominó, cada una con su igual, por mitad, excepto si es doble, que entonces se pone atravesada, ésos son los casos importantes, se ven de lejos. Hace Ricardo Reis su matinal lectura de gacetas mientras va tomando placentero el café con leche y mordisqueando las tostadas del Bragança, untuosas y crujientes, la contradicción es aparente, fueron regalos de otros tiempos, olvidados hoy, por eso os pareció impropia la conjunción de términos. Ya conocemos a la camarera que trae el desayuno, a Lidia, ella es también quien hace la cama y limpia y ordena el cuarto, se dirige a Ricardo Reis llamándole siempre señor doctor, él dice Lidia, sin señoría, pero, como es hombre de educación, no la trata de tú y pide, Hágame esto, Tráigame aquello, y a ella le gusta, porque no está habituada, pues en general desde el primer día y hora todos la tutean, quien paga cree que el dinero confiere todos los derechos, aunque, hagamos esa justicia, hay otro huésped que se dirige a ella con igual consideración, es la joven Marcenda, hija del doctor Sampaio. El caso es que Lidia, a sus treinta años, es una mujer hecha y bien hecha, morena portuguesa, más bien baja que alta, si es que tienen interés estas señas particulares o caracteres físicos de una simple camarera que hasta ahora no ha hecho más que fregar suelos, servir el desayuno y, una vez, reírse al ver a un hombre a cuestas de otro, mientras este huésped sonreía, tan simpático, pero tiene un aire triste, no parece feliz, aunque hay momentos en que su rostro clarea y es como este cuarto sombrío cuando allá fuera las nubes dejan pasar el sol y entra una especie de resplandor lunar pero diurno, luz que no es la del día, luz sombra de luz, y como la cabeza de Lidia estaba en posición favorable, Ricardo Reis reparó en el lunar que ella tenía cerca de la aleta de la nariz, Le queda bien pensó, luego no supo si estaba refiriéndose aun al lunar, o al delantal blanco, o a la cofia almidonada, o a la orilla bordada que le ceñía el cuello, Sí, puede llevarse la bandeja.

Tres días habían pasado y Fernando Pessoa no volvió a aparecer. Ricardo Reis no se hizo a sí mismo la pregunta propia de una situación semejante, Habrá sido un sueño, sabía perfectamente que no había soñado, que Fernando Pessoa, en carne y hueso suficiente para abrazar y ser abrazado, había estado en esta misma habitación en Nochevieja, y que había prometido volver. No dudaba, pero le impacientaba la demora. Su vida le parecía ahora en suspenso, expectante, problemática. Minuciosamente, leía los periódicos para encontrar guías, hilos, rasgos de un diseño, facciones de rostro portugués, no para delinear un retrato del país, sino para revestir su propio rostro y retrato con una nueva sustancia, poderse llevar las manos a la cara y reconocerse, poner una mano sobre otra y estrecharlas, Soy yo y estoy aquí. En la última página dio con un gran anuncio, dos palmos de mano ancha, representando en lo alto, a la derecha, Freire Grabador, de monóculo y corbata, perfil antiguo, y por abajo, hasta la parte inferior de la página, una cascada de otros dibujos que representaban los artículos fabricados en sus talleres, únicos que merecen el nombre de completos, con leyendas explicativas y redundantes, si es verdad que mostrar es tanto o más que decir, excepto la fundamental leyenda, ésta que a modo de prólogo garantiza, afirmando ahora lo que gráficamente no podría ser mostrado, la buena calidad de las mercancías, casa fundada hace cincuenta y dos años, y por quien es aún hoy su propietario, maestro de grabadores, que nunca vio maculada su vida integérrima, y que estudió, él y sus hijos, en las primeras ciudades de Europa, las artes y el comercio de su casa, única en Portugal, premiada con tres medallas de oro, empleando en sus labores dieciséis máquinas que trabajan por electricidad, entre ellas una que vale sesenta mil escudos, y lo que estas máquinas son capaces de hacer, que parece que sólo les falta hablar, santo Dios esto es un mundo, ante nuestros ojos representado, ya que no nacimos en tiempo de ver en los campos de Troya el escudo de Aquiles, que mostraba todo el cielo y la tierra, admiremos en Lisboa este escudo portugués, los nuevos prodigios del lugar, números para casas, hoteles, cuartos, armarios y paragüeros, afiladores para hojas de afeitar, asentadores para navajas, tijeras, estilográficas con plumín de oro, prensas y balancines, placas de cristal con marco de latón niquelado, máquinas para perforar cheques, sellos de metal y goma, letras de esmalte, sellos para tela y lacre, fichas para bancos, compañías y cafés, hierros para marcar ganado, y cajas de made-

ra, cortaplumas, placas municipales para automóviles
y bicicletas, anillos, medallas para todos los deportes,
chapas para gorras de lecherías, cafés, casinos, véase
el modelo de Lechería Nívea, no el de la Lechería
Alentejana, que ésta no tiene camareros de gorra con
chapa, cofres, banderas esmaltadas, de esas que se
ponen encima de la puerta de los establecimientos,
alicates para sellar plomo y lata, linternas eléctricas,
navajas con cuatro hojas, y de las otras, emblemas,
punzones, prensas de copiar, hormas para gomas, ja-
bones y suelas de caucho, monogramas y blasones en
oro, plata y metal para todos los fines, mecheros, rollos,
piedra y tinta para huellas dactilares, escudos de los
consulados portugueses y extranjeros y otras placas,
de médico, de abogado, del registro civil, nació, vivió, murió, la de la junta municipal, la de la comadro-
na, la del notario, la de prohibida la entrada, y también
anillas para palomas, candados, etc., etc., etc., tres
veces etc., con lo que se reduce y da por dicho lo
restante, no olvidemos que éstos son los únicos talleres completos, tanto así que en ellos se hacen artís-
ticas puertas de metal para sepulcros, fin y punto final.
Qué es, frente a esto, el trabajo del divino herrero
Hefestos, que ni siquiera recordó, tras haber cincela-
do y repujado en el escudo de Aquiles el universo
entero, no se le ocurrió dejar un pequeño espacio,
mínimo, para dibujar el talón del guerrero ilustre, cla-
vando en él el vibrante dardo de París, que hasta los
dioses se olvidan de la muerte, y nada raro es si son
inmortales, o habrá sido caridad de éste, nube lanzada sobre los ojos perecederos de los hombres, a quienes basta no saber ni cómo, ni dónde, ni cuándo, para
ser felices, pero más riguroso dios es el grabador Freire,
que señala el fin y el lugar dónde. Este anuncio es un
laberinto, un ovillo, una tela. Mirándolo, dejó Ricardo
Reis enfriarse el café con leche, cuajarse la mantequilla en las tostadas, atención, estimados clientes, esta
casa no tiene sucursales ni agencias, cuidado con
quienes se titulan agentes o representantes, que lo
hacen para burla del público, placas perforadas para

marcar barriles, sellos para mataderos, cuando Lidia
entró para retirar la bandeja se puso triste, No le ha
gustado al señor, y él dijo que sí, que le había gustado
el desayuno, que se había puesto a leer el periódico y
se había distraído, Quiere que le haga otras tostadas,
que le caliente el café, No es necesario, está bien así,
tampoco tenía mucho apetito, entretanto se había levantado y, para sosegarla, puso su mano en el brazo
de la joven, sentía el satén de la manga, el calor de la
piel, Lidia bajó los ojos, luego dio un paso a un lado,
pero la mano la acompañó, permanecieron así unos
segundos, al fin, Ricardo Reis soltó el brazo, y ella agarró y levantó la bandeja, temblaban las porcelanas,
parecía que hubiera un temblor de tierra con epicentro
en este cuarto doscientos uno, y más precisamente en
el corazón de esta camarera, y ahora se aleja, no se va
a serenar tan pronto, entrará en la cocina y dejará la
vajilla, posará la mano donde la otra estuvo, gesto delicado que parecerá imposible en persona de tan humilde profesión, es lo que estará pensando quien se
deje guiar por prejuicios o sentimientos clasificados,
como será tal vez el caso de Ricardo Reis, que en este
momento se recrimina amargamente por haber cedido
a una debilidad estúpida, Increíble lo que he hecho,
una camarera, pero, a él, lo que le salvó es no haber
tenido que transportar ninguna bandeja cargada de
loza, entonces sabría que también las manos de un
huésped pueden temblar. Así son los laberintos, tienen calles, travesías y callejones sin salida, y hay quien
dice que la manera más segura de salir de ellos es ir
andando y girando siempre hacia el mismo lado, pero
eso, como tenemos la obligación de saber, es contrario a la naturaleza humana.

Sale Ricardo Reis a la calle, a la del Alecrim,
invariable, y después por cualquier otra, hacia arriba,
hacia abajo hacia los lados, Ferragial, Remolares, Arsenal, Vinte e Quatro de Julho, son los primeros
desdoblamientos del ovillo Boavista, Crucifixo, al fin
se cansan las piernas, un hombre no puede andar por
ahí sin rumbo, no sólo los ciegos precisan de bastón

tanteando un palmo delante, o de perro que olfatee el peligro, incluso un hombre con sus dos ojos intactos precisa de una luz que lo preceda, aquello en que cree o a que aspira, las propias dudas sirven, a falta de cosa mejor. Ahora bien, Ricardo Reis es un espectador del espectáculo del mundo, sabio si eso es sabiduría, ajeno e indiferente por educación y actitud, pero trémulo porque una simple nube pasó, es tan fácil comprender a los antiguos griegos y romanos cuando creían que se movían entre dioses, que los dioses los asistían en todo momento y lugar, a la sombra de un árbol, junto a una fuente, en el interior denso y rumoroso de un bosquecillo, a orilla del mar o sobre las olas, en la cama con la persona amada, mujer o diosa, si quería. Le falta a Ricardo Reis un perro lazarillo, un bastoncito, una luz ante él, que este mundo y esta Lisboa son una niebla oscura donde se pierde el sur y el norte, el este y el oeste, donde el único camino abierto es hacia abajo, si uno se abandona cae al fondo, maniquí sin piernas ni cabeza. No es verdad que haya vuelto de Río de Janeiro por cobardía, o por miedo, que es más clara manera de decir y dejar explicado. No es verdad que haya regresado porque murió Fernando Pessoa, considerando que nada es posible poner en el lugar del espacio y en el lugar del tiempo de donde alguien o algo fue arrojado, Fernando fuese o Alberto, cada uno de nosotros es único e insustituible, lugar más que común es decirlo, pero cuando lo decimos no sabemos hasta qué punto, Aunque se me apareciera ahora mismo, aquí, mientras bajo por la Avenida de Liberdade, Fernando Pessoa ya no es Fernando Pessoa, y no porque esté muerto, la grave y decisiva cuestión es que no podrá añadir nada a lo que fue y a lo que hizo, a lo que vivió o escribió, si dijo verdad el otro día, ya ni es capaz de leer, pobre hombre. Tendrá que ser Ricardo Reis quien le lea esta otra noticia publicada en una revista, con retrato oval, La muerte se llevó hace unos días a Fernando Pessoa, el poeta ilustre que vivió su corta vida casi ignorado de las multitudes, y, quizá valorando la riqueza de su obra, la oculta-

ba avaramente, con temor de que se la robaran, un día
se hará entera justicia a su fulgurante talento, a semejanza de otros grandes genios que han muerto ya,
reticencias, hijos de perra, lo peor que tienen los diarios es que quien los hace se crea autorizado a escribir sobre todo, que se atreva a poner en la cabeza de
otros ideas que puedan servir en la cabeza de todos,
como esta de que ocultaba Fernando Pessoa sus obras
por miedo a que se las robaran, cómo es posible que se
atrevan a decir tales estupideces, y Ricardo Reis golpeaba impetuoso con la contera del paraguas en las
losas de la acera, podría servirle de bastón pero sólo mientras no llueva, un hombre no va menos perdido por
caminar en línea recta. Entra en Rossio y es como si
estuviera en una encrucijada, en un cruce de cuatro u
ocho caminos, que andados o continuados irán a dar,
ya se sabe, al mismo punto, o lugar, el infinito, por eso
no vale la pena elegir uno, cuando llegue la hora dejemos ese cuidado al azar, que no elige, también lo
sabemos se limita a empujar, a su vez lo empujan fuerzas de las que nada sabemos, y si lo supiéramos, qué
sabríamos. Mejor es creer en estos letreros, tal vez fabricados en los completos talleres de Freire Grabador,
con nombres de médicos, de abogados, de notarios,
gente a quien se acude en caso de necesidad y que
aprendió y enseña a trazar la rosa de los vientos, quizá no coincidentes en sentido y dirección, pero eso es
todavía lo que menos importa, a esta ciudad le basta
saber que la rosa de los vientos existe, que nadie está
obligado a partir, éste no es el lugar donde los rumbos se abren, tampoco es el punto magnífico donde
los rumbos convergen, aquí precisamente cambian los
rumbos de dirección y sentido el norte se llama sur, el
sur norte, se paró el sol entre el este y el oeste, ciudad
como una cicatriz quemada, cercada por un terremoto, lágrima que no se seca ni hay mano que la enju-
gue. Ricardo Reis piensa, Tengo que abrir un consultorio,
ponerme la bata, oír a los enfermos, aunque sólo sea
para dejarlos morir, al menos estarán haciéndome
compañía mientras vivan, será la última buena acción

de cada uno de ellos, ser el enfermo médico de un médico enfermo, no diremos que estos pensamientos sean los de todos los médicos, pero de éste sí, por sus particulares razones, no obstante mal entrevistas, y también, A qué me voy a dedicar, de qué montaré el consultorio, dónde y para quién, véase que tales preguntas no requieren más que respuestas, puro engaño, es con los actos como respondemos siempre, y también con los actos preguntamos.

Va Ricardo Reis bajando por la Rua dos Sapateiros cuando ve a Fernando Pessoa. Está parado en la esquina de la Rua de Santa Justa, mirándolo como quien espera, pero no impaciente. Lleva el mismo traje negro la cabeza descubierta y, detalle en el que Ricardo Reis no había reparado la primera vez, no lleva gafas, cree comprender por qué, sería absurdo y de mal gusto enterrar a alguien con las gafas puestas, pero la razón es otra, no llegaron a dárselas cuando, en el momento de morir, las pidió, Dame las gafas, dijo y se quedó sin ver, que no siempre se está a tiempo de satisfacer las últimas voluntades. Fernando Pessoa sonríe y da las buenas tardes, responde Ricardo Reis de la misma manera y siguen ambos en dirección al Terreiro do Paço. Un poco más allá empieza a llover, el paraguas los cubre a los dos, aunque a Fernando Pessoa no lo pueda mojar esta agua, fue el movimiento de alguien que aún no ha olvidado por completo la vida, o quizá sólo el gesto confortante de recurrir a un mismo y próximo techo, Péguese aquí, que cabemos los dos, a esto no se va a contestar, No lo necesito, voy bien así. Ricardo Reis tiene una curiosidad por satisfacer, Quien nos mire, a quién ve, a usted o a mí, Lo ve a usted, o mejor, ve una silueta que no es ni usted ni yo, Una suma de nosotros dividida por dos, No, más bien diría que el producto de la multiplicación del uno por el otro, Existe esa aritmética, Dos, sean los que sean, no se suman, se multiplican, Creced y multiplicaos, dice el precepto, No es ése el sentido, querido amigo, ése es el sentido más limitado biológico, e incluso con muchas excepciones, de mí, por ejemplo, no han quedado hijos, De mí tampoco van a quedar creo, Y sin embargo somos múltiples, Tengo una oda en la que digo que en nosotros viven innumerables, Que yo recuerde, ésa no es de nuestro tiempo, La escribí hará dos meses, Como ve, cada uno de nosotros, por su lado, va diciendo lo mismo, Entonces no valía la pena habernos multiplicado, Sí porque, de otro modo, no seríamos capaces de decirlo, Preciosa conversación ésta, paúlica, interseccionista,[1] por la Rua dos Sapateiros hasta más abajo de la Conceição, desde ahí, volviendo hacia la izquierda, hacia la Augusta, otra vez de frente, dice Ricardo Reis parándose, Entramos en el Café Martinho, y Fernando Pessoa, con gesto brusco, Sería imprudente, las paredes tienen ojos y buena memoria, otro día podemos ir ahí sin peligro de que me reconozcan, es cuestión de tiempo. Se detuvieron debajo de la arcada, Ricardo Reis cerró el paraguas y dijo, aunque no viniera a cuento, Ando tentado de instalarme, abrir un consultorio, Entonces ya no vuelve a Brasil, por qué, Es difícil responder, no sé siquiera si sabría encontrar una respuesta, digamos que estoy como un insomne que encontró el lugar exacto de la almohada y al fin va a poder quedarse dormido, Si vino para dormir, buena tierra es ésta, Entienda la comparación al revés, o sea, que si acepto el sueño es para poder soñar, Soñar es ausencia, es estar del lado de allá, Pero tiene la vida dos lados, Pessoa, por lo menos dos, al otro sólo por el sueño conseguimos llegar, Decirle eso a un muerto, que le puede responder, con un saber hecho de experiencia, que al otro lado de la vida no hay más que la muerte, No sé qué es la muerte, pero no creo que sea ése el otro lado de la

---

[1] Paulismo e interseccionismo son teorías poéticas de Fernando Pessoa. El paulismo, dentro de una estética simbólico-sandosa, aparece en su primer poema publicado en portugués, *Impressões do Crepúsculo*, fechado en marzo de 1913, antes de la explosión heteronímica. Después del paulismo surgió el interseccionismo, cuyo poema característico es *Chuva oblíqua*. (N. del t.)

vida de que habla, la muerte, creo yo, se limita a ser, la muerte es, no existe, es, Entonces, ser y existir no son idénticos, No, querido Reis, ser y existir sólo no son idénticos porque tenemos las dos palabras a nuestra disposición, Al contrario, precisamente porque no son idénticos, tenemos las dos palabras y las usamos. Allí debajo de aquella arcada, disputando, mientras la lluvia formaba minúsculos lagos en la plaza y luego los reunía en lagos mayores que eran charcos, tampoco esta vez iría Ricardo Reis hasta el muelle a ver batir las olas, empezaba a decirse esto a sí mismo, a recordar que había estado aquí y al mirar hacia el lado vio que Fernando Pessoa se alejaba, sólo ahora notaba que le quedaban cortos los pantalones, parecía que fuera en andas, al fin oyó su voz próxima, aunque estuviera allí delante, Continuaremos esta charla otro día, ahora tengo que irme, allá lejos, bajo la lluvia, hizo un gesto con la mano, pero no se despedía, volveré.

Empieza el año de tal modo que ver difuntos va a ser habitual, claro está que, uno más, uno menos, todos los tiempos tienen lo suyo al respecto, a veces con mayores facilidades, cuando hay guerras y epidemias, otras lentamente, uno tras otro, pero no es común que en pocas semanas haya tal suma de muertos de calidad, tanto nacionales como extranjeros, sin hablar ya de Fernando Pessoa, que ése nadie sabe que a veces va y vuelve, hablamos, sí, de Leonardo Coimbra, que inventó el creacionismo, de Valle-Inclán, autor de Romance de lobos, de John Gilbert que trabajó en aquel filme El gran desfile, de Rudyard Kipling, poeta de If, y, last but not least, del rey de Inglaterra, Jorge V, el único con sucesión garantizada. Cierto es que ha habido otras desgracias, vamos a sumarlas, como fue el morir soterrado un pobre viejo por efecto del temporal, o aquellas veintitrés personas que vinieron del Alentejo, mordidas por un gato rabioso, desembarcaron, negros como bandada de cuervos con las plumas desharrapadas, viejos, mujeres, niños, primera fotografía de sus vidas, y no saben ni hacia dónde mirar, se aferran sus ojos a cualquier punto del

espacio, desesperados, pobre gente, y no es esto todo,
Lo que el señor doctor no sabe es que en noviembre
del año pasado murieron en las grandes capitales del
distrito dos mil cuatrocientos noventa y dos indivi-
duos, uno de ellos fue el señor Fernando Pessoa, no
es ni mucho ni poco, es lo que tiene que ser, lo peor es
que setecientos treinta y cuatro eran niños de menos de
cinco años de edad, cuando es así en las ciudades
importantes, treinta por ciento, imagínense lo que será
por esas aldeas donde hasta los gatos están rabiosos,
nos queda no obstante el consuelo de que sean portugueses la mayor parte de los angelillos del cielo.
Aparte esto, las palabras son muy válidas. Después de
tomar posesión el gobierno va gente en muchedum-
bre y en rebaños a cumplimentar a los señores minis-
tros, todo el mundo, profesores, funcionarios públicos,
oficiales de las tres armas, dirigentes y afiliados a la
Unión Nacional, sindicatos, gremios, agricultores, jueces, policías, guardias republicanos y fiscales, público
en general, y cada vez el ministro agradece y responde con un discurso, hecho a medida de un patriotismo de abecedario y para los oídos de quien allí está,
se apretujan los cumplimentadores para caber todos
en la foto, los de las filas de atrás estiran el cuello, se
ponen de puntillas, asoman por encima del hombro
del vecino más alto, Éste soy yo, dirán después en
casa a su querida esposa, y los de delante llenan el
buche de aire, no los ha mordido el gato rabioso, pero
tienen el mismo aire pasmado, les asusta el fogonazo
del magnesio, en la conmoción se han perdido algunas palabras, pero por unas sacan otras, todo está
regulado por el diapasón de las que el ministro del
Interior pronunció en Montemor-o-Velho al inaugurar la luz eléctrica, gran mejora, Dije en Lisboa que la
buena gente de Montemor sabe ser leal a Salazar,
podemos imaginar la escena fácilmente, Paes de Sousa
explicando al sabio dictador, así apellidado por la
Tribune des Nations, que la buena gente de la tierra
de Fernão Mendes Pinto es toda leal a su excelencia,
y, siendo tan medieval este régimen, ya se sabe que

de esa bondad quedan excluidos los villanos y mecánicos, gente que no hereda bienes, luego hombres no buenos, quizá ni buenos ni hombres, animales, como animales son los que muerden, roen o infestan, Usted, doctor, ha tenido ya ocasión de comprobar qué tipo de gente puebla este país, y eso que estamos en la capital del imperio, cuando el otro día pasó ante la puerta de O Século, aquella multitud a la espera del donativo, y si quiere ver más y mejor, vaya por esos barrios, por esas parroquias y feligresías, vea con sus ojos los repartos de sopa de los pobres, la campana de auxilio a los pobres en invierno, iniciativa de singular belleza, como escribió en el telegrama el alcalde de Porto, de tan grato recuerdo, y dígame si no valía más dejarlos morir, y se ahorraría el vergonzoso espectáculo de nuestro mundo, se sientan en los bordillos de las aceras a comer su mendrugo de pan y a rebañar el cazo, ni luz eléctrica merecen, a ellos les basta conocer el camino que va del plato a la boca, y ése hasta a oscuras se encuentra.

También en el interior del cuerpo la tiniebla es profunda, y pese a todo la sangre llega al corazón, el cerebro es ciego y puede ver, es sordo y oye, no tiene manos y alcanza, el hombre, claro está, es el laberinto de sí mismo. En los dos días siguientes Ricardo Reis bajó al comedor para desayunar, hombre al fin tímido, asustado con las consecuencias de un gesto tan simple como haber puesto la mano en el brazo de Lidia, no temía que ella hubiera ido a quejarse del osado huésped, qué había sido aquello en definitiva un gesto y nada más, sin embargo, aun así, había en él cierta ansiedad cuando habló por primera vez, después del hecho, con el gerente Salvador, temor vano fue, pues nunca se vio a un hombre más afable y respetuoso. Al tercer día se encontró ridículo y no bajó al comedor, se hizo el olvidadizo deseando que le olvidaran. Eso era no conocer a Salvador. En la hora extrema llamaron a su puerta, entró Lidia con la bandeja, la colocó sobre la mesa, dijo Buenos días, señor doctor, con naturalidad, es casi siempre así, uno se atormenta, se tortura, teme lo peor, cree que el mundo le va a pedir cuentas y prueba real, y el mundo ha seguido su camino, pensando ya en otras cosas. Sin embargo, no es cierto que Lidia, al entrar en la habitación para recoger las cosas, forme aún parte de ese mundo, lo más seguro es que se haya quedado atrás, a la espera, con aire de no saber de qué, repite los movimientos acostumbrados, va a levantar la bandeja, asegurándola, ahora se endereza, forma con ella un arco de círculo, se aleja hacia la puerta, oh Dios mío, hablará, no hablará, quizá no diga nada, quizá me toque sólo el brazo como el otro día, y si lo hace qué voy a hacer yo, otras veces otros huéspedes me pusieron a prueba, por dos veces cedí, porque, por ser esta vida tan triste, Lidia, dijo Ricardo Reis, ella dejó la bandeja, levantó los ojos asustados, quiso decir Señor doctor, pero la voz quedó prendida en su garganta, y él no tuvo valor, repitió, Lidia, luego, casi con un murmullo, atrozmente trivial, seductor ridículo, Es usted muy guapa, y se quedó mirándola sólo un segundo, no aguantó más que un segundo, se volvió de espaldas, hay momentos en que sería mejor morirse, Yo, que he hecho reír a las camareras de hotel, también tú, Álvaro de Campos, todos nosotros. Se cerró la puerta lentamente, hubo una pausa, y sólo luego se oyeron los pasos de Lidia alejándose.

Ricardo Reis pasó todo el día fuera rumiando su vergüenza, sobre todas indigna porque no lo había vencido un adversario, sino su propio miedo. Y decidió que al día siguiente cambiaría de hotel, o alquilaría unas habitaciones en una casa, o volvería a Brasil en el primer barco, parecen dramáticos efectos para causa tan pequeña, pero cada persona sabe cuánto le duele y dónde, el ridículo es como una quemadura por dentro, un ácido que en cada momento es reavivado por la memoria, una herida infatigable. Volvió al hotel, comió y volvió a salir, vio Las Cruzadas en el Politeama, qué fe, qué ardorosas batallas, qué santos y qué héroes, qué caballos tan blancos, acaba la película y atraviesa la Rua de Eugénio de Santos un soplo de religión épica, parece que cada espectador lleve en la cabeza un halo, y aún hay quien dude de que el arte puede mejorar al hombre. El lance de la mañana adquirió su dimensión propia, pero qué importa eso, qué ridículo fui atormentándome de ese modo. Llegó al hotel, le abrió Pimenta, nunca se vio casa más tranquila, naturalmente los criados no duermen aquí. Entró en el cuarto y, no advirtiendo que hacía este movimiento antes que cualquier otro, miró la cama. No estaba abierta como de costumbre, en ángulo, sino por igual, dobladas sábana y colcha, de lado a lado. Y tenía, no una almohada como siempre había tenido, sino dos. No podía ser más claro el recado, faltaba saber hasta qué punto se volvería explícito. A no ser que no haya sido Lidia quien vino a abrirme la cama, sino otra camarera, pensó que el cuarto estaba ocupado por un matrimonio, sí, supongamos que las camareras cambian de piso de tantos en tantos días, quizá para tener iguales oportunidades de propina, o para no crear hábitos permanentes, o, y aquí sonrió Ricardo Reis, para evitar familiaridades con los huéspedes, en fin, veremos mañana, si Lidia aparece con el desayuno es porque fue ella quien hizo así la cama, y entonces. Se acostó, apagó la luz, dejó puesta la segunda almohada, cerró los ojos con fuerza, ven, sueño, ven, pero el sueño no venía, por la calle pasó un tranvía, tal vez el último, quién será que no quiere dormir en mí, el cuerpo inquieto, de quién, o lo que no siendo cuerpo en él se inquieta, yo entero, o esta parte de mí que crece, Dios mío, las cosas que pueden ocurrirle a un hombre. Se levantó bruscamente, y, hasta a oscuras, guiándose por la luminosidad difusa que se filtraba por las ventanas, soltó el pestillo de la puerta, luego la dejó apoyada levemente, parece cerrada y no lo está, basta que posemos sutilmente la mano en ella. Volvió a acostarse, esto es una chiquillada, un hombre, si quiere algo, no lo deja al azar, lucha por alcanzarlo, ya ves lo que lucharon en su tiempo los cruzados, espadas contra alfanjes, morir si preciso fuere, y los castillos, y las armaduras, luego, sin saber aún si está despierto o duerme ya, piensa en los cinturones de castidad, cuyas llaves se llevaban los señores cruzados, pobres cornudos abierta fue la puerta de este cuarto, en silencio, cerrada está, una silueta cruza a tientas hasta la orilla de la cama, la mano de Ricardo Reis avanza y encuentra una mano helada, la atrae, Lidia tiembla, sólo sabe decir Tengo frío, y él calla, está pensando si debe o no besarla en la boca, qué triste pensamiento.

El doctor Sampaio y su hija llegan hoy, dijo Salvador, alegre como si le hubieran prometido buenas noticias y se las trajeran, nauta en el barandal de recepción, que ve avanzar a lo lejos, entre la bruma de la tarde, al tren de Coimbra, poca-tierra, poca-tierra, caso éste muy contradictorio, porque la nao que está fondeada en el puerto criando limo, pegadita al muelle, es el Hotel Bragança, y es la tierra la que viene andando hacia aquí, echando humo por la chimenea, cuando llegue a Campolide se meterá por debajo del suelo, y surgirá luego del negro túnel resollando vapor, aún tiene tiempo para llamar a Lidia y decirle, Mira en los cuartos del doctor Sampaio y de su hija, a ver si todo está en orden, las habitaciones, ya lo sabe ella, son las doscientos cuatro y la doscientos cinco, Lidia ni pareció darse cuenta de que estaba allí el doctor Ricardo Reis, subió diligentísima al segundo piso, Cuánto tiempo se van a quedar, preguntó el médico, Suelen estar tres días, mañana irán al teatro, les he comprado ya las entradas, A qué teatro, Al Doña María, Ah, esta interjección no es de sorpresa, la soltamos para rematar un diálogo que no podemos o no queremos continuar, y, en verdad, los provincianos que vienen a Lisboa, con perdón de Coimbra si no es provincia, aprovechan en general la estancia para ir al teatro, van al Parque Mayer, al Apolo, al Avenida, y, si son gente de gusto delicado, invariablemente al Doña María, también llamado Nacional. Ricardo Reis pasó a la sala de estar, hojeó un diario, buscó el programa de espectáculos, los anuncios, y vio, Tá Mar de Alfredo Cortez, y decidió allí mismo que iría también, para ser un buen portugués debía apoyar las artes portuguesas, estuvo a punto de pedirle a Salvador por teléfono que le comprara la entrada, pero lo contuvo un escrúpulo, al día siguiente él mismo trataría el asunto.

Faltan aún dos horas para la cena, entretanto llegarán los huéspedes de Coimbra si el tren no viene con retraso, Y a mí qué me importa, se pregunta Ricardo Reis mientras sube las escaleras hacia su habitación, y responde que siempre es agradable conocer gente de otros lugares, personas educadas, aparte del interesante caso clínico de Marcenda, extraño nombre, nunca oído, parece un murmullo, un eco, una arqueada de violoncelo, les sanglots longs de l'automne, los alabastros, los balaustres, esta poesía de puesta de sol doliente le irrita, las cosas de que un hombre es capaz, Marcenda, pasa ante el doscientos cuatro, la puerta está abierta, allá dentro está Lidia pasando el plumero por los muebles, se miran de relance, ella sonríe, él no, poco después está en su cuarto y oye la puerta suavemente, es Lidia que entra furtiva y le pregunta, Está enfadado, y él apenas responde, seco, así a la luz del día, no sabe cómo debe tratarla, siendo ella camarera podría palparle libertinamente las nalgas, pero sabe que nunca será capaz de hacer tal cosa, antes quizá, pero no ahora que estuvieron juntos, haberse acostado en la misma cama, en ésta, fue una especie de dignificación, de mí, de ambos, Si puedo, vendré esta noche, dijo Lidia, y él no respondió, le pareció impropio el aviso, y estando allí tan cerca la muchacha de la mano paralizada, durmiendo inocente de los nocturnos secretos de este pasillo y del cuarto del fondo, pero se calló, no fue capaz de decir No vengas, ya la trata de tú, naturalmente. Salió Lidia, él se tendió en el sofá a descansar, tres noches activas tras una larga abstinencia, y para más en el cambio de la edad, no es extraño que se le cierren los ojos, frunce levemente las cejas, se pregunta a sí mismo, y no encuentra respuesta, si tendrá o no que pagar a Lidia,

regalarle algo, medias, un anillito, cosas propias para
quien tiene una vida como la suya, y esta indecisión va
a tener que resolverla ponderando motivos y razones a
favor y en contra, no es como aquello de besarle la
mano o la boca, al fin decidieron las circunstancias, el
fuego de los sentidos, así llamado, en definitiva ni supo
cómo fue, la besaba como si fuera la mujer más her-
mosa del mundo, quizá la cosa resulte en definitiva
muy sencilla, cuando estén en la cama dirá, Me gustaría hacerte un obsequio, para que te acuerdes de mí,
y a ella le parecerá natural, quizá esté ya sorprendida
de que aún no lo haya hecho.

Voces en el corredor, pasos, Pimenta que dice,
Gracias, señor doctor, después, dos puertas que se
cierran, han llegado los viajeros. Se quedó tumbado,
había estado a punto de quedarse dormido, ahora abre
los ojos, mira al techo, sigue las grietas del enyesado,
minuciosamente, como si las acompañara con la punta del dedo, imagina que sobre su cabeza está la palma
de la mano de Dios y que va leyendo en ella las líneas,
la de la vida, la del corazón, vida que va sutilizándose,
se interrumpe y resurge, cada vez más tenue, corazón
bloqueado, sólo tras los muros, la mano derecha de
Ricardo Reis, posada sobre el sofá, se abre y muestra
sus propias líneas, son como otros ojos aquellas dos
manchas del techo, sabe Dios quién nos lee cuando,
descuidados, estamos leyendo. Se hizo de noche ya
hace rato, tal vez sea ya la hora de cenar, pero Ricardo
Reis no quiere ser el primero en bajar, Y si no me di
cuenta de que salían de sus habitaciones, se pregunta, puedo haberme quedado dormido sin darme cuenta,
desperté sin saber que me había dormido, creí que
era sólo un parpadeo y he dormido un siglo. Se sienta
inquieto, mira el reloj, son ya más de las ocho y media, y en ese instante una voz de hombre, en el corredor, dice, Marcenda, estoy esperando, se abrió una
puerta, luego rumores confusos, unos pasos alejándose, el silencio. Ricardo Reis se levantó, fue al lavabo a refrescarse la cara, a peinarse, le parecieron hoy
más blancos los cabellos de las sienes, tendría que

usar una de aquellas tinturas o lociones que restituyen progresivamente al pelo su color natural, por ejemplo, la Nhympha del Mondego, reputada y sabia alquimia que cuando llega al tono del primitivo color ya no insiste más, o insiste hasta alcanzar el negro retinto, ala de cuervo, si ése era el caso, pero le fatiga la simple idea de tener que vigilar el pelo día a día, a ver si falta mucho, si hay que volver a usar la loción, componer las tintas en la bacía, coronadme de rosas, si puede ser, y basta. Se cambió de pantalones y de chaqueta, tenía que acordarse de decirle a Lidia que se los planchara, y salió con la impresión incómoda, incongruente, de que iba a dar esa orden sin la neutralidad de tono que ha de tener una orden cuando se dirige de quien naturalmente manda a quien naturalmente debe obedecer, si obedecer y mandar, como se dice, es natural, o, para ser aún más claro, que Lidia va a ser la que caliente la plancha, la que extienda los pantalones sobre la tabla para marcarles la raya, la que introduzca la mano izquierda en la manga de la chaqueta, junto al hombro, para darle el contorno con la plancha, redondeándolo, seguro que cuando lo haga no dejará de recordar el cuerpo que estas ropas cubren, Si puedo, voy esta noche, y pasa nerviosa la plancha, está sola en el planchador, éste es el traje que el señor doctor Ricardo Reis llevará al teatro, me gustaría ir con él, tonta, pero qué te crees tú, seca dos lágrimas que han de aparecer aún porque son lágrimas de mañana, ahora aún está Ricardo Reis bajando la escalera para cenar, aún no le ha dicho que le planche el traje, y Lidia aún no sabe que llorará.

Casi todas las mesas estaban ocupadas, Ricardo Reis se detuvo a la entrada, el maître vino a buscarlo y lo acompañó, Su mesa, señor, ya lo sabía, es la de siempre, pero la vida no se sabe lo que es sin estos o semejantes rituales, arrodíllese y rece, descúbrase cuando pasa la bandera, siéntese, desdoble la servilleta sobre las rodillas, si mira hacia quienes le rodean, hágalo discretamente, salude si conoce a alguien, y así procede Ricardo Reis, aquel matrimonio, este cliente solitario, los conoce de aquí, también conoce al doctor Sampaio y a su hija Marcenda, pero ellos no le reconocen, el abogado lo mira con expresión ausente, quizá la de quien busca en la memoria, pero no se inclina hacia la hija, no dice, Saluda al doctor Ricardo Reis, que acaba de llegar, fue ella quien al cabo de un momento lo miró, por encima de la manga del camarero que la servía, por su rostro pálido pasó una brisa, un levísimo rubor que era sólo señal del reencuentro, Al fin se ha acordado, pensó Ricardo Reis, y en voz más alta de lo que sería necesario le preguntó a Ramón qué había de cena. Quizá por eso le miró el doctor Sampaio, pero no, dos segundos antes Marcenda le había dicho a su padre, Aquel señor, el de ahí, estaba en el hotel la última vez, se comprende ahora que al levantarse de la mesa el doctor Sampaio inclinara muy levemente la cabeza, y Marcenda, al lado de su padre, un poco menos, de manera retraída, discreta, como quien sabe que está en un segundo término, tan rigurosos son los preceptos de la buena educación, y Ricardo Reis, en respuesta, se levantó ligeramente de la silla, hay que tener un sexto sentido para medir estas sutilezas gestuales, saludo y respuesta deben equilibrarse, todo fue tan perfecto que podemos augurar un buen inicio a esta relación, se han retirado ya los dos, sin duda van a la sala de estar, esto supuso, pero no, fueron a sus habitaciones, más tarde saldrá el doctor Sampaio, probablemente a dar un paseo pese a lo lluvioso del tiempo, Marcenda se acuesta temprano, la fatigan mucho estos viajes en tren. Cuando Ricardo Reis entra en la sala ve sólo algunas personas soturnas, unas leen periódicos, otras bostezan, mientras la ambientación musical ofrece unas cancioncillas portuguesas de revista, estridentes, desgañitadas, que ni la sordina puede disfrazar. A esta luz, o por causa de estos rostros apagados, el espejo parece un acuario, y Ricardo Reis, cuando atraviesa la sala para el lado de allá y cuando por el mismo camino vuelve, no es cuestión de salir corriendo desde la puerta de entrada, se ve en aquella profundidad verdeante como si caminara por el fondo de un océano, entre restos de navíos y ahogados, tiene que salir ya, emerger, respirar. Sube melancólicamente a su cuarto frío, por qué será que lo deprimen tanto estas pequeñas contrariedades, si es que ésta llega a contrariedad, en definitiva son sólo dos personas que viven en Coimbra y vienen a Lisboa una vez al mes, este médico anda en busca de clientes, a este poeta le sobran ya musas inspiradoras, este hombre no busca novia, si volvió a Portugal no fue con esa intención, sin hablar ya de la diferencia de edad, grande en este caso. No es Ricardo Reis quien piensa estos pensamientos ni uno de los innumerables que en su interior habitan, es tal vez el propio pensamiento el que se va pensando, o sólo pensando, mientras él asiste, sorprendido, al desarrollo de un hilo que lo lleva por caminos y corredores ignotos, en cuyo punto final está una muchacha vestida de blanco que ni siquiera puede sostener las flores, pues el brazo derecho de ella estará en su brazo, cuando del altar vuelvan, caminando sobre la alfombra solemne al son de la marcha nupcial. Ricardo Reis, como se ve, ha tomado ya las riendas del pensamiento, gobierna ya y orienta, se sirve de él para burlarse de su propia persona, la orquesta y la alfombra son divertimentos de la imaginación, y ahora, para que tan lírica historia tenga un final feliz, comete la proeza clínica de colocar un ramo de flores en el brazo izquierdo de Marcenda, que sin ayuda lo sostiene, pueden desaparecer el altar y el celebrante, callar la música, sumirse en humo y polvo los invitados, retirarse sin más el novio, el médico ha curado a la enferma, el resto habrá sido obra del poeta. No caben en una oda alcaica estos episodios románticos, lo que viene a demostrar, si es que aún precisamos demostraciones, que muy frecuentemente no casan lo escrito y lo que, por haber sido vivido, le habría dado origen. No se pregunta, pues, al poeta qué pensó o sintió, precisamente para no tener que decirlo compone versos. Quedan anuladas todas las disposiciones en contrario.

Se fue la noche, Lidia no bajó de la buhardilla, el doctor Sampaio regresó tarde, Fernando Pessoa no se sabe por dónde anda. Vino después el día, Lidia se llevó el traje para plancharlo, Marcenda salió con su padre, fueron al médico, A la fisioterapia, dice Salvador, que, como tanta gente, pronuncia mal la palabra, y Ricardo Reis, por primera vez, repara en la impropiedad de venir a Lisboa una enferma que vive en Coimbra, ciudad de tantos y tan variados especialistas, para tratamientos que tanto podían hacerse aquí como allá, ultravioletas, por ejemplo, que tan espaciadamente aplicados poco beneficio le van a reportar, estas dudas las discute Ricardo Reis consigo mismo mientras baja el Chiado para ir a comprar su entrada al Teatro Nacional, pero de ellas se distrajo al ver la abundancia de gente de luto, algunas señoras con velos, pero en los hombres se nota aún más la corbata negra, el aire concentrado, algunos llevaron la expresión de su pesar hasta el punto de poner cinta negra en el sombrero. Han enterrado hoy a Jorge V de Inglaterra, nuestro más viejo aliado. Pese al luto oficial, hay espectáculo, no se puede tomar a mal, la vida tiene que seguir. El taquillero le vendió una butaca, le informó, Esta noche van a estar aquí los pescadores, Qué pescadores, preguntó Ricardo Reis, e inmediatamente se dio cuenta de que había cometido un error indisculpable, el taquillero frunció el entrecejo y con voz un poco áspera dijo, los de Nazaré, evidentemente, sí, evidentemente, la obra hablaba de ellos, cómo podrían venir otros, qué sentido tendría que apreciaran por aquí a los pescadores de la Caparica, o de Póvoa, y qué sentido tendrá que vengan éstos, les pagarán el viaje y el alojamiento para que el pueblo pueda participar de la creación artística, y con mucha mayor razón cuando es el pretexto de ella, escójanse pues unos representantes suyos, hombres y mujeres, Vamos a Lisboa, vamos a Lisboa, vamos a ver el mar de allá, qué habrán hecho para que parezca que revientan las olas contra las tablas del escenario, y cómo estará Doña Palmira Bastos haciendo de Ti Gertrudes, y Doña Amelia

de María Bem y Doña Lalande de Rosa, y Amarante
haciendo de Lavagante, y la vida de ellos fingida vida
nuestra, y, ya que vamos allá, pidámosle al gobierno,
por las almas del purgatorio, que nos haga el puerto
de abrigo que tanto necesitamos desde que por primera vez se lanzó en esta playa un barco al mar y
mira que hace tiempo de eso. Ricardo Reis pasó là
tardé por los cafés, fue a ver las obras del Eden Teatro, a las que pronto quitarán las vallas, el Chave de
Ouro, que va a ser inaugurado. Nacionales y extranjeros reconocen que Lisboa está viviendo un impulso
de progreso que en poco tiempo la colocará a la par de
las grandes capitales europeas, cosa lógica siendo
cabeza de un imperio. No cenó en el hotel, fue allí
sólo para cambiarse de traje, tenía la chaqueta y los
pantalones, y también el chaleco, cuidadosamente
colgados en el perchero, sin una arruga, eso hacen
amorosas manos, y perdonen la exageración, que no
puede haber amor en estos solaces nocturnos entre
huésped y camarera, él, poeta, ella casualmente Lidia,
pero otra, y aun así afortunada, porque la de los poemas nunca supo de gemidos y suspiros, no hizo más
que estar sentada a la orilla de arroyuelos, oyendo
decir, Sufro, Lidia, de miedo al destino. Comió un
bistec en Martinho, el de Rossio, asistió a una dispu-
tada partida de billar, en el verde tablero girando liso
de índico marfil la rauda bola, pródiga y feliz lengua
la nuestra que tanto más es capaz de decir cuanto más la
fuerzan y retuercen, y, siendo ya hora de empezar el
espectáculo, salió, discretamente se fue acercando y
pudo entrar confundido entre dos familias numerosas, no quería ser visto antes del momento que él
mismo eligiera, sabe Dios qué estrategias de sentimiento eran aquéllas. Atravesó sin parar el foyer, algún día
le llamaremos atrio o vestíbulo si entretanto no viene
de otra lengua otra palabra que diga tanto o más, o
nada, como ésta por ejemplo, jol, lo recibió a la entrada el acomodador, lo llevó por el pasillo de la izquierda
hasta la séptima fila, Es aquel lugar, al lado de la señora, calma imaginación, sosiego, que dijo señora, no

muchacha, un acomodador de teatro nacional habla siempre con propiedad y precisión, tiene por maestros a clásicos y modernos, verdad es que Marcenda está en la sala, pero tres filas por delante, a la derecha, demasiado lejos para ser cerca y no tan cerca para verme. Está sentada a la derecha de su padre, y cuando con él habla y vuelve un poco la cabeza, se le ve el perfil entero, el rostro largo, o es el cabello que, suelto, parece alargarlo, la mano derecha se alzó en el aire, a la altura del mentón, para explicar mejor la palabra dicha o por decir, tal vez hable del médico que la lleva, o de la obra que va a ver, Alfredo Cortez quién es, el padre no tiene mucho que decirle, sólo vio Os Gladiadores, hace dos años, y no le gustó, ésta le interesa más, por ser de costumbres populares, ya falta poco para ver qué resulta de esto. Esta charla, suponiendo que así fuera, fue interrumpida por un arrastrar de sillas en los altos del teatro, por un murmullo exótico que hizo que se volvieran y se levantaran todas las cabezas de platea, eran los pescadores de Nazaré que entraban y ocupaban sus lugares en los palcos de segunda clase, quedaban expuestos para ver bien y ser vistos, vestidos a su moda, ellos y ellas, descalzos quizá, desde abajo no se puede ver. Hay quien aplaude, otros se suman condescendientes, Ricardo Reis, irritado, cerró los puños, afectación aristocrática de quien no tiene sangre azul, diríamos nosotros, pero no se trata de eso, es sólo una cuestión de sensibilidad y de pudor, para Ricardo Reis esos aplausos son, por lo menos, indecentes.

Se quiebran las luces, se apagan en la sala, se oyen los golpes llamados de Molière, qué asombro causarán en las cabezas de los pescadores y sus mujeres, quizá imaginen que son los últimos preparativos de carpintería, los últimos martillazos en el astillero, se alzó el telón, hay una mujer encendiendo el fuego, de noche aún, detrás del escenario se oye una voz de hombre, la de quien llama, Mané Zé Ah Mané Zé, y empieza la obra. La sala suspira, fluctúa, a veces ríe, se alboroza al finalizar el primer acto con aquella trifulca de mujeres, y cuando se encienden las luces se ven rostros animados, buena señal, arriba hay exclamaciones, se llaman de palco a palco, hasta parece como si los actores se hubieran trasladado allí, es casi el mismo hablar, casi, si mejor o peor dependería de la medida que sirva de comparación. Ricardo Reis reflexiona sobre lo que vio y oyó, piensa que el objeto del arte no es la imitación, que fue censurable debilidad por parte del autor escribir la pieza en el lenguaje de Nazaré o en lo que creyó que es ese lenguaje, olvidando que la realidad no soporta su reflejo, que lo rechaza, sólo otra realidad, cualquiera que sea, puede colocarse en vez de aquella que se quiso expresar, y, siendo diferentes entre sí, mutuamente se muestran, explican y enumeran, la realidad como invención que fue, la invención como realidad que será. Ricardo Reis piensa estas cosas aún más confusamente, porque resulta difícil al mismo tiempo pensar y aplaudir, la sala aplaude y él también, por simpatía, porque pese a todo le gusta la obra, dejando aparte el habla, grotesca en tales bocas, y mira hacia Marcenda, ella no aplaude, no puede, pero sonríe. Los espectadores se levantan, los hombres, porque las mujeres, casi todas, se quedan sentadas, son ellos quienes precisan aliviar las piernas, satisfacer la necesidad, fumar el pitillo o el puro, cambiar opiniones con los amigos, saludar a los conocidos, ver y ser vistos en el foyer, y si se quedan en sus butacas es casi siempre por razones de amor y de cortejo, se ponen de pie, lanzan un vistazo a la redonda, como halcones, son ellos mismos los personajes de su acción dramática, actores que representan en los intervalos mientras los actores verdaderos, en los camerinos, descansan de los personajes que han sido y que dentro de poco volverán a ser, transitorios todos. Al levantarse, Ricardo Reis mira entre las cabezas, ve que el doctor Sampaio se levanta también, Marcenda hace un gesto negativo, se queda, su padre, ya de pie, le pone la mano en el hombro con afecto y sale hacia el pasillo. Más rápido, Ricardo Reis llega antes que él al foyer. Dentro de poco se encontrarán de frente, entre toda esta gente que pasea y charla, en la atmósfera cargada repentinamente de humo de tabaco hay voces y comentarios, Qué bien está Palmira, Yo creo que han puesto demasiadas redes en el escenario, Diablo de mujeres, allí atizándose, hasta parecía de verdad, Porque nunca las has visto, amigo, como las he visto yo en Nazaré, son unas furias, A veces cuesta entender lo que dicen, Bueno, allí hablan así, Ricardo Reis iba entre los grupos, oyendo, tan atento como si él fuera el autor, pero de lejos vigilaba los movimientos del doctor Sampaio, quería hacerse el encontradizo. Por un momento se dio cuenta de que el otro lo había visto, que venía en esta dirección, naturalmente, y era el primero en hablar, Buenas noches, qué tal la obra, le gusta, preguntaba, y Ricardo Reis creyó que no necesitaba mostrarse sorprendido, Curiosa coincidencia, correspondió al saludo, dijo que sí señor, que le gustaba, y añadió Nos alojamos en el mismo hotel, incluso así debía presentarse, Me llamo Ricardo Reis, dudó entre decir, Soy médico, viví en Río de Janeiro, y no hace aún un mes que estoy en Lisboa, el doctor Sampaio oyó lo que le dijo, sonriente, como si él dijera a su vez, Si conociera a Salvador como lo conozco yo, sabría que me ha hablado de usted, y conociéndolo tan bien a él, adivino que le ha hablado de mí y de mi hija, sin duda es perspicaz el doctor Sampaio, una larga vida de notario tiene estas ventajas, Casi no vale la pena que nos presentemos, dijo Ricardo Reis, Así es, y pasaron inmediatamente a la conversación siguiente, sobre la obra y los actores, se trataban con ceremonia, Doctor Reis, Doctor Sampaio, hay esta feliz igualdad entre ellos, igualdad de título, y así estuvieron hasta el fin del entreacto, sonó el timbre, volvieron juntos a la sala, dijeron, Hasta luego, y cada cual fue a su butaca, Ricardo Reis, el primero en sentarse, se quedó mirando, lo vio hablar con su hija, ella se volvió hacia atrás, le sonrió, él sonrió también, iba a empezar el segundo acto.

Se encuentran los tres en el otro entreacto. Incluso sabiendo ya todos quiénes eran, de dónde venían, dónde vivían, hubo una presentación, Ricardo Reis, Marcenda Sampaio, tenía que ser, es el momento que ambos esperaban, se dieron la mano, derecha contra derecha, la mano izquierda de él quedó caída, procurando apagarse, discreta, como si no existiese. Marcenda tenía los ojos muy brillantes, sin duda la habían conmovido las tribulaciones de María Bem, si no había en su vida motivos íntimos, particulares, para acompañar, palabra por palabra, aquel último párrafo de la mujer del Lavagante, Si hay infierno, si después de lo que yo he llorado aún hay infierno, no puede ser peor que éste, Virgen de los Dolores, habría dicho ella en su hablar de Coimbra, que no por variar de habla varía el sentir, éste que por palabras no se puede explicar, Entiendo muy bien por qué no mueves ese brazo, vecino de hotel, hombre de mi curiosidad, yo soy aquella que te llamó con una mano inmóvil, no me preguntes por qué, esa pregunta ni a mí misma me la he hecho, sólo te llamé, un día he de saber qué voluntad ordenó mi gesto, o quizá no, ahora te alejarás para no aparecer ante mis ojos como indiscreto, entrometido, impertinente, vete, que yo sabré cómo encontrarte, o tú a mí, que no estás aquí por casualidad. Ricardo Reis no se quedó en el foyer, circuló por los palcos de primera, asomó por los de segunda para ver de cerca a los pescadores, pero sonó el timbre, este entreacto era más corto y cuando entró en la sala ya empezaban las luces a apagarse. Durante todo el tercer acto dividió su atención entre el escenario y Marcenda. Ella no miró hacia atrás, pero había modificado ligeramente la posición del cuerpo, ofreciendo un poco más el rostro, casi nada, y apartaba de vez en cuando los cabellos del lado izquierdo con la mano derecha, muy lentamente, como si lo hiciera con intención, qué quiere esta chica, quién es, que ni lo que parece ser es siempre lo mismo. La vio secándose unas lágrimas cuando Lianor confiesa que si robó la llave del salvavidas fue para que muriera Lavagante, y cuando María Bem y Rosa, empezando una y concluyendo la segunda, dicen que aquél fue un gesto de amor, y que el amor, siendo un noble sentimiento, se devora a sí mismo cuando no encuentra posibilidad de realizar sus fines, y luego en el rápido desenlace, cuando se juntan Lavagante y María Bem, dispuestos ya a unirse carnalmente, entonces se encendieron las luces, rompieron los aplausos, y Marcenda seguía secándose las lágrimas, ahora con el pañuelo, no es sólo ella, en la sala no faltaban mujeres lacrimosas y sonrientes, corazones sensibles, los actores agradecían los aplausos, hacían gestos como remitiéndolos a los palcos de segunda, donde estaban los héroes reales de estas aventuras de pasión y mar, el público se volvía hacia allá, ahora sin reservas, ésta es la comunión del arte, aplaudía a los bravos pescadores y a sus valerosas mujeres, hasta Ricardo Reis aplaude, en este teatro se ve qué fácil es que se entiendan las clases y los oficios, el pobre, el rico y el remediado, gocemos del raro privilegio de esta gran lección de fraternidad, y ahora invitan a los pescadores a ir al escenario, se repite el arrastrar de sillas, el espectáculo no ha terminado aún, sentémonos todos, éste es el momento culminante, Oh, la alegría, oh la animación, oh el júbilo de ver a la clase piscatoria de Nazaré bajando por el pasillo central y luego subiendo al escenario, allí cantan y bailan al modo tradicional de su tierra, en medio de los artistas, esta noche va a quedar grabada en los anales de la Casa de Garrett, el arráez del grupo abraza al actor Robles Monteiro, la más vieja de las mujeres recibe un beso de la actriz Palmira Bastos, hablan todos al mismo tiempo, en confusión, ahora cada uno en su lengua y no se entienden peor por eso, y vuelven las danzas y los cantares, las actrices más jóvenes ensayan un pasito en la danza regional, los espectadores miran y aplauden, al fin nos vamos, empujados suavemente a la salida por los acomodadores, porque va a haber cena en el escenario, un ágape general para representantes y representados, saltarán los tapones de unas botellas de espumoso, de ese que pica en la nariz, mucho se van a reír las mujeres de Nazaré cuando empiece a darles vueltas la cabeza, no están habituadas. Mañana, cuando salga el autobús, con asistencia de periodistas, fotógrafos y dirigentes corporativos, los pescadores darán vivas al Estado Novo y a la Patria, no se sabe a ciencia cierta si el contrato los obliga a esto, admitamos que fue expresión de corazones agradecidos por haberles sido prometido el deseado puerto de abrigo, si París valía una misa, dos vivas quizá paguen una salvación.

Ricardo Reis no esquivó el nuevo encuentro a la salida. Habló en el pasillo, le preguntó a Marcenda si le había gustado la obra, ella respondió que el tercer acto la había conmovido hasta llorar, Me di cuenta, por casualidad, dijo él, y así quedó la cosa, el doctor Sampaio había llamado un taxi, quiso saber si Ricardo Reis los acompañaba, en caso de que volviera al hotel tendrían mucho gusto, y él dijo que no, que gracias, Hasta mañana, buenas noches, encantado de conocerlo, y el automóvil se puso en marcha. Le hubiera gustado acompañarlos, pero se dio cuenta de que sería un error, que todos se sentirían un poco incómodos, tímidos, sin saber de qué hablar, no iba a ser fácil encontrar otro tema, y, además, estaría la delicada cuestión de cómo colocarse en el taxi, en el asiento de atrás no cabrían los tres, el doctor Sampaio no querría ir delante dejando a la hija con un desconocido, sí, un desconocido, en la penumbra propicia, pues, incluso habiendo entre los dos el mínimo contacto físico, la penumbra los aproxima con manos de terciopelo, y más aún los aproximan los pensamientos, que muy pronto resultan ya secretos pero no escondidos, y tampoco parecería bien dejar a Ricardo Reis al lado del conductor, no se invita a una persona para dejarla allí, junto al taxímetro, porque cuando acaba la carrera ya se sabe quién va a pagar, mucho más si por cálculo o embarazo de bolsillos tarda el dinero en aparecer, y el de atrás, que invitó y que en definitiva sí quiere pagar, dice que no señor, intima al taxista no acepte lo que le da ese señor, quien paga soy yo, el hombre, paciente, espera a que los caballeros decidan de una vez, discusión mil veces oída, no faltan episodios grotescos en esta vida de los taxis. Ricardo Reis se encamina hacia el hotel, no tiene otros placeres u obligaciones a la espera, la noche es fría y húmeda, pero no llueve, apetece andar, ahora sí, baja toda la Rua Augusta, ya es tiempo de atravesar el Terreiro do Paço, pisar aquellos peldaños del muelle hasta donde el agua nocturna y sucia se abre en espuma, retrocediendo después para volver al río, desde donde regresa luego, ella, otra, la misma y diferente, no hay nadie más en el muelle, y sin embargo otros hombres están mirando la oscuridad, los trémulos faroles de la Otra Orilla, las luces de posición de los barcos fondeados, este hombre, que físicamente es quien mira hoy, pero también, más allá de los innumerables que dice ser, otros que fue cada vez que vino aquí, y que recuerdan haber venido aquí, incluso no habiendo tenido este recuerdo. Los ojos, habituados a la noche, ya ven más lejos, más allá hay unas siluetas cenicientas, son los barcos de la escuadra, que dejaron la seguridad de la dársena, el tiempo sigue siendo agreste, pero no tanto que no puedan los barcos soportarlo, la vida del marino es así, sacrificada. Algunos, que a distancia parecen hechos por la misma medida, deben de ser los contratorpederos, los que tienen nombres de río, Ricardo Reis no recuerda los nombres, oyó pronunciarlos al maletero como una letanía, estaba el Tajo, que en el Tajo está, y el Vouga, y el Dão, que es el que está más cerca, dijo el hombre, aquí está, pues, el Tajo, aquí están los ríos que pasan por mi aldea, todos fluyendo como esta agua que fluye, hacia el mar, que de todos los ríos recibe agua y a los ríos la restituye, retorno que desearíamos eterno, pero no, durará sólo lo que el sol dure, mortal como nosotros todos, gloriosa muerte será la de aquellos hombres que en la muerte del sol mueran, no vieron el primer día, verán el último.

No está el tiempo para filosofías, los pies se hielan, un policía se ha parado a mirar, vacilante, el contemplador de las aguas no parecía un vagabundo, pero tal vez estuviera pensando en tirarse al río, en

ahogarse, y fue el pensar en los problemas que esto le
traería, dar la alarma, hacer retirar el cadáver, redactar
el parte, lo que hizo que el agente de la autoridad se
aproximara, sin saber siquiera qué iba a decir, con la
esperanza de que la aproximación bastara para di-
suadir al suicida, para llevarlo a suspender su enlo-
quecida decisión. Ricardo Reis oyó los pasos, sintió
en los pies la frialdad de la piedra, tengo que comprar botas de doble suela, era ya hora de retirarse al
hotel antes de que atrapara un resfriado, dijo, Buenas noches, señor guardia, y el municipal, aliviado,
preguntó, Hay alguna novedad, no no había novedad, la cosa más natural del mundo es que un hombre se acerque al muelle, incluso de noche, para ver
el río, los barcos, este Tajo que no corre por mi aldea, el Tajo que corre por mi aldea se llama Duero,
por eso, por no tener el mismo nombre, el Tajo no es
más bello que el río que pasa por mi aldea. Tranquilizado, el policía se alejó hacia la Rua da Alfândega,
reflexionando sobre la madurez de cierta gente que
anda por el mundo a medianoche para gozar de la
vista del río con un tiempo así, si anduvieran por ahí
como yo, por obligación, ya sabrían lo que es. Ricardo Reis siguió por la Rua do Arsenal, y en menos de
diez minutos estaba en el hotel. Aún no habían cerrado la puerta, Pimenta apareció en la entrada con
un manojo de llaves, cerró y se fue a su rincón, contra
su costumbre no esperó a que el huésped acabara de
subir, Por qué será, de esta natural pregunta pasó Ricardo Reis a la inquietud, Tal vez sepa lo de Lidia, es
imposible que no se enteren un día u otro, un hotel
es como una casa de cristal, y Pimenta nunca sale de
aquí, conoce todos los rincones, estoy seguro de que
sospecha algo, Buenas noches, Pimenta, insistió, exa-
gerando la cordialidad, y el otro respondió sin aparente reserva, sin hostilidad, Quizá no, pensó Ricardo
Reis, recibió de él la llave del cuarto, iba a alejarse,
pero volvió atrás, abrió la cartera, Tome, Pimenta,
para usted, y le dio un billete de veinte escudos, no
dijo por qué, ni Pimenta se lo preguntó.

No había luz en las habitaciones. Avanzó por el corredor cuidadosamente para no despertar a los que dormían, durante tres segundos suspendió el paso ante la puerta de Marcenda, luego continuó. La atmósfera del cuarto estaba fría, húmeda, casi como a orillas del río. Se estremeció como si aún estuviera mirando los barcos lívidos mientras oía los pasos del policía, y se preguntó qué habría ocurrido si le respondiera, Sí, hay novedad, aunque no pudiera decir más que eso, sólo repetir, Hay novedad, pero no cuál era ni qué significaba. Al aproximarse a la cama se dio cuenta de que debajo de la colcha había un bulto, algo habían puesto allí, entre las sábanas, una bolsa de goma, se veía en seguida, pero, para asegurarse, puso la mano encima, estaba caliente, buena chica esta Lidia, acordarse de calentarle la cama, claro que no lo hacen a todos los huéspedes, probablemente esta noche no vendrá. Se acostó, abrió el libro que tenía en la cabecera, el de Herbert Quain, pasó los ojos por dos páginas sin mucha atención, parece que había ya tres motivos para el crimen, y cada uno de ellos era suficiente para acusar al sospechoso sobre quien conjuntamente convergían, pero dicho sospechoso, usando el derecho y cumpliendo el deber de colaborar con la justicia, había sugerido que la verdadera razón, en caso de haber sido él, realmente, el criminal, podría ser todavía una cuarta, o quinta, o sexta razones, igualmente suficientes, y que la explicación del crimen, sus motivos, se encontrarían tal vez, sólo tal vez, en la articulación de todas estas razones, en su acción recíproca, en el efecto de cada conjunto sobre los restantes conjuntos y, sobre todo, en la eventual pero más que probable anulación o alteración de efectos por otros efectos, y cómo se había llegado al resultado final, la muerte, y aun así era preciso averiguar qué parte de responsabilidad cabría a la víctima, es decir, si ésta debería o no ser considerada, a efectos morales y legales, como una séptima y tal vez, pero sólo tal vez, definitiva razón. Se sentía reconfortado, la bolsa de agua le calentaba los pies, el cerebro funcionaba sin relación consciente con el exterior, la aridez de la lectura hacía que le pesaran los párpados. Cerró por unos segundos los ojos y, cuando los abrió, allí estaba Fernando Pessoa sentado a los pies de la cama, como si estuviera visitando a un enfermo, con aquella misma expresión enajenada que dejó en algunos retratos, las manos cruzadas sobre el muslo derecho, la cabeza levemente caída hacia delante, pálido. Dejó el libro al lado, entre las dos almohadas, No lo esperaba a estas horas, dijo, y sonrió amable, para que él no notase la impaciencia del tono, la ambigüedad de las palabras, que todo esto junto significaría, Podía haberse ahorrado el venir hoy. Tenía sus razones, aunque sólo dos, la primera, porque sólo le apetecía hablar de la noche de teatro y de cuanto allí había ocurrido, pero no con Fernando Pessoa, la segunda, porque nada más natural que el que Lidia entrara en la habitación, y no es que hubiera el peligro de que saliera dando gritos, Auxilio, un fantasma, sino porque Fernando Pessoa, aunque no fuera cosa ajustada a su carácter, podía decidir quedarse allí, protegido por su invisibilidad, aun así intermitente, según la ocasión y sus humores, para asistir a las intimidades carnales y sentimentales, no sería imposible, Dios, que es Dios, suele hacerlo, no lo puede evitar si está en todas partes, pero a éste ya nos hemos acostumbrado. Apeló a la complicidad masculina, No vamos a poder hablar mucho, quizá aparezca por aquí una visita, y comprenderá que sería embarazoso, No pierde el tiempo usted, aún no hace tres semanas que llegó y ya recibe visitas galantes, porque supongo que serán galantes, Depende de lo que por galante se quiera entender, es una camarera del hotel, Querido Reis, usted, un esteta, íntimo de todas las diosas del Olimpo, abriendo sus sábanas a una camarera de hotel, a una doméstica, y yo que me había acostumbrado a oírle hablar hora tras hora, con admirable constancia, de sus Lidias, Neeras y Cloes, y ahora me sale cortejando a una camarera, qué decepción, Esta camarera se llama Lidia, y no la cortejo, ni soy hombre capaz de hacerlo, Ah, ah, vamos, que en definitiva, existe la tan citada justicia poética, tiene gracia la situación, clamó usted tanto por Lidia que Lidia vino, ha tenido usted más suerte que Camões, ése que para tener una Natercia tuvo que inventarse el nombre, y no pasó de ahí, Vino el nombre de Lidia, no vino la mujer, No sea ingrato, usted sabe qué mujer sería la Lidia de sus odas, admitiendo que tal fenómeno exista, esa imposible suma de pasividad, sabio silencio y puro espíritu, Es dudoso, realmente, Tan dudoso como que exista, de hecho, el poeta que escribió sus odas, Ése soy yo, Permítame que exprese mis dudas, mi querido Reis, lo veo ahí leyendo una novela policiaca, con una bolsa de agua caliente a los pies, esperando a una camarera que vendrá a calentar el resto, le ruego que no se ofenda ante la crudeza del lenguaje, pero pretende usted que yo crea que este hombre es aquel que escribió Sereno y viendo la vida a la distancia a que está, y se me ocurre preguntarle dónde estaba cuando vio la vida a esta distancia, Dijo usted que el poeta es un fingidor, Lo confieso, son adivinaciones que nos salen por la boca sin que sepamos qué camino hemos andado para llegar allí, lo peor es que he muerto antes de haber entendido si es el poeta quien se finge hombre o es el hombre quien se finge poeta, Fingir y fingirse no es lo mismo, Eso es una afirmación o una pregunta, Es una pregunta, Claro que no es lo mismo, yo apenas he fingido, usted se finge, si quiere ver dónde está la diferencia léame y vuelva a leerse, Con esta conversación lo que usted está haciendo es prepararme una noche de insomnio, Es posible que venga todavía su Lidia a mecerlo, por lo que he oído, las camareras son muy cariñosas con los clientes, Me parece el comentario de un despechado, Probablemente, Dígame sólo una cosa, cómo finjo yo, como poeta o como hombre, Su caso, amigo Reis, no tiene remedio, usted, simplemente, se finge, es fingimiento de sí mismo, y eso ya no tiene nada que ver ni con el hombre ni con el poeta, No tengo remedio, Es otra pregunta, Sí, No tiene por qué tenerlo, en primer lu-

gar, porque ni usted sabe quién es, Y usted, lo supo
alguna vez, Yo no cuento ya, he muerto, pero no se
preocupe que no va a faltar quien de mí dé todas las
explicaciones, Es posible que yo haya vuelto a Portugal para saber quién soy, Qué locura, querido amigo,
que niñería, alumbramientos así sólo se ven en las
novelas místicas y caminos de Damasco, no olvide que
estamos en Lisboa, de aquí no parten caminos, Tengo
sueño, Le dejaré dormir, realmente eso es lo único
que le envidio, sólo los imbéciles dicen que el sueño
es primo de la muerte, primo o hermano, no recuerdo
bien, Primo, creo yo, Tras las poco agradables palabras que le he dicho, quiere aún que vuelva, Sí, apenas tengo con quien hablar, Es una buena razón, sin
duda, Mire, hágame un favor, deje la puerta entorna-
da, así no tengo que levantarme con el frío que hace,
Aún espera compañía, Nunca se sabe, Fernando, nunca
se sabe.

Media hora después se abrió la puerta. Lidia,
temblando de frío tras la larga travesía por corredores y
escaleras, se metió en la cama, se enroscó y preguntó,
Qué, fue bonito el teatro, y él dijo la verdad, Sí, lo fue.

Marcenda y su padre no aparecieron a la hora de comer. Saber el motivo no exigió a Ricardo Reis supremos recursos tácticos, ni dialécticas de detective, se limitó a dar tiempo a Salvador y a sí mismo, habló vagamente, unas frases sueltas, con los codos en el mostrador de recepción, el aire confianzudo del huésped familiar, y así de paso, como paréntesis, o brevísima digresión oratoria, o simple esbozo de tema musical que inesperadamente surgiera del desarrollo del otro, informó que había ido al Teatro Doña María la noche anterior y que allí había visto y conocido al doctor Sampaio y a la hija, gente muy simpática y distinguida. A Salvador le pareció que le estaban dando la noticia con mucho retraso, por eso se le crispó un poco la sonrisa, pues había visto salir a los dos huéspedes, habló con ellos, y no le dijeron que la noche anterior habían encontrado al doctor Ricardo Reis en el Doña María, lo sabía ahora, es cierto, pero casi a las dos de la tarde, cómo podía ocurrir una cosa así, claro que no era de esperar que le dejaran recado por escrito para que se enterase de lo sucedido apenas entrara de servicio, Conocimos al doctor Reis, Conocí al doctor Sampaio y a su hija, sin embargo sentía como una gran injusticia que lo hubieran dejado en la ignorancia durante tantas horas, ingrato mundo, verse tratado así un gerente que tan amistoso trato tiene con sus clientes. Crisparse la sonrisa, si de él hablamos, puede ser obra de un momento y no durar más que el momento mismo, pero explicar por qué se crispó necesita tiempo, al menos para que no queden muchas dudas sobre los motivos de la inesperada y aparentemente incomprensible actitud, y es que la sensibilidad de las personas tiene espacios tan profundos y recónditos que, si nos aventuramos por ellos con ánimo de examinarlo todo hay peligro de no salir de allí tan pronto. Desde luego, Ricardo Reis no emprendió análisis tan minucioso, a él le pareció sólo que un súbito pensamiento había perturbado a Salvador, y así fue, como nosotros sabemos, aunque él se empeñara en adivinar qué pensamiento habría sido ése no lo lograría, lo que muestra cuán poco sabemos unos de otros y cuán de prisa se fatiga nuestra paciencia cuando, muy de tarde en tarde, nos empeñamos en apurar motivos, dilucidar impulsos, salvo si se trata de una auténtica investigación criminal, como lateralmente nos viene enseñando The god of the labyrinth. Venció Salvador su despecho con más rapidez que el tiempo que nos llevó contarlo, como suele decirse, y, dejándose guiar sólo por su buen carácter, mostró hasta qué punto había quedado contento, alabando al doctor Sampaio y a su hija, él un caballero, ella una joven finísima, de educación esmerada, qué pena su tristeza, con aquella tara o enfermedad, Porque, doctor Reis aquí, entre nosotros, yo no creo que su mal sea curable. No había iniciado Ricardo Reis la conversación para entrar en una disputa médica para la que, por otra parte, ya se había declarado incompetente, por eso cortó la charla y fue a lo que más le importaba, o le importaba sin saber cuánto y hasta qué punto, No han venido a comer, y de repente cayendo en esa posibilidad, Habrán regresado a Coimbra, pero Salvador, que al menos de esto sí lo sabía todo, respondió, No, se van mañana, hoy comían en la Baixa porque la señorita Marcenda tenía hora con el médico, y luego iban a dar una vuelta, de compras, Pero cenarán, Ah, eso seguro. Ricardo Reis se apartó del mostrador, dio dos pasos, retrocedió luego, Bueno, creo que voy a dar una vuelta, parece que el tiempo está seguro, y entonces Salvador, con el tono de quien se limita a dar una información de menor importancia, desdeñable, La señorita Marcenda dijo que volvería después de la comida, que no acompañaría a su padre en los asuntos que él tenía que tratar esta tarde, ahora tendrá Ricardo Reis que dar lo dicho por no dicho, fue hasta la sala de estar, miró por la ventana como quien valora el trabajo de los meteoros, volvió, Pensándolo mejor, me voy a quedar a leer los periódicos, no llueve pero debe de hacer frío, y Salvador, reforzando con su diligencia el nuevo proyecto, Voy a decir que pongan una estufa en la sala, tocó dos veces la campanilla, apareció una camarera que no era Lidia, como primero se vio y luego se confirmó, Oye, Carlota, enciende una estufa y ponla ahí en la sala. Si tales pormenores son o no son indispensables para el mejor entendimiento del relato es juicio que cada uno de nosotros hará por sí mismo, y no siempre idéntico, depende de la atención que se ponga, del humor, de la manera de ser de cada uno, hay quien valora sobre todo las ideas generales, los planos de conjunto, los panoramas, los frescos históricos, hay quien estima mucho más las afinidades y contrastes de los tonos contiguos, bien sabemos que no es posible gustar a todo el mundo, pero, en este caso, se trataba sólo de dar tiempo a que los sentimientos, cualesquiera que fuesen, abrieran y dilatasen camino entre y dentro de las personas, mientras Carlota va y viene, mientras Salvador anda con la prueba del nueve de una cuenta que se le resiste, mientras Ricardo Reis se pregunta si tan súbita mudanza de intención no habrá resultado sospechosa, primero dijo Voy a salir, y al final se queda.

Dieron las dos, las dos y media, fueron leídos y releídos esos exangües periódicos de Lisboa, desde las noticias de la primera página, Eduardo VIII será el nuevo rey de Inglaterra, el ministro del Interior fue felicitado por el historiador Costa Brochado, descienden los lobos a los poblados, la idea del Anschluss, que es, para quien no lo sepa, la unión de Alemania y Austria, fue repudiada por el Frente Patriótico Austriaco, el gobierno francés presentó la dimisión, las divergencias entre Gil Robles y Calvo Sotelo pueden poner en peligro el bloque electoral de las derechas españolas, hasta los anuncios, Pargil es el mejor elixir para la boca, mañana debuta en el Arcadia la famosa bailarina Marujita Fontán, vea los nuevos modelos de automóviles Studebaker, el President, el Dictador, si el anuncio de Freire Grabador era el universo, éste es el resumen perfecto del mundo en los días que vivimos, un automóvil llamado Dictador, clara señal de los tiempos y los gustos. Algunas veces zumbó el timbre de la entrada, gente que salía, gente que llegaba, un huésped nuevo, campanillazo seco de Salvador, Pimenta que carga con las maletas, luego un silencio prolongado, denso, la tarde se vuelve sombría, pasa de las tres y media. Ricardo Reis se levanta del sofá, se arrastra hasta la recepción, Salvador lo mira con simpatía, si no es piedad lo que se ve en su cara, Qué, ya ha leído todos los periódicos, no tuvo tiempo Ricardo Reis de responder, todo ahora sucede con rapidez, el timbre de nuevo, una voz en el fondo de la escalera, Oiga, Pimenta, por favor, ayúdeme a llevar estos paquetes al cuarto, baja Pimenta, sube, Marcenda viene con él, y Ricardo Reis no sabe qué hacer, si quedarse donde está, si volver a sentarse, fingir que lee o dormita al suave calor, pero, si lo hace, qué pensará Salvador, astuto espía, de modo que su ánimo fluctúa a medio camino entre estas posibilidades cuando Marcenda entra en la recepción, dice, Buenas tardes, y se sorprende, Está aquí doctor, Estoy leyendo los periódicos, responde él, pero inmediatamente añade, He acabado ya, son frases terribles, demasiado conclusivas, si estoy leyendo los periódicos, no quiero hablar, si he acabado, me voy en seguida, entonces añade, sintiéndose otra vez infinitamente ridículo, Se está muy bien aquí calentito, se aflige ante la vulgaridad de la expresión, pero incluso así no se decide, no vuelve a sentarse, no volverá porque si se sienta, ella creerá que quiere quedarse solo, si espera a que ella suba al cuarto teme que crea que él se fue después, el movimiento ha de hacerse en el momento exacto para que Marcenda piense que él se sienta para esperarla, no fue necesario, Marcenda dijo simplemente, Voy a dejar esto en la habitación y bajo luego para hablar un poco con usted, si tiene paciencia para soportarme y no tiene otras cosas más importantes que hacer. No nos sorprenda la sonrisa de Salvador, a él le gusta que sus clientes hagan amistades, todo redunda en beneficio del hotel, se crea un buen ambiente, y aunque nos sorprendiéramos, de nada iba a servir, con relación al relato, el hablar por extenso de lo que, habiendo surgido, desapareció en seguida por no tener por qué durar más. Ricardo Reis sonrió también, con una sonrisa más prolongada, y dijo, Con mucho gusto, o cualquier frase de este tipo, que abundan, igualmente triviales, cotidianas, aunque sería lamentable perder el tiempo analizándolas, hoy están vacías ya, gastadas, sin brillo ni color, recordemos sólo cómo habrían sido dichas y oídas en sus primeros días, Será un placer, Estoy a su disposición, pequeñas declaraciones que por su osadía harían vacilar a quien las decía, y que harían estremecerse de temor y esperanza a quien las oyera, era entonces un tiempo en que las palabras eran nuevas y los sentimientos comenzaban.

No tardó Marcenda en bajar, se había arreglado el peinado, retocado los labios, actitudes que serían ya automáticas, tropismos al espejo, es lo que piensan algunos, pero otros afirman y defienden que la mujer en todas circunstancias tiene un comportamiento consciente, cubierto por una apariencia de ligereza de espíritu y volubilidad de gestos, de gran eficacia, a juzgar por los resultados. Pero son puntos de vista que no merecen mayor atención. Ricardo Reis se levantó para recibirla, la llevó a una butaca que hacía ángulo recto con la suya, no quiso sugerir que pasaran a un sofá en el que ambos cabrían. Marcenda se sentó, puso la mano izquierda en el regazo, sonrió de un modo ajeno y distante, como si dijera, Ya ve, no hace nada sin mí, y Ricardo Reis iba a preguntar, Está cansada, pero apareció Salvador, quiso saber si tomaban algo, un café, té, y ellos dijeron que sí, un café, buena idea, con el frío que hace. Antes de ir a dar las órdenes pertinentes, Salvador comprobó el funcionamiento de la estufa, que difundía por el ambiente un olor levemente aletargador a petróleo, mientras la llama, dividida en mil pequeñas lenguas azules, murmuraba sin parar. Marcenda preguntó si le había gustado la obra, él respondió que sí, aunque le parecía que había mucho de artificial en aquella naturalidad aparente de la representación, intentó explicarse mejor, En mi opinión, la representación nunca debe ser natural, lo que ocurre en un escenario es teatro, no es la vida, no es la vida, la vida no es representable, hasta lo que parece ser su más fiel reflejo, el espejo, vuelve la derecha a la izquierda y la izquierda a la derecha, Pero le gustó, o no le gustó, insistió Marcenda, Me gustó, resumió él, en definitiva hubiera bastado con una sola palabra. En este momento entró Lidia con la bandeja del café, la posó en la mesilla baja, preguntó si deseaban algo más, Marcenda dijo, No, gracias, pero ella miraba a Ricardo Reis que no había levantado la cabeza y que empujaba cuidadosamente su tacita preguntando a Marcenda, Cuántas cucharadas, y ella decía Dos, quedaba claro que Lidia no tenía nada que hacer allí, por eso se retiró, con demasiada precipitación, según el entender de Salvador, que la reprendió desde su trono, Cuidado con esa puerta.

Marcenda dejó la taza en la bandeja, colocó la mano derecha sobre la izquierda, frías ambas, pero entre una y otra existía la diferencia que distingue lo móvil de lo inerte, lo que aún puede salvarse y lo que ya está perdido, A mi padre no le gustaría saber que aprovecho el haberle conocido ayer para pedirle su opinión de médico, Esa opinión que me pide, es sobre su caso, Sí, este brazo que no es capaz de moverse por sí mismo, esta pobre mano, Espero que comprenda que no me guste hablar de eso, en primer lugar porque no soy especialista, después, porque no conozco su historial clínico, tercero, porque la deontología de la profesión me prohíbe inmiscuirme en un caso que lleva un colega, Lo sé, pero un enfermo puede tener un amigo

médico y hablarle de los males que le afligen, Desde
luego, Entonces, imagínese que es amigo mío y res-
póndame, No me cuesta nada imaginarme que soy
amigo de usted, para usar sus palabras, pues la conozco desde hace un mes, Me va a responder entonces, Por lo menos lo intentaré, tendré que hacerle unas
preguntas, Todas las que quiera, y ésta es una de las
frases que podríamos añadir a la colección de las que
tanto dijeron en tiempos pasados, en la infancia de las
palabras, Estoy a su disposición, Con mucho gusto,
Será un placer, Lo que quiera. Entró de nuevo Lidia,
vio que Marcenda tenía el rostro enrojecido y los ojos
húmedos, en Ricardo Reis el vislumbre de un puño
cerrado que servía de apoyo a la mejilla izquierda,
estaban ambos callados como si hubieran llegado al
final de una conversación importante o se prepararan
para ella, cuál sería, cuál será. Se llevó la bandeja, ya
sabemos cómo tiemblan las tacitas si no están bien
asentadas en sus respectivos platillos, de esto hay
que asegurarse siempre cuando uno no está muy seguro de la firmeza de sus manos, para no tener que
oír a Salvador diciendo, Ojo esas tazas.

Ricardo Reis hizo una pausa, parecía reflexionar,
después, inclinándose, tendió las manos a Marcenda,
le preguntó, Puedo, ella se inclinó también un poco
hacia delante y, con la mano izquierda sostenida aún
por la derecha, la colocó entre las manos de él, como
un ave enferma, el ala quebrada, plomo clavado en el
pecho. Lentamente, aplicando una presión suave pero
firme, él recorrió con sus dedos toda la mano de la
muchacha, hasta la muñeca, sintiendo por primera vez
en su vida lo que es abandono total, la ausencia de
una reacción voluntaria o instintiva, una entrega sin
defensa, peor aún, un cuerpo extraño que no pertenece a este mundo. Marcenda miraba fijamente su
propia mano, algunas veces otros médicos habían
examinado aquella máquina paralizada, los músculos sin fuerza, los nervios inútiles, los huesos que
apenas amparaban la pobre arquitectura, ahora se les
une éste a quien por su voluntad se la ha confiado, si

entrara ahora el doctor Sampaio no creería a sus ojos, el doctor Ricardo Reis sosteniendo la mano de su hija, sin resistencia de una ni otra, pero nadie entró, y esto puede parecer extraño tratándose de una sala de hotel, hay días de entrar y salir constante, hoy es este secreto. Ricardo Reis soltó lentamente la mano, miró sin saber por qué sus propios dedos, después preguntó, Desde cuándo está así, Hizo cuatro años en diciembre, Empezó poco a poco, o fue una cosa repentina, Un mes es poco a poco o es de repente, Quiere decir con eso que en un mes pasó del uso normal del brazo a la inmovilidad total, Exactamente, Hubo señales anteriores de enfermedad, de malestar, No, Ningún accidente, caída violenta o golpe, No, Qué le han dicho los médicos, Que es consecuencia de una enfermedad del corazón, No me dijo que padece del corazón, le pregunté si había otras señales de enfermedad, de malestar, Creí que se refería al brazo, Qué más le han dicho, En Coimbra, que no tengo cura, aquí lo mismo, pero éste que me lleva desde hace casi dos años dice que puedo mejorar, Qué tratamiento sigue, Masajes, baños de luz, corrientes galvánicas, Y en cuanto a los resultados, Nada, El brazo no reacciona a las corrientes, Reacciona, salta, se estremece, después todo sigue igual. Ricardo Reis se calló, había percibido en el tono de Marcenda una súbita hostilidad, un despecho, como si quisiera decirle que dejara ya de hacer preguntas, o que le hiciera otras, otra, una entre dos o tres, por ejemplo ésta, Recuerda que haya ocurrido algo importante entonces, o ésta, Sabe por qué está así, o más simplemente, Tuvo algún disgusto. La tensión en la cara de Marcenda mostraba que se aproximaba a un punto de ruptura, había ya lágrimas asomando, entonces Ricardo Reis preguntó, Tiene algún disgusto, aparte del estado de su brazo, y ella asintió con la cabeza, inició un gesto, pero no pudo concluirlo, la agitó un sollozo profundo, como un arranque, un desgarro, y las lágrimas le saltaron irreprimibles. Alarmado, Salvador apareció en la puerta, pero Ricardo Reis hizo un gesto brusco, imperioso, y él se apartó, retrocedió un poco hacia un lugar donde no pudiera ser visto, al lado de la puerta. Marcenda ya se había dominado, sólo las lágrimas continuaban fluyendo, pero serenamente, y cuando habló había desaparecido de su voz el tono hostil, si hostil había sido, Murió mi madre, y mi brazo ya no se movió más, Hace un momento me dijo que los médicos creen que la parálisis del brazo es consecuencia de su afección cardíaca, Los médicos dicen eso, No cree en ellos, cree que no padece del corazón, Sí, padezco del corazón, Entonces cómo puede tener la seguridad de que hay una relación entre los dos hechos, la muerte de su madre y la inmovilidad del brazo, Tengo la seguridad, pero no sé cómo expresarla, hizo una pausa, recurrió a lo que parecía una animadversión residual, dijo, No soy médica de almas, Tampoco yo, soy internista, ahora era la voz de Ricardo Reis la que sonaba irritada, Marcenda se llevó la mano a los ojos, dijo, Perdone, estoy molestándolo, No me molesta, y me gustaría poder ayudarla, Probablemente nadie puede, necesitaba desahogarme, nada más, Dígame, está profundamente convencida de que esa relación existe, Profundamente, tan segura como de que usted y yo estamos aquí, Y no le basta, para ser capaz de mover el brazo, saber, contra la opinión de los médicos, que si él dejó de moverse fue sólo porque su madre murió, Sólo, Sí, sólo, y con eso no quiero decir poco, sólo quiero decir, tomando al pie de la letra esa profunda convicción suya de que no hay otra causa, que ha llegado el momento de hacerle una pregunta directa, Cuál, No mueve el brazo porque no puede o porque no quiere, las palabras fueron pronunciadas como un murmullo, más adivinado que oído, no las habría entendido Marcenda si no estuviera a la espera de ellas, en cuanto a Salvador, se esforzó lo que pudo, pero se oyeron pasos en la entrada, era Pimenta que venía a preguntar si había fichas que llevar a la policía, también esta pregunta fue hecha en voz muy baja, ambas de la misma manera y por la misma razón, para que no se oyera la respuesta. Que algunas veces ni siquiera la hay, queda prendida entre los dientes y los labios, si ellos la articulan lo hacen de manera inaudible, y si un tenue sonido se pronunció en sí o en no, se disuelve en la penumbra de un salón de hotel como una gota de sangre en la transparencia del mar, sabemos que está allí, pero no la vemos. Marcenda no dijo, Porque no puedo, no dijo Porque no quiero, sólo miró a Ricardo Reis, y luego, Tiene algún consejo, una idea que me cure, un remedio, un tratamiento, Ya le he dicho que no soy especialista, pero por lo que imagino, si está enferma del corazón también está enferma de sí misma, Es la primera vez que me lo dicen, Todos padecemos una enfermedad, una enfermedad básica, podemos decir, que es inseparable de lo que nosotros somos y que, en cierto modo, hace lo que somos, y acaso sería más exacto decir que cada uno de nosotros es su enfermedad, por ella somos tan poco, y también por ella conseguimos ser tanto, entre una cosa y otra que venga el diablo y escoja, como se suele decir, Pero mi brazo no se mueve, mi mano es como si no existiera, Tal vez no pueda, tal vez no quiera, como ve, tras esta conversación no hemos adelantado nada, Perdóneme, Me ha dicho que no siente ninguna mejora, Es verdad, Entonces, por qué esa insistencia en venir a Lisboa, Yo no vengo, es mi padre quien me trae, y él tendrá razones muy suyas para querer venir, Razones, Tengo veintitrés años, estoy soltera, he sido educada para callar ciertas cosas, aunque las piense, porque tanto no se puede evitar, Explíquese mejor, Cree realmente que es preciso, Lisboa, con ser Lisboa, y tener barcos en el mar, Qué es eso, Dos versos, no sé de quién, Ahora soy yo quien no entiendo, A pesar de tener Lisboa tanto, no lo tiene todo, pero habrá quien piense que en Lisboa encuentra aquello que precisa o desea, Si con todas esas palabras quiere saber si mi padre tiene una amante en Lisboa, le diré que sí, que la tiene, No creo que su padre necesite justificarse, y ante quién, con lo de la enfermedad de su hija, para venir a Lisboa, en definitiva, es un hombre aún joven, viudo y, en consecuencia, libre, Como le he dicho, he sido educada para no decir ciertas cosas, pero las estoy diciendo, un tanto a escondidas, soy como mi padre, con la posición que tiene y la educación que recibió, cuanto más secreto, mejor, Menos mal que no he tenido hijos, Por qué, No hay salvación a los ojos de un hijo, Yo amo a mi padre, Lo creo, pero el amor no basta. Obligado a permanecer tras el mostrador, Salvador no puede imaginar lo que se está perdiendo, las revelaciones, las confidencias tan naturalmente intercambiadas entre dos personas que apenas se conocían, pero para oírlas no bastaría ponerse a la escucha por el lado de fuera de la puerta, tendría que estar aquí sentado, en esta tercera butaca, inclinado hacia delante, leyendo en los labios palabras que apenas se articulan, casi se oye mejor el rumor de la estufa que el de estas voces apagadas, igual pasa en los confesonarios, perdonados sean todos nuestros pecados.

Marcenda posó la mano izquierda en la palma de la mano derecha, falso, no es verdad que lo haya hecho, escrito así parecería que la mano izquierda fue capaz de obedecer una orden del cerebro e ir a posarse sobre la otra, es preciso estar presente para saber cómo lo consiguió, primero la mano derecha dio la vuelta a la izquierda, después se metió por debajo de ella, con los dedos meñique y anular sujetó la muñeca, y ahora, juntas, se acercan ambas a Ricardo Reis, cada una de ellas ofreciendo la otra, o pidiendo auxilio, o sólo resignadas a lo que no es posible evitar, Dígame si cree que puedo llegar a curarme, No lo sé, lleva así cuatro años, sin mejoría, su médico dispone de elementos de apreciación que yo no tengo, aparte de eso, repito una vez más, no es ésta mi especialidad, Debería negarme a venir a Lisboa, decirle a mi padre que me resigno, que no gaste más dinero conmigo, Por ahora, su padre tiene dos razones para venir a Lisboa, si le quita una, Tal vez encuentre valor para seguir viniendo él solo, Habrá perdido la coartada que su enfermedad representa, ahora él se ve a sí mismo sólo como un padre que quiere ver curada a su hija, lo demás es como si no fuera verdad, Entonces, qué hago, Apenas nos conocemos, no tengo derecho a darle consejos, Soy yo quien se los pide, No renuncie, siga viniendo a Lisboa, hágalo por su padre, aunque ya no crea en la curación, Ya casi no creo, Defienda lo que le queda, creer será su coartada, Para qué, Para mantener la esperanza, Cuál, La esperanza, sólo la esperanza, nada más, se llega a un punto en que no hay nada más que la esperanza, y entonces descubrimos que aún lo tenemos todo. Marcenda se apoyó en la butaca, frotó lentamente el dorso de la mano izquierda, tenía la ventana tras ella, apenas se le veía el rostro, en otra ocasión ya Salvador habría venido a encender la gran araña, orgullo del Hotel Bragança, pero ahora era como si quisiera hacer evidente su contrariedad por haber sido marginado, tan ostensiblemente de una conversación que en definitiva había sido propiciada por él, hablando de los Sampaio a Ricardo Reis, de Ricardo Reis a los Sampaio, así se lo pagaban estos dos allí de charla, cuchicheando, con la sala a oscuras, apenas acababa de pensarlo se encendió la lámpara, fue iniciativa de Ricardo Reis, alguien que entrara encontraría sospechoso que estuvieran allí un hombre y una mujer en la oscuridad, aunque él fuera médico y ella una enferma, peor es esto que el banco trasero de un taxi. Salvador apareció en aquel momento y dijo, Ahora mismo venía a encender, doctor, y sonrió, ellos sonrieron también, son gestos y actitudes que forman parte de los códigos de la civilización, con su parte de hipocresía, otra de necesidad, otra que es el disfraz de la angustia. Se retiró Salvador, hubo después un prolongado silencio, parecía menos fácil hablar con tanta luz, entonces Marcenda dijo, Si no es abuso por mi parte, puedo preguntarle por qué lleva un mes viviendo en el hotel, Aún no me he decidido a buscar casa, y no sé siquiera si me quedaré en Portugal, tal vez acabe por volver a Río de Janeiro, Vivió allá dieciséis años, dijo Salvador, por qué se decidió a regresar, Añoranza de la patria, En poco tiempo la colmó si habla ya de marcharse otra vez, No es eso exactamente, cuando decidí embarcarme hacia Lisboa me parecía que tenía razones a las que no podía escapar, cuestiones importantísimas que tratar aquí, Y ahora, Ahora, dejó en suspenso la frase, se quedó mirando al espejo colocado ante él, Ahora me veo como el elefante que ve aproximarse la hora de la muerte y empieza a andar hacia el lugar adonde lo ha de llevar su muerte, Si regresa a Brasil, y no vuelve nunca de allá, ése será también el lugar donde vaya a morir el elefante, Cuando alguien emigra, piensa en el país donde tal vez muera como país donde tendrá vida, es ésta la diferencia, Quizá cuando vuelva a Lisboa, dentro de un mes, no lo encuentre ya, Puedo haber puesto ya mi casa, organizado el consultorio, mis hábitos, O haber vuelto a Río de Janeiro, Lo sabrá en seguida, Salvador se lo dirá, Vendré, para no perder la esperanza, Aún estaré aquí, si no la hubiera perdido.

Marcenda tiene veintitrés años, no sabemos con exactitud qué estudios hizo, pero, siendo hija de notario y además de Coimbra, sin duda hizo el bachillerato y sólo por haber enfermado de manera dramática habrá abandonado sus estudios en alguna facultad, derecho o letras, preferentemente letras, pues derecho no es tan propio de mujeres, el árido estudio de los códigos, aparte de tener ya un abogado en la familia, si fuera un chico, podría continuar la dinastía notarial, pero no es ésta la cuestión, la cuestión es la confesada sorpresa de ver cómo una muchacha de este país y tiempo fue capaz de mantener tan sostenida y elevada conversación, y decimos elevada por comparación con los patrones corrientes, no fue estúpida ni una sola vez, no se mostró pretenciosa, no se las dio de sabia ni se puso a competir con el macho, con perdón de la grosera palabra, habló con naturalidad de persona, y es inteligente, quizá como compensación de su defecto, cosa que tanto puede ocurrirle a una mujer como a un hombre. Ahora se levanta, sostiene la mano izquierda a la altura del pecho y sonríe, Le agradezco mucho la paciencia que ha tenido conmigo,

No me lo agradezca, para mí esta conversación fue un placer, Cena en el hotel, Sí, Entonces, nos veremos, Hasta luego, Ricardo Reis la vio alejarse, menos alta de lo que la hacía en su memoria, pero esbelta, por eso le había engañado el recuerdo, y luego la oyó decir a Salvador, Dígale a Lidia que venga a mi cuarto cuando pueda, sólo a Ricardo Reis parecerá insólita esta orden, y es porque censurables actos de promiscuidad de clases le pesan sobre la conciencia, pues qué podrá haber de más natural que el hecho de que una cliente de un hotel llame a una camarera, sobre todo si aquélla precisa ayuda para cambiarse de vestido, por tener un brazo paralítico, por ejemplo. Ricardo Reis tarda aún un poco en salir del salón, pone la radio en el momento en que están transmitiendo La Laguna Dormida, son casualidades, sólo en una novela se aprovecharía esta coincidencia para establecer forzados paralelos entre una laguna silente y una muchacha virgen, que lo es, y aún no se había dicho, y cómo se sabía si ella no lo proclama, son cuestiones muy reservadas, ni un novio, si lo tiene algún día, se atrevería a preguntarle, Eres virgen, en este medio social, por ahora, se parte del principio de que sí señor es virgen, más tarde se verá, llegada la ocasión, con escándalo si al final no lo era. Se acabó la música, vino una canción napolitana, serenata o algo así, amore mio, cuore ingrato, con te, la vita insieme, per sempre, juraba el tenor estas excelencias canoras del sentimiento cuando entraron en el salón dos huéspedes de alfiler de brillantes en la corbata y papada doble ocultándoles el nudo, se sentaron, encendieron sus puros, van a hablar de un negocio de corcho o de conservas de pescado, lo sabríamos exactamente si no estuviera saliendo Ricardo Reis, va tan distraído que no se acuerda de saludar a Salvador, extraños casos se están dando en este hotel.

Caía la noche cuando llegó el doctor Sampaio, Ricardo Reis y Marcenda no salieron de sus habitaciones, Lidia fue vista algunas veces en las escaleras y en los pasillos, va sólo adonde la llaman, por un quítame allá esas pajas se peleó con Pimenta, y éste le respondió acorde en tono y contenido, ocurrió la querella lejos de oídos ajenos, y menos mal, ni Salvador se enteró, que le habría gustado saber qué insinuaciones eran aquellas de Pimenta sobre gente que padece de sonambulismo y que anda por los pasillos a altas horas de la noche. Daban las ocho cuando el doctor Sampaio llamó a la puerta de Ricardo Reis, que no valía la pena entrar, muchas gracias, sólo venía a invitarlo a cenar, juntos, los tres, que Marcenda le había hablado de la conversación que habían tenido, Cuánto se lo agradezco, doctor, y Ricardo Reis insistió para que se sentara un momento, No hice nada, me limité a oírla y le di el único consejo que podría dar una persona sin especial conocimiento del caso, continuar el tratamiento, no desanimarse, Es lo que siempre le digo, pero a mí ya no me hace caso, ya sabe cómo son los hijos, sí papá, no papá, pero viene a Lisboa como desanimada, y tiene que venir para que el médico pueda seguir la evolución de la enfermedad, los tratamientos los hace en Coimbra, claro, Pero en Coimbra también hay especialistas, Pocos, y lo que hay allí, y no quiero parecerle excesivamente riguroso, no me convence, por eso venimos a Lisboa, el médico que la lleva es hombre de mucha experiencia, Pero estos días de ausencia perjudicarán su trabajo, Sí, claro, a veces, pero de poco serviría un padre si se negara a hacer este pequeño sacrificio de tiempo, la conversación no quedó aquí, siguieron hablando en este tono algunas frases, parejas de intención, ocultando y mostrando a medias lo que pensaban, como es habitual en toda conversación, y en ésta, por las razones que sabemos, de una manera especial, hasta que el doctor Sampaio creyó conveniente levantarse, Entonces, a las nueve venimos a llamar a su puerta, No, no, ya iré yo, no quiero que se molesten, y así fue, llegada la hora llamó Ricardo Reis a la puerta de la habitación doscientos cinco, que sería poca delicadez llamar primero a Marcenda, ésta es otra de las sutilezas del código.

La entrada en el comedor fue celebrada uná-
nimemente con sonrisas y pequeñas inclinaciones de
cabeza. Salvador, olvidando agravios o diplomáticamen-
te fingidor, abrió de par en par las puertas acristaladas,
primero pasaron Ricardo Reis y Marcenda, como debía
de ser, es él el convidado, aquí no se oye la música,
mucho daría que pensar el que sonara la marcha nupcial de Lohengrin, o la de Mendelssohn, o, menos célebre, quizá porque sonó antes de una desgracia, la de
Lucía de Lamermoor, de Donizetti. La mesa es, claro
está, la del doctor Sampaio, de la que Felipe es servi-
dor habitual, pero Ramón no renuncia a sus derechos,
y atenderá a los clientes junto con su compañero y
paisano, nacieron ambos en Villagarcía de Arosa, es
sino de los humanos tener itinerarios infalibles, unos
vinieron de Galicia a Lisboa, éste nació en Porto, vivió
un tiempo en la capital, emigró a Brasil, de donde ha
vuelto ahora, los otros llevan tres años de lanzadera
entre Coimbra y Lisboa, todos en busca de remedio,
paciencia, dinero, paz y salud, o placer, cada cual lo
suyo, por eso es tan difícil satisfacer a tanta gente ne-
cesitada. Transcurre la cena sosegadamente, Marcenda
está a la derecha de su padre, Ricardo Reis a la derecha de Marcenda, la mano izquierda de la muchacha,
como de costumbre, reposa al lado del plato, pero, contra lo que también es costumbre, no parece esconderse, al contrario, diríamos que se gloria mostrándose, y
no protesten por lo inadecuado de la palabra, pues
seguro que nunca oyeron hablar al pueblo, recordemos al menos que aquella mano estuvo entre las
manos de Ricardo Reis, cómo ha de sentirse sino gloriosa, ojos más sensibles que los nuestros la verían
resplandecer, y para estas cegueras sí que no hay remedio. No se habla de la enfermedad de Marcenda,
que ya demasiado se mencionó la soga en casa de
esta ahorcada, el doctor Sampaio está hablando de las
bellezas de la Lusa Atenas, Allí vine al mundo, allí me
crié, allí me formé, allí ejerzo, no acepto que haya
otra ciudad como aquélla. Es potente el estilo, pero
no hay peligro de que se inicie en la mesa una discu-

sión sobre los méritos de Coimbra o de otras tierras, Porto o Villagarcía de Arosa, a Ricardo Reis lo
mismo le da haber nacido aquí o allá, Felipe y Ramón
jamás se atreverían a inmiscuirse en la conversación
de los dos doctores, cada uno de nosotros tiene dos
lugares, aquel en que nació, y el lugar donde vive,
por eso oímos decir tantas veces Póngase en su lugar,
y ése no es donde nacemos, claro. Era sin embargo
inevitable que sabiendo el doctor Sampaio que Ricardo Reis había emigrado a Brasil por razones políticas,
aunque sea muy difícil saber cómo lo averiguó, pues
no se lo dijo Salvador, que tampoco lo sabe, y explí-
citamente no lo ha confesado Ricardo Reis, pero ciertas cosas se sospechan por medias palabras, por
silencios, una mirada, bastaba que hubiera dicho, Salí
para Brasil en mil novecientos diecinueve, el año en
que se restauró la monarquía en el norte, bastaba
haberlo dicho con cierto tono de voz, y el oído finísi-
mo de un notario, habituado a mentiras, testamentos
y confesiones, no se engañaría, era inevitable, decíamos, que se hablara de política. Por caminos indirec-
tos, tanteando el terreno, por si había minas o trampas
ocultas, Ricardo Reis se dejó llevar por la corriente
porque no se sentía capaz de proponer una alternati-
va a la conversación, y antes del postre ya había dicho que no creía en las democracias y que aborrecía
a muerte el socialismo, Pues está entre los suyos, dijo
riendo el doctor Sampaio, Marcenda no parecía interesarse demasiado en la conversación, por alguna razón puso la mano izquierda en el regazo, si realmente
había un resplandor, se apagó. Lo que nos salva amigo mío, en este rincón de Europa, es tener un hombre
de pensamiento claro y de firme autoridad al frente
del gobierno del país, estas palabras las dijo el doctor
Sampaio, y continuó luego, No hay comparación posible entre el Portugal que dejó al partir y el Portugal
que encuentra ahora, bien sé que ha vuelto hace poco
tiempo, pero si ha andado por ahí, con los ojos abiertos, es imposible que no haya comprobado las grandes transformaciones, el aumento de riqueza nacional,

la disciplina, la doctrina coherente y patriótica, el respeto de las otras naciones por la patria lusitana, su gesta, su secular historia y su imperio, No he visto mucho, respondió Ricardo Reis, pero he seguido lo que dicen los periódicos, Claro, los periódicos, hay que leerlos, pero no basta, hay que ver con los propios ojos, las carreteras, los puertos, las escuelas, las obras públicas en general, y la disciplina mi querido amigo, el sosiego de las calles y de los espíritus, una nación entera entregada al trabajo bajo la jefatura de un gran estadista, realmente una mano de hierro en guante de terciopelo, que es lo que necesitábamos, Magnífica metáfora esa, Siento que no sea mía, me quedó grabada en la memoria, imagínese, realmente una imagen puede valer por cien discursos, la leí hace dos o tres años, aquí, en la primera página de Sempre Fixe, o sería en la de Os Ridículos, allí estaba, una mano de hierro en guante de terciopelo, y tan acertado era el dibujo que, mirando de cerca, tanto se veía el terciopelo como el hierro, Un periódico de humor, La verdad, mi querido amigo, no elige el lugar, Queda por ver si el lugar lo elige siempre la verdad. El doctor Sampaio frunció levemente el entrecejo, la contradicción lo desconcertó un poco, pero la atribuyó a ser el pensamiento demasiado profundo, incluso hasta sutilmente conciliador, para ser debatido allí, entre el vino de Colares y el queso. Marcenda mordisqueaba una corteza, distraída, alzó la voz para decir que no quería dulce ni café, después empezó una frase que, concluida, quizá hubiera podido derivar la conversación hacia Tá Mar, pero su padre continuaba, estaba dando un consejo, No es que se trate de un buen libro, de esos que tienen un puesto en la literatura, pero es sin duda un libro útil, de lectura fácil, y puede abrirle los ojos a mucha gente, Qué libro es, El título es Conspiración, lo escribió un periodista patriota, nacionalista, se llama Tomé Vieira, seguro que ha oído hablar de él, No, no he oído nunca ese nombre, viviendo allá, tan lejos, El libro ha salido hace unos días, léalo, léalo, y luego me dirá, Lo leeré, seguro, ya que me lo aconseja, Ricardo

Reis empezaba a arrepentirse de haberse declarado antisocialista, antidemócrata, antibolchevique por añadidura, y no porque no fuera todo eso, punto por punto, sino porque se sentía cansado del nacionalismo hiperbólico del notario, tal vez más cansado aún por no haber podido hablar con Marcenda, muchas veces ocurre, fatiga más lo que no se hace, descansar es haberlo hecho.

Finalizaba la cena, Ricardo Reis apartó la silla de Marcenda al levantarse ésta, la dejó ir delante con su padre, una vez fuera del comedor los tres dudaron si debían o no pasar al salón, hubo una indecisión general de gestos y movimientos, pero Marcenda dijo que se iba a la habitación, que le dolía la cabeza, Mañana no creo que nos veamos, nos vamos temprano, dijo ella, lo dijo también su padre y Ricardo Reis les deseó un buen viaje, Quizá esté aún aquí cuando vuelvan el mes que viene, Si no está, deje su dirección, lo dijo el doctor Sampaio. Ahora, nada más hay que decir, Marcenda se fue a su cuarto, le duele la cabeza o finge que le duele, Ricardo Reis no sabe qué hacer, el doctor Sampaio sale esta noche de nuevo.

Ricardo Reis salió también. Anduvo por ahí, entró en algún cine a ver las carteleras, vio jugar una partida de ajedrez, ganaron las blancas, llovía cuando salió del café. Fue en taxi al hotel. Cuando entró en el cuarto vio que no le habían abierto la cama y que la segunda almohada no había salido del armario, Sólo una vaga tristeza inconsecuente se detiene un momento a la puerta de mi alma y después de mirarme un poco pasa, sonriendo de nada, murmuró.

Un hombre debe leer de todo, un poco o lo que pueda, pero que no se le exija más, visto lo corto de las vidas y la prolijidad del mundo. Empezará por aquellos títulos que a nadie debieran escapar, los libros de estudio, así llamados vulgarmente, como si no lo fueran todos, y ese catálogo será variable de acuerdo con la fuente de conocimiento en la que se va a beber y la autoridad que vigila su caudal, en el caso de Ricardo Reis, alumno que fue de los jesuitas, podemos hacernos una idea aproximada, incluso siendo tan distintos nuestros maestros, los de ayer y los de hoy. Después vendrán las inclinaciones de juventud, los escritores de cabecera, las pasiones temporales, los Werther para el suicidio o para huir de él, las graves lecturas de la madurez, una vez llegados a un momento de la vida ya todos, más o menos, leemos las mismas cosas, aunque el primer punto de partida nunca acabe de perder su influjo, con aquella importantísima y general ventaja que tienen los vivos, vivos por ahora, de poder leer lo que otros, por morirse antes de tiempo, no llegaron a conocer. Por dar un solo ejemplo, ahí tenemos al pobre Alberto Caeiro, que, habiendo muerto en mil novecientos quince, no leyó Nome de Guerra, Dios sabrá la falta que le hizo, y a Fernando Pessoa y a Ricardo Reis, que tampoco estarán en este mundo cuando Almada Negreiros publique esta novela. Casi veríamos repetida aquí la graciosa historia del señor de La Palice, quien, un cuarto de hora antes de morir, aún estaba vivo, eso dirían los humoristas de mayor desenvoltura, que nunca se detuvieron un minuto a pensar en la tristeza que es no estar vivo un cuarto de hora después. Adelante. El hombre probará pues de todo, Conspiración incluida, y no le hará ningún mal descender por una vez de las alturas rarefactas en las que está instalado, para ver cómo se fabrica el pensar común, cómo éste alimenta el común pensar, que de eso viven las gentes en su cotidianeidad, no de Cicerón ni de Spinoza. Tanto más, ah, tanto más cuanto que hay una recomendación de Coimbra, un insistente consejo, Lea la Conspiración, amigo mío, que es buena doctrina la que allí viene, y disculpe las flaquezas de forma y del enredo por la bondad del mensaje, y Coimbra sabe lo que dice, ciudad sobre todas doctora, densa en licenciados. Ricardo Reis fue al día siguiente a comprar el librito, lo llevó al cuarto, lo desenvolvió, sigilosamente, pues no todas las clandestinidades son lo que parecen, a veces no pasan de avergonzar a una persona de lo que va a hacer, gozos secretos, dedo en la nariz, la caspa bien rascada, quizá no sea menos censurable esa cubierta que nos muestra una mujer de gabardina y boina, bajando por una calle, junto a una prisión, como se ve de inmediato por la ventana enrejada y la garita del centinela, puestas allí para que no haya dudas sobre lo que espera a los conspiradores. Está, pues, Ricardo Reis en su cuarto, arrellanado en la butaca, llueve en la calle y en el mundo como si el cielo fuera un mar suspenso que se vaciara sin fin por goteras innumerables, hay inundaciones por todas partes, destrucciones, hambre canina, pero este libro nos dirá cómo un alma de mujer se lanzó a la generosa cruzada de atraer a la razón y al espíritu nacionalista a alguien a quien ideas peligrosas habían perturbado, sic. Son buenas las mujeres para estas habilidades, probablemente para equilibrar las contrarias y también tan habituales en ellas, cuando les da por perturbar y perder las almas de los hombres, ingenuos desde Adán. Van ya leídos siete capítulos, a saber, En vísperas de elecciones, Una revolución sin disparos, La leyenda del amor, La fiesta

de la Reina Santa, Una huelga académica, Conspiración, La hija del senador, en fin, contando el caso con
detalle, un muchacho, universitario e hijo de un labrador, se metió en líos, fue detenido, encerrado en
la cárcel de Aljube, y va a ser la referida hija de senador quien, por puras razones patrióticas, por apostolado lleno de abnegación, moverá cielo y tierra para
sacarlo de allá, cosa que, en definitiva, no le será difícil, pues es muy estimada en las altas esferas del gobierno, con sorpresa de aquel que le dio el ser, senador
que fue del partido demócrata y ahora conspirador em-
pedernido, nunca se sabe para qué un padre cría a
una hija. Ella lo dijo como Juana de Arco, salvadas las
distancias, Papá, usted estuvo a punto de ser detenido hace dos días, di mi palabra de honor de que papá
no huiría de sus responsabilidades, pero aseguré también que papá dejaría de inmiscuirse en negocios
conspiratorios, ay este amor filial, tan conmovedor,
tres veces papá en una frase tan corta, a qué extremos
llegan en la vida los afectuosos lazos, y vuelve la abne-
gada muchacha, Puede asistir a su reunión de mañana, nada le va a ocurrir, se lo aseguro porque lo sé, y
la policía sabe también que los conspiradores van a
reunirse una vez más, no importa con quién. Generosa, benevolente policía ésta de Portugal, que hace
como si no lo supiera, aunque podría intervenir, pues
está al tanto de todo, tiene una espía en el campo
enemigo, que es, quién lo diría, la hija de un antiguo
senador, adversario de este régimen, traicionadas así
las tradiciones familiares, pero todo acabará felizmente
para las partes, si tomamos en serio al autor de la obra,
oigámoslo ahora, La situación del país merece referencias entusiastas de la prensa extranjera, se cita
nuestra política financiera como modelo, hay alusiones a nuestra situación financiera, que nos coloca en
una situación privilegiada, en todo el país continúan
realizándose obras públicas que dan empleo a miles
de obreros, día tras día los periódicos publican comu-
nicados gubernativos con providencias para superar
la crisis que, por fenómenos mundiales, nos alcanzó

también, el nivel económico de la nación, comparado
con el de otros países, es más alentador, el nombre
de Portugal y el de los estadistas que lo gobiernan
aparecen citados constantemente en todo el mundo,
la doctrina política establecida entre nosotros es
motivo de estudio en otros países, se puede afirmar
que el mundo nos contempla con simpatía y admiración, los grandes periódicos de fama internacional
envían a Lisboa sus corresponsales más acreditados
para descubrir el secreto de nuestros éxitos, el jefe
del gobierno es arrancado así de su obstinada humildad, de su recogimiento contrario a toda propaganda, y proyectado a los titulares de la prensa de todo
el mundo como figura culminante, y sus doctrinas se
transforman en apostolado, Ante todo esto, que es
sólo una pálida sombra de lo que podría decirse, tienes que reconocer, Carlos, que ha sido una locura
irresponsable el complicarte la vida con huelgas aca-
démicas que nunca trajeron nada bueno, has pensado ya en el trabajo que me va a costar sacarte de
aquí, Tienes razón, Marilia, y cuánta, pero la policía
no ha encontrado nada malo contra mí, sólo el hecho de que fui yo quien desplegó la bandera roja,
que ni era bandera ni nada, sólo un trapo comprado
por cuatro perras, Un juego de chiquillos, dijeron
ambos a coro, esta conversación tenía lugar en la
cárcel, en el locutorio, así es el mundo carcelario.
Allá, en su pueblo, también en el distrito de Coimbra,
otro labrador, padre de la gentil muchacha con quien
este Carlos acabará casándose cuando lleguemos
hacia el fin de la historia, explica a un corro de sub-
alternos que ser comunista es lo peor que se puede
ser, los comunistas no quieren que haya patrones ni
obreros, ni leyes ni religión, nadie se bautiza, nadie
se casa, el amor no existe, la mujer es algo sin valor,
todos pueden tener derecho a ella, los hijos no tienen por qué obedecer a los padres, cada uno hace lo
que le da la gana. En cuatro capítulos más, y un epílogo, la dulce valquiria Marilia salva al estudiante de
la cárcel y de la lepra política, regenera a su padre,

que abandona definitivamente la manía conspiratoria, y proclama que dentro de la actual solución corporativa el problema se resuelve sin mentiras, sin odios y sin revueltas, se acabó la lucha de clases, sustituida por la colaboración de elementos que constituyen valores iguales, el capital y el trabajo, en conclusión, la nación ha de ser como una casa en la que hay muchos hijos y el padre tiene que imponer un orden para criarlos a todos, pero si los hijos no son lo bastante educados, si no tienen respeto al padre, todo va mal y la casa se viene abajo, por estas irrebatibles razones, los dos propietarios, padres de los novios, subsanadas algunas discrepancias menores, contribuyen a poner fin a los pequeños conflictos entre los trabajadores que se ganan su vida sirviendo a uno u otro, y, en definitiva, no le valió a Dios la pena echarnos del paraíso cuando en tan poco tiempo lo reconquistamos. Ricardo Reis cerró el libro, lo ha leído de prisa, las mejores lecciones son éstas, breves, concisas, fulminantes, Qué estupidez, con tal exclamación se venga del doctor Sampaio, ausente, odia por un momento al mundo entero, a la lluvia que no para, al hotel, al libro tirado en el suelo, al notario, a Marcenda, luego excluye a Marcenda de la condena general, no sabe bien por qué, quizá sólo por el gusto de salvar algo, como en un campo de ruinas cogemos un fragmento de madera o piedra que nos ha atraído por su forma, nWo tenemos ánimo para tirarlo y acabamos metiéndolo en el bolsillo, por nada, o por una vaga conciencia de responsabilidad, sin causa ni objeto.

Nosotros, por aquí, vamos tirando, tan bien cuanto valgan las antes mencionadas maravillas. Donde la cosa va de mal en peor es en casa de nuestros hermanos, anda la familia muy dividida, que si gana Gil Robles las elecciones, que si gana Largo Caballero, y la Falange que ya ha hecho saber que va a enfrentarse en las calles a la dictadura roja. En este nuestro oasis de paz asistimos, compungidos, al espectáculo de una Europa caótica y colérica, en pugnas constantes, en conflictos políticos que, de acuerdo con la lección de Marilia, nunca llevan a nada bueno, ahora ha constituido Sarraut, en Francia, un gobierno de concentración republicana, pero inmediatamente se le han echado las derechas encima enarbolando sus razones, lanzando salvas sucesivas de críticas, acusaciones e injurias, con un tono desbocado que más parece de jayanes que de un país civilizado, modelo de maneras y faro de la cultura occidental. Menos mal que en este continente hay aún voces que se alzan para pronunciar palabras de paz y de concordia, y estamos refiriéndonos a Hitler, a su proclama ante los camisas pardas, Alemania no quiere más que trabajar en paz, y, para acallar definitivamente desconfianzas y escepticismos, se atrevió a ir más lejos y afirmó perentorio, Sepa el mundo que Alemania será pacífica y amará la paz como jamás pueblo alguno supo amarla. Cierto es que doscientos cincuenta mil soldados alemanes están dispuestos a ocupar Renania y que una fuerza militar alemana ha penetrado hace pocos días en territorio checo, pero, aunque a veces se aparece Juno en forma de nube, también es verdad que no todas las nubes son Juno y que la vida de las naciones se hace a base de mucho ladrar y poco morder, ya verán cómo, queriéndolo Dios, todo acabará en buena armonía. Con lo que no podemos estar nosotros de acuerdo es con que Lloyd George diga que Portugal está demasiado favorecido en materia de colonias, en comparación con Alemania e Italia. Aún el otro día nos pusimos dolorido luto por el rey Jorge V de ellos, y anduvimos por ahí, y quien quiso pudo verlo, los hombres de corbata negra y cinta en el brazo, las señoras con crespones, y ahora nos sale ése protestando de que tenemos colonias de más, cuando la verdad es que las tenemos de menos, visto el mapa rosa, que si se hubiera vengado aquella afrenta como era de justicia, nadie nos pondría ahora el pie delante, de Angola a Mozambique todo sería camino y bandera portuguesa. Y fueron los ingleses quienes nos robaron, pérfida Albión, como es costumbre de ellos, que hasta se duda de que sean capaces de otros comportamientos, es como un vicio, no hay pueblo en el mundo que no tenga contra ellos motivos de queja. Cuando Fernando Pessoa aparezca por aquí, Ricardo Reis no se olvidará de plantearle el interesante problema de la necesidad o no necesidad de las colonias, y no desde el punto de vista de Lloyd George, tan preocupado con la manera de acallar a Alemania dándole lo que a otros costó tanto ganar, sino desde el suyo propio, el de Pessoa, profético, sobre el advenimiento del Quinto Imperio que el destino nos reserva, y cómo va a resolver, por un lado, la contradicción, que es suya, de que Portugal no precisa colonias para aquel imperial destino, pero sin ellas menguaría ante sí mismo y ante el mundo, tanto material como moralmente, y, por otro lado, la hipótesis de que acaben siendo entregadas a Alemania colonias nuestras, y a Italia, como anda proponiendo Lloyd George, qué Quinto Imperio será pues ése, despojados, engañados, quién nos va a reconocer como emperadores, si nos dejan como un ecce homo, pueblo del dolor, tendiendo las manos, que bastó atar levemente, verdadera prisión es aceptar estar preso, las manos humilladas hacia la limosna del siglo, que por ahora aún nos permite seguir en vida. Tal vez Fernando Pessoa le responda, como otras veces, Bien sabe usted que no tengo principios, hoy defiendo una cosa, mañana otra, no creo en lo que defiendo hoy, no tendré fe mañana en lo que defienda, tal vez añada, quizá justificándose, Para mí ha dejado de haber hoy y mañana, cómo quiere que crea aún, o espere que otros puedan creer, y si creen, pregunto yo, sabrán verdaderamente en qué creen, sabrán, si lo del Quinto Imperio fue en mí vaguedad, cómo puede haberse transformado en certeza vuestra, en fin, creyeron tan fácilmente en lo que dije siendo yo esta duda nunca disfrazada, mejor habría hecho si me hubiese callado, asistiendo sólo, Como siempre he hecho yo, responderá Ricardo Reis, y Fernando Pessoa dirá, Sólo cuando estamos muertos asistimos, y ni siquiera de eso podemos estar seguros, muerto estoy, y vagabundeo de aquí para allá, me paro en las esquinas, y si fueran capaces de verme, que raros son los que pueden hacerlo, pensarían también que no hago más que ver pasar, ni reparan en mí si los toco, si alguien cae no puedo levantarlo, y pese a todo no me siento como si sólo estuviera asistiendo, o si realmente asisto, no sé lo que en mí asiste, todos mis actos, todas mis palabras, continúan vivos, avanzan más allá de la esquina en que me apoyo, los veo marchar, desde este lugar del que no puedo salir, los veo, actos y palabras, y no los puedo enmendar, si fueran expresión de un error, explicar, resumir en un acto solo y en una palabra única que lo expresaran todo por mí, aunque fuese para poner negación en el lugar de duda, oscuridad en lugar de la penumbra, un no en el lugar de un sí, ambos con el mismo significado, y lo peor de todo quizá no sean siquiera las palabras dichas y los actos realizados, lo peor, porque es irremediable definitivamente, es el gesto que no hice, la palabra que no dije, aquello que habría dado sentido a lo hecho y a lo dicho, Si un muerto se inquieta tanto, la muerte no es sosiego, No hay sosiego en el mundo, ni para los muertos ni para los vivos, Entonces dónde está la diferencia entre unos y otros, La diferencia es una sola, los vivos aún tienen tiempo, pero el mismo tiempo lo va acabando, para decir la palabra, para hacer el gesto, Qué gesto, qué palabra, No sé, se muere de no haberla dicho, se muere de no haberlo hecho, de eso se muere, no de enfermedad, y por eso le cuesta tanto a un muerto aceptar su muerte, Mi querido Fernando Pessoa, usted se ha vuelto loco de tanto leer, Mi querido Ricardo Reis, yo ya ni leo. Dos veces improbable esta conversación, queda registrada como si hubiese ocurrido, no había otra manera de hacerla plausible.

No podía durar mucho el enfado celoso de Lidia, pues si Ricardo Reis no le había dado otras razones que estar hablando, con las puertas abiertas, con Marcenda, aunque en voz baja, o ni siquiera tanto, primero le dijeron que no necesitaban nada más, luego esperaron callados a que ella se retirara con las tazas de café, bastó esto para que le temblaran las manos.

Durante cuatro noches lloriqueó abrazada a la almohada antes de quedarse dormida, no tanto ya por un
sentimiento de postergación, qué derechos tenía ella,
camarera de hotel por tercera vez metida en aventuras con un huésped, qué derecho tenía a mostrarse
celosa, son casos que ocurren y que hay que olvidar
inmediatamente, pero lo que más le hería era que el
señor doctor hubiera dejado de desayunar en su cuarto, hasta parecía un castigo, y por qué, Virgen Santa,
si yo no hice nada. Pero al quinto día Ricardo Reis no
bajó por la mañana, Salvador dijo, Oye, Lidia, lleva el
café con leche a la doscientos uno, y cuando ella entró,
un poco trémula, pobrecilla, no lo puede evitar, él la
miró gravemente, le puso la mano en el brazo, preguntó, Estás enfadada, ella respondió, No, señor doctor, Pero por qué no viniste, a esto no supo Lidia qué
contestar, se encogió de hombros, desgraciada, entonces él la atrajo hacia sí, esta noche Lidia bajó de nuevo, pero ni uno ni otro hablaron de las razones de
este alejamiento de unos días, no faltaría más atreverse ella y condescender él, Tuve celos, Pero hija, qué
idea, nunca iba a ser una conversación entre iguales,
por otra parte, dicen, no hay nada más difícil de lo-
grar, tal como anda el mundo.

Luchan las naciones unas con otras, por intereses que no son de Jack ni de Pierre ni de Hans ni de
Manolo ni de Giuseppe, nombres todos puestos aquí
para simplificar, pero que éstos y otros hombres toman ingenuamente como suyos, los intereses, o aca-
barán siéndolo a costa de un pesado pago cuando
llegue la hora de liquidar la cuenta, porque lo más
común es que unos luchen y otros lleven la fama, lucha
la gente por lo que cree que son sus sentimientos o
simples expansiones de sentidos por ahora despier-
tos, que es el caso de Lidia, nuestra camarera, y Ricardo Reis, para todos médico cuando decida instalar su
consultorio, poeta para algunos si llega a dar a la lectura lo que laboriosamente va componiendo, luchan
también por otras razones, en el fondo las mismas,
poder, prestigio, odio, amor, envidia, celos, simple

despecho, cotos de caza señalados y violados, competición y rivalidad aunque sea por el timo de la estampita, como acaba de ocurrir en la Mouraría, a Ricardo Reis se le pasó por alto la noticia, pero Salvador, gozoso y excitado, se puso a leérsela, con los codos apoyados en el mostrador, sobre el periódico extendido alisado cuidadosamente, Una escena sangrienta, señor doctor, la gente esa es terrible, nada vale la vida para ellos, por un quítame allá esas pajas se acuchillan sin piedad, hasta la policía les tiene miedo, aparece sólo cuando todo ha acabado, fíjese, dice aquí que un tal José Reis, alias José Tórtolo, le pegó cinco tiros en la cabeza a un tal Antonio Mesquita, conocido por Mouraría, lo mató, claro, no, no fue un asunto de faldas, dice el periódico que había entre ellos una historia por un timo de la estampita mal repartido, uno engañó al otro, y cinco tiros, ya ve, Cinco tiros, repitió Ricardo Reis por no mostrar desinterés, y luego se quedó pensativo, vio con la imaginación cinco veces el arma disparando contra el mismo blanco, una cabeza que sólo recibió erguida la primera bala y después, caído ya el cuerpo en el suelo, desvanecido, moribundo, las otras cuatro balas, superfluas pero necesarias, segunda, tercera, cuarta, quinta, casi un cargador entero vaciado así, el odio creciendo a cada tiro, la cabeza saltando cada vez sobre las piedras de la calle, y alrededor un espanto despavorido, alaridos, las mujeres gritando en las ventanas, es dudoso que alguien agarrara por el brazo a José Tórtolo, quién iba a atreverse, probablemente se le agotaron las balas en el cargador, o de repente se le quedó petrificado el dedo en el gatillo, o ya no pudo crecer más el odio, ahora huirá el asesino, pero no irá lejos, quien vive en la Mouraría adónde va a esconderse sino allí, allí todo se hace y todo se paga. Dice Salvador, Mañana es el funeral, si no fuera por el trabajo, allá estaba yo clavado, Le gustan los funerales, preguntó Ricardo Reis, No es que me gusten, pero un entierro con gente de ésta será cosa de ver, y más habiendo crimen de por medio, Ramón vive en la Rua dos Cavaleiros y oyó contar cosas. Las cosas que había oído contar Ramón las supo Ricardo Reis a la hora de la cena, Se dice que va a ir todo el barrio, señor doctor, y hasta dicen que los amigos de José Tórtola están dispuestos a romper el ataúd, y si lo hacen, aquello va a ser la guerra, se lo digo yo, Pero si el Mouraría está ya muerto y bien muerto, qué más quieren hacerle, un hombre así no debe de ser de los que vuelven del otro mundo a acabar lo que en éste empezaron, Con gente de esa calaña nunca se sabe, odios del alma no acaban con la muerte, Estoy tentado de ir al funeral, Pues vaya, pero póngase lejos, no se acerque, y si hay jaleo métase en una escalera y cierre la puerta, que se aticen ellos.

No llegaron las cosas a este extremo, tal vez por haber sido la amenaza mero alarde fadista, tal vez porque andaban por allí de vigilancia dos policías armados, salvaguardia simbólica que de nada iba a servir si los díscolos se obstinaran en llevar adelante su necrófobo propósito, pero en fin, siempre impone la presencia de la autoridad. Ricardo Reis apareció discretamente mucho antes de la hora señalada para la salida de la comitiva, de lejos, como le habían recomendado, no quería verse mezclado en una refriega tumultuosa, y quedó estupefacto al ver una multitud, centenares de personas que llenaban la calle frente al portalón del depósito, sería como el donativo de O Século si no hubiera tantas mujeres vestidas de rojo chillón, falda, blusa y chal, y muchachos con trajes del mismo color, singular luto éste si son amigos del muerto, o arrogante provocación si eran enemigos, la escena parece más bien un cortejo de carnaval, ahora que va avanzando el coche fúnebre camino del cementerio, tirado por dos mulas con penacho y gualdrapa, los dos policías uno a cada lado del ataúd, en guardia de honor al Mouraría, son las ironías del destino, quién iba a imaginarlo, allá van los guardias con el sable azotándoles la pierna y la funda de la pistola abierta, y el acompañamiento en trance de lágrimas y suspiros, tan clamantes ahora los de encarnado como los de negro, unos por el que llevaban muerto, otros por el que preso está, mucha gente descalza y cubierta de andrajos, algunas mujeres cargadas de lujo y de pulseras de oro, del brazo de sus hombres, ellos de patillas negras y cara afeitada, azul de la navaja, mirando alrededor desconfiados, algunos soltando insolencias con mucho balance de cadera, pero en todos, también, trasluciéndose, bajo los falsos o verdaderos sentimientos, una especie de alegría feroz que reunía a amigos y enemigos, la tribu de los fichados, las prostitutas, los chulos, las busconas, los timadores, los rufianes, los peristas, los gariteros, era el batallón maldito atravesando la ciudad, se abrían las ventanas para verlos desfilar, se había abierto la corte de los milagros y los ciudadanos se miraban horrorizados, quién sabe si no va ahí quien mañana nos dé el palanquetazo. Mira mamá, esto lo dicen los niños, porque para ellos todo es fiesta. Ricardo Reis acompañó el funeral hasta el Palacio de la Reina, allí se detuvo, ya había mujeres que echaban miradas furtivas a aquel señor tan majo, quién será, curiosidad femenina, natural en quien por profesión tasa a los hombres. Desapareció la comitiva por una esquina de la calle, vista la dirección que lleva, sin duda va hacia el Alto de Sao João, salvo si da la vuelta, a la izquierda un poco más allá, camino de Benfica, lo que sería una caminata, adonde sin duda no irá es a Prazeres, y es una lástima, se pierde así un edificante ejemplo de igualdad ante la muerte, el Mouraría enterrado junto a Fernando Pessoa qué conversaciones tendrían los dos a la sombra de los cipreses, viendo entrar los barcos en las tardes de calma cada uno de ellos explicando al otro cómo se juntan las palabras para darle a un primo el timo de la estampita o para hacer un poema. Por la noche, mientras servía la sopa, Ramón explicó al doctor Ricardo Reis que aquellas ropas rojas no eran ni luto ni falta de respeto al fallecido, sino costumbre del barrio, se vestían aquellos trajes en días señalados, nacimiento, casamiento y muerte, o procesión cuando las había, que de eso no se acuerda, entonces aún no había venido de Galicia, son historias que oyó contar, No sé si el señor doctor habrá visto allá en el entierro una mujer muy guapa, así, alta, de ojos negros, bien vestida, con un chal de lana merina, Había tantas, un gentío, quién es ésa, Era la amante del Mouraría, una cantante, No, si estaba no la vi, Qué mujer, qué maravilla, y tiene una voz, me gustaría saber quién va ahora a echarle el guante, Yo, desde luego, no, y creo que usted tampoco, Ramón, Quién me la diera, señor doctor, quién me la diera, pero una mujer así cuesta muchos cuartos, claro que esto es hablar por hablar, algo hay que comentar, no le parece, Claro que me parece, pero eso de las ropas encarnadas, Creo que debe de venir del tiempo de los moros, son vestidos como de satanás, cosa de cristianos no es. Ramón fue a atender a otros clientes, luego, de vuelta para cambiar el plato, le pidió a Ricardo Reis que le explicara, ahora o luego, cuando tuviera tiempo, las noticias que llegaban de España sobre las elecciones, y quién, según él, iba a ganar, No es por mí, que estoy bien aquí, es por los parientes de Galicia, que aún tengo gente allá, a pesar de que muchos han emigrado a Portugal, a todo el mundo, esto es una manera de decir, claro, pero entre hermanos, sobrinos y primos tengo toda la familia desperdigada por Cuba, Brasil y Argentina, hasta en Chile tengo un ahijado. Ricardo Reis le dijo lo que sabía por los periódicos, que la opinión más general era que ganarían las derechas, y que Gil Robles había dicho, sabe quién es Gil Robles, He oído hablar, Pues ése dijo que cuando llegue al poder pondrá fin al marxismo y a la lucha de clases e implantará la justicia social, sabe qué es el marxismo, Ramón, Yo no, Y la lucha de clases, Tampoco, Y la justicia social, Con la justicia, gracias a Dios, nunca he tenido nada, Bueno, dentro de unos días se sabrá quién ganó las elecciones, probablemente todo quede igual, Pues que no vaya a peor, que decía mi abuelo, Su abuelo tenía razón, Ramón, su abuelo era un sabio.

Lo sería o no, pero ganaron las izquierdas. Al día siguiente aún anunciaban los periódicos que, de acuerdo con las primeras impresiones, las derechas habían ganado en diecisiete provincias, pero, contados los votos, se vio que la izquierda había sacado más diputados que el centro y la derecha juntos. Empezaron a correr rumores de que se preparaba un golpe militar, en el que estarían implicados los generales Goded y Franco, pero los rumores fueron desmentidos y el presidente Alcalá Zamora encargó a Azaña la formación de gobierno, vamos a ver qué sale de esto, Ramón, si va a ser malo o bueno para Galicia. Aquí, andando por las calles, se ven caras tristes, otras, más raras, disimulan, si aquel brillo de ojos no es contento no sé qué podrá ser, pero al escribir esta palabra «aquí», no es toda Lisboa y mucho menos todo el país, qué sabemos nosotros lo que ocurre en el país, «aquí» son estas treinta calles entre el Muelle de Sodré y San Pedro de Alcántara, entre Rossio y Calhariz, como una ciudad interior rodeada de muros invisibles que la protegen de un invisible asedio, viviendo juntos sitiadores y sitiados, Ellos, así designados, mutuamente designados de un lado y del otro, Ellos, los diferentes, los extraños, los ajenos, todos mirándose con desconfianza, sopesando unos el poder que tienen y queriendo más, otros echando cuentas de su propia fuerza y encontrando que es poca, este aire de España qué viento traerá, qué casamiento.[1] Fernando Pessoa explicó, Es el comunismo, ya llega, después quiso por parecer irónico, Mala suerte, mi querido Reis, viene usted huyendo de Brasil buscando tranquilidad para el resto de su vida y ahora se alborota la casa del vecino, un día de estos le entrarán por la puerta, Cuántas veces voy a decirle que si volví fue por usted, Pues aún no me ha convencido, No intento convencerle, sólo le pido que se ahorre su opinión sobre este asunto, No se enfade, Viví en Brasil, ahora estoy en Portugal, en algún lugar tengo que vivir, usted, en vida, era

---

[1] *De Espanha, nem bom vento nem bom casamento,* refrán portugués. (N. del t.)

lo bastante inteligente como para entender incluso cosas más complicadas, Ése es el drama, mi querido Reis, tener que vivir en algún lugar, comprender que no existe lugar que no sea lugar, que la vida no puede ser no vida, En fin, lo estoy reconociendo, Y a mí de qué me sirve no haber olvidado, Lo peor es que el hombre no pueda estar en el horizonte que ve, aunque, si allá estuviese, desearía estar en el horizonte en que está, El barco en el que no vamos es el barco ideal para nuestro viaje, Ah, todo el muelle, Es una nostalgia de piedra, y ahora que ya cedemos a la flaqueza sentimental de citar, dividido por dos, un verso de Álvaro de Campos que ha de ser tan célebre como merece, consuélese en los brazos de su Lidia, si es que aún dura ese amor, y piense que yo ni eso tuve, Buenas noches, Fernando, Buenas noches, Ricardo, ahí tenemos ya el carnaval, diviértase, no cuente conmigo en unos días. Se habían encontrado en un café de barrio, popular, media docena de mesas, nadie allí sabía quiénes eran. Fernando Pessoa se volvió, se sentó de nuevo, Se me acaba de ocurrir una idea, puede usted disfrazarse de domador, con botas altas y pantalón de montar, chaqueta roja con alamares, Roja, Sí, roja, es lo más propio, y yo iré de muerte, con una malla apretada y los huesos pintados en ella, usted chasqueando el látigo, yo asustando viejas, te voy a llevar, te voy a llevar, y tocando a las chicas, seguro que en un baile de máscaras ganábamos el premio, Nunca fui bailarín, Ni es necesario, la gente no iba a tener oídos más que para el zurriago y ojos sólo para los huesos, Ya no estamos en edad de frivolidades, Hable por usted, no por mí, yo he dejado de tener edad, y diciendo esto se levantó Fernando Pessoa y salió, llovía en la calle, y el camarero del mostrador dijo al cliente que se quedaba, Ese amigo suyo, sin gabardina ni paraguas, se va a empapar, Le gusta, está ya acostumbrado.

Cuando Ricardo Reis volvió al hotel sintió en el aire como una fiebre, una agitación, como si todas las abejas de una colmena se hubieran vuelto locas, y, teniendo como tenía en su conciencia aquel conocido peso, pensó de inmediato, Lo han descubierto todo. En el fondo, es un romántico, cree que el día en que se enteren de su aventura con Lidia se va a venir abajo del escándalo el Bragança, y con este miedo vive, a no ser que lo que sienta sea el deseo morboso de que tal cosa ocurra, contradicción inesperada en un hombre que se dice tan despegado del mundo, ansioso al fin de que el mundo lo atropelle, lo que no sospecha es que la historia es conocida ya, murmurada entre risitas, fue cosa de Pimenta, que no es hombre de limitarse a indirectas. Inocentes andan los culpados, y Salvador tampoco está informado aún, qué justicia decretará cuando un día de estos se lo diga un correveidile envidioso, hombre o mujer, Señor Salvador, esto es una vergüenza, Lidia y el doctor Reis, bueno sería que respondiera, repitiendo la antigua sentencia, Quien esté libre de pecado, que tire la primera piedra, hay gente que por honrar el nombre que les pusieron son capaces de los más nobles gestos. Entró Ricardo Reis en recepción, temeroso, estaba Salvador hablando por teléfono, a gritos, pero en seguida se comprendía que era por lo mal que se oía, Parece que lo oigo desde el fin del mundo, sí doctor Sampaio, necesito saber cuándo viene, sí, sí, ahora oigo un poco mejor, es que de repente se nos ha llenado el hotel, sí, por los españoles, por lo de España, viene mucha gente de allá, han llegado hoy, entonces el día veintiséis, después de carnaval, muy bien, quedan reservadas las dos habitaciones, no señor doctor, de ninguna manera, en primer lugar están los clientes amigos, tres años no son tres días, saludos a la señorita Marcenda, mire, señor doctor, está aquí el doctor Reis que también le envía saludos, y era verdad, Ricardo Reis, por señas y palabras que en los labios se podían leer, pero no oír, mandaba saludos, y lo hacía por dos razones, en otra ocasión habría sido la primera la de manifestarse junto a Marcenda, aunque fuera por persona interpuesta, ahora era sólo por mostrarse campechano con Salvador, igual suyo, menguándole así su autoridad, esto parece contradicción insalvable, pero no lo es, la relación entre personas no se resuelve en la mera operación de sumar y restar, en su aritmético sentido, cuántas veces creemos sumar y nos quedamos con un resto en las manos, y cuántas, al revés, creíamos disminuir, y nos salió lo contrario, ni siquiera simple adición, sino multiplicación. Salvador colgó el teléfono, triunfante, había conseguido mantener una conversación coherente y conclusiva con Coimbra, y ahora respondía a Ricardo Reis que le había preguntado, Hay novedad, Es que de repente han llegado tres familias españolas, dos de Madrid y una de Cáceres, vienen huyendo, Huyendo, Sí, porque los comunistas han ganado las elecciones, No han ganado los comunistas, han ganado las izquierdas, Es igual, Y vienen escapando, Hasta los periódicos hablan de eso, No me había dado cuenta, Pues a partir de ahora ya no podrá decirlo. Oía hablar castellano tras las puertas, y no es que se pusiera a escuchar, sino que la sonora lengua de Cervantes llega a todas partes, tiempo hubo en que alrededor del mundo fue lengua común, por nuestra parte nunca llegamos a tanto. Que era gente de dinero se vio en la cena, por el modo de vestir, por las joyas que mostraban, ellas y ellos, profusión de anillos, gemelos, alfileres de corbata, broches, pulseras, esclavas, argollas, pendientes, collares, cordones, gargantillas, mezclando el oro y los brillantes con pinceladas de rubí, esmeralda, zafiro y turquesa, y hablaban en voz alta, de mesa a mesa, en alarde de triunfal desgracia, si tiene sentido reunir palabras tan contrarias en un solo concepto. Ricardo Reis no encuentra otras para conciliar el tono imperioso y el lamento vengativo, decían, Los rojos, y torcían injuriosamente los labios, este comedor del Bragança parece más bien un escenario, no tarda mucho en entrar en escena el gracioso Clarín de Calderón para decir, Escondido, desde aquí toda la fiesta he de ver, se entiende que es la fiesta española vista desde Portugal, pues ya la muerte no me hallará, dos higas para la muerte. Los camareros, Felipe, Ramón, hay un tercero, pero ése es portugués de Guarda, andan alborozados, nerviosos, ellos que ya tanto habían visto en la vida, no es la primera vez que sirven a unos compatriotas, pero aun así, en tal número y por tales razones, jamás, y no se dan cuenta, no se dan cuenta aún, de que las familias de Cáceres y de Madrid no les hablan como a bienamados compatriotas reunidos por la desgracia, quien está aparte ve más y observa mejor, en el mismo tono en que dicen Los rojos, dirían Los gallegos, quitando odio y poniendo desprecio. Ramón ya lo ha notado, alguna mirada torva le llegó, alguna mala palabra, y como estaba sirviendo a Ricardo Reis no se contuvo, No sé a qué viene tanta joya para venir al comedor, nadie se las va a robar en las habitaciones, este hotel es una casa seria, menos mal que Ramón lo dice, no basta saber que Lidia va al cuarto del cliente para cambiar de opinión, el punto de vista moral varía mucho, los otros también, a veces por hechos mínimos, y muchas más por conmociones del amor propio, ahora herido el de Ramón y por eso más cerca de Ricardo Reis. Pero, seamos justos, al menos en lo que a nosotros corresponda, esta gente que aquí está ha venido traída por el miedo, y se vino con las joyas, con los dineros del banco, todo lo que fue posible en fuga tan repentina, de qué van a vivir si llegan de vacío, es dudoso que Ramón, instado a caridad, les diera o prestara siquiera un duro, y por qué lo iba a hacer, no está eso en los mandamientos de la ley de Cristo, y si para casos de dar y prestar tiene validez el segundo de ellos, Amarás al prójimo como a ti mismo, no bastaron dos mil años para que Ramón amara a estos prójimos de Madrid y de Cáceres, pero dice el autor de Conspiración que vamos por buen camino, a Dios gracias, capital y trabajo, probablemente para decidir quién va a empedrar la carretera se han reunido en cena de confraternidad, en las termas de Estoril, nuestros procuradores y diputados.

Si no fuera por el mal tiempo, que no hay medio de que mejore, llueve día y noche, no da descanso a labradores y otros agrícolas, con inundaciones que son las peores desde hace cuarenta años, lo dicen los registros y la memoria de los viejos, sería formidable el carnaval de este año, tanto por lo que le es propio como por lo que, no siendo efecto de la época, la ha de señalar en el juicio del porvenir. Queda ya dicho que están entrando a chorro refugiados españoles, que no se quiebre su ánimo y podrán encontrar en nuestra tierra, en abundancia, diversiones que en la suya suelen ser letra muerta, y mucho más ahora. Pero en cuanto a motivos para nuestro propio contento, ésos sobrarían, sea la orden dada por el gobierno para que se empiece a estudiar la construcción de un puente sobre el Tajo, o el decreto que regulará el uso de los automóviles del Estado para representación y servicio oficial, o el donativo a los trabajadores del Duero, cinco kilos de arroz, cinco de bacalao y diez escudos por cabeza, que no sorprenda la prodigalidad excesiva, el bacalao es lo más barato que tenemos, y uno de estos días va a echar un discurso un ministro preconizando la creación de la sopa de los pobres en cada feligresía, y el mismo ministro, llegado de Beja, dirá a los periódicos, He comprobado en el Alentejo la importancia de la beneficencia particular en la superación de la crisis laboral, cosa que, traducida al portugués cotidiano, quiere decir, Una limosnita, patrón, por el alma de sus difuntos. Pero, lo mejor, por venir de más elevada instancia, la primera por debajo de Dios, fue la declaración del cardenal Pacelli en el sentido de que Mussolini es el mayor restaurador cultural del imperio romano, este purpurado, por lo mucho que ya sabe y lo más que promete saber, merece ser papa, ojalá no lo olviden el Espíritu Santo y el cónclave cuando llegue el feliz día, aún andan las tropas italianas fusilando y bombardeando por Etiopía y ya el siervo de Dios profetiza imperio y emperador, ave césar, ave maría.

Ay qué diferente es el carnaval en Portugal. Allá en las tierras del otro lado del mar, las tierras de Cabral donde canta el sabiá y brilla la Cruz del Sur, bajo aquel cielo glorioso, y calor, que si el cielo se enturbia al menos el calor no falta, desfilan las comparsas bailando avenida abajo, con cuentas que parecen diamantes, lentejuelas que fulgen como piedras preciosas, paños que tal vez no sean ni sedas ni rasos pero cubren y descubren los cuerpos como si lo fueran, en las cabezas ondean plumas y penachos, guacamayos, aves del paraíso, gallos salvajes, y el samba, el samba terremoto del alma, hasta Ricardo Reis, hombre sobrio, muchas veces sintió moverse dentro de él los refrenados tumultos dionisíacos, sólo por miedo a su cuerpo no se lanzaba al torbellino, que uno sabe cómo empiezan estas cosas, pero no cómo van a acabar. En Lisboa no corre estos peligros. El cielo está como estaba, lluvioso, pero no tanto como para impedir el desfile de las comparsas, bajarán por la Avenida da Liberdade, entre las conocidas filas de gente pobre, de los barrios, cierto es que también hay sillas para quien las quiere alquilar, pero ésas tendrán poca clientela, estarán empapadas, parece también una broma de carnaval, siéntate aquí, junto a mí, ay, me he mojado toda. Estas carrozas rechinan, se bambolean, pintarrajeadas con figuras, encima va gente que ríe y hace carantoñas, máscara de lo feo y lo bonito, tiran serpentinas al público, saquitos de maíz y habichuelas que si dan en el blanco hacen daño, y el público corresponde con un entusiasmo triste. Pasan algunas carrozas abiertas con provisión de paraguas, gesticulan desde dentro muchachas y caballeros tirándose confeti unos a otros. Alegrías de éstas las hay también entre el público, por ejemplo, está esta muchacha mirando triste el desfile y viene por detrás un mozo con una mano llena de papelitos, se los aprieta contra la boca, refriega frenéticamente y aprovecha la sorpresa para meter mano por donde puede, después ella se queda escupiendo, escupiendo, mientras él, desde lejos, ríe, son galanteos a la portuguesa, hay bodas que empezaron así, y son felices. Se usan pulverizadores para echar chorrillos de agua a la cara o al cuello de la gente, estos pulverizadores conservan aún su nombre de lanzaperfumes, es lo que queda, el nombre, del tiempo en que eran suave violencia de salones, bajaron luego a la calle, al menos que esté limpia el agua, y no sea de cloaca, como a veces se ha visto. Ricardo Reis se cansó en seguida de tanta comitiva andrajosa, pero aguantó a pie firme, nada que tuviera que hacer era más importante que estar aquí, llovíznó por dos veces, otra cayó un chaparrón, y aún hay quien cante loores al clima portugués, no digo que no, pero para carnavales no sirve. Al caer la tarde, acabado ya el desfile, se limpió el cielo, demasiado tarde, carros y carrozas siguieron hacia sus destinos, allá van, a secarse hasta el miércoles, retocarán las pinturas corridas, pondrán las guirnaldas a secar, pero las máscaras, incluso chorreándoles melenas y cadillos, continuarán la fiesta por calles y plazas, callejones y travesías, y en los huecos de escaleras aquello que no se puede confesar o cometer a las claras, desfogándose así con mayor rapidez y baratura, la carne es flaca, el vino ayuda, el día de cenizas y de olvidos será el miércoles. Ricardo Reis se siente algo febril, quizá haya agarrado un resfriado viendo pasar la cabalgata, es posible también que la tristeza cause fiebre, la repugnancia delirio, a eso no ha llegado aún. Una máscara se metió con él, armado con un facón de palo y un bastón, chocándolos con gran estrépito, borracho, pidiendo equivocado, Dame, dame un meneo, y arremetía contra el poeta, con la barriga avanzada en proa, dilatada por un postizo, almohada o rollo de trapos, una juerga, aquel desaborido de sombrero y gabardina intentando esquivar al viejo carnavalero, tocado de bicornio, casaca de seda, calzón y medias, Dame un meneo, lo que quería era dinero para vino, Ricardo Reis le dio unas monedas, el otro hizo unos grotescos pasos de danza, batiendo el suelo con la espada y el palo, y siguió, llevándose tras él a una caterva de chiquillos y a los acólitos del cortejo. En un carrito, como de bebé, con las piernas fuera, iba un zascandil con la cara pintada, gorrito en la cabeza, babero al cuello, haciendo como que lloraba, si es que no lloraba de verdad, hasta que el mamarracho disfrazado de ama le ponía en la boca un biberón de vino tinto del que mamaba con avidez, entre el alborozo del público reunido, donde, de repente, salió a la carrera un bigardo que, rápido como el rayo, se lanza a palpar el amplio seno fingido del ama y sale luego corriendo mientras el otro grita con voz aguardentosa, de hombre nada dudoso, Ven aquí, hijo de cabra, no corras, ven a palparme aquí, y unía el gesto a la palabra con ostensión suficiente para que señoras y mujeres desviaran los ojos después de haber visto, qué, nada de importancia, el ama lleva un vestido que le llega hasta media pierna, fue sólo el volumen de la anatomía agarrada con las dos manos, una inocencia. Es el carnaval portugués. Pasa un hombre con abrigo, lleva, sin darse cuenta, un cartel a la espalda, un papel clavado con un alfiler curvado, Se vende este animal, hasta ahora nadie ha querido saber el precio, aunque hay quien dice, al pasar a su lado, Tal va la bestia que ni la carga siente, y el hombre se ríe al ver lo divertidos que van los que con él se cruzan, al fin desconfía, lleva la mano atrás, arranca el papel, lo rompe furioso, todos los años igual, nos hacen estas bromas y reaccionamos siempre como si fuera la primera vez. Ricardo Reis va tranquilo, sabe que es difícil clavar un alfiler en una gabardina, pero las amenazas surgen de todas partes, acaba de caer rápidamente de un primer piso una escoba sujeta por una cuerda, le tira el sombrero al suelo, y encima se ríen a carcajadas las dos chiquillas de la casa, En carnaval nada ofende, claman a coro, y la evidencia del axioma es tan aplastante y convincente que Ricardo Reis se limita a recoger del suelo el sombrero sucio de barro, sigue callado su camino, ya ha vuelto a ver, y lo ha reconocido, el carnaval de Lisboa, es hora de volver al hotel. Afortunadamente están los chiquillos. Andan por ahí, de las manos de las madres, de las tías, de los abuelos, muestran las máscaras, se muestran ellos, no hay para un niño felicidad mayor que parecer lo que no es, van a las matinées, abarrotan las plateas y los anfiteatros de un público extraño, de manicomio, llevan saquitos de gasa con serpentinas, las caras pintadas de bermellón o albayalde, con narices postizas, tropiezan en los faldones largos o bombachos, les duelen los pies, tuercen la boca y los dientes de leche intentando sujetar en ellos una pipa, se les borra el bigote o las patillas, sin duda lo mejor del mundo son los pequeños, sobre todo cuando necesitamos una rima para sueños. Ahí están, miradlos, inocentes, sabe Dios si vestidos como les gustaría o si sólo representando un sueño de los adultos que eligieron o pagaron el alquiler del traje, son holandeses, palurdos, lavanderas, marinos, cantantes de fados, damas antiguas, criadas de servir, quintos, hadas, oficiales del ejército, españolas, carniceras, guardafrenos, pajes, tunos, campesinas con mucho vuelo de enaguas, payasos, piratas, cowboys, leñadores, cosacos, domadores, floristas, osos, gitanas, marineros, campesinos, pastores, enfermeras, arlequines, y luego irán a los periódicos para que los retraten, y aparecerán mañana, algunos de los niños disfrazados visitaron nuestra redacción, se quitaron, para el fotógrafo, las máscaras que llevan como complemento del disfraz, incluso el misterioso antifaz de colombina, tiene que quedar el rostro bien a la vista para que a la abuela se le caiga la baba de pura satisfacción, Es mi nieta, la pequeña, y luego, con tijeras amorosas, recorta el retrato, que va a parar a la caja de los recuerdos, la caja verde en forma de baúl que caerá en el muelle, ahora nos reímos, pero día vendrá en que nos dará ganas de llorar. Se hace de noche, Ricardo Reis va arrastrando los pies, será cansancio, será tristeza, será la fiebre que cree tener, un frío rápido ha anidado en su espalda, llamaría un taxi si no estuviera tan cerca del hotel, Dentro de diez minutos estaré en la cama, no voy a cenar, murmuró, y en este mismo instante apareció ante él, llegando del Carmo, un cortejo de plañideras, todos hombres vestidos de mujer, con excepción de los cuatro acompañantes con hachones que llevan el ataúd a hombros, y en él tumbado el que hace de muerto, con un pañuelo atándole la mandíbula y las manos cruzadas, aprovecharon que ya no llovía y se echaron a la calle, Ay mi maridito que no te vuelvo a ver, gritaba en falsete un bigardo cargado de crespones negros, y unos que hacían de huerfanitas,

Ay papaíto, que tanta falta nos haces, alrededor co-
rrían otros pidiendo ayuda para el entierro, que el
pobrecillo murió hace ya tres días y empieza a apes-
tar, y era verdad, alguien había reventado unas ampo-
llas de ácido sulfhídrico, los muertos no suelen oler a
huevos podridos, pero fue lo más parecido que encontraron. Ricardo Reis les dio unas monedas, menos mal que llevaba cambio, e iba a continuar su
camino, por el Chiado arriba, cuando de pronto le pareció ver una silueta singular entre el cortejo del entierro, o quizá fuera, tratándose de un funeral, aunque
fuera fingido, la presencia, lógica más que cualquier
otra, de la muerte. Era una figura vestida de negro,
con una tela ceñida al cuerpo, tal vez malla, y sobre el
negro de la veste el trazado completo de los huesos,
de cabeza a pies, a tanto puede llegar el gusto por la
mascarada. Volvió Ricardo Reis a estremecerse, esta
vez sabía por qué, recordó lo que le dijo Fernando
Pessoa, sería él, Es absurdo, murmuró, nunca se le
ocurriría una cosa así, y si lo hiciera no se uniría a
esos haraganes, tal vez se colocara ante un espejo, eso
sí, porque quizá así vestido consiguiera verse. Mientras iba diciendo esto, o sólo pensándolo, se acercó
para ver mejor, el hombre tenía la altura, la complexión
física de Fernando Pessoa, pero parecía más esbelto,
quizá por la malla que vestía, que favorece siempre.
La figura lo miró rápidamente y se alejó hacia el extremo del cortejo, Ricardo Reis fue tras ella, la vio subir
por la Calçada do Sacramento, silueta espantosa, ahora sólo huesos en la negrura del aire, parecía pintada
con blanco fosforescente y, al alejarse más de prisa,
era como si dejara rastros luminosos tras él. Atravesó
el Largo do Carmo, tomó, casi a la carrera, por la Rua
da Oliveira, oscura y desierta, pero Ricardo Reis lo
veía claramente, ni cerca ni lejos, un esqueleto andando, igual que aquel con que había estudiado en la
Facultad de Medicina, el calcañar, la tibia y el peroné,
el fémur, los huesos ilíacos, el pilar de las vértebras,
la jaula del costillar, los omóplatos como alas que no
pudieron crecer, las cervicales sustentando el cráneo

lívido y lunar. La gente, al cruzarse con él, gritaba, Eh muerte, Eh estafermo, pero el enmascarado no respondía, ni volvía la cabeza, siempre adelante, el paso rápido, subió las Escaleras del Duque de dos en dos, ágil criatura, no podía ser Fernando Pessoa, que, pese a su educación británica, nunca fue hombre de proezas musculares. Tampoco lo es Ricardo Reis, con la disculpa de ser fruto de la pedagogía jesuítica, que se va quedando atrás, pero el esqueleto se detuvo en lo alto de las escaleras, mirando hacia abajo, como si le esperara, luego atravesó la plaza, se metió por la Travessa da Queimada, adónde me llevará esta muerte aciaga, y yo, por qué voy tras ella, por primera vez dudó si el enmascarado sería hombre o mujer, o ni mujer ni hombre, sólo muerte. Es hombre, pensó al ver que entraba en una taberna, recibido con gritos y aplausos, Mira la máscara, mira la muerte, y, vigilante, se puso a beber un vaso de vino en el mostrador, el esqueleto echado hacia atrás, tenía el pecho chato, no podía ser mujer. El enmascarado no se entretuvo, salió pronto, y Ricardo Reis no tuvo tiempo de apartarse y buscar un escondrijo, echó una carrerilla, pero el otro lo alcanzó en la esquina, se le veían los dientes verdaderos, y las encías brillando de saliva verdadera, y la voz no era de hombre, era de mujer, o a medio camino entre macho y hembra, Eh, tú, ceporro, por qué corres detrás de mí, eres marica o es que tienes prisa por morir, No, señor, creí desde lejos que era un amigo, pero por la voz ya veo que no lo es, Y quién te dice que no estoy fingiendo, realmente, la voz era otra ahora, indecisa también, pero de manera diferente, entonces Ricardo Reis dijo, Perdone, y el enmascarado respondió con una voz que parecía la de Fernando Pessoa, Vete a la mierda, y dándole la espalda desapareció en la noche cerrada. Como dijeron las chiquillas de la escoba, el carnaval es así, en carnaval nada ofende. Volvía a llover.

Fue una noche febril, mal dormida. Antes de tenderse, fatigado, en la cama, Ricardo Reis tomó dos cafiaspirinas, se metió el termómetro en la axila, pasaba de los treinta y ocho, era de esperar, esto debe ser el inicio de una gripe, pensó. Se quedó dormido, despertó, había soñado con grandes planicies bañadas de sol, con ríos que se deslizaban en meandros entre los árboles, barcos que descendían solemnes la corriente, o distraídos, y él viajando en todos, multiplicado, dividido, haciéndose gestos de despedida a sí mismo o como si con el gesto quisiera anticipar un encuentro, después los barcos entraron en un lago o estuario, aguas quietas, paradas, se quedaron inmóviles, serían diez quizá, o veinte, un número cualquiera, sin vela ni remo, al alcance de la voz, pero los marineros no podían entenderse, hablaban todos al mismo tiempo, y como eran iguales sus palabras, y en igual secuencia, no se oían unos a otros, por fin los barcos empezaron a hundirse, el coro de las voces se fue reduciendo, Ricardo Reis, en sueños, intentaba fijar las palabras, las últimas, y creyó incluso que lo había conseguido, pero el último barco se fue al fondo, las sílabas desgajadas, sueltas, borbotearon en el agua, exhalación de la palabra ahogada, subieron a la superficie, sonoras pero sin significado, adiós no era, ni promesa, ni testamento, y aunque lo fueran, sobre las aguas ya no había nadie para oírlas. También discutió consigo mismo, durmiendo o despierto, si la máscara era Fernando Pessoa, y primero concluyó que sí, más tarde refutó lo que le había parecido lógica aparente en nombre de lo que creía lógica profunda, cuando volviera a encontrarlo se lo preguntaría, él le diría la verdad, no diría, Pero Reis, no se dio cuenta de que se trataba de una broma, cómo me iba a disfrazar de muerte, al modo medieval, yo, que soy un muerto y una persona seria, ponderada, tiene conciencia del estado en que se halla, y es discreto, detesta la desnudez absoluta que es el esqueleto y, cuando aparece, o se comporta como yo, así, llevando el traje con que lo vistieron, o se envuelve en la mortaja si le da por asustar a alguien, cosa a la que yo, por otra parte, como hombre de buen gusto y respeto que me complazco en seguir siendo, no me iba a prestar nunca, hágame esa justicia, No valía la pena habérselo preguntado, murmuró. Encendió la luz, abrió The god of the labyrinth, leyó página y media, se dio cuenta de que hablaba de dos jugadores de ajedrez, pero no llegó a la conclusión de si jugaban o charlaban, las letras se confundían ante sus ojos, dejó el libro, estaba ahora en la ventana de su casa de Río de Janeiro, veía a lo lejos aviones que lanzaban bombas sobre la Urca y Praia Vermelha, el humo subía en grandes ovillos negros, pero no oía ruido alguno, probablemente se había vuelto sordo, o quizá no había poseído nunca el sentido del oído, incapaz, pues, de representar en la mente, con ayuda de los ojos, el estallido de las granadas, las salvas desconcertadas de la fusilería, los gritos de los heridos, si a tan gran distancia podían oírse. Despertó inundado en sudor, el hotel estaba envuelto en el gran silencio nocturno, dormidos todos los huéspedes, hasta los refugiados españoles, si de repente los despertáramos y les preguntáramos, Dónde está, responderían, Estoy en Madrid, Estoy en Cáceres, los engaña el confort de la cama, en los altos de la casa duerme quizá Lidia, unas noches baja, otras no, ahora ya conciertan sus encuentros, ella baja en gran secreto a su cuarto, muy de noche, ha decaído el entusiasmo de las primeras semanas, es natural, de los tiempos todos el más fugaz es el de la pasión, que también en estas relaciones desiguales la ardiente palabra tiene cabida, y, aparte, hay que desarmar las desconfianzas, si las hay, la maledicencia, se murmura, por lo menos no se muestran a las claras, quizá Pimenta no haya ido más allá de aquella maliciosa insinuación, es cierto que puede haber otras poderosas razones, biológicas, por así decir, como estar Lidia con su periodo o regla, con los ingleses, según el dicho popular, llegaron los casacas rojas, desaguadero del cuerpo femenino, rubro derrame. Despertó, volvió a despertar, una luz cenicienta, fría y mate, aún más noche que día, se filtraba por la persiana, por los cristales, por los visillos, diseñaba el contorno del cortinaje mal corrido, ponía en el brillo de los muebles una aguada levísima, el cuarto helado amanecía como un paisaje gris, felices los animales hibernantes, sibaritas prudentes, hasta cierto punto señores inconscientes de su propia vida, pues no hay noticia de que haya muerto uno de ellos mientras dormía. De nuevo se tomó Ricardo Reis la temperatura, seguía la fiebre, después tosió, la he atrapado buena, no hay duda. El día, que tanto parecía retrasarse, se abrió de súbito como una puerta rápida, los rumores del hotel se unieron a los de la ciudad, lunes de carnaval, el día siguiente, en qué cuarto o en qué sepultura estará durmiendo o aún duerme el esqueleto del Barrio Alto, a lo mejor ni se desnudó, así como anduvo por las calles se metió en la cama, también duerme solo, pobre hombre, una mujer viva saldría de la cama pegando gritos si entre las sábanas la ciñera un óseo brazo, aunque fuera del amado, No somos nada, somos pero en vano, estos versos, recordados, los dijo Ricardo Reis en voz alta, los repitió murmurando, luego pensó, Tengo que levantarme, no se iba a quedar durmiendo todo el día, resfriado o gripe no piden más que un poco de precaución, remedios pocos. Se adormiló aún un rato, abrió los ojos repitiéndose, Tengo que levantarme, quería lavarse, afeitarse, detestaba los pelos blancos en la cara, pero era más tarde de lo que pensaba, no había mirado el reloj, ahora llamaban a la puerta, Lidia, el desayuno.

Se levantó, se puso la bata por los hombros, medio aturdido aún, las zapatillas se le escapaban de los pies, fue a abrir. Habituada a encontrarlo lavado, afeitado y peinado, Lidia, primero, pensó que habría trasnochado, que andaría por bailes y aventuras, Quiere que vuelva más tarde, preguntó, y él, mientras volvía a la cama dando traspiés, respondió con un súbito deseo de ser mimado y asistido como un niño, Estoy enfermo, no había sido eso lo que ella le había preguntado, posó la bandeja en la mesa, se acercó a la cama, él se había acostado ya, con un gesto sencillo le puso la mano en la frente, Tiene fiebre, bien lo sabía Ricardo Reis, de algo le servía ser médico, pero al oír que lo decía otra persona sintió pena de sí mismo, colocó una mano sobre la de Lidia, cerró los ojos, si no son más que estas dos lágrimas podré retenerlas así, como retenía aquella mano castigada por el trabajo, áspera, casi ruda, tan diferente de las manos de Cloe, Neera y la otra Lidia, de los dedos como husos, de cuidadas uñas, de las suaves palmas de Marcenda, de su única mano viva quiero decir, la izquierda es muerte anticipada, Debe de ser la gripe, pero me voy a levantar, De ninguna manera, puede coger un aire y de ahí a una pulmonía no hay nada, El médico soy yo, Lidia, soy yo quien sabe de esto, no voy a quedarme en cama como un inválido, sólo necesito que alguien vaya a la farmacia a buscar dos o tres medicinas, Sí señor, alguien ha de ir, voy yo o va Pimenta, pero de la cama no sale, tome el desayuno antes de que se enfríe, después le arreglo el cuarto y lo aireo un poco, y, diciendo esto, Lidia forzaba blandamente a Reis a sentarse, le ahuecaba la almohada, traía la bandeja, echaba leche al café, ponía azúcar, partía las tostadas, extendía la confitura, colorada de alegría, puede hacer feliz a una mujer ver al hombre amado postrado en el lecho del dolor, mirarlo con esta luz en los ojos, o será preocupación y cuidado, tanto que parece sentir ella la fiebre de que él se ha quejado, es de nuevo el fenómeno de que el mismo efecto tenga diferentes causas. Ricardo Reis se dejó mimar, rodear de atenciones, rápidos roces con los dedos, como si lo estuvieran ungiendo, es difícil saber si es la primera unción o la última, había acabado de tomar el café con leche y se sentía deliciosamente somnoliento, Abre el armario, en el fondo hay un maletín negro, a la derecha, tráemelo aquí, gracias, del maletín sacó un bloc de recetas, impresas las hojas en lo alto, Ricardo Reis, clínica general, Rua do Ouvidor, Río de Janeiro, cuando estrenó este bloc no podía imaginar que tan lejos iría a acabarlo, o sólo a continuarlo, es así la vida, sin firmeza, o con una firmeza tan peculiar que siempre nos sorprende. Escribió unas líneas, dijo, No vayas tú a la farmacia, a no ser que te manden, dale la receta a Salvador, es él quien debe dar las órdenes, y ella salió, se llevó la receta y la bandeja, pero antes le dio un beso en la frente, tuvo ese atrevimiento, una domestica, una camarera de hotel, imagínese, tal vez tenga derecho, el llamado derecho natural, otro no, si él no se lo retira, que ésa es la condición absoluta. Ricardo Reis sonrió, hizo un gesto vago con los dedos de la mano que iba a protegerse bajo la sábana, a huir del frío, y se volvió hacia el lado de la pared. Se quedó dormido de inmediato, indiferente a su aspecto, el pelo gris despeinado, la barba apuntando, la piel deslucida y húmeda de las fiebres nocturnas. Un hombre puede estar enfermo, aún más gravemente que éste, y tener su momento de felicidad, aunque sea sólo el de sentirse como una isla desierta sobrevolada por un ave de paso traída y llevada por el viento inconstante.

Aquel día, y el siguiente, Ricardo Reis no salió de su habitación. Fue a visitarlo Salvador, Pimenta se informó de su estado, todo el personal del hotel desea que se mejore, doctor. Más por acuerdo tácito que en cumplimiento de una orden formal, Lidia asumió plenamente las funciones de enfermera, sin conocimientos del arte, a no ser los que constituyen la herencia histórica de las mujeres, cambiar la ropa de la cama, acertar con la doblez de la sábana, llevar un té con limón, la pastilla a la hora exacta, la cucharada de jarabe y, perturbadora intimidad sólo de ellos dos conocida, aplicar en fricción enérgica la tintura de mostaza en las pantorrillas del paciente, con vistas a cargar sobre las extremidades inferiores los humores que en pecho y cabeza pesaban, o, si no era ésta la finalidad del tratamiento, otra sería de no menos cabal sustancia. Con tantas tareas a su cargo, nadie se sorprendía porque Lidia pasara todo el día en la habitación doscientos uno, y si alguien por ella preguntaba y recibía por respuesta, Está con el señor doctor, la malicia sólo se atrevía a mostrar la punta de las uñas, guardando para más tarde el mordisco inevitable, el aguijón, el colmillo puntiagudo. Y, pese a todo, nada más inocente que este gesto y palabra, Ricardo Reis, recostado en la almohada, Lidia insistiendo, Sólo esta cucharadita, es el caldo de gallina que él se niega a probar, por hastío, también por hacerse rogar, juego que parecerá ridículo a quien goce de perfecta y feliz salud, y tal vez lo sea realmente, que en verdad no está Ricardo Reis tan enfermo que no pueda alimentarse por sus propios medios y fuerzas, pero sólo ellos dos lo saben. Y si por azar un contacto más perturbador los aproxima, ponerle él la mano en el pecho, por ejemplo, de esto no pasan, quizá por cierta dignidad que hay en las enfermedades, pues es cierto su carácter sagrado, aunque en esta religión no sean raras las herejías, los atentados contra el dogma, los desmanes de mayor intimidad, como los que él se arriesgó a proponer, y fue ella quien se negó, Puede sentarle mal, loemos de la enfermera el escrúpulo, de la amante el pudor, como sabe, quiere y a su costa aprendió. Son detalles que podrían excusarse, pero faltan otros de mayor relieve, hablar de las lluvias y temporales que en estos dos días redoblaron, con grave daño de la cabalgata del martes, esto ya cansa tanto a quien lo dice como a quien lo oye, y en cuanto a eventos exteriores, que no faltan, es dudoso que interesen al relato, como es el haber aparecido muerto en Sintra un hombre que en diciembre había desaparecido de su casa, se llama Luis Uceda Ureña, misterio que permanece indescifrado aún hoy en los

anales del crimen, y seguirá estándolo quizá hasta el
Día del Juicio, si antes no hablan los testigos, puestas
las cosas así, no quedan más que estos dos, huésped
y camarera, mientras de él no se retire la gripe o resfriado, después volverá Ricardo Reis al mundo, Lidia
a sus escobas, ambos al relajo nocturno, rápido o
demorado conforme sea la urgencia o vigilancia. Mañana, que es miércoles, llegará Marcenda, esto no lo
ha olvidado Ricardo Reis, pero descubre, y si el descubrimiento le sorprende es de un modo igualmente
enajenado, que la enfermedad le ha embotado los hilos
de la imaginación, en definitiva la vida no es mucho
más que estar tumbado, convaleciente de una enfermedad antigua, incurable y reincidente, con intervalos a los que llamamos salud, que algún nombre
habríamos de darles vista la diferencia que hay entre
los dos estados. Marcenda llegará, con su mano colgada, en busca de un imposible remedio, vendrá con
ella su padre, el notario Sampaio, mucho más al hus-
meo de unas faldas que con la esperanza de ver curada a su hija, si es que no ha sido esa desesperanza lo
que lo ha llevado a desfogarse sobre unos senos sin
duda poco diferentes a los que ahora mismo Ricardo
Reis ha conseguido retener junto a él, Lidia ya no se
niega tan tajantemente, hasta ella, que nada sabe de
enfermedades y medicinas, nota que el señor doctor
ha mejorado mucho.

Y es en la mañana del miércoles cuando llega
a Ricardo Reis una citación. Se la llevó el mismo Salvador, en mano de gerente, dada la importancia del
documento y su procedencia, la Policía de Vigilancia
y Defensa del Estado, entidad hasta ahora no mencionada por extenso, porque no hubo ocasión, hoy la
hay, que no por no hablar de las cosas van a dejar de
existir, y aquí tenemos un buen ejemplo, parecía que
nada había en el mundo más importante que el hecho
de estar Ricardo Reis enfermo y Lidia asistiéndolo, en
vísperas de la llegada de Marcenda, y mientras tanto
estaba un escribiente llenando el impreso que habría
de ser traído aquí, sin que ninguno de nosotros lo

sospechara. Así es la vida, señor mío, nadie sabe qué nos reserva para mañana. En distinto sentido muestra su reserva Salvador, el rostro, no diríamos cerrado como una nube de invierno pero perplejo, con la expresión de quien, al comprobar el balance del mes, encuentra un saldo inferior al que le había sido prometido por simple cálculo mental, Aquí tiene una citación, dice, y los ojos se clavan en el objeto de ella con la misma desconfianza con que examinarían una columna contable. Dónde está el error, veintisiete y cinco treinta y tres, cuando realmente deberíamos saber que no pasan de treinta y dos, Una citación, para mí, se asombra con razón Ricardo Reis, pues su único delito, y aun así delito no punible normalmente para estas policías, es recibir a horas muertas a una mujer en su cama, si es que esto es delito. Más que el papel, que aún no ha tomado en sus manos, le inquieta la expresión de Salvador, su mano parece temblar levemente, De quién viene, pero él no respondió, hay palabras que no deben pronunciarse en voz alta, sólo cuchicheadas o transmitidas mediante signos, o silenciosamente leídas como ahora las lee Ricardo Reis, mitigando las mayúsculas, por ser tan amenazadoras, policía de vigilancia y defensa del Estado, Y qué tengo yo que ver con esto, hace la pregunta con displicente alarde, le añade un epílogo tranquilizador, Será un error, lo dice para el desconfiado Salvador, ahora en esta línea pongo la firma, enterado, el día dos de marzo estaré allí, a las diez de la mañana, Rua Antonio María Cardoso, está muy cerca, primero se sube por la Rua do Alecrim hasta la esquina de la iglesia, luego se gira a la derecha, otra vez a la derecha, delante hay un cine, el Chiado Terrasse, al otro lado de la calle está el Teatro de San Luis, rey de Francia, son buenos lugares para divertirse uno, artes de luz y escenario, justo al lado está la policía, no hay error, o quizá por haber error lo llaman de allí. Se retiró el grave Salvador para llevar al emisario y mensajero la garantía formal de que había entregado su recado, y Ricardo Reis, levantado ya de la cama y sentado en la butaca,

lee y vuelve a leer la intimatoria, debe comparecer
para ser oído en declaración, pero por qué, oh dioses,
si nada hice que pueda serme reprochado, ni debo ni
presto, no conspiro, me convenzo aún más de que no
vale la pena conspirar tras la lectura de Conspiración,
obra por Coimbra recomendada, aún resuena en mis
oídos la voz de Marilia, Papá, usted estuvo a punto de
ser detenido hace dos días, ahora bien, cuando estas
cosas pasan a los papás, qué no pasará a los que no
lo son. Todo el personal del hotel sabe ya que el cliente
de la doscientos uno, el doctor Reis, el que vino de
Brasil hace dos meses, ha sido llamado por la policía,
alguna gorda habrá hecho por allá, o por acá, no
quisiera estar en su pellejo, ir a la PVDE,[1] ya veremos si
lo dejan salir, aunque, si fuera cuestión de cárcel no
le habrían mandado una citación, simplemente se
presentaban aquí y se lo llevaban. Cuando al anochecer bajó Ricardo Reis a cenar, se sentía ya lo bastante
sólido en sus piernas como para no quedarse en la
habitación, verá cómo lo miran los camareros, cómo
sutilmente se apartan de él, no se muestra Lidia tan
desconfiada, entró en el cuarto cuando apenas Salvador había bajado el primer tramo de escalones, Dicen
que lo llaman de la policía internacional, se alarma la
pobre muchacha, Sí, aquí tengo la citación, pero no
hay por qué preocuparse, debe de ser cuestión de pa-
peleo, Dios le oiga, porque de esa gente, por lo que
sé, nada bueno hay qué esperar, son cosas que mi
hermano me ha contado, No sabía que tuvieras un hermano, No hubo ocasión de decírselo, no va a estar
una hablando siempre de su vida, De la tuya nunca
me has dicho nada, Sólo le diría si me preguntara, y
no me preguntó, Tienes razón, no sé nada de ti, sólo
que vives aquí, en el hotel, y que sales en tus días de
asueto, que estás soltera y por lo visto sin compromiso, Aún quiere más compromiso, respondió Lidia con
estas cuatro palabras mínimas, discretas, que oprimie-

---

[1] Policía de Vigilancia del Estado, precedente de la PIDE. (N. del t.)

ron el corazón de Ricardo Reis, no hace falta decirlo, pero fue exactamente así como él las oyó, con el corazón oprimido, probablemente la mujer ni se dio cuenta de lo que había dicho, sólo quería herirse, y de qué, o ni siquiera tanto, sólo comprobar un hecho incontrovertible, como si dijera, Mira, está lloviendo, en definitiva salió de su boca la amarga ironía, como en las novelas se escribe, Yo, doctor, soy una simple camarera, apenas sé leer y escribir, no tengo, por qué tener vida, y si la tuviera, qué vida podría ser la mía capaz de interesarle a usted, así podríamos continuar multiplicando palabras por palabras, añadiéndolas a las cuatro dichas, Aún quiere más compromiso, si esto fuera un duelo a espada, Ricardo Reis estaría sangrando. Lidia va a retirarse, señal de que no habló al azar, hay frases que parecen espontáneas, producto de la ocasión, y sólo Dios sabe qué muela las molió, qué filtros las filtraron, invisiblemente, por eso cuando logran expresarse salen como sentencias salomónicas, o mejor, tras ellas lo mejor sería el silencio, que uno de los dos interlocutores se ausentara, el que las dijo, o quien las oyó, pero en general no se procede así, la gente habla, habla, hasta que uno pierde por completo el sentido de aquello que, por un instante, fue definitivo e incontrovertible, Qué cosas te ha contado tu hermano, y quién es, preguntó Ricardo Reis. Lidia no salió ya, volvió atrás dócil y explicó, el bote fulminante había pasado ya, Mi hermano está en la marina, En qué marina, En la de guerra, es marinero en el Afonso de Albuquerque, Es mayor que tú o más joven, Ha cumplido veintitrés, se llama Daniel, Tampoco sé tu apellido, Martins, Por parte de padre o de madre, De madre, soy hija de padre desconocido, nunca conocí a mi padre, Pero tu hermano, Es medio hermano, su padre murió, Ah, Daniel está contra el gobierno y me ha contado, Veo que tienes mucha confianza en mí, Oh, señor doctor, si no tuviera confianza en usted. Una de dos, o Ricardo Reis es un torpe esgrimidor, descuidado en la guardia, o esta Lidia Martins es amazona de arco, flecha y espada, a no ser que consideremos aún una tercera hipótesis, la de que estén los dos hablando sin prevención, sin cuidarse de sus recíprocas fuerzas y flaquezas, y mucho menos de sutilezas de analista, entregados sólo a una conversación ingenua, él sentado, porque es su derecho y está convaleciente, ella de pie, como es su obligación de subalterna, tal vez sorprendida por tener tanto que decirse uno a otro, extenso discurso éste si lo comparamos con la brevedad de los diálogos nocturnos, poco más que el elemental y primitivo murmullo de los cuerpos. Ricardo Reis se enteró así de que el lugar donde tendrá que presentarse el lunes es sitio de mala fama y de obras aún peores que su fama, pobre quien caiga en sus manos, torturas, castigos, interrogatorios a cualquier hora, no es que Daniel lo supiera por propia experiencia, repite sólo lo que le han contado, al menos por ahora, como tantos de nosotros, pero, si son verdaderos los refranes, tiempo al tiempo, hay más mareas que marineros, nadie sabe lo que le espera, Dios es el administrador del futuro y no proclama sus intenciones para que podamos ponernos a cubierto, o es mal gerente de ese capital, como algunos piensan, pues ni su propio destino fue capaz de prever, Entonces, en la marina, no están por el gobierno, resumió Ricardo Reis, y Lidia se limitó a encogerse de hombros, aquellas opiniones subversivas no eran suyas, eran de Daniel, marinero, hermano menor, pero hombre, que de hombres son generalmente esas osadías, no de mujeres, y si algo sabe fue porque se lo contaron, y ya ve no se puede estar siempre con la boca cerrada, Lidia ya la abrió, pero fue para bien.

Ricardo Reis bajó antes de que el reloj diera la hora, y no por urgencias de apetito sino por repentina curiosidad, saber si habrían llegado más españoles, si llegó Marcenda y su padre, pensó en Marcenda, dijo incluso su nombre en voz baja, y quedó observándose atentamente como un aprendiz de químico que ha mezclado un ácido y una base y agita el tubo de ensayo, no vio mucho, siempre pasa así si no se ayuda a la imaginación, la sal que de aquello salió era de esperar, tantos son los milenios que llevamos en esto de mezclar sentimientos, ácidos y bases, hombres y mujeres. Recordó el alborozo adolescente con que la había mirado la primera vez, entonces se insinuó a sí mismo que lo movían la simpatía y la compasión ante aquella terrible enfermedad, la mano caída, el rostro pálido y triste, y luego aquel diálogo largo ante el espejo, árbol del conocimiento del bien y del mal, no tiene nada que aprender, basta mirar, qué palabras extraordinarias habrían cambiado sus reflejos, no pudo capturarlas el oído, sólo repetida la imagen, repetido el movimiento de los labios, con todo, quizá en el espejo se haya hablado una lengua diferente, quizá otras palabras se hayan dicho en aquel cristalino lugar, entonces fueron otros los sentidos expresados, pareciendo que, como una sombra, los gestos se repetían, otro fue el discurso, perdido en la inaccesible dimensión, perdido también, en fin, lo que de este lado se dijo, sólo conservados en el recuerdo algunos fragmentos, no iguales, no complementarios, no capaces de reconstituir el discurso entero, el de este lado, insistimos, por eso los sentimientos de ayer no se repiten en los sentimientos de hoy, se quedaron por el camino, irrecuperables, añicos de un espejo roto, la memoria. Mientras baja la escalera hacia el primer piso le tiemblan un poco las piernas a Ricardo Reis, no se asusta, la gripe suele dejarle a uno así, muy ignorantes de la materia seríamos si creyéramos que este temblor es efecto de sus pensamientos, y aún menos de esos que, laboriosamente, han quedado aquí fijados, no es cosa fácil pensar cuando se va bajando una escalera, haga cualquiera la experiencia, ojo con el cuarto peldaño.

Salvador estaba en el mostrador atendiendo al teléfono, tomaba notas a lápiz, decía, Muy bien sí señor a sus órdenes, y compuso una sonrisa mecánica y fría que quería aparentar distraída, o estaría la frialdad en la mirada inexpresiva, como ésta de Pimenta, que ha olvidado ya las propinas generosas, algunas desatinadas, Qué, va mejor, doctor, pero la mirada no dice

eso, dice, Ya me olía yo que había un misterio en tu
vida, y estos ojos no conseguirán decir más mientras
Ricardo Reis no vaya a la policía y vuelva, si vuelve.
Ahora entró el sospechoso en el salón, contra la costumbre ruidosa de palabras castellanas, parece un hotel
de la Gran Vía, los murmullos que logran hacerse oír
en los intervalos son modestas locuciones de lusitanos, la voz del pequeño país que somos, tímida hasta
en su propia casa, o, como también de tímidos es uso,
subiendo a las alturas del falsete para afirmar verdaderas o pretendidas sabidurías de la lengua de allá,
Usted, Entonces, Muchas gracias, Pero, Vaya, De esta
suerte,[2] nadie es perfecto portugués si no habla otra
lengua mejor que la suya propia. Marcenda no estaba,
pero estaba el doctor Sampaio, de charla con dos españoles que le explicaban la situación política del país
vecino paralelamente a la odisea que había sido la
fuga de sus lares, Gracias a Dios que vivo a tus pies
llego,[2] como dijo el otro. Ricardo Reis pidió perdón,
se sentó en el extremo del sofá mayor, quedaba lejos
del doctor Sampaio, mejor así, pues no le apetecía
gran cosa entrar en el diálogo hispano portugués, lo
que le preocupaba ahora es saber si Marcenda había
venido o se había quedado en Coimbra. El doctor
Sampaio no dio muestras de reparar en su llegada,
asentía gravemente con la cabeza cuando oía a don
Alonso, desdoblaba la atención cuando don Lorenzo
apuntaba el detalle olvidado, y ni siquiera desvió los
ojos cuando Ricardo Reis, aún con las secuelas de su
gripe, tuvo un violento ataque de tos que lo dejó ja-
deante y secándose los ojos. Abrió luego Ricardo Reis
un periódico, se enteró de que había estallado en Ja-
pón un movimiento de oficiales del ejército que querían que se declarase la guerra a Rusia, desde la mañana
conocía la noticia pero la apreciaba ahora con atención insistente, ponderaba, reflexionaba, daba tiempo al tiempo, bajará Marcenda, si vino, tienes que

---

[2] En español en el original. (N. del t.)

hablarme, doctor Sampaio, lo quieras o no, tengo que ver si tienes los ojos inexpresivos como los de Pimenta, que estoy seguro de que Salvador te ha contado ya que tengo que ir a la policía.

Dieron las ocho, sonó el inútil gong, algunos huéspedes se levantaron y salieron, languidecía la conversación de los otros, los españoles cruzaban y descruzaban las piernas impacientes, pero el doctor Sampaio los retenía, les aseguraba que en Portugal podrían vivir en paz el tiempo que quisieran, Portugal es un oasis, aquí la política no es cosa del vulgo, por eso hay tanta armonía entre nosotros, el sosiego que ven en las calles es el que impera en los espíritus. Pero los españoles ya habían oído otras veces, y de otras bocas, estas declaraciones de enhorabuena y bienvenida, y no es el estómago órgano que con ellas pueda satisfacerse, por eso con tres palabras se despidieron, tenían a las familias esperando a que fueran a buscarlas a las habitaciones, hasta pronto. El doctor Sampaio tropezó entonces con los ojos de Ricardo Reis, exclamó, Pero estaba ahí, no le había visto, cómo le va, pero Ricardo Reis vio perfectamente que quien estaba mirando para él era Pimenta, o Salvador, no se distinguían gerente, doctor y maletero, recelosos todos, Yo lo vi, pero no quise interrumpirle, tuvo un buen viaje, y cómo está su hija, Igual, ni mejor ni peor, es nuestra cruz, de ella y mía, Un día uno y otro verán recompensada su perseverancia, son tratamientos largos, y habiendo dicho tan poco, se callaron, violento el doctor Sampaio, irónico Ricardo Reis, que, benévolo, lanzó un garrancho al fuego que se apagaba, Leí el libro que me recomendó, Cuál, Conspiración, no lo recuerda, Ah, sí, pero no le gustó, probablemente, no lo valoró, Qué va, amigo mío, admiré profundamente su excelente doctrina nacionalista, el lenguaje vernáculo, la intensidad de los conflictos, la finura del bisturí psicológico, sobre todo aquella generosa alma de mujer, se sale de la lectura como de un baño lustral, creo incluso que para muchos portugueses este libro va a ser como un segundo bautismo, un nuevo Jordán, y Ricardo Reis remató la apología dando al rostro una expresión como discretamente transfigurada, con lo que acabó de desconcertarse el doctor Sampaio, embarazado por la contradicción entre estas alabanzas y la citación de que, confidencialmente, le había hablado Salvador, Ah, fue lo que dijo, casi cediendo al impulso de la primera simpatía, pero tuvo más fuerza la sospecha, decidió mostrarse reservado, cortar los puentes, por lo menos mientras el caso no estuviera aclarado, Voy a ver si mi hija baja a cenar, y salió rápidamente. Ricardo Reis sonrió, volvió a coger el periódico, decidido a ser el último en entrar en el comedor. Poco después oyó la voz de Marcenda, luego la del padre respondiéndole, Cenamos con el doctor Reis, preguntaba ella, y él, No hemos quedado en nada, el resto de la conversación, si es que hubo más, siguió al otro lado de las puertas acristaladas, y podría haber sido así, Como ves, no está aquí, aparte de eso, me he enterado de ciertas cosas, no es conveniente que nos mostremos con él en público, Qué cosas, padre, Lo ha llamado la policía de defensa del Estado, fíjate, y, hablando francamente, no me sorprende nada, siempre creí que ahí había algún misterio, La policía, Sí, la policía, y ella, Pero es médico, vino de Brasil, Qué sabemos nosotros, es él quien dice que es médico, y puede que haya venido huyendo, Pero papá, Tú eres una chiquilla, no sabes nada de la vida, vamos a sentarnos en esa mesa, es un matrimonio español, parece gente fina, Preferiría estar sola contigo, Las mesas están todas ocupadas, o nos sentamos con alguien o esperamos, pero yo prefiero sentarme ya, Está bien, padre. Ricardo Reis había vuelto a su cuarto, cambió de idea, pidió que le llevaran la cena, Aún me siento un poco débil, dijo, y Salvador se limitó a asentir con la cabeza, sin dar mayor confianza. Aquella noche, después de cenar, Ricardo Reis escribió unos versos, Como las piedras que en el borde de los canteros el hado nos dispone, y allí quedamos, esto sólo, más tarde se vería si de tan poco podría hacer una oda, para seguir dándole ese nombre a composiciones poéticas que nadie sabría cantar, si cantables eran, y con qué música, como habían sido las de los griegos en su tiempo. Aún añadió, pasada media hora, Cumplamos lo que somos, nada más nos es dado, y apartó la hoja de papel, murmurando, Cuántas veces habré escrito esto mismo de otras maneras. Estaba sentado allí en la butaca, vuelto hacia la puerta, el silencio le pesaba sobre los hombros como un duende travieso. Entonces oyó un blando deslizarse de pies en el corredor, es Lidia que viene tan pronto, pero no era ella, por debajo de la puerta apareció un papel doblado, blanco, avanzaba muy lentamente, luego, con un movimiento brusco, fue proyectado hacia delante. Ricardo Reis no abrió la puerta, comprendió que no debía hacerlo. Sabía quién era, quién había escrito aquella hoja, tan seguro estaba que ni prisa tuvo de levantarse, se quedó mirando el papel, ahora medio abierto, Lo dobló mal, pensó, con prisas, estará escrito a la carrera, con letra nerviosa, aguda, por primera vez veía esa caligrafía, cómo escribirá, tal vez coloque un peso en la parte de arriba de la hoja para mantenerla sujeta, o se sirve de la mano izquierda como pisapapeles, ambos inertes, o de uno de esos muelles de acero usados en los despachos para juntar documentos, Sentí no verlo, dice, pero ha sido mejor así, mi padre sólo quiere estar con los españoles, porque, apenas llegamos, le dijeron que la policía le ha llamado, y que no quiere que lo vean con usted. Pero a mí me gustaría hablarle, nunca podré olvidar su ayuda. Mañana, entre tres y tres y media, pasearé por el Alto de Santa Catarina, si quiere podemos hablar un poco. Una doncella de Coimbra, por medio de un furtivo billete, da una cita a un médico de mediana edad que acaba de regresar de Brasil, quizá huyendo, sospechoso al menos, qué folletín se está armando aquí.

Al día siguiente, Ricardo Reis comió en la Baixa, volvió al Irmãos Unidos, y no por una razón particular, quizá sólo atraído por el nombre del restaurante, quien nunca tuvo hermanos, y de amigos se ve privado, sufre nostalgias como ésta, y peor si el cuerpo se siente débil, que no tiemblan sólo las piernas con los efectos de la gripe, sino también el alma, como en otra ocasión quedó observado. El día está cubierto, un poco frío. Ricardo Reis sube lentamente la Rua do Carmo, va mirando los escaparates, aún es temprano para la cita, intenta recordar si ha vivido alguna vez una situación semejante, que una mujer tome la iniciativa de decirle, Esté en tal parte, a tal hora, y no recuerda nada igual, la vida está llena de sorpresas. Pero más que las sorpresas de la vida le sorprende el no estar nervioso, sería natural, el recato, el secreto, la clandestinidad, es como si lo envolviera una niebla o tuviera dificultad en concentrar la atención, en el fondo de sí mismo tal vez no crea que Marcenda aparezca. Entró en A Brasileira para descansar un poco las piernas, tomó un café, oyó hablar a unos que debían de ser literatos, echaban pestes de alguien, persona o animal, Es una bestia, y como esta conversación se cruzaba con otra, se entrometió a renglón seguido una voz autoritaria explicando, Yo recibí directamente de París, alguien comentó, Hay quien afirme lo contrario, no supo a quién se dirigía la frase, ni su significado, sería o no sería bestia, habría llegado o no de París, Ricardo Reis salió, eran las tres menos cuarto, tiempo suficiente para ir andando, atravesó la plaza donde habían colocado al poeta, todos los caminos portugueses van a dar a Camões, de cada vez mudado consonante los ojos que lo ven, en vida su brazo a las armas hecho y mente a las musas dada, ahora la espada en la vaina, cerrado el libro, los ojos ciegos, ambos, de tanto como se los pican las palomas o de las miradas indiferentes de quien pasa. Aún no son las tres cuando llega al Alto de Santa Catarina. Las palmeras parecen transidas por la brisa que viene del mar, pero las rígidas lanzas de las palmas apenas se mueven. No consigue Ricardo Reis recordar si ya estaban aquí estos árboles hace dieciséis años, cuando salió para Brasil. Lo que con seguridad no estaba era este gran bloque de piedra toscamente desbastado, que visto así parece una mera afloración de roca, y realmente es un monumento, el furioso Adamastor[3] si lo han instalado aquí no debe estar lejos el cabo de Buena Esperanza. Allá abajo, en el río, bogan fragatas, un remolcador arrastra tras sí dos barcazas, los navíos de guerra están amarrados a las boyas, con la proa apuntando a la barra, señal de que está alzando la marea. Ricardo Reis pisa la grava húmeda de las avenidas estrechas, el barro blando, no hay otros contempladores en este mirador, a no ser dos viejos, sentados en el mismo banco, callados, probablemente se conocen desde hace tanto tiempo que ya no tienen nada de qué hablar, quizás anden sólo a ver quién muere primero. Friolero, alzado el cuello de la gabardina, Ricardo Reis se aproximó a la verja que rodea la pendiente de la colina, pensar que de este río partieron, Qué nao, qué armada, qué flota puede encontrar el camino, y para dónde, pregunto yo, y cuál, Hombre, Reis, usted por aquí, espera a alguien, esta voz es la de Fernando Pessoa, ácida, irónica, se volvió Ricardo Reis hacia el hombre vestido de negro que estaba a su lado, agarrando los hierros con las manos blancas, no era esto lo que yo esperaba cuando para aquí navegué sobre las olas del mar, Espero a alguien, sí, Tiene usted muy mala cara, Tuve un principio de gripe, me dio fuerte, pasó de prisa, Pues este sitio no es el más conveniente para su convalecencia, aquí expuesto a los vientos del ancho mar, Es sólo una brisa que viene del río, no me molesta, Y es mujer ese alguien que espera, Sí, es mujer, Bravo, veo que se ha cansado de idealidades femeninas incorpóreas, cambió la Lidia etérea por una Lidia de buen palpar, que la vi en el hotel, y está aquí ahora a la espera de otra dama, hecho un don Juan a su edad, dos en tan poco tiempo, enhorabuena, para mil tres ya no le falta todo, Gracias, por lo que veo los muertos son aún peores

---

[3] Uno de los Titanes. Aparece en la *Odisea* (xxii, 212) y en la *Eneida* (iii, 114). En *Os Lusíadas* (v, 37-60) metamorfoseado en Cabo de Buena Esperanza, amenazando a la flota de Vasco de Gama por penetrar sus dominios. (N. del t.)

que los viejos, cuando les da por hablar no ponen
freno a la lengua, Tiene razón, será quizá por la desesperación de no haber dicho todo lo que querían
cuando aún podía aprovecharles, Quedo advertido,
De nada sirve estar advertido, por más que usted diga,
por más que digamos todos, siempre quedará una
palabra por decir, No le pregunto qué palabra es ésa,
Y hace muy bien, mientras callamos las preguntas
mantenemos la ilusión de que acabaremos por saber
las respuestas, Mire, Fernando, no me gustaría que lo
viera esa persona a quien estoy esperando, No se
preocupe, lo peor que podría ocurrir es que lo viera
ella de lejos hablando solo, pero en eso no va a reparar, todos los enamorados son así, No estoy enamorado, Pues lo siento mucho, mire, le voy a decir una
cosa, Don Juan, al menos, era sincero, voluble, voluble pero sincero, usted es como el desierto, ni sombra
hace, Quien no hace sombra es usted, Perdón, sombra sí tengo, basta que me dé la gana, lo que no puedo es verme en un espejo, Ahora que me acuerdo, se
disfrazó al fin en carnaval, Pero Reis, no vio que era
una broma, es que cree que me iba a disfrazar ahora
de muerte, a la manera medieval, un muerto es una
persona seria, ponderada, tiene conciencia del estado
a que llegó, y es discreto, detesta esa desnudez absoluta que es el esqueleto, y cuando se aparece a alguien, o se comporta como yo, así, usando el traje
que le pusieron para el entierro, o se envuelve en una
mortaja si le da por asustar a alguien, cosa a la que yo,
por otra parte, como hombre de buen gusto y respeto
que creo seguir siendo, nunca haría, reconózcalo,
hágame esa justicia, Esperaba una respuesta así o
aproximada, y ahora, le ruego que se vaya, ahí viene
la persona a quien estoy esperando, Aquella muchacha, Sí, No está nada mal, un poco flaca para mi gusto, No me haga reír, es la primera vez en la vida que
le oigo hablar de mujeres, es usted un sátiro oculto,
un garañón disfrazado, Adiós, mi querido Reis, hasta uno
de estos días, le dejo enamorando a esa muchacha,
realmente, usted me decepciona, seductor de criadas,

cortejador de doncellas, lo estimaba más cuando usted veía la vida a la distancia a que está, La vida, Fernando, está siempre cerca, Pues ahí se la dejo, si es que eso es vida. Marcenda bajaba entre los canteros sin flores, Ricardo Reis subió a su encuentro, Estaba hablando solo, preguntó ella, Sí, en cierto modo, estaba recitándome unos versos escritos por un amigo mío que murió hace unos meses, quizá lo conozca, Cómo se llamaba, Fernando Pessoa, El nombre me suena vagamente, pero no recuerdo haberle leído nada, Entre lo que vivo y la vida, entre quien estoy y soy, duermo en una pendiente, pendiente por la que no voy, ésos eran los versos que estaba recitándome, Si no he entendido mal, podían haber sido hechos por mí, son tan sencillos, Tiene razón, cualquier persona los podría haber hecho, Pero tuvo que venir esa persona a hacerlos, Eso es como todas las cosas, tanto las buenas como las malas, siempre tiene que haber gente que las haga, mire el caso de Os Lusíadas, ha pensado usted que no tendríamos Lusíadas si no hubiéramos tenido Camões, es capaz de imaginar qué Portugal sería el nuestro sin Camões y sin Lusíadas, Parece un juego, una adivinanza, Nada más serio, si verdaderamente pensáramos en esto, pero hablemos antes de usted, dígame cómo va su mano, como va usted, Igual, la tengo aquí, en el bolsillo, como un pájaro muerto, No debe perder la esperanza, Creo que ya está perdida, cualquier día voy a Fátima, a ver si aún puede salvarme la fe, Tiene fe, Soy católica, Practicante, Sí, voy a misa, me confieso, comulgo, hago todo lo que los católicos hacen, No parece muy convencida, Es mi manera de hablar, no pongo mucha expresión en lo que digo. A eso no respondió Ricardo Reis, las frases, cuando se han dicho, son como puertas, quedan abiertas, casi siempre entramos, pero a veces nos quedamos del lado de fuera, a la espera de que otra puerta se abra, de que otra frase se diga, por ejemplo ésta, que puede servir, Le ruego que disculpe a mi padre, el resultado de las elecciones españolas lo ha puesto nervioso, ayer sólo habló con gente que ha venido huyendo de allá, y para colmo, va Salvador y le dice que usted ha sido reclamado por la policía, Apenas nos conocemos, su padre no me ha hecho nada por lo que tenga que disculparlo, por lo demás, no hay caso, el lunes sabré qué quieren de mí, responderé a lo que me pregunten, y ya está, Menos mal que no está preocupado, No hay motivo, no tengo nada que ver con la política, he vivido todos estos años en Brasil, allí nunca me molestaron, aquí hay menos razones todavía para que me molesten, para hablarle con franqueza, ya ni siquiera me siento portugués, Dios quiera que todo vaya bien, A Dios no le iba a gustar el saber que creemos que las cosas han ido mal porque Él no quiso que fueran mejor, Son maneras de hablar, frases que oímos y las repetimos sin pensar, decimos Dios quiera que, son palabras, probablemente nadie es capaz de representarse a Dios y la voluntad de Dios, y perdóneme esta petulancia, quién soy yo para hablar así, Es como vivir, nacemos, vemos vivir a los otros, nos ponemos a vivir también, a imitarlos, sin saber por qué ni para qué, Es tan triste lo que está diciendo, Le ruego que me disculpe, hoy no estoy en condiciones de ayudarla, he olvidado mis obligaciones de médico, tendría que haber empezado por agradecerle el haber venido aquí a darme explicaciones por la actitud de su padre, Vine principalmente porque quería verle y hablar con usted, mañana volvemos para Coimbra, tuve miedo de que no hubiera otra oportunidad, El viento ha empezado a soplar con más fuerza, cuídese, No se preocupe, fui yo quien eligió mal el lugar para vernos, debí haber recordado que estuvo enfermo, en la cama, Una gripe sin complicaciones, o ni eso siquiera, un resfriado, No volveré a Lisboa hasta dentro de un mes, como de costumbre, me voy a quedar sin saber lo que ocurra el lunes, Ya le he dicho que no tiene importancia, Incluso así, me gustaría saberlo, No veo cómo, Escríbame, le dejo mi dirección, pero no, es mejor que me escriba a lista de correos, mi padre podría estar en casa cuando llegue el cartero, Cree que vale la pena, la carta misteriosa que llega de Lisboa en secreto, No se burle, me iba a costar trabajo esperar todo un mes para saber qué ha ocurrido, basta una palabra, De acuerdo, pero si no recibe noticias mías será señal de que estoy metido en una lóbrega mazmorra o de que estoy encerrado en la más alta torre de este reino, adonde hará el favor de ir a salvarme, lejos van los agüeros, y ahora, tengo que irme, he quedado con mi padre, vamos al médico. Marcenda, con la mano derecha, ayudó a la mano izquierda a salir del bolsillo, luego tendió ambas, por qué lo habrá hecho, le bastaba la mano derecha para la despedida, en este momento están las dos en el hueco de la mano de Ricardo Reis, los viejos miran y no comprenden, Luego bajaré a cenar, pero me limitaré a saludar a su padre de lejos, no me aproximaré, así él quedará a gusto con sus nuevos amigos españoles, Eso mismo le iba a pedir, Que no me aproximase, Que cenara en el comedor, así podré verlo, Marcenda, por qué quiere verme, por qué, No lo sé. Se alejó, subió el declive, se detuvo en lo alto para acomodar mejor la mano izquierda en el bolsillo, luego continuó su camino sin volverse. Ricardo Reis miró al río, estaba entrando un barco grande, no era el Highland Brigade, a ése había tenido tiempo de conocerlo bien. Los dos viejos estaban hablando, Podría ser su padre, dijo uno, Seguro que eso es un lío, dijo el otro, Lo único que no entiendo es qué estuvo haciendo allí todo el rato aquel tipo de negro, Qué tipo, Ese que está apoyado en la verja, No veo a nadie, Necesitas gafas, Y tú estás borracho, siempre era lo mismo entre estos viejos, empezaban hablando, luego discutían, acababan sentados cada cual en su banco, luego volvían a unirse. Ricardo Reis dejó la verja, bordeó los canteros, tomó la calle por donde vino. Mirando hacia la izquierda, por casualidad, vio una casa con papeles blancos en el segundo piso. Una ráfaga de viento agitó las palmeras. Los viejos se levantaron. No parecía haber quedado nadie en el Alto de Santa Catarina.

Quien diga que la naturaleza se muestra indiferente a los dolores y preocupaciones de los hombres es que no sabe ni de hombres ni de naturaleza. Un disgusto, por pasajero que sea, una jaqueca, incluso de las más soportables, trastornan inmediatamente el curso de los astros, perturban la regularidad de las mareas, retrasan el nacimiento de la luna, y, sobre todo, desajustan las corrientes del aire, el sube y baja de las nubes, basta con que falte el último céntimo a los escudos reunidos para el pago de la letra, y los vientos se levantan, se abre el cielo en cataratas, es la naturaleza toda compadeciéndose del afligido deudor. Dirán los escépticos, esos que hacen profesión de dudar de todo incluso sin pruebas en contra o a favor, que la proposición es indemostrable, que una golondrina errada no hace primavera, que se equivocó de estación y nada más, pero no reparan en que de otro modo no podría entenderse el continuo mal tiempo desde hace meses, o años, que antes no estábamos nosotros aquí, los vendavales, los diluvios, las inundaciones, ya se ha hablado suficiente de la gente de esta nación como para reconocer en sus aflicciones la explicación de la irregularidad de los meteoros, pero conviene recordar a los olvidadizos la rabia de aquellos alentejanos, la viruela de Lebução y Fatela, el tifus de Valbom, y, para que no todo sean enfermedades, las doscientas personas que viven en tres pisos en una casa de Miragaia, que está en Porto, sin luz para alumbrarse, durmiendo amontonados, despertando a gritos, las mujeres en cola para vaciar los orinales, el resto compóngalo la imaginación, que para algo ha de servir. Ahora bien, siendo todo como irrefutablemente queda demostrado, se entiende que esté el tiempo con este desafuero de árboles arrancados, de tejados arrastrados por el viento, de postes telegráficos derribados, Ricardo Reis va a la policía con el alma inquieta, sosteniendo el sombrero con la mano para que el tifón no se lo lleve si acaba lloviendo con la misma proporción que sopla, no lo quiera Dios. El viento desmandado viene del sur, Rua do Alecrim arriba, siempre es una beneficencia, y mejor que la de los santos, que sólo hacia abajo saben ayudar. Del itinerario tenemos ya derrotero suficiente, doblar aquí, en la iglesia de la Encarnación, sesenta pasos hasta la otra esquina, no hay pérdida, otra vez el viento, ahora soplando de frente, será él quien no le deja andar, serán los pies que se niegan al camino, pero este hombre es la puntualidad en persona, y aún no habían dado las diez y ya entra por aquella puerta, muestra el papel que de aquí le mandaron, debe comparecer y comparece, está sombrero en mano, por un instante grotescamente aliviado de que ya no le moleste el viento, lo mandaron subir al primero y al primero subió, lleva la citación como una vela, apagada, pero sin ella no sabría adónde dirigirse, dónde poner los pies, este papel es un destino que no puede ser leído, como un analfabeto a quien mandaran al verdugo llevando una orden, Córtese la cabeza al portador, y él va, tal vez cantando porque el día ha amanecido bueno, tampoco la naturaleza sabe leer, cuando el hacha separe la cabeza del cuerpo se revolucionarán los astros, demasiado tarde. Está Ricardo Reis sentado en un banco corrido, le han dicho que espere, ahora se siente desamparado porque se han quedado con la citación, hay más gente allí, si esto fuera un consultorio médico ya estarían charlando unos con otros, yo vengo por lo de los pulmones, lo mío es del hígado, o de los riñones, pero nadie sabe dónde estará el mal de estos que esperan, están callados, si hablaran dirían, De repente parece que me encuentro mejor, puedo irme, sería una pregunta, ya se ve, también el mejor alivio para los dolores de muelas es la espera en el dentista. Pasó media hora sin que vinieran a buscar a Ricardo Reis, se abrían y cerraban puertas, se oían timbres de teléfonos, dos hombres se pararon allí cerca, uno rió a carcajadas, Ni sabe lo que le espera, y luego desaparecieron ambos tras una mampara, Estarían hablando de mí, se preguntó Ricardo Reis, y sintió una crispación en el estómago, al menos ahora sabemos de qué se queja. Se llevó la mano al bolsillo del chaleco para sacar el reloj y ver qué hora era, cuánto tiempo llevaba esperando, pero dejó el gesto truncado, no quería que notaran su impaciencia. Lo llamaron al fin, no en voz alta, un hombre entreabrió la mampara, hizo un ademán con la cabeza y Ricardo Reis se precipitó, pero luego, por dignidad instintiva, si dignidad es instinto, frenó el paso, era el rechazo que estaba a su alcance, disfrazado. Siguió al hombre, que olía intensamente a cebolla, por un largo corredor, con puertas a un lado y otro, todas cerradas, el guía, al fondo, llamó con los nudillos a una de ellas, la abrió, ordenó, Entre, entró también, un hombre sentado ante una mesa escritorio le dijo, Quédate, podemos necesitarte, y, dirigiéndose a Ricardo Reis, indicando una silla, Siéntese, y Ricardo Reis se sentó, ahora con irritación nerviosa, con un malhumor desarmado, Esto lo hacen para intimidarme, pensó. El de la mesa cogió la citación, la leyó lentamente como si nunca en su vida hubiera visto un papel semejante, luego la dejó cuidadosamente sobre el secante verde, le lanzó aún la última mirada como quien, para no cometer un error, toma todas las precauciones, y, ahora sí, Su identificación, por favor, dijo, Por favor, y estas dos palabras mitigaron el nerviosismo de Ricardo Reis, bien es verdad que con buena educación se logra todo. Sacó de la cartera el carné de identidad, para entregarlo se levantó un poco de su silla, al hacer estos movimientos le cayó al suelo el sombrero, se sintió ridículo, otra vez nervioso. El hombre leyó el carné línea por línea, comparó el retrato con la cara que tenía ante él, tomó unas notas, luego colocó el documento cerrado al lado de la citación, con el mismo cuidado, Un maníaco, pensó Ricardo Reis, pero, en voz alta, respondiendo a una pregunta, Sí señor, soy médico y llegué de Río de Janeiro hace dos meses, Estuvo siempre alojado en el Hotel Bragança desde que llegó, Sí señor, En qué barco vino, En el Highland Brigade, de la Mala Real Inglesa, desembarqué en Lisboa el veintinueve de diciembre, Viajó solo o acompañado, Solo, Está casado, No señor, no estoy casado, pero les agradecería me dijeran por qué razón me han llamado, qué motivos hay para que me hagan venir a la policía, a ésta, nunca creí, Cuántos años vivió en Brasil, Salí para Río de Janeiro en mil novecientos diecinueve, las razones, me gustaría saberlas, Responda sólo a lo que le pregunto, deje las razones para mí, será la manera de que todo vaya bien entre nosotros, Sí señor, Ya que estamos hablando de razones, hubo alguna especial para que se fuera a Brasil, Emigré, nada más, En general los médicos no emigran, Pues yo emigré, Por qué, no tenía enfermos aquí, Tenía enfermos, pero quería conocer Brasil, trabajar allí, sólo eso, Y ahora ha vuelto, Sí, he vuelto, Por qué, Los emigrantes portugueses a veces vuelven, De Brasil casi nunca, Yo he vuelto, Le iba mal allí, Al contrario, tenía un buen consultorio, Y volvió, Sí, volví, Para hacer qué, si no ejerce la medicina, Cómo sabe que no ejerzo la medicina, Lo sé, Por ahora no ejerzo, pero pienso abrir un consultorio, echar raíces aquí de nuevo, éste es mi país, Quiere decir que de pronto ha sentido nostalgia, después de dieciséis años de ausencia, Así es, pero tengo que insistir en que no entiendo la razón de este interrogatorio, No es un interrogatorio, como puede comprobar sus declaraciones no son registradas, Pues lo entiendo menos aún, Sentí curiosidad, quise conocerlo, un médico portugués que se ganaba bien la vida en Brasil y que vuelve dieciséis años después, que está alojado en un hotel desde hace dos meses, que no trabaja, Ya le he explicado que pienso montar un

consultorio, Dónde, Aún no lo sé, tengo que buscar
un lugar conveniente, no es cosa que se pueda decidir
a la ligera, Dígame otra cosa, conoció a mucha gente
en Río de Janeiro, en otras ciudades brasileñas, No
viajé mucho, mis amigos eran todos de Río, Qué amigos, Sus preguntas se centran en mi vida privada, no
tengo obligación de responder, o, en caso contrario,
exijo la presencia de mi abogado, Tiene abogado, No
lo tengo, pero puedo contratar los servicios de uno,
Los abogados no entran en esta casa, aparte de eso,
usted, doctor, no ha sido acusado de ningún crimen,
esto es sólo una conversación, Será una conversación,
pero no he sido yo quien la ha buscado, y, a tenor de
las preguntas que me hace, parece más una indaga-
ción que una conversación, Volvamos al asunto, quiénes eran esos amigos suyos, No respondo, Doctor
Ricardo Reis, si yo estuviera en su lugar respondería, es
mucho mejor así, evitaríamos complicar demasiado el
caso, Portugueses, brasileños, personas que empezaron buscándome como médico, y luego vienen las relaciones que impone la vida social, de nada sirve decir
aquí nombres que usted no conoce, Ése es su error,
conozco muchos nombres, Pues no diré ninguno, Muy
bien, tengo otras maneras de saberlo si es preciso, Como
quiera, Había militares entre esos amigos suyos, políticos, Nunca me relacioné con gente de esas profesiones,
Ningún militar, ningún político, No puedo asegurar
que alguno no me haya ido a ver como médico, Pero
de ésos no se hizo amigo, Casualmente no, De ninguno, Exactamente, de ninguno, Singular coincidencia,
La vida está hecha de coincidencias, Estaba en Río de
Janeiro cuando la última revuelta, Sí, estaba allí, No
cree que es otra coincidencia singular el que haya
regresado a Portugal inmediatamente después de una
intentona revolucionaria, Tan singular como que el
hotel donde me alojo esté lleno de españoles después
de las elecciones celebradas en España, Ah, quiere
decir entonces que ha huido de Brasil, No ha sido eso
lo que he dicho, Ha comparado su caso con el de los
españoles que han venido a Portugal, Ha sido sólo

para mostrar que siempre hay una causa para un efecto, Y su efecto, qué causa tuvo, Ya se lo he dicho, añoraba mi país, decidí volver, Quiere decir que no regresó por miedo, Miedo, a qué, Miedo a ser molestado por las autoridades de allá, por ejemplo, Nadie me molestó ni antes ni después de la revolución, A veces las cosas exigen tiempo, también nosotros lo hemos llamado aquí cuando lleva ya dos meses en la ciudad, Y aún no sé por qué me han llamado, Dígame una cosa, si hubiesen ganado los revoltosos, habría vuelto o se habría quedado, La razón de mi regreso, como le he dicho, no tiene nada que ver con política ni con revoluciones, por otra parte, no ha sido ésa la única revolución que hubo en Brasil mientras allí viví, Es una buena respuesta, pero las revoluciones no son todas iguales ni quieren todas lo mismo, Soy médico, no sé ni quiero saber nada de revoluciones, a mí sólo me interesan los enfermos, Ahora poco, Ya volverán a interesarme, Tuvo alguna vez problemas con las autoridades durante el tiempo que residió en Brasil, Soy persona pacífica, Y, aquí, reanudó amistades a su llegada, Dieciséis años bastan para olvidar y ser olvidado, No ha respondido a mi pregunta, Estoy respondiendo, olvidé y fui olvidado, no tengo amigos aquí, Nunca pensó en nacionalizarse brasileño, No señor, Cree que el Portugal de hoy es diferente al Portugal que usted dejó, No puedo responder, no he salido aún de Lisboa, Y Lisboa, la encuentra distinta, Dieciséis años traen muchos cambios, Hay paz en las calles, Sí, me he dado cuenta, El Gobierno de la Dictadura Nacional ha puesto al país a trabajar, No lo dudo, Hay patriotismo, dedicación al bien común, todo se hace por la nación, Felizmente para los portugueses, Felizmente para usted, que es también uno de ellos, No rechazaré la parte que me corresponda en la distribución de beneficios, veo que van a crear centros para distribuir sopa a los pobres, Usted, doctor, no es pobre, Puedo serlo algún día, Muy para largo va su augurio, Gracias, pero si esto ocurre, volveré a Brasil, En Portugal no va a haber revoluciones tan pronto, la última fue hace dos años y acabó muy mal para quienes se metieron en ella, No sé de qué me habla, a partir de este momento no tengo más respuestas que darle, Es igual, ya he hecho todas las preguntas, Puedo retirarme, Puede, aquí tiene su carné de identidad, Víctor, acompañe al señor hasta la puerta, Víctor se aproximó, Venga conmigo, le salió por la boca el olor a cebolla, Cómo es posible, pensó Ricardo Reis, tan temprano y con este olor, será lo que toma para desayunar. En el pasillo, dijo Víctor, Estaba viendo que el señor doctor enfadaba al director adjunto, menos mal que lo ha cogido de buen humor, Enfadarle, cómo, Se negó a responder, estuvo impertinente, eso no es bueno, menos mal que el director adjunto es muy considerado con los médicos, Yo aún no sé por qué me han obligado a venir aquí, Ni tiene por qué saberlo, dé gracias a Dios de que todo haya acabado bien, Espero que sea así, que haya acabado de una vez para siempre, Ah, eso es lo que nunca se puede asegurar, Antunes, este señor tiene autorización para salir, buenos días, doctor, si necesita algo, ya sabe, hable conmigo, me llamo Víctor, tendió la mano, Ricardo Reis se la tocó con la punta de los dedos, pensó que iba a pegarle el olor a cebolla, le dio un vuelco el estómago, A que vomito aquí mismo, pero no, el viento le dio en la cara, lo espabiló, se disiparon las náuseas, estaba en la calle y no sabía cómo, se cerró la puerta. Antes de que Ricardo Reis llegue a la esquina de la Encarnación caerá una tromba de agua, violenta, mañana los periódicos dirán que se han sucedido los grandes chaparrones, notable pleonasmo, pues chaparrón ya es lluvia grande e intensa, cayó, decíamos, la tromba de agua, y los viandantes se recogieron en los portales, sacudiéndose como perros mojados, ahora no vienen a cuento los gatos rabiosos, que ésos doblemente huyen del agua, sólo un hombre sigue bajando por la acera del Teatro San Luis, seguro que tiene una cita y va con retraso, con el alma afligida como Ricardo Reis había ido, por eso llueve por él, que bien podía la naturaleza mostrarse solidaria de otro modo, por ejemplo, mandando un terremoto que enterrase entre escombros a Víctor y al director adjunto, dejándolos pudrirse hasta que se disipara aquel olor a cebolla, hasta que de ellos quedaran sólo los huesos limpios, si a tanto pueden llegar tales cuerpos.

Cuando Ricardo Reis entró en el hotel, el sombrero chorreaba, goteaba la gabardina, era una gárgola, una figura cómica sin la menor dignidad de médico, que la de poeta no la podían adivinar Salvador y Pimenta, aparte de que la lluvia, celestial justicia, cuando cae es para todos. Fue a recepción a recoger su llave, Uy, cómo viene usted, dijo el gerente, pero el tono era de duda, debajo de lo que decía apuntaba lo que estaba pensando, En qué estado vendrás realmente, cómo te trataron allá, o, más dramáticamente, No esperaba que volvieras tan pronto, si tuteamos a Dios, aunque posponiendo o anteponiendo la mayúscula, qué confianza no nos tomaremos, in mente, con un huésped sospechoso de subversiones pasadas y futuras. Ricardo Reis apenas correspondió a lo que había oído, se limitó a murmurar, Está lloviendo a cántaros, y se lanzó escaleras arriba salpicando la estera del pasillo, Lidia no tendrá más trabajo que seguir el rastro, huella a huella, ramita rota, hierba tumbada, adónde nos llevan los devaneos, eso serían historias de sertón y selvas, aquí no hay más que un pasillo que lleva a la habitación número doscientos uno, Cómo fue, le hicieron daño, y Ricardo Reis responderá, No, qué va, todo fue bien, son gente muy educada, muy correcta, hasta nos mandan sentar, Pero por qué le obligaron a ir, Parece que es su costumbre cuando alguien llega de fuera pasados tantos años, quieren saber si estamos bien, si necesitamos algo, Está de broma, no es eso lo que mi hermano me ha dicho, Estoy de broma, realmente, pero puedes estar tranquila, todo ha ido bien, sólo querían saber por qué me vine de Brasil, qué hacía allí, cuáles son ahora mis proyectos, Entonces ellos también pueden preguntar eso, Saqué la impresión de que pueden preguntarlo todo, y ahora vete, tengo que cambiarme de ropa para la comida.

En el comedor, el maître Afonso, Afonso es su nombre, lo acompañó hasta la mesa, retrasándose medio paso más de los que es pragmática y costumbre, pero Ramón, que en los últimos días lo había servido también como de lejos, y se apartaba de inmediato para servir a otros huéspedes menos tiñosos, se entretuvo un poco vertiendo el cucharón de caldo de gallina, Un olorcito capaz de despertar a un muerto, señor doctor, y realmente sería así, tras aquel olor de cebolla todo olor es perfume, Hay una teoría de los olores aún por definir, pensó Ricardo Reis, qué olor tenemos nosotros en cada instante y para quién, para Salvador aún apesto, Ramón me soporta ya, para Lidia, oh engaño suyo y mal olfato, estoy ungido de rosas. Al llegar había cambiado un saludo con don Lorenzo y don Alonso, y también con don Camilo, llegado hacía tres días, a pesar de las tentativas de abordaje se han refugiado en una discreta reserva, lo que va sabiendo de la situación en España es lo que allí oye, de mesa a mesa, o lo que dicen los periódicos, felicísimas siembras de cizaña, con alusiones explícitas a la oleada de propaganda comunista, anarquista y sindicalista de que son víctimas en todas partes la clase obrera, los soldados y los marineros, ahora entendemos mejor por qué fue llamado Ricardo Reis a la sede de la Policía de Vigilancia y Defensa del Estado, y en este momento quiso él recordar el rostro del director adjunto que lo interrogó, pero no lo consigue, sólo ve un anillo de piedra negra en el meñique de la mano izquierda, y, con esfuerzo, entre la niebla, una cara redonda y pálida como una hogaza que estuvo en el horno menos tiempo del debido, no logra distinguirle los ojos, quizá no los tuviera, quizá estuvo hablando con un ciego. Salvador aparece en la puerta, discretamente, para ver cómo funciona el servicio, pues el hotel es ahora internacional, y durante el rápido examen tropezaron sus ojos con los de Ricardo Reis, sonrió de lejos al cliente, sonrisa diplomática, lo que él quiere saber es qué ha pasado en la policía. Don Lorenzo está leyéndole a don Alonso una noticia del diario Le Jour, francés de

París, en la que se llama al jefe del gobierno portugués, Oliveira Salazar, hombre enérgico y sencillo, cuya clarividencia y sensatez han dado a su país prosperidad y un sentimiento de orgullo nacional, Algo así necesitaríamos nosotros, comenta don Camilo, y levanta el vaso de vino tinto, inclina la cabeza en dirección a Ricardo Reis, que agradece con una inclinación semejante, aunque orgullosa, para no desmentir a Le Jour y a causa de Aljubarrota que Dios guarde. Salvador se retira confortado, con gran paz de espíritu, más tarde, o mañana, le dirá el doctor Ricardo Reis qué pasó en la Rua Antonio María Cardoso, y, si no le dice nada, o le parece que no lo dice todo, no faltarán otras vías para llegar a la buena fuente, un conocido suyo que trabaja allí, un tal Víctor. Y si las noticias son tranquilizadoras, si Ricardo Reis está exento de culpa o limpio de sospechas, volverán los días felices, sólo tendrá que sugerirle, con delicadeza y tacto, la máxima discreción en este asunto de Lidia, por el buen nombre, doctor, sólo por el buen nombre, eso le dirá. Aún más justo juicio haríamos de la magnanimidad de Salvador si pensáramos en lo bien que le iría que quedara vacío el cuarto doscientos uno, donde cabría una familia entera de Sevilla, un grande de España, por ejemplo el duque de Alba, y sólo al pensarlo siente un escalofrío en la columna vertebral. Ricardo Reis acabó de almorzar, saludó y dos veces correspondió al saludo, los exiliados estaban aún saboreando el queso de la sierra, salió, hizo un gesto a Salvador, dejándolo transido de esperanzas, con ojos húmedos de perro implorativo, y subió al cuarto con prisa por escribir a Marcenda, lista de correos, Coimbra.

Llueve fuera, en el vasto mundo, con tan denso rumor es imposible que, a esta misma hora, no esté lloviendo por la tierra entera, va el globo vertiendo aguas por el espacio, como peonza zumbadora, Y el oscuro ruido de la lluvia es constante en mi pensamiento, mi ser es la invisible curva trazada por el son del viento, que sopla desaforado, caballo sin freno y suelto, de invisibles cascos que baten por esas puer-

tas y ventanas, mientras dentro de este cuarto, donde
sólo oscilan, levemente, los visillos, un hombre rodeado de oscuros y altos muebles escribe una carta,
componiendo y adecuando su relato para que lo absurdo logre parecer lógico, la incoherencia rectitud
perfecta, la flaqueza fuerza, la humillación dignidad,
el temor satisfacción, que tanto vale lo que fuimos
como lo que desearíamos haber sido, ojalá nos hubiéramos mostrado así nosotros cuando fuimos llamados,
que saberlo es haber hecho ya la mitad del camino,
basta que recordemos esto y que no nos falten las
fuerzas cuando sea preciso andar la otra mitad. Vaciló
Ricardo Reis sobre el vocativo que debía emplear, una
carta, en definitiva, es un acto delicadísimo, la fórmu-
la escrita no admite medios términos, distancia o proximidad afectivas tienden a una determinación radical
que, en un caso u otro, acentuará el carácter, ceremo-
nioso o cómplice, de la relación que dicha carta esta-
blezca y que acaba por ser, siempre, y en cierta decisiva
manera, un modo de relación paralelo a la relación
real, divergentes. Hay equívocos sentimentales que
justamente se iniciaron así. Claro está que Ricardo Reis
no admitió siquiera la hipótesis de tratar a Marcenda
de muy señora mía, o distinguida señorita, que a tanto
no llegaban sus escrúpulos de etiqueta, pero, tras eli-
minar esta fácil impersonalidad, se encontró sin léxi-
co que no fuera peligrosamente familiar, íntimo, por
ejemplo mi querida Marcenda, por qué suya, querida,
por qué, es cierto que también podría escribir, mi pequeña Marcenda, o mi cara Marcenda, y lo intentó, pero
lo de pequeña le pareció ridículo, y lo de cara aún más,
y después de romper algunas hojas se encontró con el
simple nombre, por él nos debíamos tratar todos, lla-
maos los unos a los otros, para eso mismo nos fue
dado nombre y lo conservamos. Entonces escribió,
Marcenda, conforme me pidió y le prometí, le doy
noticia, habiendo escrito estas pocas palabras se detuvo a pensar, luego continuó, dio las noticias, ya fue
dicho cómo, componiendo y adecuando, uniendo
partes, llenando vacíos, si no dijo la verdad, y mucho

menos toda, dijo una verdad, lo que importa por encima de todo es que esta verdad haga felices a quien escribe y a quien lea, que ambos se reconozcan y confirmen en la imagen dada y recibida, imagen ideal, imagen que por otra parte quizá sea la única, pues en la policía no quedó auto de las declaraciones capaz de dar fe en juicio, fue sólo una conversación, como tuvo a bien aclarar el director adjunto. Verdad es que estuvo presente Víctor, que fue testigo, pero ése ya no lo recuerda todo, y mañana recordará menos aún, tiene otros asuntos que tratar, y más importantes. Si un día llega a ser contada la historia de este caso, no se encontrará más testimonio, sólo la carta de Ricardo Reis, si entretanto no se pierde, que es lo más probable, pues hay papeles que mejor es no guardarlos. Otras fuentes venideras serán más dudosas, por apócrifas, aunque verosímiles, y desde luego no coincidentes entre sí, y todas con la verdad de los hechos, que ignoramos, quién sabe si, faltándonos todo, no tendremos que inventar una verdad, un diálogo de cierta coherencia, un Víctor, un director adjunto, una mañana de lluvia y viento, una naturaleza compasiva, falso todo, y verdadero. Acabó Ricardo Reis su carta con palabras de respetuosa estima, sinceros votos de buena salud, debilidad de estilo que se le perdona, y, en posdata, tras momentánea vacilación, le advirtió de que quizá no lo encontrara aquí en su próxima visita a Lisboa, porque empezaba a sentirse incómodo en este hotel, a cansarse de esta rutina, y que necesitaba tener casa suya, abrir consultorio, ya es hora de saber hasta dónde pueden profundizar mis nuevas raíces, todas ellas, estuvo a punto de subrayar estas dos últimas palabras pero prefirió dejarlas así, con la transparencia de su ambigüedad, si realmente dejo el hotel le escribiré a la misma dirección, lista de correos, Coimbra. Releyó, dobló y cerró la carta, luego la escondió entre los libros, mañana la llevará al correo, hoy, con este temporal, felices quienes tienen un techo, aunque sólo sea el del Hotel Bragança. Se acercó Ricardo Reis a la ventana, apartó las cortinas, apenas distin-

guía lo que había fuera, la lluvia seguía cayendo violentamente en medio de una nube de agua, luego ni
eso, se empañaban los cristales con el vaho, entonces,
bajo el resguardo de las persianas, abrió la ventana, ya
se está inundando el Muelle de Sodré, el quiosco de
tabaco y aguardiente es una isla, el mundo se soltó
del muelle, partió a la deriva. Abrigados en la puerta de
una taberna, al otro lado de la calle, fuman dos hombres,
habrían bebido ya, lían sus pitillos de mataquintos,
lentamente, pausados, mientras hablan de sabe Dios
qué metafísicas, tal vez de la lluvia que no los deja ir
al Tajo, al cabo de un rato se metieron de nuevo en la
taberna, si tenían que esperar, aprovecharían al menos el tiempo bebiendo un vaso más. Otro hombre,
vestido de negro y sin sombrero, se asomó a valorar
los astros y luego desapareció también, ahora debe
de estar en el mostrador, Llene, dijo, entiéndase el
vaso, no un astro, el tabernero no tuvo dudas. Ricardo
Reis cerró la ventana, apagó la luz, se sentó en la
butaca, con una manta tendida sobre las rodillas, oyendo el oscuro y monótono ruido de la lluvia, este ruido
es verdaderamente oscuro, tenía razón quien lo dijo.
No se durmió, tiene los ojos muy abiertos, envuelto
en la penumbra como un gusano de seda en su capullo, Estás solo, nadie lo sabe, calla y finge, murmuró
estas palabras, en otro tiempo escritas, y las despreció
porque no expresaban la soledad, sólo el decirlas,
también al silencio y al fingimiento, por no ser capaces más que de decir, porque ellas no son, las palabras, aquello que declaran, estar solo, querido señor,
es mucho más que conseguir decirlo y haberlo dicho.
   Al caer la tarde bajó al primer piso, quería,
conscientemente, ofrecer a Salvador la oportunidad
que ansiaba, tarde o temprano tendrían que hablar de
este asunto, más vale que sea yo quien decida cuándo
y cómo, No, señor Salvador, no, todo fue perfectamente, estuvieron muy amables, la pregunta se la hizo
con toda delicadeza, Señor doctor, y cómo fue al fin
lo de esta mañana, lo molestaron mucho, No, qué va,
todo fue perfectamente, estuvieron muy amables, sólo

querían unos certificados de nuestro consulado en Río de Janeiro, tendrían que habérmelos dado, ya sabe qué es eso, cosas de la burocracia. Salvador pareció aceptar la explicación por buena, ya lo veremos, en su fuero interno dudaba aún, escéptico como quien mucho ha visto en el hotel y en la vida, mañana saldrá de dudas, le preguntará a su amigo Víctor, o conocido, Comprende, Víctor, tengo que saber a quién tengo en el hotel, y Víctor responderá cauteloso, Amigo Salvador, ojo con ése, nuestro director adjunto me dijo después de interrogarle, Este doctor Reis no es lo que parece, aquí hay un misterio, hay que tenerle el ojo encima, no, sospechas concretas no tenemos, es sólo, por ahora, una impresión, fíjate si recibe correspondencia, Por ahora, ni una carta, Hasta eso es extraño, tendremos que dar una vuelta por lista de correos, y encuentros, los tiene, En el hotel, con nadie, En fin, si le parece que hay moros en la costa, avíseme. Por culpa de esta conversación secreta volverá al día siguiente a cargarse la atmósfera, todo empleado del hotel ajusta la mirada por el fusil que Salvador apunta, en una atención tan constante que con sobrada justificación llamaríamos vigilancia, hasta las buenas tardes de Ramón se han enfriado, y Felipe rezonga, claro que hay una excepción, ya se sabe, pero ésa, pobrecilla, no puede hacer más que inquietarse, y mucho, pues Pimenta dijo hoy, y se reía el muy ruin, que esta historia aún va a dar mucho qué hablar, que quien viva verá, Cuénteme lo que pasa, por favor, yo guardaré secreto, No pasa nada, todo eso son sólo disparates de quien no tiene más que hacer que meter las narices en las vidas ajenas, Serán disparates, serán, pero nos van a amargar la vida, digo la suya, no la nuestra, No te preocupes, cuando deje el hotel se acaban las historias, Se va, no me había dicho nada, Más tarde o más temprano tenía que ser, no iba a quedarme aquí el resto de mi vida, Y nunca lo volveré a ver, y Lidia, que apoyaba la cabeza en el hombro de Ricardo Reis, dejó caer una lágrima, la notó él, No llores, la vida es así, nos encontramos, nos separamos, quizá mañana te cases, Casarme yo, ya me ha pasado la edad, y para dónde va, Pondré casa, tengo que encontrar una que me sirva, Si quiere, Si quiero qué, Puedo ir a verle los días de salida, no tengo nada más en la vida, Lidia, por qué, por qué me quieres así, No sé, quizá por lo que acabo de decir, porque no tengo nada más en la vida, Tienes a tu madre, a tu hermano, seguro que has tenido novios, volverás a tenerlos, más de uno, eres guapa, y un día te casarás, tendrás hijos, Quizá sí, pero hoy, todo lo que tengo es esto, Eres una buena chica, No ha respondido a lo que le pregunté, Qué fue, Si quiere que vaya a su casa en mis días de salida, Lo quieres tú, Sí, lo quiero, Entonces vendrás, hasta que, Hasta que encuentre a alguien de su educación, No era eso lo que iba a decir, Pues cuando eso pase, dígame Lidia, no vuelvas más a mi casa, y no volveré, A veces no sé bien quién eres, Soy una camarera de hotel, Pero te llamas Lidia y dices las cosas de una manera, Cuando una se pone a hablar, así, con la cabeza apoyada en su hombro, como estoy ahora, las palabras salen diferentes, hasta yo me doy cuenta, Me gustaría que encontraras un día un buen marido, También a mí me gustaría, pero cuando oigo a las otras mujeres, a las que dicen que tienen buenos maridos, me da qué pensar, Crees que no son buenos maridos, Para mí, no, Qué es entonces para ti un buen marido, No sé, Eres difícil de contentar, Qué va, me basta con lo que tengo ahora, estar aquí acostada, sin ningún futuro, Seré siempre tu amigo, Nunca sabemos qué va a pasar mañana, No crees que serás siempre mi amiga, Oh, yo, es otra cosa, Explícate mejor, No sé explicarlo, si supiera explicar esto lo sabría explicar todo, Explicas mucho más de lo que crees, Pero si soy una analfabeta, Sabes leer y escribir, Mal, leer todavía, pero escribiendo hago muchas faltas. Ricardo Reis la estrechó contra él, ella lo abrazó, la conversación los había ido aproximando lentamente con una indefinible conmoción, casi un dolor, por eso fue tan delicadamente hecho lo que hicieron después, todos sabemos qué.

En los días siguientes Ricardo Reis anduvo en busca de casa. Salía de mañana, volvía por la noche, comía y cenaba fuera del hotel, le servían de información las páginas de anuncios del Diário de Notícias, pero no avanzaba nada, los barrios alejados del centro estaban muy lejos de sus gustos y conveniencias, le horrorizaría ir a vivir, por ejemplo, más allá de la Rua dos Herois de Quionga, en Moraes Soares, donde habían inaugurado unas casas económicas de cinco o seis habitaciones, realmente baratas de alquiler, entre ciento sesenta y cinco y doscientos cuarenta escudos mensuales, pero no creía que se las alquilaran, y tampoco las querría, tan distantes de la Baixa y sin vistas al río. Buscaba, preferentemente, pisos amueblados, y se comprende, un hombre solo, cómo se las iba a arreglar para comprar el mobiliario, las ropas, las vajillas, sin tener a mano un consejo de mujer, pues nadie imaginará a Lidia entrando y saliendo con el doctor Ricardo Reis de esos establecimientos, opinando, pobrecilla, y Marcenda, aunque estuviera aquí y consintiera su padre, qué sabrá ella de la vida práctica, de casas sólo entiende de la suya, que suya en verdad no es, en el sentido exacto de la palabra mío, por ser por mí y para mí hecha. Y éstas son las dos mujeres que Ricardo Reis conoce, ninguna más, fue exageración de Fernando Pessoa el haberle llamado Don Juan. En definitiva, puede no ser tan fácil dejar el hotel. La vida, cualquier vida, crea sus propios lazos, diferentes en una y en otra, establece una inercia que le es intrínseca, incomprensible para quien desde fuera, críticamente, observa según leyes suyas, a su vez inaccesibles al entendimiento del observado, en fin, contentémonos con lo poco que fuimos capaces de comprender de la vida de los otros, ellos nos lo agradecerán y quizá nos lo retribuyan. Salvador no es de los unos ni de los otros, lo ponen nervioso las prolongadas ausencias de su huésped, tan fuera de sus primeros hábitos, ya pensó en ir a hablarle al amigo Víctor, pero en el último instante lo contuvo un sutil recelo, verse metido en historias que, si acaban mal, podían incluso salpicarlo también o peor. Redobló sus atenciones hacia Ricardo Reis, desorientando así al personal, que no sabe ya cómo ha de comportarse, perdónenos estos triviales pormenores, de todo hay que hablar.

Son así las contradicciones de la vida. Por estos días hubo noticias de que han detenido a Luis Carlos Prestes, ojalá no venga la policía a buscar a Ricardo Reis para preguntarle si lo conoció en Brasil o si fue paciente suyo, por estos días denunció Alemania el Pacto de Locarno y ocupó Renania, tanto amenazó que acabó haciéndolo, por estos días fue inaugurada en Santa Clara una fuente, con entusiasmo delirante de los moradores, que hasta ahora no tenían más remedio que abastecerse de las bocas de riego, fue una fiesta bonita, dos criaturas inocentes, niño y niña, llenaron dos cántaros de agua, se oyeron entonces muchos aplausos, muchos vivas, noble pueblo, inmortal, por estos días llegó a Lisboa un rumano llamado Manoilesco, que dijo a su llegada, La nueva idea que se extiende ahora por Portugal me ha hecho cruzar sus fronteras con el respeto de un discípulo y la profunda alegría de un creyente por estos días proclamó Churchill que Alemania es hoy la única nación europea que no teme la guerra, por estos días fue declarado ilegal el partido fascista Falange Española, y detenido su jefe José Antonio Primo de Rivera, por estos días se publicó Desesperanza humana de Kierkegaard, por estos días, en fin, se estrenó en el Tívoli la película Bozambo que muestra el benemérito esfuerzo de los blancos por acabar con el terrible espíritu guerrero de los pueblos primitivos, por estos días, y Ricardo Reis no ha hecho otra cosa más que buscar casa día tras día. Ya empieza a perder la esperanza, hojea desalentado los periódicos, que todo lo dicen menos lo que él quiere, dicen que murió Venizelos, dicen que Ortins de Bettencourt dijo que un internacionalista no puede ser militar ni siquiera puede ser portugués, dicen que llovió ayer, dicen que crece en España la oleada roja, dicen que por siete escudos y medio se puede comprar las Cartas de la Monja Portuguesa, pero no dicen dónde está la casa que precisa. Pese a los buenos modos de Salvador, se le ha hecho irrespirable la atmósfera del Hotel Bragança, tanto más cuanto que, al marchar de allí, no va a perder a Lidia, ella se lo ha prometido, garantizando así la satisfacción de las conocidas necesidades. De Fernando Pessoa se ha acordado poco, como si su imagen se fuera desvaneciendo con el recuerdo que de él tiene, o mejor, es como un retrato expuesto a la luz que le va difuminando las facciones, o una corona mortuoria con sus flores de trapo cada vez más pálidas, él lo dijo. Nueve meses, falta saber si serán tantos. Fernando Pessoa no ha aparecido, será capricho suyo, mal humor, despecho sentimental, o porque, muerto, no puede escapar de las obligaciones de su estado, es una hipótesis, en definitiva nada sabemos de la vida del más allá, y a Ricardo Reis, que bien podía habérselo preguntado, no se le ocurrió, nosotros, los vivos, somos egoístas y duros de corazón. Van pasando los días, monótonos, cenicientos, se anuncian nuevos temporales en Ribatejo, inundaciones mortales, ganado arrastrado por la corriente, casas que se desmoronan y vuelven al barro con que fueron hechas, de los cultivos ni rastro, sobre el inmenso lago que cubre las orillas sólo apuntan algunas copas redondas de sauces llorones, las lanzas desgreñadas de los fresnos y de los chopos, en las ramas altas se prenden los matojos de heno arrancados, los cañizos, cuando bajen las aguas la gente podrá decir, la inundación llegó hasta ahí, y parecerá imposible. Ricardo Reis no es víctima ni testigo de estos desastres, lee las noticias, contempla las fotografías. Imágenes de la tragedia, es el título, y le cuesta trabajo creer en la paciente crueldad del cielo que, teniendo tantos modos de llevarnos de este mundo, tan gustosamente escoge el hierro y el fuego, y esta excesiva agua. Lo vemos aquí recostado en una butaca de la sala de estar, con la estufa encendida, en este confort de hotel, y si no tuviéramos el don de leer en los corazones no sabríamos qué dolorosos pensamientos lo ocupan, la miseria del prójimo, muy próximo, a cincuenta, ochenta kilómetros de distancia, y yo aquí, pensando en el cielo cruel y en la indiferencia de los dioses, que es todo una mismísima cosa, mientras oigo a Salvador dar orden a Pimenta para que vaya a buscar periódicos españoles, mientras reconozco los pasos ya inconfundibles de Lidia, que sube las escaleras hacia el segundo piso, y luego me distraigo, paso las páginas de anuncios, mi constante obsesión, se alquilan casas, sigo directamente la columna con el índice, cuidado, no esté Salvador acechando y me sorprenda, de repente me detengo, vivienda amueblada, Rua de Santa Catarina, traspaso, y delante de los ojos, tan nítida como las fotografías de la inundación, surge ante mí la imagen de aquella casa, el segundo piso con papeles en los balcones, aquella tarde de la cita con Marcenda, cómo pudo írseme así de la memoria, ahora mismo iré, pero tranquilo, no hay nada más natural, he acabado de leer el Diário de Notícias, lo doblo cuidadosamente, así lo he encontrado así lo dejo, no soy de esos que abandonan las hojas dispersas, y me levanto, le digo a Salvador, Voy a dar una vuelta, no llueve, qué explicación daría si me la exigieran, y cuando esto piensa descubre que su relación con el hotel, con Salvador, es una relación de dependencia, se mira a sí mismo y vuelve a verse alumno de los jesuitas, infringiendo la disciplina y la regla sin más razón que el hecho de que existan regla y disciplina, ahora peor, porque no tiene el simple valor de decir, Pst, Salvador, voy a ver una casa, si me conviene dejo el hotel, estoy harto de usted y de Pimenta y de todos, excepto de Lidia, claro, que bien merecería otra vida. No dice tanto, dice sólo, Hasta luego, y es como si pidiera disculpas, la cobardía no se declara sólo en el campo de batalla o ante una navaja abierta apuntando a las trémulas vísceras, hay gente que tiene un valor gelatinoso, no tiene culpa de eso, ha nacido así.

En pocos minutos llegó Ricardo Reis al Alto de Santa Catarina. Sentados en el mismo banco estaban dos viejos mirando al río y se volvieron cuando oyeron pasos, uno le dijo al otro, Ése es el tipo que estuvo aquí hace tres semanas, no necesitó añadir detalles, el otro asintió, El de la chica. Naturalmente, muchos otros hombres y mujeres han venido por aquí, de paso o con demora, pero los viejos saben de qué hablan, es un error pensar que con la vejez se pierde la memoria, que sólo la memoria antigua se conserva y poco a poco aflora como ocultas frondas cuando las aguas van bajando, hay una memoria terrible en la vejez, la de los últimos días, la imagen final del mundo, el último instante de la vida, Era así cuando la dejé, no sé si va a seguir siendo así, dicen los viejos cuando llegan al lado de allá, y han de decirlo éstos, pero la imagen de hoy no es la última. En la puerta de la casa que estaba por alquilar había un papel que informaba, Razón, el administrador, vivía en la Baixa, tenía tiempo, Ricardo Reis corrió al Calhariz, tomó un taxi, volvió acompañado de un hombre gordo, Sí señor, soy el administrador, que tenía la llave, subieron, éste es el piso, amplio, cómodo, para una familia numerosa, muebles de caoba oscura, cama honda, armario alto, comedor completo, el aparador, la vitrina para la plata o la loza, depende de los posibles, la mesa extensible, y el despacho, de palosanto tallado, la encimera de la mesa forrada de paño verde, como las de billar, gastada en los cantos, la cocina, el cuarto de baño rudimentario pero aceptable, sin embargo, todos los muebles están desnudos y vacíos, no hay piezas de loza, sábanas ni toallas, Aquí vivía una mujer de edad, viuda, fue a vivir con los hijos, se llevó sus cosas, la casa se alquila sólo con los muebles. Ricardo Reis se acercó a la ventana, a través de los cristales sin visillos vio las palmeras de la plaza, el Adamastor, los viejos sentados en el banco, y el río sucio de barro allá lejos, los barcos de guerra con la proa apuntando a tierra, por ellos no se sabe si la marea está subiendo o bajando, si paramos aquí un poco lo veremos, Cuánto es el alquiler y la fianza, en media hora, si no menos, con un discreto regateo, se pusieron de acuerdo, el administrador ya había visto que trataba con un hombre digno y de posición, Mañana puede pasar usted por mi despacho para tratar del arrendamiento, le dejo ya la llave, doctor, la casa es suya. Ricardo Reis le dio las gracias, se empeñó en pagar una fianza por encima de lo que suele acordarse en estas transacciones, el procurador hizo allí mismo un recibo provisional, se sentó a la mesa del despacho, sacó la estilográfica decorada en oro, hojas y ramajes estilizados, en el silencio de la casa se oía sólo el roce sobre el papel, la respiración un poco sibilante, asmática, del hombre, Ya está, aquí lo tiene, no necesita molestarse, yo tomo un taxi, supongo que querrá quedarse aún un momento disfrutando de su nueva casa, comprendo, uno le coge cariño a las casas, la señora que vivía aquí, pobrecilla, no puede imaginar lo que lloró el día de la marcha, no había quien la consolara, pero la vida es así, la enfermedad, la viudez, lo que ha de ser, ha de ser, y además tiene mucha fuerza, bueno, le espero mañana. Solo ahora, con la llave en la mano, Ricardo Reis recorrió de nuevo toda la casa, no pensaba, sólo miraba, después fue a la ventana, la proa de los barcos miraba hacia arriba, señal de que bajaba la marea. Los viejos continuaban sentados en el mismo banco.

Aquella noche Ricardo Reis le dijo a Lidia que había alquilado un piso. Ella vertió algunas lágrimas, de pena por no poderlo tener ya ante sus ojos a todas horas, exageración suya, de su pasión, pues en todas no lo podía ver, sólo en las nocturnas y con la luz apagada, por causa de los espías, en las otras, matutinas o vesperales, sólo de modo fugitivo, o fingiendo un respeto excesivo en presencia de testigos, ofreciendo así un espectáculo a la mala intención, a la espera, por ahora, de una oportunidad para desquitarse. Él la confortó, No te preocupes, nos veremos en tus días de fiesta, con más calma, eso, claro, si quieres tú, palabras éstas que de antemano conocían la respuesta, Cómo no voy a querer, ya se lo he dicho, y cuándo se cambia para su casa, Cuando esté en condiciones, muebles hay ya, pero falta todo lo demás, ropas, vajilla, no necesito muchas cosas, lo mínimo para empezar, unas toallas, sábanas, mantas, después, poco a poco iré poniendo el resto, Si la casa ha estado cerrada, habrá que hacer una limpieza a fondo, iré yo, De ninguna manera, buscaré a una mujer del barrio, No lo permito, me tiene a mí, no tiene por qué llamar a nadie, Eres una buena chica, Soy como soy, y ésta es una frase de las que no admiten réplica, cada uno de nosotros debía de saber muy bien quién es, por lo menos no nos han faltado consejos desde griegos y latinos, conócete a ti mismo, admiremos a esta Lidia, que parece no tener dudas.

Al día siguiente, Ricardo Reis fue de tiendas, compró dos juegos completos de ropa de cama, toallas de manos y de baño, afortunadamente no tenía que preocuparse del agua, del gas y de la luz, que no habían sido cortados por las respectivas compañías, Si no quiere hacer contratos nuevos pueden seguir a nombre del anterior inquilino, esto le dijo el administrador, y él se mostró de acuerdo. También compró algunas cacerolas y cazos, cafetera, tazas y platillos, servilletas, café, té y azúcar, lo preciso para el desayuno, pues la comida y la cena las haría fuera. Le divertían estas tareas, recordando sus primeros tiempos en Río de Janeiro, cuando, sin ayuda de nadie, se había lanzado a trabajos semejantes de instalación doméstica. En un intervalo de estos trabajos escribió una breve carta a Marcenda, le daba la nueva dirección, por coincidencia extraordinaria muy cerca, allí mismo, del lugar en que se habían encontrado, es así el mundo, los hombres, como los animales, tienen su terreno de caza, su corral o gallinero, su tela de araña, y esta comparación es una de las mejores, también la araña lanzó un hilo hasta Porto, otro hasta Río, pero fueron simples puntos de apoyo, referencias, pilares, bloques de amarre, en el centro de la tela es donde se juegan la vida y el destino, los de la araña y los de las moscas. Hacia la caída de la tarde tomó Ricardo Reis un taxi, fue de tienda en tienda recogiendo los bienes adquiridos, a última hora les unió unas pastas secas, unas frutas escarchadas, galletas también, la maría, la tostada, la de ararut. Lo llevó todo a la Rua de Santa Catarina, llegó en el momento en que los dos viejos se recogían a sus casas, allá en las profundidades del barrio, mientras Ricardo Reis retiraba los paquetes y los subía, en tres viajes, no se apartaron de allí, vieron encenderse luces en el segundo piso, Mira, va a vivir en casa de doña Luisa, y no se alejaron hasta que el nuevo inquilino apareció en una ventana, tras los cristales, se fueron nerviosos, excitados, ocurre a veces, hay cosas que rompen la monotonía de la existencia, parecía que habíamos llegado al final del camino y resulta que era sólo una curva abierta a otro paisaje y a nuevas curiosidades. Desde su ventana sin cortinas Ricardo Reis

miraba el ancho río, apagó la luz del cuarto para ver
mejor, cayó del cielo una polvareda de luz cenicienta
que se oscurecía al posarse, sobre las aguas tranquilas
se deslizaban los barcos que unen las dos orillas, ya
con los fanales encendidos, bordeando los navíos de
guerra, y, casi ocultándose tras el perfil de los tejados,
una fragata que se dirige al dique, como un dibujo
infantil, tarde tan triste que del fondo del alma ascien-
den las ganas de llorar, aquí mismo, con la frente
apoyada en el cristal, separado del mundo por la niebla de la respiración condensada en la superficie lisa
y fría, viendo cómo poco a poco se diluye la figura
retorcida de Adamastor, pierde sentido su furia contra
la figurilla verde que lo desafía, invisible desde aquí y
sin más sentido que él. Se había cerrado la noche
cuando salió Ricardo Reis. Cenó en la Rua dos
Correeiros, en un restaurante de primer piso, techo
bajo, solo entre hombres que estaban solos, quiénes
serían, qué vidas serían las suyas, por qué atraídos a
este lugar, masticando el bacalao o la merluza cocida,
el bistec con patatas, casi todos con vino tinto, más
compuestos de traje que de modos, golpeando el vaso
para llamar al camarero, hurgando con minucia y
voluptuosidad con el palillo entre los dientes o reti-
rando con la pinza formada por el pulgar y el índice
la piltrafa de carne, fibra a fibra, renitente, alguno
eructa, dan huelgo al cinto, se desabrochan el chaleco, alivian los tirantes. Ricardo Reis pensó, Ahora todas
mis comidas van a ser así, con este ruido de cubiertos,
estas voces de los camareros gritando hacia dentro,
Sopa a la tres, o Media de calamares, manera abrevia-
da de encargar media ración, las voces son opacas,
lúgubre la atmósfera, en el plato frío cuaja la grasa,
aún no han quitado la mesa de al lado, hay manchas de
vino en el mantel, restos de pan, un pitillo mal apagado, ah, qué diferente es la vida en el Hotel Bragança,
aunque no sea de primera clase, Ricardo Reis siente una
violenta añoranza de Ramón, a quien no obstante
volverá a ver al día siguiente, hoy es jueves, se irá el
sábado. Sabe, no obstante, Ricardo Reis lo poco que

valen nostalgias de este tipo, es cuestión de hábito, el hábito se pierde, el hábito se adquiere, lleva tan poco tiempo en Lisboa, menos de tres meses, y ya Río de Janeiro le parece el recuerdo de un pasado antiguo, tal vez de otra vida, no la suya, otra de las innumerables y, pensando así, admite que a esta misma hora esté Ricardo Reis cenando también en Porto, o almorzando en Río, o en cualquier otro lugar de la tierra si la dispersión fue tan lejos. No había llovido en todo el día, puede hacer sus compras con todo sosiego, sosegadamente está ahora volviendo al hotel, cuando llegue le dirá a Salvador que se va el sábado, nada más sencillo, me voy el sábado, pero se siente como el adolescente a quien, por negarse su padre a darle la llave de casa, se atreve a cogerla, fiándose de la fuerza que suelen tener los hechos consumados.

Salvador está aún en el mostrador de recepción, pero le ha dicho ya a Pimenta que cuando salga del comedor el último huésped se irá a su casa, un poco antes de lo que suele, tiene a la mujer con gripe, Es fruta del tiempo, dijo Pimenta, confianzudo, se conocían desde hacía tantos años, y Salvador rezongó, Yo sí que no me puedo poner malo, declaración sibilina de sentido vario, que tanto puede ser lamentación de quien tiene una salud de hierro como aviso a las potencias maléficas de la gran falta que al hotel le haría su gerente. Entró Ricardo Reis, dio las buenas noches, por un segundo dudó entre llamar a Salvador aparte, luego pensó que sería ridículo el sigilo, murmurar, por ejemplo, Mire, Salvador, yo no quería, perdone, pero ya sabe cómo son las cosas, la vida da muchas vueltas, a los días suceden las noches, el caso es que voy a irme de su apreciado hotel, he puesto piso, espero que no se ofenda, que quedemos amigos como antes, y de repente empezó a sudar de aprensión, como si hubiera regresado a su adolescencia de educando de los jesuitas, arrodillado ante el confesonario, mentí, envidié, tuve pensamientos impuros, tocamientos, ahora se acerca al mostrador, Salvador responde a sus buenas noches, se vuelve atrás para coger la llave del gancho, entonces Ricardo Reis se lanza, tiene que soltar las palabras liberadoras antes de que le mire, cogerlo inadvertido, en desequilibrio, a traición, Oiga, Salvador, prepáreme la cuenta que me voy a ir el sábado, y, dicho esto, con esta sequedad, se arrepintió, porque Salvador era la verdadera imagen de la sorpresa herida, víctima de una deslealtad, allí llave en mano, no se trata así a un gerente que siempre se ha mostrado más bien como un amigo, lo que debería haber hecho era llamarlo aparte, Mire, señor Salvador, yo no quería, perdone, pero no, los huéspedes son todos unos ingratos y éste es el peor de todos, vino a recalar aquí, siempre bien tratado, pese a sus líos con una criada, otro cualquiera lo habría puesto de patitas en la calle, a él y a ella, o habría presentado una denuncia en la policía, ya me advirtió Víctor, pero soy un buenazo, todos abusan de mí, ah, pero ésta va a ser la última, la juro. Si los segundos y los minutos fueran todos iguales, como los vemos trazados en los relojes, no siempre tendríamos tiempo para explicar lo que dentro de ellos ocurre, el meollo que contienen, lo que pasa es que por suerte los episodios de mayor significación transcurren en los segundos amplios y en los minutos largos, por eso es posible debatir con demora el pormenor de ciertos casos sin infracción escandalosa de la más sutil de las tres unidades dramáticas, que es, precisamente el tiempo. Con gesto vagoroso, Salvador entregó la llave, dio al rostro una expresión digna, habló en tono pausado, paternal, Espero que no será porque nuestro servicio le haya desagradado en algo, señor doctor, y estas modestas y profesionales palabras llevan en sí el peligro de suscitar un equívoco, por la acerba ironía que fácilmente podríamos hallar en ellas, si recordamos lo de Lidia, pero no, en este momento Salvador sólo quiere expresar la decepción, la pena, En absoluto, protestó con vehemencia Ricardo Reis, muy al contrario, lo que pasa es que he puesto un piso, he decidido al fin quedarme en Lisboa, uno tiene que tener su propio rincón para vivir, Ah, ha puesto piso, entonces, si quiere, le presto a Pimenta para ayudarle a llevar sus maletas, si es en Lisboa, claro, Sí, es en Lisboa, pero ya me arreglaré, muchas gracias, cualquier mozo de cuerda me las llevará. Pimenta, autorizado por instancias superiores a la oferta liberal de sus servicios, curioso por cuenta propia y adivinando la curiosidad de Salvador, dónde tendrá éste el piso, se permitió la confianza de insistir, Y para qué va a pagar un mozo de cuerda, yo le llevo las maletas, No, Pimenta, muchas gracias, y, para evitar nuevas insistencias, Ricardo Reis soltó por adelantado su discurso de despedida, Quiero decirle, señor Salvador, que llevo los mejores recuerdos de su hotel, donde siempre he sido muy bien tratado, donde siempre me he sentido como en mi propia casa, rodeado de atenciones y cuidados insuperables, y agradezco a todo el personal, sin excepción, el cariñoso ambiente de que me rodearon en este regreso a la patria, de donde ya no pienso salir, muchas gracias a todos, no estaban allí todos, pero para el caso era igual, discurso como éste no iba Ricardo Reis a volver a hacerlo, tan ridículo se había sentido mientras hablaba, y, peor que ridículo, usando involuntariamente palabras que bien podrían haber despertado pensamientos sarcásticos en sus oyentes, era imposible que no hubieran pensado en Lidia cuando hablaba de cuidados, cariños y atenciones, por qué será que las palabras se sirven tantas veces de nosotros, las vemos acercarse, amenazar, y no somos capaces de alejarlas, de acallarlas, y acabamos así diciendo lo que no queríamos, es como el abismo irresistible, vamos a caer y seguimos avanzando. En pocas palabras correspondió Salvador, muy al contrario, eran ellos los que tenían que agradecerle el honor de haber tenido al doctor Ricardo Reis como cliente, No hicimos más que cumplir nuestro deber, yo y todo el personal vamos a recordarle mucho a usted, doctor, no es verdad, Pimenta; con esta súbita intervención, deshizo la solemnidad del momento, parecía que apelara a la expresión de un sentimiento unánime, y era lo contrario, un guiño malicioso, no sé si me entiendes, Ricardo Reis entendió, dijo Buenas noches, y subió a su cuarto, adivinando que quedaban hablando a sus espaldas, hablando mal de él, y pronunciando ya el nombre de Lidia, qué más dirían, lo que no sabía es que era esto, Entérate pasado mañana de quién es el mozo de cuerda, quiero saber a dónde se muda.

Tiene el reloj horas tan vacías que, siendo breves, como de todas solemos decir, excepto de aquellas a las que están destinados episodios de significación extensa, conforme antes quedó demostrado, son tan vacías, ésas, que parece como si las agujas se arrastraran infinitamente, no pasa la mañana, no acaba de morir la tarde, no se acaba la noche. Fue así como Ricardo Reis vivió sus últimas horas en el hotel, quiso, por inconsciente escrúpulo, que lo vieran constantemente por allí, tal vez para no parecer desagradecido e indiferente. En cierto modo se lo reconocieron cuando Ramón dijo, mientras echaba la sopa en el plato, O sea que se va, doctor, palabras que fueron de una gran tristeza, como sólo las saben decir humildes servidores. Salvador gastó el nombre de Lidia, la llamaba por todo y por nada, le daba órdenes y contraórdenes, y cada vez escrutaba atentamente su actitud, el rostro, los ojos, a la espera de encontrar señales de tristeza, vestigios de lágrimas, lo natural en una mujer que va a ser abandonada y ya lo sabe. Pero nunca se vio paz y serenidad como las de ella, como una criatura a quien no pesan errores en la conciencia, flaquezas de la carne, o calculada venta, y Salvador se irritaba por no haber castigado la inmoralidad apenas nacida la sospecha, o cuando el hecho se hizo público y notorio, empezando las murmuraciones de cocina y almacén, ahora ya es tarde, el cliente se va, mejor será no revolver el cieno, tanto más cuanto que, examinándose a sí mismo, no se ve exento de culpas, sabía y calló, fue cómplice, Me dio pena este hombre, venía de allá, de Brasil, del desierto, sin familia que le esperara, lo traté como a un pariente, y ahora, por tres o cuatro veces tuvo este pensamiento absolutorio, ahora en voz alta, Cuando la doscientos uno quede vacía quiero una limpieza total, de arriba abajo, va a entrar ahí una distinguida familia de Granada, y Lidia se retira tras oír la orden, y él se queda mirándole la redondez de las nalgas, hasta hoy ha sido un gerente honesto, incapaz de mezclar servicio y abuso, pero ahora va a desquitarse, o consiente o va a la calle, esperemos que no pase de un desahogo, son muchos los hombres que flaquean llegado el momento.

El sábado, después de la comida, Ricardo Reis fue al Chiado, contrató allí los servicios de dos mozos de cuerda y para no bajar con ellos en guardia de honor por la Rua do Alecrim, los citó a una hora determinada en el hotel. Los esperó en la habitación, con aquella misma impresión de desgarro que había sentido cuando vio caer los cabos que amarraban al Highland Brigade al muelle de Río de Janeiro, está solo, sentado en la butaca, Lidia no vendrá, lo han acordado así. Un tropel de pasos macizos en el corredor anuncia la llegada de los mozos, viene con ellos Pimenta, esta vez no tiene que hacer fuerza, como máximo ayudará con el mismo gesto que hicieron Ricardo Reis y Salvador cuando él tuvo que subir la maleta grande, pesada, una manita por debajo, un aviso en la escalera, un consejo, excusados son a quien de cargas ha aprendido la ciencia toda. Fue Ricardo Reis a despedirse de Salvador, dejó una propina generosa para el personal, Distribúyala como le parezca, el gerente le da las gracias, algunos huéspedes que por allí andan sonríen viendo cómo en este hotel se hacen amistades, un apretón de manos, casi un abrazo, a los españoles les conmueve tanta armonía, no les sorprende, ven su país tan dividido, son las contradicciones peninsulares. Abajo, en la calle, Pimenta ha preguntado ya a los mozos para dónde va el transporte, pero ellos no lo saben, el patrón no ha dicho nada, uno de ellos admitió que sería para cerca, el otro dudó, para el caso es igual, Pimenta conoce a los dos hombres, uno de ellos ha servido en el hotel, paran en Chiado, cuando quiera sacar más en limpio, no tendrá que ir lejos. Ricardo Reis dice, Ya le he dejado ahí algo, un recuerdo, Pimenta responde, Muchas gracias, señor doctor, y cuando quiera algo, no tiene más que decírmelo, palabras inútiles, y eso aún es lo mejor que podemos decir de ellas, casi todas, realmente, hipócritas, razón tenía aquel francés que dijo que la palabra le fue dada al hombre para disfrazar el pensamiento, en fin, tenía razón, son cuestiones sobre las que no debemos hacer juicios perentorios, lo más seguro es que la palabra es lo mejor que se puede encontrar, la tentativa siempre frustrada para expresar eso a lo que, por medio de palabra, llamamos pensamiento. Los dos mozos saben ya adónde llevar las maletas, Ricardo Reis lo dijo después de que Pimenta se retirara, y ahora suben la calle, van por la calzada, para mayor desahogo en el transporte, no es grande la carga para quien ha llevado pianos y otros lastres a palo y cuerda, delante va Ricardo Reis, lo suficientemente lejos como para que nadie lo tome por guía de la expedición pero lo bastante cerca para que los cargadores se sientan acompañados, no hay nada más melindroso que estos contactos de clases, la paz social es cuestión de tacto, de finura, de psicología, para decirlo en sólo una palabra que engloba las tres, si ella o ellas coinciden rigurosamente con el pensamiento es problema a cuyo deslinde habíamos renunciado ya. Mediada la calle los mozos de cuerda tienen que hacerse a un lado, y aprovechan para posar la carga, descansar un poco, porque baja una hilera de tranvías abarrotados de gente rubia de pelo y rosada de piel, son alemanes excursionistas, obreros del Frente Alemán del Trabajo, casi todos vestidos a lo bávaro, de calzón corto, camisa y tirantes, el sombrerito de ala estrecha, se puede ver fácilmente porque algunos tranvías son abiertos, jaulas ambulantes por donde la lluvia entra como quiere, y valen de poco los estores de lona a rayas, qué dirán de nuestra civilización portuguesa estos trabajadores arios, hijos de tan fina raza, qué estarán pensando ahora mismo de los labriegos que se paran para verlos pasar, aquel hombre moreno, de gabardina clara, estos dos de barba crecida, mal vestidos y sucios, que se echan la carga al hombro y se ponen en marcha de nuevo calle arriba mientras los últimos tranvías van pasando, veintitrés fueron, si alguien tuvo la paciencia de contarlos camino de la Torre de Belém, del Monasterio de los Jerónimos y de otras maravillas de Lisboa, como Algés, Dafundo y Cruz Quebrada.

Con la cabeza baja cruzaron los mozos de cuerda la plaza donde está la estatua del poeta épico, por efecto reflejo de la carga, con la cabeza baja los siguió Ricardo Reis, efecto también de la vergüenza de ir así, con las manos en los bolsillos, ni siquiera trajo de Brasil un papagayo, y quizá mejor, porque no iba a tener valor suficiente para recorrer estas calles exhibiendo en su jaula al estúpido animal, y la gente metiéndose con él, Dame la pata, lorito, se lo hubieran dicho como gracia lusitana a los alemanes paseados en tranvía. Estamos cerca. Al fondo de esta calle se ven ya las palmeras del Alto de Santa Catarina, por los montes de la Otra Orilla asoman pesadas nubes que son como mujeres gordas a la ventana, metáfora que haría encogerse de hombros despreciativo a Ricardo Reis, para quien, poéticamente, las nubes apenas existen, por una vez escasas, otra fugitiva, blanca y tan inútil, si llueve es sólo de un cielo que se oscureció porque Apolo veló su faz. Ésta es la puerta de entrada de mi casa, ésta la llave, ésta es la escalera, el primer descansillo, el segundo, aquí voy a vivir, no se abrieron ventanas cuando llegamos, no se abren otras puertas, en esta casa parece que se hayan juntado para vivir las gentes menos curiosas de Lisboa, o estarán acechando por las mirillas, fulgurando la pupila, ahora entremos todos, las dos maletas pequeñas, la mayor, repartiendo el esfuerzo, se paga el precio ajustado, la esperada propina, huele a intenso sudor, Cuando vuelva a necesitar gente para una carga, ya sabe, patrón, estamos siempre allí, no dudó Ricardo Reis, si con tanta firmeza lo decían, pero no respondió, Y yo estaré siempre aquí, un hombre, si ha estudiado, aprende a dudar, mucho más siendo los dioses tan inconstantes, seguros sólo, ellos por ciencia, nosotros por experiencia, de que todo acaba, y él siempre antes que lo demás. Bajaron los cargadores, Ricardo Reis cerró la puerta. Después, sin encender la luz, recorrió toda la casa, sonoramente hacían eco sus pasos en el suelo desnudo, entre los muebles dispersos, vacíos, oliendo a naftalina vieja, a antiguos papeles de seda que aún forran algunos cajones, a la borra que se apelotona en los rincones, y, creciendo en intensidad hacia el lado de la cocina y del cuarto de baño, la exhalación de los desagües, rebajado el nivel del agua en los sifones. Ricardo abrió grifos, tiró una y otra vez de la cadena del retrete, la casa se llenó de rumores, correr del agua, vibrar de cañerías, el latido del contador, después, al cabo de un momento, el silencio volvió. En la parte de atrás de la casa hay patios con ropa tendida, pequeños bancales de hortalizas cenicientas, tinas, tanques de cemento, la caseta de un perro, conejeras y gallineros, mirándolos pensó Ricardo Reis en el enigma semántico de que conejo haya dado conejera y gallina gallinero, cada género llamando a su contrario, u opuesto, o complementario, según el punto de vista y el humor del momento. Volvió a la parte delantera de la casa, al dormitorio, miró por la ventana sucia la calle desierta, el cielo ahora cubierto, allá estaba, lívido contra el color plomizo de las nubes, Adamastor bramando en silencio, algunas personas contemplaban los navíos, de vez en cuando alzaban la cabeza para ver si venía la lluvia, los dos viejos hablaban sentados en el mismo banco, entonces Ricardo Reis sonrió, Bien hecho, estaban tan distraídos que ni se dieron cuenta de la llegada de las maletas, se sentía alegre como si acabara de jugarles una mala pasada, inocente, de amigo, él, nunca dado a esas bromas. Aún llevaba puesta la gabardina, era como si hubiera entrado aquí para salir pronto, visita de médico, según el escéptico dicho popular, o rápida inspección de un lugar donde tal vez venga a vivir un día, y, al fin, lo dijo en voz alta, como un recado que no debía olvidar, Vivo aquí, es aquí donde vivo, ésta es mi casa, ésta, no tengo

otra, entonces lo envolvió un miedo súbito, el miedo
de quien, en un sótano profundo, empuja una puerta
que se abre hacia la oscuridad de otro sótano aún más
profundo, o hacia la ausencia, el vacío, la nada, el
tránsito a un no ser. Se quitó la gabardina y la chaqueta y sintió frío. Como si estuviera repitiendo gestos ya
hechos en otra vida empezó a abrir las maletas, las
vació metódicamente, las ropas, los zapatos, los papeles, los libros, y también todos los otros objetos
menudos, necesarios o inútiles, que vamos transpor-
tando con nosotros de morada en morada, hilos cruzados de un capullo, encontró el batín y se lo puso,
ahora ya es un hombre en su casa. Encendió la lámpara pendiente del techo, tendría que comprar una
tulipa, una pantalla, un globo, cualquiera de estas
palabras conviene con tal de que sea algo que no ofus-
que sus ojos, como ahora sucede. Distraído en ordenar las cosas, no se dio cuenta de que había empezado
a llover, pero un golpe brusco de viento arrojó contra
la ventana un redoble de aguas, Qué tiempo este, se
acercó a la ventana para mirar a la calle, allá estaban
los viejos en la acera de enfrente, como insectos atraídos por la luz, y ambos eran soturnos como insectos,
uno alto, el otro bajo, cada cual con su paraguas, con
la cabeza levantada como una mantis, esta vez no se
intimidaron con la silueta que apareció y los observa-
ba, fue preciso que arreciara la lluvia para que se
decidieran a tirar calle abajo, a huir del agua que caía
de los aleros, cuando lleguen a casa van a echarles
una bronca sus mujeres, si las tienen, Pero hombre,
todo mojado, vas a coger una pulmonía, luego aquí
está la esclava, para cuidar al señor, y ellos dirán, La
casa de doña Luisa tiene ya gente, es un señor solo,
no se ve a nadie más, Vaya, una casa tan grande para
un hombre solo, lástima de casa, cabe preguntarse
cómo sabrán ellas que la casa es grande, no hay respuesta cierta, puede ser que en tiempos de doña Luisa hayan estado de asistentas allí, las mujeres de esta
clase echan mano de lo que sale cuando el dinero
que lleva el hombre es poco o él regatea para gastar

en vino y en mujeres, y entonces allá van las infelices
a fregar escaleras y a lavar ropa, algunas se especiali-
zan, o lavan ropa o friegan escaleras, y se convierten
así en maestras de su oficio, tienen sus ordenanzas,
que brille la blancura de las sábanas o el amarillo de
los peldaños, de aquéllas dirán que podrían servir de
paños de altar, de éstos que en ellos se podría comer
sopa, hay que ver adónde nos lleva la digresión oratoria. Ahora, con el cielo cubierto no tardará la noche.
Cuando los viejos estaban en la acera mirando hacia
arriba, parecía que tenían la cara a la luz clara del día,
efecto sólo de la blanca barba de una semana, ni
hoy sábado fueron a sentarse en el sillón del barbero,
si allá van, probablemente usan navaja, y mañana, si
escampa, aparecerán con las caras apuradas, surca-
das por arrugas e irritadas por la piedra alumbre, blancos sólo de pelo, del más bajo hablamos, que el alto
no tiene sino unos pelos ralos sobre las orejas, en fin,
volviendo al punto de partida, cuando allá estaban, en
la acera, era aún de día, aunque en despedida, y entonces, habiendo mirado sin prisa al inquilino del segundo y visto que la lluvia apretaba, tiraron calle abajo,
andando fueron, y el día oscureciendo, cuando llegaron a la esquina era ya noche cerrada. Por suerte encendieron los faroles, se cubrieron de perlas los
cristales, pero de estos faroles hay que decir que no
se encendieron como ciertamente han de serlo un día,
sin mano visible de hombre, cuando el hada electricidad, con su varita mágica, llegue al Alto de Santa
Catarina y adyacencias, todos gloriosamente encendidos al mismo tiempo, hoy tenemos que esperar a que
vengan uno por uno, con la punta encendida de la
vara abre el hombre la portezuela del farol, con el
gancho hace girar la espita del gas, en fin, este fuego
de San Telmo va dejando por las calles de la ciudad
señales de haber pasado, un hombre lleva consigo la
luz, es el cometa Halley con su rastro sideral, así estarían los dioses mirando desde allá arriba a Prometeo,
pero se llama Antonio esta luciérnaga. Ricardo Reis
tiene la frente helada, la apoyó en el cristal y allí se

quedó, viendo caer la lluvia, luego oyendo sólo su rumor, hasta que vino el farolero y cada farol tuvo su fulgor y su aura, sobre las espaldas de Adamastor cae una luz ya vencida, brilla el dorso hercúleo, será del agua que viene del cielo, será un sudor de agonía por haber la dulce Tetis sonreído burlona y maldiciente, Cuál será el amor bastante de ninfa, que sustente al de un gigante,[1] ahora ya sabe él lo que valían las prometidas abundancias. Lisboa es un gran silencio rumoroso, nada más.

Volvió Ricardo Reis a sus arreglos domésticos, ordenó los trajes, las camisas, los pañuelos, los calcetines, pieza por pieza, como si estuviera componiendo una oda sáfica, laboriosamente luchando con la métrica reacia, este color de corbata que, colgado, requiere un color de traje por comprar. Sobre el colchón que fue de doña Luisa y que aquí dejaron, seguro no aquel donde en años muy lejanos perdió su virginidad, pero donde habrá sangrado por su último hijo, donde agonizó su amado esposo, juez de casación, sobre este colchón tendió Ricardo Reis sus sábanas nuevas, oliendo aún a tela, las dos mantas afelpadas, la colcha clara, metió en la funda la almohada de lana, va haciéndolo todo lo mejor que puede, con torpeza masculina, un día de éstos vendrá Lidia, quizá mañana, a componer con manos mágicas, por ser de mujer, este desaliño, esta aflicción resignada de las cosas mal ordenadas. Lleva Ricardo Reis las maletas a la cocina, cuelga en el gélido baño las toallas, en un armarito blanco que huele a vaho guarda los objetos de toilette, ya hemos visto que es hombre cuidadoso de su apariencia, sólo por un sentimiento de dignidad, en fin no tiene ya más qué hacer que ordenar los libros y los papeles en la estantería del despacho, negra y tallada, en la mesa vacilante y negra, ahora está en casa, sabe dónde están sus puntos de apoyo, la rosa de los vientos, norte, sur, este, oeste, acaso venga por ahí ya una tempestad magnética que enloquezca esta brújula.

---

[1] *Os Lusíadas*, v, 53. (N. del t.)

Son las siete y media, no ha parado la lluvia. Ricardo Reis se sentó en el borde de la cama alta, miró el triste cuarto, la ventana sin visillos ni cortinas, recordó que tal vez los vecinos de enfrente lo estén espiando, fisgones, cuchicheando, Se ve todo ahí dentro, y aguzan su curiosidad para el futuro disfrute de espectáculos más estimulantes que éste de estar un hombre sentado en el borde de la cama antigua, solo, con el rostro escondido en una nube, pero Ricardo Reis se levantó y fue a cerrar las contraventanas, ahora el cuarto es una celda, cuatro paredes ciegas, la puerta, si la abriera, daría a otra puerta, o a un sótano oscuro y hondo, lo dijimos ya una vez, sobra ésta. Dentro de poco, en el Hotel Bragança, el maître, Afonso hará sonar en irrisorio gong los tres golpecitos de Vatel, bajarán los huéspedes portugueses y los huéspedes españoles, nuestros hermanos, los hermanos suyos,[2] Salvador sonreirá a todos, señor Fonseca, doctor Pascual, señora mía, don Camilo, don Lorenzo, y el nuevo huésped de la doscientos uno, seguramente el duque de Alba o de Medinaceli, arrastrando la espada Colada, poniendo un ducado en la mano tendida de Lidia que, como sierva, hace una genuflexión y aguanta sonriendo, el pellizco en el brazo. Ramón traerá la sopa, Hoy hay una especialidad, y no miente, que de la profunda sopera sube el perfume del caldo de gallina, de los platos hondos se alza el vapor embriagador, no nos sorprenda pues que el estómago de Ricardo Reis dé señales, realmente es hora de cenar. Pero llueve. Hasta con las contraventanas cerradas se oye el fragor del agua en las aceras, cayendo de los aleros, de los canalones de desagüe rotos, quién habrá tan osado que salga a la calle con un tiempo así, a no ser por extrema obligación, salvar al padre de la horca, por ejemplo, es una sugerencia para quien aún lo tenga vivo. El comedor del Hotel Bragança es el paraíso perdido, y, como paraíso que se perdió, le gustaría a Ricardo

---

[2] En español en el original. (N. det t.)

Reis volver a él, pero no quedarse. Va en busca de los paquetes de pastas secas, de las frutas escarchadas, con ellas engaña el hambre, para beber sólo tiene agua del grifo, con sabor a cloro, así desprovistos se sentirían Adán y Eva la primera noche después de su expulsión del edén, seguro que también caía el agua a mares, se quedaron los dos en el hueco de la puerta, Eva le preguntó a Adán, Quieres una galleta y como sólo tenía una la partió en dos trozos, le dio la parte mayor, de ahí nos vino la costumbre. Adán mastica lentamente, mirando a Eva que mordisquea su pedacito, inclinando la cabeza como un ave curiosa. Al otro lado de esta puerta, cerrada para siempre, le había dado ella la manzana, se la ofreció sin intención de malicia ni consejo de serpiente, porque estaba desnuda, por eso se dice que sólo cuando mordió la manzana se dio cuenta Adán de que estaba desnuda, como Eva sin tiempo aún de vestirse, de momento es como los lirios del campo que no hilan ni tejen. En el umbral de la puerta pasaron los dos la noche, con una galleta por cena, Dios, al otro lado, los oía triste, excluido de un festín que fuera dispensado de proveer, y que no había previsto, más tarde se inventará un dicho, Donde se junten hombre y mujer, allí está Dios por medio, y por esta nueva frase aprenderemos que el paraíso, en definitiva, no estaba donde nos decían, sino aquí, adonde Dios tendrá que venir siempre si quiere reconocerle el gusto. Pero en esta casa, no. Ricardo Reis está solo, le dio náuseas el dulzor intenso de la pera escarchada, pera, no manzana, bien es verdad que las tentaciones ya no son lo que antes eran. Fue al cuarto de baño a lavarse las manos pegajosas, la boca, los dientes, no soporta esta dulceza, palabra que no es portuguesa, ni española, que parece vagamente italiana, pero es la única que, propiamente hablando, le sirve para describir este momento. Le pesa la soledad como la noche, la noche lo prende como algo viscoso, por el estrecho y largo corredor, bajo la luz verdosa que cae del techo, es un animal submarino pesado de movimientos, una tortuga indefensa, sin capara-

zón. Va a sentarse a la mesa del despacho, revuelve
en sus cuartillas de versos, odas les llamó, y así quedaron nombrados porque todo ha de tener un nombre,
lee aquí y allá, se pregunta si es él quien las escribió,
porque, leyendo, no se reconoce en lo escrito, fue
otro ese desprendido, sosegado y tranquilo hombre,
y por eso mismo casi un dios, porque los dioses son así,
resignados, tranquilos, desprendidos, asistiendo muertos. De un modo confuso piensa que precisa organi-
zar su vida, su tiempo, decidir qué uso hará del día de
mañana, tarde y noche, acostarse temprano y temprano levantarse, buscar un par de restaurantes que sirvan comida sana y simple, releer y corregir sus poemas
para un libro futuro, buscar un piso para instalar el
consultorio, conocer gente, viajar por el país, ir a Porto,
a Coimbra, visitar al doctor Sampaio, encontrar por
casualidad a Marcenda en el Choupal, en este momento dejó de pensar en proyectos e intenciones, sintió pena de la inválida, luego la pena se transfirió a él
mismo, era piedad de sí, Aquí sentado, estas dos palabras las escribió como el principio de un poema,
pero luego recordó que un día, tiempo atrás, había
escrito, Seguro me asiento en la columna firme de los
versos en que permanezco, quien tal testamento re-
dactó una vez, no puede dictar otro en contrario.
 No son aún las diez cuando Ricardo Reis se va
a acostar. Sigue cayendo la lluvia. Se llevó un libro a
la cama, había cogido dos, pero en el camino dejó al
dios del laberinto, al cabo de diez páginas del Sermón
del Primer Domingo de Cuaresma sintió que se le
helaban las manos así, fuera de las mantas, no bastaba para calentarlas el hecho de estar leyendo palabras
ardientes, Volved a vuestra casa, buscad en ella la cosa
más vil y encontraréis que es vuestra propia alma, posó
el libro en la mesa de noche, se encogió con un rápido estremecimiento, alzó el embozo de la sábana hasta
la boca, cerró los ojos. Sabía que tendría que apagar la
luz, pero, cuando lo hiciera, se sentiría en la obligación de quedarse dormido, y eso aún no lo quería. En
noches como ésta, frías, solía Lidia ponerle una bote-

lla de agua templada entre las sábanas, a quién lo estará haciendo ahora, al duque de Medinaceli, calma, celoso corazón, el duque se ha traído a la duquesa, quien le pegó de paso el pellizco en el brazo a Lidia fue otro duque, el de Alba, pero ése es viejo, enfermo e impotente, lleva una espada de hojalata, jura que es la Colada del Cid Campeador pasada de padres a hijos en la familia de los Albas, hasta un grande de España es capaz de mentir. Sin darse cuenta, Ricardo Reis se quedó dormido, lo supo cuando despertó, sobresaltado, alguien había llamado a la puerta, Será Lidia que se las arregló para salir del hotel y venir, bajo esta lluvia, a pasar la noche conmigo, imprudente mujer, luego pensó, Estaba soñando, y así lo parecía, pues nada más oyó en un minuto, Habrá fantasmas en la casa y por eso no la habían podido alquilar, tan céntrica, tan amplia, llamaron otra vez, trac, trac, trac, levemente, para no asustar. Se levantó Ricardo Reis, metió los pies en las pantuflas, se envolvió en el batín, atravesó paso a paso el dormitorio, salió tiritando al corredor, y preguntó mirando a la puerta como si ella lo amenazara, Quién es, la voz le salió ronca y trémula, carraspeó, volvió a preguntar, la respuesta le llegó como un murmullo, Soy yo, no era un fantasma, era Fernando Pessoa, hoy se había acordado. Abrió, y era realmente él, con su traje negro, a pelo, sin abrigo ni sombrero, improbable de la cabeza a los pies, y más aún porque, llegado de la calle, no caía de él ni gota de agua, Puedo entrar, preguntó, Hasta ahora nunca me ha pedido permiso, no sé qué escrúpulos le han entrado de repente, La situación es nueva, usted está ya en su casa, y, como dicen los ingleses que me educaron, la casa es su castillo, Entre, pero estaba ya en la cama, Dormía, Creo que me había quedado dormido, Conmigo no haga cumplidos, vuelva a la cama, voy a estar sólo unos minutos. Ricardo se metió rápidamente entre las sábanas, castañeteándole los dientes de frío, pero también de lo que en él quedaba de temor, ni se quitó el batín. Fernando Pessoa se sentó en una silla, cabalgó la pierna, cruzó las manos sobre las rodillas, luego miró alrededor con aire crítico, Vaya, conque es aquí donde vive ahora, Por lo visto, Me parece un poco triste, Las casas que han estado mucho tiempo vacías tienen todas este aire, Y va a vivir aquí solo, Por lo visto no, hoy me mudé y ya tengo su visita, Yo no cuento, no soy compañía, Contó lo suficiente para obligarme a dejar la cama con este frío, sólo para abrirle la puerta, voy a tener que darle una llave, No sabría usarla, si pudiera filtrarme por las paredes le evitaba esta molestia, Es igual, no tome mis palabras como una censura, hasta celebro que haya venido esta primera noche, que no era fácil, Tenía miedo, Me asusté un poco cuando oí llamar, no pensé que pudiera ser usted, pero no tenía miedo, era la soledad, Vaya, la soledad, le queda mucho por aprender aún hasta que sepa qué es eso, Siempre he vivido solo, También yo, pero la soledad no es vivir solo, la soledad es no ser capaz de hacer compañía a alguien o a algo que está en nosotros, la soledad no es un árbol en medio de una llanura donde sólo está él, es la distancia entre la savia profunda y la corteza, entre la hoja y la raíz, Usted desvaría, todo cuanto dice está relacionado entre sí, no hay ahí soledad alguna, Dejemos al árbol, mire para dentro de sí y vea la soledad, Como dijo el otro, solitario andar entre la gente, Peor que eso, solitario es estar donde ni nosotros mismos estamos, Está hoy de pésimo humor, Tengo días así, No hablaba yo de esa soledad, sino de otra, la que anda con nosotros, la soportable, la que nos hace compañía, Hasta a ésa a veces no logramos soportarla, suplicamos una presencia, una voz, otras veces esa misma voz y esa misma presencia sólo sirven para hacerla intolerable, Es eso posible, Lo es, el otro día, cuando nos encontramos allí, en el mirador, recuerda, estaba usted esperando a la chica esa, la que entonces era su novia, Le he dicho que no es mi novia, Bueno, no se enfade, pero puede serlo un día, qué sabe usted lo que el mañana le reserva, Pero si podría ser su padre, Déjese de tonterías, Cambie de tema, cuénteme el resto de la historia, Era a propósito de haber estado usted

griposo, recordé un pequeño episodio de mi enfermedad, la última, definitiva y final, Vaya sarta de pleonas-
mos, ha empeorado mucho su estilo, La muerte es
pleonástica también, es incluso la cosa más pleonástica
de todas, Bueno, siga, Fue, a casa, un médico, yo estaba acostado en mi dormitorio, mi hermana abrió la
puerta, Su media hermana, por otra parte la vida está
hecha de medios hermanos, Qué quiere decir con eso,
Nada especial, siga, Abrió la puerta y le dijo al médico, entre doctor, aquí tenemos a este inútil, el inútil
era yo, claro, como ve la soledad no tiene límites, está
en todas partes, Se sintió alguna vez realmente inútil,
Es difícil responder, por lo menos no recuerdo haberme sentido verdaderamente útil, creo incluso que ésa
es la primera soledad, no sentirnos útiles, Aunque los
otros piensen lo contrario, o nosotros se lo hagamos
pensar, Los otros se engañan muchas veces, También
nosotros. Fernando Pessoa se levantó, entreabrió las
contraventanas, miró hacia fuera, Imperdonable olvido, dijo, no haber metido a Adamastor en Mensagem,
un gigante tan fácil, de tan clara lección simbólica, Lo
ve desde ahí, Lo veo, pobre gigante, Camões se sirvió
de él para expresar quejas de amor que probablemente
estaban en su alma, y para profecías menos que ob-
vias, anunciar naufragios a quien anda en el mar, para
eso no son precisos dones adivinatorios particulares,
Profetizar desgracias siempre fue señal de soledad,
si hubiera correspondido Tetis al amor del gigante, otro
hubiera sido su discurso. Fernando Pessoa estaba otra
vez sentado, en la misma posición, Va a quedarse
mucho rato, preguntó Ricardo Reis, Por qué, Tengo
sueño, No se preocupe por mí, duerma cuanto quiera, a no ser que le moleste mi presencia, Lo que me
molesta es verlo ahí sentado, al frío, No necesito cuidados especiales, hasta podría estar en mangas de camisa, pero usted no debería dormir con el batín, es algo
impropio, Voy a quitármelo. Fernando Pessoa le ex-
tendió el batín sobre la colcha, arregló las mantas, ali-
neó el embozo, maternalmente, Ahora, duerma, Mire,
Fernando, hágame un favor, apague la luz, a usted le

debe de ser igual quedarse a oscuras. Fernando Pessoa fue hasta el interruptor, el cuarto quedó en súbita oscuridad, luego, muy lentamente, la claridad de los faroles de la calle se fue insinuando por las rendijas de la ventana, una franja luminosa, tenue, indecisa polvareda, se proyectó en la pared. Ricardo Reis cerró los ojos, murmuró, Buenas noches Fernando, le pareció que había pasado mucho tiempo cuando oyó la respuesta, Buenas noches, Ricardo, contó aún hasta cien, o creyó haber contado, abrió pesadamente los ojos, Fernando Pessoa seguía sentado en la misma silla, con las manos cruzadas sobre la rodilla, imagen de abandono, de última soledad, por qué, tal vez porque no lleva gafas, pensó Ricardo Reis, y esto, en su sueño confuso, le pareció la más terrible de las desgracias. Mediada la noche despertó, ya no llovía, el mundo viajaba a través del espacio silencioso. Fernando Pessoa no había cambiado de posición, miraba hacia la cama, sin expresión alguna, como una estatua de ojos lisos. Mucho más tarde volvió Ricardo Reis a despertar, había oído el ruido de una puerta al cerrarse. Fernando Pessoa no estaba ya en la habitación, había salido con la primera luz del amanecer.

Como se ha visto ya en otros tiempos y lugares, son muchas las contrariedades de la vida. Cuando Ricardo Reis despertó, avanzada la mañana, sintió en la casa una presencia, tal vez no fuera aún la soledad, era el silencio, medio hermano de ella. Durante unos minutos vio que le huía el ánimo como si asistiese al correr de la arena en una ampolleta, repetidísima comparación a la que, pese a serlo, acudimos siempre, un día dejaremos de hacerlo, cuando tengamos una larga vida de doscientos años y seamos nosotros mismos la ampolleta, atentos a la arena que en nosotros corre, hoy no, que la vida, siendo corta, no da para tales contemplaciones. Pero estábamos hablando de contrariedades. Cuando Ricardo Reis se levantó fue a la cocina para encender el gas del calentador y descubrió que no tenía cerillas, se había olvidado de comprarlas. Y como un olvido nunca viene solo, vio que tampoco tenía colador, bien claro está que un hombre solo no sirve para nada. La solución más fácil, por más próxima, sería ir a llamar a casa de un vecino, el de abajo o el de arriba, Perdón, señora, soy el nuevo inquilino del segundo, me cambié ayer y ahora quería preparar un café, bañarme, afeitarme, pero no tengo cerillas, tampoco tengo colador para el café, pero eso es lo de menos, puedo pasar sin él, tengo un paquete de té, de eso no me he olvidado, lo peor es lo del baño, si pudiera dejarme una cerilla, muchas gracias, perdone que haya venido a molestarla. Siendo los hombres hermanos entre sí, aunque en realidad medio hermanos,

nada más natural, y ni siquiera debería salir al frío de
la escalera que bien podrían venir a preguntarle, Necesita algo, me he enterado de que se instaló aquí
ayer, ya se sabe lo que son las mudanzas, cuando no
faltan cerillas se ha olvidado uno la sal, o si tiene jabón le falta el estropajo, los vecinos son para las ocasiones. Ricardo Reis no fue a pedir socorro, nadie bajó
o subió a ofrecerle ayuda, no tuvo más remedio que
vestirse, calzarse, se puso una bufanda para ocultar la
barba crecida, se caló el sombrero hasta las cejas, irritado por su olvido y aún más por tener que salir así a
la calle en busca de cerillas. Fue primero a la ventana,
a ver qué tiempo hacía, cielo cubierto, lluvia ninguna,
Adamastor solo, aún es temprano para que vengan
los viejos a ver los barcos, a esta hora estarán en casa
afeitándose con agua fría, y quizá no, quizá las cansadas mujeres les calienten un cazo de agua, medio
templada sólo, que la virilidad de los hombres portugueses, en general máxima entre todas, no tolera
delicuescencias, basta recordar que descendemos en
línea recta de aquellos lusitanos que se bañaban en las
aguas heladas de los Montes Herminios y luego le
hacían un hijo a la lusitana. En una carbonería y taberna de la parte baja del barrio compró Ricardo Reis
los fósforos, media docena de cajas para que el carbo-
nero no encontrara mezquino el matinal negocio, pues
mucho se engañaba, que venta así, al por mayor, no
recordaba el hombre haberla hecho desde que el
mundo es mundo, que aquí aún se usa el pedir lum-
bre a la vecina. Animado por el aire frío, confortado
por la bufanda y por la ausencia de gente en la calle,
Ricardo Reis subió a ver el río, los montes de la otra
orilla, tan bajos vistos desde aquí, la estera del sol
sobre las aguas, apareciendo y desapareciendo con el
correr de las nubes bajas. Fue a dar la vuelta a la estatua, a ver quién era el autor, cuándo la habían hecho,
el año está allí, mil novecientos veintisiete, Ricardo
Reis tiene tendencia a encontrar siempre simetrías en
las irregularidades del mundo, ocho años después de
mi partida para el exilio colocaron aquí a Adamastor,

al cabo de ocho años de estar aquí Adamastor, vuelvo
yo a la patria, oh patria, me ha llamado la voz de los
egregios antepasados, entonces aparecen los viejos en
la calle, bien afeitados, la piel crispada por las arrugas
y el alumbre, llevan el paraguas al brazo, zamarras des-
abrochadas, sin corbata pero con el cuello severamente abotonado, no por ser domingo, día de respeto, sino
por una dignidad vestimentaria compatible incluso con
el andrajo. Los viejos miran a Ricardo Reis, desconfían
de aquel rondar en torno de la estatua, cada vez más
convencidos de que hay un misterio en este hombre,
quién es, qué hace, de qué vive. Antes de sentarse
extienden en las tablas húmedas del banco una arpillera
doblada, luego, con gestos medidos, pausados, de quien
no tiene prisa, se acomodan, tosen fragorosamente, el
gordo saca del bolsillo interior de la zamarra un periódico, es O Século de los donativos de caridad, siempre lo compran en domingo, un domingo uno y al
siguiente el otro, dentro de una semana le tocará al flaco. Ricardo Reis dio la segunda y la tercera vueltas en
torno de Adamastor, se da cuenta de que los viejos
están impacientes, aquella presencia inquieta no les
deja concentrarse en la lectura de las noticias que el
gordo ha de hacer en voz alta en beneficio de su propio entendimiento y en el del flaco analfabeto, du-
dando en las palabras difíciles, que aun así no lo son
en exceso, en primer lugar porque los periodistas no
olvidan nunca que escriben para el pueblo, en segundo, porque saben muy bien para qué pueblo escriben.
Bajó Ricardo Reis a la reja, allí los viejos parecieron
olvidarlo, iban ya avanzando periódico adelante, se oía
el murmullo, uno que leía, el otro que oía y comenta-
ba, en la cartera de Luis Uceda había una foto en color de Salazar, extraño indicio o azar comercial, este
país está lleno de enigmas policiales, aparece un hombre muerto en la carretera de Sintra, se dice que es-
trangulado, se dice que antes lo durmieron con éter,
se dice que durante el secuestro a que lo sometieron
pasó hambre, se dice que se trata de un asesinato cra-
puloso, palabra que desacredita inmediatamente cual-

quier delito, y, ahora se sabe, en la cartera llevaba la fotografía del sabio estadista, de este dictador paternal, como también crapulosamente, si se nos permite el paralelo, le llamó aquel escritor francés cuyo nombre queda aquí registrado para la historia, Charles Oulmont se llama, tiempo después confirmará la investigación que Luis Uceda era un gran admirador del eminente estadista y se revelará que en los cueros de dicha cartera se mostraba estampada otra demostración del patriotismo de Uceda, el emblema de la República, la esfera armilar, con sus castillos y sus quinas, y también las palabras siguientes, Prefieran productos portugueses. Discretamente, Ricardo Reis se aparta, deja apaciguados a los viejos, y tan absortos en el dramático misterio que ni cuenta se dan de la retirada.

No tuvo más historia la mañana, salvo la reluctancia trivial de un calentador fuera de uso desde hacía semanas, fue aquello un despilfarro de cerillas antes de que la llama se afirmase, y tampoco merece desarrollo particular la melancólica deglución de una taza de té y tres pastas secas, restos de la cena de ayer, y el baño en la profunda tina, un poco sarrosa, entre nubes de vapor, la cara minuciosamente rasurada, una vez, otra vez, como si tuviera una cita de mujer o viniera ella a visitarlo clandestinamente, embozada en gola y velo, ansiosa de este olor de jabón, este rasgo aromático de colonia, mientras otros olores más violentos y naturales no confunden todos los olores en un olor de cuerpo, urgente, aquel que absorben las narices estremecidas, el que ahoga el pecho tras la gran carrera. También así divagan los espíritus de los poetas, muy a ras de tierra, rozando la piel de las mujeres, hasta cuando ellas están tan lejos como ahora, cuanto aquí se diga es, por ahora, obra de imaginación, señora ésta de gran poder y benevolencia. Ricardo Reis está listo ya para salir, no hay nadie a su espera, no va a misa de once a ofrecer agua bendita a la eterna desconocida, y hasta el buen sentido le ordenaría quedarse en casa hasta la hora de comer, tiene papeles por ordenar, libros aún por leer, y una decisión que tomar, cuál va a ser su vida, qué trabajo, qué razón suficiente para vivir y trabajar, en una palabra para qué. No había pensado salir por la mañana, pero tendrá que hacerlo, sería ridículo volver a desnudarse, reconocer que se había vestido de calle sin darse cuenta de lo que hacía, así nos ocurre muchas veces, damos los dos primeros pasos por devaneo o distracción, y luego no tenemos más remedio que dar el tercero, incluso sabiendo que es errado o ridículo, el hombre es, realmente, y afirmémoslo como verdad última, un animal irracional. Entró en el dormitorio, pensó que quizá convendría hacer la cama antes de salir, no puede permitirse a sí mismo hábitos de dejadez, pero no valía la pena, no esperaba visitas, entonces se sentó en la silla donde Fernando Pessoa había pasado la noche, montó la pierna como él, cruzó las manos sobre la rodilla, intentó sentirse muerto, mirar con ojos de estatua la cama vacía, pero le latía una vena en la sien izquierda, el párpado del mismo lado se agitaba, Estoy vivo, murmuró, después en voz alta, sonora, Estoy vivo, y como no había allí nadie que pudiera desmentirle, se lo creyó. Se caló el sombrero y salió a la calle. Los viejos no estaban solos, algunos chiquillos jugaban a la pata coja saltando sobre un dibujo trazado en el suelo con tiza, de casa en casa, todas con su número de orden, muchos son los nombres dados a este juego, hay quien le llama rayuela, o el avión, o el cielo y el infierno, también podría ser la piedra o la gloria, pero su nombre más perfecto será quizá el juego del hombre, pues tal parece la figura, con el cuerpo derecho, los brazos abiertos, el arco del círculo superior formando la cabeza o pensamiento, está tumbado en las losas, mirando las nubes, mientras los chiquillos lo van pisando, inconscientes del atentado, más tarde sabrán lo que vale, cuando les llegue la vez. Hay unos soldados que han venido demasiado pronto, es probable que sólo estén reconociendo el terreno, pues, después del almuerzo, hacia la media tarde es cuando vienen las criadas, si no llueve, en caso contrario les dirá la señora, Mira, María, está lloviendo mucho, lo mejor es que no salgas, te quedas planchando, te daré una hora más el día de salida, dentro de quince días, y añadimos esto para quien no sea del tiempo de estas regalías o no haya sentido la curiosidad de enterarse de ellas. Ricardo Reis se apoyó unos minutos en la balaustrada superior, los viejos no lo vieron, el cielo se había abierto aún más, había, hacia el lado de la barra, una gran franja azul, buena entrada hará hoy quien llegue de Río de Janeiro, si es día de vapor. Fiado de las mejorías que el cielo anunciaba, Ricardo Reis empezó su paseo por el Calhariz, bajó por Camões, tuvo allí el impulso sentimental de visitar el Hotel Bragança, como esos muchachitos tímidos que han pasado su examen de básica y ya no tendrán que estudiar más en la escuela aborrecida pero van aún a visitarla y a ver a los profesores, a los compañeros de las clases inferiores, hasta que todos se cansan de la peregrinación, inútil como todas, se cansa el peregrino, empieza a ser ignorado en el lugar del culto, qué va a hacer él en el hotel, saludar a Salvador y a Pimenta, Qué, señor doctor, sentía nostalgia, charlar con Lidia, pobrecilla, tan nerviosa, adrede o casualmente llamada a recepción, Lidia, ven, que el doctor Reis quiere hablar contigo, No es por nada en particular, pasaba por aquí sólo quiero agradecerles lo bien que me trataron y lo mucho que me enseñaron, tanto en la básica como en el bachillerato, si no fui capaz de aprender más, no fue por culpa de los maestros, sino de esta cabeza mía, que no da más de sí. Bajando por la acera de la iglesia de los Mártires Ricardo Reis aspira un aire balsámico, es la exhalación preciosa de las devotas que allí dentro están, ha empezado la misa para estas gentes, las del mundo superior, aquí se identifican, si hay buen olfato, familias y esencias. Se adivina que el cielo de las miradas, por lo bien que huelen, está lleno de borlas de polveras, y sin duda el sacristán añade a la cera de velas y cirios una generosa porción de pachulí, que, caliente, moldeado y puesto a arder, más el quantum satis de incienso, causa una irresistible embriaguez del alma, un rapto de los sentidos, entonces se molifican los cuerpos, se difuminan los altares, y, definitivamente, llega el éxtasis, no sabe Ricardo Reis lo que pierde por ser adepto de religiones muertas, no se ha llegado a saber exactamente si griegas o romanas, que a ambas en el verso invoca, a él le basta que en ellas haya dioses, y no sólo Dios. Desciende a los bajos de la urbe, camino ya conocido, sosiego dominical y provinciano, sólo más tarde, tras la comida, vendrán los moradores de los barrios a ver los escaparates de las tiendas, llevan toda la semana esperando este día, familias enteras con niños en brazos o llevados de la mano, agotados al llegar la noche, roídos los calcañares por los zapatos de mala calidad, después piden un pastelillo de arroz, si el padre está de buenas y quiere dárselas de próspero, acaban todos en una pastelería, merengada para todos, y así ahorran la cena, no comer por haber comido, dice el pueblo, no es mal de peligro, más quedará para mañana. Llegada su hora almorzará Ricardo Reis, esta vez va al Chave de Ouro, un bistec para quitarse el empalago, y luego, por anunciarse la tarde tan larga, cuántas horas pasarán aún antes de que anochezca, compra una entrada para el cine, va a ver El batelero del Volga, película francesa, con Piérre Blanchard, qué Volga habrán logrado inventar en Francia, las películas son como la poesía, arte de la ilusión, acomodándole un espejo se hace de un charco un océano. Cambió entretanto el tiempo, a la salida del cine amenazaba lluvia y decidió tomar un taxi, menos mal, porque apenas acababa de entrar en casa, apenas había colgado el sombrero y se había quitado la gabardina, oyó dos golpes con el aldabón de hierro de la puerta, segundo piso, es para mí, pensó que quizá fuera Fernando Pessoa, a la luz del día, anunciándose ruidosamente, contra su costumbre, puede aparecer un vecino en la ventana, preguntando, Quién es, y empezar a pegar gritos, Ay, un alma en pena, un alma del otro mundo, si con tal facilidad la identificaba sería por conocer bien las almas de éste.

Abrió él la ventana, miró, era Lidia abriendo ya el paraguas, caían las primeras gotas, gruesas, pesadas, Qué habrá venido a hacer, y si un minuto antes la soledad le parecía la más desgraciada manera de estar vivo, ahora le molestaba la intrusa, aun pudiendo, si quisiera, aprovecharla para distracción del cuerpo, en erótico combate, para tranquilidad de los nervios y sosiego de pensamientos. Fue a la escalera a tirar del alambre, vio a Lidia que subía, agitada y cautelosa, si hay contradicción entre estos dos estados ella la resolvió, y retrocedió hacia entrepuertas, sin ostensiva sequedad, sólo reservada con ese tanto de reserva que la sorpresa puede justificar, No te esperaba, hay algo nuevo, eso fue lo que dijo mientras ella entraba, cerrada ya la puerta, hay que ver, no hay vecinos como éstos, aún no les conocemos ni el nombre ni la cara. Lidia avanzó un paso, ofreciéndose al abrazo, y él la satisfizo, creyendo que lo hacía simplemente por complacerla, pero al instante siguiente lo hacía ya con fuerza, la besaba en el cuello, aún no consigue besarla igualitariamente en la boca, sólo estando acostados, cuando el momento supremo se aproxima y se pierde el sentido, ella ni a tanto se atreve, se deja besar cuanto él quiere, y todo lo demás, pero hoy no, He venido sólo para saber si está usted bien instalado, ha aprendido esta frase en la industria hotelera, ojalá no me echen en falta, y ver si la casa esta arreglada, él quería llevarla al dormitorio, pero ella se zafó, No puede ser, no puede ser, y le temblaba la voz, pero la voluntad era firme, es sólo un modo de decir porque realmente su voluntad sería acostarse en aquella cama, recibir a aquel hombre, sentir su cabeza en el hombro, sólo esto y nada más, sólo acariciarle el pelo como quien no se atreve a todo, si tanto podía permitirse, eso es lo que quisiera, pero en el mostrador de recepción, en el Hotel Bragança, anda ya Salvador preguntando, Pero dónde diablos se ha metido Lidia, y Lidia recorre la casa como si lo estuviera oyendo, con sus ojos expertos va registrando los fallos, no hay escoba ni cubos, ni bayetas ni trapos para quitar el polvo, ni jabón de fregar, ni jabón de olor, ni lejía, ni piedra pómez, ni escoba dura, ni papel higiénico, los hombres son descuidados como niños, se embarcan hacia el otro lado del mundo, a descubrir los caminos que llevan a la India, y, luego, ah de la gente, socorro, les falta lo esencial, qué será, o el simple color de la vida, el que sea. En esta casa, lo que sobra es polvo, borra en los rincones, esos hilos, a veces pelos grises que las generaciones van dejando caer, y cuando la vista se cansa ya ni cuenta se dan, hasta a las arañas les envejecen las telas, el polvo las vuelve pesadas, un día muere el insecto, queda el cuerpo seco, las patas encogidas en su túmulo aéreo, con los restos casi polvorientos de las moscas, nadie escapa a su destino, nadie queda para simiente, ésta es una gran verdad. Luego anuncia Lidia que vendrá el viernes a hacer limpieza, traerá lo que falta, es su día de descanso, Y no irás a ver a tu madre, Le mando recado, luego veré si puedo ir, llamaré a una mercería que hay junto a su casa, ellos le avisarán, Pero necesitarás dinero para las compras, Pongo del mío, luego hacemos cuentas, De ningún modo, toma, cien escudos bastarán supongo, Ay Dios mío, cien escudos es una fortuna, Pues aquí te espero el viernes, pero me molesta que vengas a limpiar, Qué más da, así como está la casa no se puede vivir, Luego te haré un regalo, No quiero regalos, hágase cuenta de que soy su asistenta, Todo el mundo debe tener su salario, Mi salario es el buen trato, esta palabra merecía realmente un beso, y Ricardo Reis se lo dio, al fin en la boca. Ya él tenía la mano en el pomo de la puerta, parece que no queda nada que decir, se ha firmado el contrato, pero Lidia, de repente, le dio la noticia, precipitó las palabras como si no pudiera aguantar más o como si quisiera librarse de ellas lo antes posible, la señorita Marcenda llega mañana, han llamado de Coimbra, quiere usted que le diga dónde vive, preguntó, con igual rapidez dio la respuesta Ricardo Reis, hasta parecía que se hubiera preparado para ella previamente, No, no quiero, haz como si no supieras nada, se sintió feliz Lidia por ser la única depositaria

del secreto, muy engañada va, baja ligera la escalera,
y al fin se entreabrió la puerta del primero, ya era
hora de que la gente de la casa mostrara cierta curiosidad, ella dice hacia arriba, como si repitiera un acuerdo de prestación de servicios, Entonces, hasta el
viernes, señor doctor, el viernes me tendrá aquí para
limpiarle la casa, era como si le dijera a la fisgona, A
ver si se entera, so chismosa, yo soy la asistenta del
inquilino nuevo, lo oye, y no empiece a imaginar otras
cosas, de él no conozco ni mesa ni cama, y saluda,
muy educada, Buenas tardes, señora, la otra ni le responde apenas, mira desconfiada, no es normal que
una asistenta sea así, tan ágil y pizpireta, normalmente arrastran las piernas, renqueantes de reuma o de
varices, la vecina la sigue con una mirada seca y fría
mientras Lidia baja, qué fisgona, en el descansillo de
arriba ya ha cerrado la puerta Ricardo Reis, consciente de su doblez y analizándola, No, no le des mi dirección a Marcenda, si fuera un hombre leal y verdadero,
debería haber añadido, La sabe ya, le escribí una carta
a lista de correos, confidencialmente, para que el padre no se entere. Y si quisiera ir más adelante en su
confesión, abrir el pecho, diría, Ahora me voy a quedar en casa, sólo saldré para comer, y aún así será con
prisas, mirando el reloj, estaré en casa a todas horas,
noche, mañana y tarde, durante todo el tiempo en que
esté ella en Lisboa, mañana, que es lunes, no va a
venir, seguro, llega por la tarde en el tren, pero quizá
aparezca el martes o el miércoles, o el jueves, o el
viernes, no, el viernes no, que tendré aquí a Lidia lim-
piando, Pero qué importa esto, la cosa estaba en poner a cada una en su sitio, la criada y la chica de buena
familia, no había peligro de que se mezclaran, Marcenda
nunca pasa tantos días en Lisboa, viene sólo al médico,
es verdad que está también lo del lío de su padre, Muy
bien, y usted, qué espera usted que ocurra si ella viene a su casa, No espero nada, me limito a desear que
venga, Cree que una chica como Marcenda, con la esmerada educación que ha recibido, y el riguroso código moral de su padre notario, va a ir a ver a un hombre

soltero, en su propia casa, sola, cree que en la vida ocurren cosas así, Un día le pregunté por qué quería verme, y respondió que no lo sabía, en un caso así ésta es la respuesta que da más esperanzas, creo yo, Uno no sabe, el otro tampoco, Parece que sí, Exactamente como estuvieron Adán y Eva en el paraíso, Exageración suya, ni esto es el paraíso ni ella es Eva, ni yo Adán como sabe, Adán era algo más viejo que Eva, una diferencia sólo de horas o de días, no lo sé exactamente, Adán es cualquier hombre, Eva cualquier mujer, iguales, diferentes y necesarios, y cada uno de nosotros es el hombre primero y la primera mujer, únicos cada vez, Aunque, si uno lo piensa bien, la mujer sigue siendo más Eva que el hombre Adán, Afortunadamente, Habla así para recordar su propia experiencia, No, hablo así porque a todos nos conviene que sea así, Lo que usted querría, Fernando, sería volver al principio, No me llamo Fernando, Ah.

Ricardo Reis no salió a cenar. Tomó té y pastas secas en la mesa del comedor, acompañado por siete sillas vacías, bajo una lámpara de cinco brazos con dos bombillas fundidas, de las pastas comió tres, quedó una en el plato, recapituló y vio que le faltaban dos números, el cuatro y el seis, rápidamente supo encontrar el primero, estaba en las esquinas del comedor rectangular, pero para descubrir el seis tuvo que levantarse, buscar aquí y allá, en esa busca dio con el ocho, las sillas vacías, al fin decidió que sería él el seis, podía ser cualquier número, si realmente era, como parecía demostrado, una serie innumerable de yoes. Con una sonrisa a medias de ironía y de tristeza movió la cabeza y murmuró, Creo que me estoy volviendo loco, después fue al cuarto, se oía en la calle un murmullo continuo de agua, la que caía del cielo, la que corría por las regueras de la calle hacia los bajos de Boavista y de Conde Barão. Fue al montón de libros aún desordenados y sacó The god of the labyrinth, se sentó en la silla donde había estado Fernando Pessoa, se tapó las piernas con una de las mantas de la cama y empezó a leer, comenzando de nuevo por la primera página,

El cuerpo, que fue encontrado por el primer jugador
de ajedrez, ocupaba, con los brazos abiertos, las casillas de los peones del rey y de la reina, y las dos siguientes, en dirección al campo adversario. Continuó
la lectura, pero, antes incluso de llegar al punto donde había dejado la historia, empezó a sentir sueño. Se
acostó, leyó aún dos páginas con esfuerzo, se quedó
dormido en un claro del párrafo, entre las jugadas trigésimo séptima y trigésimo octava, cuando el segundo jugador reflexionaba sobre el destino del alfil. No
se levantó para apagar la luz del techo, pero la luz
estaba apagada cuando despertó a media noche, pensó que sin duda se había levantado, que accionara el
interruptor, son cosas que hacemos medio inconscientes, el cuerpo, por sí mismo, evita cuanto puede las
incomodidades, por eso dormimos en vísperas de
una batalla o de la ejecución, por eso, en definitiva,
morimos cuando ya no logramos seguir soportando la
violenta luz de la vida.

Por la mañana, los astros seguían cargados.
Como se había olvidado de cerrar las contras, la matinal claridad cenicienta llenaba el cuarto. Tenía ante
sí un día largo, una larga semana, todo lo que quería era
quedarse tumbado, en la tibieza de las mantas, dejando crecer la barba, volverse musgo, hasta que alguien
viniera a llamar a su puerta, Quién es, Soy Marcenda,
y él exclamaría alborozado, Un momento, en tres
segundos quedaba presentable de barba y pelo, oloro-
so del baño, vestido de limpio y con el rigor que exi-
ge tan esperada visita, Entre, entre, por favor, qué
sorpresa tan agradable. No una vez, sino dos, llamaron a su puerta. La primera fue la lechera, para saber
si el señor doctor quería que le llevara leche todas las
mañanas, luego el panadero, para saber si el señor
doctor quería que le llevara el pan todas las mañanas,
y a ambos respondió que sí, Entonces, deje usted por
la noche la lechera sobre la alfombrilla, Entonces, deje
usted por la noche la bolsa del pan en la agarradera
de la puerta, Pero quién les dijo que he venido a vivir
aquí, Fue la señora del primero, Ah, y el pago, cómo

lo haremos, Si quiere, puede pagar por semanas, o al mes, Pues por semanas, Bien, señor doctor, no preguntó Ricardo Reis cómo se habían enterado de que era médico, es ésta una pregunta que más vale no hacer, por otra parte, nosotros oímos a Lidia dándole aquel tratamiento mientras bajaba la escalera, allí estaba la vecina, y oyó también. Con leche, té y pan tierno hizo Ricardo Reis un saludable desayuno, faltaba la mantequilla y la compota, pero estas vienas finísimas pasan bien sin adobo, si la reina María Antonieta, en su tiempo, hubiera tenido un pan así, no habría tenido que alimentarse de brioches. Ahora, sólo falta el periódico, pero hasta eso llegará en su momento. Está Ricardo Reis en el dormitorio, oye el pregón del vendedor, O Século, Notícias, abre rápidamente la ventana, y ahí viene el periódico por los aires, doblado como una carta con secreto, húmedo de la tinta y del tiempo, tal como está no va a dejarlo secar, le queda en los dedos aquel negror viscoso, un poco grasiento, como de grafito, en adelante todas las mañanas llegará este palomo mensajero a llamar a sus cristales, hasta que desde dentro abran, se oye el pregón en el fondo de la calle, después, si tarda la ventana en abrirse, como ocurre casi siempre, sube el periódico por los aires, rodando como un disco, la primera vez golpea, la segunda vuelve, ya apareció Ricardo Reis, abrió de par en par y recibe en los brazos al alado mensajero que trae las noticias del mundo, se inclina sobre el alféizar para decir, Gracias, Manuel, y el vendedor responde, Hasta mañana, señor doctor, pero esto será después, por ahora aún está el acuerdo por combinar, este pago será por meses, con los clientes seguros es así, se ahorra tiempo y el trabajo de andar cobrando unos céntimos cada día, una miseria.

Ahora, esperar. Leer los periódicos, y este primer día también los de la tarde, releer, medir, ponderar y corregir las odas desde el principio, volver al laberinto y a su dios, mirar el cielo desde la ventana, oír hablar en la escalera a la vecina del primero, darse cuenta de que aquellas voces agudas van destinadas a él, dormir, dormitar y despertarse, salir sólo a comer, a la carrera, allí cerca, en una casa de comidas de Calhariz, volver a leer los periódicos ya leídos, las odas enfriadas, a las seis hipótesis de desarrollo de la cuadragésimo nona jugada, pasar ante el espejo, volver atrás para saber si aún está allí quien ante él pasó, decidir que este silencio es insoportable sin una nota musical, que uno de estos días va a comprarse un gramófono, y, para informarse de lo que mejor le conviene busca los anuncios de las marcas, Belmont, Philips, RCA, Philco, Pilot, Stewart-Warner, va tomando notas, escribe super-heterodino sin entender más que lo de super, e incluso así con dudas, y, pobre hombre solitario, se pasma ante un anuncio que promete a las mujeres un pecho impecable en tres o cinco semanas por los métodos parisinos Exuber, de acuerdo con los tres desiderata fundamentales, Bust Raffermer, Bust Developer, Bust Reducer, algarabía anglo-francesa de cuya traducción en resultados se encarga Madame Hélène Duroy, Rue de Miromesnil, que está, naturalmente, en París, donde todas aquellas espléndidas mujeres que allí hay se aplican estos métodos para endurecer, desarrollar y reducir, sucesivamente o al mismo tiempo. Ricardo Reis examina otros miríficos anuncios, el del reconstituyente Banacao, el del Vino Nutritivo de Carne, el del automóvil Jowett, el del elixir bucal Pargil, el del jabón Noche de Plata, el del vino Evel, el de las obras de Mercedes Blasco, el de la Selva, el de los Saltratos Rodel, el de las insistentes Cartas de la monja portuguesa, el de los libros de Blasco Ibáñez, el de los cepillos de dientes Tek, el del Veramón calmante, el de la Tintura Novia para el cabello, el de Desodorol para los sobacos, y vuelve luego, resignado a las noticias ya leídas, ha muerto Alexander Glazunov, autor de Stenka Rázine, por Salazar, ese dictador paternal, fueron inaugurados unos comedores en la Fundación Nacional para la Alegría en el Trabajo, Alemania anuncia que no retirará sus tropas de Renania, nuevos temporales causan estragos en Ribatejo, se ha declarado el estado de guerra en Brasil, cientos de perso-

nas han sido detenidas, palabras de Hitler, O somos
dueños de nuestro destino o perecemos, han sido
enviadas fuerzas militares a la provincia de Badajoz
donde millares de trabajadores invadieron propiedades
rurales, en la Cámara de los Comunes algunos oradores afirman que debe reconocérsele al Reich la igualdad de derechos, nuevas y palpitantes noticias del caso
Uceda, ha empezado a filmarse Revolución de Mayo,
que cuenta la historia de un forajido que entra en
Portugal para hacer la revolución, no aquélla, otra, y
es convertido a los ideales nacionalistas por la hija de
la dueña de la pensión donde se hospeda clandesti-
no, esta noticia la leyó Ricardo Reis una, dos, tres
veces, a ver si liberaba un confuso eco que zumbaba
en el fondo recóndito de la memoria, Esto me recuerda algo, pero no lo consiguió en las tres veces, y sólo
cuando había pasado ya a otra noticia, huelga general
en La Coruña, el tenue murmullo se definió y se hizo
claro, ni siquiera se trataba de un recuerdo antiguo,
era la Conspiración, ese libro, esa Marilia, la historia
de esa otra conversión al nacionalismo y a sus ideales
que, vistas las pruebas que nos dan, sucesivas, tienen
en las mujeres actitudes propagandistas con resultados tan magníficos que ya la literatura y el séptimo
arte dan nombre y merecimiento a esos ángeles de
pureza y abnegación que buscan fervorosamente a las
almas masculinas extraviadas, y si perdidas, aún mejor, que ni una se les resiste, ojalá le pongan la mano
encima a él, y la mirada purísima bajo la lágrima sus-
pensa, no tienen que mandar citaciones, no interro-
gan sibilinas, como el director adjunto, no asisten
vigilantes como Víctor. Son plurales estas femeninas
artes, exceden, multiplicándolas, a todas las demás,
ya mencionadas, de endurecer, desarrollar y reducir,
y quizá sería más riguroso decir que todas se resumen
liminarmente en éstas, tanto en sus sentidos literales
como en las decurrencias y concurrencias, incluyendo los arrojos y exageraciones de la metáfora, los
libertinajes de la asociación de ideas. Santas mujeres,
agentes de salvación, monjas portuguesas, sorores

marianas y piadosas, estén donde estén, en conventos o en burdeles, en palacios o en cabañas, hijas de la dueña de pensión o hijas de senador, qué mensajes astrales y telepáticos trocarán entre sí para que, de tan diferentes seres y condiciones, según nuestros terrenales criterios, resulte una acción tan concertada, igualmente conclusiva, rescatarse el hombre perdido, que al contrario de lo que afirma el dicho siempre espera consejos, y, como supremo premio, unas veces le dan su amistad de hermanas, otras el amor, el cuerpo y las conveniencias de la esposa estremecida. Por eso el hombre mantiene viva y perenne la esperanza de la felicidad que vendrá, si viene, en alas del ángel bueno bajado de las alturas y de los altares, porque, en fin, confesémoslo de una vez, todo esto no son más que manifestaciones secundarias del culto mariano, secundinas, si se nos autoriza la palabra, Marilia y la hija de la dueña de la pensión, humanos avatares de la Virgen Santísima, piadosamente mirando y poniendo las manos lenitivas en las llagas físicas y morales, obrando el milagro de la salud y de la conversión política, la humanidad dará un gran paso hacia delante cuando comiencen a mandar este tipo de mujeres. Ricardo Reis sonreía entretanto mentalmente, y desafiaba estas irreverencias tristes, no es agradable ver a un hombre sonriendo solo, y peor aún si sonríe ante el espejo, la suerte es que haya una puerta cerrada entre él y el mundo. Entonces pensó, Y Marcenda, qué mujer será Marcenda, la pregunta es inconsecuente, mero entretenimiento de quien no tiene con quién hablar, primero habrá que ver si tiene valor para venir a esta casa, luego tendrá que decir, aunque no sepa o no quiera hacerlo con palabras, por qué vino, y para qué, a este lugar cerrado y retirado, que es como una enorme tela de araña en cuyo centro está a la espera la tarántula herida.

Hoy es el último día del plazo que nadie marcó. Ricardo Reis mira el reloj, pasan unos minutos de las cuatro, tiene la ventana cerrada, hay pocas nubes en el cielo, y van altas, si no viene Marcenda no tendrá la fácil justificación de los últimos tiempos, Yo habría ido con mucho gusto, pero llovía tanto, cómo iba a salir del hotel, aun estando ausente mi padre con sus líos, supongo, Salvador el gerente no dejaría de preguntarme, con la confianza que le dimos, Sale usted, señorita Marcenda, con esta lluvia. Una vez, diez veces, miró Ricardo Reis el reloj, las cuatro y media, Marcenda no ha venido y no vendrá, la casa se va oscureciendo, los muebles se ocultan en una penumbra trémula, ahora es posible comprender el sufrimiento de Adamastor. Y como prolongarlo más sería crueldad, suenan en el último minuto dos golpes en el llamador de la puerta. La casa pareció estremecerse de arriba abajo como si una onda sísmica atravesara sus cimientos. Ricardo Reis no corrió a la ventana, y no sabe quién va a entrar cuando sale a la escalera a tirar del alambre, oye a la vecina del piso de arriba abrir la puerta, oye decir, Ah, perdone, creí que había golpeado aquí, es una frase conocida, legada y transmitida por generaciones de vecinas curiosas de la vida ajena, con una pequeña modificación en los términos si la aldaba manual ha sido sustituida por el timbre eléctrico, entonces dicen tocar, en vez de golpear, pero la mentira es la misma. Es Marcenda. Inclinado sobre el pasamanos, Ricardo Reis la ve subir, mediado el primer tramo de escalera mira hacia arriba, como asegurándose de que realmente vive aquí la persona a quien busca, sonríe, él sonríe también, son sonrisas que tienen un destino, no van dirigidas al espejo, ésa es la diferencia. Retrocede Ricardo Reis hacia la puerta, Marcenda sube el último tramo, sólo entonces se da cuenta de que no ha encendido la luz de la escalera, va a recibirla casi a oscuras, y mientras duda sobre lo que debe hacer, encender o no encender, hay otro nivel de pensamiento en que se expresa una sorpresa, cómo fue posible que apareciera tan luminosa la sonrisa de Marcenda, vista desde aquí arriba, ante mí ahora, qué palabras habrá que decir, no puedo preguntar, Cómo va todo, o exclamar plebeyo, Mira quién está aquí, o lamentarme romántico, No la esperaba ya, estaba desesperado, por qué tardó tanto, ella entró, yo cierro la puerta, ninguno ha dicho nada aún, Ricardo Reis le coge la mano derecha, sólo quiere guiarla en este laberinto doméstico, nunca hacia el dormitorio, sería impropio, hacia el comedor sería ridículo, en qué sillas de la amplia mesa se iban a sentar, uno al lado del otro, enfrentados, y cuántos serían, innumerables él, ella, sin duda, no única, vamos pues al despacho, ella en una butaca, yo en otra, entraron ya, están al fin encendidas todas las luces, la del techo, la de la mesa, Marcenda mira alrededor los muebles pesados, las dos estanterías con pocos libros, el secante verde, entonces Ricardo Reis dice, Voy a besarla, ella no respondió, con gesto lento sujetó el codo izquierdo con la mano derecha, qué significado tendrá este movimiento, una protesta, una petición de tregua, una rendición, el brazo así cruzado ante el cuerpo es una barrera, tal vez un rechazo, Ricardo Reis avanzó un paso, ella no se movió, otro paso, casi la toca, entonces Marcenda suelta el codo, deja caer la mano derecha, la nota muerta como la otra está, la vida que hay en ella se divide entre el violento corazón y las rodillas trémulas, ve el rostro del hombre aproximarse lentamente, siente que se le va formando un sollozo en la garganta, en la suya, en la de él, los labios se rozan, es esto un beso, piensa, pero esto es sólo el principio del beso, la boca de él se aprieta contra la suya, los labios de él abren sus labios, es ése el destino del cuerpo, abrirse, ahora los brazos de Ricardo Reis la ciñen por la cintura y por los hombros, la aprietan contra él, y el seno se comprime por primera vez contra el pecho de un hombre, ella comprende que el beso no ha acabado aún, que en este momento es inconcebible que pueda acabar y volver el mundo del principio, a su primera ignorancia, comprende también que debe hacer algo más que estar de brazos caídos, la mano derecha sube hasta el hombro de Ricardo Reis, la mano izquierda está muerta, o dormida, por eso suena, y en el sueño recuerda los movimientos que hizo en otro tiempo, elige, relacio-

na, encadena los que, soñando, la alzan hasta la otra
mano, ahora ya se pueden entrelazar dedos con dedos, cruzarse por detrás de la nuca del hombre, no
debe nada a Ricardo Reis, responde al beso con el beso,
a las manos con las manos, lo pensé cuando decidí
venir, lo pensé cuando salí del hotel, lo pensé cuando
subía aquella escalera y lo vi inclinado sobre el pasamanos, Va a besarme. La mano derecha se retira del
hombro, resbala exhausta, la izquierda nunca ha estado allí, y a la altura del cuerpo inicia un movimiento
de retracción, el beso ha alcanzado el límite en que ya
no puede bastarse a sí mismo, separémonos antes de
que la tensión acumulada nos haga pasar al estadio
siguiente, el de la explosión de otros besos, precipita-
dos, breves, sofocantes, en que la boca ya no se satis-
face con la boca, pero a ella vuelve constantemente,
quien de besos tenga alguna experiencia sabe que es
así, no Marcenda, por primera vez abrazada y besada
por un hombre, y ahora se da cuenta, se da cuenta
todo su cuerpo dentro y fuera de la piel, que cuanto
más se prolongue el beso mayor se hará la necesidad
de repetirlo, ansiosamente, en un crescendo sin final
posible en sí mismo, será otro el camino, como ese
sollozo de la garganta que no crece y no se desata, es
la voz la que pide, inaudible, Déjeme, y añade, movida por no sabe qué escrúpulos, como si tuviera miedo
de haberle ofendido, Déjeme sentarme. Ricardo Reis
la acompaña hasta la butaca, la ayuda, no sabe qué va
a hacer luego, qué frase sería conveniente, si recitar
una declaración de amor, si pedir simplemente perdón, si arrodillarse a los pies de ella, si quedar en
silencio a la espera de que ella hable, todo le parecía
falso, deshonesto, la única verdad profunda fue decir,
Voy a besarla, y haberlo hecho. Marcenda está sentada, ha posado la mano izquierda en el regazo, bien a
la vista, como si la tomara por testigo, Ricardo Reis se
sentó también, se miraban, sintiendo ambos su propio cuerpo como una gran caracola murmurante, y
Marcenda dijo, No debería decírselo, pero esperaba
que me besase. Ricardo Reis se inclinó hacia delante,

le cogió la mano derecha, la llevó a sus labios, habló al
fin, No sé si la besé por amor o por desesperación, y
ella respondió, Nadie me ha besado antes, por eso no
sé distinguir entre la desesperación y el amor, Pero, al
menos, sabrá lo que sintió, Sentí el beso como el mar
debe sentir la ola, si es que estas palabras tienen algún
sentido, pero esto es decir lo que siento ahora, no lo
que sentí entonces, Estuve esperándola todos estos días,
preguntándome qué pasaría si viniese, y nunca pensé
que las cosas fueran a ser así, fue al entrar en este despacho cuando comprendí que besarla sería el único
acto que tendría algún sentido, y cuando hace un momento le dije que no sabía si la había besado por amor
o por desesperación, si en aquel momento supe lo que
significaba, ahora ya no lo sé, Quiere decir que, en
definitiva, no está desesperado, o que no me ama, Creo
que todo hombre ama siempre a la mujer a quien está
besando, aunque sea por desesperación, Y qué razones tiene para sentirse desesperado, Una sola, este
vacío, Y se queja alguien que puede servirse de las dos
manos, Yo no estoy quejándome, digo sólo que es
necesario estar muy desesperado para decirle a una
mujer, así, como yo dije, voy a besarla, Podría haberlo
dicho por amor, Por amor la besaría, no lo diría primero, Entonces no me ama, Me gusta usted, También usted me gusta a mí, Y, no obstante, no nos besamos por
eso, Realmente no, Qué vamos a hacer ahora, después
de lo que ha ocurrido, Estoy aquí sentada, en su casa,
ante un hombre con quien he hablado tres veces en mi
vida, he venido a verlo, a hablar con usted y a ser besada, no quiero pensar en nada más, Un día tendremos
que hacerlo, Un día quizá, no hoy, Voy a preparar un
té, tengo ahí pastas, Le ayudaré, luego tendré que irme,
puede llegar mi padre al hotel, preguntar por mí, Póngase cómoda, quítese la chaqueta, Estoy bien así.

Tomaron el té en la cocina, luego Ricardo Reis
le enseñó la casa, en el dormitorio no pasaron de la puerta, sólo una mirada, volvieron al despacho, Marcenda
preguntó, Ha empezado ya a visitar enfermos, Aún
no, montaré posiblemente un consultorio, aunque sea

por poco tiempo, cuestión de readaptarme, Será empezar, Eso es lo que todos precisamos, empezar, Ha vuelto a molestarlo la policía, No, y ahora ni saben dónde vivo, Si quieren saber, lo sabrán en seguida, Y su brazo, Mi brazo, basta mirarlo, ya no espero remedio, ahora mi padre, Su padre, Mi padre cree que debo ir a Fátima, dice que si tengo fe puede operarse el milagro, que ha habido otros, Cuando se cree en milagros ya no hay nada que esperar de la esperanza, Lo que creo es que los amoríos de mi padre están llegando al final, han durado mucho, Dígame, Marcenda, en qué cree usted, En este momento, Sí, En este momento sólo creo en el beso que me ha dado Podemos darnos otro, No, Por qué, Porque no tengo la seguridad de que sintiera lo mismo, y ahora, me voy, salimos mañana por la mañana. Ricardo Reis la acompañó, ella le tendió la mano, Escríbame, yo también le escribiré, Hasta dentro de un mes, Si es que mi padre aún quiere, Si no vienen, iré yo a Coimbra, Déjeme marchar ahora, Ricardo, antes de que sea yo quien le pida un beso, Marcenda, quédese, No. Bajó rápidamente la escalera, sin mirar hacia arriba, sonó la puerta de la calle al cerrarse. Cuando Ricardo Reis entró en el dormitorio oyó pasos sobre su cabeza, luego se abrió una ventana, es la vecina del tercero que quiere salir de dudas, por la manera de andar sabrá qué especie de mujer visitó al nuevo inquilino, si le da aire a las caderas, ya se sabe, o mucho me engaño o hay aquí, gran falta de respeto, una casa que siempre ha sido tan sosegada, tan seria.

Diálogo y juicio, Ayer vino una, hoy está ahí otra, dice la vecina del tercero, Por la que estuvo ayer no pondría las manos en el fuego, pero vi llegar a la de hoy, es la que viene a hacerle la limpieza, dice la del primero, Pues no tiene pinta de asistenta, Sí, eso sí, parece más bien criada de gente fina, si no la viera cargada de paquetes, y llevaba jabón de almendra, lo conocí por el olor, y llevaba también unas escobas, yo estaba aquí en la escalera, sacudiendo el felpudo, cuando entró ella, La de ayer era una chica joven, y llevaba un sombrero muy bonito, de estos que se llevan ahora, la verdad es que no paró mucho, qué piensa usted, Francamente, vecina, no sé qué decirle, se mudó hace ocho días y ya han entrado en su casa dos mujeres, Ésta vino a limpiar, es natural, un hombre solo necesita quien le ponga orden en casa, la otra puede ser de la familia, porque tendrá familia, digo yo, Pero lo que me da qué pensar es que en toda la semana él no salió de casa más que a la hora de comer, se habrá dado cuenta supongo, noche y día metido en casa, Y sabía usted ya que es doctor, Lo supe luego, la asistenta lo trató de señor doctor cuando vino el domingo, Será doctor médico, o doctor abogado, Eso no lo sé, pero puede estar tranquila que cuando vaya a pagar el alquiler, como quien no quiere la cosa, lo pregunto, el administrador debe saberlo, Pues si es médico digámoslo, siempre es bueno tener uno en la casa, por si se presenta una necesidad, Con tal que sea de confianza, Voy a ver si cojo un día a la mujer de la limpie-

za para decirle que tiene que hacer su tramo de escalera todas las semanas, esta escalera siempre ha dado
gloria verla, Claro, a ver si va a creerse que vamos
nosotras a ser sus criadas, Era lo que faltaba, pues no
sabe con quién trata, así terminó la vecina del tercero,
y concluyó así el juicio y el diálogo, queda sólo por
mencionar la escena muda que fue subir a su casa
muy suavemente, pisando de puntillas los peldaños
con las zapatillas de orillo, y junto a la puerta de Ricardo Reis se detuvo a la escucha, con el oído pegado
a la cerradura, oyó un rumor de agua corriendo, la
voz de la asistenta que cantaba en voz baja.

Fue un día de mucho trabajo para Lidia. Había
traído una bata, se la puso, se ató el pelo y lo cubrió
con un pañuelo, y, remangándose, se lanzó a la tarea
con alegría, esquivando los juegos de manos de Ricardo Reis, de pasada, que se creía en el deber de
intentar algo, error suyo, falta de experiencia o de
psicología, que esta mujer no quiere ahora más placer
que este de limpiar, lavar, barrer, ni esfuerzo es para
ella de tan habituada como está, y por eso canta, en
voz baja para que los vecinos no se sorprendan de las
libertades que se toma la asistenta ya el primer día
que viene a trabajar a la casa del doctor. Cuando llegó
la hora del almuerzo, Ricardo Reis, que durante la
mañana había sido sucesivamente desalojado del dormitorio al despacho, del despacho a la sala, de la sala
a la cocina, de la cocina al trastero, del trastero al cuarto
de baño, y del cuarto de baño para repetir el mismo
recorrido en sentido inverso, con rápidas incursiones
a dos cuartos vacíos, cuando vio que era la hora de
comer y que Lidia no dejaba el trabajo, dijo, con cierto embarazo de voz que encubría una reserva mental,
Sabes, no tengo comida en casa, si estas palabras no
fueran la mala traducción de un pensamiento, digámoslo de otro modo, si no fueran máscara enmascara-
da, la frase sería oída así, Voy a comer, pero a ti no te
quiero llevar al restaurante, no quedaría bien, y cómo
te las vas a arreglar, y ella respondería con las mismas
exactas palabras que está pronunciando ahora, que al

menos no tiene Lidia dos caras, Vaya a comer, vaya, que yo he traído un cazuelo de sopa del hotel y un trozo de carne guisada, los caliento y comeré como una reina, y no tiene por qué venir en seguida, que andamos aquí tropezando los dos, y diciéndole esto se reía, se limpiaba con el dorso de la mano izquierda el rostro sudado, con la otra colocaba el pañuelo de la cabeza que tenía tendencia a deslizarse. Ricardo Reis le tocó en el hombro, dijo Bueno, pues hasta luego, y salió, iba por medio de la escalera cuando oyó que se abrían las puertas del primero y del tercero, eran las vecinas que venían en coro a decirle a Lidia, Oiga, no se olvide de fregar el tramo de su señor, pero al ver al doctor se metieron rápidamente para dentro, cuando Ricardo Reis llegue a la acera la vecina del tercero bajará al primero y las dos se pondrán a cuchichear, Ay qué susto, Y ha visto cómo deja a la asistenta sola en casa, dónde se han visto esas confianzas, Quizá trabajaba ya para él en la otra casa, Es posible, vecina, es posible, no digo que no, pero también es posible que ahí haya un lío, que los hombres son unos calaveras que todo lo aprovechan, Pero éste es un doctor, Mire vecina, lo mismo es un curandero de mala muerte, y en cuanto a hombres, quien no los conozca que los compre, Pues el mío aún no es de los peores, Y el mío igual, Hasta luego vecina, y no me deje escapar a la mujer esa, Descuide que por aquí no pasa sin que le eche el guante. No fue necesario. Mediada la tarde, Lidia salió al descansillo armada de escoba y pala, de agua y jabón, de estropajo y cepillo, la del tercero abrió suavemente la puerta y se quedó mirando desde arriba, la escalera resonaba con los golpes del cepillo en las tablas de los peldaños, la bayeta absorbía el agua sucia y luego era exprimida en el balde, tres veces renovó Lidia el agua, de arriba abajo de la casa se respira el buen olor del jabón de almendra, no hay nada que decir, esta mujer sabe su oficio, lo reconoce expresamente la del primero, que al fin pudo meter baza con el pretexto de coger el felpudo que había dejado fuera, precisamente cuando Lidia llegaba a su descansillo, Ay, chica, estás dejando una escalera como para comer en ella, menos mal que vino un señor tan escrupuloso al segundo, El señor doctor lo quiere todo muy limpio, es muy exigente, Pues así da gusto, Vaya limpieza, estas dos palabras no las dijo Lidia sino la vecina del tercero, inclinada sobre el pasamanos, hay cierta voluptuosidad, una sensualidad en esta manera de mirar las tablas húmedas, de aspirar el limpio aroma de la madera, una fraternidad femenina en los trabajos domésticos, una especie de mutua absolución, incluso siendo para durar poco, ni tanto como la rosa. Lidia se despidió, cargó con el cubo, el cepillo y las bayetas para arriba, cerró la puerta, rezongó, Vaya con las marranas esas, qué se creerán que son para venirme con consejos. Su trabajo acabó, todo está limpio, ahora puede venir Ricardo Reis si quiere, como hacen las amas de casa detallistas, a pasar el dedo por los muebles, a meter las narices por los rincones, y en este momento se llena Lidia de una gran tristeza, de una desolación, y no es por la fatiga sino porque comprende, aunque no lo pueda expresar con palabras, que ha acabado su papel, que ahora no tiene más que esperar a que llegue el dueño de la casa, él le dirá una frase amable, le dará las gracias, querrá recompensar tanto esfuerzo y cuidado, y ella le escuchará con una sonrisa lejana, recibirá o no el dinero, y luego volverá al hotel, hoy ni siquiera ha ido a ver a su madre, a saber noticias del hermano, y no es que esté arrepentida, pero es como si no tuviera nada suyo. Se quitó la bata, se pone la blusa y la falda, el sudor le enfría el cuerpo. Se sienta en un banco de la cocina, con las manos cruzadas en el regazo, a la espera. Oye pasos en la escalera, la llave que entra en la cerradura, es Ricardo Reis que viene diciendo jovial por el pasillo, Esto es como entrar en el paraíso de los ángeles. Lidia se levanta, sonríe halagada, repentinamente feliz, y luego conmovida porque él se acerca con las manos tendidas, los brazos abiertos, Ay, no me toque, estoy toda sudada, ya me voy, Ni hablar de eso, aún es temprano, te

tomas una taza de café, traigo aquí unos pasteles de
nata, pero antes tienes que tomar un baño para re-
frescarte, Pero cómo voy a bañarme en su casa, dónde se ha visto, No se ha visto en ningún sitio, pero se
va a ver ahora aquí, haz lo que te digo. Ella no resistió más, no podría, aunque lo impusieran las conveniencias, porque este momento es uno de los mejores
de su vida, soltar el agua caliente, desnudarse, entrar
lentamente en la tina, sentir los miembros relajados
en el confort sensual del baño, usar aquel jabón y
aquella esponja, frotarse el cuerpo todo, las piernas,
los muslos, los brazos, el vientre, los senos, y saber
que al otro lado de aquella puerta la está esperando
el hombre, qué estará haciendo, adivino lo que piensa, si entrara aquí, si viniera a verme, y yo desnuda
como estoy, qué vergüenza, será quizá por vergüenza por lo que el corazón late tan de prisa, o de ansiedad, ahora sale del agua, todo cuerpo es bello cuando
del agua sale chorreante, esto piensa Ricardo Reis, que
abrió la puerta, Lidia está desnuda, se tapó con las
manos el pecho y el sexo, dice, No me mire, es la
primera vez que está así ante él, Váyase, déjeme vestir, y lo dice en voz baja, ansiosa, pero él sonríe, con
algo de ternura, con algo de deseo, con algo de malicia, y dice, No te vistas, sécate sólo, le ofrece la gran
toalla abierta, le envuelve el cuerpo, luego sale, va al
dormitorio y se desnuda, la cama está recién hecha,
con ropas limpias, huelen las sábanas a nuevo, entonces entra Lidia, sostiene aún la toalla por delante ella,
con ella se esconde, no tenue cendal pero la deja caer
al suelo cuando se acerca a la cama, al fin aparece
valerosamente desnuda, hoy es día de no tener frío,
por dentro y por fuera todo su cuerpo arde y es Ricardo Reis quien tiembla, se acerca infantilmente a ella,
por primera vez están ambos desnudos, después de
tanto tiempo, siempre acaba por llegar la primavera,
ha tardado, pero así será más grata. En el piso de abajo,
encaramada en dos banquetas altas de cocina sobre-
puestas, con riesgo de caída y hombro dislocado, la
vecina intenta descifrar los ruidos confusos, como una

madeja de sonidos, que atraviesan el techo, tiene la cara roja de curiosidad y excitación, los ojos brillantes de vicio reprimido, así viven y mueren estas mujeres, vaya con el doctor y la fulana esa, o quién sabe si en definitiva será sólo el honrado trabajo de volver y batir colchones, aunque no parezca eso precisamente a su legítima suspicacia. Media hora más tarde, cuando Lidia salió, la vecina del primero no se atrevió a abrir la puerta, que hasta el descaro tiene límites, se contentó con acechar felina, ojo de halcón, por la mirilla, imagen rápida y leve que pasó envuelta en olor de hombre como una coraza, que es ése el efecto, en nuestro cuerpo, del olor de otro. Ricardo Reis, allá arriba, en su cama, cierra los ojos, en este minuto puede aún añadir al placer del cuerpo satisfecho el placer delicado y precario de la soledad recuperada, rodó su cuerpo hacia el lugar que Lidia había ocupado, extraño olor este, común, de animal extraño, no de uno u otro sino de ambos, enmudezcamos nosotros, que no somos parte.

Con la mañana empieza el día, con el lunes la semana. Matinal, escribió Ricardo Reis a Marcenda una extensa carta, trabajosamente pensada, qué carta escribiríamos a una mujer a quien hemos besado sin hablarle antes de amor, pedirle disculpas sería ofenderla, tanto más cuanto que recibió y devolvió con ardor, así se dice, el beso, y si al besarla no le juramos Te amo, por qué lo íbamos a inventar ahora, con peligro de que no nos creyera, ya aseguraban los latinos, en su lengua, que más valen y perduran los actos que las palabras, démoslos pues a ellos por cometidos y a ellas por superfluas, cuando más empleándolas en su más remoto sentido, como si ahora hubiéramos iniciado la primera red del capullo, desgarrada, tenue, quebradiza, usemos palabras que no prometan ni pidan, ni sugieran siquiera, que, sueltas, sólo insinúen, dejando protegida la retaguardia para el retroceso de nuestras últimas cobardías, como esos pedazos de frases, generales, vagas, sin compromiso, gocemos el momento, solemnes en la alegría levemente, verdece el color antiguo de las hojas redivivas, siento que quien soy y quien fui son sueños diferentes, breves son los años, pocos la vida dura, más vale, si sólo memoria tenemos, recordar mucho que poco, y recordarla es cuanto tengo ahora en la memoria guardado, cumplamos lo que somos, nada más nos fue dado, y así llega una carta a su fin, tan difícil nos pareció escribirla y salió fluyente, basta con no sentir mucho lo que se dice y no pensar mucho en lo que se escribe, lo demás depende de la respuesta. Por la tarde fue Ricardo Reis, como había prometido, a buscar un empleo como médico, dos horas al día, tres veces por semana, o aunque sólo sea una vez, para no perder la práctica, aunque sea en una sala con ventana al zaguán o en un cuarto interior, una salita y consultorio, muebles viejos, tras el biombo una litera rudimentaria para las observaciones sumarias, una lámpara flexible sobre la mesa para ver mejor la palidez del enfermo, una escupidera alta para los bronquíticos, dos estampas en la pared, un marco con el título, el calendario que diga cuántos días tendremos aún que vivir. Empezó lejos, por Alcántara y Pampulha, tal vez por haber venido por aquel lado cuando entró en la barra, preguntó si había vacantes, habló con médicos a quienes no conocía y que no lo conocían a él, se sentía ridículo diciendo, Querido colega, avergonzado cuando le daban el mismo tratamiento, hay aquí una vacante pero es provisional, de un colega que está ausente, creo que la semana que viene vuelve a la consulta. Estuvo en Conde Barão, pasó por Rossio, todo completo, médicos no faltan, afortunadamente, que en Portugal, contando sólo los sifilíticos, hay seiscientos mil, y en cuanto a la mortalidad infantil, aún el caso está más serio, de cada mil niños nacidos mueren ciento cincuenta, imaginemos lo que sería la catástrofe si no tuviéramos la medicina que tenemos. Parece esto obra del destino, el que habiendo buscado Ricardo Reis tan lejos acabe encontrando, ya el miércoles, un puerto de abrigo, por así llamarle, al pie mismo de su puerta, en Camões, y con tanta fortuna que se encontró instalado en gabinete con ventana a la plaza, es cierto que el D'Artagnan se ve de espaldas, pero las transmisiones están aseguradas, los recados garantizados, cosa que pronto demostró una paloma volando del alero a la cabeza del vate, quizá le ha ido a decir secretamente al oído, con malicia colombina, que tenía allí un competidor, una mente, como la suya, entregada a las musas, pero brazo hecho sólo a jeringuillas, a Ricardo Reis le pareció que Luis de Camões se encogía de hombros, no era el caso para menos. El puesto no está garantizado, es una simple y temporal sustitución de un colega especialista en corazón y pulmones a quien precisamente le ha fallado el corazón, aunque el pronóstico no sea grave, tiene para tres meses. No era hombre Ricardo Reis de excesivas luces sobre materias tan preciosas, recordamos que alegó insuficiencia para pronunciarse sobre los males cardíacos de Marcenda, el destino, aparte de actuar, también sabe de ironías, por eso tuvo el novel especialista que andar de librerías a la cata de tratados que reanimasen su memoria y le ayudaran concertar el paso con los avances de la nueva terapéutica y preventiva. Fue a ver al colega enfermo, le aseguró que haría cuanto estuviera de su mano para honrar la acción y tradición de quien era aún, y ojalá lo siguiera siendo muchos años, el titular de la especialidad en aquella reputada policlínica, Y a quien no dejaré de consultar, viniendo aquí a su casa, en los casos más graves, aprovechando así, en mi propio beneficio y en el de los enfermos, su gran saber y experiencia. Al colega le gustó oír tantas alabanzas, de ningún modo las consideró exageradas, y prometió colaboración franca y leal, después pasaron al ajuste de condiciones del esculápico subarriendo, un porcentaje para la administración de la policlínica, un fijo para el sueldo de la enfermera adscrita, otro porcentaje para material y gastos ordinarios, un fijo para el ahora cardíaco colega, enfermo o saludable, con lo que sobra no va a enriquecerse Ricardo Reis, ni lo precisa, que por ahora están lejos de su fin las libras brasileñas. En la ciudad hay un médico más, como no tiene otra cosa qué hacer va tres veces por semana, lunes, miércoles y viernes, puntual, esperando primero a enfermos que no aparecen, cuidando después de que no huyan, pasado al fin el tiempo excitante de adaptación se irá adaptando a la rutina confortable del pulmón cavernoso, del corazón necrosado, buscando en los libros remedio para lo que remedio no tiene, sólo muy de tarde en tarde telefoneará a su colega, haberle dicho que le consultaría y que iría a verle cuando se presentara un caso difícil fue mero hablar por hablar, táctica de conveniencia, cada uno va haciendo lo que puede por su vida y preparando su muerte, y el trabajo que eso nos da, sin olvidar cuán difícil resultaría andar preguntando, Mi querido colega, cuál es su opinión, a mí me parece que el enfermo tiene el corazón colgando de un hilo, dígame si le ve salida, aparte de la obvia, para el otro mundo, sería como mentar la soga en casa del ahorcado, modismo que aparece aquí por segunda vez.

Marcenda aún no ha contestado. Ricardo Reis escribió ya otra carta hablándole de su nueva vida, al fin médico en activo, con patente prestada de especialista, tengo consulta abierta en una policlínica, en la plaza Luis de Camões, a dos pasos de mi casa y de su hotel, Lisboa, con sus casas de varios colores, es una pequeñísima ciudad. Ricardo Reis tiene la impresión de estar escribiendo a alguien a quien nunca hubiera visto, a alguien que viviera, si existe, en un lugar desconocido, y cuando piensa que ese lugar tiene nombre y realidad, que se llama Coimbra y que en otro tiempo lo vieron sus propios ojos, es el pensamiento el que se lo dice, como podría decir, distraídamente, cualquier otra cosa, ésta, que es ejemplo absurdo, el sol nace en occidente, por más que en esa dirección miremos nunca vamos a ver nacer el sol allí, pero sí morir, es como Coimbra y quien allí vive. Y si es verdad que besó a esa persona a quien hoy le parece que no ha visto jamás, la memoria que aún conserva del beso se va apagando tras la espesura de los días, en las librerías no hay tratados capaces de refrescarle esa memoria, los tratados sólo son útiles para lesiones cardíacas y pulmonares e incluso así suele decirse que no hay enfermedades sino enfermos, y esto querrá decir, si parafraseamos y ajustamos el dicho al cuento, que no hay besos, hay personas. Cierto es que Lidia viene casi todos los días de asueto, y Lidia es, por indicios exteriores e interiores, persona, pero de las reluctancias y prejuicios de Ricardo Reis ya se ha hablado bastante, persona será, pero no aquélla.

Ha mejorado el tiempo, el mundo es lo que va a peor. Según el calendario es ya primavera, revientan algunas flores y hojas nuevas en las ramas de los árboles, pero de vez en cuando el invierno hace una razzia por esta banda y entonces se abre el cielo en aguas torrenciales, allá van con el chaparrón hojas y flores, luego el sol reaparece, y con su ayuda vamos intentando olvidar los males de la siembra perdida, del buey ahogado que viene río abajo, hinchado y putrefacto, de la casa pobre cuyas paredes no aguantaron, de la súbita inundación que arrastra a dos hombres por las negras cloacas de la ciudad, entre excrementos y ratas, la muerte debería ser un gesto simple de retirada, como cuando sale del escenario un figurante, no ha llegado a decir la palabra final, no era cosa suya, sólo salió, dejó de ser necesario. Pero el mundo, por ser tan grande, vive de lances más dramáticos, para él tienen poca importancia estas quejas que con la boca pequeña vamos haciendo de que si no hay carne en Lisboa, no es noticia que se dé por ahí fuera, en el extranjero, porque los otros no tienen esta modestia lusitana, véase el caso de las elecciones en Alemania, en Brunswick anduvo el cuerpo motorizado nacionalsocialista paseando por las calles un buey con un cartel que decía, Éste no vota porque es un buey, si fuera aquí lo llevábamos a votar y luego le comíamos los solomillos, el lomo y la andorga, hasta del rabo haríamos sopa. Claro que en Alemania el pueblo es otro. Aquí la gente aplaude, corre a los desfiles, hace el saludo a la romana, sueña con uniformes para los civiles, pero somos aún menos que figurantes de tercera en el gran teatro del mundo, lo más que conseguimos es llegar a comparsas y comitiva, por eso nunca sabemos bien dónde poner los pies y meter las manos, si vamos a la avenida a extender el brazo ante la Mocidade que pasa, un chiquillo inocente que está en brazos de su madre cree que puede jugar con nuestro patriótico fervor y nos agarra el dedo que le queda más a mano, con un pueblo así no es posible mostrarse convencido y solemne, no es posible ofrecer la vida en el altar de la patria, lo que teníamos que hacer es aprender de los alemanes, mirar cómo aclaman a Hitler en la Wilhelmplatz, oír cómo imploran, apasionados, Queremos ver al Führer, Führer sé bueno, Führer muéstrate a nosotros, gritando hasta enronquecer, con los rostros cubiertos de sudor, las viejecitas de blanco cabello llorando lágrimas de ternura, las fértiles mujeres palpitando en sus túrgidos úteros y opulentos senos, los hombres, durísimos de músculos y voluntades, clamando todos, hasta que el Führer se asoma a la ventana, entonces estalla el delirio y rompe los últimos diques, la multitud es un solo grito, Heil, así sí que vale la pena, cuánto daría por ser alemán. Pero no será preciso aspirar a tanto, pensemos en los italianos que, aun sin compararlos con los alemanes, van ganando ya su guerra, hace pocos días bombardearon la ciudad de Harrar, volaron hasta allá los aviones y la redujeron a cenizas, si tal extremo alcanzan, pese a ser gente de tarantela y serenata, es posible que para nosotros no sean obstáculo el fado y la vira, lo malo es que nos faltan oportunidades, imperio tenemos, y de los buenos, con él hasta cubriríamos Europa entera y nos sobraría imperio, y tampoco podemos ir a la conquista del territorio de los vecinos, ni para recuperar Olivenza, adónde nos llevaría tal atrevimiento, lo que hay que hacer es estar atentos a lo que pasa allá, y mientras tanto vamos recibiendo en nuestros lares y hoteles a españoles adinerados que huyen de la quema, ésta es la tradicional hospitalidad portuguesa, si algún día llegan a huir también algunos de los otros, los entregaremos a las autoridades, que harán la justicia que convenga, la ley se hace para cumplirla, Pero hay entre nuestros portugueses mucha sed de martirio, mucho anhelo de sacrificio, mucha hambre de abnegación, aun el otro día dijo uno de estos señores que en nosotros mandan, Nunca madre alguna, al dar a luz un hijo, puede lanzarlo a un más alto y noble destino que el morir por la patria, hijo de puta, acabaremos viéndolo por las maternidades, palpándoles el vientre a las preñadas, preguntándoles cuándo desovan, que faltan soldados en las trincheras, qué trincheras él lo sabrá, también pueden ser proyectos para el futuro. El mundo, como por las muestras se puede concluir, no promete soberbias felicidades, ahora destituyen a Alcalá Zamora de la presidencia de la República y empieza a correr el rumor de que va a estallar un movimiento militar en España, si es así, tristes días aguardan a mucha gente. Claro que no es por esas razones por lo que emigra nuestra gente. A nosotros tanto nos sirve patria como mundo, el caso es encontrar un sitio donde poder comer y juntar algún dinero, Brasil por ejemplo, hacia donde en marzo salieron seiscientos seis, o los Estados Unidos de América del Norte, hacia donde viajaron cincuenta y nueve, o Argentina, que ya tiene más sesenta y cinco, para otros países, por junto, sólo fueron dos, a Francia, por ejemplo, no fue nadie, no es país para rústicos lusitanos, que ésa es otra civilización.

Ahora que ha llegado el tiempo de la Pascua, el gobierno mandó distribuir por todo el país un donativo general, uniendo así el recuerdo católico de los padecimientos y triunfos de Nuestro Señor con las satisfacciones temporales del estómago protestativo. Los menesterosos hacen cola no siempre paciente a las puertas de las juntas parroquiales y casas de misericordia, y ya hay quien dice que a finales de mayo habrá una brillante fiesta en el Jockey Club en favor de los siniestrados por las inundaciones de Ribatejo, esos infelices que llevan meses chapoteando bajo la lluvia, se formó una comisión patrocinadora con lo mejor de nuestra high life, señoras y señores que son ornamento de nuestra mejor sociedad, podemos apreciarlo por los nombres, a cual más resplandeciente en cualidades morales y bienes de calidad, Mayer Ulrich, Perestrello, Lavradio, Estarreja, Daun y Lorena, Infante da Cámara, Alto Mearim, Mousinho de Albuquerque, Roque de Pinho, Costa Macedo, Pina, Pombal, Seabra y Cunha, suerte tendrán los ribatejanos si aguantan el hambre hasta mayo. Mientras tanto, los gobiernos, por supremos que sean, como éste, perfectísimo, sufren de vista cansada, tal vez por su mucha aplicación al estudio, por la pertinaz vigilia y vigilancia. Y es que, viviendo alto, sólo ven bien lo que está lejos, y no reparan en que muchas veces la salvación se encuentra, por así decirlo, al alcance de la mano, o en el anuncio de un periódico, que es el caso presente, y si no vieron éste ya ni disculpa tienen, porque hasta trae un dibujo, una señora acostada, con enagua y sostén, dejando vislumbrar un magnífico busto que quizá deba algo a las manipulaciones de Madame Hélène Duroy, no obstante está un poco pálida la deliciosa criatura, un poquillo clorótica, aun así no tanto que parezca ser fatal esta dolencia, tengamos confianza en el médico que está sentado a la cabecera, pelón, con bigote y perilla, y que le dice, respetuosamente reprensivo, Bien se ve que no LO conoce, si LO hubiera tomado no estaría así, y le tiende la insinuante salvación, un frasco de Bovril. Si leyera el gobierno con la debida atención los periódicos sobre los que todas las mañanas, tardes y madrugadas, mandó pasar miradas celosas cribando otros consejos y opiniones, vería cuán fácil es resolver el problema del hambre portuguesa, tanto la aguda como la crónica, la solución está aquí, en Bovril, un frasco de Bovril a cada portugués, para las familias numerosas el garrafón de cinco litros, plato único, alimento universal, panacea absoluta, si lo hubiéramos tomado a tiempo y hora no estaríamos en los huesos, doña Clotilde.

Ricardo Reis se va informando, toma nota de estas recetas útiles, no es como el gobierno, que insiste en fatigar los ojos entre líneas y en las adversativas perdiendo lo cierto por lo dudoso. Si la mañana está agradable sale de su casa, un poco soturna pese a los cuidados y desvelos de Lidia, para leer los periódicos a la luz clara del día, sentado al sol, bajo la masa protectora de Adamastor, ya hemos visto que Camões exageró mucho, este rostro cargado, la barba escuálida, los ojos hundidos, la postura ni mala ni imponente, es puro sufrimiento amoroso lo que atormenta al formidable gigante, lo que quiere saber es si pasan o no por el cabo las portuguesas naos. Mirando el río fulgente, Ricardo Reis recuerda dos versos de una antigua cuarteta popular, Desde la ventana de mi cuarto veo saltar la tenca, todo aquel centelleo de las ondas son peces que saltan, inquietos, embriagados de luz, es bien verdad que son bellos todos los cuerpos que salen rápida o lentamente del agua, chorreando, como Lidia el otro día, al alcance de la mano, o estos peces que ni los ojos ven. En otro banco charlan los dos viejos, están esperando a que Ricardo Reis acabe de leer el periódico, generalmente lo deja sobre el banco cuando se va, salen de casa todos los días con la esperanza de que aquel señor aparezca en el jardín, la vida es una inagotable fuente de sorpresas, llegamos a esta edad en que ya sólo podemos mirar los navíos desde el Alto de Santa Catarina, y de repente nos vemos gratificados con el periódico, a veces durante varios días seguidos, depende del tiempo. Una vez Ricardo Reis se dará cuenta de la ansiedad de los viejos, vio incluso a uno de ellos iniciar una carrerilla trémula y renca hacia el banco donde había estado sentado, y tendrá la caridad de ofrecerle con sus manos y palabras el diario, que ellos aceptarán, claro está, aunque rencorosos por quedar debiéndole el favor. Confortablemente reclinado en el respaldo del banco, con la pierna cruzada, sintiendo el leve ardor del sol en los párpados semicerrados, Ricardo Reis recibe en el Alto de Santa Catarina las noticias del vasto mundo, acumula conocimiento y ciencia, que Mussolini declaró, No puede tardar la aniquilación total de las fuerzas militares etíopes, que han sido enviadas armas soviéti-

cas para los refugiados portugueses en España, aparte
de otros fondos y material destinados a implantar la
Unión de Repúblicas Ibéricas Soviéticas Independientes
que, según ha proclamado Lumbrales, Portugal es la obra
de Dios a través de muchas generaciones de santos y
héroes, que a la manifestación de la jornada corporativa
del norte se sumarán cuatro mil quinientos trabajadores,
a saber, dos mil mozos de almacén, mil seiscientos
cincuenta toneleros, doscientos embotelladores, cuatrocientos mineros de São Pedro da Cova, cuatrocientos conserveros de Matosinhos y quinientos afiliados
a los sindicatos de Lisboa, y que el aviso de primera
clase Afonso de Albuquerque zarpará con destino a
Leixões a fin de tomar parte en la fiesta obrera que allí
va a celebrarse, también se enteró de que los relojes
serán adelantados una hora, que hay huelga general
en Madrid, que hoy sale el periódico O Crime, que ha
vuelto a aparecer el famoso monstruo del lago Ness,
que los miembros del gobierno que fueron a Porto
asistieron a la distribución de un donativo en especie
a tres mil doscientos pobres, que murió Ottorino
Respighi, autor de Las fuentes de Roma, afortunadamente el mundo puede satisfacer todos los gustos, esto
es lo que piensa Ricardo Reis, no aprecia de igual modo
lo que lee, tiene, como todo el mundo, sus preferen-
cias, pero no puede elegir las noticias, se sujeta a lo
que le dan. Muy distinta de la suya es la situación de
aquel anciano americano que todas las mañanas recibe un ejemplar del New York Times, su periódico
favorito, que tiene en tan alta estima y consideración a
su vetusto lector, con la bonita edad de noventa y siete
primaveras, su precaria salud, su derecho a un tranquilo ocaso, que todas las mañanas le prepara esta edición
de ejemplar único, falsificado de cabo a rabo, sólo con
noticias agradables y artículos optimistas, para que el
pobre viejo no tenga que sufrir con los terrores del
mundo y sus promesas de empeorar, por eso el periódico explica y demuestra que la crisis económica va
menguando, que ya no hay parados, y que el comunismo en Rusia evoluciona hacia un norteamericanismo,

pues los bolcheviques tuvieron que rendirse a la evidencia de las virtudes americanas. Son éstas las buenas noticias que John D. Rockefeller oye leer durante
el desayuno y que luego, cuando el secretario se ha
ido, saborea con sus propios y cansados ojos que no
ven más lejos, le encantan aquellos párrafos serenos,
al fin todo armonía en la tierra, y de guerra sólo lo
aprovechable, sólidos los dividendos, garantizados los
intereses, ya no le queda mucho por vivir pero, llegada la hora, morirá como un justo, así pueda continuar
igual el New York Times, imprimiéndole día a día la
felicidad en ejemplar único, es el único habitante de
este mundo que dispone de una felicidad rigurosamente personal e intransferible, los demás tienen
que contentarse con las sobras. Deslumbrado con lo que
acaba de saber, Ricardo Reis posa suavemente sobre
las rodillas este diario portugués, procura representarse en la imaginación a este viejo John D. abriendo
con las manos trémulas y esqueléticas las hojas mágicas, no tiene la más leve sospecha sea mentira lo que
dicen, y que le mienten anda ya en boca de todos, lo
telegrafían las agencias de continente a continente,
acabará la noticia por llegar al New York Times, pero
aquí tienen orden de esconder las malas noticias, cuidado, esto no es para el periódico personal de John
D., cornudo que va a ser el último en saber, ya ven,
hombre tan rico, tan poderoso, y dejarse burlar así, y
dos veces burlado, que no basta que supiéramos nosotros que es falso lo que él cree saber, sino que sabemos
que él nunca sabrá lo que nosotros sabemos. Los viejos se fingen distraídos con la charla, argumentan sin
prisas, pero miran de reojo hacia este lado, a la espera
de su New York Times, el desayuno ha sido un mendrugo de pan y malta, pero nuestras malas noticias
están garantizadas, ahora que tenemos un vecino tan
rico que hasta deja los diarios abandonados por los
bancos del jardín. Ricardo Reis se ha levantado, hace
una señal a los viejos, que exclaman, Ah, gracias, señor doctor, y el gordo avanza, sonriendo, alza de
aquella bandeja de plata el doblado periódico, está

como nuevo, lo que hace tener manos de médico, mano de médico, mano de dama, y volviéndose, se reinstala en su lugar, al lado del flaco, esta lectura no se empieza por la primera página, primero nos informaremos sobre sucesos y agresiones, sobre los accidentes, la necrología, crímenes diversos, y en particular, de estremecimiento y horror, la muerte aún no descifrada de Luis Uceda, y también el nefando caso del chiquillo mártir de las Escadinhas das Olarias, ocho, entresuelo.

Cuando Ricardo Reis entra en casa, ve en la alfombra un sobre de un levísimo tono violeta, no trae indicación de remitente, ni se precisa, sobre el sello el borrón negro del cuño de correos deja adivinar dificultosamente la palabra Coimbra, pero aunque por cualquier indescifrable motivo apareciera escrito allí Viseu o Castelo Branco, era igual, pues la ciudad de donde esta carta viene realmente se llama Marcenda, lo demás no pasa de ser un malentendido geográfico o puro error. Marcenda ha tardado en escribir, dentro de pocos días hará un mes que estuvo en esta casa, donde, si creemos sus propias palabras, por primera vez fue besada, en definitiva ni esa conmoción, quizá profunda, quizá desgarradora de las íntimas fibras y de los íntimos sentidos, ni eso la movió, apenas llegada a casa, a escribir dos líneas, aunque fuera disimulando cuidadosamente los sentimientos, traicionándolos tal vez en dos palabras apretadas, cuando la mano, temblando, no supo guardar las distancias. Tardó tanto, escribe ahora, para decir, qué. Ricardo Reis tiene la carta en la mano, no la ha abierto, luego la coloca sobre la mesita de noche, sobre el dios del laberinto, iluminada por la luz pálida de la lámpara, allí le apetecería dejarla, quién sabe si por venir tan cansado de oír crepitaciones de fuelles rotos, los pulmones portugueses tuberculosos, cansado también de patear la ciudad, el espacio limitado por donde infatigablemente circula, como la mula que va tirando de la noria, con los ojos vendados, y, pese a ello o por ello, sintiendo por momentos el vértigo del tiempo, la oscilación amenazadora de las arquitecturas, la masa viscosa del

pavimento, las piedras blandas. Pero, si no abre ahora
la carta, quizá no la abra nunca más, dirá, mintiendo,
si le preguntan, que no llegó a recibirla, que sin duda
se ha perdido en el largo viaje de Coimbra a Lisboa,
que se cayó del bolso del mensajero cuando cruzaba
a galope tendido un descampado ventoso, soplando
en la corneta, El sobre era violeta, dirá Marcenda, no
hay muchas cartas de ese color, Ah, entonces, a no ser
que haya caído entre flores con las que se pueda haber confundido, puede que alguien la encuentre y la
haga seguir su camino, hay gente honrada, personas
incapaces de quedarse con lo que no les pertenece,
Pero por ahora aún no ha llegado, tal vez alguien la
haya abierto o leído, no iba dirigida a él pero quizá
las palabras allí escritas le digan precisamente lo que
necesitaba oír, quizá lleve la carta en el bolsillo
adondequiera que vaya, y la lea de vez en cuando, es
su consuelo, Mucho me extrañaría, nos responderá
Marcenda, porque la carta no habla de esas cosas, Lo
mismo pensaba yo y por eso tardé tanto en abrirla,
dice Ricardo Reis. Se sienta al pie de la cama a leer,
Amigo mío, he recibido sus noticias, y me han com-
placido sobremanera, especialmente la segunda carta
en la que me dice que ha abierto consultorio, también
me gustó la primera, pero no fui capaz de entender
todo lo que en ella escribió, o tengo quizá miedo de
entenderlo, no quisiera parecerle ingrata, siempre me
ha tratado con respeto y consideración, sólo me pregunto qué es esto, qué futuro tiene, no digo para nosotros sino para mí, no sé qué quiere usted ni qué quiero
yo, si la vida fuera toda ciertos momentos que en ella
hay, no es que tenga mucha experiencia pero ahora
he tenido ésta, la experiencia de un momento, si la
vida fuera, pero la vida es este brazo izquierdo que
está muerto y muerto seguirá, la vida es también el
tiempo aquel que separa nuestras edades, uno llegó
demasiado tarde, el otro temprano de más, no le ha
valido la pena haber recorrido tantos kilómetros desde Brasil hasta aquí, la distancia es lo de menos, pero
no se puede aproximar el tiempo, pero me gustaría

no perder su amistad, para mí será riqueza bastante, y de qué me iba a servir desear más. Ricardo Reis se pasó la mano por los ojos, continuó, Iré uno de estos días por Lisboa, para lo de siempre, y le haré una visita en su consultorio, hablaremos un rato, no le quiero robar mucho tiempo, quizá no vuelva por ahí, mi padre va perdiendo interés, está desanimado, ya admite que probablemente no tengo cura, y creo que lo dice con sinceridad, en definitiva, él no necesita este pretexto para ir a Lisboa cuando quiera, su idea ahora es que vayamos en peregrinación a Fátima, en mayo, es él quien tiene fe, no yo, pero quizá la suya sea suficiente a los ojos de Dios. La carta terminaba con unas palabras de amistad, hasta pronto, amigo mío, ya daré señales de vida en cuanto llegue. Si hubiera quedado perdida por ahí, en medio de los campos floridos, si la hubiera barrido el viento como un gran pétalo rojo, podría Ricardo Reis, en este momento, apoyar la cabeza en la almohada, dejar correr la imaginación, qué dirá, qué no dirá, e imaginaría lo mejor, que es lo que hace siempre quien anda necesitado. Cerró los ojos, pensó, Quiero dormir, insistió en voz baja, Duerme, como si estuviera hipnotizándose a sí mismo, Vamos, duerme, duerme, duerme, aún tenía la carta en sus dedos flojos, y, para dar mayor verosimilitud al escarnio con que fingía engañarse, la dejó caer, ahora se quedó dormido, suavemente, le pliega la frente una arruga inquieta, señal de que realmente no duerme, los párpados se estremecen, no vale la pena, nada de esto es verdad. Cogió la carta del suelo, la metió en el sobre, la ocultó entre los libros, pero ha de acordarse de buscar un sitio más seguro, un día de éstos viene Lidia a limpiar, da con la carta, y luego, la verdad es que ella no tiene en realidad ningún derecho, si viene es porque le da la gana no porque yo se lo pida, pero ojalá venga, qué más quería Ricardo Reis, hombre ingrato, se le mete una mujer en la cama por su libre decisión y gusto, no necesita tener que andar por ahí arriesgándose a coger una enfermedad, hay hombres con suerte, y éste aún se queja, sólo porque no recibió de Marcenda una carta de amor, no olvidar que todas las cartas de amor son ridículas, esto es lo que se escribe cuando ya la muerte va subiendo la escalera, cuando de pronto resulta claro que el verdadero ridículo es no haber recibido nunca una carta de amor. Ante el espejo del armario, que lo refleja de cuerpo entero, Ricardo Reis dice, Tienes razón, nunca he recibido una carta de amor, una carta que sólo fuera de amor, y tampoco nunca la he escrito, esos innumerables que en mí viven, cuando escribo yo, asisten a lo que hago, entonces se me cae la mano, inerte, y no escribo. Cogió su maletín negro, profesional, y fue hacia el despacho, se sentó a la mesa, durante media hora llenó fichas con el historial clínico de algunos enfermos nuevos, luego fue a lavarse las manos, las restregó demoradamente como si acabara de hacer observaciones directas, escudriñando espectoraciones, mientras tanto se miraba en el espejo, Tengo aspecto cansado, pensó. Volvió al dormitorio, entreabrió las contraventanas de madera, Lidia dijo que iba a traer unas cortinas la próxima vez, se necesitan, este cuarto está abierto a todas las miradas. Anochecía. Pocos minutos más tarde salió Ricardo Reis a cenar.

Un día puede que venga algún curioso a investigar qué maneras tenía Ricardo Reis en la mesa, si sorbía ruidosamente la sopa, si al comer cambiaba el cuchillo y el tenedor de manos, si se limpiaba la boca antes de echar un trago o manchaba el vaso, si hacía uso inmoderado de los mondadientes, si al acabar de comer desabrochaba el chaleco si comprobaba la cuenta línea a línea, estos camareros galaico-portugueses probablemente dirán que nunca se fijaron, Hay de todo, dirán, con el tiempo uno ya ni repara en nada, cada uno come como aprendió, pero la idea que nos ha quedado en la cabeza es que el doctor era hombre educado, entraba, daba las buenas tardes o buenas noches, decía qué quería comer, y luego no molestaba para nada, como si no estuviera, Comía siempre solo, Siempre, pero tenía una costumbre, Cuál, Cuando íbamos a retirar el otro cubierto de la mesa, el que

estaba frente a él, pedía que lo dejáramos, que así
parecía la mesa más puesta, y una vez, conmigo, hasta ocurrió una cosa, Qué cosa, Cuando le serví el vino
me equivoqué y llené dos vasos, el suyo y el de la otra
persona que no estaba allí, no sé si me entiende, Entiendo perfectamente, y qué pasó, Entonces me dijo
que estaba bien así, y desde entonces le llenaba siempre el otro vaso, cuando acababa de comer se lo bebía de un trago, cerraba los ojos para beber, Qué
extraño, Nosotros, los camareros, vemos cosas muy
raras, Y hacía lo mismo en todos los restaurantes adonde iba, Ah, eso no lo sé, tendría que preguntarlo, Recuerda si alguna vez se encontró con un amigo o
conocido, aunque no se sentaran a la misma mesa,
Nunca, era como si acabara de llegar de un país extranjero, como cuando yo vine de Xunqueira de Ambía,
no sé si me entiende, Le entiendo muy bien, todos
hemos pasado por eso, Desea algo más, tengo que ir
a servir a aquel cliente del rincón, Vaya, vaya, gracias
por la información. Ricardo Reis acabó de tomar el
café, que se había ido enfriando, y luego pidió la
cuenta. Mientras esperaba sostuvo con las dos manos
el segundo vaso, aún casi lleno, lo levantó como si
saludara a alguien sentado ante él, luego, lentamente,
entornando los ojos se bebió el vino. Sin comprobar
la cuenta, pagó, dejó la propina, ni escasa ni pródiga,
gratificación de parroquiano habitual, dio las buenas
noches y salió, Se ha dado cuenta, así siempre. Parado en el borde de la acera, Ricardo Reis mira indeciso,
el cielo está encapotado, el aire húmedo, pero las
nubes, aunque muy bajas, no parecen amenazar lluvia. Hay un momento infalible en que le viene la nostalgia del Hotel Bragança, ahora mismo acaba de cenar,
dice Hasta mañana, Ramón, y se va a sentar en una
butaca de la sala, de espaldas al espejo, dentro de un
momento vendrá el gerente Salvador a preguntar si
quiere que le sirvan un café, o un aguardiente, o un
digestivo, doctor, especial de la casa, y él dirá que no,
que nunca bebe, el timbre del fondo de la escalera ha
dado la señal, el paje levanta la luz para ver quién

entra, será Marcenda, el tren del Norte ha llegado hoy con mucho retraso. Se acerca un tranvía, en el cartel iluminado pone Estrela, y la parada está aquí mismo, ha sido una casualidad, el conductor ha visto a este señor parado en el bordillo, cierto es que no hace ningún gesto indicándole que pare, no obstante, para un conductor con experiencia es evidente que está esperando. Ricardo Reis subió a la plataforma, se sentó, a estas horas el tranvía va casi vacío, tilín-tilín, tocó el conductor, el viaje es largo por este itinerario, sube por la Avenida da Liberdade, luego tira por la Rua de Alexandre Herculano, atraviesa la Plaza do Brasil, Rua das Amoreiras arriba, allá en lo alto la Rua de Silva Carvalho, el barrio de Campo de Ourique, la Rua Ferreira Borges, allí en la encrucijada, mismo al empezar la Rua de Domingos Sequeira baja Ricardo Reis del tranvía, pasan ya de las diez, poca gente anda fuera de casa, en las altas fachadas de los edificios casi no se ven luces, ocurre así generalmente, los que viven en estas casas están en la parte de atrás, las mujeres en las cocinas acabando de lavar los platos, los chiquillos acostados ya, los hombres bostezando ante el periódico o intentando coger Radio Sevilla entre los temblores, los rugidos y los desmayos de la estática, y no por cualquier razón especial, sólo, tal vez, porque nunca pudieron ir allá. Ricardo Reis sigue por la Rua de Saraiva de Carvalho hacia el cementerio, a medida que se aproxima se hacen más raros los transeúntes, aún está lejos de su destino y ya va solo, desaparece en las zonas de sombra entre dos faroles, resurge a la luz amarilla, un poco más allá, en la oscuridad, se oye un rumor de llaves, es el guardia nocturno de la zona que empieza su ronda. Ricardo Reis atraviesa la plaza en dirección al portalón cerrado. El sereno lo mira de lejos, luego sigue su camino, alguien que va a llorar su dolor a estas horas nocturnas, se le habrá muerto la mujer, o un hijo, pobre hombre. O la madre, puede haber sido muy bien la madre, las madres se están muriendo siempre, una vieja muy vieja que al cerrar los ojos no vio a su hijo, por dónde andará, pensó, y se murió luego, así se separan las personas, quizá por ser el responsable de la tranquilidad de estas calles el sereno es muy dado a reflexiones sentimentales, de su propia madre no se acuerda ya, cuántas veces ocurre así, tenemos lástima unos de otros, no de uno mismo. Ricardo Reis se acerca a la verja, la toca con las manos, desde dentro, casi inaudible, llega un susurro, es la brisa que circula entre las agujas de los cipreses, pobres árboles que ni hojas tienen, pero esto es una ilusión de los sentidos, el rumor que oímos es sólo el de la respiración de quien duerme en aquellas casas altas, y en estas casas bajas fuera de los muros, un airecillo musical, el vaho de las palabras, la mujer que murmuró, Estoy cansada, me voy a acostar, es lo que dice Ricardo Reis para dentro, no las palabras todas, sólo Estoy cansado, metió una mano entre los hierros hizo un gesto, pero ninguna otra mano vino a estrechar la suya, hay que ver a lo que han llegado éstos, ni pueden ya levantar un brazo.

Fernando Pessoa apareció dos noches después, volvía Ricardo Reis de cenar sopa, un plato de pescado, pan, fruta, café, sobre la mesa dos vasos, el último sabor que lleva en la boca, como sabemos ya, es el del vino, pero de este parroquiano no hay un solo camarero que pueda afirmar, Bebía de más, se levantaba de la mesa cayéndose, fíjense en la curiosa expresión, levantarse de la mesa cayéndose, por eso el lenguaje resulta fascinante, parece una contradicción insuperable, nadie se levanta y cae al mismo tiempo, y, pese a todo, lo hemos visto abundantes veces, o lo hemos experimentado con nuestro propio cuerpo, pero de Ricardo Reis no hay testimonio en la historia de la embriaguez. Siempre ha estado lúcido cuando se le aparece Fernando Pessoa, está lúcido ahora cuando lo ve sentado, de espaldas, en el banco más próximo a Adamastor, es inconfundible aquel cuello alto y delgado, el pelo un poco ralo en lo alto de la cabeza, y además no son muchas las personas que andan por ahí a cuerpo y sin sombrero, verdad es que el tiempo se ha vuelto más ameno, pero aún refresca por la noche. Ricardo Reis se sentó al lado de Fernando Pessoa, en la oscuridad de la noche sobresale la blancura de la cara y de las manos, el albor de la camisa, el resto se confunde, apenas se distingue el traje negro de la sombra que la estatua proyecta, no hay nadie más en el jardín, al otro lado del río se ve una fila de inseguras luces a ras del agua, pero son como estrellas, centellean, se estremecen como si fueran a apagarse, pero continúan luciendo, Creí que no iba a volver nunca más, dijo Ricardo Reis, Hace días vine a verlo, pero cuando llegué a la puerta me di cuenta de que usted estaba ocupado con Lidia, por eso me fui, nunca me han gustado gran cosa los cuadros vivos, respondió Fernando Pessoa, se distinguía su sonrisa cansada. Tenía las manos juntas sobre la rodilla y el aire de quien espera pacientemente a que le llegue la vez de ser llamado o despedido y habla mientras tanto porque el silencio le resulta más insoportable que las palabras, Lo que no esperaba es que usted fuera tan persistente en amores, es notable que el hombre voluble que cantó a tres musas, Neera, Cloe y Lidia se haya ligado carnalmente a una, y ahora dígame, no se le han aparecido las otras, No, ni es extraño, son nombres que hoy no se usan, Y aquella chiquita simpática, fina, la del brazo paralítico, usted me dijo un día cómo se llamaba, Marcenda, Es un hermoso gerundio, la ha visto, La encontré la última vez que estuvo en Lisboa, el mes pasado, Está enamorado de ella, No lo sé, Y de Lidia, Es distinto, Pero lo está o no lo está, Hasta ahora no se me ha negado el cuerpo, Y qué prueba eso, Nada, por lo menos en cuestión de amores, pero deje de hacerme preguntas sobre mi intimidad y dígame por qué no volvió a aparecer, En una sola palabra, enfado, Conmigo, Sí, también con usted, y no por ser usted, sino por estar de ese lado, Qué lado, El de los vivos, es difícil para un vivo entender a los muertos, Creo que no es menos difícil para un muerto entender a los vivos, El muerto tiene la ventaja de haber estado vivo, conoce todas las cosas de este mundo y de ése, pero los vivos son incapaces de aprender la cosa fundamental y sacar las consecuencias pertinentes, Qué cosa, Que uno muere, Nosotros, los vivos, sabemos que vamos a morir, No lo saben, nadie lo sabe, como tampoco lo sabía yo cuando vivía, lo que sabemos, eso sí, es que los otros mueren, Como filosofía me parece insignificante, Claro que es insignificante, no sabe usted hasta qué punto es insignificante todo visto desde el lado de la muerte, Pero yo estoy del lado de la vida, Entonces debe saber qué cosas, desde ese lado, son significantes, si las hay, Estar vivo es significante, Mi querido Reis, cuidado con las palabras, viva está su Lidia, viva está su Marcenda, y usted no sabe nada de ellas, y no lo sabría aunque ellas intentaran decírselo, el muro que separa a los vivos unos de otros no es menos opaco que el que separa a los vivos de los muertos, Para quien así piensa, la muerte, en definitiva, debe de ser un alivio, No lo es, porque la muerte es una especie de conciencia, un juez que lo juzga todo, a sí mismo y a la vida, Mi querido Fernando, cuidado con las palabras, se está arriesgando usted mucho, Si no dijéramos las palabras todas, incluso absurdamente, nunca diríamos las necesarias, Y usted, las sabe ya, Sólo ahora he empezado a ser absurdo, Un día usted escribió Neófito, no hay muerte, Estaba equivocado, hay muerte, Lo dice ahora porque está muerto, No, lo digo porque estuve vivo, lo digo sobre todo porque nunca más volveré a estar vivo, si usted es capaz de imaginar lo que esto significa, no volver a estar vivo, Es eso lo que diría Perogrullo, Nunca tuvimos mejor filósofo.

Ricardo Reis miró hacia la Otra Orilla. Se habían apagado algunas luces, otras apenas se distinguían, languidecían, sobre el río empezaba a flotar una neblina leve, Dijo usted que había dejado de aparecer porque estaba enfadado, Es verdad, Conmigo, Con usted tal vez no tanto, lo que me fastidiaba es este ir y venir, este juego entre una memoria que arrastra hacia un lado y un olvido que empuja hacia el otro, juego inútil porque siempre acaba por ganar el olvido, Yo no lo olvido a usted, La verdad es que usted en esta balanza no pesa mucho, Entonces, qué memoria es esa que sigue llamándolo, La memoria que tengo aún del mundo, Creí que lo llamaba la memoria que el mundo tenga de usted, Qué idea tan absurda, querido Reis, el mundo olvida, se lo he dicho ya, el mundo lo olvida todo, Cree que le han olvidado, El mundo olvida tanto que ni siquiera se da cuenta de lo que ha olvidado, Gran vanidad es ésa, Claro que sí, más vanidoso que un poeta sólo lo es un poeta menor, En ese caso yo seré más vanidoso que usted, Deje que le diga, y no es para halagarlo, que usted, como poeta, no es nada malo, Pero menos bueno que usted, Creo que sí, Cuando estemos muertos los dos, si aún nos recuerdan o mientras nos recuerden, será interesante ver de qué lado se inclina esa otra balanza, Entonces nos tendrán sin cuidado los pesos y los pesadores, Neófito, hay muerte, La hay. Ricardo Reis ciñó la gabardina al cuerpo, Se está poniendo frío, me voy para casa, si quiere venir conmigo podremos charlar un poco más, No espera visitas, Hoy no, puede quedarse allí, como el otro día, También se siente solo esta noche, Hasta el punto de implorar compañía no, es sólo porque pienso que a veces a un muerto le gustará estar sentado en una silla, en una butaca, bajo techado, confortablemente, Usted, Ricardo, nunca fue irónico, Ni lo soy ahora. Se levantó, preguntó, Bueno, viene conmigo. Fernando Pessoa fue tras él, lo alcanzó en el primer farol, la casa quedaba abajo, al otro lado de la calle. Frente a la puerta había un hombre mirando hacia arriba, como si midiera las ventanas, por la inclinación del cuerpo, en pausa inestable, parecía ir de paso, había subido por la empinada fatigosa calle, cualquiera de nosotros diría al verlo que es un simple paseante nocturno, que los hay en esta ciudad de Lisboa, no todo el mundo se va a la cama con las gallinas, pero cuando Ricardo Reis se acercó más a él, notó de cara un violento olor a cebolla, era el agente Víctor, lo reconoció en seguida, hay olores que son así, elocuentes, cada uno vale por cien discursos, de los buenos y de los malos, olores que son como retratos de cuerpo entero, hábiles para dibujar e iluminar facciones, qué andará haciendo este tipo por aquí, y quizá porque estaba presente Fernando Pessoa no quiso hacer mala figura y tomó la iniciativa de la interpelación, En un lugar como éste, y a estas horas, señor Víctor, el otro respondió como pudo, no llevaba ninguna explicación dispuesta, estos agentes están aún en la infancia del arte policial, Pues ya ve, doctor, ya ve, por casualidad, fui a ver a una parienta que vive por ahí, en Conde Barão, pobrecilla, ha atrapado una pulmonía, no salió Víctor mal del todo, Y usted, doctor, no vive ya en el hotel, con su torpe pregunta descubría el enredo, un hombre puede estar alojado en el Hotel Bragança y pasear de noche por el Alto de Santa Catarina, no hay incompatibilidad alguna, pero Ricardo Reis hizo como si no se diera cuenta y el otro tampoco pareció enterarse, No, ahora vivo aquí, en el segundo, Ah, esta exclamación melancólica, pese a su brevedad, expandió por los aires un sofocante hedor, por suerte tenía Ricardo Reis la brisa de espaldas, son misericordias del cielo. Víctor se despidió, lanzó una nueva vaharada, Bueno, pues que usted siga bien, doctor, y si necesita algo, ya lo sabe, no tiene más que hablar conmigo, aún el otro día el director adjunto me decía que si todo el mundo fuera como usted, tan correcto, tan educado, daría gusto trabajar, cuando le diga que le he visto, va a alegrarse, Buenas noches, señor Víctor, no podía responder menos, sería falta de educación, y su buen nombre le obligaba. Ricardo Reis atravesó la calle, tras él fue Fernando Pessoa, al agente Víctor le pareció ver dos sombras en el suelo, son efectos de luz refleja, espejismos, a partir de cierta edad los ojos no pueden deslindar lo visible de lo invisible. Víctor aún se quedó en la acera, ahora daba ya igual, a la espera de que se encendiera la luz del segundo piso, mera rutina, simple confirmación, de sobra sabía que Ricardo Reis vivía allí, no había tenido que caminar mucho ni interrogar nada, con la ayuda del gerente Salvador dio con los mozos de cuerda y llegó a esta calle y a esta casa, muy verdad es el dicho de que preguntando se va a Roma, y de Roma al Alto de Santa Catarina no hay más que un paso.

Acomodado, recostado en la butaca del despacho, Fernando Pessoa preguntó, cabalgando la pierna, Quién era ese amigo suyo, No es mi amigo, Menos mal, hay que ver qué olor echaba el hombre, llevo yo cinco meses con este traje y esta camisa, sin mudarme de ropa interior, y no apesto así, pero, si no es amigo, quién es pues, y el director adjunto ése parece apreciarle mucho a usted, Los dos son de la policía, el otro día me llamaron para hacerme unas preguntas, Y yo que creía que era usted un hombre pacífico, incapaz de causar molestias a las autoridades, Lo soy, realmente, Pues algo habrá hecho para que le interroguen, Vine de Brasil, es lo único que hice, A ver si su Lidia estaba virgen y, triste y deshonrada, les fue con la queja, Aunque Lidia fuera virgen y yo la hubiera desflorado, no sería a la Policía de Vigilancia y Defensa del Estado adonde iría a presentar sus quejas, Fue esa policía la que lo mandó llamar, Fue ella, Y yo que pensaba que sería un caso de la Brigada de Costumbres, Mis costumbres son buenas, por lo menos comparadas con las costumbres generales, Nunca me había hablado usted de esa historia policial, No tuve ocasión, y usted no aparecía por aquí, Le hicieron algo, lo metieron en la cárcel, lo van a juzgar, No, sólo tuve que responder a unas preguntas, qué gente conocí en Brasil, por qué volví, a quiénes he tratado en Portugal desde mi vuelta, Tendría gracia que les hubiera hablado de mí, Tendría mucha gracia que les dijera que de vez en cuando me encuentro con el fantasma de Fernando Pessoa, Perdón, mi querido Reis, no soy un fantasma, Entonces qué es, No sé qué responderle, pero fantasma no soy, un fantasma viene del otro mundo, y yo me limito a venir del cementerio de Prazeres, En fin, es Fernando Pessoa muerto, lo mismo que antes era Fernando Pessoa vivo, En cierta e inteligente manera eso es exactamente, En todo caso, sería difícil explicar a la policía estos encuentros nuestros, Usted sabe que un día hice unos versos contra Salazar, Y él, se dio por enterado de la sátira, porque supongo que serían satíricos, Que yo sepa, no, Dígame Fernando, quién es, qué es ese Salazar que nos ha caído en suerte, Es el dictador portugués, el protector, el padre, el profesor, el poder manso, un cuarto de sacristán, un cuarto de sibila, un cuarto de Don Sebastián, un cuarto de Sidonio,[1] lo más adecuado

---

[1] Sidonio Pais (1872-1918), militar y político portugués. Tras la proclamación de la República portuguesa (1910) representó en ella los intereses de la derecha tradicional. En 1917, tras un golpe de Estado, impuso un sistema presidencialista, prácticamente dictatorial. Murió asesinado en Lisboa, en 1918. (N. del t.)

a nuestros hábitos e índole, Varias pes y cuatro eses, Ha sido una coincidencia, no vaya a creer que anduve buscando palabras que empezaran con la misma letra, Hay quien tiene esa manía, les encantan las aliteraciones, las repeticiones aritméticas, creen que gracias a ellas ordenan el caos del mundo, No debemos censurarlos, son gente ansiosa, como los fanáticos de la simetría, El gusto por la simetría, mi querido Fernando, corresponde a una necesidad vital de equilibrio, es una defensa contra la caída, Como el balancín de los equilibristas, Exactamente, pero, volviendo a Salazar, la prensa extranjera habla muy bien de él, Son artículos encargados por la propaganda, pagados con el dinero del contribuyente, eso he oído decir, Pero también la prensa de aquí se derrite en alabanzas, coge uno un diario y queda convencido de que este pueblo portugués es el más próspero y feliz de la tierra, o lo va a ser muy en breve, y que las otras naciones ganarían mucho aprendiendo de nosotros, El viento sopla de ese lado, por lo que veo usted no cree mucho en los periódicos, Solía leerlos, Dice esas palabras con un tono que parece de resignación, No, es sólo lo que queda de un largo cansancio, ya sabe usted lo que es eso, se hace un gran esfuerzo físico, los músculos se fatigan, quedan lasos, a uno le apetece cerrar los ojos y dormir, Tiene sueño, Aún siento el sueño que tenía en vida, Extraña cosa es la muerte, Más extraño aún, mirándola desde el lado en que estoy, es comprobar que no hay dos muertes iguales, estar muerto no es lo mismo para todos los muertos, hay casos en que nos traemos acá todos los fardos con que cargamos en vida. Fernando Pessoa cerró los ojos, apoyó la cabeza en el respaldo de la butaca, a Ricardo Reis le pareció que dos lágrimas le asomaban entre los párpados, también serían, como las dos sombras vistas por Víctor, efectos de luz refleja, es de sentido común que los muertos no lloran. Aquel rostro desnudo, sin gafas, con el bigote ligeramente crecido, el pelo tiene vida más larga, expresaba una gran tristeza, de esas tristezas sin enmienda, como las de la infancia que por ser de la infancia, creemos que tienen remedio fácil, ése es nuestro error. De repente, Fernando Pessoa abrió los ojos, sonrió, Imagine usted que soñé que estaba vivo, Habrá sido ilusión suya, Claro que fue ilusión, como todos los sueños, pero lo interesante no es que un muerto sueñe que está vivo, al fin y al cabo él conoció la vida, sabe con qué sueña, lo interesante es que un vivo sueñe que está muerto, él, que no sabe qué es la muerte, No tardará en decirme usted que muerte y vida es todo uno, Exactamente, mi querido Reis, vida y muerte son todo uno, Usted ya ha dicho hoy tres cosas diferentes, que no hay muerte, que hay muerte, y ahora me dice que muerte y vida son lo mismo, No tenía otra manera de resolver la contradicción que representaban las dos primeras afirmaciones, y, diciendo esto, Fernando Pessoa tuvo una sonrisa sabia, es lo mínimo que de esta sonrisa se podría decir, teniendo en cuenta la gravedad y la importancia del diálogo.

Ricardo Reis se levantó, Voy a calentar café, vuelvo en seguida, Mire, Ricardo, estábamos hablando de periódicos y me ha entrado curiosidad por saber las últimas noticias, será una manera de pasar la velada, Hace cinco meses que no sabe usted nada del mundo, muchas cosas no las va a entender, Tampoco usted debió de entender mucho cuando desembarcó aquí después de dieciséis años de ausencia, tuvo que ir atando cabos por encima del tiempo, seguro que quedaron cabos sin nudos y nudos sin cabos, Tengo los diarios en el dormitorio, voy a buscarlos, dijo Ricardo Reis. Fue a la cocina volvió al cabo de un momento con una cafeterita esmaltada, la taza, la cuchara, el azúcar, y lo colocó todo en la mesa baja que separaba las butacas, salió otra vez, volvió con los periódicos, echó café en la taza, azúcar, Usted no toma café, claro, Si aún me quedara una hora de vida tal vez la cambiara por un café caliente, Pues daría más que aquel rey Enrique, que daba su reino por un caballo, Para no perder el reino, pero deje esa historia de ingleses y dígame cómo va este mundo de los vivos. Ricardo

Reis bebió media taza, luego abrió un periódico, preguntó, Sabía usted que Hitler ha cumplido cuarenta y siete años, No me parece una noticia importante, Porque no es alemán, si lo fuera, sería menos desdeñoso, Y qué más, Aquí dice que pasó revista a treinta y tres mil soldados, en un ambiente de veneración casi religiosa, palabras textuales, si quiere hacerse una idea, oiga este párrafo de un discurso que Goebbels pronunció en ese acto, A ver, lea, Cuando Hitler habla es como si la bóveda de un templo se cerrará sobre la cabeza del pueblo alemán, Caramba, muy poético, Pero esto no es nada en comparación con las palabras de Baldur von Schirach, Quién es ese Schirach, que no me acuerdo, Es el jefe de las Juventudes del Reich, Y qué dijo, Hitler, regalo de Dios a Alemania, fue el hombre providencial, el culto a él está por encima de las divisiones confesionales, Vaya idea, el culto a un hombre uniendo lo que el culto a Dios dividió, Y von Schirach va más lejos, afirma que si la juventud ama a Hitler, que es su Dios, si se esfuerza por servirlo fielmente, cumplirá el precepto que recibió del Padre Eterno, Magnífica lógica para la juventud, Hitler es un dios, sirviéndolo fielmente cumple un precepto del Padre Eterno, por lo tanto, tenemos aquí a un dios actuando como intermediario de otro dios para sus propios fines, el Hijo como árbitro y juez de la autoridad del Padre, al fin y al cabo, el nacionalsocialismo es una religiosísima empresa, Pues nosotros tampoco vamos nada mal en cuanto a confusión entre lo divino y lo humano, hasta parece que volvamos a los dioses de la antigüedad, A los suyos, Yo sólo aproveché un resto de ellos, las palabras que hablaban de ellos, Explique mejor esa tan divina y tan humana confusión, Según la declaración solemne de un arzobispo, el de Mitilene, Portugal es Cristo, Y Cristo es Portugal, Está escrito ahí, Con todas las letras, Que Portugal es Cristo y Cristo es Portugal, Exactamente. Fernando Pessoa se quedó pensando un momento, luego se echó a reír, con una risa seca, cascada, nada grata de oír, Qué país, qué gente, y no pudo continuar, había ahora lágrimas

verdaderas en sus ojos, Qué país, repitió y no paraba
de reírse, Y yo que creía que había ido demasiado
lejos cuando en Mensagem llamé santo a Portugal, ahí
está, San Portugal, y viene un príncipe de la Iglesia,
con su archiepiscopal autoridad, y proclama que Portugal es Cristo, Y Cristo es Portugal, no lo olvide, Siendo así, necesitamos urgentemente saber qué virgen
nos parió, qué diablo nos tentó, qué judas nos traicionó,
qué clavos nos crucificaron, qué tumba nos oculta, qué
resurrección nos espera, Se olvida de los milagros,
Quiere usted milagro mayor que el simple hecho de
que existamos, de que continuemos existiendo, no
hablo por mí, claro, Por el paso que llevamos no sé
hasta cuándo y dónde existiremos, En todo caso, tiene usted que reconocer que estamos muy por delante
de Alemania, aquí es la palabra de la propia Iglesia la
que establece más que parentescos, identificaciones,
ni siquiera necesitamos recibir a Salazar como regalo,
nosotros somos el mismo Cristo, No debía haber muerto usted tan joven, mi querido Fernando, fue una pena,
ahora es cuando Portugal va a cumplirse, Así creere-
mos nosotros y el mundo en el arzobispo, Lo que nadie
puede decir es que no estemos haciendo lo posible
por alcanzar la felicidad, quiere oír ahora mismo lo
que el cardenal Cerejeira dijo a los seminaristas, No sé
si seré capaz de aguantar el impacto, Usted no es
seminarista, Razón de más, pero sea lo que Dios quiera, lea usted, Sed angélicamente puros, eucarísticamente
fervorosos y ardientemente celosos, Dijo estas palabras, así emparejadas, Las dijo, Sólo me queda morir,
Ya está muerto, Pobre de mí, ya ni eso me queda.
Ricardo Reis llenó otra taza, Si bebe café de esa manera, no va a poder dormir, advirtió Fernando Pessoa,
Es igual, una noche de insomnio nunca hizo mal a
nadie, y a veces ayuda, Léame más noticias, Leeré,
pero antes dígame si no encuentra inquietante esta
novedad portuguesa y alemana de utilizar a Dios como
avalista político, Será inquietante, pero novedad no
es, desde que los hebreos promovieron a Dios al
generalato llamándole señor de los ejércitos, lo de-

más han sido meras variantes sobre el tema, Es verdad, los árabes invadieron Europa al grito de Dios lo quiere, Los ingleses han puesto a Dios a guardar al rey, Los franceses juran que Dios es francés, Pero nuestro Gil Vicente afirmó que Dios es portugués, Y tendrá razón, si Cristo es Portugal, Bueno, lea un poco más antes de que me vaya, No quiere quedarse aquí, Tengo que cumplir las reglas, los reglamentos, el otro día infringí tres artículos en todas sus líneas, Haga lo mismo hoy, No, Entonces oiga, ahora va a ir de corrido, si tiene comentarios que hacer guárdelos para el final, Pío XI condena la inmoralidad de ciertas películas, Maximino Correia ha declarado que Angola es más portuguesa que Portugal porque desde Diego Cão no reconoció otra soberanía que no fuera la de los portugueses, En Olhao hubo una distribución de pan a los pobres en el patio del cuartel de la Guardia Nacional Republicana, Se habla de una asociación secreta española constituida por militares, En la Sociedad de Geografía con ocasión de la semana de las colonias señoras de nuestra buena sociedad ocuparon sus sitios lado a lado con gente modesta, Según el periódico El Pueblo Gallego se han refugiado en Portugal cincuenta mil españoles, En Tabares el salmón se vende a treinta y seis escudos el kilo, Carísimo, Le gusta el salmón, Lo detestaba, Bueno, pues a no ser que quiera que siga con los desórdenes y agresiones, el periódico está leído, Qué hora es, Casi media noche, Cómo pasa el tiempo, Se va, Me voy, Quiere que le acompañe, Para usted es aún temprano, Por eso, No me ha entendido, lo que he dicho es que aún es temprano para acompañarme al lugar adonde voy, Soy sólo un año mayor que usted por el orden natural de las cosas, Qué es el orden natural de las cosas, Se suele decir así, por el orden natural de las cosas yo tendría incluso que haber muerto primero, Como ve, las cosas no tienen un orden natural. Fernando Pessoa se levantó del sofá, luego abotonó la chaqueta, se ajustó el nudo de la corbata, por el orden natural lo debería haber hecho al revés, Bueno, me voy, hasta un día de estos, y gracias por su paciencia, el mundo está aún peor que cuando lo dejé, y esa España, seguro que acaban en una guerra civil, Usted cree, Si los buenos profetas son los que ya han muerto, esa condición al menos está de mi lado, No haga ruido cuando baje la escalera, es por los vecinos, Bajaré como una pluma, Y no cierre de un portazo, Descuide, no se oirá el sonido hueco de la tapa del ataúd, Buenas noches, Fernando, Duerma bien, Ricardo.

Fuese por efecto de la grave conversación o por abuso del café, lo cierto es que Ricardo Reis no durmió bien. Despertó varias veces, en sueños le pareció oír los latidos de su propio corazón en la almohada donde apoyaba la cabeza, cuando despertaba se tendía de espaldas para dejar de oírlo, y luego, al poco rato, volvía a oír los latidos a este lado del pecho, encerrado en la jaula de las costillas, entonces le venían a la memoria las autopsias a que había asistido, y veía su corazón vivo, latiendo angustiadamente como si cada movimiento fuera el último, después volvía el sueño, difícil, al fin profundo cuando ya clareaba la mañana. Aún dormía cuando vino el repartidor a tirarle el periódico contra los cristales, no se levantó a abrir la ventana, cuando esto ocurre, el repartidor sube la escalera, deja las noticias sobre el felpudo, estas noticias encima, otras, de otro día, más antiguas, servían ahora para cubrir el polvo raspado por el esparto en las suelas de los zapatos, sic transit notitia mundi, bendito sea quien inventó el latín. Al lado, en el rincón del vano de la puerta, está la lechera con el medio litro diario, del asa de la puerta cuelga el saquito del pan, Lidia meterá todo eso dentro cuando llegue, pasadas ya las once, pues hoy es su día libre, aunque no consiguió venir antes pues en el último momento Salvador le mandó que limpiara y pusiera en orden tres habitaciones, gerente abusón. No tardará mucho, tiene que ir a ver a su abandonada madre, a saber noticias de su hermano, que fue a Porto navegando en el Afonso de Albuquerque y ha vuelto, Ricardo Reis la oyó entrar, la llamó con voz somnolienta y ella

apareció en la puerta, aún con la llave, el pan, la leche y el periódico en las manos, dijo, Buenos días
señor doctor, y él respondió, Buenos días, Lidia, así se
habían saludado el primer día y así seguirán, nunca
ella será capaz de decir, Buenos días, Ricardo, aunque él se lo pidiera, cosa que no hizo hasta hoy, ni
hará, bastante confianza es recibirla así, desgreñado, con
la barba crecida y hálito nocturno. Lidia fue a la cocina
a dejar la leche y el pan, volvió con el periódico, luego volvió a la cocina para preparar el desayuno mientras
Ricardo Reis desdoblaba y abría las hojas, sostenién-
dolas cuidadosamente por los márgenes blancos para
no mancharse los dedos, y levantándolas para no en-
suciar el embozo de la sábana, son pequeños gestos
maníacos que conscientemente cultiva como quien se
rodea de balizas, de puntos de referencia, de fronteras. Al abrir el periódico recordó el movimiento idéntico que había hecho horas antes, y otra vez tuvo la
sensación de que Fernando Pessoa había estado allí
mucho más tiempo, como si la memoria tan reciente
fuese en definitiva una memoria antiquísima, del día
en que Fernando Pessoa, por haberse roto las gafas,
le había pedido, Oiga, Reis, léame las noticias, las más
importantes, Las de la guerra, No, ésas no valen la
pena, las leeré mañana, son todas iguales, era en junio de mil novecientos dieciséis, y Ricardo Reis había
escrito días antes la más extensa de sus odas, pasadas
y futuras, la que empieza, Oí contar que antaño, cuando Persia. De la cocina llegó el aroma del pan tostado,
se oían pequeños rumores de loza, luego los pasos de
Lidia en el corredor, trae la bandeja, serena esta vez,
y lo hace con el mismo gesto profesional, pero no
tiene que llamar a la puerta, que está abierta. A este
huésped de tantas semanas se le puede preguntar sin
abuso de confianza, Parece que hoy se le han pegado
las sábanas, He pasado una mala noche, con un insomnio de mil diablos, Seguro que salió, se acostó
tarde, Ojalá hubiera sido así, pero la verdad es que no
eran aún las doce cuando me acosté, ni salí de casa,
Lidia lo creerá o no lo creerá, nosotros sabemos que

Ricardo Reis ha dicho la verdad. La bandeja está sobre las rodillas del huésped de la doscientos uno, la camarera echa el café y la leche, acerca las tostadas, la mermelada, rectifica la posición de la servilleta, y es entonces cuando dice, Hoy no puedo quedarme mucho tiempo, voy a darle una pasada al piso y luego me voy, quiero ir a ver a mi madre, siempre se queja de que no aparezco por allí o de que voy a la carrera, hasta me preguntó si me he echado novio y si es para casarme. Ricardo Reis sonríe incómodo, no tiene nada qué decir, desde luego no era de esperar que dijera, Novio, aquí lo tienes, y, en cuanto a la boda, me alegra que hables de eso, un día de estos vamos a tratar de nuestro futuro, se limita a sonreír, a mirar hacia ella con expresión súbitamente paternal. Lidia se retiró hacia la cocina, no se llevaba ninguna respuesta, si es que la había esperado, aquellas palabras le habían salido de la boca sin querer, nunca su madre le había hablado de novios y enamorados. Ricardo Reis acabó de desayunar, empujó la bandeja hacia los pies de la cama, se acomodó para leer el periódico, El gran desfile corporativo demuestra que no es difícil establecer un entendimiento honrado y bienintencionado entre patronos y productores, prosiguió la lectura sesudamente, prestando poca atención al peso de los argumentos, en su intimidad no sabía si estaba de acuerdo o si dudaba, El corporativismo, el encuadramiento de clases en el ambiente y en el espacio al que cada una pertenece, son los medios propios para transformar las sociedades modernas, con esta receta de un nuevo paraíso terminó la lectura del editorial, después, con ojos inciertos, pasó a las noticias del extranjero, Mañana se realizará en Francia el primer escrutinio de las elecciones legislativas, Las tropas de Badoglio se preparan para reanudar el avance hacia Addis-Abeba, fue en este momento cuando apareció Lidia en el umbral, remangada, deseando saber, Vio ayer el globo, Qué globo, El zepelín, pasó justo por encima del hotel, No lo vi, pero lo estaba viendo ahora, en la página abierta del diario, el gigantesco, adamastórico dirigible, Graf

Zeppelin, del nombre y el título de su constructor, conde Zeppelin, general y aeronauta alemán, ahí está, sobrevolando Lisboa, el río, las casas, la gente se para en las aceras, salen de las tiendas, se asoman a las ventanillas de los tranvías, vienen a los miradores, se llaman unos a otros para compartir la maravilla, siempre hay un gracioso que dice, Ya están los papanatas mirando el globo, en blanco y negro lo trae el periódico retratado, Aquí viene la foto, informó Ricardo Reis, y Lidia se acercó a la cama, tanto que él no pudo contenerse y le ciñó las caderas con el brazo libre, el otro sostenía el periódico, ella se echó a reír, Estése quieto, luego dijo, Hay que ver, qué grande, ahí aún parece mayor que al natural, y qué es esa cruz que lleva ahí atrás, Le llaman cruz gamada, o svástica, Es fea, Pues ya hubo mucha gente que la creyó la más bonita de todas, Parece una araña, Había religiones en Oriente para las que esta cruz representaba la felicidad y la salvación, Tanto, Tanto, Y por qué la han puesto en el rabo del zepelín, El dirigible es alemán, y la svástica es hoy el emblema de Alemania, De los nazis, Qué es lo que sabes tú de esto, Me lo contó mi hermano, Tu hermano el marinero, Sí, Daniel, no tengo otro, Ha vuelto ya de Porto, Aún no lo he visto, pero volvió ya, Cómo lo sabes, Su barco está frente al Terreiro do Paço, lo conozco bien, No quieres acostarte, Le prometí a mi madre que iría a comer con ella, si me acuesto llego con retraso, Sólo un poquito, va, luego te dejo ir, la mano de Ricardo descendió hasta la curva de la pierna, levantó la falda, pasó sobre la liga, tocó y acarició la piel desnuda, Lidia decía, No, no, pero empezaba a ceder, le temblaban las rodillas, fue entonces cuando Ricardo Reis se dio cuenta de que su sexo no reaccionaba, que no iba a reaccionar, era la primera vez que le ocurría el temido accidente, se sintió dominado por el pánico, lentamente retiró la mano, murmuró, Prepárame el agua, quiero tomar un baño, ella no comprendió, había empezado a desabrochar la cintura de la falda, la blusa, y él repitió, con una voz que bruscamente se había vuelto estridente,

Quiero bañarme, prepárame el agua, tiró el diario al suelo, se metió bruscamente bajo las sábanas, estuvo a punto de tirar la bandeja del desayuno, Lidia lo miraba desconcertada, Qué he hecho, pensó, yo me iba a acostar, pero él continuaba vuelto de espaldas, las manos, que ella no podía ver, intentaban excitar el sexo desmayado, vacío de sangre, despojado de deseo, y se esforzaban ahora inútilmente, ahora con violencia, o rabia, o desesperación. Se retiró Lidia tristísima, se lleva la bandeja, va a lavar la loza, vai-la lavar alva,[2] pero antes enciende el calentador, pone el agua a correr hacia la pila, prueba la temperatura a la salida del grifo, luego se pasa las manos mojadas por los ojos mojados, Pero qué le he hecho, si yo me iba a acostar, hay malentendidos así, fatales, si él le hubiera dicho, No puedo, no estoy en forma, a ella no le habría importado, y hasta no siendo para eso quizá se hubiera acostado también, qué decimos, seguro que se acostaba, en silencio, y confortándolo ante aquel gran miedo, y quizá tuviera la conmovedora ocurrencia de poner la mano sobre el sexo de él, sin intención excitante, sólo como diciendo, No se preocupe, que eso no es la muerte, y, serenamente, se quedarían dormidos los dos, olvidada ya ella de que su madre la esperaba con la comida en la mesa, la madre le diría por fin al hijo marinero, Vamos a comer, que ahora con tu hermana no se puede contar, no parece la misma, ésas son las contradicciones e injusticias de la vida, ahí está Ricardo Reis, que no tendría ninguna razón para pronunciar esas últimas y condenatorias palabras.

Lidia apareció en la puerta del cuarto, dispuesta a marcharse, dijo, Hasta la semana que viene, se siente desgraciada, él también se siente desgraciado, ella sin saber qué mal ha hecho, él sabiendo qué mal le aconteció. Se oye correr el agua, huele el vapor cálido que se expande por la casa, Ricardo Reis aún se que-

---

[2] Estribillo de una canción medieval del rey Don Denis de Portugal (1261-1325). (N. del t.)

da unos minutos tumbado, sabe que es inmensa aquella pila, mar mediterráneo cuando está llena, al fin se levanta, se pone la bata por los hombros y, arrastrando las pantuflas, entra en el cuarto de baño, mira el espejo empañado, donde felizmente no puede verse, ésa debía ser, a ciertas horas, la caridad de los espejos, entonces pensó, Esto no es la muerte, le ocurre a todo el mundo, algún día me tenía que ocurrir a mí, cuál es su opinión, doctor, No se preocupe, le voy a recetar unas píldoras nuevas que le resolverán ese pequeño problema, lo que no tiene que hacer es emperrarse en dramatizar el caso, salga, pasee, distráigase, vaya al cine, puede considerarse incluso un hombre de suerte si realmente ésta ha sido la primera vez. Ricardo Reis cerró el grifo, se desnudó, templó con algo de agua fría el gran lago escaldador y se fue sumergiendo lentamente, como si renunciara al mundo del aire. Abandonados, los miembros eran impelidos hacia la superficie, flotaban entre dos aguas, también el sexo marchito se movía, preso, como un alga, por su raíz gesticulando, ahora no se atrevía Ricardo Reis a llevar la mano a él, a tocarlo, lo miraba sólo, era como si no le perteneciera, quién a quién, él es mío o soy yo quien le pertenezco, y no buscaba respuesta, preguntar ya era bastante angustia.

Fue tres días después cuando Marcenda apareció por el consultorio. Le dijo a la enfermera que quería ser la última en ser visitada, que no venía como enferma, Le ruego que diga al doctor que está aquí Marcenda Sampaio, pero sólo cuando ya no queden enfermos por visitar, y le metió en el bolsillo un billete de veinte escudos, llegado el momento la empleada fue con el recado, Ricardo Reis se había quitado ya la bata blanca, hábito casi talar que apenas le daba por medio de la pierna, así ni llegaba a sumo sacerdote de esta religión sanitaria, sólo sacristán, para limpiar vinajeras, encender las velas y apagarlas, para llenar los certificados, de defunción, claro está, algunas veces había sentido una pena difusa, cierto disgusto, por no haberse especializado en obstetricia, no por ser estos órganos los más íntimos y preciosos de la mujer, sino porque en ellos se hacen los hijos, de los otros, y sirven éstos de compensación cuando los nuestros faltan o no los conocemos. Oiría latir los nuevos corazones del mundo, algunas veces podría recibir en las manos a los sucios, pegajosos animalitos, entre sangre y moco, entre lágrimas y sudor, oír su primer grito, aquel que no tiene significado, o lo tiene, qué sabemos nosotros. Volvió a ponerse la bata, no atinaba con las mangas, súbitamente torcidas, mal cortadas, dudó entre recibir a Marcenda en la puerta o esperarla tras la mesa del despacho, con la mano profesionalmente colocada sobre el vademécum, fuente de toda sabiduría, biblia del dolor, acabó por acercarse a la ventana que daba a la plaza, a los olmos, a los tilos florecidos, a la estatua del mosquetero, allí le hubiera gustado recibir a Marcenda, si no fuera absurdo tal comportamiento, y decirle, Estamos en primavera, mire qué gracia tiene aquella paloma posada en la cabeza de Camões, y las otras posadas en los hombros, es la única justificación y utilidad de las estatuas, servir de palo de gallinero a las palomas, pero las conveniencias de este mundo tienen más fuerza, Marcenda apareció en la puerta, Entre, por favor, decía halagadora la enfermera, sutil persona, muy competente en el arte de distinguir posiciones sociales y niveles de riqueza, Ricardo Reis olvidó los olmos, los tilos, las palomas levantaron el vuelo, algo las asustó, o les dio por mover las alas, volar, en la Plaza de Luis de Camões está prohibida la caza todo el año, si esta mujer fuera paloma, con el ala herida, no podría volar, Cómo le va, Marcenda, me alegro de verla, y su padre, cómo está, Bien, gracias, doctor, él no puede venir, le envía un saludo, así instruida, la enfermera se retiró, cerró la puerta. Las manos de Ricardo Reis estrechan aún la mano de Marcenda, se quedaron callados los dos, él hace un gesto indicando una silla, ella se sienta, no ha sacado la mano izquierda del bolsillo, hasta la enfermera, pese a su agudísima mirada, juraría que aquella señora que acaba de entrar en el despacho del doctor Ricardo Reis es persona sin defecto, y nada fea además, sólo un poquito flaca, pero, como es tan joven, hasta le queda bien la delgadez, Bien, déme noticias de su salud, dijo Ricardo Reis, y Marcenda respondió, Estoy como estaba, lo más probable es que no vuelva al médico, al menos a este de Lisboa, No hay ningún indicio de reanimación, de movimiento, ninguna alteración en la sensibilidad, Nada que pueda sustentar la menor esperanza, Y el corazón, Ése funciona, quiere verlo, No soy su médico, Pero ahora es especialista en cardiología, tiene otros conocimientos, puedo consultarlo, No le queda bien la ironía, me limito a hacerlo lo mejor que sé, y es poco, estoy sustituyendo transitoriamente a un colega, creo que se lo dije en la carta, En una de sus cartas, Haga cuenta de que no ha recibido la otra, que se perdió en el camino, Se arrepintió de haberla escrito, El arrepentimiento es la cosa más inútil de este mundo, en general quien se dice arrepentido lo único que quiere es conquistar perdón y olvido, en el fondo, cada uno de nosotros continúa satisfecho de sus culpas, Tampoco yo me arrepentí de haber ido a su casa, ni me arrepiento hoy, y si es culpa el haberme dejado besar, si es culpa el haber besado, acepto esa culpa y la acepto satisfecha también, Entre nosotros no hubo más que un beso, qué es un beso, no es pecado mortal, Fue mi primer beso, quizá por eso no me arrepiento, Nunca la besó nadie antes, Fue mi primer beso, Dentro de poco tendré que cerrar el consultorio, quiere venir a mi casa, estaríamos más a gusto para hablar, No, Entraríamos separados, con un largo intervalo, no la comprometería, Prefiero estar aquí el tiempo que pueda, No le iba a hacer nada, soy hombre sosegado, Qué quiere decir esa sonrisa, Nada especial, sólo confirma el sosiego del hombre, o, si quiere que le hable con mayor exactitud, diría que en mí hay ahora un sosiego total, las aguas duermen, fue eso lo que mi sonrisa quiso explicar, Prefiero no ir a su casa, prefiero estar aquí hablando, imagínese que soy una de sus enfermas, Qué le ocurre, pues, Esa sonrisa me gusta más,

También a mí, la otra ni a mí mismo me gustaba. Marcenda sacó la mano izquierda del bolsillo, la acomodó en el regazo, puso sobre ella la otra mano, parecía como si fuera a empezar a exponer sus males, Verá usted, doctor, ya ve lo que le pasa a mi brazo, la desgracia que me tocó en suerte en la vida, como si no bastara el desconcierto del corazón, pero de todas estas palabras sólo aprovechó tres, La vida es un desconcierto de la suerte, vivíamos tan lejos uno del otro, eran tan diferentes las edades, los destinos, Está repitiendo lo que escribió en la carta, Me gusta usted Ricardo, pero no sé cuánto, Un hombre, a mi edad, queda ridículo haciendo declaraciones de amor, A mí me gustó leerlas, y me gusta oírlas, No estoy haciendo una declaración de amor, Sí lo está, Estamos intercambiando cumplidos, ramos de flores, y es verdad que son bonitas las flores, pero están ya cortadas, muertas, ellas no lo saben y nosotros hacemos como que no lo sabemos, Pongo mis flores en agua y me quedo mirándolas mientras duran sus colores, No tendrán tiempo sus ojos de cansarse, Ahora estoy mirándole a usted, No soy una flor, Es un hombre, soy capaz de percibir la diferencia, Un hombre sosegado, alguien que se ha sentado a orilla del río a ver pasar lo que el río lleva, tal vez a la espera de verse a sí mismo pasar en la corriente, En este momento creo que es a mí a quien está viendo, lo dice la expresión de sus ojos, Es verdad, la veo alejándose como una rama florida y un pájaro cantando sobre ella, No me haga llorar. Ricardo Reis se acercó a la ventana, entreabrió la cortina. No había palomas posadas en la estatua, volaban en círculos rápidos sobre la plaza, vertiginosas, en vorágine. Marcenda se aproxima también, Cuando vine había una paloma posada en el brazo, junto al corazón, Lo hacen mucho, es un lugar abrigado, Desde aquí no se ve, Está de espaldas a nosotros. Volvió a cerrarse la cortina. Se apartaron de la ventana, Marcenda dijo, Tengo que irme. Ricardo Reis le cogió la mano izquierda, se la llevó a los labios, después sopló blandamente, lento, como si estuviera reanimando a un

ave transida de frío, un instante después era la boca
de Marcenda lo que él besaba, y ella a él, segundo y
ya voluntario beso, entonces, como una alta cascada,
atronadora, la sangre de Ricardo Reis baja a profundas
cavernas, metafórica manera de decir que se yergue su
sexo, no estaba muerto por lo visto, ya le había dicho
yo que no se preocupara. Lo notó Marcenda, por eso
se apartó, para volver a sentirlo se aproximó de nuevo, y si se lo preguntaran juraría que no, virgen loca,
pero las bocas no se habían separado, al fin ella gimió, Tengo que irme, se soltó de sus brazos, se sentó
sin fuerzas en la silla, Marcenda, cásese conmigo, dijo
Ricardo Reis, ella lo miró, súbitamente pálida, después dijo, No, lo dijo muy lentamente, parecía imposible que una palabra tan corta tardara tanto tiempo en
pronunciarse, mucho más tiempo que las otras que
dijo después, No seríamos felices. Durante unos minutos se quedaron callados, por tercera vez Marcenda
dijo, Tengo que irme, pero ahora se levantaba y cami-
naba hacia la puerta, él la siguió, quería retenerla, pero
Marcenda estaba ya en el pasillo, al fondo aparecía la
enfermera, entonces Ricardo Reis dijo en voz alta, La acom-
paño, y así lo hizo, se despidieron dándose la mano,
él dijo, Saludos a su padre, ella habló de otra cosa, Un
día, y no acabó la frase, alguien la continuará, sabe
Dios cuándo y para qué, otro la concluirá más tarde,
y en qué lugar, por ahora es esto sólo, Un día. La
puerta está cerrada, la enfermera pregunta, Me necesita aún, doctor, No, Entonces, con su permiso, ya se
han ido todos, los otros doctores también, Yo me
quedaré aún unos minutos, tengo que ordenar unos
papeles, Buenas tardes, doctor, Buenas tardes, Carlota, éste era su nombre.

Ricardo Reis volvió al despacho, apartó la cortina, Marcenda aún no había llegado al fondo de la
escalera. La penumbra del atardecer cubría la plaza.
Las palomas se recogían en las ramas altas de los olmos, en silencio, como fantasmas, como las sombras
de otras palomas que en aquellas mismas ramas se
hubieran posado en años pasados, o en las ruinas que

en este lugar hubo antes de que limpiaran el terreno para hacer una plaza y levantar la estatua. Ahora Marcenda atraviesa la plaza en dirección a la Rua do Alecrim, se vuelve para ver si la paloma está posada aún en el brazo de Camões, y entre las ramas floridas de los tilos distingue una silueta blanca tras los cristales, si alguien se ha fijado en estos movimientos no habrá entendido su sentido, ni siquiera Carlota, oculta en un vano de la escalera, al acecho, a ver si la visitante volvía al consultorio para hablar a sus anchas con el doctor, no estaría mal pensado, pero Marcenda no hizo tal cosa, y Ricardo Reis no llegó a preguntarse a sí mismo si se había quedado allí por esta razón.

A los pocos días llegó una carta, con el conocido color de violeta exangüe, el mismo tachón negro sobre el sello, la misma caligrafía que conocemos, angulosa al faltarle al papel el apoyo de la otra mano, la misma pausa larga antes de que Ricardo Reis abriera el sobre, la misma mirada apagada, las mismas palabras, Fue una imprudencia ir a verlo, no volverá a ocurrir, nunca más volveremos a vernos, pero créame, permanecerá para siempre en mi recuerdo, viva lo que viva, y si las cosas fueran diferentes, si yo tuviera más años, si este brazo sin remedio, sí, es verdad, me han desengañado, el médico acabó por reconocer que no tengo cura, que son tiempo perdido los baños de luz, las corrientes galvánicas, los masajes, yo lo esperaba ya, ni ganas de llorar tuve, y no es de mí de quien tengo pena, es de mi brazo, pienso en él como en un niño que nunca podrá salir de la cuna, lo acaricio como si no me perteneciera, animalito encontrado en la calle, pobre brazo, qué sería de él sin mí, adiós, amigo mío, mi padre sigue diciendo que debo ir a Fátima, y voy a ir, aunque sólo sea por complacerle, si es esto lo que precisa para quedar en paz con su conciencia, así acabará por pensar que fue voluntad de Dios, bien se sabe que contra la voluntad de Dios nada podemos hacer ni debemos intentar, amigo mío, no le digo que se olvide de mí, al contrario, le pido que me recuerde todos los días, pero no me escriba, nunca más iré a lista de correos, y ahora termino, acabo, lo he dicho todo ya. Marcenda no escribe así, es escrupulosa en la obediencia a las reglas de la sintaxis, minuciosa en la puntuación, pero la lectura de Ricardo Reis, saltando de línea en línea, en busca de lo esencial, despreció el tejido conjuntivo, uno o dos signos de exclamación, unas reticencias pretendidamente elocuentes, e incluso cuando hizo la segunda lectura, la tercera, no leyó más de lo que había leído antes, porque lo había leído todo, y Marcenda lo había dicho también todo. Un hombre recibe una carta lacrada al salir del puerto, la abre en medio del océano, sólo agua y cielo, y la tabla donde sus pies se asientan, y lo que alguien escribió en la carta es que en adelante no habrá más puertos donde recogerse, en las tierras desconocidas que encontrará, ni otro destino que el del Holandés Errante, sólo navegar, izar y arriar velas, darle a la bomba, remendar y puntear, raspar la herrumbre, esperar. Va a la ventana, aún con la carta en la mano, ve al gigante Adamastor, a los dos viejos sentados a su sombra, y se pregunta si este desaliento no será representación suya, movimiento teatral, si en verdad creyó alguna vez que amaba a Marcenda, si en su más oscura intimidad querría realmente casarse con ella, y para qué, o si todo esto no será banal efecto de la soledad, de la pura necesidad de creer que algunas cosas buenas son posibles en la vida, el amor, por ejemplo, la felicidad de que hablan constantemente los infelices, posibles felicidad y amor para este Ricardo Reis, o para ese Fernando Pessoa, si no estuviera muerto. Marcenda existe, sin duda, esta carta la ha escrito ella, pero Marcenda, quién es, qué hay de común entre aquella muchacha vista por primera vez en el comedor del Hotel Bragança, cuando aún no tenía nombre, y esta a cuyo nombre y persona vinieron luego a unirse pensamientos, sensaciones, palabras, que Ricardo Reis dijo, sintió y pensó, Marcenda lugar de fijación, quién era entonces, y hoy, quién es, senda en el mar que se apaga tras el paso del navío, por ahora alguna espuma aún, el torbellino del timón, por dónde he pasado, qué fue lo que por mí pasó. Ricardo Reis relee de nuevo la carta, la parte final, donde dice, No me escriba, y se dice a sí mismo que no acatará la orden, que responderá, sí, para decir no sabe qué, luego se verá, y si ella hace lo que promete, si no va a recoger la carta en lista de correos, que se quede la carta a la espera, lo que importa es haberla escrito, no el que sea leída. Pero inmediatamente recordó que el doctor Sampaio es muy conocido en Coimbra, notario y fuerza viva, y que en Correos habrá, como públicamente se reconoce, mucho empleado concienzudo y cumplidor, no se puede excluir la hipótesis, por remota que sea, de que la carta clandestina vaya a parar a la residencia, o peor aún, al despacho del notario, con el consiguiente escándalo. No escribirá. En esa carta pondría todo lo que no ha llegado a ser dicho, no tanto la esperanza de cambiar el curso de las cosas, sino para que claro y entendido que esas cosas son tantas que, ni diciéndolo todo sobre ellas, se modificaría su curso. Pero le gustaría que, al menos, supiera Marcenda que el doctor Ricardo Reis, el mismo que la besó y le pidió casamiento, es poeta, no sólo un vulgar médico de medicina general, metido a cardiólogo y tisiólogo sustituto, aunque sustituto nada malo, pese a faltarle habilitación científica, pues no consta que haya aumentado dramáticamente la mortandad en aquellos foros nosológicos desde que entró en ejercicio. Imagina las reacciones de Marcenda, la sorpresa, la admiración, si entonces le hubiera dicho, Marcenda, no sé si sabe usted que soy poeta, así, como quien no quiere la cosa, como si no le diera importancia, claro que ella entendería la modestia, y le habría gustado saberlo, romántica, lo miraría con dulce suavidad, Este hombre, de casi cincuenta años y que me ama, es poeta, qué bien, qué suerte la mía, ahora veo cuán diferente es ser amada por un poeta, le voy a pedir que lea sus poemas, apuesto a que me dedica alguno, eso suelen hacer los poetas, dedican mucho. Entonces Ricardo Reis explicaría, para prevenir celos eventuales, que esas mujeres de quienes Marcenda va a oír hablar no son mujeres verdaderas, sino abstracciones líricas, pretextos, interlocutor inventado, si es que merece el nombre de interlocutor alguien a quien no fue dada voz, a las musas no se les pide que hablen, sólo que sean, Neera, Lidia, Cloe, ya ve qué coincidencia, yo me paso tantos años escribiendo poemas a Lidia, una Lidia desconocida, incorpórea, y me encuentro en un hotel con una camarera que lleva ese nombre, sólo el nombre, pues en lo demás no se parecen en nada. Ricardo Reis explica y vuelve a explicar, y no porque la materia sea dudosa hasta este punto, sino porque teme el paso siguiente, qué poema irá a elegir, qué dirá Marcenda después de oírlo, qué expresión habrá en su rostro, tal vez le diga que quiere ver con sus propios ojos lo que acaba de oír y haga en voz baja su propia lectura, En un fluido incierto nexo, como el río cuyas ondas son él, así tus días ve, y si te vieres pasar, como a otra persona, calla. Leyó y volvió a leer, se ve en su mirada que ha comprendido, quizá le haya ayudado un recuerdo, el de las palabras que él dijo en el consultorio la última vez que estuvimos juntos, Alguien que se sentó a la orilla del río a ver pasar lo que el río lleva, a la espera de verse pasar a sí mismo en la corriente, claro que entre la prosa y la poesía tiene que haber ciertas diferencias, por eso entendí tan bien la primera vez y ahora he empezado a entender tan mal. Ricardo Reis pregunta, Le ha gustado, y ella dice, Muchísimo, no puede haber mejor ni más lisonjera opinión, pero los poetas son eternos insatisfechos, a éste le han dicho lo más que se puede decir, al propio Dios le gustaría que dijeran esto del mundo que creó, y al fin se le veló la mirada de melancolía, suspira, aquí está Adamastor que no consigue arrancarse del mármol al que lo han prendido engaño y decepción, convertida en roca la carne y el hueso, petrificada la lengua, Por qué se ha quedado tan callado, pregunta Marcenda, y él no responde.

Si estas son penas personales, a Portugal, como un todo, no le faltan alegrías. Se conmemoran ahora dos fechas, la primera es la aparición del profesor Antonio de Oliveira Salazar en la vida pública, hace ocho años, parece que fue ayer, cómo pasa el tiempo, para salvar a su país, y nuestro, del abismo, para restaurarlo, para imponerle nueva doctrina, fe, entusiasmo y confianza en el futuro, son palabras del periódico, y la otra fecha se refiere también al mismo profesor, suceso de más íntima alegría, suya y nuestra, que es el que haya cumplido, al día siguiente, los cuarenta y siete años de edad, nació en el mismo año en que Hitler vino al mundo y con poca diferencia de días, ya ven qué coincidencia, dos importantes hombres públicos. Y vamos a tener la Fiesta Nacional del Trabajo, con un desfile de millares de trabajadores en Barcelos, todos con el brazo extendido, a la romana, les queda el gesto de cuando Braga se llamaba Bracara Augusta, y un centenar de carrozas adornadas y mostrando escenas de faenas campestres, la vendimia, la pisa, la monda, el esfoyado, la trilla, y los alfareros haciendo gallos y pitos, la bordadora con su bastidor, el pescador con la red y el remo, el molinero con el burro y el saco de harina, la hilandera con el huso y la rueca, llevamos ya diez carrozas y han de pasar noventa, mucho se esfuerza el pueblo portugués y, como es sufrido y trabajador, lo va consiguiendo, pero en compensación no le faltan diversiones, conciertos de bandas filarmónicas, iluminaciones, rancho, fuegos de artificio, batallas de flores, repartos benéficos, una continua fiesta. Ahora bien, ante esta magnífica alegría, bien podemos proclamar, e incluso es nuestro deber hacerlo, que las conmemoraciones del Primero de Mayo han perdido todo su sentido clásico, no tenemos la culpa de que en Madrid lo celebren por las calles cantando La Internacional y dando vivas a la Revolución, excesos éstos que no están autorizados en nuestra patria, A Dios gracias, manifiestan a coro los cincuenta mil españoles que a este oasis de paz se han acogido. Ahora, lo más seguro es que aparezcan por aquí en cualquier momento otros tantos franceses, pues la izquierda ganó allí las elecciones, y el socialista Blum se ha declarado dispuesto de inmediato a formar un gobierno de Frente Popular. Sobre la augusta frente de Europa se acumulan nubes de tempestad, no le

bastaba ir arrebatada a lomos del furioso toro español, ahora triunfa Chantecler con su inflamado cantar
de gallo, pero, en fin, el primer maíz es para los go-
rriones, lo mejor de la cosecha es para quien lo merezca, prestemos oído atento al mariscal Pétain que,
pese a ir tan avanzado en años, ochenta venerables
inviernos, no se muerde la lengua, A mi entender, ha
dicho el anciano, todo lo internacional es nefasto, todo
lo nacional es útil y fecundo, hombre que así habla no
morirá sin dar nuevas y más sustanciosas señales de sí.

Y ha acabado la guerra de Etiopía. Lo ha dicho
Mussolini desde el balcón del palacio, Anuncio al pueblo italiano y al mundo que se ha acabado la guerra, y
a esta voz poderosa, las multitudes de Roma, de Milán,
de Nápoles, de Italia entera, millones de bocas, todos
gritaron el nombre del Duce, los campesinos abando-
naron los campos, los obreros las fábricas, danzando y
cantando por las calles en patriótico delirio, bien verdad
es lo que Benito proclama, que Italia tiene alma imperial, por eso se levantaron de sus históricas tumbas las
sombras majestuosas de Augusto, Tiberio, Calígula,
Nerón, Vespasiano, Nerva, Septimio Severo, Domiciano,
Caracalla, y tutti quanti, restituidos a su antigua dignidad tras siglos de espera y de esperanza, ahí están, en
formación, haciendo guardia de honor al nuevo suce-
sor, a la imponentísima figura, al altivo porte de Vittorio
Emmanuele III, proclamado con todas las letras y en
todas las lenguas emperador del África Oriental Italiana, mientras Winston Churchill le da sus bendiciones,
En el estado actual del mundo, el mantenimiento o la
agravación de las sanciones contra Italia podría tener
como consecuencia una guerra hedionda, sin que de
ello resulte mayor ventaja para el pueblo etíope. Tran-
quilicémonos, pues. Guerra, si la hay, guerra será, por
ser éste su nombre, pero no hedionda, como hedionda no fue la guerra contra los abisinios.

Addis-Abeba, oh lingüístico donaire, oh poéticos
pueblos, quiere decir Nueva Flor. Addis-Abeba está en
llamas, las calles cubiertas de muertos, los salteadores
penetran en las casas, violan, saquean, degüellan a

mujeres y niños mientras las tropas de Badoglio se aproximan. El Negus ha huido a la Somalia francesa, desde donde partirá para Palestina a bordo de un crucero británico, y un día de éstos, allá hacia fin de mes, en Ginebra, ante el solemne areópago de la Sociedad de Naciones, preguntará, Qué respuesta he de dar a mi pueblo, pero después de haber hablado, nadie le respondió, y aun antes de que empezara a hablar le abuchearon los periodistas italianos presentes, seamos tolerantes, es sabido que las exaltaciones nacionalistas obnubilan fácilmente la inteligencia, que tire la primera piedra quien nunca haya caído en esta tentación. Addis-Abeba está en llamas, las calles cubiertas de muertos, los salteadores penetran en las casas, violan, saquean, degüellan a mujeres y niños mientras las tropas de Badoglio se aproximan. Mussolini anuncia, Se ha cumplido el gran acontecimiento que sella el destino de Etiopía, y el sabio Marconi advirtió, Los que intenten resistir a Italia caen en la más peligrosa de las locuras, y Eden insinúa, Las circunstancias aconsejan el levantamiento de las sanciones, y el Manchester Guardian, que es el órgano gubernamental inglés, verifica, Hay numerosas razones para entregar colonias a Alemania, y Goebbels decide, La Sociedad de Naciones es buena, pero son mejores las escuadrillas de aviones. Addis-Abeba está en llamas, las calles cubiertas de muertos, los salteadores penetran en las casas, violan, saquean, degüellan a mujeres y niños mientras las tropas de Badoglio se aproximan, Addis-Abeba está en llamas, ardían casas, saqueadas eran las arcas y las paredes, violadas las mujeres eran puestas contra los muros caídos, traspasados de lanzas los niños eran sangre en las calles. Una sombra pasa por la frente enajenada e imprecisa de Ricardo Reis, qué es esto, de dónde vino la intromisión, el periódico me informa sólo de que Addis-Abeba está en llamas, de que los salteadores están robando, violando, degollando, mientras las tropas de Badoglio se aproximan, el Diário de Notícias no habla de mujeres puestas contra los muros caídos ni de niños traspasados por las lanzas, en Addis-Abeba no consta que hubiera jugadores de ajedrez jugando al ajedrez.[1] Ricardo Reis fue a buscar en la mesita de noche The god of the labyrinth, aquí está, en la primera página, El cuerpo, que fue encontrado por el primer jugador de ajedrez ocupaba, con los brazos abiertos, las casillas de los peones del rey y de la reina y las dos siguientes, en dirección al campo adversario, a mano izquierda de una casilla blanca, a mano derecha de una casilla negra, en todas las demás páginas leídas del libro no hay más que este muerto, luego no fue por aquí por donde pasaron las tropas de Badoglio. Deja Ricardo Reis The god of the labyrinth en el mismo lugar, abre un cajón de la mesa del despacho que fue del juez de Casación, en tiempo de esa justicia se guardaban comentarios manuscritos al Código Civil, y retira la carpeta de cintas que contiene sus odas, los versos secretos de que nunca habló a Marcenda, las hojas manuscritas, comentarios también, porque todo lo es, que Lidia un día encontrará, cuando el tiempo sea otro ya, de insuperable ausencia. Maestro, son plácidas, dice la primera hoja, y en este día primero otras hojas dicen, Los dioses desterrados, Coronadme de rosas, y otras cuentan, El dios Pan no ha muerto, De Apolo el carro rodó, y una vez más la conocida invitación, Ven a sentarte conmigo, Lidia, a la orilla del río, el mes es de junio y ardiente, la guerra ya no tarda, A lo lejos los montes tienen nieve y sol, con sólo tener flores a la vista, la palidez del día es levemente dorada, no tengas nada en las manos porque sabio es el que se contenta con el espectáculo del mundo. Otras y otras hojas pasan como han pasado los días, yace el mar, gimen los vientos en secreto, cada cosa en su tiempo tiene su tiempo, así bastantes los días se sucedan, bastante la persistencia del dedo mojado sobre la hoja, y fue bastante, aquí

---

[1] Referencia a la oda de Ricardo Reis que se inicia con el verso *Oí contar que antaño, cuando Persia...* de la que se recogen algunos versos a lo largo del capítulo. (N. del t.)

está, Oí contar que antaño, cuando Persia, ésta es la página, no otra, éste el ajedrez, y nosotros los jugadores, yo Ricardo Reis, tú lector mío, arden casas, saqueadas son las arcas y las paredes, pero cuando el rey de marfil está en peligro, qué importa la carne y el hueso de las hermanas y de las madres y de los niños, si carne y hueso nuestro en roca convertidos, convertido en jugador, y de ajedrez. Addis-Abeba quiere decir Nueva Flor, el resto queda dicho ya. Ricardo Reis guarda los versos, los cierra con llave, caigan ciudades y pueblos sufran, cese la libertad y la vida, por nuestra parte imitemos a los persas de esta historia, si silbamos, italianos, al Negus en la Sociedad de Naciones canturreemos, portugueses, a la suave brisa, cuando salgamos a la puerta de nuestra casa, El doctor parece muy animado, dirá la vecina del tercero, No le faltarán enfermos, añadirá la del primero, cada cual forma su juicio sobre lo que le había parecido y no sobre lo que realmente sabía, que era nada, el médico del segundo sólo hablaba para él.

Ricardo Reis está acostado, la cabeza de Lidia reposa sobre su brazo derecho, sólo una sábana cubre sus cuerpos sudados, él desnudo, ella con el camisón enrollado en la cintura, olvidados ambos, o recordando sólo al principio, pero pronto tranquilos, la mañana aquella en que él se dio cuenta de que no podía y ella no sabía qué mal había hecho para ser rechazada. En los balcones de atrás las vecinas cambiaban frases de doble sentido, gestos que subrayan sus palabras, guiños, Ahí están otra vez, Está el mundo perdido, Parece imposible, Qué poca vergüenza, A mí, me iba a hacer eso, Ni por oro ni por plata, y a este verso perdido se debería responder con otro, Ni con hilos de algodón, si no estuvieran estas mujeres tan crispadas y envidiosas, si fueran aún las niñas de antaño, bailando con vestiditos cortos, cantando en el jardín cantares de corro, juegos inocentes, ay qué lindas eran. Lidia se siente feliz, mujer que con tanto placer se acuesta no tiene oídos, que maldigan las voces en zaguanes y patios, a ella no le hacen nada las miradas de mal de ojo cuando en la escalera se cruza con las vecinas virtuosas e hipócritas. Dentro de poco tendrá que levantarse para ordenar la casa, lavar los platos sucios que se han ido acumulando, planchar los pañuelos y las camisas de este hombre que está acostado a su lado, quién me había de decir que yo sería, qué nombre me daré, amiga, amante, ni una cosa ni otra, de esta Lidia no se dirá, Lidia está liada con Ricardo Reis, o Conoces a Lidia, la querida de Ricardo Reis, si de ella alguna vez se habla, será así, Ricardo Reis tenía una asistenta que estaba muy buena, mujer para todo, le salía bien barato. Lidia extiende las piernas, se acerca a él, es un último movimiento de placer tranquilo, Hace calor, dice Ricardo Reis, y ella se aparta un poco, le libera el brazo, después se sienta en la cama, busca la falda, es hora de empezar a trabajar. Es entonces cuando él dice, Mañana voy a Fátima. Ella creyó haber oído mal, preguntó, Que va a dónde, A Fátima, Creía que usted no era hombre de iglesia, Voy por curiosidad, Yo nunca fui, en mi familia no somos mucho de misa, Es sorprendente, quería decir Ricardo Reis que la gente del pueblo es la que suele tener tales devociones, y Lidia no respondió ni sí ni no, se había bajado de la cama, se vistió rápidamente, apenas oyó que Ricardo Reis añadía, Me servirá de paseo, estoy siempre metido aquí, pensaba ya en otras cosas, Va a estar allí muchos días, preguntó, No, sólo ir y volver, Y dónde va a dormir, aquello es el acabóse, dicen que la gente tiene que dormir al raso, Ya veré, nadie se muere por pasar una noche en claro, A lo mejor encuentra a la señorita Marcenda, A quién, A la señorita Marcenda, me dijo que iba a Fátima este mes, Ah, Y me dijo también que no vendría más al médico a Lisboa, que no tiene cura, pobrecilla, Sabes mucho de la vida de la señorita Marcenda, Sé poco, sólo sé que va a Fátima y que no volverá a Lisboa, Lo sientes, Siempre me ha tratado bien, No es lógico que la encuentre en medio de esa multitud, A veces ocurren cosas así, aquí estoy yo, en su casa, y quién me lo iba a decir, sólo con que al llegar de Brasil hubiera ido a otro hotel, Son casualidades de la vida, Es el destino, Crees en el destino, Nada hay más seguro que el destino, La muerte es aún más segura, La muerte también es el destino, y ahora voy a plancharle las camisas, a lavar los platos, y, si tengo tiempo, aún iré a ver a mi madre, siempre se está quejando de que no voy por allí.

Recostado en las almohadas, Ricardo Reis abrió un libro, no el de Herbert Quain, dudaba si algún día iba a llegar al fin de la lectura, éste era el Desaparecido de Carlos Queirós, poeta que podría haber sido sobrino de Fernando Pessoa si el destino lo hubiera querido. Un minuto después se dio cuenta de que no estaba leyendo, tenía los ojos clavados en una página, en un único verso cuyo sentido se había cerrado de repente, singular muchacha esta Lidia, dice las cosas más simples y parece decirlas como si sólo mostrara la piel de otras palabras profundas que no puede o no quiere pronunciar, si yo no le hubiera dicho que he decidido ir a Fátima, probablemente no me habría hablado de Marcenda, o se quedaría callada, guardando el secreto por despecho o celos, es posible, lo demostró allá en el hotel, y estas dos mujeres, la huésped y la camarera, la rica y la pobre, qué conversaciones habría entre ellas, quizá hablaran de mí, sin sospechar la una de la otra, o, al contrario, sospechando y jugando de Eva a Eva, con tanteos y avances, fintas, insinuaciones leves, silencios tácitos, a no ser que, al revés, sea cosa de hombre este juego de damas bajo la cobertura del músculo violento, pudo ocurrir muy bien que un día Marcenda dijera simplemente, El doctor Ricardo Reis me dio un beso, pero de ahí no pasamos, y Lidia, simplemente, respondiera, Yo me acuesto con él, y me acosté antes de que me besara, luego seguirían charlando sobre la importancia y el significado de estas diferencias, Sólo me besa cuando estamos en la cama, antes y durante eso que ya sabe, nunca después, A mí me dijo, Voy a besarla, pero eso que dices que yo sé, sólo sé que se hace, no sé qué es, porque nunca me lo hicieron, Bueno, usted, señorita Marcenda, un día se casará, tendrá un marido, ya verá cómo es eso, Tú que lo sabes, dime si es bonito, Cuando una está enamorada, Y tú, lo estás, Lo estoy, Yo también, pero nunca volveré a verle, Podían casarse los dos, Si nos casáramos, tal vez dejara de amarle, Yo creo que lo querría siempre, la charla no acabó aquí, pero las voces se fueron convirtiendo en un murmullo secreto, estarán hablando quizá de íntimas sensaciones, flaqueza de mujeres, ahora, sí, es conversación de Eva a Eva, que se retire Adán, que está de más. Ricardo Reis desistió de leer, no bastaba ya su propia desatención, dio con una pescadera en la página, mayúscula, Oh Pescadera, pasa tú primero, que eres la flor de la raza, la gracia del país, no les perdonéis, Señor, que saben lo que hacen, terribles serían las discusiones poéticas entre tío y sobrino, Usted, Pessoa, Usted, Queirós, para mí lo que los dioses en su arbitrio me dejaron, la consciencia lúcida y solemne de las cosas y los seres. Se levantó, se puso la bata, robe de chambre en la más culta lengua francesa, y, de pantuflas, sintiendo en los tobillos la caricia de los faldones, fue en busca de Lidia. Estaba en la cocina, planchando, se había quitado la blusa para estar más fresca, y, viéndola así, blanca la piel, roja por el esfuerzo, pensó Ricardo Reis que le debía un beso, la cogió tiernamente por los hombros desnudos, la atrajo hacia sí, y, sin más pensamientos, la besó lentamente, dando tiempo al tiempo, a los labios espacio, y a la lengua, y a los dientes, quedó Lidia sin huelgos, por primera vez este beso desde que se conocían, ahora le podrá decir a Marcenda, si vuelve a verla, No me dijo Voy a besarte, pero me besó.

Al día siguiente, tan temprano que creyó prudente buscar la colaboración del despertador, Ricardo Reis partió hacia Fátima. El tren salía de Rossio a las cinco y cincuenta y cinco minutos, y media hora antes de que el tren entrara en línea ya los andenes estaban llenos de gente, hombres y mujeres de toda edad cargados con cestos, sacos, mantas, garrafones, hablando en voz alta, llamándose unos a otros, Ricardo Reis había tenido la prudencia de sacar un billete de primera, con reserva, revisor saludando gorra en

mano, escaso de equipaje, sólo un maletín, no había
hecho caso de la advertencia de Lidia, Allá la gente
tiene que dormir al raso, ya lo vería cuando llegara,
seguro que se encuentra alojamiento cómodo para
viajeros y peregrinos, si uno es gente de calidad. Sentado junto a la ventanilla, en confortable asiento, Ricardo Reis mira el paisaje, el gran Tajo, las orillas aún
inundadas aquí y allá, ganado bravo pastando, sobre
el lienzo brillante del río las fragatas de agua arriba,[2] en
dieciséis años de ausencia lo había olvidado, y ahora
las nuevas imágenes se unían, coincidentes, a las imágenes que la memoria iba resucitando, como si aún
ayer hubiera pasado por aquí. En las estaciones y
apeaderos entra más gente, es un tren tranvía, en tercera no debe de quedar ni un sitio libre desde Rossio,
gente entorpeciendo el paso en los corredores, probablemente había empezado ya la invasión de la segunda clase, pronto empezarán a aparecer por aquí,
de nada sirve protestar, quien quiera sosiego y rueda
libre que vaya en coche. Pasado Santarem, en la larga
subida que lleva a Vale de Figueira, el tren resuella,
lanza chorros rápidos de vapor, jadea, es mucha la carga, y va tan lento que daría tiempo a apearse, coger
unas flores de los setos y, en una carrerilla, saltar al
estribo. Ricardo Reis sabe que de los pasajeros que
van en este departamento sólo dos no bajarán en Fátima.
Los romeros hablan de promesas, disputan sobre quién
lleva la primacía en número de peregrinaciones, hay
quien dice, y quizá sea verdad, que en los últimos
cinco años no ha faltado ni una vez, hay quien añade
tal vez mintiendo que, por su parte, con ésta son ocho,
por ahora nadie se ha envanecido de su amistad con
la hermana Lúcia, a Ricardo Reis estos diálogos le recuerdan las charlas de sala de espera, las tenebrosas
confidencias sobre las bocas del cuerpo, donde todo
bien se experimenta y todo mal acontece. En la estación de Mato de Miranda pese a que aquí nadie ha

---

[2] Barco de vela usado en el Tajo para transporte de mercancías.
(N. del t.)

subido, hubo retraso, el respirar de la máquina se oía
lejos, allá en la curva, sobre los olivares planeaba un
inmenso sosiego. Ricardo Reis bajó el cristal, miró
hacia fuera. Una vieja, descalza, vestida de oscuro,
abrazaba a un mozuelo flaco, de unos trece años, y le
decía, Hijito, hijito, estaban los dos a la espera de que
el tren se pusiera de nuevo en marcha para poder
atravesar la vía, éstos no iban a Fátima, la vieja había
venido a esperar al nieto que vive en Lisboa, llamarle
hijo fue sólo señal de amor, que, dicen los entendi-
dos, no hay ninguno por encima de éste. Se oyó el
pito del jefe de estación, silbó la locomotora, hizo pf,
pf, pf, espaciadamente, aceleró poco a poco, ahora el
camino era recto, parece como si fuera un exprés. Se
abrió el apetito con el aire de la mañana, sacan los
primeros fardeles, estando tan lejos aún la hora de la
comida. Ricardo Reis va con los ojos cerrados dormita
al vaivén del vagón, como en una cuna, sueña intensamente, pero cuando despierta no consigue recordar
lo que soñó, piensa que no tuvo oportunidad de avisar a Fernando Pessoa de que iba a Fátima, qué pensará si se le ocurre aparecer por casa y no me encuentra,
creerá que me he vuelto a Brasil, sin una palabra de
despedida, la última. Después construye en la imaginación una escena, un lance en el que Marcenda es
figura principal, la ve arrodillada, con las manos juntas, los dedos de la mano derecha entrelazados con
los de la izquierda, sosteniéndola así en el aire, alzando el peso muerto, pasó la imagen de la Virgen Nuestra Señora y no ocurrió el milagro, no es extraño, mujer
de poca fe, entonces se acerca Ricardo Reis, Marcenda
se había levantado, resignada, y él entonces pone
sobre su seno los dedos índice y corazón, juntos al
lado del corazón, no fue preciso más, Milagro, milagro, gritan los peregrinos, olvidados de sus propios
males, les basta el milagro ajeno, ahora afluyen, traí-
dos en confusión o venidos por su difícil pie, los lisiados, los paralíticos, los tísicos, los llagados, los
frenéticos, los ciegos, es toda la multitud que rodea a
Ricardo Reis, implorando una nueva misericordia, y

Marcenda, tras el bosque de cabezas aulladoras, alza los dos brazos y desaparece, criatura ingrata, se vio servida y ahora se va. Ricardo Reis abrió los ojos, sin creer que se había quedado dormido, preguntó al pasajero de al lado, Cuánto falta aún, Estamos llegando, pues sí, había dormido, y mucho.

En la estación de Fátima el tren quedó vacío. Hubo empujones de peregrinos a quienes ya había dado en el rostro el perfume sagrado, clamores de familias súbitamente divididas, la plaza frontera parecía un campamento militar en preparativos de combate. La mayor parte de esta gente hará a pie la caminata de veinte kilómetros hasta Cova de Iria, otras corren hacia las colas de las camionetas de servicio, son los de pierna renca y corto huelgo, que en este esfuerzo acaban de baldarse. Está limpio el cielo, el sol fuerte y cálido. Ricardo Reis buscó un sitio donde almorzar. No faltaban ambulantes vendiendo bollos, quesadas, cavacas de Caldas, higos secos, frutas del tiempo, cántaras de agua fresca, altramuces, piñones, almendras, pipas de girasol, pero de restaurantes nada merecedor de tal nombre, casas de comida pocas y a rebosar, tabernas donde ni entrar se puede, tendrá que recurrir a toda su paciencia antes de hacerse con tenedor, cuchillo y plato lleno. No obstante, obtuvo beneficio del fortísimo influjo espiritual que distingue a estos parajes, el caso es que, al verlo bien vestido, con aspecto de hombre urbano, hubo clientes que le dieron su vez, rústicamente, y gracias a esta cortesía pudo Ricardo Reis comer, antes de lo que esperaba, unos jureles fritos con patatas cocidas, aceite y vinagre, y luego unos huevos revueltos a la buena de Dios, que no había ni tiempo ni paciencia para más refinamientos. Bebió vino que podía ser de misa, comió un buen pan campesino, húmedo y pesado, y, tras dar las gracias a los compadres, salió en busca de transporte. La plaza se mostraba un poco más despejada, a la espera de otro tren, del sur o del norte, pero, venidos de lejos, a pie, no paraban de pasar peregrinos. Un autobús de línea atronaba con la bocina llamando roncamente para que ocuparan los últimos asientos vacíos, Ricardo Reis pegó una carrera, consiguió alcanzar un asiento, alzando la pierna por encima de los cestos, bultos y atadijos de mantas, excesivo esfuerzo para quien está en plena digestión y aplastado por el calor. Con muchas sacudidas pudo arrancar al fin el autobús, levantando nubes de polvo en la castigada carretera de alquitrán. Los cristales, sucios, apenas dejaban ver el paisaje ondulado, árido, bravío en algunos lugares, como de bosque virgen. El conductor tocaba la bocina sin descanso para abrirse paso entre los grupos de peregrinos lanzándolos hacia las cunetas, hacía molinetes con el volante para evitar los baches, y cada tres minutos escupía ruidosamente por la ventanilla abierta. El camino era un hormiguero de gente, una larga columna de peatones, pero también había carros de bueyes y tartanas, cada una con su andadura, a veces pasaba roncando un automóvil de lujo con chofer uniformado, señoras de edad vestidas de negro, de pardo ceniciento o azul nocturno, y caballeros corpulentos, con traje oscuro y el aire circunspecto de quien acaba de contar sus dineros y los halla acrecentados. El interior de los coches se podía ver cuando el veloz vehículo tenía que detener su marcha por estar taponado el camino por un numeroso grupo de romeros que llevan al frente, como guía espiritual y material, a su párroco, a quien hay que alabar por compartir de modo equitativo el sacrificio de sus ovejas, a pie como ellas, con los cascos en el polvo y la brida suelta. La mayor parte de esta gente va descalza, algunos llevan paraguas abiertos para defenderse del sol, son gente delicada de cabeza, que también la hay entre el pueblo, sujeta a desvanecimientos y deliquios. Se oyen cantos desafinados, las voces agudas de las mujeres suenan como un prolongado gemido, un llanto aún sin lágrimas, y los hombres, que casi nunca saben la letra, acentúan las sílabas tonantes sólo acompañando, especie de bajo continuo, a ellos no se les pide más, sólo que finjan. De vez en cuando aparece gente sentada en las lindes bajas, a la sombra de los árboles, descansando un poco, ganando fuerzas para el último trecho del camino, aprovechan la pausa para pegarle un bocado al pan con chorizo, a unos buñuelos de bacalao, a una sardina frita hace tres días en una aldea distante. Después vuelven al camino, más templados, las mujeres llevan en la cabeza los cestos de la comida, alguna da el pecho al niño mientras anda, y sobre toda esta gente cae el polvo en nubes al paso del autobús, pero nadie lo siente, nadie le da importancia, es lo que hace el hábito, al monje y al peregrino, el sudor resbala por la frente, abre surcos en el polvo, se llevan el dorso de la mano a la cara para limpiarse, todavía peor, esto ya no es suciedad, es roña. Con el calor, los rostros quedan negros, pero las mujeres no se quitan los pañuelos de la cabeza, ni los hombres se despojan de las chaquetas de paño grueso, no se desabrochan el cuello de la camisa, este pueblo tiene aún la memoria inconsciente de las costumbres del desierto, sigue creyendo que lo que protege del frío protege del calor, por eso se cubre por completo, como si se ocultara. En una revuelta del camino se agrupa la gente bajo un árbol, se oyen gritos, mujeres que se tiran de los pelos, se ve a un hombre caído en el suelo. El autobús aminora el paso para que los pasajeros puedan apreciar el espectáculo, pero Ricardo Reis dice, grita al conductor, Pare ahí, déjeme ver qué pasa, soy médico. Se oyen murmullos de protesta, los pasajeros tienen prisa por llegar a las tierras del milagro, pero acaban callándose por vergüenza de mostrarse inhumanos. Ricardo Reis se apeó, se abrió camino, se arrodilló en el polvo, junto al hombre, le buscó la arteria, estaba muerto. Está muerto, dijo, para decir sólo esto no valía la pena haber interrumpido el viaje. Sirvió para que redoblaran los llantos, la familia era numerosa, sólo la viuda, una vieja aún más vieja que el muerto, ahora sin edad, miraba con los ojos secos, apenas le temblaban los labios, las manos retorcían los flecos del chal. Dos hombres montaron en el autobús para comunicar lo ocurrido a la autoridad en Fátima, ella providenciará para que el muerto sea retirado de allí y enterrado en el cementerio más cercano. Ricardo Reis va sentado en su sitio, blanco ahora de miradas y atenciones, un señor doctor en este autobús, es gran consuelo una compañía así, aunque esta vez no haya servido de mucho, sólo para comprobar el óbito. Los hombres informaban a su alrededor, Venía ya malo, lo que tenía que haber hecho era quedarse en casa, pero se empeñó en venir, dijo que si lo dejábamos allí se colgaba de la viga de la cocina, vino de lejos, nadie escapa a su destino. Ricardo Reis asintió con la cabeza, ni se dio cuenta de que lo hacía, sí señor, el destino, confiemos en que bajo aquel árbol alguien alce una cruz para edificación de futuros viajeros, un padrenuestro por el alma de quien murió sin confesión ni santos óleos, pero camino ya del cielo desde que salió de casa, Y si este viejo se llamara Lázaro, y si se apareciera Jesucristo en la curva del camino, iba de paso para Cova de Iria, a ver los milagros, y lo vio todo, es lo que hace la experiencia, se abrió camino entre los mirones, a uno que protestaba, le dice, No sabe usted con quién está hablando, y acercándose a la vieja, que no es capaz de llorar, le dice, Déjame a mí, avanza dos pasos, hace la señal de la cruz, singular premonición la suya, sabiendo nosotros, dado que está aquí, que aún no fue crucificado, y clama, Lázaro, levántate y anda, y Lázaro se levantó del suelo, fue uno más, da un abrazo a la mujer, que al fin ya puede llorar, y todo vuelve a ser como antes, cuando al cabo de un rato llegue el furgón con los camilleros y la autoridad para levantar el cadáver, no faltará quien pregunte, Por qué buscais al vivo entre los muertos, y dirán más, No está aquí, ha resucitado. En Cova de Iria, pese al esmero infinito, nunca hicieron nada semejante.

Éste es el lugar. Se detiene el autobús, el escape suelta los últimos estampidos, hierve el radiador como las calderas del infierno, mientras bajan los pasajeros el conductor va a destornillar la tapa, protegiéndose las manos con un trapo, suben al cielo nubes de vapor, incienso de la mecánica, pebetero, con este sol tan fuerte no es de admirar que la cabeza desvaríe. Ricardo Reis se une al flujo de peregrinos, empieza a imaginar cómo será este espectáculo visto desde el cielo, hormigueros de gente avanzando desde todos los puntos cardinales y colaterales, como una enorme estrella, este pensamiento le hace alzar los ojos, o quizá fue el ruido de un motor lo que le llevó a pensar en alturas y visiones superiores. Allá arriba, trazando un amplio círculo, un avión lanzaba prospectos, serían oraciones para entonar a coro, serían recados de Dios Nuestro Señor, disculpándose tal vez por no poder venir hoy, diciendo que ha mandado a su Divino Hijo en su lugar, que ha hecho ya un milagro en la curva del camino, y de los buenos, descienden lentamente los papeles en el aire calmo, no corre una brisa, y los peregrinos, nariz en alto, lanzan las manos ansiosas hacia los prospectos blancos, amarillos, verdes, azules, tal vez allí se indique el itinerario hacia las puertas del paraíso, muchos de estos hombres y mujeres se quedan con los prospectos en la mano y no saben qué hacer con ellos, son los analfabetos, en gran mayoría en esta mística asamblea, un hombre vestido de zaragüelles pregunta a Ricardo Reis, le ha visto pinta de letrado, Qué pone aquí, señor, y Ricardo Reis responde, Es un anuncio de Bovril, el preguntador miró desconfiado, pensó si debía preguntar qué bovil era ése, luego dobló el papel en cuatro, lo metió en el bolsillo de la chaqueta, guarda lo inútil y encontrarás lo necesario, siempre servirá para algo una hoja de papel de seda.

Es un mar de gente. En torno de la gran explanada cóncava se ven centenares de toldos de lona bajo los que acampan millares de personas, hay cacerolas al fuego, perros que guardan los haberes, chiquillos llorando, moscas que todo lo aprovechan. Ricardo Reis circula entre los toldos, fascinado ante esta corte de los milagros que por su tamaño podría ser una ciudad, esto es un campamento de gitanos, no faltan los carros y las mulas, y los burros cubiertos de mataduras para consuelo de moscardones. Lleva en la mano el maletín, no sabe adónde dirigirse, no tiene un techo a su espera, aunque fuera uno de éstos, precario, ya se ha dado cuenta de que no hay pensiones por allí, hoteles mucho menos, y si, invisible desde aquí, hubiera alguna hospedería de peregrinos, a esta hora no habrá ya ningún catre disponible, reservados todos sabe Dios con qué anticipación. Que sea lo que Dios quiera. El sol abrasa, la noche está aún lejos y no se prevé que refresque excesivamente, si Ricardo Reis se desplazó a Fátima no fue para preocuparse de comodidades, sino para hacerse el encontradizo con Marcenda. La maleta no pesa mucho, contiene sólo cosas para arreglarse, la navaja de afeitar, el jabón, la brocha, unos calcetines, unos zapatos de suela gruesa, reforzada, que ahora va a tener que ponerse para evitar daños irreparables en estos de charol. Si Marcenda vino, no estará bajo estos toldos, la hija de un notario de Coimbra tendrá a su espera otros cobijos, pero, cuáles, dónde. Ricardo Reis salió en busca del hospital, abonándose a su calidad de médico pudo entrar, abrirse camino entre aquella confusión, por todas partes se veían enfermos tendidos en el suelo, en jergones, en camillas, amontonados por salas y corredores, aún así eran ellos los más callados, mientras que sus acompañantes eran causa de un continuo zumbido de oraciones, cortado de vez en cuando por profundos ayes, gemidos desgarradores, imploraciones a la Virgen, en un minuto se ampliaba el coro, ascendía, alto, ensordecedor, para convertirse de nuevo en un murmullo que tampoco iba a durar. En la enfermería había poco más de treinta camas, y los enfermos podrían muy bien ser unos trescientos, por cada uno acomodado según su condición, diez eran metidos donde se podía, para pasar, la gente tenía que alzar la pierna, afortunadamente nadie está hoy pensando en el mal de ojo, Me aojó, ahora quítemelo, y entonces se hacía el movimiento en sentido contrario, así quedaba borrado el maleficio, ojalá todos los males tuvieran tan buen remedio. Marcenda no está aquí, ni era de esperar que estuviese, no es enferma de cama, anda por su pie, su mal está en el brazo, si no quita la mano del bolsillo ni se nota. Aquí fuera el calor no es mayor, y el sol, felizmente, no apesta.

Ha ido creciendo la multitud, si es posible, parece que se reproduzca por sí misma, por cisiparidad. Es un enjambre negro gigantesco venido a la divina miel, zumba, murmura, crepita, se mueve lentamente, entorpecido por su propia masa. Es imposible encontrar a alguien en esta caldera, que no es la de Pedro Botero, pero quema, pensó Ricardo Reis, y sintió que se estaba resignando, encontrar o no encontrar a Marcenda le parecía ahora algo de mínima importancia, estas cosas, lo mejor es dejarlas al destino, ojalá él disponga que nos encontremos y así será aunque anduviéramos escondiéndonos el uno del otro, y le pareció una estupidez haberlo pensado con estas palabras, Marcenda, si vino, no sabe que estoy aquí, no se esconderá, pues, y son mayores las posibilidades de encontrarla. El aeroplano continúa dando vueltas, los papeles de color descienden planeando, ahora ya no los coge nadie, a no ser los que siguen llegando y ven aquella novedad, qué pena que no hayan puesto en el prospecto aquel anuncio del diario, mucho más convincente, con el doctor de la barbita y la dama enferma, en combinación, Si hubiera tomado Bovril, no estaría así, pero aquí, en Fátima, no falta gente en peorísimo estado, a ellos sí que les serviría de ayuda el frasco milagroso. Ricardo Reis se quitó la chaqueta, se quedó en mangas de camisa, abanica con el sombrero el rostro congestionado, de repente sintió las piernas pesadas de fatiga, fue en busca de una sombra, allí se dejó caer, algunos vecinos dormían la siesta, extenuados de la jornada de oraciones en el camino, cobrando fuerzas para la salida de la imagen de la Virgen, para la procesión de las velas, para la larga vigilia nocturna a la luz de hogueras y lamparillas. Dormitó también un poco, recostado en el tronco del olivo, la nuca apoyada en el musgo blando. Abrió los ojos, vio el cielo azul entre las ramas, y recordó al chiquillo flaco de aquella estación, a quien la abuela, por la edad debía de ser la abuela, decía, Hijito, hijito, qué estará haciendo ahora, seguro que se quitó los zapatos, es lo primero que hace cuando llega a la aldea, lo segundo es bajar al río, inútil será que le diga la abuela, No vayas que aún hace mucho calor, pero ni él la oye ni ella espera ser oída, los chicos de esta edad quieren ser libres, lejos de las faldas de las mujeres, apedrean a las ranas y no piensan en el mal que hacen, un día sentirán remordimientos, demasiado tarde, pues para estos y otros animalitos no hay resurrección. Todo parece absurdo a Ricardo Reis, el haber venido desde Lisboa a Fátima como quien viene tras un espejismo y nada más, el estar sentado a la sombra de un olivo a la espera de nada entre gente a quien no conoce, el pensar en un chiquillo entrevisto en una tranquila estación de ferrocarril, el deseo súbito de ser como él, de limpiarse las narices con la manga derecha, de chapotear en los charcos, de coger flores y disfrutar con ellas y olvidarlas, de robar fruta en los pomares, de huir de los perros llorando y gritando, de correr tras las chiquillas y alzarles la falda, porque a ellas no les gusta, o les gusta y hacen como si no les gustara, y él descubre que lo hace por gusto suyo inconfesado. Habré vivido realmente alguna vez, murmura Ricardo Reis, y el peregrino de al lado creyó que era una oración nueva, una oración que aún se está experimentando.

Va cayendo el sol, pero el calor no mengua. En la inmensa plaza no cabe ya ni un alfiler, y no obstante, por la periferia avanzan continuas multitudes en un fluir ininterrumpido, un desaguar, lento a la distancia, pero aquí hay aún quien intenta alcanzar los mejores lugares, y lo mismo estarán haciendo los de allá. Ricardo Reis se levanta, va a dar una vuelta por las cercanías, y entonces, no por primera vez, pero ahora con más crudeza, ve la otra peregrinación, la del comercio y la mendicidad. Ahí están los pobres de pedir y los pedigüeños, distinción que no es meramente formal y que hay que establecer escrupulosamente, porque pobre de pedir es sólo un pobre que pide,

mientras que pedigüeño es el que hace del pedir un
modo de vida, y no es raro quien llega a rico por este
camino. No se distinguen por la técnica, aprenden de
la ciencia común, y tanto lloriquea uno como suplica
el otro, la mano tendida, a veces las dos, exceso teatral al que resulta difícil resistirse, Una limosnita por
el alma de sus difuntos, Dios Nuestro Señor se lo pa-
gará, Tengan compasión de este ciego, y otros muestran la pierna ulcerada, el brazo tullido, pero no lo
que buscamos, de súbito no sabemos de dónde vino
el horror, esta letanía gemebunda, se habrán roto los
portones del infierno, pues sólo del infierno puede
haber salido un fenómeno así, y ahora son los vendedores de lotería pregonando el número de la suerte,
con tal vocerío que no nos sorprendería que las oraciones suspendieran el vuelo a medio camino del cielo, hay quien interrumpe el padrenuestro porque tiene
una corazonada y corre a comprar el tres mil seiscientos noventa y cuatro, y, sosteniendo el rosario en la
mano distraída, palpa el billete como si estuviera calcu-
lando el peso y la promesa, deshace el nudo del pañuelo, saca los escudos requeridos, y vuelve a la oración
en el punto en que la había interrumpido, el pan nuestro de cada día dánoslo hoy, con más esperanza. Se
lanzan al ataque los vendedores de mantas, de corbatas, de pañuelos, de cestos, y los parados, con su tende-
rete colgando del cuello, ofreciendo postales ilustradas,
no se trata precisamente de vender, primero reciben
la limosna, entregan después la postal, es una manera
de salvar la dignidad, éste no es un pedigüeño ni es
pobre de pedir, si pide es sólo porque está sin trabajo, pero aquí tenemos una idea excelente, ponerles a
todos los parados una bandeja al cuello y una tira de
tela negra que diga, con todas las letras, y blancas
para más resalte, Parado, así se facilitaba el recuento
y evitaban que los olvidáramos. Pero, lo peor, porque
ofende la paz de las almas y perturba la quietud del
lugar, son los santeros, que son muchos y muchas,
líbrese Ricardo Reis de pasar por allí, que se lanzarán
sobre él metiéndole por la cara con insoportable gri-

terío, Mire qué barato, mire que fue bendecido, la imagen de Nuestra Señora en bandejas, en esculturas, y manojos de rosarios, y crucifijos a gruesas, y medallitas a millares, el corazón de jesús y los dolores de maría, sagradas cenas, nacimientos, verónicas, y, siempre que la cronología lo permite, los tres pastorcitos con las manos juntas y arrodillados, uno de ellos es un chico, pero no consta en el registro hagiológico ni en el proceso de beatificación que se haya atrevido alguna vez a levantarles las faldas a las chicas. Toda la cofradía mercantil chilla posesa, ay del judas vendedor que, por artes rastreras, hurte un cliente al negociante vecino, entonces se rasga la bóveda del templo, caen del cielo plagas e injurias sobre la cabeza del prevaricador y desleal, Ricardo Reis no recuerda haber oído nunca tan sabrosa letanía, ni antes ni en Brasil, es una rama de la oratoria que se ha desarrollado mucho. Esta preciosa joya de la catolicidad resplandece por muchos fuegos, los del sufrimiento al que no queda más esperanza que venir aquí todos los años hasta que le toque el turno, los de la fe, que en este lugar es sublime y multiplicadora, los de la caridad en general, los de la propaganda de Bovril, los de la industria de santos y similares, los de la quincallería, los del estampado y tejido, los del comer y beber, los de pérdidas y hallazgos, propios o figurados, que en esto se resume todo, buscar y encontrar, por eso Ricardo Reis no para, buscar busca, lo que falta es saber si encontrará. Ha ido ya al hospital, recorrió los campamentos, cruzó la feria en todos los sentidos, ahora baja a la explanada rumorosa, se sumerge en la profunda multitud, asiste a los ejercicios, a los trabajos prácticos de la fe, a las oraciones patéticas, a las promesas que se cumplen arrastrándose de rodillas, con las rótulas sangrando, sostenida la penitente por los sobacos antes de que se desmaye de dolor e irrefrenable arrobo, y ve que han traído a los enfermos del hospital, dispuestos en formación, entre ellos pasará la imagen de la Virgen Nuestra Señora en sus andaderas cubiertas de flores blancas, y los ojos de Ricardo Reis van de rostro en rostro, buscan y no encuentran, es como estar en un sueño cuyo único sentido fuera precisamente no tenerlo, como soñar con una carretera que no tiene comienzo, con una sombra puesta en el suelo sin cuerpo que la produjera, con una palabra que el aire pronunció y que en el mismo aire se desarticula. Los cánticos son elementales, toscos, de sol y do, es un coro de voces trémulas y agudas, constantemente interrumpido y reanudado, El trece de mayo, en Cova de Iria, de súbito se hace un gran silencio, está saliendo la imagen de la capillita de las apariciones, se erizan las carnes y el pelo en la multitud, lo sobrenatural vino y sopló sobre doscientas mil cabezas, algo va a ocurrir. Tocados por un místico fervor, los enfermos tienden pañuelos, rosarios, medallas, con las que los levitas tocan la imagen y luego los devuelven al suplicante, y dicen los míseros, Nuestra Señora de Fátima dadme la vida, Nuestra Señora de Fátima permitid que ande, Señora de Fátima permitid que vea, Señora de Fátima permitid que oiga, Señora de Fátima sanadme, Señora de Fátima, Señora de Fátima, los mudos no piden, sólo miran, si aún tienen ojos, por más que Ricardo Reis aguza el oído no consigue oír, Señora de Fátima pon tu mirada en mi brazo izquierdo y cúrame si puedes, no tentarás al Señor tu Dios ni a Su Señora Madre, y, bien pensado, no se debería pedir sino aceptar, esto mandaría la humildad, sólo Dios sabe lo que nos conviene.

No hubo milagros. Salió la imagen, dio la vuelta y se recogió, los ciegos siguieron siendo ciegos, los mudos sin voz, los paralíticos sin movimiento, a los amputados no les crecieron los miembros, no disminuyó la desdicha de los tristes, y todos en lágrimas se recriminan y acusan, No fue bastante mi fe, mi culpa, mi máxima culpa. Salió la Virgen de su capilla con tan buen ánimo de hacer algunos hechos milagrosos, pero encontró fieles de fe inestable, en vez de ardientes zarzas trémulas lamparillas, así no puede ser, que vuelvan el año próximo. Empiezan a alargarse las sombras de la tarde, el crepúsculo se aproxima lentamente, también él con paso de procesión, poco a poco el cielo va perdiendo el vivo azul del día, ahora es color perla, pero en aquel lado, el sol, ya oculto tras las copas de los árboles, en las colinas distantes, explota en rojo, naranja y rojo, no es un remolino sino un volcán, parece imposible que todo eso ocurra en silencio en el cielo donde el sol está. Pronto será de noche, se van encendiendo las hogueras, callan los feriantes, los mendigos cuentan sus monedas, bajo los árboles se alimentan los cuerpos, se abren los fardeles desbastados, se muerde el pan duro, se lleva la bota o el pichel a la boca sedienta, esto es común a todos, las variantes del recipiente dependen de los posibles de cada uno. Ricardo Reis hace rancho con un grupo bajo un toldo, sin confianzas, sólo una hermandad ocasional, lo vieron llegar allí con aire de quien va perdido, el maletín en la mano, enrollada al brazo una manta que compró, reconoció Ricardo Reis que al menos un abrigo así le convendría, no fuera a refrescar la noche, y le dijeron, Gusta usted, señor, y él empezó diciendo, No, gracias, pero ellos insistieron, Ande, hombre, mire que es sin cumplidos, y era verdad como luego se vio, era un gran rancho aquel, gente toda de la parte de Abrantes. Este murmullo que se oye en Cova de Iria es tanto de la masticación como de las oraciones que aún siguen, mientras unos satisfacen el apetito del estómago consuelan otros las ansias del alma, luego alternarán aquéllos con éstos. En la oscuridad, a la luz débil de las hogueras, Ricardo Reis no encontrará a Marcenda, tampoco la verá más tarde, en la procesión de las velas, no la encontrará en el sueño, todo su cuerpo es fatiga, frustración, ganas de hundirse. Se ve a sí mismo como a un ser doble, el Ricardo Reis limpio, afeitado, digno, de todos los días, y este otro, también Ricardo Reis, pero sólo de nombre, porque no puede ser la misma persona el vagabundo de la barba crecida, ropas arrugadas, la camisa como un trapo, el sombrero manchado de sudor, los zapatos sólo polvo, pidiéndole uno al otro cuentas de esa locura de venir a Fátima sin fe, sólo por una irracio-

nal esperanza, Y si usted la viera, qué le iba a decir,
imaginó la cara de tonto que pondría si ella apareciera
de pronto con su padre o, peor aún, sola, con ese su
aspecto, cree que una joven, aunque defectuosa, se
enamora de un médico insensato, no entiende que
aquello fueron sentimientos circunstanciales, a ver si
se comporta con más cordura, y agradezca a Nuestra
Señora de Fátima el no haberla encontrado, si es que
realmente vino, nunca imaginé que fuera usted capaz
de escenas tan ridículas. Ricardo Reis acepta con humildad las censuras, admite las recriminaciones y, con
la vergüenza de verse tan sucio, inmundo, se echa la
manta por la cabeza y sigue durmiendo. Allí cerca hay
quien ronca tranquilamente, y detrás de aquel olivo
grueso se oyen murmullos que no son oraciones, risitas
que no suenan como un coro de ángeles, ayes que no
parecen de espiritual arrobo. Clarea la mañana, hay
madrugadores que se desperezan y se levantan a avi-
var el fuego, comienza un día nuevo, nuevos trabajos
para ganar el cielo.

Mediada la mañana, Ricardo Reis decidió partir. No se quedó al adiós a la Virgen, su despedida
estaba ya hecha. Pasó el avión dos veces y lanzó más
prospectos de Bovril. El autobús llevaba pocos pasajeros, no le extraña, luego será la gran desbandada.
En la curva del camino había una cruz de madera clavada en el suelo. No hubo milagro.

Llenos de fe en Dios y en Nuestra Señora, desde Afonso Henriques a la Gran Guerra, ésta es la frase que obsesiona a Ricardo Reis desde que volvió de Fátima, no recuerda si la ha leído en un periódico o en un libro, si la oyó en una homilía o en un discurso, o si estaba en la propaganda de Bovril, la forma le fascina tanto como el sentido, es una frase elocuente, estudiada para mover los sentimientos y enfervorizar los corazones, receta de sermón, aparte de que, por su expresión sentenciosa, es prueba irrefutable de que somos un pueblo elegido, otros hubo en el pasado, otros habrá en el futuro, pero ninguno por tanto tiempo, ochocientos años de fianza ininterrupta, de intimidad con los poderes celestiales, es verdad que llegamos con retraso a la construcción del quinto imperio, se nos adelantó Mussolini, pero no se nos escapará el sexto, o el séptimo, todo es cuestión de paciencia, y paciencia tenemos de sobra, por natural naturaleza. Que estamos en buen camino es lo que se deduce de la declaración de su excelencia el señor presidente de la República, general Antonio Óscar de Fragoso Carmona, en estilo que bien podría patentarse para formación de futuros supremos magistrados de la nación, dijo así, Portugal es hoy conocido en todas partes y así vale la pena ser portugués, sentencia ésta que no queda muy atrás de la primera, ambas llenas de enjundia, que no nos falte nunca el apetito de universalidad, esa voluptuosidad de andar en bocas del mundo después de haber andado por los mares, aunque sea apenas para jactarnos como el más fiel aliado, no importa de quién, aunque por tan poco nos quieran lo que cuenta es la fidelidad, cómo íbamos a vivir sin ella. Ricardo Reis, que vino de Fátima cansado y quemado del sol, sin nuevas de milagro o de Marcenda, y que pasó luego tres días sin salir de casa, volvió a entrar en el mundo exterior por la puerta grande de la patriótica afirmación del señor presidente. Periódico en mano fue a sentarse a la sombra de Adamastor, estaban allí los viejos viendo llegar los barcos que venían a la tierra prometida de que tanto hablaban las naciones, y no entendían por qué entraban tantos, empavesados, haciendo sonar las festivas sirenas, con la marinería alineada en los combeses en posición de firmes, al fin se hizo la luz en los espíritus de estos vigías cuando Ricardo Reis les dio el periódico ya leído y aprendido, ha valido la pena esperar ochocientos años para sentir el orgullo de ser portugués. Desde el Alto de Santa Catarina ocho siglos te contemplan, oh mar, los dos viejos, el gordo y el flaco, se secan una lágrima furtiva, sintiendo no poder quedarse por toda la eternidad en este mirador viendo entrar y salir los barcos, eso es lo que sienten, no la brevedad de sus vidas. Desde el banco donde está sentado, Ricardo Reis asiste a una escena de amor entre un soldado y una criada, con mucho juego de manos, él pasándose y ella dándole palmaditas excitantes. El día está como para cantarle aleluyas, que son los evoés de quien no es griego, los planteles están cubiertos de flores, todo más que suficiente para sentirse un hombre feliz si el alma no alimenta insaciables ambiciones. Ricardo Reis hace el inventario de las suyas, comprueba que nada ambiciona, que es contento bastante contemplar el río y los barcos que en él hay, los montes y la paz que hay en ellos, y sin embargo no siente dentro de sí la felicidad, sino el sordo roer de un insecto que le muerde sin parar, Es el tiempo, murmura, y luego se pregunta cómo se sentiría ahora si hubiera encontrado a Marcenda en Fátima, si, como se suele decir, hubieran caído el uno en brazos del otro, A partir de hoy no nos separaremos nunca,

cuando te creía perdida para siempre comprendí realmente cuánto te amaba, y ella respondía con palabras
semejantes, pero luego de decir esto no saben qué
más decir, aunque corrieran a meterse tras un olivo y
allí, por cuenta propia, repitieran los murmullos, las
risitas y los ayes de todos, Ricardo Reis duda, otra vez,
de lo que iban a hacer después, vuelve a oír en los
huesos la trituración del insecto, No hay respuesta para
el tiempo, estamos en él y asistimos, nada más. Los
viejos han leído ya el diario, y echan suertes a ver
quién se lo lleva a casa, hasta al que no sabe leer le
viene bien el premio, este papel es lo ideal para forrar
cajones.

Aquella tarde, al entrar en el consultorio le dijo
la señorita Carlota, Hay carta para usted, doctor, está
en la mesa de su despacho, y Ricardo Reis sintió un
golpe en el corazón, o en el estómago, que en estas
ocasiones todos perdemos la sangre fría, y no la podemos localizar, a pesar de la pequeña distancia que
separa el estómago del corazón, y más estando en medio
el diafragma, que tanto se resiente de los latidos de
éste como de las contracciones de aquél, Dios, si fuera hoy, con lo que lleva aprendido, haría menos com-
plicado el cuerpo. La carta es de Marcenda, tiene que
ser de ella, la ha escrito para decir que no pudo ir a
Fátima, o que fue y que lo vio de lejos, que le llamó
con el brazo sano, dos veces desesperada, porque él
no la veía y porque la Virgen no le había curado el
brazo malo, ahora, amor mío, te espero en la Quinta
de las Lágrimas, si es que aún me quieres. La carta es de
Marcenda, allí está, centrada en rectángulo del secante verde, el sobre, de un violeta desvaído, visto desde
la puerta parece blanco, es un fenómeno de óptica,
una ilusión, se aprende en el bachillerato, azul y amarillo dan verde, verde y violeta dan blanco, blanco y
ansiedad dan palidez. El sobre no es violeta ni viene
de Coimbra. Ricardo Reis lo abrió, lentamente, hay
una hojita de papel, escrita en pésima caligrafía, letra
de médico, Querido colega, por la presente le comu-
nico que, por hallarme felizmente recuperado de mi

enfermedad, me haré cargo de la consulta a partir del
día uno del próximo mes, aprovecho la oportunidad
para expresarle mi profundo reconocimiento por su
amabilidad al hacerse cargo de esta sustitución durante mi transitoria incapacidad, al tiempo que formu-
lo votos por que halle rápidamente un lugar que le
permita aplicar su gran saber y competencia profesional, había unas cuantas líneas más, pero eran cumplidos y saludos como los que cierran todas las cartas.
Ricardo Reis releyó las elaboradas frases, apreció la
elegancia del colega, que transforma el favor que le
hizo en favor que le ha sido hecho, puede así salir de
la clínica con la cabeza muy alta, hasta podrá mostrar la
carta como referencia cuando busque trabajo, fíjese,
podrá decir, gran saber y competencia profesional, no
es una carta de recomendación, es una credencial, un
atestado de buenos y leales servicios, como el que un día
el Hotel Bragança hará a su ex camarera Lidia si ella los
deja para trabajar en otro lado o para casarse. Se puso
la bata blanca, mandó entrar al primer enfermo, hay
cinco más a la espera, ya no tendrá tiempo de curarlos,
ni el estado de salud de ellos es tan grave que, por así
decirlo, se le vayan a morir en las manos en estos
doce días que faltan para el fin de mes, sírvanos esto
al menos de consuelo.

Lidia no ha aparecido. Cierto es que aún no ha
llegado su día libre pero, habiéndole advertido que el
viaje a Fátima sería sólo de ida y vuelta, y sabiendo que
Ricardo Reis podía haber encontrado allí a Marcenda,
podía interesarse al menos por su amiga y confidente,
si está bien, si se le curó lo del brazo, en media hora
llegaba al Alto de Santa Catarina y volvía, o, aún más
cerca y más rápido, cuando Ricardo Reis estaba en su
consulta en Camões, perdone que venga a interrumpirle el trabajo, sólo quería saber noticias de la señorita
Marcenda, si está bien, si se le curó lo del brazo. No
vino, no preguntó, de nada sirvió que Ricardo Reis la
hubiera besado sin que lo perturbara el fuego de los
sentidos, quizá pensó que con ese beso la estaba com-
prando, si es que tales reflexiones pueden ocurrírsele

a gente de baja condición, como es el caso. Ricardo Reis está solo en casa, sale para comer y cenar, ve desde la ventana el río, y a lo lejos Montijo, el montón de pedruscos de Adamastor, los viejos puntuales, las palmeras, baja de tiempo en tiempo al jardín, lee dos páginas de un libro, se acuesta temprano, piensa en Fernando Pessoa, que ya murió, también en Alberto Caeiro, desaparecido en la flor de la edad y de quien tanto se esperaba, en Álvaro de Campos, que se fue a Glasgow, por lo menos eso decía el telegrama, y probablemente va a quedarse allí, construyendo barcos hasta el fin de su vida o hasta que le jubilen, se sienta de vez en cuando en la butaca de un cine, a ver El pan nuestro de cada día, de King Vidor, o Treinta y nueve escalones, con Robert Donat y Madeleine Carrol, y no resistió la tentación de ir al São Luis a ver Audioscópicos, cine en relieve, como recuerdo se trajo a casa las gafas de celuloide que hay que ponerse, verde por un lado, encarnado el otro, estas gafas son un instrumento poético, para ver ciertas cosas no bastan los ojos naturales.

Se dice que el tiempo no se detiene, que nada para su incesante caminata, y se dice con estas mismas palabras, siempre repetidas, y no obstante no falta quien se impaciente con su lentitud, veinticuatro horas para que pase un día, fíjese, y cuando se llega al final se da uno cuenta de que no ha valido la pena, al día siguiente vuelve a ser igual, sería mejor saltar por encima de las semanas inútiles para vivir una sola hora de plenitud, un minuto fulgurante, si es que el fulgor puede durar tanto. Ricardo Reis anda pensando en volverse a Brasil. La muerte de Fernando Pessoa le había parecido suficiente razón para atravesar el Atlántico tras dieciséis años de ausencia, para quedarse aquí, viviendo de la medicina, escribiendo algún poema, envejeciendo, ocupando, en cierto modo, el lugar de aquel que había muerto, aunque nadie se diera cuenta de la sustitución. Ahora duda. Este país no es suyo, si de alguien es, tiene una historia llena de fe sólo en Dios y en Nuestra Señora, es un retrato al minuto, aplastado de facciones, no se le ve el relieve ni siquiera con las gafas de los Audioscópicos. Fernando Pessoa, o eso a lo que da tal nombre, sombra, espíritu, fantasma, pero que habla, oye, comprende, sólo que ya no sabe leer, Fernando Pessoa aparece de vez en cuando para decir una ironía, sonreír benévolo, y luego se va, no valía la pena haber venido por él, está en otra vida pero está igualmente en ésta, cualquiera que sea el sentido de la expresión, ninguno propio, todos figurados. Marcenda ha dejado de existir, vive en Coimbra, en una calle desconocida, consume uno por uno sus días incurables. Tal vez, si a tanto ha llegado su osadía, haya escondido las cartas de Ricardo Reis en un rincón del sótano, o en el forro de un mueble, o en un cajón secreto del que ya su madre se habría servido a escondidas, o, comprándola, en el baúl de una criada que no sabe leer y que parece de fiar, tal vez las relea como quien rememora un sueño del que no quiere olvidarse, sin darse cuenta de que nada hay en común entre el sueño y la memoria de él. Lidia vendrá mañana, porque siempre viene en sus días de descanso, pero Lidia es el aya de Ana Karenina, sirve para arreglar la casa y para ciertas faltas, aunque, ironía suprema, llene con ese poco toda la parte llenable de vacío, para el resto ni el universo entero bastaría, de creer lo que Ricardo Reis piensa de sí mismo. A partir del uno de junio queda sin trabajo, tendrá que volver a recorrer las clínicas en busca de vacante, de una sustitución, sólo para que cueste menos pasar los días, no tanto por el dinero que va a ganar, afortunadamente aún no le falta, hay ahí un fajo intacto de libras inglesas, sin contar con lo que aún no ha retirado del banco brasileño. Juntándolo todo, sería más que suficiente para montar consultorio propio y empezar de raíz con una nueva clientela, ahora sin veleidades de cardiólogo y tisiólogo, limitándose a la buena y ecuménica medicina general de la que en general tanto precisamos. Y hasta podría darle empleo a Lidia para que atienda a los enfermos, Lidia es inteligente, dispuesta, en poco tiempo estaría capacitada, con algo de estudio dejaría de hacer faltas de ortografía, y se libraba de aquella vida de camarera de hotel. Pero esto no es sueño siquiera, sino simple devaneo de quien se entretiene con el pensamiento ocioso, Ricardo Reis no irá a buscar trabajo, lo mejor es volver a Brasil, tomar el Highland Brigade en su próximo viaje, restituir discretamente The god of the labyrinth a su legítimo propietario, nunca O'Brien sabrá cómo ha vuelto a aparecer este libro desaparecido.

Ha llegado Lidia, dio las buenas tardes un poco ceremoniosa, retraída, y no hizo preguntas, fue él quien tuvo que empezar, Estuve en Fátima, y ella condesciende mostrando cierto interés, Ah, y qué, le gustó, cómo va a responder Ricardo Reis, no es creyente para haber experimentado éxtasis y esforzarse ahora en explicar lo que los éxtasis son, tampoco fue allá como simple curioso, por eso prefiere resumir, generalizar, Mucha gente, mucho polvo, tuve que dormir al raso, ya me lo habías dicho, menos mal que la noche no era fría, Usted, señor doctor, no es persona para esos trabajos, Fui una vez para saber cómo era. Lidia está ya en la cocina, hace correr el agua caliente para lavar los platos, brevemente dio a entender que hoy no va a haber carnalidades, palabra que, evidentemente, no forma parte de su vocabulario corriente, incluso cabe dudar de que la use en ocasiones de elocuencia máxima. Ricardo Reis no se aventuró a averiguar las razones de la negativa, serían los conocidos impedimentos fisiológicos, sería la cautela de una sensibilidad dolida, o la conjunción imperiosa de sangre y lágrimas, dos ríos incomunicables, mar tenebroso. Se sentó en un banco de la cocina, asistiendo a los trabajos domésticos, no es que fuera costumbre suya, sino señal de buena voluntad, bandera blanca que despunta por encima de las murallas tanteando los humores del general sitiador, No vi al doctor Sampaio ni a su hija, pero no es extraño, con tanta gente, la frase fue dicha como quien no quiere la cosa, se quedó callado, a la espera de que mostraran atención, y qué atención, podía ser verdad, podía ser mentira, es ésa la insuficiencia de las palabras o, al contrario, su condena por duplicidad sistemática, una palabra miente, con la misma palabra se dice la verdad, no somos lo que decimos, somos el crédito que nos dan, el que Lidia da a Ricardo Reis no se sabe, porque se limitó a preguntar, Hubo algún milagro, Que yo sepa, no, y tampoco los periódicos hablan de milagros, Pobre señorita Marcenda, si fue allá con la esperanza de curarse, qué disgusto habrá tenido, Las esperanzas que tenía no eran muchas, Cómo lo sabe, y Lidia lanzó a Ricardo Reis una rápida mirada de pájaro, crees que me vas a coger, pensó él, y respondió, Cuando yo estaba en el hotel, ya ella y su padre pensaban ir a Fátima, Ah, y en estos pequeños duelos la gente se fatiga y envejece, lo mejor será hablar de otra cosa, para eso sirven los periódicos, se guardan tantas noticias en la memoria para alimento de las conversaciones, lo hacen los viejos de Santa Catarina, lo hacen Ricardo Reis y Lidia, a falta de un silencio que fuera mejor que las palabras, Y tu hermano, esto es sólo el principio, Mi hermano está bien, por qué me lo pregunta, Me acordé de él por una noticia que he leído en un periódico, el discurso de un ingeniero, un tal Nobre Guedes, lo tengo ahí, No sé quién es ese señor, Viendo cómo habla de los marineros, tu hermano no le llamaría señor, Qué dice, Espera, que voy a buscar el periódico. Salió Ricardo Reis, fue al despacho, volvió con O Século, el discurso ocupaba casi una página, Es una conferencia que el tal Nobre Guedes leyó en la Emisora Nacional, contra el comunismo, en un momento dado habla de los marineros, Dice algo de mi hermano, No, de tu hermano no habla, pero dijo esto, por ejemplo, se publica y se difunde a escondidas la hoja repugnante de El marinero rojo, Qué quiere decir repugnante, Repugnante es una palabra fea, quiere decir repelente, repulsivo, nauseabundo, asqueroso, Que da asco, Exactamente, repugnante quiere decir que da asco, Pues yo he visto El marinero rojo y no me dio asco, Fue tu hermano quien te lo pasó, Sí, fue Daniel, Entonces tu hermano es comunista, Ah, eso no lo sé, pero está a favor, Cuál es la diferencia, Yo lo miro y es una persona como las otras, Crees que si realmente fuera comunista iba a tener un aspecto diferente, No lo sé, no sé explicarlo, Bueno, el ingeniero ése, Guedes, dice también que los marineros de Portugal no son ni rojos ni blancos ni azules, que son portugueses, Pues no parece que ser portugués sea un color, Eso tiene gracia, quien te vea pensará que eres incapaz de romper un plato, y de vez en cuando te cargas toda la vajilla, Tengo la mano firme, nunca he roto un plato, mire, estoy lavando los suyos y no se me escapan de la mano, siempre fui así, Eres una persona fuera de lo común, Esta persona fuera de lo común es una camarera de hotel, y ese Guedes dijo algo más de los marineros, De los marineros, no, Ahora recuerdo que Daniel me habló de un antiguo marinero también llamado Guedes pero Manuel, Manuel Guedes, que lo están juzgando, son cuarenta acusados, Guedes hay muchos, Ya, pero éste es sólo Manuel. Los platos están lavados y puestos a escurrir, Lidia tiene otros quehaceres, cambiar las sábanas, hacer la cama, con la ventana abierta de par en par para airear la habitación, después, limpiar el cuarto de baño, poner toallas nuevas, vuelve luego a la cocina, va a secar la loza escurrida, es en este momento cuando Ricardo Reis se le acerca por detrás, la ciñe por la cintura, ella esboza un gesto como esquivándolo, pero él le besa el cuello, entonces resbala el plato de las manos de Lidia y se hace añicos en el suelo, Ya has roto uno, Algún día tenía que ser, nadie escapa su destino, él se echó a reír, la volvió hacia sí y la besó en la boca, ya sin resistencia, Lidia sólo dijo, Hoy no puede ser, sabemos así que es fisiológico el impedimento, si otro había se desvaneció, y él respondió, Es igual, lo dejamos para otra vez, y siguió besándola, luego habrá que recoger los pedazos de loza dispersos por la cocina.

Días después fue Fernando Pessoa quien visitó a Ricardo Reis. Apareció casi a medianoche, cuando la vecindad ya dormía, subió la escalera de puntillas, siempre tomaba esta precaución porque nunca estaba seguro de garantizar su invisibilidad, a veces había personas que veían a través de su cuerpo, sin descubrir nada de él, se notaba por la ausencia de expresión en el rostro, pero otras, raras, lo veían, y se quedaban mirándolo con insistencia, encontrando en él algo extraño, pero incapaces de definir qué era, si les dijeran que aquel hombre vestido de negro era un muerto, lo más probable es que no lo creyeran, estamos acostumbrados a impalpables sábanas blancas, a ectoplasmas, pero un muerto, si no anda con cuidado, es lo más concreto de este mundo, por eso Fernando Pessoa subió la escalera con precaución, llamó a la puerta de la manera acordada, no nos sorprenda tanta prudencia, pensemos qué escándalo si un tropezón violento hiciera que una vecina se asomara al descansillo, gritando, Socorro, un ladrón, pobre Fernando Pessoa, ladrón él, a quien nada queda, ni vida siquiera. Ricardo Reis estaba en el despacho intentando componer unos versos, había escrito, No vemos a las parcas acabarnos, olvidémoslas, pues, como si no existieran, en el silencio de la casa se oyó golpear discretamente a la puerta, supo en seguida quién era, fue a abrir, Dichosos los ojos que le ven, dónde se había metido, las palabras, realmente, son el diablo, estas de Ricardo Reis sólo serían propias de una charla entre vivo y vivo, en este caso parecen expresión de un humor macabro, de atroz mal gusto, Dónde se había metido, cuando él sabe, y nosotros también, de dónde viene Fernando Pessoa, de aquella rústica casilla de Prazeres donde ni siquiera está solo, también vive allí la feroz abuela Dionisia, que le toma cuenta por menudo de entradas y salidas, Anduve por ahí, suele responderle el nieto, secamente, como responde ahora a Ricardo Reis, pero sin la menor sequedad, estas son las mejores palabras, las que nada dicen. Fernando Pessoa se sentó en la butaca con movimiento fatigado, se llevó la mano a la frente como intentando calmar un dolor o apartar una nube, luego los dedos descendieron, recorriendo el rostro, errando indecisos sobre los ojos, distendiendo las comisuras de la boca, bajando las puntas del bigote, tanteando

la barbilla flaca, gestos que parecen querer recompo-
ner unas facciones, restituirlas a sus lugares de nacimiento, rehacer el dibujo, pero el artista ha cogido la
goma en vez del lápiz, por donde pasó lo dejó todo
borrado, un lado de la cara perdió el contorno, es natural, lleva ya seis meses muerto. Lo veo cada vez
menos, se quejó Ricardo Reis, Ya se lo dije el primer
día, con el paso del tiempo me voy olvidando, aún
ahora, ahí, en Calhariz, tuve que hacer un esfuerzo
para encontrar el camino de su casa, No es difícil,
bastaba con acordarse de Adamastor, Si pensara en
Adamastor, más confuso quedaría, empezaría a pensar que estaba en Durban, que tenía ocho años, y entonces me sentiría dos veces perdido, en el espacio y
en la hora, en el tiempo y en el lugar, Venga más veces,
será la manera de mantener fresco el recuerdo, Hoy lo
que me ayudó fue un rastro de cebolla, Un rastro de
cebolla, Realmente, un rastro de cebolla, su amigo
Víctor parece que no se ha cansado aún de vigilarlo,
Pero eso es absurdo, Usted sabrá, La policía debe de
tener poco qué hacer para perder el tiempo así con
quien no tiene culpas ni se dispone a tenerlas, Es difícil imaginar lo que ocurre en el alma de un policía,
probablemente le causó usted buena impresión, le
gustaría ser su amigo, pero comprende que viven en
mundos diferentes, usted en el de los elegidos, él en el
de los réprobos, por eso se contenta con pasar las horas
muertas mirando a su ventana, a ver si hay luz, como
un enamorado, Ríase si le place, No puede imaginar-
se lo triste que hay que estar para reírse así, Lo que
me irrita es esta vigilancia que nada justifica, Que nada
justifica es una manera de decir demasiado expedita,
no creo que usted encuentre normal que le visite una
persona que viene del más allá, A usted no lo pueden
ver, De acuerdo, querido Reis, de acuerdo, hay ocasiones en las que un muerto no tiene paciencia para
volverse invisible, otras es energía lo que le falta, sin
contar con que hay ojos de vivos capaces de ver hasta
lo que no se ve, No será ése el caso de Víctor, Quizá,
aunque admitirá usted que no se podría conceder don

y virtud mayor a un policía, a su lado hasta Argos de
los mil ojos sería un infeliz miope. Ricardo Reis cogió la
hoja de papel en que había estado escribiendo, Tengo aquí unos versos, no sé qué voy a sacar de ellos,
Lea, lea, Es sólo el principio, o quizá lo empiece de
otro modo, Lea, No vemos a las parcas acabarnos,
olvidémoslas, pues, como si no existieran, Es bonito,
pero eso ya lo ha dicho usted mil veces de distintas
maneras, que yo recuerde, antes de salir para Brasil,
el trópico no ha modificado su estro, No tengo otra
cosa qué decir, no soy como usted, Ya lo será, no se
preocupe, Tengo lo que se llama una inspiración cerrada, Inspiración es una palabra, Soy un Argos con
novecientos noventa y nueve ojos ciegos, Esa metáfora es buena, y quiere decir que sería usted un pésimo
policía, A propósito, Fernando, usted, en su tiempo,
conoció quizá a un tal Antonio Ferro, uno que es secretario de propaganda nacional, Lo conocí, éramos
amigos, le debo los cinco mil escudos del premio de
Mensagem, por qué me lo pregunta, Verá, tengo aquí
una noticia, no sé si sabe que hace unos días fueron
entregados los premios literarios del secretariado ése,
Ya me explicará cómo podría saberlo, Perdón, siempre me olvido de que no puede leer, Quién fue premiado este año, Carlos Queirós, Hombre, Carlos, Lo
conoció, Carlos Queirós era sobrino de una muchacha, Ophelinha, con ph, de la que estuve enamorado
en tiempos, trabajaba en la oficina, No puedo imagi-
nármelo a usted enamorado, Enamorar nos enamora-
mos todos, al menos una vez en la vida, fue lo que me
ocurrió a mí, Me gustaría saber qué cartas de amor habrá
escrito usted, Recuerdo que eran un poco más tontas de
lo habitual, Cuándo fue eso, Empezó poco después
de marchar usted a Brasil, Y duró mucho, Lo suficiente como para poder decir, como el cardenal Gonzaga,
que también he amado, Me cuesta trabajo creerlo, Cree que
miento, No, qué va, además, nosotros no mentimos,
cuando es preciso nos limitamos a usar las palabras
que mienten, Qué es, pues, lo que le cuesta tanto creer,
Que usted haya amado, porque, tal y como lo veo y

conozco, usted es precisamente el tipo de persona incapaz de amar, Como Don Juan, Incapaz de amar como Don Juan, sí, pero no por las mismas razones, Explíquese, En Don Juan había un exceso de fuerza amatoria que, inevitablemente, tenía que dispersarse en sus objetos, y ése nunca fue su caso, que yo recuerde, Y usted, Yo estoy en un punto medio, soy normal, corriente, de la especie vulgar, ni de más, ni de menos, En fin, el amante equilibrado, No es exactamente una cuestión geométrica o de mecánica, Me va a decir que tampoco la vida le ha ido bien, El amor es difícil, querido Fernando, No se puede quejar, aún tiene a Lidia, Lidia es una camarera, Y Ofelia era dactilógrafa, En vez de hablar de mujeres estamos hablando de sus profesiones, Y queda aún aquella con quien se encontró usted en el jardín, cómo se llamaba, Marcenda, Eso, Marcenda no es nada, Una condena así, tan definitiva, me suena a despecho, Me dice mi escasa experiencia que el despecho es el sentimiento general de los hombres hacia las mujeres, Mi querido Ricardo, tendríamos que haber convivido más, No lo quiso el imperio.

Fernando Pessoa se levantó, paseó un poco por el despacho, al azar, tomó la hoja de papel en la que Ricardo Reis había escrito los versos leídos, Cómo ha dicho usted, No vemos a las parcas acabarnos, olvidémoslas, pues, como si no existieran, Es preciso estar muy ciego para no ver cómo todos los días las parcas van acabando con nosotros, Como dice el vulgo, no hay peor ciego que el que no quiere ver. Fernando Pessoa posó la hoja, Me estaba usted hablando de Ferro, La conversación fue luego por otro camino, Volvamos al camino, Dijo Antonio Ferro, con ocasión de la entrega de los premios, que aquellos intelectuales que se sienten encarcelados en los regímenes de fuerza, hasta cuando esa fuerza es mental, como la que dimana de Salazar, se olvidan de que la producción intelectual se intensificó siempre en los regímenes de orden, Es muy bueno eso de la fuerza mental, los portugueses hipnotizados, los intelectuales intensificando la producción bajo la vigilancia de Víctor, Entonces no está de acuerdo, Sería difícil estarlo, yo diría incluso que la historia desmiente a Ferro, basta recordar los tiempos de nuestra juventud, la revista Orfeu, todo lo demás, dígame si aquello era un régimen de orden, aunque, mirándolo bien, mi querido Reis, sus odas son, por así decirlo, una poetización del orden, Nunca las vi yo de esa manera, Pues son así, la agitación de los hombres es siempre vana, los dioses son sabios e indiferentes, viven y se extinguen en el mismo orden que crearon, y todo lo demás es paño de la misma pieza, Por encima de los dioses está el destino, El destino es el orden supremo, orden al que los dioses aspiran, Y los hombres, cuál es el papel de los hombres, Perturbar el orden, corregir el destino, Para mejorarlo, Para mejorarlo o para empeorarlo, es igual, lo que hay que hacer es impedir que el destino sea destino, Me recuerda usted a Lidia, también habla muchas veces del destino, pero dice otras cosas, Del destino, desgraciadamente, se puede decir todo, Estábamos hablando de Ferro, Ferro es tonto, está convencido de que Salazar es el destino portugués, El mesías, Ni siquiera eso, el párroco que nos bautiza, nos confirma, que nos casa y nos da la extremaución, En nombre del orden, Exactamente, en nombre del orden, Por lo que recuerdo, usted, en vida, era menos subversivo, Cuando uno llega a muerto ve la vida de otra manera, y, con esta decisiva e incontrovertible frase, me despido, incontrovertible digo porque, estando usted vivo, nada puede oponer, Por qué no pasa aquí la noche, ya se lo dije el otro día, No es bueno para los muertos habituarse a vivir con los vivos, y tampoco sería bueno para los vivos atollarse de muertos, La humanidad se compone de unos y otros, Es verdad, pero si así fuera de manera tan completa, usted no me tendría aquí a mí solo, tendría también al juez de casación y al resto de la familia, Y cómo sabe usted que aquí vivió un juez de casación, no recuerdo habérselo dicho, Fue Víctor, Qué Víctor, el mío, No, uno que ya murió, pero que tiene también la costumbre de meterse en la vida de los otros, ni la muerte le curó esa manía, Huele a cebolla, Huele, pero poco, va perdiendo el hedor a medida que pasa el tiempo, Adiós, Fernando, Adiós, Ricardo.

Hay indicios malignos de que la fuerza mental de Salazar no consigue llegar a todos los lugares con la potencia del original emisor. Hay un episodio demostrativo de ese debilitamiento, allá a orillas del Tajo, con la botadura del aviso de segunda João de Lisboa, en ceremonia solemne, con la presencia del venerado jefe del Estado. Estaba el aviso listo para la botadura, enguirnaldado o, hablando con propiedad marinera, empavesado, todo dispuesto ya, ensebada la corredera, afinados los calzos, la tripulación formada en la toldilla, y se aproxima su excelencia el presidente de la República, general Antonio Óscar de Fragoso Carmona, el mismo que dijo que Portugal es conocido hoy en todas partes y que por eso vale la pena ser portugués, viene con su comitiva, la de paisano y la uniformada, éstos con uniforme de gala, los otros de frac, sombrero de copa y pantalones rayados, el presidente, acariciándose su hermoso bigote blanco, muy circunspecto, y tal vez con cautela para no proferir, en este lugar y ocasión, la frase que dice siempre cuando es invitado a inaugurar exposiciones de pintura, Muy chic, muy chic, me ha gustado mucho, va subiendo ya los peldaños de la tribuna, son los altos dignatarios de la nación, sin cuya venida y presencia ni un barco se lanzaría al agua, viene un representante de la Iglesia, la católica, claro, de quien se espera proficua bendición, quiera Dios, oh barco, que mates mucho y mueras poco, se contemplan los asistentes del lucido cortejo, están las personalidades, el pueblo curioso, los obreros del astillero, los fotógrafos de los periódicos, los reporteros, está la botella de espumoso de Bairrada esperando su hora triunfal, y por qué no decirlo, explosiva, de pronto, he ahí que el João de Lisboa empieza a deslizarse grada abajo sin que nadie le hubiera tocado, la estupefacción es general, se estremece el bigote blanco del presidente, se agitan perplejos los sombreros de copa, y allá va el barco, entra en las aguas gloriosas, la marinería da los vivas de rigor, vuelan las gaviotas enloquecidas, aturdidas por el fragor de las sirenas de los otros barcos, y también por la colosal carcajada que resuena por toda la Ribeira de Lisboa, cosa digna de verse, una broma de los hombres del arsenal, gente divertida como no hay otra, pero ya tenemos a Víctor investigando, la marea se vació de repente, la boca de alcantarilla exhala su pestilente olor a cebolla, se retira el presidente apoplético, se deshace la comitiva, corridos y furibundos todos, quieren saber in-me-dia-ta-men-te quiénes fueron los responsables de aquel infame atentado a la compostura de la patria, de marineros, en la persona de su más alto magistrado, Sí, señor presidente del Consejo, dice el capitán Agostinho Lourenço, jefe de Víctor, pero de la burla no se librarán, nos reiremos nosotros, en toda la ciudad no se habla de otra cosa, hasta los españoles del Hotel Bragança, aunque un poco temerosos, Cuídense ustedes, eso son artes del diablo rojo.[1] Pero, como son casos de política lusitana, no hacen más comentarios, los duques de Alba y Medinaceli acuerdan ir al Coliseum, hombres sólo, a ver el catch-as-catch-can, también llamado lucha libre o agárrate donde puedas, las terribles, asombrosas batallas de su compatriota José Pons, del conde Karol Nowina, hidalgo polaco, del judío Ab-Kaplan, del ruso Zikoff, blanco, del checo Stresnack, del italiano Nerone, del belga De Ferm, del flamenco Rik De Groot, del inglés Rex Gable, de un tal Strouk, sin patria mencionada, sabios de este otro espectáculo del mundo, por la gracia del sopapo y del puntapié, del cabezazo y la llave de tijera, del estrangulamiento, de la presa de puente, si Goebbels entrara en este campeonato jugaría la carta más segura, enviaría sus escuadrillas de aviones.

Precisamente de aviones y sus artes se va a tratar ahora en esta ciudad capital, después de haber-

---

[1] En español en el original. (N. del t.)

se comportado la marina tan lamentablemente, y dicho sea de paso, dado que no vamos a volver sobre el asunto que, pese a la diligencia de los Víctores, está aún por saber quiénes fueron los de la sedición, que el caso del João de Lisboa no puede haber sido obra sólo de un calafate o remachador. Estando, pues, a la vista de todos que las nubes de la guerra se van adensando en los cielos de Europa, el gobierno de la nación ha decidido, por la vía del ejemplo, que es de todas las lecciones la mejor, explicar a los moradores cómo deberán proceder y proteger sus vidas en caso de bombardeo aéreo, sin llevar no obstante la verosimilitud hasta el punto de identificar al enemigo posible, pero dejando en el aire la sospecha de que sea el hereditario, es decir el castellano ahora rojo, puesto que, siendo tan corto aún el radio de acción de los aviones modernos, no es de prever que nos ataquen aviones franceses, ingleses mucho menos, que además son nuestros aliados y, en cuanto a italianos y alemanes, han sido tantas sus pruebas de amistad hacia este pueblo hermanado por un ideal común, que más bien esperaríamos de ellos auxilio si preciso fuera y nunca exterminio. Así pues, por medio de la radio y los periódicos ha anunciado el gobierno que el próximo día veintisiete, víspera del décimo aniversario de la Revolución Nacional asistirá Lisboa a un espectáculo inédito, a saber, un simulacro de ataque aéreo a una parte de la Baixa o, en términos de mayor rigor técnico, a la demostración de un ataque aéreo-químico que tendrá por objetivo la destrucción de la estación de Rossio y la interdicción del acceso a esa estación por medio de gases. Vendrá primero un avión de reconocimiento que sobrevolará la ciudad y lanzará una señal de humo sobre la estación de Rossio para marcar la posición del objetivo. Afirman ciertos espíritus negativamente críticos que los resultados serían incomparablemente más eficaces si los bombarderos lanzaran sus bombas sin aviso, pero se trata de personas de perversión declarada, y desdeñosas de las leyes de la caballerosidad bélica, que especifican con precisión que no se debe atacar al enemigo sin notificación previa. Así, apenas el humo empieza a elevarse en los aires, la artillería dispara un cañonazo, señal para que las sirenas empiecen a sonar, y con esta alarma, que no sería posible ignorar, se desatan las providencias, tanto las de la defensa activa como las de la pasiva. Policía, Guardia Nacional Republicana, Cruz Roja y bomberos entran inmediatamente en acción, el público es obligado a retirarse de las calles amenazadas, que son todas las de los alrededores, mientras los equipos de salvamento y de socorro corren febriles a los lugares de peligro, y los vehículos de los bomberos se dirigen a los previsibles focos de incendios manguera en ristre, por así decirlo. Entretanto se ha marchado el avión de reconocimiento, seguro ya de que la señal de humo está donde debe estar y de que ya se encuentran congregados los salvadores, entre los que se halla, como a su tiempo veremos, el actor de teatro y cine Antonio Silva, al frente de sus bomberos voluntarios, que son los de Ajuda. Puede al fin avanzar la aviación de bombardeo enemiga, constituida por una escuadrilla de biplanos, de esos que tienen que volar bajo por estar la carlinga abierta a la lluvia y a los cuatro vientos, entran en acción las ametralladoras y la defensa antiaérea, pero al ser de ficción este ejercicio, ningún avión es derribado, y los aparatos hacen pasadas y rizos impunes cerca de las nubes, ni siquiera tienen que simular el lanzamiento de bombas explosivas o de gases, ellas son las que por sí mismas estallan aquí abajo, en la Praça dos Restauradores, que no la salvaría el patriótico nombre si la cosa fuera en serio. Tampoco tuvo salvación una fuerza de infantería que se dirigía a Rossio, diezmada hasta el último hombre, aún hoy está por saber qué diablos iba a hacer una fuerza de infantería en un lugar que, según el humanitario aviso del enemigo, iba a ser bombardeado, como luego se vio, esperemos que este lamentable episodio, vergüenza de nuestro ejército, no caiga en el olvido, y que el estado mayor sea sometido a consejo de guerra y condenado a un fusilamiento colectivo, sumario. Se extenúan los

equipos de salvamento y socorro, camilleros, enfermeros, médicos, luchando abnegadamente bajo el
fuego para recoger los muertos y salvar a los heridos,
pintarrajeados éstos de mercuriocromo y tintura de
yodo, envueltos en vendas y ligaduras que luego la-
varán para usarlas otra vez, cuando los heridos lo sean
de verdad, aunque tengamos que esperar treinta años.
Pese a los esfuerzos heroicos de la defensa, los aviones enemigos regresan en una segunda oleada, alcanzan con bombas incendiarias la estación de Rossio,
entregada ahora a la voracidad de las llamas, un montón de escombros, pero la esperanza de victoria final
no se ha perdido para los nuestros porque, en su pedestal, con la cabeza descubierta, continúa, milagro-
samente incólume, la estatua del rey Don Sebastián.
La destrucción alcanza otros lugares, se transforma-
ron en nuevas ruinas las ruinas viejas del convento
del Carmen, del Teatro Nacional salen grandes columnas de humo, se multiplican las víctimas, por todas
partes arden casas, las madres llaman a gritos a sus
hijos, los niños llaman a sus madres, de maridos y padres nadie se acuerda, es la guerra, ese monstruo. Allá
en el cielo, satánicos, los aviadores celebran el éxito
de su misión bebiendo copas de Fundador, y confor-
tando de paso los miembros ateridos, ahora que la
fiebre del combate se va apagando. Toman notas, di-
señan croquis, sacan fotografías para su parte de guerra, y luego, oscilando las alas con escarnio, se alejan
hacia Badajoz, ya nos parecía que habían entrado por
el lado de Caia. La ciudad es un mar de llamas, los
muertos se cuentan por millares, éste fue el nuevo terremoto. Entonces disparan los antiaéreos el último
cañonazo, vuelven a sonar las sirenas, se ha acabado
el ejercicio. La población abandona los sótanos y re-
fugios camino de sus casas, no hay muertos ni heridos, los edificios están en pie, fue todo un juego.
        Este es el programa completo del espectáculo.
Ricardo Reis, que asistió de lejos a los bombardeos de
Urca y Praia Vermelha, tan de lejos que podría haberlos tomado por ejercicios como éste, para adiestra-

miento de pilotos y para que la población se entrene
en la huida, lo peor fue que los periódicos, al día siguiente, daban la noticia de muertos reales y heridos
verdaderos, Ricardo Reis decide ver con sus propios
ojos el escenario y los actores, alejándose del centro
de operaciones para no perjudicar la verosimilitud, por
ejemplo, desde el alto corredor del ascensor de Santa
Justa. Otros lo habían pensado antes, cuando Ricardo
Reis llegó ya no se cabía, fue descendiendo Calçada
do Carmo abajo, y parecía que fuera de romería, si
fueran otros los caminos, de polvo y alquitrán, creería
que de nuevo lo llevaban sus pasos a Fátima, son todo
cosas del cielo, aviones, pasarolas o apariciones. No
sabe por qué le ha venido a la memoria la pasarola
del padre Bartolomeu de Gusmão,[2] primero no lo supo,
pero luego, tras reflexionar y buscar en el recuerdo
admitió que, por una asociación subracional de ideas,
había pasado de este ejercicio de hoy a los bombardeos de Praia Vermelha y Urca, y de ellos, para que
todo fuera brasileño, al padre volador, llegando al fin
a la pasarola que lo inmortalizó, aunque no volara
nunca pese a que alguien haya dicho o venga a decir
lo contrario. Desde lo alto de la escalera que en dos
tramos baja a la Rua Primeiro de Dezembro, ve que
hay una multitud en Rossio, no creía que permitieran
a los espectadores acercarse tanto a las bombas y los
petardos, pero se deja arrastrar por la corriente de
curiosos que acuden festivos al teatro de la guerra.
Cuando entró en la plaza vio que la congregación era
aún mayor de lo que antes le pareciera, ni se puede
dar un paso, pero Ricardo Reis tuvo tiempo de aprender los trucos del país, y va diciendo, Perdón, perdón,
déjenme pasar, soy médico, y no es que no sea ver-

---

[2] Bartolomeu de Gusmão (Santos, Brasil, 1685 - Toledo, España,
1724), precursor de la aeronáutica, inventó y experimentó, sin
gran fortuna, varios aparatos voladores, globos de aire caliente
en su mayor parte, y diseñó un aparato en forma de ave, que
parece no llegó nunca a volar. (N del t.)

dad, pero la más falsa de las mentiras es precisamente la que se sirve de la verdad para satisfacción y justificación de sus vicios. Gracias a este truco consigue llegar a las primeras filas, desde allí lo podrá ver todo. Aún no hay señal de aviones, pero las fuerzas de policía están nerviosas, los mandos, en el espacio libre frontero al teatro y a la estación, dan órdenes e instrucciones, acaba de pasar un automóvil oficial, lleva dentro al ministro del Interior y a gente de su familia, no faltan las señoras, otras lo siguen en varios coches, van a asistir al ejercicio desde las ventanas del Hotel Avenida Palace. Súbitamente, se oye el cañonazo de aviso, aúllan afligidas las sirenas, las palomas de Rossio se levantan en bandada haciendo restallar las alas como cohetes, algo ha fallado en lo dispuesto, son las precipitaciones de principiante, primero tenía que venir el avión enemigo a soltar su bomba de humo, y, luego, es cuando las sirenas tenían que entonar su coro plañidero y disparar la artillería, es igual, con todos estos adelantos de la ciencia vendrá un día en que las bombas nos llegarán desde diez mil kilómetros de distancia, y ya sabremos lo que el futuro nos reserva. Apareció al fin el avión, la multitud ondea, se alzan los brazos, Allá, allá viene, se oye un sonido hueco, la explosión, y una columna de humo negro empieza a ascender, la excitación es general, la ansiedad enronquece las palabras, los médicos se colocan los estetoscopios en los oídos, los enfermeros preparan las jeringuillas, los camilleros escarban el suelo impacientes. A lo lejos se oye el rugido continuo de los motores de las fortalezas volantes, se acerca el instante, los espectadores más asustadizos se preguntan si esto, en definitiva, no acabará en serio, algunos se alejan, se ponen a salvo, se refugian en los portales por miedo a la metralla, pero la mayoría no cede y, comprobada la inocuidad de las bombas, la multitud se doblará en poco tiempo. Estallan los petardos, los militares se ponen las máscaras de gas, no hay para todos pero lo importante es dar impresión de realidad, sabemos desde el principio quién muere y quién se salva en el ataque químico, aún no ha llegado el tiempo de un final para todos. Hay humo por todas partes, los espectadores estornudan, de la parte de atrás del Teatro Nacional parece alzarse un volcán turbulento y negro, exactamente como si estuviera ardiendo. Pero es difícil tomar esto en serio. Los policías empujan a los espectadores que intentan avanzar y dificultan los movimientos de los salvadores, y hasta se ven heridos, llevados en camillas, que, olvidando el dramático papel que les enseñaron, se ríen como locos, probablemente han respirado gas hilarante, los propios camilleros tienen que parar para limpiarse las lágrimas, que son de pura alegría, no de gas lacrimógeno. Y, el colmo ya, cuando está todo el mundo viviendo mejor o peor la verdad del imaginario peligro, aparece un barrendero municipal con su carrito metálico y su escoba arrastrando los papeles a lo largo de la acera, recogiéndolos con la pala, recoge también la basura menuda y lo mete todo en el carro y sigue, ajeno al barullo, al tumulto, a las carreras, entra en las nubes de humo y sale de ellas ileso, ni siquiera levanta la cabeza para ver los aviones españoles. Un episodio basta por lo general, dos son demasiado, pero la historia se cuida muy poco de las reglas de la composición literaria, por eso hace avanzar ahora a un cartero con su saco de correspondencia, el hombre cruza pacíficamente la plaza, tiene que entregar las cartas, cuánta gente las estará esperando ansiosa, tal vez llegue hoy la carta de Coimbra, el aviso, Mañana estaré en tus brazos, el cartero es hombre consciente de sus responsabilidades, no pierde el tiempo en espectáculos y escenas callejeras. Ricardo Reis, en esta multitud, es el único sabio capaz de comparar barrendero y repartidor lisboetas con aquel célebre chiquillo de París que pregonaba sus bollos mientras la multitud asaltaba la Bastilla, realmente, nada nos distingue a nosotros, portugueses, del mundo civilizado, ni nos faltan héroes del enajenamiento ante la realidad, poetas ensimismados, barrenderos que barren incansablemente, carteros distraídos que atraviesan la plaza sin

darse cuenta de que la carta de Coimbra va destinada
a aquel señor que está allí, Pero de Coimbra no traigo
ninguna carta, dice mientras el barrendero va barrien-
do y el pastelero portugués pregona enquesadas de
Sintra.

Pasados unos días, contaba Ricardo Reis lo que
había visto, los aviones, el humo, hablaba del tronar
de los cañonazos, de las ráfagas de las ametralladoras,
y Lidia oía con atención, sintiendo no haber estado
allí también, y luego se rió mucho con los casos pinto-
rescos, Ay, qué divertido, el barrendero, y fue entonces cuando recordó que también tenía algo qué contar,
Sabe quién se ha escapado, no esperó a que Ricardo
Reis respondiera, Manuel Guedes, el marinero aquel
del que le hablé el otro día, seguro que se acuerda, Lo
recuerdo, pero de dónde huyó, Cuando lo llevaban al
tribunal, y Lidia se reía a gusto, Ricardo Reis se limitó
a sonreír, Este país es un desbarajuste, los barcos se
meten en el agua antes de tiempo, los presos escapan, los carteros no entregan las cartas, los barrenderos, bueno, de los barrenderos no hay nada que decir.
Pero a Lidia le parecía muy bien que Manuel Guedes
hubiera huido.

Invisibles, las cigarras cantan en las palmeras del Alto de Santa Catarina. El coro estrídulo que atruena los oídos de Adamastor no merece el dulce nombre de música, pero esto de los sonidos depende también mucho de la disposición del oyente, cómo los habrá escuchado el gigante amoroso cuando en la playa paseaba a la espera de que viniese la Doris alcahueta a acordar con él el deseado encuentro, entonces la mar cantaba, y era la bienamada voz de Tetis la que planeaba sobre las aguas, como se dice que suele hacer el espíritu de Dios. Aquí, quien canta son los machos, rozan ásperamente sus élitros y son causa de este sonido infatigable, obsesivo, serrería de mármol que de súbito lanza al aire ardiente un gañido agudísimo como si una veta más dura empezara a ser cortada en el interior de la piedra. Hace calor. En Fátima había recibido el primer aviso de la canícula, bajo aquella escaldante brasa, pero luego vinieron los días cubiertos, llegó incluso a lloviznar, pero en las tierras bajas la inundación descendió de pronto, del inmenso mar interior no quedan más que algunos charcos de agua putrefacta que el sol se va bebiendo poco a poco. Los viejos aparecen de mañana con el primer frescor, traen sus paraguas, pero, cuando los abren, apretando ya el calor, les sirven de parasol, de donde podemos concluir que más importa el servicio que las cosas hacen que el nombre que les damos, aunque, en definitiva, el nombre dependa del servicio, como ahora estamos viendo, porque queramos o no, volvemos siempre a

las palabras. Los barcos entran y salen con sus banderas, las chimeneas humeantes, los minúsculos marineros, la voz poderosa de las sirenas, de tanto como
la oyeron en las tormentas del océano, soplada en
furiosas caracolas, los hombres acabaron por aprender a hablar de igual a igual con el dios de los mares.
Estos viejos nunca han navegado, pero no se asustan
cuando oyen, quebrado por la distancia, el poderoso
rugido, y aun en lo más profundo se estremecen como
si por los canales de sus venas bogaran barcos perdidos en la oscuridad absoluta del cuerpo, entre los gi-
gantescos huesos del mundo. En el apretón de la
calma bajan a la calle, van a almorzar, pasan el antiguo tiempo de la siesta en la penumbra de la casa, y
luego, a la primera señal de que refresca la tarde, vuelven al Alto, se sientan en el mismo banco, bajo la
sombrilla abierta, que la sombra de estos árboles es,
como sabemos, vagabunda, y basta que baje el sol un
poco para que huya, ahora mismo nos cobijaba, es por
estar tan altas las palmas. Morirán estos viejos sin saber que las palmeras no son árboles, es increíble hasta
qué punto puede llegar la ignorancia de los hombres,
en otras palabras, es increíble que digamos que una
palmera no es un árbol y eso no tenga ninguna importancia, lo mismo que lo de paraguas y parasol, lo
que cuenta es la protección que dan. Por otra parte, si
a ese señor doctor que viene por aquí todas las tardes
le preguntáramos si la palmera es árbol, seguro que
tampoco sabría responder, tendría que ir a casa a
consultar su libro de botánica, si no se lo ha dejado en
el Brasil, lo más seguro es que del reino vegetal tenga
sólo el precario conocimiento con que adorna sus poemas, flores en general, y poco más, unos laureles, que
vienen ya del tiempo de los dioses, unos árboles sin más
nombre, pámpanos y girasoles, los juncos que la corriente estremece, la hiedra del olvido, los lirios y las
rosas, las rosas, las rosas. Entre los viejos y Ricardo
Reis hay familiaridad y charla de amigos, pero él nunca
ha salido de casa con la idea premeditada de preguntar-
les, Saben que la palmera no es un árbol, y ponen tan

poco en duda lo que creen saber que nunca le van a preguntar, Oiga, doctor, sabe usted, una palmera no es un árbol, un día no se verán más y quedará sin esclarecer este punto fundamental de la existencia, si por parecer árbol es árbol la palmera, si por parecer vida es vida esta sombra arborescente que proyectamos en el suelo.

Ricardo Reis ahora se levanta tarde. Ha dejado de desayunar, se ha acostumbrado a dominar el apetito matinal hasta el punto de que le parecen recuerdos de otro mundo las bandejas opulentas que Lidia le llevaba a su habitación en los tiempos abundosos del Hotel Bragança. Duerme hasta tarde por la mañana, despierta y vuelve a quedarse dormido y, tras muchas tentativas, consiguió fijar un único sueño, siempre igual, el de alguien que sueña que no quiere soñar, encubriendo el sueño con el sueño, como quien apaga los rastros que ha dejado, las huellas de los pies, las marcas reveladoras, es sencillo, ir arrastrando tras uno la rama de un árbol o una palma, no quedan más que hojas sueltas, agudas flechas, pronto secas y confundidas con el polvo. Cuando se levanta es hora de almorzar. Lavarse, afeitarse, vestirse son actos mecánicos en los que apenas participa la conciencia. Esta cara cubierta de espuma no es más que una máscara de hombre adaptable a cualquier rostro de hombre y, cuando la navaja, poco a poco, va revelando lo que debajo hay, Ricardo Reis se mira perplejo, un tanto intrigado, inquieto, como si temiera que de allí pudiese venirle algún mal. Observa minuciosamente lo que el espejo le muestra, intenta descubrir el parecido de este rostro con otro rostro que habrá dejado de ver hace mucho tiempo, la conciencia le dice que esto no puede ser, basta tener la certeza de afeitarse todos los días, de todos los días ver estos ojos, esta boca, esta nariz, esta barbilla, esta faz pálida, estos apéndices arrugados y ridículos que son las orejas, y, sin embargo, es como si hubiera pasado muchos años sin mirarse, en un lugar sin espejos, ni siquiera en los ojos de alguien, y hoy se ve y no se reconoce. Sale a comer, a veces se encuentra con los viejos que bajan la calle, ellos le saludan, Buenas tardes señor doctor, él corresponde al saludo, Buenas tardes, no sabe cómo se llaman, qué nombre tienen, tanto pueden ser árboles como palmeras. Cuando le apetece va al cine, pero casi siempre vuelve a casa después del almuerzo, el jardín está desierto bajo la bofetada opresiva del sol, el río refulge en reverberaciones que deslumbran los ojos, preso a su piedra el Adamastor va a lanzar un alarido, de cólera por la expresión que le ha dado el escultor, de dolor por las razones que sabemos desde Camões. Como los viejos, Ricardo Reis se acoge a la penumbra de su casa, adonde poco a poco ha vuelto el olor a moho, no basta con que Lidia abra, cuando viene, todas las ventanas, es un olor que parece exhalado por los muebles, por las paredes, la lucha es realmente desigual, y Lidia aparece ahora con menos frecuencia. Al atardecer, con la primera brisa, Ricardo Reis vuelve a salir, va a sentarse en un banco del jardín, ni muy cerca ni muy lejos de los viejos, les ha dado el diario de la mañana, leído ya, es ésa su única obra de caridad, no da limosna de pan porque no se la pidieron, da esas hojas de papel impreso con noticias, a pesar de no haber sido pedidas, decidan cuál de esas dos generosidades sería mayor, si no se omitiese la primera. Si preguntáramos a Ricardo Reis qué estuvo haciendo en casa, solo, durante estas horas, no sabría qué responder, se encogería de hombros. Tal vez no recuerde que estuvo leyendo, que escribió unos versos, que vagó por los pasillos, que estuvo en la parte de atrás del piso mirando los patios, la ropa colgada, sábanas blancas, toallas, los gallineros, animales domésticos, gatos durmiendo encima de los muros, a la sombra, ningún perro, porque realmente estos no son bienes que precisen guardián. Y volvió a leer, a escribir versos, o a corregirlos, rompió algunos que no valía la pena guardar, sólo la palabra es la misma, no lo que significa. Después, esperó a que el calor disminuyera, a que se levantara la primera brisa de la tarde, al bajar por la escalera vio a la vecina de abajo en el

descansillo, el tiempo había disipado las maledicen-
cias al trivializar su motivo, toda esta casa es ahora
sosiego de prójimos y armonía de vecinos, Qué tal, va
mejor su marido, preguntó, y respondió la vecina,
Gracias, doctor, fue un milagro, una providencia de
Dios, es lo que todos andamos pidiendo, providencias y milagros, aunque sea casualidad que viva un
médico casi puerta con puerta y que esté en casa cuando le dio el dolor de estómago, Está más aliviado ahora,
Evacuó por arriba y por abajo que fue una bendición
de Dios, señor doctor, así es la vida, la misma mano
escribe la receta del purgante y el verso sublime, o
sólo discreto, Tienes sol si hay sol, ramas si ramas
buscas, suerte si la suerte es dada.

Los viejos leen el periódico, ya sabemos que uno
es analfabeto, y por eso se complace más en los comentarios, él opina, porque no hay otra manera de equilibrar la balanza, si uno sabe, el otro explica, Hay que
ver lo del Seiscientos Loco, tiene gracia, Hace años
que lo conozco, cuando aún era conductor de tranvías, la manía que tenía de embestir con el coche
contra los carros, Dice aquí que esa manía le valió ir
treinta y ocho veces a la cárcel, al fin lo despidieron
de tranvías, no había manera de que entrara en razón,
Era una guerra, aunque la verdad es que también los
de los carros tenían su culpa, iban al paso de la bestia,
sin prisa, y el Seiscientos Loco venga a darle al timbre,
furioso, echando espumarajos por la boca, hasta que
perdía la paciencia y allá iba el carro, catapún, y se
armaba el follón, tenía que venir la policía, todos a la
comisaría, Ahora el Seiscientos Loco lleva un carro y
anda siempre a la greña con sus colegas de antes, que le
hacen lo mismo que él hacía, Ya dice el refrán que
nadie haga el mal esperando un bien, así puso remate el
analfabeto, que por serlo tiene más necesidad de fór-
mulas de sabiduría condensada, de uso inmediato y
efecto rápido, como los purgantes. Ricardo Reis está
sentado en el mismo banco, es raro que esto ocurra,
pero estaban todos ocupados, y se da cuenta de que
los viejos hablan también para él, y pregunta, Y ese

mote de Seiscientos Loco, de dónde le vino, a lo que
el viejo analfabeta responde, Su número en tranvías
era el seiscientos, y le pusieron lo de loco por la manía
esa que tenía, y quedó ya El Seiscientos Loco para
siempre, un mote bien puesto, no le parece, No hay
duda. Volvieron los viejos a la lectura, Ricardo Reis
dejó bogar el pensamiento a la deriva, qué mote sería
el apropiado para mí, El Médico Poeta, El Ida y Vuelta, Espiritista, Pepe el de las Odas, El Jugador de Ajedrez, El Casanova de las Camareras, Serenata a la Luz
de la Luna, de repente, el viejo que estaba leyendo
dijo, El Desamparado de la Suerte, era el alias de un
robaperas, un ladronzuelo de poca monta, carterista
sorprendido en flagrante, y por qué no Ricardo Reis el
Desamparado de la Suerte, un delincuente también se
puede llamar Ricardo Reis, los nombres no eligen
destinos. Lo que a los viejos interesa más son precisamente estas noticias de la cotidianeidad dramática y
pintoresca, del timo de la estampita, peleas y agresiones, las horas sombrías, los actos desesperados, el
crimen pasional, la sombra de los cipreses, los accidentes mortales, el feto abandonado, el choque de
automóviles, la ternera de dos cabezas, la perra que
da de mamar a los gatos, ésta al menos no es como
Ugolina, que se comió a sus propios hijos. Ahora hablan de Micas Saloia, de nombre verdadero María da
Conceição, condenada ciento setenta veces por hur-
to, y que ya estuvo varias veces en África, y de Judite
Meleças falsa condesa de Castelo Melhor, que estafó
dos mil quinientos escudos a un teniente de la Guardia Nacional Republicana, dinero que parecerá insignificante dentro de cincuenta años, pero que en estos
días sobrios es casi una fortuna, que lo digan si no las
mujeres de Benavente que, por un día de trabajo, de
sol a sol, gana diez mil reis, vamos a pasarle cuentas
a Judite Meleças, que aún no siendo verdadera condesa de Castelo Melhor se metió en el bolsillo, a cambio
de lo que sabrá el teniente de la Guardia, doscientos
cincuenta días de vida y trabajo de Micas da Borda
d'Água, sin contar con los tiempos de paro y falta de

pan, que son muchos. Lo demás interesa menos. Se celebró, como estaba anunciado, la fiesta del Jockey Club, con muchos miles de asistentes, no es sorprendente que hayamos ido tantos, de sobra sabemos cuál es el gusto portugués por fiestas, romerías y peregrinaciones, hasta Ricardo Reis fue a Fátima pese a ser pagano confeso, y mucho más cuando se trata de una obra de caridad, como ésta, dedicada por entero al bien del prójimo, a los inundados de Ribatejo, entre los cuales, dado que hablamos de ella, está Micas de Benavente, que tendrá su parte en los cuarenta y cinco mil setecientos cincuenta y tres escudos y cinco centavos, que fue todo lo que pudo apurarse, aunque aún las cuentas no están del todo líquidas, pues falta conocer las tasas y sumas por pagar, que no son pocas. Pero valió la pena, vista la calidad y finura de los números de la fiesta, dio un concierto la banda de la Guardia Nacional Republicana, hicieron carrusel y carga dos escuadrones de caballería de la misma Guardia, evolucionaron patrullas de la Escuela Práctica de Caballería de Torres Novas, hubo derribo por acoso de reses ribatejanas, hablamos de reses, no de hombres, aunque éstos también sean tantas veces acosados y derribados, y nuestros hermanos estuvieron representados, mediante salario, por los garrochistas de Sevilla y Badajoz, venidos a nuestra patria para la ocasión a charlar con ellos y a saber noticias bajaron a la arena los duques de Alba y de Medinaceli, huéspedes del Hotel Bragança, bello ejemplo de solidaridad peninsular se dio allí, no hay nada como ser Grande de España en Portugal.

Del resto del mundo las noticias no han variado mucho, continúan las huelgas en Francia, donde los huelguistas son ya quinientos mil, con lo que tendrá que dimitir el gobierno de Albert Sarraut para dejar su puesto a un nuevo gabinete presidido por Léon Blum. Disminuirán entonces las huelgas, como si con el nuevo gobierno se dieran por satisfechos los reclamantes. Pero en España, adonde no sabemos si volvieron los garrochistas de Sevilla y Badajoz después de haber hablado con ellos los duques, Aquí nos res-

petan como si fuéramos grandes de Portugal, si no
más, quédense ustedes con nosotros, iremos a garro-
char juntos,[1] en España, decíamos, los huelguistas cre-
cen como setas, y Largo Caballero amenaza, según la
traducción portuguesa, Mientras la clase obrera no sea
amparada por el poder, son de esperar movimientos
violentos, y si él lo dice, que es simpatizante, será
porque es verdad, por eso debemos irnos preparando
para lo peor. Y aunque vamos a destiempo, siempre
valió la pena, sea el alma grande o pequeña, como
más o menos dijo el otro, y ése fue el caso del Negus,
a quien Inglaterra tributó un imponente recibimiento
popular, bien cierto es el refrán que dice, A burro muerto la cebada al rabo, dejaron estos británicos a los
etíopes entregados a su suerte triste, y ahora aplauden a su emperador, si quiere que le diga la verdad,
mi querido amigo, todo esto parece una farsa. Así, no
debe sorprendernos el que los viejos del Alto de Santa Catarina hablen apaciblemente, vuelto ya el doctor a
su casa, acerca de animales, aquel lobo blanco que apareció en Riodades, que cae por la banda de São João da
Pesqueira, y al que la población llama el Palomo, y la
leona Nadia, que hirió en una pierna al faquir Blacamán,
allí en el Coliseu, a la vista de todos los espectadores,
para que comprueben hasta qué punto arriesgan realmente su vida los artistas de circo. Si Ricardo Reis no se
hubiera retirado tan temprano, podría contar el caso de
la perra Ugolina, y quedaría completada así la colección de fieras, el lobo, libre por ahora, la leona, cuya
dosis de estupefaciente habrá que reforzar y, al fin, la
perra filicida, cada cual con su mote, Palomo, Nadia y
Ugolina, no será en esto en lo que se distingan los
animales de los hombres.

   Un día, Ricardo Reis está durmiendo, avanzada la mañana pero tempranísimo para sus nuevos
hábitos de indolencia, cuando oye las salvas de los
navíos de guerra en el Tajo, veintiún espaciados y

---

[1] En español en el original. (N. del t.)

solemnes cañonazos que ·hacían vibrar los cristales,
creyó que era la nueva guerra que estaba empezando,
pero recordó luego las noticias que había leído el día
antes, es el Diez de Junio, Fiesta de la Raza, para recuerdo de nuestros mayores y consagración de quienes ahora aquí estamos, en tamaño y número, a las
tareas del futuro. Medio dormido aún consultó a sus
energías, a ver si eran suficientes para levantarse de
un golpe de las marchitas sábanas, abrir de par en par
las ventanas para que pudieran entrar sin embarazo
los últimos ecos de la salva a ahuyentar heroicos las
sombras de la casa, la herrumbre escondida, el olor
insidioso del moho, pero, mientras esto pensaba y
deliberaba consigo mismo, se acallaron las últimas
vibraciones del espacio, volvió a descender sobre el
Alto de Santa Catarina un gran silencio, Ricardo Reis
ni se dio cuenta de que había vuelto a cerrar los ojos
y se quedó dormido, es así la vida, dormidos en las
horas de vigilia, vamos cuando deberíamos venir,
cerramos la ventana cuando deberíamos tenerla abierta. Por la tarde, al volver de comer, se dio cuenta de
que había ramos de flores en los escalones de la estatua de Camões, homenaje de las asociaciones patrióticas al épico, al cantor sublime de las virtudes de la
raza, para que se entienda bien que no tenemos nada
que ver ya con la apagada y vil tristeza que padecía-
mos en el siglo dieciséis, hoy somos un pueblo muy
contento, créame, por la noche encenderemos aquí,
en la plaza, unos reflectores, el señor Camões tendrá
toda su figura iluminada, qué digo yo, transfigurada
por el deslumbrante esplendor, bien sabemos que es
tuerto del ojo derecho, qué más da, aún le quedó el
izquierdo para vernos, si le parece que la luz es excesiva, díganoslo, nada nos cuesta mitigarla hasta con-
vertirla en penumbra, o en oscuridad total, en las
tinieblas originarias, a las que estamos habituados. Si
hubiera salido esta noche Ricardo Reis, se habría encontrado en la plaza de Luis de Camões con Fernando
Pessoa, sentado en uno de aquellos bancos como
quien viene a disfrutar de la brisa, el mismo desahogo

buscaron familias y otros solitarios, la luz es tanta como si fuese de día, las caras parecen todas tocadas por el éxtasis, se nota que es la Fiesta de la Raza. Quiso Fernando Pessoa recitar mentalmente, aprovechando la ocasión, un poema de Mensagem dedicado a Camões, y tardó en darse cuenta de que no hay en Mensagem ningún poema dedicado a Camões, parece imposible, sólo viéndolo se podrá creer, no falta allí nadie, desde Ulises a Don Sebastián, ni de los profetas se olvidó, Bandarra y Vieira, y no tuvo una palabra, ni una sola, para el Tuerto, y esta falta, omisión, ausencia, hace temblar las manos de Fernando Pessoa, la conciencia le preguntó Por qué, el inconsciente no sabe qué respuesta dar, entonces Luis de Camões sonríe, su boca de bronce tiene la sonrisa inteligente de quien murió hace más tiempo, y dice, Fue la envidia, mi querido Pessoa, pero no se preocupe, aquí, donde los dos estamos, esto ya no tiene importancia, día vendrá en que lo negarán cien veces, y otro ha de llegar en que deseará que lo nieguen. A esta misma hora, en aquel segundo piso de la Rua de Santa Catarina, Ricardo Reis intenta escribir un poema a Marcenda, para que mañana no se diga que Marcenda pasó en vano, Añorando ya este verano que veo, lágrimas para las flores de él empleo en el recuerdo invertido de cuando he de perderlas, ésta será la primera parte de la oda, hasta aquí nadie adivinaría que de Marcenda se va a hablar, aunque se sepa que muchas veces empezamos a hablar del horizonte porque es el camino más corto para llegar al corazón. Media hora después, o una hora, o cuántas, que el tiempo, en esto de hacer versos, se detiene o precipita, ganó forma y sentido el cuerpo intermedio, no es siquiera el lamento que parecería lógico, sólo el sabio saber de lo que no tiene remedio, Traspuestos los portales irreparables de cada año, me anticipo la sombra en que he de errar, sin flores, en el abismo rumoroso. Duerme toda la ciudad en la madrugada, por inútiles, no hay quien los vea, se han apagado los proyectores de la estatua de Camões, Fernando Pessoa regresó a casa, diciendo, Ya estoy aquí, abuela, y es en este mismo momento cuando el poema se completa, difícil, con un punto y coma puesto a disgusto, que bien vimos cómo Ricardo Reis luchó con él, no lo quería aquí pero se quedó, adivinemos dónde, para que tengamos también parte en la obra, Y cojo la rosa porque la suerte manda Marcenda, la guardo, que se marchite conmigo antes que con la curva diurna de la amplia tierra. Se acostó Ricardo Reis vestido en la cama, la mano izquierda posada sobre la hoja de papel, si dormido pasara del sueño a la muerte creerían que es su testamento, la última voluntad, la carta del adiós, y no podrían saber por qué, aunque la leyeran, pues este nombre de Marcenda no lo usan mujeres, son palabras de otro mundo, de otro lugar, femeninos pero de raza gerundia, como Blimunda, por ejemplo, que es nombre a la espera de la mujer que lo use, para Marcenda, al menos, se encontró ya, pero vive lejos.

Aquí muy cerca, en esta misma cama, estaba Lidia acostada cuando se sintió la conmoción del suelo. Fue breve y brusca, sacudió violentamente el edificio de arriba abajo, y como vino pasó, dejando a la vecindad a gritos por la escalera y la lámpara del techo oscilando como un péndulo que se apaga. Durante el gran susto, las voces parecían obscenas, ahora el alarido ha pasado a la calle, de ventana en ventana, en toda la ciudad, quizá recordando, en sus piedras, la memoria terrible de otros terremotos, incapaz de soportar el silencio que viene después de la conmoción, el instante en que la consciencia queda en suspenso, a la espera, y se interroga, Volverá, moriré. Ricardo Reis y Lidia no se levantaron. Estaban desnudos, tumbados de espaldas como estatuas yacentes, ni siquiera cubiertos por la sábana, la muerte, si hubiese venido los habría encontrado ofrecidos, plenos, hacía pocos minutos que sus cuerpos se habían separado, jadeantes, húmedos de sudor reciente y de íntimos derrames, el corazón latiendo y resonando en la pulsación del vientre, no es posible estar más vivo, y de pronto la cama se estremece, los muebles oscilan, rechinan

el suelo y el techo, no es el vértigo del instante final
del orgasmo, es la tierra que ruge en las profundidades, Vamos a morir, dijo Lidia, pero no se agarró al
hombre que estaba acostado a su lado, como sería
natural, las frágiles mujeres, generalmente, son así, son
los hombres quienes, aterrorizados, dicen, No es nada,
calma, ya ha pasado, y se lo dicen sobre todo a sí
mismos, también lo dijo Ricardo Reis, trémulo del
susto, y tenía razón, pues la sacudida vino y pasó,
como con estas mismas palabras se ha dicho antes.
Las vecinas están aún gritando en la escalera, poco a
poco se van calmando, pero el debate se prolonga,
una de ellas baja a la calle, la otra se instala en la ventana, ambas entran en el coro general. Después, poco
a poco, vuelve la calma, ahora Lidia se vuelve hacia
Ricardo Reis y él hacia ella, el brazo de uno sobre el
cuerpo del otro, él vuelve a decir, No fue nada, y ella
sonríe, pero la expresión de la mirada tiene otro sentido, se ve bien que no está pensando en el temblor
de tierra, quedan así, mirándose, tan distantes uno del
otro, tan separados en sus pensamientos, como luego
se verá cuando ella diga, de repente, Creo que estoy
en estado, llevo un retraso de diez días. Un médico
aprende en la facultad los secretos del cuerpo humano, los misterios del organismo, sabe cómo operan
los espermatozoides en el interior de la mujer, nadan-
do río arriba, hasta llegar, en sentido propio y en el
figurado, a las fuentes de la vida. Sabe esto por los
libros, y la práctica, como de costumbre, lo confirmó,
y sin embargo, helo ahí, sorprendido, en la piel de
Adán que no entiende cómo puede haber ocurrido tal
cosa, por más que Eva intente explicárselo, ella, que
nada entiende de la materia. Y procura ganar tiempo,
Cómo dices, Tengo un retraso, creo que estoy en estado, es ella, de los dos, quien muestra más tranquilidad, hace una semana que piensa en esto, todos los
días, todas las horas, quizá hace poco, al decir, Vamos a morir, ahora podemos dudar si estaría a Ricardo Reis en este plural. Él espera que ella haga una
pregunta, por ejemplo, Qué voy a hacer, pero ella

sigue callada, quieta, protegiendo el vientre con la leve
flexión de las rodillas, ni señal de gravidez a la vista,
salvo si sabemos interpretar lo que estos ojos están
diciendo, fijos, profundos, resguardados en la distancia,
una especie de horizonte, si lo hay en los ojos. Ricardo Reis busca las palabras convenientes, pero lo que
encuentra dentro de sí es una enajenación, una indiferencia, como si, aunque consciente de que es su
obligación contribuir en solución del problema, no se
siente implicado en su origen, tanto próximo como
remoto. Se ve en la figura del médico a quien una
paciente dice desahogándose, Ay, doctor, qué va a
ser de mí, estoy en estado y en este momento es lo
peor que me podía pasar, un médico no puede responder, Aborte, no sea tonta, por el contrario, muestra una expresión grave, reticente en la mejor de las
hipótesis, Si usted y su marido no han tomado precauciones, es posible que esté grávida, pero en fin,
vamos a esperar unos días más, quizá se trate sólo de un
retraso, a veces ocurre. No se admite que lo declare
así, con falsa naturalidad, Ricardo Reis, que es padre
por lo menos putativo, pues no consta que Lidia en los
últimos meses se haya acostado con otro hombre que
no sea él, éste que claramente sigue sin saber qué decir. Al fin, tanteando con mil cautelas, pesando las
palabras, distribuye las responsabilidades, No tomába-
mos precauciones, tarde o temprano tenía que ocurrir,
pero Lidia no dice nada, no pregunta, Qué precauciones iba a tomar yo, nunca él se ha retirado en el momento crítico, nunca ha usado esos capuchones de
goma, pero tampoco esto le importa, se limitó a decir,
Estoy en estado, en definitiva, esto es algo que acontece a casi todas las mujeres, no es un terremoto, ni
cuando acaba en muerte. Entonces, Ricardo Reis se
decide, quiere saber cuáles son las intenciones de ella,
ya no hay tiempo para sutilezas dialécticas, salvo la
hipótesis negativa que la pregunta apenas esconde,
Piensas dejar que nazca, menos mal que no hay aquí
oídos extraños, pues habría quien pensara que Ricardo Reis está sugiriendo el aborto, y cuando, tras oír a

los testigos, el juez iba a dictar sentencia condenato-
ria, Lidia se adelanta y responde, Quiero tenerlo. Entonces, por primera vez, Ricardo Reis siente que un
dedo le toca el corazón. No es dolor, ni crispación,
ni despego, es una impresión extraña e incomparable, como sería el primer contacto físico entre dos
seres de universos diferentes, humanos ambos, pero
ignorantes de su semejanza, o, de manera aún más
perturbadora, conociéndose en su diferencia. Qué es
un embrión de diez días, se pregunta mentalmente
Ricardo Reis, y no encuentra respuesta que dar, en
toda su vida de médico nunca le ha ocurrido tener
ante los ojos este minúsculo proceso de multiplicación celular, del que los libros le mostraron no guarda
memoria, y aquí no puede ver más que a esta mujer
callada y seria, camarera de profesión, soltera, Lidia,
con el seno y el vientre descubiertos, sólo el pubis
retraído, como si preservara un secreto. La atrajo hacia sí, y ella se acerco a él como quien al fin se protege del mundo, ruborosa de repente, de repente feliz,
preguntando como una novia tímida, que aún las hay,
No está enfadado conmigo, Pero qué idea, mujer, por
qué iba a enfadarme, y estas palabras no son sinceras,
justamente en este momento está cuajando una inmensa cólera en su interior, En menudo lío me he metido, piensa, si no aborta, me tienes ya con un crío a
cuestas, tendré que reconocerlo, es mi obligación
moral, qué pesadez, nunca pensé que me pudiera
ocurrir algo así. Lidia se ciñe más a él, quiere que la
abrace con fuerza, por nada, sólo porque le gusta, y
dice las palabras increíbles, simplemente, sin énfasis
particular, Si no quiere reconocerlo, no se preocupe,
será hijo de padre desconocido, como yo. Los ojos de
Ricardo Reis se llenaron de lágrimas, unas de vergüenza, otras de piedad, que las distinga quien pueda, en
un impulso, sincero al fin, la abrazó y la besó, imagínese, la besó mucho, en la boca, aliviado de aquel
peso, en la vida hay momentos así, creemos que es
un acceso pasional y es sólo un desahogo de gratitud.
Pero el cuerpo animal cuida poco de estas sutilezas,

poco después se unían Lidia y Ricardo Reis, gimiendo y suspirando, no tiene importancia, ahora hay que aprovecharse, el chiquillo ya está hecho.

Son buenos estos días. Lidia está de vacaciones y pasa casi todo el tiempo con Ricardo Reis, sólo va a dormir a casa de su madre por cuestión de respeto, así se evitan los reparos de la vecindad que, pese a la buena armonía instaurada desde el ya mencionado acto médico, no dejaría de murmurar por este contubernio de patrón y criada, muy común por otra parte en esta ciudad de Lisboa, pero con disimulo. Y si alguien de más puntillosa moral argumentara que también durante el día se puede hacer lo que más frecuentemente se hace por la noche, siempre se le podría responder que no hubo antes tiempo para las grandes limpiezas de primavera con que las casas resucitan pascualmente del largo invierno, por eso la criada del señor doctor viene temprano y se va tarde al anochecer, y trabaja como se puede ver y oír, con plumero y bayeta, cubo y estropajo, conforme a pruebas públicas que ha dado y ahora confirma. A veces se cierran las ventanas, hay un silencio que, por repentino, parece tenso, es natural, la gente necesita descansar entre dos esfuerzos, quitarse el pañuelo de la cabeza, aliviar la ropa, suspirar con una nueva y dulce fatiga. La casa vive su sábado de aleluya, su domingo de pascua, por obra y gracia de esta mujer, sierva humilde, que pasa sus manos por las cosas y las deja lustralmente limpias, que ni en tiempos de doña Luisa y el juez de casación, con su regimiento de criadas de fuera, dentro y cocina, resplandecieron con tanta gloria estas paredes y estos muebles, bendita sea Lidia entre todas las mujeres Marcenda, si aquí viviera como señora legítima, no haría nada comparable, y más con el brazo así. Aún hace pocos días olía a moho, a verdín, a borra, a desagüe renitente, y hoy llega la luz a los rincones más remotos, fulge en los vidrios y los convierte en cristal, pone alfombras en el suelo encerado, el mismo techo queda estrellado de reverberaciones cuando el sol entra por las ventanas, ésta es una morada celestial,

diamante dentro de un diamante, y con sólo la vulgaridad de un trabajo de limpieza se alcanzan estas
sublimidades superiores. Quizá también, por el hecho
de acostarse tan frecuentemente Lidia y Ricardo Reis,
por tanto placer corpóreo dado y recibido, no sé qué
les ha pasado a estos dos para haberse vuelto de pronto tan carnalmente exigentes y dadivosos, será el verano que los calienta, será el que esté en el vientre aquel
minúsculo fermento, efecto de una unión acaso distraída, causa nueva de resucitados ardores, aún no
somos nada en este mundo y ya tenemos parte en su
gobierno.

Pero no hay bien que cien años dure. Se acabaron las vacaciones de Lidia, todo volvió a ser como
antes, volverá a venir en su día de asueto, una vez por
semana, ahora, hasta cuando el sol encuentra una
ventana abierta, la luz es diferente, blanda, opaca, y
el tamiz del tiempo volvió a cerner el impalpable polvo
que desvanece rasgos y contornos. Cuando, por la
noche, Ricardo Reis abre la cama para acostarse, apenas consigue ver la almohada donde va a apoyar la
cabeza, y de mañana, no conseguiría levantarse si antes
no identificara con sus propias manos, línea por línea, lo que de sí aún es posible hallar, como una huella
digital deformada por una cicatriz larga y profunda.
En una de estas noches llamó Fernando Pessoa a la
puerta, no aparece siempre que es necesario, pero
era necesario cuando apareció alguien, Larga ausencia la suya, creí que no iba a volverlo a ver, le dice
Ricardo Reis, Salgo poco, me pierdo fácilmente como
una ancianita desmemoriada, lo que me salva es que
tengo aún el tino de la estatua de Camões, a partir de
ahí consigo orientarme, Dios quiera que no la derri-
ben, con la fiebre que le ha dado ahora a quien decide estas cosas, hay que ver lo que están haciendo en
la Avenida da Liberdade, un desastre, No he vuelto a
pasar por allá, no sé nada, Tiraron, o están tirando, la
estatua de Pinheiro Chagas, y la de un tal José Luis
Monteiro que no sé quién era, Ni yo, pero lo de Pinheiro
Chagas está bien hecho, Cállese, que no sabe usted lo

que le espera, A mí nunca me levantarán estatuas, a
no ser que pierdan la vergüenza, no soy yo hombre
para estatuas, De acuerdo, nada hay más triste que
tener uno una estatua en su destino, Que se las hagan
a los militares y a los políticos, pase, que a ellos sí que
les gusta, pero nosotros somos hombres de palabras,
y las palabras no se pueden poner en bronce o piedra, son sólo palabras y basta, Vea a Camões, dónde
están sus palabras, Por eso hicieron de él un pisaver-
de cortesano, Un D'Artagnan, Espada al cinto cualquier muñeco queda bien, yo ni siquiera sé ya qué
cara tengo, No se preocupe, quizá escape a la maldi-
ción, y, si no escapa, como Rigoletto, siempre le quedará la esperanza de que un día echen abajo el
monumento, como le pasó al de Pinheiro Chagas, que
lo trasladen a un sitio tranquilo o que lo guarden en
un almacén municipal, eso es normal, hasta hay quien
pide que saquen de ahí a Chiado, También a Chiado,
qué mal les hizo Chiado, Dicen que fue chocarrero,
deslenguado, nada propio del lugar elegante donde
lo han puesto, Pues yo creo que, al contrario, Chiado
no podía estar en mejor sitio, no es posible imaginar
un Camões sin un Chiado, está muy bien así, y, además, vivieron en el mismo siglo, si hay algo que corregir es la posición en que pusieron al fraile, debería
estar vuelto hacia el épico, con la mano extendida, no
como quien pide, sino como quien ofrece y da, Camões
no tiene nada que recibir de Chiado, Diga más bien
que, no estando Camões vivo, no se lo podemos preguntar, no puede imaginar usted la de cosas que
Camões precisaría. Ricardo Reis fue a la cocina a calentar café, volvió al despacho, se sentó ante Pessoa, dijo,
Siempre me molesta el no poder ofrecerle un café,
Llene una taza y póngala delante de mí, le hará compañía mientras toma la suya, No consigo habituarme a la
idea de que usted no existe, Han pasado ya siete
meses, lo suficiente para empezar una vida, pero de
eso sabe usted más que yo, por algo es médico, Hay
alguna intención oculta en lo que acaba de decir, Y
qué intención oculta iba a haber, No sé, Está usted

muy susceptible hoy, Quizá sea por este quitar y poner estatuas, esta evidencia de la precariedad de los afectos, usted sabe lo que le ocurrió al Discóbolo, por ejemplo, A qué discóbolo, Al de la Avenida, Ya recuerdo, aquel muchacho desnudo, que se hacía el griego, Pues lo han derribado también, Por qué, Le llamaron efebo impúber y afeminado, y pensaron que sería una medida de higiene espiritual ahorrar a los ojos de la ciudad la exhibición de una desnudez tan completa, Si el muchacho no ostentaba atributos físicos excesivos, si respetaba las conveniencias y las proporciones, dónde estaba el mal, Ah, eso no lo sé, la verdad es que tales atributos, por darles ese nombre, aunque no demostrativos en exceso, eran más que suficientes para una cabal lección de anatomía, Pero el muchachito era impúber, era afeminado, no fue eso lo que dijeron, Exactamente, Entonces pecaría por defecto, su mal fue no pecar por exceso, Yo me limito a repetir, lo mejor que puedo, los escándalos de la ciudad, Mi querido Reis, está usted seguro de que los portugueses no han empezado a enloquecer lentamente, Si usted, que vivía aquí, lo pregunta, cómo ha de responderle quien pasó tantos años lejos.

Ricardo Reis había acabado de tomar su café, y ahora debatía consigo mismo si leería o no el poema que había dedicado a Marcenda, aquél, Añorante ya de este verano que veo, y cuando al fin se decidió e iniciaba ya el movimiento de levantarse del sofá, Fernando Pessoa, con una sonrisa sin alegría, pidió, Cuénteme otros escándalos divertidos, entonces Ricardo Reis no tuvo que escoger, pensar mucho, en tres palabras anunció el escándalo mayor, Voy a ser padre. Fernando Pessoa lo miró estupefacto, luego se echó a reír, no lo creía, Está usted burlándose de mí, y Ricardo Reis, un poco molesto, No me estoy burlando y, por otra parte, no veo a qué viene ese asombro suyo, si un hombre se va a la cama con una mujer, una y otra vez, hay muchas posibilidades de que acaben haciendo un hijo, y eso es lo que ha ocurrido, Cuál de las dos es la madre, su Lidia o su Marcenda, a no ser que haya una tercera, que con usted todo es posible, No hay tercera mujer, no me he casado con Marcenda, Ah, quiere decir que con su Marcenda sólo podría tener un hijo si se casara con ella, La conclusión es fácil, ya sabe usted lo que es la educación y las familias, Una camarera no tiene complicaciones, A veces, Dice usted muy bien, basta recordar lo que decía Álvaro de Campos, que se pasó media vida cortejando a camareras de hotel, No es ése el sentido, Entonces, cuál es, Una camarera de hotel también es una mujer, Gran novedad, muriendo y aprendiendo, Usted no conoce a Lidia, Hablaré siempre con el mayor respeto de la madre de su hijo, querido Reis, guardo en mí auténticos tesoros de veneración, y, como nunca fui padre, no he necesitado someter esos sentimientos trascendentales al aburrimiento cotidiano, Déjese de ironías, Si su súbita paternidad no le hubiese embotado el sentido del oído, notaría que no hay en mis palabras la menor ironía, Sí hay ironía, aunque sea máscara de otra cosa, La ironía siempre es máscara, De qué, en este caso, Tal vez de cierta forma de dolor, No me diga que le duele el no haber tenido un hijo, Quién sabe, Tiene dudas, Soy, como no habrá olvidado, la más dubitativa de las criaturas, un humorista diría que el más dubitativo de los Pessoas, y hoy ni siquiera me atrevo a fingir lo que siento, Y a sentir lo que finge, Tuve que abandonar ese ejercicio cuando morí, hay cosas que no nos son permitidas de este lado. Fernando Pessoa se pasó los dedos por el bigote, hizo la pregunta, Sigue usted decidido a volver al Brasil, Hay días en que es como si ya estuviera allí, y hay días en que me siento como si nunca hubiera estado, En definitiva, que anda usted fluctuando en medio del Atlántico, ni allí ni aquí, Como todos los portugueses, En todo caso, sería para usted una excelente oportunidad empezar una vida nueva, con mujer e hijo, No pienso casarme con Lidia, y aún no sé si reconoceré a ese niño, Mi querido Reis, si me permite una opinión, eso es una desvergüenza, Lo será, pero Álvaro de Campos también pedía prestado y no pagaba, Álvaro de Campos era, rigurosamente, y para no salir de la palabra, un desvergonzado, Usted nunca se entendió muy bien con él, Tampoco me entendí nunca muy bien con usted, Nunca nos entendimos muy bien los unos con los otros, Era inevitable, puesto que éramos varios, Lo que no entiendo es esa actitud suya de moralista, conservadora, Un muerto es, por definición, ultraconservador, no soporta alteraciones del orden, Pues yo le oí vociferar contra el orden, Ahora vocifero a favor, No obstante, si usted estuviera vivo y la cosa fuese con usted, hijo no deseado, mujer de otra clase social, tendría estas mismas dudas, Exactamente, Un desvergonzado, Muy bien, querido Reis, un desvergonzado, Pues, pase lo que pase, no voy a huir, Quizá porque Lidia le facilita las cosas, Es verdad, ha llegado a decirme que no tengo que reconocer al niño, Por qué serán así las mujeres, No todas, De acuerdo, pero sólo las mujeres logran serlo, Quien lo oyera diría que usted tuvo una gran experiencia con ellas, Tuve sólo la experiencia de quien asiste y ve pasar, Pues se equivoca de medio a medio si sigue creyendo que eso basta, es preciso dormir con ellas, hacerles hijos, aunque sea para abortar, es preciso verlas tristes y alegres, riendo y llorando, calladas y locuaces, es preciso mirarlas cuando no saben que están siendo observadas, Y qué ven entonces los hombres hábiles, Un enigma, un rompecabezas, un laberinto, una charada, Yo siempre he sido bueno para las charadas, Pero con las mujeres, un desastre, Mi querido Reis, no está usted muy amable hoy, Disculpe, mis nervios rechinan como un hilo telefónico cuando le da el viento, Está disculpado, No tengo trabajo ni ganas de buscarlo, mi vida transcurre entre esta casa, el restaurante y un banco de jardín, es como si no tuviera otra cosa qué hacer más que esperar la muerte, Deje que venga el niño, No depende de mí, y no me resolvería nada, siento que ese niño no me pertenece, Cree que el padre es otro, Sé que el padre soy yo, no es ésa la cuestión, la cuestión es que sólo la madre existe de verdad, el padre es un accidente, Un accidente necesario, Sin duda, pero dispensable a partir de la satisfacción de esa necesidad, tan dispensable que podría morir a continuación, como el zángano o la mantis, Usted les tiene tanto miedo a las mujeres como les tenía yo, Puede que más aún, No ha vuelto a tener noticias de Marcenda, Ni una palabra, precisamente hace unos días escribí unos versos para ella, Lo dudo, Tiene razón, sólo son unos versos en los que está su nombre, quiere que se los lea, No, Por qué, Me sé sus versos de memoria, los hechos y los que están por hacer, la novedad sería el nombre de Marcenda, y ha dejado de serla, Ahora quien no es amable es usted, Y ni siquiera puedo disculparme con el estado de mis nervios, a ver, diga el primer verso, Añorando ya este verano que veo, Lágrimas para flores de él empleo, puede ser el segundo, Acertó, Como ve, lo sabemos todo el uno del otro, o yo de usted, Habrá alguna cosa que sólo me pertenezca a mí, Probablemente nada. Después de que Fernando Pessoa se fue, Ricardo Reis se bebió el café que le había dejado en la taza. Estaba frío, pero le supo bien.

Días después los periódicos contaron que veinticinco estudiantes de las Juventudes Hitlerianas de Hamburgo, de visita en nuestro país en viaje de estudio y propaganda de los ideales nacional-socialistas habían sido homenajeados en el Liceu Normal y que, tras visitar detalladamente la Exposición del Año X de la Revolución Nacional, escribieron esta frase en el Libro de Honor, Nosotros no somos nada, lo que querían decir con declaración tan perentoria, según explicaba presuroso el plumífero de servicio, es que el pueblo nada vale si no es orientado por una élite, o flor, o nata, o minoría selecta. Aun así, no rechazaríamos lo último, minoría selecta, que viene de selección, puesto que tendríamos así al pueblo dirigido por seleccionados si el pueblo los seleccionara. Pero por una flor o nata, Dios nos asista, la lengua portuguesa es de una cursilería perfecta, viva pues la élite francesa, mientras no aprendamos a decirlo mejor en alemán. Quizá con vistas a ese aprendizaje se ha decretado la creación de la Mocidade Portuguesa que, allá para octubre, cuando inicie en serio sus trabajos, contará, de entrada, con cerca de doscientos mil muchachos, flor y nata de nuestra juventud de la que, por decantaciones sucesivas, mediante injertos adecuados, habrá de salir la élite que nos gobernará luego, cuando la de ahora se acabe. Si el hijo de Lidia llega a nacer, y si, habiendo nacido, se desarrolla adecuadamente, de aquí a unos años ya podrá ir a los desfiles, ser lusita,[1] ponerse un uniforme verde y caqui, llevar en la hebilla la S de servir y de Salazar, o servir a Salazar, doble S pues, SS, extender el brazo derecho a la romana, en saludo, y la misma Marcenda, siendo además de buena familia, aún tendrá tiempo de inscribirse en la sección femenina, la OMEN, Obra de las Madres para la Educación Nacional, por extenso, también podrá levantar el brazo derecho, el malo es el izquierdo. Como muestra de lo que será nuestra juventud patriótica, irán a Berlín, ya uniformados, los representantes de la MP, esperemos que tengan ocasión de repetir la frase célebre, Nosotros no somos nada, y asistirán a los Juegos Olímpicos donde, inútil es decirlo, causarán una impresión magnífica estos bellos y arrogantes mozos, orgullo de la lusitana raza, espejo de nuestro porvenir, tronco en flor tiende tus ramas a la juventud que pasa, Un hijo mío, dice Lidia a Ricardo Reis, no se meterá en comedias semejantes, y con estas palabras habríamos iniciado una discusión de aquí a diez años, si allá llegáramos.

---

[1] Grado en Mocidade Portuguesa, juventudes salazaristas. (N. del t.)

Víctor está nervioso. Esta misión es de gran responsabilidad, no se puede comparar con la rutina de seguir a sospechosos, de sobornar a gerentes de hotel, de interrogar a mozos de cuerda que cantan a la primera pregunta. Se lleva la mano derecha al muslo para sentir el volumen confortante de la pistola, luego, con la punta de los dedos, lentamente, va sacando del bolsillo exterior de la chaqueta un caramelo de menta. Lo desenvuelve con infinitas precauciones, en el silencio de la noche puede oírse a diez pasos el rumor del papel crujiente, será una imprudencia, una infracción de las reglas de seguridad, pero el olor a cebolla se había hecho tan intenso, quizás a causa del nerviosismo, que podía ocurrir que espantara la caza antes de tiempo, tanto más cuanto que el aire venía de espaldas, sopla en su dirección. Ocultos por los troncos de los árboles, escondidos en el vano de las puertas, están los ayudantes de Víctor, a la espera de la señal para la aproximación silenciosa que ha de preceder al fulminante asalto. Miran fijamente la ventana por donde se filtra un hilillo de luz casi invisible, ya por sí, es indicio de conspiración al estar cerradas las contraventanas, con el calor que hace. Uno de los ayudantes de Víctor sopesa la palanqueta con que descerrajará la puerta, otro se coloca entre los dedos una llave inglesa, son hombres habilísimos en sus artes respectivas, por donde pasan dejan un rastro de goznes arrancados y mandíbulas partidas. Por la acera de enfrente baja ahora otro policía, éste no tiene que ocultarse, se comporta como un simple paseante que va a la suya, o no, es un ciudadano pacífico que regresa a casa, vive en este edificio, pero no ha golpeado con la aldaba para que baje la mujer a abrirle, Vienes muy tarde, en quince segundos quedó la puerta abierta, no con llave, fue un trabajo no menos hábil de ganzúa. Se ha superado la primera barrera. El policía está en la escalera, pero no tiene orden de subir. Su misión es ponerse a la escucha, dar aviso si nota que hay ruidos o movimientos sospechosos, en cuyo caso volverá a salir para informar a Víctor, que decidirá. Porque Víctor es el cerebro. En el vano de la puerta, por el lado de dentro, aparece la silueta del policía, enciende un pitillo, señal de que todo va bien, la casa en sosiego, nadie desconfía en el piso cercado. Víctor escupe el caramelo, teme ahogarse en plena operación, en caso de que haya lucha cuerpo a cuerpo. Aspira el aire por la boca, siente el frescor de la menta, no parece el mismo Víctor. Pero aún no ha dado tres pasos cuando ya le sube del estómago la emanación invisible, al menos tiene la ventaja de orientar a los ayudantes que siguen los movimientos del jefe, siguen el rastro, excepto dos, que se quedan observando la ventana por si hay por allí tentativa de fuga, la orden es disparar sin previo aviso. El grupo de seis hombres sube en ristra, como las hormigas, que es manera de decir mucho más antiguo que en fila india, el silencio es total, la atmósfera se ha hecho irrespirable, eléctrica, de tensión acumulada, ahora van todos tan nerviosos que ni sienten el hedor del jefe, casi se podría decir que todo huele a lo mismo. Llegados al descansillo, dudan de que haya alguien en la casa, tan profundo es el silencio, parece que duerme el mundo, si no fuera de tanta confianza el soplo, mejor sería romper, no los goznes, sino la formación, y volver al trabajo de secreta, seguir, preguntar, sobornar. Alguien tosió dentro de la casa. Se repitió la tos. Víctor enciende la linterna, apunta a la cerradura de la puerta, como una serpiente sabia avanza bífida la palanqueta, introduce los dientes, las uñas entre el marco y el batiente, y espera. Ahora le toca a Víctor. Con el puño cerrado aporrea la puerta, los cuatro golpes de rigor, pega un grito, Policía, la palanqueta da el primer impulso, el marco salta en astillas, cruje la cerradura, dentro se oye tumulto de sillas, carreras, voces, Que nadie se mueva, clama Víctor con estentórea voz, se le ha ido el nerviosismo, de repente se encienden luces en todos los descansillos de la escalera, son los vecinos que acuden a la fiesta, no se atreven a entrar en el escenario pero lo iluminan, alguien debe de haber intentado abrir una ventana, se oyen tres disparos en la calle, la palanqueta ha cambiado de posición, entra en una hendidura dilatada a la altura de la bisagra inferior, ahora, la puerta estalla de arriba abajo, abre una amplia boca, dos coces supremas la echan abajo, primero cae contra la pared de enfrente del corredor, luego, hacia un lado, abriendo una larga brecha en el estuco, de repente se hace en la casa un gran silencio, no hay salvación. Víctor avanza pistola en mano, repite, Que nadie se mueva, lo flanquean dos ayudantes, los otros no tienen espacio para maniobrar, no pueden desdoblarse en línea de fuego, pero avanzan inmediatamente cuando los primeros entran en la sala que da a la calle, la ventana está abierta, bajo la mira de los vigilantes, aquí están cuatro hombres levantados, manos en alto, cabizbajos, vencidos. Víctor ríe gozoso, Todos detenidos, todos detenidos, recoge de la mesa algunos papeles dispersos, da orden de empezar el registro, le dice al policía de la llave inglesa, que tiene una expresión de honda tristeza, no hubo resistencia, ni siquiera ha podido pegar un puñetazo, aunque sólo fuera uno, qué mala suerte, Vete ahí atrás, a ver si se escapó alguien, y el policía fue, le oyeron gritar en la puerta de la cocina, junto a la escalera de incendios, llamando a los colegas que completaban el cerco, Habéis visto si escapó alguien, y le dijeron que sí, uno, mañana, en el informe, escribirán que huyó saltando por los patios o por los tejados, las versiones serán distintas. El de la llave inglesa volvió con cara de malhumor. Víctor ni precisó que se lo dijeran, empezó a gritar, furioso, ya sin vestigios de menta, Sois un atajo de incompetentes, lo teníamos todo tan bien dispuesto, y como los detenidos no pueden contener una sonrisa, aunque pálida, comprende que, precisamente, ha conseguido escapar el mandamás del grupo, y entonces echa espumarajos de rabia por la boca, amenaza, quiere saber quién era el tipo, para dónde huyó, O cantáis u os dejo aquí muertos a todos, los ayudantes comprueban el punto de mira de las pistolas, el del puño de hierro aprieta los dedos, entonces el director dice, Corta. Víctor se deja llevar por la inercia de los insultos, no logra callarse, el caso, para él, es serio, Diez hombres para atrapar a cinco y dejáis escapar al jefe, el cabecilla de la conspiración, pero el director interviene, todo ha ido perfectamente, la escena quedó tan bien que no hay que repetir nada, Deje, no se preocupe, si lo hubiéramos cogido se acababa la película, Pero señor Lopes Ribeiro, con esto la policía queda muy mal, es un descrédito para el cuerpo, siete sastres para matar a una araña, y al fin la araña escapa, es decir, la mosca, la araña éramos nosotros, Déjelo, no faltan telarañas en el mundo, se escapa de unas, se muere en otras, ése irá a alojarse en una pensión, con nombre falso, cree que está a salvo y no tiene ni idea de que su araña va a ser la hija de la dueña del hospedaje, de acuerdo con el guión, chica seria, muy nacionalista, que le hará un lavado de cerebro y de corazón, las mujeres son aún la gran arma, unas santas, el director, realmente, es un sabio. Están hablando de esto cuando se acerca el cámara, venido de Alemania, que dice, y el director lo entiende, es natural, habló casi en portugués, Ein gross plano do polizei, también Víctor lo entendió todo, inmediatamente adoptó la pose, el ayudante batió la claqueta, tras La Revolución de Mayo, segunda toma, o cualquier frase de esta misma jerga, y Víctor, pistola en mano, vuelve a aparecer en la puerta, con un rictus sardónico y amenazador, Todos detenidos, todos detenidos, si ahora lo dice con ímpetu menor es para no atragantarse con el nuevo caramelo de menta que entretanto se había metido en la boca, para purificar los aires. El operador se da por satisfecho, Auf Wiedersehen, ich habe keine Zeit zu verlieren, es ist schon ziemlich spät, Aufider-zên, iç haba kaina tsait tsu ferliren, éss ist chon tsimliç chpêt, Adiós, no tengo tiempo qué perder, ya es bastante tarde, y para el director, Es ist Punkt Mitternacht, Ess ist punkt mit-ternájt, Son las doce en punto de la noche, a esto respondió Lopes Ribeiro, Machen Sie bitte das Licht aus, Majen zi bit-ta dass liçt auss, Apague la luz, lo ponemos todo con la pronunciación y traducción porque aún estamos de aprendizaje. Víctor bajó con su grupo, llevan a los presos esposados, tienen tal conciencia de su deber estos policías que hasta la comedia se toman en serio, hay que aprovechar cualquier preso, aunque sea de ficción.

Otros asaltos se están premeditando. Mientras Portugal reza y canta, que es tiempo de fiestas y romerías, mucho cántico místico, mucho cohete y vino, mucha danza popular de la región del Miño, mucha banda, mucho ángel de alas blancas tras las andas de la procesión, bajo una canícula que es, en fin, la respuesta del cielo a la prolongada invernía, sin prescindir aún, por ser fruta del tiempo, de mandarnos unas lluvias dispersas y algún aguacero, mientras Tomás Alcaide canta Rigoletto, Manon y Tosca en el Teatro de São Luis, mientras la Sociedad de Naciones decide de una vez el levantamiento de las sanciones a Italia, mientras los ingleses protestan por el paso del dirigible Hindemburg sobre fábricas y puntos estratégicos británicos, se dice que va a ser cosa inmediata la incorporación de la Ciudad Libre de Dantzig al territorio alemán. Allá ellos. Sólo un ojo sutil y un dedo entrenado en pesquisas cartográficas sabrían encontrar en el mapa el puntito negro y la bárbara palabra, que no va a acabarse el mundo por su culpa. Porque, en fin, no es bueno para la tranquilidad del hogar meterse en casa de los vecinos, son ellos quienes arman los líos, pues que los desarmen ellos, tampoco nos llaman a nosotros a la hora de las alegrías. Ahora mismo, por ejemplo, corrió el rumor de que el general Sanjurjo quería entrar clandestinamente en España para dirigir un movimiento monárquico, y él mismo se apresuró a declarar a la prensa que no piensa dejar tan pronto Portugal. Ahí está, pues, con toda su familia, viviendo en Monte Estoril, en la villa Santa Leocadia, con vista al mar y mucha paz en su conciencia. Si en tal caso tomáramos partido, diríamos unos, Corra, salve a su patria, diríamos otros, Déjese de líos, no se meta en problemas, ahora bien, a todos corresponde cumplir el deber de hospitalidad, como gustosamente hicimos con los duques de Alba y de Medinaceli, en buenahora acogidos en el Hotel Bragança, de donde, según dicen también, no piensan salir tan pronto. A no ser que todo esto sea sólo otra premeditación de asalto, ya con el guión escrito, el cámara dispuesto, a la espera de que el director dé la orden, Acción.

Ricardo Reis lee los periódicos. No llegan a inquietarle las noticias que llegan del mundo, tal vez por su temperamento, tal vez porque cree lo que el sentido común se obstina en afirmar, que cuanto más se temen las desgracias menos acontecen. Si esto es así, entonces el hombre está condenado, por su propio interés, al pesimismo eterno como camino hacia la felicidad, y quizá, perseverando, alcance la inmortalidad por la vía del simple miedo a morir. No es Ricardo Reis como John D. Rockefeller, no necesita que le criben las noticias, el periódico que ha comprado es igual a todos los que el vendedor lleva en su mochila o extiende en la acera porque, en fin, las amenazas, cuando nacen, son como el sol, universales, pero él se cobija bajo una sombra que le es particular, definida así, lo que no quiero saber no existe, el único problema verdadero es cómo jugar el caballo y la reina, y si le llamo verdadero problema no es porque lo sea realmente, sino porque no tengo otro. Lee Ricardo Reis los periódicos y acaba por imponerse a sí mismo el deber de preocuparse un poco. Europa hierve, y posiblemente va a rebosar, no hay un lugar donde el poeta pueda descansar la cabeza. Los viejos sí que andan excitados, y hasta tal punto que han decidido hacer el sacrificio de comprar el periódico todos los días, alternándose, para no tener que esperar hasta la caída de la tarde. Cuando Ricardo Reis apareció en el jardín ejerciendo su caridad habitual, pudieron responderle, con altivez de pobre ingrato, Ya lo tenemos, y, ruidosamente, desplegaron las amplias hojas, con ostentación, demostrándose así una vez más que no hay que confiar en la naturaleza humana. Como, tras las vacaciones de Lidia, ha vuelto a su hábito de dormir casi hasta la hora de la comida, Ricardo Reis debió de ser el último habitante de Lisboa en enterarse de que habían dado un golpe militar en España. Aún con los ojos pesados de sueño fue a la escalera a buscar el periódico, lo levantó de la alfombrilla y se lo puso bajo el brazo, volvió al dormitorio bostezando, un día más que empieza, ah, este prolongado hastío de existir, esta ficción de llamarle serenidad, Levantamiento del ejército de tierra español, cuando este título le golpeó los ojos, Ricardo Reis sintió un vértigo, quizá más exactamente una sensación de despegue interior, como si de súbito hubiera empezado a descender en caída libre sin tener la certidumbre de que el suelo está cerca. Ha ocurrido lo previsible. El ejército español, guardián de las virtudes de la raza y de la tradición, iba a hablar con la voz de las armas, expulsaría a los mercaderes del templo, restauraría el altar de la patria, devolvería a España la inmortal grandeza que algunos de sus degenerados hijos habían menoscabado. Ricardo Reis leyó la noticia brevísima, en página interior encontró un telegrama atrasado, Se teme en Madrid que estalle un movimiento revolucionario fascista, esta frase le molestó sutilmente, verdad es que la noticia llegaba de la capital de España, donde tiene asiento el gobierno de izquierda, se entiende que usen un lenguaje como éste, pero sería mucho más comprensible si dijeran, por ejemplo, que se levantaron los monárquicos contra los republicanos, así sabría Ricardo Reis dónde estaban los suyos, pues es monárquico, como recordamos, o conviene recordar si lo hemos olvidado. Pero dado que el general Sanjurjo que, según el rumor que corrió por Lisboa, iba a dirigir en España un movimiento monárquico, lo ha desmentido formalmente, No pienso dejar tan pronto Portugal, entonces la cuestión es menos complicada, Ricardo Reis no tiene que tomar partido, esta guerra, si es que en guerra se convierte, no es la suya, es cuestión entre republicanos y republicanos. Por hoy, el periódico le ha dado cuanto sabía de noticias. Mañana quizá diga que el movimiento ha abortado, que los rebeldes han sido dominados, que la paz reina en toda España. Ricardo Reis no sabe si esto le produciría alivio o pesar. Cuando sale para almorzar va atento a los rostros y a las palabras, hay cierto nerviosismo en el aire, pero es un nerviosismo que se controla a sí mismo, ni de más ni de menos, quizá por ser aún escasas las noticias, quizá porque conviene el recato de sentimientos movidos por causa tan próxima, el silencio es oro, y el callado es el mejor. Pero, entre la puerta de casa y el restaurante, encontró algunas miradas triunfales, una o dos de melancólico desamparo, hasta Ricardo Reis es capaz de comprender que no se trata de una cuestión entre republicanos y monárquicos.

Ya va entendiendo mejor lo que ha ocurrido. El levantamiento ha empezado en el Marruecos español y, por lo visto, su jefe principal es el general Franco. Aquí, en Lisboa, el general Sanjurjo ha declarado que está del lado de sus camaradas de armas, pero reafirmó también que no desea mantener ninguna actividad, que lo crea quien quiera, palabras éstas que no son suyas, claro está, siempre se encuentra a alguien que da su opinión, aunque nadie se la pida. Que la situación es grave en España es algo que hasta un niño sabe. Basta decir que en menos de cuarenta y ocho horas ha caído el gobierno de Casares Quiroga, Martínez Barrio ha recibido el encargo de formar gobierno, ha dimitido Martínez Barrio, y ahora tenemos un gabinete presidido por Giral, a ver cuánto dura. Los militares anuncian que el movimiento ha triunfado, si todo continúa como hasta ahora, el dominio rojo en España tiene sus horas contadas. Ese mencionado niño, aun sin saber leer, lo confirmaría, sólo con ver el tamaño de los títulos y la variedad tipográfica, un entusiasmo gráfico que se manifiesta en parangonas y que, dentro de unos días, se reflejará también en la letra menuda de los artículos de fondo.

De pronto, la tragedia. El general Sanjurjo ha muerto horriblemente carbonizado, iba a hacerse cargo de la dirección militar del movimiento, y el avión, por llevar exceso de carga o por falta de fuerza del motor, si no es todo lo mismo, no consiguió alzar el vuelo y se estrelló contra unos árboles, luego contra un muro, a la vista de los españoles que habían acudido en despedida, y allí, bajo un sol implacable, ardieron el avión y el general en una inmensa antorcha, tuvo suerte el piloto, Ansaldo de nombre, que escapó del accidente con heridas y quemaduras de menor gravedad. Decía el general que no señor, que no pensaba dejar Portugal tan pronto, y era mentira, pero hay que tener la misericordia de comprender estas falsedades, son el pan de cada día en la política, aunque no sepamos si Dios piensa de la misma manera, quién nos dirá que no fue castigo divino, todos sabemos que Dios castiga sin palo ni piedra, en cuanto al fuego, ya tiene larga práctica. Ahora, al tiempo que el general Queipo de Llano proclama la dictadura militar en toda España, el cuerpo del general Sanjurjo, también marqués del Rif, es velado en la iglesia de San Antonio de Estoril, y cuando decimos cuerpo, es lo que de él resta, un sarmiento breve y negro, encerrado en un ataúd de niño, un hombre que tan corpulento era en vida reducido ahora a un triste tizón, bien verdad es que no somos nada en este mundo, siempre nos cuesta creerlo por más que esto se repita y todos los días lo demuestren. En guardia de honor al gran adalid están miembros de la Falange Española, uniformados de cabeza a pies, con camisa azul, pantalón negro, puñal al cinto de cuero, de dónde habrá salido esta gente es lo que me pregunto, sin duda no han sido enviados desde Marruecos a todo vapor para que estén presentes en las solemnes exequias, tampoco ese mismo niño lo sabría decir, pese a ser inocente y analfabeto, si en Portugal, como informa el Pueblo Gallego, hay cincuenta mil españoles, algunos habrá que no se han limitado a traer mudas de ropa blanca, y meterían en el equipaje, por lo que pudiera pasar, el pantalón negro y la camisa azul, y el puñalito, aunque no pensaran tener que mostrarlo todo a la luz del día por tan dolorosos motivos. No obstante, en estos rostros, marcados por un dolor viril, hay un resplandor de triunfo y gloria, la muerte, al fin y al cabo, es la novia eterna a cuyos brazos el hombre valeroso ha de aspirar, virgen intacta que, entre todos, prefiere a los españoles, especialmente si son militares. Mañana, cuando los restos mortales del general Sanjurjo sean transportados en un armón tirado por mulas, aletearán sobre ellos, cual ángeles de la buena nueva, las noticias de que las columnas motorizadas avanzan sobre Madrid, está consumado el cerco, el asalto final es cuestión de horas. Se dice que no hay ya gobierno en la capital, pero también se dice, sin reparar en la contradicción, que el mismo gobierno que no existe ha decidido autorizar a los miembros del Frente Popular a tomar las armas y municiones que precisen. Con todo, es sólo el estertor del diablo. No tardará la Virgen del Pilar en aplastar bajo sus cándidos pies la serpiente de la maldad, la luna creciente se alzará sobre los cementerios de la iniquidad, ya están desembarcando en el sur de España millares de soldados marroquíes, con ellos, ecuménicamente, restableceremos el imperio de la cruz y del rosario sobre el odioso símbolo del martillo y la hoz. La regeneración de Europa camina a pasos de gigante, primero fue Italia, luego Portugal, después Alemania, ahora España, ésta es la buena tierra, ésta la simiente mejor, mañana recogeremos la cosecha. Como escribieron los estudiantes alemanes, Nosotros no somos nada, lo mismo que se decían, unos a los otros, los esclavos que construyeron las pirámides, Nosotros no somos nada, los canteros y boyeros de Mafra, Nosotros no

somos nada, los alentejanos mordidos por el gato rabioso, Nosotros no somos nada, los beneficiarios de
los repartos caritativos y nacionales, Nosotros no somos nada, los de Ribatejo, en cuyo favor se hizo la
fiesta del Jockey Club, Nosotros no somos nada, los
sindicatos nacionales que en mayo desfilaron saludando a la romana, Nosotros no somos nada, quizá nazca
para nosotros el día en que todos seamos algo, quien
esto dice no sabe cuándo, es un presentimiento.

A Lidia, que también es muy poco, habla Ricardo Reis de los sucesos del país vecino, ella le cuenta
que los españoles del hotel celebraron el acontecimiento con una gran fiesta, ni la trágica muerte del
general les hizo perder el ánimo, y ahora todas las
noches hay botellas abiertas de champán francés, el
gerente Salvador anda feliz a más no poder, Pimenta
habla castellano como de nacimiento, Ramón y Felipe
no caben en sí de gozo desde que supieron que el general Franco es gallego, de El Ferrol, y a alguien, el
otro día, se le ocurrió incluso la idea de izar una bandera española en el mástil del hotel en señal de alian-
za hispano-portuguesa, están sólo a la espera de que
el platillo de la balanza descienda un poquito más, Y
tú, preguntó Ricardo Reis, qué piensas tú de España,
de lo que allá pasa, Yo no sé nada, no soy tan leída,
usted sí lo sabrá, digo yo, con tantos estudios que
hizo para llegar a la posición que tiene, creo que cuanto más alto se sube, más lejos se ve, Así en cada lago
la luna toda brilla, porque alta vive, Usted doctor, dice
las cosas de una manera tan bonita, Aquello, en España, era un caos, un desorden, era preciso que viniese
alguien a poner coto a tanto desvarío, y sólo podía ser
el ejército, como ocurrió aquí, es así en todas partes,
Ésas son cosas de las que yo no sé nada, mi hermano
dice, Mira, a tu hermano ni es preciso oírle hablar para
saber qué dice, Realmente, son dos personas muy
distintas usted y mi hermano, Y qué dice él, Dice que
los militares no pueden ganar porque van a tener a
todo el pueblo en contra, Mira, Lidia, el pueblo nunca
está de un lado solo, además, a ver si me explicas qué

es el pueblo, El pueblo es esto que soy yo, una criada de servir que tiene un hermano revolucionario y se acuesta con un señor doctor contrario a las revoluciones, Quién te ha enseñado a decir esas cosas, Cuando abro la boca para hablar, las palabras ya están formadas, yo sólo las dejo salir, Normalmente pensamos antes de hablar, o vamos pensando mientras hablamos, todos lo hacemos así, Pues será que yo no pienso, será como tener un hijo, crece sin que una se dé cuenta, y cuando llega el momento, nace, Te encuentras bien, Si no fuera por las faltas, ni creería que estoy en estado, Y sigues con esa idea tuya de dejarlo venir al mundo, Al niño, Sí, al niño, Sigo, y no voy a cambiar, Piénsalo bien, Es posible que ni piense, diciendo esto, Lidia soltó una carcajada alegre, quedó Ricardo Reis sin saber qué respuesta dar, la atrajo hacia sí, le dio un beso en la frente, después en un lado de la boca, luego en el cuello, la cama no estaba lejos, se acostaron en ella la criada y el doctor, del hermano marinero no se volvió a hablar, España está en el fin del mundo.

Les beaux esprits se rencontrent, dicen los franceses, gente la más aguda de todas. Había hablado Ricardo Reis de la necesidad de defender el orden, y ahora declara el general Francisco Franco, en entrevista al diario O Século, portugués, Queremos orden en la nación, y éste fue el lema para que el periódico pusiera por título, La obra de redención del ejército español, demostrándose así que son cada vez en mayor número, si no innúmeros, los beaux esprits, dentro de pocos días hará el periódico la insinuante pregunta, Cuándo se organizará la Primera Internacional del Orden contra la Tercera Internacional del Desorden, los beaux esprits están ya reunidos para dar respuesta. No se puede decir que no esté en sus comienzos, los marroquíes continúan desembarcando, se constituye una junta de gobierno en Burgos, y dicen todos que dentro de unas horas se iniciará el choque final entre el ejército y las fuerzas de Madrid. Y no debemos atribuir significado especial al hecho de que la población de Badajoz se haya armado para resistir el inminente asalto, o atribuyámosle sólo significado bastante como para poder admitirlo a la discusión sobre lo que es y lo que no es el pueblo. Dejando de lado las ignorancias de Lidia y las evasivas de Ricardo Reis, allí se han armado hombres, mujeres y niños, se armaron con escopetas, espadas, garrotes, hoces, revólveres, puñales, cayados, echaron mano de lo que había, quizá porque el pueblo se arma así, y visto el caso, sabremos de una vez qué es el pueblo y dónde el pueblo está, lo demás, y ustedes perdonen, no pasa de ser un debate filosófico y desigual.

La ola crece y avanza. En Portugal afluyen las inscripciones para la Mocidade Portuguesa, son jóvenes patriotas que no quisieron esperar por la obligatoriedad que ha de venir, ellos, con su propia mano tan llena de esperanza, en letra escolar, bajo la mirada benévola de sus progenitores, firman la carta, y con seguro pie la llevan al correo, o, trémulos de emoción cívica, la entregan al conserje del Ministerio de Educación Nacional, sólo por religioso respeto no proclaman, Éste es mi cuerpo, ésta es mi sangre, pero cualquiera puede ver que es grande su sed de martirio. Ricardo Reis recorre las listas, trata de dibujar rostros, figuras, gestos, modos de andar que den sentido y forma a la vaguedad de esas curiosas palabras que son nombres, las más vacías palabras si no les metemos dentro un ser humano. De aquí a unos años, veinte, treinta, cincuenta, qué pensarán los hombres maduros, los viejos, si allá llegan, de este entusiasmo de mocedad, cuando leyeron y oyeron, como un místico clarín, a los jóvenes alemanes que decían, No somos nada, y acudieron sublimes, Nosotros tampoco, nosotros tampoco somos nada. Dirán esto, Pecados de juventud, Errores de mi gran inocencia, No tuve quien me aconsejara, Bien me arrepentí después, Fue mi padre quien me mandó, Yo creía sinceramente, Era tan bonito el uniforme, Hoy volvería a hacer lo mismo, Era una manera de avanzar en la vida, Quedaban mejor vistos los primeros, Es tan fácil engañarse cuando uno es

joven, Es tan fácil que lo engañen, estas y otras justi-
ficaciones semejantes las están dando ahora, pero uno
de ellos se levanta, alza la mano pidiendo la palabra,
y Ricardo Reis se la da por la curiosidad acuciante que
siente de oír a un hombre hablar de los otros hombres
que fue, una edad juzgando a otra edad, y éste fue el
discurso, De cada uno de nosotros se considerarán las
razones para el paso que dimos, por ingenuidad o por
malicia, por voluntad propia o por imposición de terce-
ros, será la sentencia, es la costumbre, de acuerdo con
el tiempo y el juez pero, condenados o absueltos,
deberá pesar en esta balanza la vida toda que vivimos,
el bien o el mal que hayamos hecho, el acierto o el
error, el perdón y la culpa y, ponderándolo todo, si eso
es posible, sea el primer juez nuestra conciencia, en el
caso no vulgar de que seamos limpios de corazón, pero
tal vez tengamos que declarar, una vez más, aunque
con diferente intención, Nosotros no somos nada, porque en aquel tiempo cierto hombre, amado y respeta-
do por algunos de nosotros, y digo ya su nombre para
ahorraros el esfuerzo de adivinación, ese hombre que
se llamó Miguel de Unamuno y era entonces rector
de la Universidad de Salamanca, no un muchachuelo de
nuestra edad, catorce, quince años, sino un anciano
venerable, septuagenario, de larga existencia y larga
obra, autor de libros tan celebrados como Del sentimiento trágico de la vida, La agonía del cristianismo,
En torno al casticismo, La dignidad humana, y tantos
otros que me dispensarán de mencionar, ese hombre,
faro de inteligencia, tras los primeros días de guerra,
dio su adhesión a la Junta Gubernativa de Burgos, ex-
clamando Salvemos la civilización occidental, aquí me
tenéis, hombres de España, estos hombres de España
eran los militares revoltosos y los moros de Marruecos, y dio cinco mil pesetas de su bolsillo para lo que
ya entonces era llamado ejército nacionalista español,
no recuerdo los precios de la época y no sé cuántos
cartuchos de fusil se podían comprar con cinco mil
pesetas, y cometió la crueldad moral de recomendar
al presidente Azaña que se suicidase, y pocas sema-

nas después hizo otras no menos sonoras declaraciones, Mi mayor admiración, mi mayor respeto para la mujer española, que consiguió evitar que las hordas comunistas y socialistas se apoderaran hace ya tiempo de España, y, en un arrebatado transporte, clamó, Santas mujeres, pero nosotros, portugueses, tampoco estábamos faltos de santas mujeres, dos ejemplos bastan, la Marilia de Conspiración, la ingenua de la Revolución de Mayo, si esto es santidad, agradézcanlo las mujeres españolas a Unamuno, y nuestras portuguesas, a Tomé Vieira y a Lopes Ribeiro, un día me gustaría bajar a los infiernos para contar con la aritmética cuántas santas mujeres hay allí, pero de Miguel de Unamuno, a quien admirábamos, nadie se atreve a hablar, es como una herida vergonzosa que se oculta, de él sólo se guardarán, para edificación de la posteridad, aquellas sus palabras casi últimas con que respondió al general Millán Astray, el que gritó en la misma ciudad de Salamanca, Viva la muerte, el doctor Ricardo Reis no llegó a saber qué palabras fueron ésas, paciencia, la vida no puede llegar a todo, la suya no llegó a tanto, pero el caso es que, por haber sido dichas, algunos reconsideramos la decisión tomada, en verdad diré que valió la pena que Miguel de Unamuno hubiera vivido el tiempo suficiente para vislumbrar su error, sólo para vislumbrarlo, porque no lo enmendó por completo, o porque vivió muy poco tiempo después de él, o para proteger la tranquilidad de sus postreros días con humana cobardía, todo es posible, entonces, en el fin ya de este largo discurso, lo que pido para nosotros es que esperéis nuestra última palabra, o la penúltima, si en ese día es suficiente nuestra lucidez y de aquí a allá no habéis perdido la vuestra, he dicho. Algunos de los asistentes aplaudieron vigorosamente su propia esperanza de salvación, pero otros protestaron indignados contra la malévola deformación de que acababa de ser víctima el pensamiento nacionalista de Miguel de Unamuno, sólo porque, ya con los pies en la sepultura, por un berrinche senil, por un capricho de viejo caquectico, contestó al grito magnífico del gran patriota y gran militar general Millán Astray que, por su pasado y presente, sólo lecciones podía dar y ninguna recibir. Ricardo Reis no sabe qué respuesta es esa que Miguel de Unamuno dará al general, por cortedad no lo pregunta, o teme quizá entrar en los arcanos del futuro, en el destino, más vale saber pasar silenciosamente y sin desasosiegos grandes, esto escribió un día, esto es lo que en todos cumple. Se retiraron los viejos, van aún discutiendo las primeras, segundas y terceras palabras de Unamuno, tal como las juzguen quieren ser ellos juzgados, sabido es que si el acusado escoge la ley, siempre saldrá absuelto.

Ricardo Reis relee las noticias que ya conoce, la proclama del rector de Salamanca, Salvemos la civilización occidental, aquí me tenéis, hombres de España, las cinco mil pesetas de su bolsillo para el ejército de Franco, la vergonzosa intimidación a Azaña para que se suicidase, hasta esta fecha en que estamos no ha hablado de las santas mujeres, pero ni siquiera habría que esperar para saber qué va a decir, vimos cómo el otro día un simple director portugués de cine fue de la misma opinión, de este lado de los Pirineos todas las mujeres son santas, el mal está en los hombres que tan bien piensan de ellas. Ricardo Reis recorre demoradamente las páginas, se distrae con las novedades corrientes, las que tanto pueden venir de aquí como de más allá, de este tiempo como del otro, del presente como del futuro y del pasado, por ejemplo, los matrimonios y bautizos, las partidas y llegadas, lo peor es que, habiendo incluso una vida mundana, no hay un mundo sólo, si pudiéramos elegir las noticias que queremos leer cualquiera de nosotros sería John D. Rockefeller. Pasa los ojos por las páginas de los anuncios por palabras, Alquileres, ofertas, Alquileres, demandas, por este lado está servido, no precisa casa, y mira, aquí nos informamos de la fecha en que saldrá del puerto de Lisboa el vapor Highland Brigade, va a Pernambuco, Río de Janeiro, Santos, mensajero perseverante, qué noticias nos traerá de Vigo, parece que toda Galicia se ha puesto al lado del general Franco, no es extraño, al fin y al cabo es de la tierra, el sentimiento puede mucho. Así se entrometió un mundo en otro mundo, así perdió su sosiego el lector, y ahora, pasando impaciente la página, reencuentra el escudo de Aquiles, que hace tanto tiempo no veía. Es aquella misma y ya conocida gloria de imágenes y decires, mandala prodigioso, visión incomparable de un universo explícito, caleidoscopio que suspendió sus movimientos y se ofrece a la contemplación, es posible, al fin, contar las arrugas del rostro de Dios, llamado por nombre más común Freire Grabador, éste es el retrato, éste el monóculo implacable, ésta la corbata con que nos da garrote vil, hasta diciendo el médico que es de enfermedad de lo que vamos a morir, o de un tiro, como en España, aquí abajo se muestran sus obras, de las que nos hemos habituado a decir que cuentan o cantan la infinita sabiduría del Creador, cuyo nombre jamás se vio maculado en su honrada vida, y fue premiado con tres medallas de oro, distinción suprema concedida por otro Dios más alto, que no manda poner anuncios en el Diário de Notícias, y será por eso, digamos quizá, el verdadero Dios. En tiempos pensó Ricardo Reis que este anuncio era como un laberinto, pero ahora lo ve como un círculo de donde ya no es posible salir, limitado y vacío, laberinto realmente, pero de la misma forma que lo es un desierto sin caminos. Dibuja en Freire Grabador una barbita, faz de monóculo luneta, pero ni por estas artes de máscara consigue parecerse a aquel Don Miguel de Unamuno, que se perdió también en un laberinto, y de donde, de creer al caballero portugués que se levantó en la asamblea y pronunció el discurso, sólo consiguió salir en vísperas de la muerte, y en todo caso puede dudarse de si, en esa su casi extrema palabra, puso su ser entero, todo él, o si entre el día en que la pronunció y el día en que se fue de este mundo, magnífico rector, recayó en la complacencia y en la complicidad primeras, disimulando el arrebato, callando la súbita rebeldía. El sí y el no de Miguel de Unamuno conturban a Ricardo Reis, perplejo y dividido entre lo que sabe de estos días que son vida común suya y de él, vinculadas una y otra por noticias del periódico, y la oscura profecía de quien, conociendo el futuro, no lo desveló por completo, se arrepiente de no haber preguntado al orador portugués qué palabras decisivas dijo Miguel de Unamuno al general, y cuándo, entonces comprendió que había callado porque le había sido claramente anunciado que ya no estaría en este mundo el día del arrepentimiento, El señor doctor no llegó a saber qué palabras fueron ésas, paciencia, la vida no llega para todo, la suya no llegó a tanto. Lo que Ricardo Reis puede ver es que la rueda del destino ya empezó a dar esa vuelta, Millán Astray, que estaba en Buenos Aires, salió para España, pasó por Río de Janeiro, no varían mucho, como puede comprobarse, las rutas de los hombres, y viene atravesando el Atlántico, arde en fiebre guerrera, dentro de unos días desembarcará en Lisboa, el barco es el Almanzora, y luego seguirá a Sevilla, y de allí a Tetuán, donde sustituirá a Franco. Millán Astray se acerca a Salamanca y a Miguel de Unamuno, gritará Viva la Muerte, y luego. Oscuridad. El orador portugués pidió otra vez permiso para hablar, se mueven sus labios, los ilumina el negro sol del futuro, pero las palabras no se oyen, ahora ni siquiera podemos adivinar lo que está diciendo.

Sobre estas cuestiones desea Ricardo Reis hablar con Fernando Pessoa, pero Fernando Pessoa no aparece. El tiempo se arrastra como una ola lenta y viscosa, una masa de vidrio líquido en cuya superficie hay miríadas de cabrilleos que ocupan los ojos y distraen el sentido, mientras en la profundidad se trasluce el núcleo rubro e inquietante, motor del movimiento. Se suceden estos días y estas noches, bajo el calor que alternadamente desciende del cielo y sube de la tierra. Los viejos sólo aparecen por el Alto de Santa Catarina al anochecer, no aguantan la solanera que cerca la escasa sombra de las palmeras, es excesiva para sus ojos cansados la reverberación del río, y sofocante la tremolina del aire para sus cortos huelgos. Lisboa abre los grifos, no corre ni un hilillo de agua, es una población de gallináceas de pico ansioso y alas derrumbadas. Y se dice, en la modorra de la calma, que la guerra civil española se acerca a su fin, pronóstico que parece seguro si recordamos que las tropas de Queipo de Llano están ya a las puertas de Badajoz, con las fuerzas del Tercio, que es la Legión Extranjera suya, ansiosas por entrar en combate, ay de quien se oponga a estos soldados, tan vivo en ellos el gusto de matar. Don Miguel de Unamuno sale de su casa hacia la universidad, aprovecha el resquicio de sombra a lo largo de las casas, este sol leonés tuesta las piedras de Salamanca, pero el digno viejo siente en su rostro severo las vaharadas de la belicosa gesta, en su alma contenta corresponde a los cumplidos de los coterráneos, a los saludos de brazo extendido y posición de firmes de los militares del cuartel general o en tránsito, cada uno reencarnación del Cid Campeador, que ya dijo en su tiempo, Salvemos a la civilización occidental. Ricardo Reis salió temprano de casa, antes de que apretara el sol, aprovecha los resquicios de sombra mientras no aparece el taxi que lo lleve, jadeando, Calçada de Estrela arriba, hasta Prazeres, nombre de tantas promesas y que todo nos quita, dejándonos el silencio, es menos seguro el reposo, y ya no precisa el visitante pedir información, no ha olvidado el lugar ni el número, cuatro mil trescientos setenta y uno, no es número de puerta, por eso no vale la pena llamar y preguntar, Hay alguien, si la presencia de los vivos, por sí sola, no logra mover el secreto de los muertos, las palabras, ésas, de nada sirven. Se acercó Ricardo Reis a los hierros, puso la mano sobre la piedra caliente, son azares de la topografía, el sol aún no está en lo alto pero golpea en este lugar desde que nació. De una alameda próxima viene un son de escoba barredora, una viuda cruza por el fondo de la calle, ni el rostro blanquea bajo sus crespones. No se ve nada más. Ricardo Reis baja hasta la curva, allí se detiene a mirar el río, la boca del mar, nombre más que los otros

justo porque es en estos lugares donde el océano viene a saciar su inextinguible sed, labios sorbedores que
se aplican a las fuentes acuáticas de la tierra, son imágenes, metáforas, comparaciones que no hallarán lugar en la rigidez de una oda, pero que se le ocurren a
uno en las horas matinales, cuando lo que en nosotros piensa está sólo sintiendo.

Ricardo Reis no se volvió. Sabe que Fernando
Pessoa está a su lado, invisible esta vez, quizá esté
prohibido mostrarse de cuerpo entero en el recinto
mortuorio, sería un estorbo, las calles abarrotadas de
difuntos, admitamos que esto da ganas de sonreír. Es
la voz de Fernando Pessoa que pregunta, Qué hace
usted por aquí a estas horas, mi querido Reis, no le
bastan los horizontes del Alto de Santa Catarina, la
perspectiva de Adamastor, y Ricardo respondió sin
responder, Por este mar que desde aquí vemos, viene
navegando un general español para la guerra civil, no
sé si sabe usted que ha estallado la guerra civil en España, Y bien, Me han dicho que un general, que se
llama Millán Astray, se encontrará un día con Miguel
de Unamuno, gritará Viva la Muerte y le responderá, Y
bien, Me gustaría conocer la respuesta de Don Miguel,
Y cómo quiere que se la diga yo, si aún no ha ocurrido,
Tal vez le ayude el saber que el rector de Salamanca se
colocó al lado del ejército que pretende derribar al
gobierno y al régimen, No me ayuda nada, olvida usted
la importancia de las contradicciones, una vez llegué
al punto de admitir que la esclavitud era una ley natural de la vida en las sociedades sanas, y hoy no soy
capaz de pensar sobre lo que pienso de lo que entonces pensaba y me llevó a escribirlo, Yo contaba con
usted, y ahora me falla, Lo más que puedo hacer es
admitir una hipótesis, Cuál, Que su rector de Salamanca
responderá así hay circunstancias en las que callarse
es mentir acabo de oír el grito necrófilo y sin sentido
de viva la muerte esta paradoja bárbara me repugna
el general Millán Astray es un lisiado no hay descorte-
sía en esto también Cervantes lo fue desgraciadamente hay hoy en día demasiados lisiados en España el

general Millán Astray podría fijar las bases de una psicología de masas un lisiado que no tenga la grandeza espiritual de Cervantes intenta generalmente encontrar consuelo en las mutilaciones que pueda infringir a los otros, Cree que va a responder así, Entre un infinito número de hipótesis, ésta puede ser una, Y tiene sentido de acuerdo con lo que dijo el orador portugués, No está mal el que las cosas tengan sentido unas respecto a las otras, La mano izquierda de Marcenda, qué sentido tendrá, Piensa aún en ella, De vez en cuando, No tenía que haber ido tan lejos, todos somos lisiados.

Ricardo Reis está solo. En las ramas bajas de los olmos empezaron a cantar las cigarras, son mudas e inventaron una sola voz. Un barco negro va entrando en la barra, luego desaparece en el espejo refulgente del agua. No parece real este paisaje.

En casa de Ricardo Reis hay ahora otra voz. Es una radio pequeña, la más barata que pudo encontrar en el mercado, de la popular marca Pilot, con caja de baquelita color marfil, elegida, sobre todo, por ocupar poco espacio y ser fácilmente transportable del dormitorio al despacho, que son los lugares donde el sonámbulo habitante de esta morada pasa la mayor parte de su tiempo. Si hubiera sido decisión tomada en los primeros días después de la mudanza, cuando aún tenía vivo el gusto por la casa nueva, habría hoy aquí un superheteródino de doce lámparas, o válvulas, de suma potencia sonora, capaz de asombrar al barrio y hacer que se reuniera la gente bajo las ventanas para aprovechar los placeres de la música y las lecciones de la palabra, todas las comadres de la vecindad, incluyendo a los viejos, entonces, atraídos por el reclamo, de nuevo halagadores y cortesanos. Pero Ricardo Reis quiere sólo mantenerse informado, de manera discreta y reservada, oír las noticias en un íntimo murmullo, así no se sentirá obligado a explicarse a sí mismo, o a intentar descifrar, qué sentimiento inquieto lo aproxima al aparato, no tendrá que interrogarse sobre ocultos significados de aquel ojo mortecino, de cíclope moribundo, que es la luz del dial minúsculo, si será de júbilo su expresión, contradictoria si muere, o miedo, o piedad. Sería mucho más claro que dijéramos nosotros que Ricardo Reis no es capaz de decidir si lo alegran las pregonadas victorias del ejército rebelde de España o las no menos celebradas derrotas de las fuerzas que apoyan al gobierno. No faltará quien argumente que decir una cosa es lo mismo que decir la otra, pues no lo es, no señor, ay de nosotros si no tuviéramos en debida cuenta la complejidad del alma humana, el que me guste saber que mi enemigo tiene problemas no significa, matemáticamente, que dé yo palmadas a aquel que en problemas lo metió, distingo. Ricardo Reis no profundizará en este conflicto interior, se da por satisfecho, y perdónese la impropiedad de la palabra, con el malestar que siente, como alguien que no tuvo valor para desollar un conejo y pidió a otro que lo hiciera, y asiste a la operación, con rabia por su propia cobardía, y tan cerca está que puede ver latir la tibieza que se desprende de la carne desollada, un sutil vapor bienoliente, entonces se le forma en el corazón, o allá donde estas cosas se forman, una especie de rencor contra quien tan gran crueldad está cometiendo, cómo es posible que éste y yo formemos parte de la misma humanidad, tal vez sea por razones de este tipo por lo que no nos gustan los verdugos ni comemos carne del chivo expiatorio.

Lidia se entusiasmó cuando vio la radio, qué bonita, qué maravilla poder oír música en cualquier momento del día y de la noche, exageración suya, que aún falta mucho tiempo para eso. Es un alma sencilla, que se alegra con poco, o quizá, y para eso le sirve cualquier pretexto, lo que hace es disfrazar su preocupación al ver el abandono a que se ha entregado Ricardo Reis, descuidado ya en el vestir, descuidado incluso con su persona. Y contó que han dejado el hotel los duques de Alba y de Medinaceli, con gran disgusto del gerente Salvador, por el mucho afecto que consagra a los huéspedes antiguos, y especialmente si tienen un título, o, ni eso, pues éstos eran sólo don Lorenzo y don Alonso, llamarles duques fue sólo una broma de Ricardo Reis y ya era tiempo de ponerle fin. No le sorprende que hayan cambiado de hotel. Ahora que se acerca el día de la victoria, quieren vivir con delectación los últimos momentos de su exilio, por eso los Estoriles albergan lo que en lenguaje de las

crónicas mundanas se llama una selecta colonia española, muy bien puede acontecer que allí estén, de ve-
raneo, esos y otros duques y condes, don Lorenzo y
don Alonso fueron al olor de las aristocracias, cuando
lleguen a viejos, contarán a los nietos, Cuando estaba
exiliado con el duque de Alba. Para beneficio de éstos, Radio Club Portugués ha contratado a una locutora española, con voz de tiple de zarzuela, que lee las
noticias de los avances nacionalistas en la salerosa lengua de Cervantes, que Dios y él nos perdonen estas
ironías sin humor, más fruto de las ganas de llorar que
de un deseo de reír. Así está Lidia que, teniendo también su parte de ligera y graciosa, une a las preocupaciones que le da Ricardo Reis las de las malas noticias
que llegan de España, pero según su manera de entender, que coincide con la de su hermano Daniel,
como hemos visto. Y oyendo anunciar por la radio que
Badajoz había sido bombardeada, empezó a llorar allí
mismo como una magdalena, extraña actitud la suya,
que nunca ha estado en Badajoz y no tiene allí familia
ni bienes que con las bombas puedan sufrir menoscabo,
Por qué lloras, Lidia, le preguntó Ricardo Reis, y
ella no supo qué responder, deben de ser cosas que
le ha contado Daniel, y a él quién se las habrá contado, qué fuentes de información serán las suyas, en
todo caso es fácil adivinar que se habla mucho de
España en el Afonso de Albuquerque, mientras baldean
la cubierta y dan lustre a los metales pasan los marineros unos a otros las novedades, no todas tan malas
como las que traen los diarios y la radio, en general
pésimas. Probablemente el Afonso de Albuquerque
es el único lugar donde no se da crédito total a la promesa del general Mola, de la cuadrilla del matador
Franco, que ha dicho que este mismo mes lo oiremos
hablar por radio Madrid, y el otro general, Queipo de
Llano, proclama que el gobierno de Madrid ha llegado al principio del fin, aunque la revuelta aún no tiene tres semanas ya le ven remate. Eso lo dicen ellos,
responde el marinero Daniel. Pero Ricardo Reis, al
tiempo que con torpe ternura ayuda a Lidia a secarse

las lágrimas, intenta atraerla al redil de su propia convicción, y repite las noticias leídas y oídas, Ya ves,
estás tú llorando por Badajoz y no sabes que los comunistas les cortaron una oreja a ciento diez propietarios, y luego cometieron violencia con sus mujeres,
es decir que las violaron, Cómo se ha enterado de eso,
Lo he leído en el periódico, y también he leído, escrito por un periodista llamado Tomé Vieira, autor de libros, que los bolcheviques le arrancaron los ojos a un
anciano sacerdote, y luego lo empaparon en gasolina
y le prendieron fuego, No lo creo, Está en el diario, lo
he leído yo, No dudo de usted, pero mi hermano dice
que no se debe creer todo lo que los diarios ponen,
Yo no puedo ir a España a ver qué pasa, tengo que
creer que es verdad lo que ellos me dicen, un periódico no puede mentir, sería el mayor pecado del mundo, Usted, señor doctor, es una persona instruida, y
yo soy casi analfabeta, pero he aprendido una cosa,
y es que las verdades son muchas y están unas contra
otras, mientras no luchen, nunca se sabrá donde está
la mentira, Y si es verdad que le han arrancado los
ojos al cura, si lo han regado con gasolina y luego le
prendieron fuego, Será una verdad horrible, pero mi
hermano dice que si la Iglesia estuviera al lado de los
pobres, para ayudarlos en la tierra, los mismos pobres
serían capaces de dar la vida por ella, para que no
cayese en el infierno, donde está, Y si les cortaron las
orejas a los propietarios, y si violaron a las mujeres,
Será otra verdad horrible, pero mi hermano dice que
mientras los pobres están en la tierra y en ella sufren,
los ricos ya viven en el cielo estando en la tierra, Siempre me respondes con palabras de tu hermano, Y
usted, señor doctor, me habla siempre con palabras
de los periódicos. Así es. Ahora ha habido en Funchal
y en algunos otros lugares de la isla motines populares, con asaltos a las reparticiones públicas y a las fábricas de mantequilla, con muertos y heridos, y muy
seria debe de ser la cosa, pues han salido para allá dos
barcos de guerra, con aviación, compañías de cazado-
res con metralletas, un aparato guerrero que daría para

una guerra civil a la portuguesa. Ricardo Reis no ha
llegado a entender las razones del alboroto popular,
pero esto no deberá sorprendernos, ni a nosotros ni
a él, pues sólo tenía los diarios para informarse. Enciende la Pilot de marfil, tal vez sean más dignas de
crédito las palabras oídas, la pena es que no se pueda
ver la cara del que está hablando, por una sombra de
duda en los ojos, por una crispación del rostro, uno
entiende en seguida si es verdad o mentira, ojalá que
la invención humana ponga pronto al alcance de todos nosotros, en nuestra propia casa, la cara de quien
nos está hablando, sabremos al fin distinguir la verdad de la mentira, comenzará entonces, realmente, el
tiempo de la injusticia, venga a nos nuestro reino.
Encendió Ricardo Reis la Pilot, la aguja del dial está
en Radio Club Portugués, mientras se calentaban las
lámparas apoyó la frente fatigada en la caja de la radio, de allá dentro viene un olor cálido y un poco
embriagador, se distrae con esta sensación hasta que
repara en que está cerrado el botón del sonido, lo
giró bruscamente, primero no oyó más que el mugido
profundo de la onda de soporte, era una pausa, coincidencias, y luego rompió en música y cantos, Cara al
sol con la camisa nueva, el himno de la Falange, para
gozo y consuelo de la selecta colonia española de los
Estoriles y del Hotel Bragança, a esta hora, en el casi-
no, están de ensayo general para la Noche de Plata
que presentará Erico Braga, en el salón del hotel, los
huéspedes miran con desconfianza el espejo verdoso,
y entonces la locutora lee un telegrama enviado por
antiguos legionarios portugueses de la quinta bandera del Tercio, saludando a sus antiguos camaradas que
están cercando Badajoz, un estremecimiento nos recorre la espina dorsal con el marcial lenguaje, el fervor occidental y cristiano, la fraternidad de las armas,
la memoria de los hechos pasados, la esperanza de
un radiante porvenir para las dos patrias ibéricas,
unidas en el mismo ideal nacionalista. Ricardo Reis
desconecta la Pilot tras oír la última noticia del diario
hablado, Tres mil soldados de Marruecos han desem-

barcado en Algeciras, y va a tenderse en la cama, desesperado al verse tan solo, no piensa en Marcenda, es
de Lidia de quien se acuerda, probablemente porque
está más al alcance de la mano, manera de decir,
que en esta casa no hay teléfono, y si lo hubiera, sería
un escándalo llamar al hotel y decir, Buenas noches,
Salvador, soy el doctor Reis, se acuerda de mí, hace
tanto tiempo que no oía esa voz, vaya, fueron semanas muy felices las que pasé en su hotel, no, no quiero una habitación, sólo quería hablar con Lidia, a ver
si puede venir a casa, muy bien, muy amable al darle
permiso, serán sólo una o dos horas, me siento muy
solo, no, no señor, no es para eso, es que me encuentro muy solo. Se levanta de la cama, reúne las hojas
dispersas del periódico, una aquí, otra allá, caídas por
el suelo, sobre la colcha, y recorre la cartelera de espectáculos, pero la imaginación no encuentra ningún
estímulo, hay un momento en que desearía ser ciego,
y sordo, y mudo, ser tres veces el lisiado que Fernando Pessoa dice que somos todos, cuando, en medio
de las noticias de España, repara en una foto que antes le había pasado inadvertida, son coches blindados
que llevan pintada la imagen del Sagrado Corazón de
Jesús, si éstos son los emblemas usados, entonces no
hay duda, esta guerra es sin cuartel. Recuerda que Lidia está preñada, va a tener un niño, según afirma una
y otra vez, y este niño crecerá e irá a las guerras que se
preparan, aún es pronto para las de hoy, pero se preparan otras, repito, hay siempre un después para la
guerra siguiente, hagamos cuentas, vendrá al mundo
allá por marzo del año que viene, si calculamos la edad
aproximada en que se va a la guerra, veintitrés años,
veinticuatro, qué guerra tendremos en mil novecientos
sesenta y uno, y dónde y por qué, en qué abandonados
campos, con los ojos de la imaginación, pero no suya,
lo ve Ricardo Reis de balas traspasado, moreno y pálido como su padre, hijo sólo de su madre porque el
padre no lo va a reconocer.
     Badajoz se ha rendido. Estimulado por el tele-
grama entusiasta de los antiguos legionarios portu-

gueses, el Tercio hizo maravillas, tanto en el combate a distancia como en la lucha cuerpo a cuerpo, señalándose especialmente, hasta mencionarlo en la orden, el valor de los legionarios portugueses de la nueva generación, quisieron mostrarse dignos de sus mayores, y quizá a esto deba añadirse el efecto benéfico que siempre tiene sobre el ánimo la proximidad de los aires patrios. Badajoz se ha rendido. Convertida en un montón de ruinas por los continuados bombardeos, rotas las espadas, embotadas las hoces, destrozados garrotes y cayados, se rindió. El general Mola ha proclamado, Llegó la hora del ajuste de cuentas, y la plaza de toros abrió sus puertas para recibir a los milicianos prisioneros, después las cerró, es la fiesta, las ametralladoras entonan olé, olé, olé, nunca se ha gritado tan alto en la plaza de Badajoz, los minotauros vestidos de dril caen unos sobre otros, mezclando sus sangres, transfundiendo las venas, cuando ya no quede ni uno en pie los matadores irán liquidando a tiros de pistola a los que sólo han quedado heridos, y si alguno ha logrado escapar del tiro de gracia fue para ser enterrado vivo. De tales sucesos no supo Ricardo Reis sino lo que dijeron los diarios portugueses, uno de ellos ilustró incluso la noticia con una foto de la plaza, donde se veían, dispersos, algunos cuerpos, y un carro que allí parecía incongruente, no se llegaba a saber si era un carro de llevar o de traer, si en él habían sido trasladados los toros o los minotauros. El resto lo supo Ricardo Reis por Lidia, que lo había sabido por su hermano, que lo había sabido no se sabe por quién, tal vez un aviso que le vino del futuro, cuando al fin puedan saberse todas las cosas. Lidia ya no llora, dice, Mataron a dos mil, y tiene los ojos secos, pero le tiemblan los labios, los pómulos rojos como llamaradas. Ricardo Reis va a consolarla, la coge del brazo, fue ése su primer gesto, recuérdenlo, pero ella se debate y se suelta, no por rencor, sólo porque hoy no podría soportarlo. Después, en la cocina, mientras lava la vajilla sucia acumulada, da rienda suelta a su llanto, por primera vez se pregunta qué viene a hacer a esta casa, ser criada del señor doctor, asistenta, ni siquiera amante, porque hay igualdad en esta palabra, amante, amante, es igual macho como hembra, y ellos no son iguales, y entonces no sabe ya si llora por los muertos de Badajoz, o si lo hace por esta muerte suya que es sentirse nada. Allá dentro, en el despacho, Ricardo Reis no sospecha lo que está pasando aquí. Para no pensar en los dos mil cadáveres, que realmente son muchos, si Lidia ha dicho la verdad, abrió una vez más The god of the labyrinth, iba a leer a partir de la marca que había dejado, pero lo que leía no tenía sentido, entonces se dio cuenta de que no recordaba lo que el libro contaba hasta allí, volvió al principio, empezó de nuevo, El cuerpo, que fue encontrado por el primer jugador de ajedrez, ocupaba, con los brazos abiertos, las casillas de los peones del rey y de la reina y las dos siguientes, en dirección al campo adversario, y llegado a este punto, dejó la lectura, vio el tablero, campo abandonado, con los brazos extendidos el joven que joven había sido, y luego un círculo inscrito en el cuadrado inmenso, arena cubierta de cuerpos que parecían crucificados en la propia tierra, de uno al otro iba el Sagrado Corazón de Jesús asegurándose de que no quedaban heridos. Cuando Lidia, concluidos sus trabajos domésticos, entró en el despacho, Ricardo Reis tenía el libro cerrado en las rodillas. Parecía dormir. Así expuesto era un hombre casi viejo. Lo miró como si fuera un extraño, luego, sin ruido, se fue. Piensa, No vuelvo más, pero no está segura.

De Tetuán, ahora que ha llegado el general Millán Astray, viene la nueva proclama, Guerra sin cuartel, guerra sin tregua, guerra de exterminio contra la peste marxista, dejando a salvo, claro, los deberes humanitarios, como se desprende de las palabras que el general Franco profirió, Aún no he tomado Madrid porque no quiero sacrificar a la parte inocente de la población, hombre bondadoso, aquí hay alguien que nunca ordenaría, como Herodes, la matanza de los inocentes, esperaría a que crecieran para que no le quedara ese peso en la conciencia y para no sobrecargar de ángeles el cielo. Sería imposible que estos buenos vientos de España no produjeran movimientos afines en Portugal. La partida está iniciada, las cartas sobre la mesa, el juego está claro. Ha llegado la hora de saber quién está a nuestro lado y quién contra nosotros, de obligar al enemigo a mostrarse o, por su propia ausencia y disimulo, llevarlo a denunciarse, al mismo tiempo que contaremos por nuestros cuantos, por mimetismo o cobardía, por exceso de ambición a querer más o de miedo a perder lo poco, se han acogido a la sombra de nuestras banderas. Anunciaron, pues, los sindicatos nacionales la convocatoria de un mitin contra el comunismo, y apenas fue conocida la noticia, traspasó todo el cuerpo social el estremecimiento de los grandes momentos de la historia, se publicaron folletos firmados por asociaciones patrióticas, las señoras, individualmente o reunidas en comisión, compraron entradas y, con vista al fortalecimiento de los ánimos, a la preparación de los espíritus, algunos sindicatos organizaron sesiones de aleccionamiento para sus asociados, lo hicieron los dependientes de comercio y los panaderos, lo hizo la industria hotelera, en las fotos se ve a los asistentes saludando brazo en alto, cada uno ensaya su parte mientras no llega la gran noche del estreno. En todas las sesiones se lee y aplaude el manifiesto de los sindicatos nacionales, vehemente profesión de fe doctrinaria y de confianza en los destinos de la nación, lo que se demuestra con esta recopilación de textos extraídos al azar. No hay duda de que los sindicatos nacionales rechazan con energía el comunismo, no hay duda de que los trabajadores nacionalcorporativos son intransigentemente portugueses y latinocristianos, los sindicatos nacionales piden a Salazar, en suma, grandes remedios para los grandes males, los sindicatos nacionales reconocen, como bases eternas de toda la organización social, económica y política, la iniciativa privada y la propiedad individual dentro de los límites de la justicia social. Y, como la lucha es común e igual el enemigo, fueron falangistas españoles a Radio Club Portugués a hablar al país entero, loaron la plena integración de Portugal en la cruzada de liberación, afirmación que, en verdad, representa una infidelidad histórica, pues todo el mundo sabe que nosotros, portugueses, estamos en cruzada ya hace años, pero los españoles son así, lo quieren todo, ser los amos, hay que andar siempre con ojo cuando de ellos se trata.

En toda su vida Ricardo Reis jamás ha asistido a un mitin. La causa de esta cultivada ignorancia estará en las particularidades de su temperamento, en la educación que recibió, en los gustos clásicos hacia los que se ha venido inclinando, en un cierto pudor también, quien conozca sus versos hallará fácil explicación. Pero este alarido nacional, la guerra civil aquí al lado, quién sabe si el desconcierto del lugar donde van a reunirse los manifestantes, la plaza de toros de Campo Pequeno, avivan en su espíritu la pequeña llama de curiosidad, cómo se reunirán millares de personas para oír discursos, qué frases y palabras aplaudirán, cuándo, por qué, y la convicción de unos y otros, los que hablan y los que escuchan, las expresiones de los rostros y de los gestos, para ser hombre de natural tan poco indagador, hay interesantes cambios en Ricardo Reis. Salió temprano para encontrar sitio, y en taxi para llegar antes. Está cálida la noche en este final de agosto. Los tranvías especiales pasan llenos de gente, desbordando, los de dentro interpelan fraternalmente a los que van a pie, algunos, más inflamados de espíritu nacionalista, gritan vivas al Estado Nuevo. Hay banderas de sindicatos, y, como el viento apenas sopla, las agitan los portaestandartes para exhibir colores y emblemas, una heráldica corporativa aún contaminada de tradiciones republicanas, detrás sigue la corporación, el oficio, el arte, en el buen lenguaje gremial de antaño. Al entrar en la plaza, Ricardo Reis, por un reflujo del caudal humano, se encontró confundido con los empleados de banca, todos con cinta azul al brazo con la cruz de Cristo y las iniciales SNB, bien cierto es que la virtud definitiva del patriotismo absuelve todos los excesos y disculpa todas las contradicciones, como ésta de que los de la banca hayan adoptado por señal de reconocimiento la cruz de aquel que, en tiempos pasados, expulsó del templo a los mercaderes y cambistas, primeras ramas de ese árbol, primeras flores de este fruto. Lo que les vale es no ser Cristo como el lobo de la fábula, que ése, aceptando el riesgo de equivocarse, inmolaba a los corderos tiernos a cuenta de los carneros endurecidos en que acabarían convirtiéndose o de los otros que les habían dado el ser. Antes, era todo mucho más sencillo, cualquiera podía ser dios, ahora, nos pasamos la vida interrogándonos sobre si las aguas ya vienen turbias de la fuente o si fueron enlodadas por otras travesías.

La plaza pronto estará llena. Pero Ricardo Reis pudo encontrar aún un buen sitio, en las gradas de sol, que hoy no importa, todo es sombra y noche, la bondad del sitio está en que no queda demasiado lejos de la tribuna de los oradores, puede verles la cara, y tampoco está tan cerca que le impida la adecuada vista de conjunto. Siguen entrando banderas y sindicatos, todos ellos nacionales, aunque ellas poco lo son, y se entiende, que no necesitamos exagerar el símbolo sublime de la patria para ver que estamos entre portugueses, y de los mejores, sin vanidad sea dicho. Las gradas están llenas, sitio, ahora, sólo hay en la arena, donde los estandartes pueden hacer mejor figura, por eso hay tantos allí. Se saludan conocidos y correlativos, los que allá fuera habían dado vivas al Estado Nuevo, y son muchos, extienden el brazo frenéticamente, se levantan y se sientan sin descanso cada vez que una enseña entra en el ruedo, helos en pie, saludando a la romana, perdonen la insistencia, la de ellos, y la nuestra, o tempora, o mores, tanto se esforzaron Viriato y Sertorio para expulsar de la patria a los imperiales ocupantes, que si imperio no era de derecho, para reconocerlo de hecho debería basta el testimonio de los ocupados, con lo que se esforzaron aquéllos, y ahora vuelve Roma en la figura de sus descendientes, ése es, sin duda, el mejor dominio, comprar a los hombres, y a veces ni es preciso comprarlos, que se ofrecen baratos, a cambio de una tira de paño en el brazo, a cambio del derecho a usar la cruz de cristo, ahora con minúscula, para que el escándalo no sea tan grande. Una banda de música entretiene la espera con los primores de su repertorio. Al fin entran las autoridades, se llena la tribuna, es el delirio entonces, restallan los gritos patrióticos, Portugal, Portugal, Portugal, Salazar, Salazar, Salazar, éste no ha venido, sólo aparece cuando le conviene, en los lugares y a las horas que escoge, el otro, no es raro que esté aquí, porque está en todas partes. A la derecha de la tribuna, en lugares que hasta ahora habían permanecido vacíos, con mucha envidia del gentío doméstico, se han instalado representantes del fascio italiano, con camisas negras y condecoraciones colgando, y al lado izquierdo los representantes nazis, con camisas pardas y brazales con la cruz gamada, y todos extendieron el brazo hacia la multitud, que correspondió con menor habilidad pero con mucha voluntad de aprender, en este momento entran los falangistas españoles, con la ya conocida camisa azul, tres colores distintos y un solo verdadero ideal. La multitud, como un solo hombre, se pone en pie, el clamor sube al cielo, es el lenguaje universal del grito, la babel al fin unificada por el gesto, los alemanes no saben portugués ni castellano ni italiano, los españoles no saben alemán ni italiano ni portugués, los italianos no saben castellano ni portugués ni alemán, los portugueses, en cambio, saben muy bien el castellano, usted para el trato, cuánto vale para las compras, gracias para el obligado, pero estando los corazones de acuerdo un grito basta, Muerte al bolchevismo en todas las lenguas. Trabajosamente se hace el silencio, la banda había rematado la marcha militar con tres porrazos al bombo, y se anuncia ahora al primer orador de la noche, el obrero Gilberto Arroteia, del Arsenal de la Marina, cómo lo convencieron es secreto entre él y su tentación, después vino el segundo, Luis Pinto Coelho, que representa a la Mocidade Portuguesa, y con él empieza a descubrirse la intención última del mitin, pues con

palabras muy medidas pidió la creación de milicias
nacionalistas, el tercero fue Fernando Homem Cristo,
el cuarto Abel Mesquita, de los sindicatos nacionales
de Setúbal, el quinto Antonio Castro Fernandes, que
más tarde llegará a ministro, el sexto Ricardo Durão,
mayor del ejército y de convicción mayor, que semanas después repetirá el discurso de hoy en Évora, y
también en la plaza de toros, Estamos aquí reunidos,
hermanados en el mismo patriótico ideal, para decir y
mostrar al gobierno de la nación que somos testimonio y garantía de la gran gesta lusa y de aquellos antepasados nuestros que dieron nuevos mundos al mundo y
dilataron la fe y el imperio, y decimos que al sonido
del clarín, o al de las tubas, clamor sin fin, nos reuni-
mos como un solo hombre en torno a Salazar, el genio que ha consagrado su vida al servicio de la patria
y, en fin, séptimo en orden pero primero en importancia política, el capitán Jorge Botelho Moniz, que es
el de Radio Club Portugués, y éste lee una moción en
la que se pide al gobierno la creación de una legión
cívica dedicada enteramente al servicio de la nación, tal
como Salazar se ha dedicado, no es demasía acompañarlo en la proporción de nuestras flacas fuerzas, ésta
sería una excelente ocasión para citar la parábola de
los siete mimbres que separados son fácilmente parti-
dos y juntos forman el haz o fascio, dos palabras que
sólo en los diccionarios significan lo mismo, y este
comentario no se sabe quién lo hizo, aunque no haya
duda de quién lo repite. Oyendo hablar de la legión
cívica, la multitud se levanta otra vez, siempre como
un solo hombre, quien dice legión dice uniforme,
quien dice uniforme dice camisa, ahora sólo falta decidir el color, no es cuestión para resolverla aquí en
todo caso, para que no nos llamen monos de imitación, no la elegiremos ni negra ni parda ni azul, el
blanco se ensucia mucho, el amarillo es desesperación, del rojo Dios nos libre, el violeta es el color del
Señor de los Pasos, no queda, pues más que el verde,
y es muy bueno el verde, que lo digan si no los gar-
bosos muchachos de la Mocidade que, a la espera de

que les llegue el turno de recibir uniforme, no sueñan con otra cosa. El mitin está acabando, se ha cumplido la obligación. Ordenadamente, como es timbre de honor en los portugueses, la multitud va abandonando el recinto, aún hay quien da vivas, pero ya en tono menor, los portaestandartes más cuidadosos enrollan las banderas, las meten en las fundas protectoras, los reflectores principales se han apagado ya, ahora sólo queda la luz suficiente para que los manifestantes no se pierdan por el camino. Fuera, se van llenando los tranvías especiales, y algunos autobuses más lejos, hay colas de público esperando transporte, Ricardo Reis que ha estado todo el tiempo al aire libre, con el cielo encima de la cabeza, siente que necesita respirar, tomar el aire. Desdeña los taxis que aparecen, y que son tomados inmediatamente al asalto y, habiendo asistido a la fiesta pero sin formar parte de ella, cruza la avenida hacia la acera opuesta, como si viniera de otro lugar, era éste su camino, qué coincidencia, de sobra sabemos lo que son estas casualidades. A pie, atraviesa la ciudad entera, no hay ya vestigios de esta patriótica jornada, estos tranvías corresponden a otras líneas, los taxis dormitan en las paradas. De Campo Pequeno al Alto de Santa Catarina hay casi una legua, mucho es para este médico de hábitos sedentarios. Llegó a casa con los pies destrozados, hecho polvo, abrió la ventana para airear la atmósfera sofocante del cuarto, y entonces se dio cuenta de que en todo el camino no había pensado en lo que había visto u oído, creía que sí, que había pensado, pero ahora, cuando quería recordarlo, no encontraba ni una sola idea, una reflexión, un comentario, era como si hubiera sido transportado en una nube, nube él mismo, planeando. Quería ahora meditar, reflexionar, dar una opinión y discutirla consigo mismo, y no lo conseguía, sólo tenía recuerdo y ojos para las camisas negras, pardas, azules, allí, casi al alcance de su mano, aquéllos eran los hombres que defendían la civilización occidental, mis griegos y romanos, qué respuesta daría Don Miguel de Unamuno si lo hubieran invitado a asistir al mitin, quizá habría aceptado, aparecería entre Durão y Moniz, se mostraría a las masas, Aquí me tenéis, hombres de Portugal, pueblo de suicidas, gente que no grita Viva la Muerte, pero vive en ella, no sé qué más deciros aparte de esto, que muy necesitado estoy yo también de alguien que me ampare en estos mis días de flaqueza. Ricardo Reis mira hacia la noche profunda, quien tuviera el arte de averiguar señales en los presentimientos y estados del alma, diría que algo se está preparando. Es muy tarde cuando Ricardo Reis cierra la ventana, en definitiva, no ha sido capaz de pensar nada más que esto, En mi vida vuelvo a un mitin, fue a cepillar la chaqueta y los pantalones, y en este momento notó que de ellos se desprendía un olor a cebolla, qué raro, hubiera jurado que no se había acercado a Víctor.

Los días siguientes son pródigos en noticias, como si el mitin de Campo Pequeno hubiera acelerado el movimiento del mundo, en general damos el nombre de acontecimientos históricos a estos episodios. Un grupo de financieros norteamericanos ha comunicado al general Franco que están dispuestos a conceder los fondos necesarios para la revolución nacionalista española, seguro que ha sido idea de John D. Rockefeller, no era conveniente escondérselo todo, dio el New York Times información del levantamiento militar en España con toda cautela, para no herir más el herido corazón del anciano, pero hay cosas que no se pueden evitar bajo pena de mayores males. Allá por la Selva Negra, los obispos alemanes han anunciado que la Iglesia Católica y el Reich combatirían hombro con hombro contra el enemigo común, y Mussolini, para no quedarse atrás ante tan belicosas demostraciones, advirtió al mundo de que en poco tiempo puede movilizar ocho millones de hombres, muchos de ellos ardiendo aún de entusiasmo tras la victoria contra ese otro enemigo de la civilización occidental que era Etiopía. Pero, volviendo a nuestro nido paterno, ya no es sólo el que se sucedan las listas de voluntarios para la Mocidade Portuguesa, sino que también se cuentan por millares los inscritos en la Legión Portuguesa, que este nombre tendrá, y es el subsecretario de Corporaciones quien idea un mensaje en el que loa, en los términos más expresivos, las directrices de los sindicatos nacionales por la patriótica iniciativa del gran mitin, crisol donde se fundieron al unísono los corazones nacionalistas, ahora nada podrá cerrar el paso al Estado Nuevo. También se anuncia que el señor Presidente del Consejo anda de visita por los establecimientos militares, estuvo en la fábrica de material de guerra de Braço de Prata, estuvo en el depósito de municiones de Beirolas, y cuando esté en otros lugares se dará cumplida noticia, por eso hay ya quien le llama Esté-ves en vez de Salazar.

Ricardo Reis se entera por los periódicos de que el Afonso de Albuquerque ha salido para Alicante a recoger refugiados, y en su fuero íntimo siente cierta tristeza porque, hallándose tan vinculado a los viajes de este barco, modo de decir que deberá entenderse teniendo en cuenta sus relaciones sentimentales, no le ha dicho Lidia que su hermano el marinero se había hecho a la mar en misión humanitaria. Además, Lidia no ha aparecido, se amontona la ropa sucia, cae blandamente el polvo sobre los muebles y los objetos de la casa, poco a poco las cosas van perdiendo su contorno como si estuvieran cansadas de existir, será también efecto de unos ojos que se han cansado de verlas. Ricardo Reis nunca se ha sentido tan solo. Duerme casi todo el día, sobre la cama sin hacer, en el sofá del despacho, llegó incluso a quedarse dormido en el retrete, sólo le ha pasado una vez, pero despertó sobresaltado pensando que podría haberse muerto allí, descompuesto de ropas, un muerto que no se respeta no merece haber vivido. Escribió una carta a Marcenda, pero la rompió. Era una larga misiva, de muchas páginas, que ponía en pie toda una arqueología de recuerdos, desde la primera noche en el hotel, y fue escrita con fluidez, a vuelapluma, memorial de una vivísima memoria pero, al llegar a este día en que está, no supo Ricardo Reis qué más decir, pedir no debo, dar no tengo, entonces reunió todas las hojas, las concertó unas con otras, enderezó los cantos doblados de algunas y las fue luego rompiendo metódicamente hasta convertirlas en minúsculos pedacitos en los que sería difícil leer una palabra entera. No echó los pedazos a la basura, le pareció que debía evitar esa degradación final, por eso salió de casa a altas horas de la noche, dormía toda la calle, y fue a lanzar por encima de la verja del jardín su lluvia de papelillos, carnaval triste, la brisa de la madrugada los llevó por lo alto de los tejados, otro viento más fuerte los arrastrará lejos, pero no llegarán a Coimbra. Dos días después copió su poema en una hoja de papel, Añorando ya este verano que veo, sabiendo que esta primera verdad entre tanto se había convertido en mentira, porque no siente la menor añoranza, sólo un sueño sin fin, hoy escribiría otros versos si fuera capaz de escribir, añorante estaba, añorante del tiempo en que sentía añoranza. Puso en el sobre la dirección, Marcenda Sampaio, lista de Correos, Coimbra, cuando pasen los meses y no aparezca la destinataria, la destruirán, y si el susodicho funcionario escrupuloso e indiscreto lleva la carta al despacho del doctor Sampaio, como llegó a temer, quizá no venga de ello mal alguno, al llegar a casa, el padre le dirá a la hija, Parece que tienes un admirador desconocido, y Marcenda leerá los versos, sonriendo, ni le pasa por la cabeza que sean de Ricardo Reis, nunca le ha dicho él que era poeta, hay semejanzas en la caligrafía, pero es simple coincidencia, nada más.

No vuelvo más por aquí, había dicho Lidia, y es ella quien en este momento llama a la puerta. Tiene en el bolso la llave de la casa, pero no la usa, es mujer de principios, dijo que no volvería y ahora no quiere meter la llave en la cerradura como si la casa fuera suya, nunca lo fue, y hoy, menos, si es que la palabra admite reducción, admitámosla nosotros, que de las palabras no conocemos su último destino. Ricardo Reis abrió, disfrazó su sorpresa, y como Lidia se mostraba vacilante, si entrar en el dormitorio, si ir a la cocina, decidió pasar al despacho, que lo siguiera ella si quería. Lidia tiene los ojos rojos e hinchados, quizá tras dura lucha con su naciente amor de madre ha acabado por decidirse a abortar, por la expresión de su cara no parece que la causa del disgusto haya sido la caída de Irún y el ataque a San Sebastián. Ella dice, Perdone, señor doctor, no pude venir, pero, casi sin transición, corrigió, No fue por eso, pensé que ya no me necesitaba, volvió a enmendar, Estaba cansada de esta vida y, dicho esto quedó a la espera, por primera vez miró de frente a Ricardo Reis, lo encontró envejecido, estará enfermo, Te necesitaba, dijo él, y calló, había dicho todo lo que había que decir. Lidia dio dos pasos hacia la puerta, irá al dormitorio a hacer la cama, irá a la cocina a lavar los platos, irá al barreño a poner la ropa en jabón, pero no ha venido para esto, aunque todo esto tenga que hacerlo, más tarde. Ricardo Reis se da cuenta de que hay otras razones, pregunta, Por qué no te sientas, y luego, Dime qué te pasa, entonces Lidia empieza

a llorar mansamente, Es por el niño, pregunta él, y
ella con la cabeza dice que no, en medio de las lágrimas le lanza incluso una mirada de reprensión, al fin
se desahoga, Es por mi hermano. Ricardo Reis recuerda que el Afonso de Albuquerque ha vuelto de Alicante, puerto que está aún en poder del gobierno
español, suma dos y dos y comprueba que son cuatro, Tu hermano ha desertado, se quedó en España,
Mi hermano ha venido con el barco, Entonces, Va a
ser una desgracia, una desgracia, Pero, mujer, no sé
de qué me hablas, explícate, Es que, se interrumpió
para secarse los ojos y sonarse, Es que los barcos van
a hacerse a la mar, a salir, Quién te lo ha dicho, Fue
Daniel, en secreto, pero no puedo guardar este peso
sólo para mí, tenía que desahogarme con alguien de
confianza, pensé en usted, en quién iba a pensar si
no, no tengo a nadie, mi madre no cuenta, ni pensar.
Ricardo Reis se asusta al no reconocer en sí ningún
sentimiento, tal vez esto es lo que llaman el destino,
saber lo que va a ocurrir, saber que no hay nada que
pueda evitarlo, y quedarnos quietos, mirando, como
puros observadores del espectáculo del mundo, al
tiempo que imaginamos que ésta será también nuestra última mirada, porque con el mundo acabaremos
nosotros, Estás segura, preguntó, pero lo dijo sólo
porque es costumbre dar a nuestra cobardía ante el
destino esa última oportunidad de volver atrás, de
arrepentirse. Ella con un gesto dijo que sí, llorosa,
esperando las preguntas apropiadas, ésas que sólo
pueden recibir respuestas directas, si es posible sí o
no, pero se trata de una proeza que está por encima
de la capacidad humana. Vista su falta, sírvanos ésta,
por ejemplo, Y qué intentan, no van a salir al mar
creyendo que con eso van a echar abajo al gobierno,
Piensan ir a Angra do Heroísmo a liberar a los presos
políticos, tomar la isla y esperar que haya levantamien-
tos aquí, Y si no los hay, Si no los hay, seguirán para
España, para unirse al gobierno de allá, Eso es una
locura rematada, no conseguirán salir de la barra, Es lo
que le he dicho a mi hermano, pero no escuchan a

nadie, Para cuándo va a ser eso, No lo sé, no me lo ha dicho, uno de estos días, Y los barcos, qué barcos son, El Afonso de Albuquerque, el Dão y el Bartolomeu Dias, Es una locura, repite Ricardo Reis, pero no piensa ya en la conspiración que con tanta simplicidad le ha sido descubierta. Recuerda, sí, el día de su llegada a Lisboa, los contratorpederos en la dársena, las banderas mojadas como trapos colgando, la obra muerta pintada de muerte-ceniza, El Dão es ése, le había dicho el maletero, y ahora el Dão va a hacerse a la mar, en rebeldía, Ricardo Reis respiró hondo, como si él mismo fuera en la proa del barco, recibiendo en plena cara el viento salado, la amarga espuma. Volvió a decir, Es una locura, pero su propia voz desmiente las palabras, hay en ella un tono que parece de esperanza, fue ilusión nuestra, sería absurdo, no siendo esperanza suya, En fin, quizá termine todo bien, a lo mejor acaban olvidándose del proyecto o, con suerte, tal vez consigan llegar a Angra, vamos a ver qué pasa, y tú no llores más, las lágrimas no sirven de nada, a lo mejor cambian de idea, No cambian, no, no los conoce usted, tan seguro como que me llamo Lidia. El decir su propio nombre la llamó al cumplimiento de sus deberes, Hoy no le puedo arreglar la casa, tengo que ir al Hotel a toda prisa, vine sólo para desahogarme, quizá ni me han echado en falta, No te puedo ayudar en nada, Ellos sí que van a necesitar ayuda, con tanto río que navegar antes de pasar la barra, lo que más le pido, por el alma de su madre, es que no le diga nada a nadie, guárdeme este secreto que yo no fui capaz de guardar, Descuida, mi boca no se abrirá. No se abrió su boca, pero se abrieron sus labios lo suficiente para un beso de consuelo, y Lidia gimió, pero de pena, aunque no sería imposible hallar en este gemido otro son profundo, nosotros, los humanos, somos así, lo sentimos todo al mismo tiempo. Lidia bajó la escalera, contra su costumbre, Ricardo Reis la acompañó hasta el descansillo, ella miró hacia arriba, él le hizo un gesto de despedida, sonrieron los dos, hay momentos perfectos en la vida, éste fue uno, como una página que estaba escrita y que aparece blanca otra vez.

Al otro día, cuando Ricardo Reis salió a comer, se detuvo en el jardín para mirar los barcos de guerra, más allá, frente al Terreiro do Paco. Entendía poco de barcos en general, sólo sabía que los avisos son mayores que los contratorpederos, pero a distancia todos le parecían iguales, y esto le exasperaba, aceptaba no ser capaz de identificar el Afonso de Albuquerque, y el Bartolomeu Dias, en el que nunca había reparado, pero al Dão lo conocía desde su llegada a Portugal, el maletero le había dicho, Es ése, fueron palabras perdidas, lanzadas al viento. Lidia debe de haberlo soñado, o se divirtió el hermano a su costa, con una increíble historia de conspiración y revuelta hacerse los barcos al mar, tres de los que allí están en sus boyas, tan por igual sosegados bajo la brisa, y las fragatas aguas arriba, y los transbordadores de Cacilhas en su incesante vaivén, y las gaviotas, y el cielo azul, descubierto, y el sol, que tanto refulge allá donde está como sobre el río expectante, en definitiva va a ser verdad lo que el marinero Daniel contó a su hermana, un poeta es capaz de sentir la inquietud que hay en estas aguas, Cuándo saldrán, Uno de estos días, respondió Lidia, una tenaz angustia oprime la garganta de Ricardo Reis, se enturbian sus ojos de lágrimas, también fue así como empezó el gran llanto de Adamastor. Va a retirarse cuando oye voces excitadas, Más allá, más allá, son los viejos, y otras personas preguntan, Dónde, qué, y unos chiquillos que saltaban se paran y gritan, Mira el globo, mira el globo, se secó Ricardo Reis los ojos con el dorso de la mano y vio que aparecía en la Otra Orilla un enorme dirigible, sería el Graf Zeppelin, o el Hindemburg, con correo para América del Sur. En el timón, la cruz gamada, con sus colores, blanco, rojo y negro, podría ser una de aquellas cometas que lanzan los niños al aire, emblema que perdió su sentido inicial, amenaza que vuela en vez de estrella que se alza, extrañas relaciones son éstas entre los hombres y los signos, recordemos a San Francisco de Asís atado por la sangre a la cruz de Cristo, recordemos la cruz del mismo Cristo en los brazos de los empleados de banca camino del mitin, asombra el que uno no se pierda en esta confusión de sentidos, o quizá perdido está y en esa perdición se reconoce todos los días. El Hindemburg, con los motores rugiendo en las alturas, sobrevoló el río por la banda del castillo y luego desapareció tras las casas, poco a poco se fue apagando el sonido, el dirigible deja el correo en Portela de Sacavém, quién sabe si el Highland Brigade le llevará luego las cartas, muy bien puede ser, que las andanzas del mundo sólo nos parecen múltiples porque no reparamos en la repetición de los caminos. Volvieron los viejos a sentarse, los chiquillos volvieron a su juego, las corrientes del aire están quietas y calladas, no sabe ahora Ricardo Reis más de lo que sabía, los barcos están ahí bajo el calor de la tarde que comienza, frente a la marea, debe de ser la hora del rancho para la marinería, hoy como todos los días, aunque quizá sea éste el último. En el restaurante, Ricardo Reis llenó el vaso de vino, hizo lo mismo luego con el del invisible invitado y, cuando por primera vez lo llevó a los labios, hizo un gesto como de brindis, no estamos dentro de su cabeza para saber por quién o por qué brinda, hagamos como los camareros de la casa, ya ni hacen caso, que este cliente, aún así, es de los que menos llaman la atención.

Está bonita la tarde. Ricardo Reis bajó al Chiado, por la Rua Nova do Almada, quería ver los barcos de cerca, desde el muelle, y cuando atravesaba el Terreiro do Paço recordó que en todos estos meses nunca había ido al Martinho da Arcada, aquella vez le pareció a Fernando Pessoa que sería imprudencia desafiar la memoria de las paredes conocidas, y luego ninguno de los dos volvió a acordarse, Ricardo Reis aún tiene disculpa, ausente tantos años, el hábito de frecuentar aquel café, si es que llegó a tenerlo, se había roto con la ausencia. Tampoco irá allí hoy. Los barcos, vistos desde el medio de la plaza, posados sobre el agua luminosa, parecen aquellas miniaturas que los vendedores de juguetes ponen en los escaparates, sobre un espejo, fingiendo una escuadra en un puerto de mar. Y, desde más cerca, desde el borde del muelle, poco se consigue ver, nombres ninguno, sólo marineros que andan por cubierta de un lado a otro, irreales a esta distancia, si hablan no los oímos, es secreto lo que piensan. Está Ricardo Reis en esta contemplación, enajenado, se ha olvidado del motivo que lo ha llevado hasta allí, sólo está mirando, nada más, de repente, una voz dijo a su lado, Conque el doctor Reis ha venido a ver los barcos, la reconoció, es la voz de Víctor, al principio se sintió perplejo, no porque estuviera allí sino porque no lo había denunciado el olor, entonces comprendió por qué, Víctor se había puesto a sotavento. El corazón de Ricardo Reis se agitó, sospechará algo Víctor, conocerá ya la revuelta de los marineros, Los barcos y el río, respondió, también podría haber hablado de los cargueros y las gaviotas, podría haber dicho igualmente que iba a coger un transbordador para Cacilhas, a gozar del regalo de la travesía, a ver saltar a los delfines, se limitó a repetir, Los barcos y el río, se apartó bruscamente, diciéndose a sí mismo que había sido un error hacerlo, tendría que haber seguido manteniendo una conversación natural, Si sabe algo de lo que se está tramando, seguro que ha sospechado al verme aquí. Entonces le pareció a Ricardo Reis que tendría que avisar a Lidia, era su obligación, pero inmediatamente reconsideró, En definitiva, qué es lo que le voy a decir, que he visto a Víctor en el Terreiro do Paço, puede haber sido una casualidad, también a los policías les gusta ver el río, hasta puede que libre hoy, iba de paso, sintió la llamada del alma marinera que hay en todos los portugueses y, viendo allí al doctor, hasta quedaría mal que no se detuviera a charlar un rato teniendo tan buenos recuerdos. Ricardo Reis pasó ante la puerta del Hotel Bragança, subió por la Rua do Alecrim, allí estaba el anuncio esculpido en piedra, clínica de enfermedades de los ojos y quirúrgicas, A. Mascaró, 1870, no se dice si el Mascaró ése tenía licencia de la facultad o era un simple practicón, en

aquellos tiempos eran menos rigurosos en las exigen-
cias documentales, tampoco son excesivas en éste,
basta recordar que Ricardo Reis anduvo tratando enfermos del corazón sin habilitación específica. Siguió
el camino de las estatuas, Eça de Queirós, Chiado,
D'Artagnan, el pobre Adamastor visto de espaldas,
fingió que contemplaba tales monumentos, por tres
veces dio una pausada vuelta a su alrededor, se sentía
como si estuviera jugando a policías y ladrones, pero
pronto se tranquilizó, Víctor no venía tras él.

Pasó la tarde lentamente, cayó la noche. Lisboa
es una sosegada ciudad con un río ancho y cargado de
historia. Ricardo Reis no salió a cenar, batió dos huevos, metió la tortilla en un bollo y regó el magro condu-
mio con un poco de vino, e incluso este poco le costaba
tragarlo. Estaba nervioso, inquieto. Eran ya más de las
once, bajó al jardín para ver los barcos una vez más,
sólo distinguió las luces de posición, ahora ni siquiera
podía distinguir entre avisos y contratorpederos. Era
el único ser vivo en el Alto de Santa Catarina, con
Adamastor ya no se podía contar, estaba concluida su
petrificación, la garganta que iba a gritar no gritará ya,
da miedo verle la cara. Volvió Ricardo Reis a casa, desde luego, no van a salir de noche, a la ventura, con
riesgo de encallar. Se acostó medio vestido, tardó en
quedarse dormido, despertó, volvió a dormirse,
tranquilizado por el silencio profundo de la casa, la
primera luz de la mañana entraba por las rendijas
cuando despertó, nada había ocurrido durante la noche, ahora, cuando había empezado un nuevo día,
parecía mentira que pudiera ocurrir algo. Se recrimi-
nó por el absurdo de dormir vestido, se había limitado a descalzarse y a quitarse la chaqueta y la corbata,
Voy a bañarme, dijo, se inclinó para buscar las zapatillas debajo de la cama, entonces oyó el primer cañonazo. Quiso creer que se había equivocado, que
posiblemente era algún objeto pesado que había caído en el piso de abajo, un mueble, la mujer de la casa
que se habría desmayado, pero oyó otro cañonazo, se
estremecieron los cristales, son los barcos, que están

bombardeando la ciudad. Abrió la ventana, en la calle había gente atemorizada, una mujer gritó, Ay Dios mío, es una revolución, y echó a correr, calle arriba, hacia el jardín. Ricardo Reis se calzó rápidamente, se puso la chaqueta, menos mal que no se había desnudado, era como si lo hubiera adivinado, las vecinas estaban ya en la escalera, envueltas en las batas de casa, cuando vieron aparecer al médico, un médico lo sabe todo, le preguntaron afligidas, Habrá heridos, doctor, si iba con tanta prisa sería porque le habían llamado con urgencia. Y fueron tras él, protegiéndose el cuello descubierto, se quedaron a la entrada de la casa, medio recogidas por el natural pudor. Cuando Ricardo Reis llegó al jardín, había ya mucha gente allí, vivir cerca era un privilegio, no hay mejor sitio en toda Lisboa para ver entrar y salir los barcos. No eran los barcos de guerra bombardeando la ciudad, sino el fuerte de Almada disparando contra ellos. Contra uno de ellos. Ricardo Reis preguntó, Qué barco es ése, tuvo suerte, fue a dar con un entendido, Es el Afonso de Albuquerque. Era, pues, allí, donde estaba el hermano de Lidia, el marinero Daniel, a quien nunca había visto, por un momento quiso imaginar su rostro, vio el de Lidia, en este momento también ella está en una ventana del Hotel Bragança, o salió ya a la calle, con su uniforme de camarera, atravesó a la carrera el muelle de Sodré, ahora está en el borde mismo del agua, aprieta las manos sobre el pecho, tal vez llorando, tal vez con los ojos secos y el rostro incendiado, de repente gritando porque el Afonso de Albuquerque ha sido alcanzado por un disparo, luego por otro, hay quien aplaude en el Alto de Santa Catarina, en este momento aparecen los viejos, con los pulmones casi a reventar, cómo habrán logrado llegar tan deprisa, en tan poco tiempo, viviendo como viven en el último rincón del barrio, pero hubieran preferido morir a perderse el espectáculo, aunque acaben muriendo por no habérselo perdido. Todo esto parece un sueño. El Afonso de Albuquerque navega lentamente, probablemente ha sido alcanzado en algún órgano vital, en la sala de calderas, en el timón. El fuerte de Almada sigue disparando, parece que el Afonso de Albuquerque ha respondido, pero no es seguro. Por esta parte de la ciudad empiezan a oírse disparos, más violentos, más espaciados, Es el fuerte del Alto do Duque, dice alguien, están perdidos, ya no van a poder salir. Y en este momento mismo empieza a moverse otro barco, un contratorpedero, el Dão, sólo puede ser él, procurando ocultarse en el humo de sus propias chimeneas, y pegado a la orilla sur para huir del fuego del fuerte de Almada, pero, si escapa de éste, no puede hacerlo de la artillería del Alto do Duque, los proyectiles estallan en el agua, contra el talud, éstos son de encuadramiento, los próximos estallarán en el barco, el impacto es directo, se alza en el Dão una bandera blanca, rendición, pero sigue el bombardeo, el navío va escorado, entonces muestran señales de mayor tamaño, sábanas, sudarios, mortajas, es el fin, el Bartolomeu Dias ni llega a levar anclas. Son las nueve, han pasado cien minutos desde que esto se inició, se ha desvanecido ya la neblina de la mañana, el sol brilla intensamente, deben de andar cazando ahora a los marineros que se tiraron al agua. Desde este mirador no se puede ver más. Aún vienen algunos retrasados, no han podido llegar antes, los veteranos les explican cómo ha sido todo, Ricardo Reis se ha sentado en un banco, se sentaron luego a su lado los viejos que, no hace falta decirlo, intentaron pegar la hebra, pero el doctor no responde, está cabizbajo como si hubiera sido él quien quiso hacerse a la mar y acabó preso en la red. Mientras los adultos conversan, cada vez menos excitados, los chiquillos empezaron a jugar al trompo, cantan las niñas, Fui al jardín de la Celeste, y qué fuiste a hacer allí, fui en busca de una rosa, y otra podía ser la canción, de Nazaré, No vayas Tonho a la mar, que puedes morir allí, ay Tonho, Tonho, qué desgracia la tuya, no se llama así el hermano de Lidia, pero su desgracia no será muy distinta. Ricardo Reis se levanta del banco, los viejos, feroces, ni le miran ya, una mujer dijo, Pobrecillos, refiriéndose a los marineros, Ricardo Reis oyó esa dulce palabra como una caricia, la mano en la frente o corriendo suave por el pelo, y entra en casa, se tumba sobre la cama deshecha, ocultó los ojos con el antebrazo para poder llorar a gusto, lágrimas absurdas, esta revuelta no era suya, sabio es el que se contenta con el espectáculo del mundo, lo diré mil veces, qué importa a aquel a quien ya nada importa que uno pierda y otro gane. Ricardo Reis se levanta, se pone la corbata, va a salir, pero al pasarse la mano por la cara nota la barba crecida, no tiene que mirarse en el espejo para saber que no le gustaría verse en este estado, brillando los pelos, en la cara, de sal y pimienta, anunciando la vejez. Ya están los dados en la mesa, la carta jugada fue cubierta por el as de triunfo, por mucho que corras no vas a salvar de la horca a tu padre, son dichos comunes que ayudan al vulgo a hacerle soportables las resoluciones del destino, siendo así Ricardo Reis se lavará y se afeitará, es un hombre vulgar, mientras se afeita no piensa, presta sólo atención al deslizamiento de la navaja, un día de éstos va a tener que repasarle el filo, que parece mellado. Eran las once y media cuando salió de casa, va al Hotel Bragança, es natural, a nadie le extrañará que un antiguo cliente, que no fue de paso sino que estuvo allí casi tres meses seguidos, a nadie le extrañaría que ese cliente, tan bien servido por una de las camareras del hotel, que tiene un hermano metido en la revuelta ésta, ella se lo dijo, Ah, sí, señor doctor, tengo un hermano marinero en el Afonso de Albuquerque, a nadie le extrañará, digo, que vaya a interesarse, Pobre chica, hay gente que nace con la suerte negra.

El timbre de la puerta tiene un zumbido más ronco, o es la memoria que le engaña. El paje alza su globo apagado, también en Francia había pajes así, no llegará a saberse a ciencia cierta de dónde vino éste, no hay tiempo para todo. En lo alto de la escalera aparece Pimenta, iba a bajar creyendo que era un cliente con maletas, pero se ha quedado a la espera, aún no ha reconocido al que sube, puede haberlo olvidado, son tantas las caras que entran y salen de la vida de un recadero de hotel, está el contraluz, siempre hay que contar con el contraluz en estas ocasiones, pero ahora está tan cerca, incluso viniendo con la cabeza baja, que se acaban las dudas, Vaya, pero si es el doctor Reis, cómo está, señor doctor, Buenos días, Pimenta, aquella camarera, cómo se llama, ah sí, Lidia, está, No señor no está, salió y no ha vuelto todavía, creo que su hermano estaba metido en el lío ese de los barcos, aún no había acabado Pimenta la frase cuando apareció Salvador en el descansillo, fingió sorpresa, Oh, doctor, qué alegría verlo por aquí, y Pimenta dijo lo que sabía, El doctor quería hablar con Lidia, Ah, pues no está, pero si le puedo ser útil en algo, Sólo quería saber qué le ha pasado al hermano, pobre chica, me había hablado de un hermano que estaba en la marina, he venido sólo por si puedo ayudarla como médico, Comprendo, comprendo, pero Lidia no está, salió en cuanto empezaron los cañonazos y aún no ha vuelto, y Salvador sonreía, siempre sonríe cuando da una información, es un buen gerente, digámoslo por última vez, aunque tenga razones de queja de este antiguo huésped que se acostaba con la camarera, y seguro que lo sigue haciendo, y ahora aparece por aquí, dándoselas de inocente, si cree que me engaña, va dado, Sabe a dónde habrá ido, preguntó Ricardo Reis, Andará por ahí, es capaz de haber ido al Ministerio de Marina, o estará en casa de su madre, o en la policía, en esto seguro que se mete la policía también, seguro, pero quede usted tranquilo, doctor, en cuanto la vea le diré que ha estado usted aquí, ya irá ella a verlo, y Salvador volvía a sonreír como quien acaba de tender una trampa y ya ve a la pieza medio atrapada, pero Ricardo Reis respondió, Sí, que me vaya a ver, aquí tiene mi dirección, y escribió en un papel la inútil indicación. Salvador deshizo la sonrisa, despechado por lo rápido de la respuesta, no se supo qué palabras iba a decir, del segundo piso bajaban dos españoles en acalorada conversación, uno de ellos preguntó, señor Salvador, se ha llevado el diablo ya a los marineros, Sí, don Camilo, se los ha llevado el diablo, Bueno, entonces es hora de decir Viva España, Viva Portugal, Arriba, don Camilo,[1] y Pimenta añadió, por cuenta de la patria, Viva. Ricardo Reis bajó la escalera, el timbre zumbó, antes había aquí una campanilla, pero los huéspedes de entonces protestaron, decían que parecía la puerta de un cementerio.

Lidia no apareció en toda la tarde. A la hora de los vespertinos Ricardo Reis salió por el periódico. Leyó rápidamente los titulares de la primera página, buscó la continuación de la noticia en las páginas centrales, otros títulos, al fondo, en letras grandes, Murieron doce marineros, y venían los nombres, las edades, Daniel Martins, veintitrés años, Ricardo Reis quedó parado en medio de la calle, con el periódico abierto, en medio del silencio absoluto, la ciudad estaba paralizada, la gente pasaba como de puntillas, con el índice sobre los labios cerrados, de pronto se alzó un ruido ensordecedor, la bocina de un automóvil, el desquite de dos vendedores de lotería, el llanto de un niño a quien su madre arrastraba por las orejas, Como vuelvas a hacer otra te deshago. Lidia no estaba esperándolo ni había señal de que hubiera pasado por la casa. Se va haciendo de noche. Dice el diario que los prisioneros han sido conducidos primero al Gobierno Civil y luego al Asilo, y que los muertos, algunos sin identificar, están en el depósito. Lidia debe de andar buscando a su hermano, o estará en casa de su madre, llorando desesperadas ambas el gran irreparable dolor.

Entonces llamaron a la puerta. Ricardo Reis corrió a abrir, dispuestos ya los brazos para acoger a la mujer bañada en lágrimas, pero era Fernando Pessoa, Ah, es usted, Estaba esperando a otra persona, Si sabe lo ocurrido debe imaginárselo, recuerdo que un día le dije que Lidia tenía un hermano en la marina, Ha muerto, Ha muerto. Estaban en el dormitorio, Fernando Pessoa sentado a los pies de la cama, Ricardo Reis en

---

[1] En español en el original. (N. del t.)

una silla. Había caído la noche. Pasaron así media hora, se oyeron las campanadas del reloj del piso de arriba, Es extraño, pensó Ricardo Reis, no recordaba este reloj, o me olvidé de él tras haberlo oído por primera vez. Fernando Pessoa tenía las manos sobre las rodillas, los dedos entrelazados, la cabeza baja. Sin moverse, dijo, He venido para decirle que no volveremos a vernos, Por qué, Mi tiempo ha terminado, recuerda que le dije que sólo tenía para unos meses, Lo recuerdo, Pues se han acabado. Ricardo Reis se subió el nudo de la corbata, se levantó, se puso la chaqueta. Fue a la mesilla de noche a buscar The god of the labyrinth, lo metió bajo el brazo, Vamos, dijo, A dónde va, Me voy con usted, Debería quedarse aquí, esperando a Lidia, Sí, sé que debería hacerlo, Para consolarla por la muerte del hermano, Nada puedo hacer por ella, Y ese libro, para qué es, Pese al tiempo que tuve, nunca acabé de leerlo, No tendrá tiempo ahora, Tendré todo el tiempo, Se equivoca, la lectura es la primera virtud que se pierde, lo recuerda. Ricardo Reis abrió el libro, vio unas seriales incomprensibles, unas rayas negras, una página sucia, Ya me cuesta leer, dijo, pero incluso así voy a llevármelo, Para qué, Para dejar al mundo aliviado de un enigma. Salieron de casa, Fernando Pessoa observó aún, No lleva usted sombrero, Sabe mejor que yo que allá no se lleva. Estaban en la acera del jardín, veían las luces pálidas del río, la sombra amenazadora de los montes. Entonces vamos, dijo Fernando Pessoa, Vamos, dijo Ricardo Reis. Adamastor no se volvió para mirarlos, le parecía que esta vez sería capaz de dar el gran grito. Aquí, donde el mar se acabó y la tierra espera.

El año de la muerte de Ricardo Reis terminó de imprimirse en diciembre de 1999, en Encuadernación Ofgloma, S.A. Calle Rosa Blanca No. 12, Col. Santiago Acahualtepec, C. P. 09600, México, D.F.

Antonio Muñoz Molina
Plenilunio

Unos ojos que en este mismo instante
miran en algún lugar de la ciudad, normales,
serenos, como los ojos de cualquiera.

En una ciudad de provincias alguien con un
rostro soluble en los demás rostros esconde el
enigma de un espantoso crimen. Es preciso
encontrar su mirada entre la multitud,
descifrarla, para conjurar el horror.

En torno a la búsqueda, varios personajes,
cada uno con un secreto royéndole
el corazón, sueñan durante un instante
con dar un nuevo sentido a sus vidas
aparentemente cumplidas.
En la hora mágica del plenilunio.

Plenilunio es la gran novela de la madurez
creadora de Antonio Muñoz Molina.
Una narración eléctrica, llena de tensión,
de rabia y de ternura, en la que el relato y la
reflexión se funden magistralmente para
hablarnos de lo que nos es más cercano.
Ése es el privilegio de los libros inolvidables.

Mal de amores
Ángeles Mastretta

Mal de amores es la historia de una pasión
entretejida a la historia de un país, de una
guerra, de una familia, de varias vocaciones
desmesuradas. Emilia Sauri, la protagonista
de esta inquietante novela, nace en una familia
liberal y tiene la fortuna de aprender el mundo
de quienes lo viven con ingenio, avidez
y entereza. Cobijada por la certidumbre
de que el valor no es tal sin la paciencia,
busca su destino enfrentando las limitaciones
impuestas a su género y los peligros de su
amor a dos hombres: desde su infancia por
Daniel Cuenca, inasible aventurero
y revolucionario, y en su madurez por
Antonio Zavalza, un médico cuya audacia
primera está en buscar la paz en mitad de la
guerra civil. Regida por la mejor tradición
de las novelas costumbristas, **Mal de amores**
es una novela cuya prosa nítida y rápida
consigue arrobarnos con su maestría, mientras
nos regala los delirios de una invocación
amorosa cuya desmesura nos contagia
de futuro y esperanza.

Andamios

Mario Benedetti

Este libro, diría el autor, es un sistema o
colección de **Andamios**,
a partir de los cuales un desexiliado
o un repatriado se restaura, se entrega a la
nostálgica y desoladora tarea de
reconocerse incompleto e inacabado.
El personaje principal, al igual que Mario
Benedetti, es un hombre que tras un
largo exilio regresa a su país; sin
embargo, la novela no es autobiográfica
sino un *puzzle* de ficción, donde se
mezclan realidades ajenas e inventadas,
donde se sostiene, quizá, el único remedio
contra el olvido: la memoria.
Andamios es la más reciente muestra de
la continuidad discursiva e intimista, que
en la década de los sesenta distinguiera al
autor de *La tregua*.

Ciudad Real

Rosario Castellanos

Una cultura milenaria sojuzgada y oprimida durante siglos clama por su derecho a existir, un grito que capta finalmente la atención del mundo, cuando externa la otra cara de la historia, la que denuncia las condiciones miserables en que han sobrevivido los tzotziles, los tzeltales, los lacandones, los chamulas desde el día en que el pie de los *caxlanes*, los hombres blancos, pisaron sus tierras.

A esta versión que sólo una aguda percepción pudiera escuchar, ya sea por su pasión conmovida, o por su valentía que todo testimonio arroja, responde la lúcida escritura de **Ciudad Real** (antiguo nom de San Cristóbal de las Casas), el primer libro de cuentos de Rosario Castellanos que con las novelas *Balún Canán* y *Oficio de Tinieblas* representa la trilogía indigenista más importante de la narrativa mexicana de este siglo.

Con esta serie de cuentos Rosario Castellanos obtuvo en 1961 el Premio Xavier Villaurrutia.